16	3	2	13
5	10	11	8
9	6	7	12
4	15	14	1

John Milton

PARAÍSO PERDIDO

Edição bilíngue

Tradução, posfácio e notas de Daniel Jonas

Apresentação de Harold Bloom

Ilustrações de Gustave Doré

editora 34

EDITORA 34

Editora 34 Ltda.
Rua Hungria, 592 Jardim Europa CEP 01455-000
São Paulo - SP Brasil Tel/Fax (11) 3811-6777 www.editora34.com.br

Título original:
Paradise Lost

Ilustrações:
Gustave Doré

Capa, projeto gráfico e editoração eletrônica:
Bracher & Malta Produção Gráfica

Revisão:
Carlos Frederico Barrère Martin, Beatriz de Freitas Moreira

1ª Edição - 2015, 2ª Edição - 2016 (2 Reimpressões),
3ª Edição - 2021 (2ª Reimpressão - 2025)

CIP - Brasil. Catalogação-na-Fonte
(Sindicato Nacional dos Editores de Livros, RJ, Brasil)

Milton, John, 1608-1674
M819p Paraíso perdido / John Milton;
edição bilíngue; tradução, posfácio e notas de
Daniel Jonas; apresentação de Harold Bloom;
ilustrações de Gustave Doré — São Paulo:
Editora 34, 2021 (3ª Edição).
896 p.

ISBN 978-85-7326-611-5

Tradução de: Paradise Lost
Texto bilíngue, português e inglês

1. Poesia inglesa - Século XVII.
2. Paradise Lost (1667/1674). I. Jonas, Daniel.
II. Bloom, Harold. III. Doré, Gustave, 1832-1883.
IV. Título.

CDD - 821

PARAÍSO PERDIDO

John Milton e o *Paraíso perdido*

Harold Bloom

John Milton, glória da língua inglesa, ao lado de Shakespeare e Chaucer, nasceu na casa do pai, em 9 de dezembro de 1608. Shakespeare viveu até 1616, e, vale lembrar, Milton era um menino de oito anos de idade quando seu principal precursor faleceu. Já aos dezesseis anos, Milton era poeta; em 1632, foi publicado o poema de sua autoria intitulado *On Shakespeare*, supostamente elogioso. Na propriedade rural do pai, em Horton, Milton dedicou-se à leitura de autores gregos e latinos. *Comus*, esplêndida mascarada mitológica de sua autoria, foi encenada em Horton, em 1634.

A mãe de Milton (a quem ele pouco se refere) morreu em 1657; no ano seguinte, a partir da morte de um colega de sala, Edward King, Milton escreveu a extraordinária elegia clássica *Lycidas*, talvez o melhor poema curto escrito em língua inglesa. Na minha leitura, *Lycidas* é uma pré-elegia para o próprio Milton, ainda que a morte da mãe permeie o poema.

Em maio de 1638, Milton partiu em uma grande viagem pelo continente europeu: foi à França, e depois à Itália, mas a explosão da guerra civil na Inglaterra fez com que ele regressasse ao país já em julho de 1639. Por volta de 1641, Milton atuava, de modo contundente, na guerra panfletária, defendendo o lado Puritano. O casamento infeliz com Mary Powell, em 1642, ensejaria o tratado sobre o divórcio. Já em setembro de 1643, a visão do poeta começou a declinar, fato que não impediu o surgimento, em novembro de 1644, de *Areopagitica*, tratado sobre a liberdade de imprensa.

Planos de um novo casamento foram frustrados pelo retorno da primeira esposa, em 1645. No mesmo ano, a coletânea *Poems of John Milton* foi registrada, com o propósito de publicação, o que ocorreu em janeiro de 1646. No ano seguinte, o pai de Milton faleceu. Na primavera de 1649, o poeta foi nomeado Secretário de Idiomas Estrangeiros, junto ao regime de Cromwell, cargo que fez de Milton o porta-voz oficial da Revolução. Após o nascimento de três filhas e um filho, faleceu a primeira esposa e, logo em seguida, o menino. Já em fevereiro de 1652, Milton estava totalmente cego. Casou-se em 1656, mas a esposa morreu dois anos mais tarde.

Em 1659, a República inglesa claudicava; Milton continuou a publicar panfletos republicanos, mesmo após o advento da Restauração. Em maio de 1659, o poeta teve de se refugiar; em agosto, seus livros foram incinerados por um carrasco em Londres, e, em outubro, Milton foi detido, permanecendo encarcerado durante cerca de dois meses. Para o novo regime, Milton representava um grande problema: havia defendido o regicídio publicamente, mas estava cego, era famoso em toda a Europa e considerado o maior poeta e intelectual da época. A contragosto, os conselheiros de Carlos II preferiram libertar Milton a serem difamados por tê-lo executado.

O relacionamento do poeta cego com as filhas não era dos melhores, e a situação deteriorou com o advento de uma terceira esposa, em 1663. Em agosto de 1667, foi publicado o poema *Paraíso perdido*, ampliado na segunda edição, em 1674. *Paraíso reconquistado* e *Samson Agonistes* foram publicados, simultaneamente, em 1671. Entre 8 e 10 de novembro, John Milton faleceu.

Esses são os fatos externos da vida do poeta-profeta, mas, se considerarmos que nos seus últimos vinte anos Milton esteve totalmente cego, temos, em *Paraíso perdido*, um oráculo de vida interior. Não existe em língua inglesa obra-prima mais premeditada, e, nesse caso, "obra-prima" é qualificação reducionista. Esse poema épico é um esplendor do barroco: presta-se à reflexão infinita; lido em voz alta, é assombroso, e constitui um eterno desafio, até aos admiradores mais ardorosos. A um leitor novato, leigo e carente de conhecimento de Literatura Clássica, convém ler *Paraíso perdido* como uma espetacular obra de ficção científica. Os rivais de Milton em língua inglesa são poucos: Shakespeare, Pope, James Joyce — nossos maiores virtuosos. Embora Milton já tenha sido considerado *o* poeta protestante, assim como Dante ainda é *o* poeta católico, após sessenta anos lendo Milton, incessantemente, tenho cada vez mais dúvidas se ele seria até mesmo um poeta cristão, a não ser à medida que se possa considerar William Blake e Emily Dickinson poetas cristãos. Individualmente, os três constituem seitas de um só seguidor, hereges extremamente originais, cujo cristianismo é bastante questionável. A. D. Nuttall (um dos melhores críticos vivos) duvida que, ao envelhecer, Milton acreditasse nos princípios do calvinismo normativo, e o historiador Christopher Hill (já falecido) sugeria que Milton se tornara seguidor de Muggleton, o que pode *parecer* um disparate, mas a noção de inspiração pessoal defendida por Lodowicke Muggleton, morto em 1698, cerca de quarenta anos após ter fundado a seita que ficou conhecida pelo seu nome, aproxima-se bastante da versão miltoniana de Luz Interior. Sabemos que Milton rompera com os Congregacionistas ou Independentes, e Nuttall argumenta que o poeta tinha tendências gnósticas, assim como Christopher Marlowe e William Blake, e que formulara "trindades alternativas". O que parece óbvio é que Milton cometeu inúmeras heresias, todas a partir da rejeição do dualismo paulino e agostiniano que postulava uma separação rígida entre corpo e alma. Ardente defensor do monismo, Milton praticou ao menos quatro grandes heresias: a rejeição da criação a partir do nada; o mortalismo, *i.e.*, o credo de que corpo e alma morrem juntos e juntos ressuscitam; o antitrindadismo, que afirmava ser Javé uma só Pessoa; e o arminianismo, *i.e.*, a negação da predestinação calvinista. No entanto, tanto quanto Nuttall, tenho dúvidas se, nos últimos anos de vida, Milton *acreditava* em algo. O poeta pensava *ter conhecimento* de certas verdades, mas não se tratava de um credo.

Milton, tanto quanto Shakespeare e Dante, é um gênio tão flagrante, que tentar descrever-lhe o talento pode parecer redundância, assim como tentar descrever a beleza de Sophia Loren nos dias da minha juventude longínqua. A força e a fertilidade de Milton são imensas, primárias, mas meu interesse principal recai sobre o julgamento que fazemos do seu tão criticado *alter ego* demoníaco, Satã. Se Satanás, por mais perverso que seja, não for um gênio, o poema não existe, e muito me tem desagradado, ao longo de toda a minha vida, o fato de estudiosos cristãos, à imagem de C. S. Lewis, um dos pavões da crítica moderna, arremedarem o veredicto de Lewis, que Satã é tolo. Shelley, com a mesma correção de Borges e Oscar Wilde, observou, astutamente: "O Diabo tudo deve a Milton". O Satanás de *Paraíso perdido* é discípulo do Iago shakespeariano, grande mestre da cilada. Satanás não tem a estirpe pobre de Iago, mas é (por assim dizer) um diabo autêntico e esperto, que faz o melhor possível para progredir, e o leitor deve oferecer-lhe todo o estímulo. Ao contrário do que propõe C. S. Lewis, não devemos ter, com relação a Satanás, um ódio preconcebido, antes mesmo de lermos o poema. Conforme escrevi alguns anos atrás, devemos considerá-lo uma espécie de Tio Satã, longe de ser a Má-Nova, em um poema em que a Boa-Nova, Jesus Cristo, é transformado em um Rommel, ou um Patton, no comando de um ataque blindado, a bordo da Merkabah, ou Carruagem da Divindade Paterna (em cuja honra os israelenses batizaram seu principal tanque de guerra), veículo que cospe fogo e cuja função é expulsar Satã e suas hostes do Paraíso.

O pobre Satã acaba mal, obviamente, desaparecendo no Mar Morto, como uma serpente virulenta, mas Milton (assim como a maioria dos grandes poetas, sempre à exceção de Shakespeare) não joga limpo. Milton tinha motivos para mágoas: Oliver Cromwell, seu grande ídolo, depois de morto, fora pendurado às portas de Londres, e Harry Vane, o melhor amigo do poeta, fora executado como regicida. Além disso, por mais corajoso que fosse, Milton, já totalmente cego, deve ter sofrido muito, ao ser preso, enquanto seus livros eram queimados, e o inimigo Belial, o Conde de Clarendon, provavelmente, teve de interceder por meio de procedimentos diplomáticos para que o poeta fosse poupado. Milton e seu partido foram derrotados na guerra, assim como Satã e seus garbosos demônios haviam sido derrotados em uma outra luta. Perder uma guerra, mesmo que seja uma batalha cultural, não faz bem ao organismo: eu era uma pessoa mais amável, antes de as nossas universidades se renderem a um suposto bem social e passarem a selecionar textos de leitura com base em origem racial, gênero, preferência sexual e filiações étnicas de Novos Autores, do passado e do presente, sem levar em conta o fato de eles saberem ou não escrever.

Satã, assim como o predecessor, Iago, sofre em decorrência de Mérito Ignorado, pois foi preterido por Cristo, assim como Iago foi preterido por Cássio. A sensação de Mérito Ignorado costuma gerar ressentimento, e tanto Iago quanto Satanás são verdadeiros arquétipos de todos os Ressentidos em nossos dias. Até que ponto, cabe a pergunta, o próprio Milton sofreria em decorrência de Mérito Ignorado? A minha resposta é que o referido mal não afligia, em absoluto, o poeta. Milton passara, isso sim, por um contra-apocalipse, diante do desmoronamento de esperanças nacionais e pessoais. O filho morrera, as filhas mantinham-se distantes, dois casamentos haviam terminado, a visão fora perdida, a imagem pública destruída, os amigos haviam sido condenados e executados, ou se refugiado no exílio. *Paraíso perdido* e *Samson Agonistes* surgem da derrota total, com força e energia extraordinárias, e manifestam autoridade, orgulho e autoconfiança sublimes, além de espantosa combatividade. Acorrentado, e ameaçado pelo gigante Harapha, Sansão lança o desafio: "Meus pés estão presos, mas meu punho está livre!" — um dos versos que mais me agradam em toda a obra de Milton.

Em 1660, uma vez em curso a restauração dos Stuart, Milton, como um Jeremias, dirigiu-se a um povo que não o escutava: "agora que escolhestes um líder que vos levará de volta ao Egito, pensai um pouco, e considerai o destino que seguis". Depois disso, o poeta exilou-se internamente, dedicando-se a compor *Paraíso perdido*. Quando, ainda jovem, contemplara o triunfo Puritano na Inglaterra, Milton escrevera, referindo-se aos hinos e aleluias dos santos: "Quiçá ouviremos alguém disposto a cantar e celebrar, em tons elevados e versos novos e altivos". Qual seria esse Canto Triunfal jamais saberemos, mas cabe a conjectura de que seria um romance no estilo de Spenser, tendo por tema a Britânia, elevada ao êxtase de nação redimida. Em vez disso, Cromwell morreu, a Revolução dos Santos fracassou, e, cego, Milton compôs *Paraíso perdido*.

Na minha juventude, *Paraíso perdido* não era apreciado, pois o Vigário de Cristo do meio universitário, T. S. Eliot, não gostava do poema (bem mais tarde, Eliot permitiu o reingresso da obra no cânone). A maioria dos críticos lia o poema de Milton como se tivesse sido escrito por C. S. Lewis, um épico de exaltação ao cristianismo. Há muito tempo perdi a conta do número de vezes que li *Paraíso perdido* e, como um judeu-gnóstico, sou, necessariamente, suspeito, mas a releitura mais recente, que acabo de concluir, não me induz a classificar esse esplendor da poesia barroca como "épico cristão". Milton é mais circunspecto do que Blake e Emily Dickinson, mas a religião do primeiro é tão individualizada quanto a dos outros dois. Jesus Cristo quase não é personagem em *Paraíso perdido*. Deus o proclama seu Filho, por conseguinte, causando a rebelião de Satã, segundo William Empson. A próxima aparição de Cristo, na qualidade de comandante armado, já foi aqui mencionada. Mas o trecho crucial, quase risível, de tão vexatório, é aquele em que John Milton fala da Crucificação:

À morte o condenarão, vil e abjeta,
Pregado à cruz p'los seus, morrendo o arauto
Da vida. Mas à cruz teus inimigos
Consigo prega, a lei que é contra ti,
E os pecados do mundo, ali pregados
Com ele, e nada mais o fere, àquele
Que na satisfação confia. *Morre,*
Mas logo torna à vida, morte alguma
Sobre ele se demora.

(XII, 413-21)

O itálico foi acrescentado por mim. Um épico cristão em doze livros e milhares de versos dedica apenas sete palavras à morte e ressurreição de Jesus Cristo! Milton é obrigado a fazer a referência, mas afasta-se da mesma com uma pressa que chega a ser hilariante; até um descrente é capaz de sentir aqui um certo constrangimento. A esse respeito, fascina-me um comentário de A. D. Nuttall: "Pelo menos aqui, Milton parece tão imperdoável e vivaz quanto Pope". A verdade é que Milton revela-se, no mínimo, insensível à Crucificação; com efeito, parece até constrangido pelo fato. O poema pode ser cristão, mas não será, absolutamente, cristológico. Na obra *De Doctrina Christiana*, cautelosamente reservada para publicação póstuma (só foi impressa em 1825), Milton declara-se implacável herege ariano, aceitando o Pai, mas rejeitando a Trindade. Agrada-me, mais uma vez, a crítica de Nuttall, que observa a inexistência de alusão a Prometeu em *Paraíso perdido*; penso que algo profundo em Milton, partidário do arianismo, tenha levado o poeta a evitar Prometeu. Milton exalta a liberdade humana, inclusive a liberdade de pecar, mas tenta *não* exaltar a rebeldia humana contra um tirano celestial. Na percepção de Blake e Shelley, um Prometeu subjaz em Milton, mas tal imputação em muito desagradaria ao autor.

Paraíso perdido é um trabalho magnífico, mas a sublime ambição da obra — explicar o mal de uma vez por todas — causa a queda de Milton no épico por ele próprio composto. O poeta não foi capaz de explicar o mal da Restauração monárquica, assim como não somos capazes de explicar os campos de extermínio instituídos por Hitler e os horrores de Stálin e de Pol Pot. Contudo, meu tema aqui não é o fracasso inevitável do argumento central de *Paraíso perdido*, e sim o gênio de John Milton. A despeito do gosto dos críticos normativos, algo extraordinário ocorre na poesia de Milton (e com a poesia de Milton) sempre que Satã fala. Não creio que Satanás seja o demônio, ou gênio, do próprio Milton, mas o gênio de Milton é ativado por Satã, pouco importa o número de vezes em que o narrador se expressa negativamente a respeito do personagem.

Milton é um poeta erótico, nem tanto no estilo ovidiano de Shakespeare, mas ao modo hebraico, do *Cântico dos cânticos* bíblico. Não será exagero afirmar que o gênio de Milton é, essencialmente, erótico; Milton não consegue descrever Eva sem desejá-la, e nenhum outro poeta mostra-se tão fascinado pela ideia de brincar com os cabelos emaranhados de uma linda mulher. Nossa mãe Eva é uma beldade, e o pobre Satanás sofre a agonia voluptuosa de um *voyeur*:

> Falou a nossa mãe, e com olhar
> De atração conjugal sem repreensão,
> Com mansa submissão, meio abraçada
> Tombou no nosso pai, e em parte o túrgido
> Peito o seu peito achou, sob o ouro fluido
> Das suas tranças soltas clandestino.
> Ele da sua beldade e encantos dóceis
> Cheio sorriu de amor celso, qual Júpiter
> Que a Juno sorri, quando impregna as nuvens
> Que efundem flores de Maio; e atou o lábio
> Da mulher a alvos beijos. Pôs-se à parte
> Cioso o diabo, e um ínvido olhar mau
> De viés lhes deu, e assim se lamentou.
> Visão de ódio, visão de dor! Vão estes
> Num Paraíso de ágenos abraços,
> De Éden bem mais feliz, gozar a conta
> De bem bom no bem bom, enquanto eu gozo
> O inferno, seu amor, só o feroz cio,
> Entre tormentos outros não menor,
> Sempre frustro na dor de ardentes dores;
> Mas não esqueça eu o que ganhei
> Das suas bocas; tudo não é deles:
> Jaz ali da razão a fatal árvore,

De ilícito saber. Razão ilícita?
Suspeito, sem razão. Por que é que o Dono
Tal lhes inveja? É o saber pecado,
Será morte? Sustidos serão só
Na ignorância, é esse o feliz estado,
A prova de obediência e sua fé?
Ó bela fundação onde erigir-lhes
A ruína! Daqui segue-se aguçar-lhes
As mentes com desejos de saber,
Rejeitando ordens ínvidas, criadas
Co'o fito de pisar quem o saber
Alçaria a igual deus; a tal tentando,
Provam e morrem: que há de mais provável?
Mas antes convém dar minúcia à ronda
Neste jardim, sem canto por sondar.
Com sorte a sorte leva-me a algum espírito
Errante do Céu, junto a fonte, ou ermo
Sob uma densa sombra, p'ra lhe ouvir
O que se aprenda. Vive enquanto podes,
Par 'inda feliz, goza até que eu volte,
Breves gozos, que a dor vem p'ra ficar.

(IV, 492-535)

É possível argumentar que um Milton lascivo ocupa a posição de Satã, visto que Milton, bem como o leitor, são, igualmente, *voyeurs*. Mas a atitude de Milton com relação a Eva é por demais apaixonada e complexa, como se o poeta, agressivamente heterossexual, precisasse buscar na ficção por ele mesmo criada todo o amor que, não importa o motivo, as esposas e filhas lhe haviam negado. Depois de Satanás, Eva é a glória estética de *Paraíso perdido*, verdadeira manifestação de alteridade do gênio miltoniano. A crítica feminista tende a interpretar o poema de modo literal, enfatizando a representação de Eva como objeto sexual magnífico, e, ao fazê-lo, ignora a sutil dimensão que Milton confere à contundente subjetividade da personagem, à sua consciência vivaz (e perigosa). Apraz-me citar a ilustre especialista em Milton, Barbara Lewalski, cuja advertência serve para reforçar o argumento deste livro sobre o gênio:

> "(...) grandes poetas têm a capacidade de, como a fênix, surgir das cinzas remanescentes de processos de revolução social e intelectual; portanto, em breve, poderemos voltar a ler Milton, valorizando os conteúdos de importância duradoura, e não aquilo que é condicionado historicamente, na concepção do poeta a respeito do masculino e do feminino."

Assim como Shakespeare, Milton, na minha leitura, perpassa a História, permitindo-nos contemplar o que está, e sempre esteve, presente, mas que, não fosse ele, jamais enxergaríamos. Nuttall comenta, com excepcional perspicácia, que "a rebeldia de Eva, com relação ao marido, torna-se uma viagem de descoberta, em que ela é o líder, Adão, o seguidor". Sob o impacto das declarações de Eva, temos motivo para esquecer o infeliz verso miltoniano: "Ele por Deus só, ela por Deus nele". Algo, ao mesmo tempo, radicalmente novo e antigo como a História transparece, quando Eva verbaliza uma das maiores ironias desse épico:

> Não tè custou, Adão, a minha falta?
> A tua senti tanta, que saudades,
> E tanto tempo foi, aperto novo
> De amor, p'ra nunca mais, que nunca mais
> Quero provar a dor da tua falta,
> Que incauta fui provar. Mas o motivo
> Foi estranho, e admirável de escutar:
> Não é como nos contam esta árvore,
> De risco no provar, nem ao ignoto
> Mal abre entrada: a agência é divina,
> Abre olhos, e faz deuses dos que o provam.
> E assim provado foi: sábia a serpente,
> Ou não tão reprimida, ou acatando
> Menos, comeu do fruto, e tornou-se
> Não morta, como ameaçam, mas dotada
> Desde então de sentidos e voz de homem,
> Raciocínio notável, e comigo
> Tão persuasiva foi, que convencida
> Também provei, e os seus correspondentes
> Efeitos, olhos turvos mais abertos,

Espíritos dilatados, coração
Mais largo, um deus em mim sentindo. Fi-lo
Por ti, o que por ti desprezaria.
Que o gozo só o gozo se o gozares,
Tedioso sem ti é, e logo odioso.
Prova pois tu também, que igual fortuna
Nos una, gozo igual, amor igual.
Não se dê que não proves e diferente
Grau nos desuna, e eu já deusa abdique
De mim quando o destino o não permita.

(IX, 856-85)

Dois leitores, sejam alunos ou críticos, jamais interpretam essa fala exatamente da mesma maneira, fato por mim constatado sempre que tento iniciar um debate sobre tais versos. Em parte, isso ocorre porque o próprio Milton encerra aqui atitudes antitéticas. De início, as palavras caem muito mal nos ouvidos de Adão, que delas depreende a sentença de morte da esposa e, em seguida, afirma que ao seu lado há de morrer. Todavia, Adão refere-se a Eva como "última e mais perfeita obra de Deus". Prometo doravante não mais malhar C. S. Lewis (a propósito, atual herói dos fundamentalistas do Sul dos Estados Unidos), mas ele ousa afirmar que Eva é culpada de tramar a morte de Adão! Com efeito, Eva receia ser substituída por uma segunda mulher, e os cabalistas especulam que ela própria já seria a segunda esposa de Adão, depois que este e Lilith, a primeira mulher, romperam, por discordarem a respeito da posição física adequada ao ato sexual.

A questão central da fala de Eva é se o vasto conhecimento a torna uma divindade, conforme expressa Keats. A pergunta leva-nos de volta ao labirinto da imaginação de Milton e, inevitavelmente, à questão de Satanás, que, enfim, abordo. Em termos shakespearianos, Satanás é um herói-vilão, fazendo lembrar características de Macbeth e de Iago. De vez que Milton reúne espírito e poder em um só conceito, o poeta é um vitalista teomórfico, nos moldes do Jacó, ou Tamar, de Javé. A maioria de nós não vê com a mesma seriedade de Milton a ideia de sermos criados à imagem de Deus. Milton acreditava no Deus interior, e não no Pai-de-Ninguém, pensado por Blake, conquanto seja essa a figura divina retratada pelo autor em *Paraíso perdido*. O problema estético da obra é, precisamente, o Deus irado, ameaçador, um equívoco de um grande poeta. Milton deveria ter imitado o atrevimento do autor bíblico, que nos apresenta um Javé inteiramente humano, que, à sombra de uma árvore, devora o repasto preparado por Sara — vitela, pães, coalhada e leite — e, em seguida, tem a satisfação de profetizar que ela haverá de dar à luz um filho. Em vez disso, um Milton monístico apresenta-nos um Deus dualista, propenso a posturas espirituais. Nos momentos mais autênticos, Milton rejeita a perda dos sentidos humanos, pois, para ele, a realidade era apreendida através da sensação, certeza esta que a cegueira só viria reforçar. O gênio miltoniano nega qualquer distinção entre o natural e o transcendental, motivo pelo qual Satanás assume uma representação tão extraordinária.

A liberdade da imaginação miltoniana, segundo o próprio poeta, estava associada ao conceito de Luz Interior, preconizado pela tradição protestante radical, e à interpretação que o poeta advogava com respeito à Liberdade Cristã e à Liberdade dos Santos. A regeneração miltoniana aperfeiçoa a natureza sem a mutilar. Satã, dualista católico, não compreende a Fusão de espírito e energia nele próprio contida — eis a sua tragédia. O crítico de Milton que mais me agrada, W. B. C. Watkins, afirma que "a paixão é sempre mais forte, em Milton, do que a razão". *Paraíso perdido* é o épico da paixão, e não da razão. Por isso, Satã é, esteticamente, superior a Adão, embora não a Eva. Na tentativa de distanciar-se de Satã, Milton, no Livro V, apresenta-se como o serafim Abdiel, cujo nome (que significa "criado de Deus"), na Bíblia hebraica, pertence a um humano, não a um anjo. Abdiel é o único recalcitrante, em meio à numerosa hoste celestial de Satanás, o único anjo que se opõe a Satã, "envolto em chamas iradas". Na avaliação dos outros anjos, Abdiel "perdeu o momento", assim como Milton perdeu o momento, a partir de 1660, até falecer, em 1674.

O desafio de Abdiel provoca a resposta de Satanás, a meu ver, a mais problemática encontrada em todo o poema, justamente porque essa resposta se aproxima do cerne do gênio do próprio Milton:

> Recordas tu
> O molde, quando o oleiro pôs o barro?
> Não sei de ser em tempos quem não sou,
> Nem de alguém a mim prévio
>
> (V, 857-60)

Satanás aqui não fala por Milton, o ser humano, mas não será esse o posicionamento de Milton, o poeta? Não teria ele dito, também, "a nossa pujança emana de nós mesmos", e não de Shakespeare, ou de Spenser? A liberdade do poeta é a maior aspiração de Milton, o âmago da sua integridade. O leitor pode afirmar, se quiser, que essa liberdade resulta de uma leal obediência à vontade de Deus, mas quem haverá de interpretar tal vontade? Milton a interpretava para si mesmo, confiando, exclusivamente, em sua própria autoridade, para ele, idêntica ao seu próprio gênio.[1]

---

[1] Texto publicado originalmente em Harold Bloom, *Genius: A Mosaic of One Hundred Exemplary Creative Minds*, Nova York, Warner Books, 2002. Edição brasileira: *Gênio: os 100 autores mais criativos da história da literatura*, tradução de José Roberto O'Shea, Rio de Janeiro, Objetiva, 2003, capítulo "John Milton (1608-1674)".

Sobre a tradução

Daniel Jonas

Em 1667 vinham a público os dez livros de *Paradise Lost*. A esta edição sucedeu a de 1674, constituída por doze livros. O acrescento, no entanto, foi praticamente ilusório, uma vez que esta complementava aquela em apenas quinze versos, perfazendo, deste modo, os 10.565 versos que aqui se dão a ler. A sua cosmética duodecimal tinha como objetivo observar protocolos clássicos, basicamente homéricos. Relativamente a esta edição definitiva do texto de Milton, e desde as anotações de Patrick Hume (1695), Richard Bentley (1732) e Jonathan Richardson (1734), poucas adições têm sido levadas em conta. Os problemas são, aliás, tímidos e reduzem-se a pontuação, capitalização e normalização ortográfica.

As traduções portuguesas têm a sua gênese em Lisboa, em 1789, no *vulgar* de José Amaro da Silva, onde se incluem anotações de um dos mais fortes críticos setecentistas de Milton, Joseph Addison (Lisboa, Typographia Rollandiana, reeditada em 1830). Seguiram-se-lhe o verso, as notas e as reflexões do Visconde de São Lourenço, Francisco Bento Maria Targini, em 1823 (Paris, Typographia de Firmino Didot). Em 1840 vinha a lume a primeira edição do *Paraíso perdido* do Dr. Lima Leitão (Lisboa, Impr. de J. M. R. e Castro), *epopeia* reeditada em 1884, *revista, prefaciada, anotada e ampliada* por Xavier da Cunha, com ilustrações de Gustave Doré (Lisboa, David Corazzi), e em 1938 (Lisboa, Empresa Literária Universal). Entretanto, de 1868 a 1870, o *Paraíso perdido* era duplicado em folhetins no periódico lisbonense *A Nação*, em prosa e em verso, por João Félix Pereira. A última versão de que tenho notícia surge mais de um século depois, na prosa de Costa Soares e Raul Mateus (Lisboa, Chaves Ferreira, 2002).

As únicas edições a que tive acesso físico foram as de Corazzi e Chaves Ferreira e valem bem uma visita. O verso camoniano de Lima

Leitão resultou num *Paraíso perdido* muito inflacionado. A falta de numeração de versos impede-me de saber ao certo em quanto, mas não andarei com certeza aquém da verdade se disser em pelo menos um terço. Apesar da inflamação laudatória a Milton, é interessante verificar nestas páginas trejeitos de ansiedade lusa. Não resisto a isolar um deles aqui. Reproduz o aparato introdutório, a certa altura, o *finíssimo critério* do Dr. Thomaz de Carvalho nas *colunas* do *Cosmorama Litterario* sobre a tradução em causa. Lê-se: "Sem comprometer a língua para que trasladou, sem a sacrificar, conservou-lhe o gênio ali onde a outros já o fora impossível sem a inglesarem, que não carece a nossa tão fértil e rica, e nobre, de se abaixar e bandear com fraseados bárbaros dos outros e especialmente da inglesa tão contrária e oposta em gênio à que falaram os Camões, os Barros e os Ferreiras". Ficamos então aqui a saber que *Paradise Lost* é, afinal de contas, *fraseado bárbaro*. Ideia, aliás, de outra maneira a seguir reforçada, quando aprendemos que o par Miguel e Adão dos últimos livros será um empobrecido Tethys e o Gama. Quanto à prosa de Soares e Mateus, está, por seu turno, condenada a ser assombrada por um eco de Milton. Em *The Reason of Church Government*, de 1642, Milton apresenta-se como "um poeta que usa a mão esquerda para escrever prosa". Terão os tradutores levado à letra a curiosa expressão de Hegel que vê na tradução o escravo *prosaico* do original?

O uso do verso decassílabo (e tanto quanto possível heroico) no texto português parte do entendimento da sua centralidade não só formal mas também conceitual. Se a forma exterior do poema pode ser considerada uma tentação (que nos sugere, entre outras coisas, que parte da lição do poema trata da afirmação da "luz interior" em detrimento da superficialidade do mundo empírico), então a simetria métrica afigura-se um bom meio de a atenuar, por muito paradoxal que isto possa parecer. Ao aplainar o aspecto do poema, submetendo-o inevitavelmente a uma tensão prosódica, atinge-se a dinâmica que visa refinar olhos e mente, necessária à concentração de energias rumo à verdade e à libertação de preocupações com os sensíveis. À luz deste entendimento, o verso funciona, precisamente, como antídoto de si.

Pareceu-me aconselhável uma tradução que tentasse operar uma correspondência verso a verso, que a um verso inglês ligasse um torso informativo equivalente em português. Este sistema tem algumas vantagens. O texto, sendo impedido de fugir das suas vizinhanças inglesas, permite o controle do potencial cotejador e obedece ao desenho do seu autor, muitas vezes fundamental, seja em termos numerológicos, seja em termos de transporte de sentido, tão habitual em Milton.

A pontuação de Milton é exótica e pode causar uma resistência inicial. Ela deve-se, além do mais, a um castigo editorial de que naturalmente resultou uma dispersão irrecuperável. De um modo geral, segui uma política conservadora, aliviando-a aqui ou ali. Este método preserva a sua idiossincrasia sintática, facilmente assimilada com um pouco de luta. O segredo passa, digamos assim, por uma leitura *andante*, ignorando, se preciso for, as marcas de pausa, mas atenta ao movimento do pensamento e com uma especial deferência pela sinalização retórica. O ponto-final é obrigatório e serve igualmente os propósitos de introduzir discurso direto. A capitalização e os itálicos foram no meu texto sujeitos a uma purga, à qual poupei apenas alguns casos excepcionalmente discriminados. Tenhamos em conta que o ideografismo miltoniano, para além das leituras atrás sugeridas, resulta de *Paradise Lost* ser em grande medida um ditado, essencialmente escrito entre 1658 e 1665, altura em que Milton era já totalmente privado de visão.

Uma palavra final para o meu moto. Inspirado no tipo de tradução a que Goethe chamou híbrido ou interlinear, o que implica que o tradutor abandone o *gênio* específico da sua nação e a semelhante emigração sujeite a voz do original, procurei desde logo chegar a um terceiro elemento compósito. Apercebi-me, porém, em retrospectiva, de que funcionei mais como Dryden a respeito de Virgílio, tentando que Milton, e obsessões com "fraseados bárbaros" à parte, falasse português, vivesse ele aqui e agora.

Sobre as notas

As notas à tradução têm como objetivo iluminar passos que se entendeu carecerem de comentário, seja parafraseando a tradução, seja clarificando um incômodo de contexto, seja ainda relacionando-os com os modelos a que aludem ou de que são êmulos. Visam sobretudo a uma explicação imediata e pretendem suprir a um primeiro nível o leitor inquieto, não sendo de modo algum exaustivas (desde logo porque a preocupação central deste trabalho foi dar a ler uma tradução de *Paradise Lost*). Para inquirições mais aprofundadas, sugiro a consulta das edições abaixo mencionadas, das quais em muito ficou devedora esta: *Paradise Lost*, ed. Alastair Fowler (Londres, Longman, 1998); *Paradise Lost*, ed. Christopher Ricks (Harmondsworth, Penguin, 1989); *Paradise Lost*, ed. John Leonard (Harmondsworth, Penguin, 2000); *Paradise Lost*, ed. Scott Elledge (Nova York, Norton, 1993); *The Major Works: John Milton*, ed. Stephen Orgel e Jonathan Goldberg (Oxford, Oxford University Press, 2003); *John Milton: The Complete Poems*, ed. John Leonard (Harmondsworth, Penguin, 1998).

As obras de Milton a que faço referência serão abreviadas do seguinte modo: *PL* (*Paradise Lost*); *RCG* (*Reason of Church Government*); *PR* (*Paradise Regained*). O leitor poderá fazer o cotejo em *The Major Works*, ed. Orgel e Goldberg, citado.

As restantes abreviaturas serão encontradas ao longo das anotações e correspondem às várias obras com que se entendeu dever relacionar *Paradise Lost*:

Conf. (Santo Agostinho, *Confissões*, 13ª ed., Braga, Livraria Apostolado da Imprensa, 1999);

En. (Virgílio, *Aeneid*, ed. R. Deryck Williams, Londres, Bristol Classical Press, 1996);

Il. (Homero, *Ilíada*, trad. Frederico Lourenço, Lisboa, Cotovia, 2005);

Inf. ("Inferno", em Dante, *A Divina Comédia*, trad. Vasco Graça Moura, Lisboa, Bertrand, 1996);

Lus. (Camões, *Os Lusíadas*, ed. Mariz Roseira, Lisboa, Guimarães Editores, 2001);

Met. (Ovídio, *Les Métamorphoses*, ed. e trad. Georges Lafaye, Paris, Les Belles Lettres, 1980);

Od. (Homero, *Odisseia*, trad. Frederico Lourenço, Lisboa, Cotovia, 2003);

Par. ("Paraíso", em Dante, *A Divina Comédia*, trad. Vasco Graça Moura, Lisboa, Bertrand, 1996);

Purg. ("Purgatório", em Dante, *A Divina Comédia*, trad. Vasco Graça Moura, Lisboa, Bertrand, 1996);

Rep. (Platão, *A República*, trad. Maria Helena da Rocha Pereira, Lisboa, Gulbenkian, 1996).

Do Velho Testamento: *Gn.* (Gênesis), *Êx.* (Êxodo), *Lv.* (Levítico), *Nm.* (Números), *Dt.* (Deuteronômio), *Js.* (Josué), *Jz.* (Juízes), *Rt.* (Rute), *Sm.* (Samuel), *Rs.* (Reis), *Cr.* (Crônicas), *Ed.* (Esdras), *Ne.* (Neemias), *Jó* (Jó), *Sl.* (Salmos), *Pv.* (Provérbios), *Ct.* (Cântico dos Cânticos), *Is.* (Isaías), *Jr.* (Jeremias), *Ez.* (Ezequiel), *Dn.* (Daniel), *Os.* (Oseias), *Am.* (Amós).

Do Novo Testamento: *Mt.* (Mateus), *Mc.* (Marcos), *Lc.* (Lucas), *Jo.* (João), *At.* (Atos dos Apóstolos), *Rm.* (Romanos), *Co.* (Coríntios), *Gl.* (Gálatas), *Ef.* (Efésios), *Fp.* (Filipenses), *Cl.* (Colossenses), *Hb.* (Hebreus), *Pe.* (Pedro), *I Jo.* (Primeira Epístola de João), *Jd.* (Judas), *Ap.* (Apocalipse).

Finalmente, abrevio-me para tudo o que se provar omisso.

Daniel Jonas

Paradise Lost*

* Texto em inglês estabelecido a partir de John Milton, *Paradise Lost*, edição de Alastair Fowler, Londres, Longman, 1998.

Paraíso perdido

The verse

The measure is English heroic verse without rhyme, as that of Homer in Greek, and of Virgil in Latin; rhyme being no necessary adjunct or true ornament of poem or good verse, in longer works especially, but the invention of a barbarous age, to set off wretched matter and lame metre; graced indeed since by the use of some famous modern poets, carried away by custom, but much to their own vexation, hindrance, and constraint to express many things otherwise, and for the most part worse than else they would have expressed them. Not without cause therefore some both Italian and Spanish poets of prime note have rejected rhyme both in longer and shorter works, as have also long since our best English tragedies, as a thing of it self, to all judicious ears, trivial and of no true musical delight; which consists only in apt numbers, fit quantity of syllables, and the sense variously drawn out from one verse into another, not in the jingling sound of like endings, a fault avoided by the learned ancients both in poetry and all good oratory. This neglect then of rhyme so little is to be taken for a defect, though it may seem so perhaps to vulgar readers, that it rather is to be esteemed an example set, the first in English, of ancient liberty recovered to heroic poem from the troublesome and modern bondage of rhyming.

O verso

A medida é a do verso heroico sem rima, tal como o de Homero e o de Virgílio; a rima é complemento desnecessário ao bom poema e ao verso capaz e, enquanto ornamento, dispensável, especialmente nas obras mais longas, invenção afinal de uma idade bárbara, a fim de compensar argumentos pobres e métrica aleijada; agraciada desde então por um punhado de poetas modernos afamados, entusiasmados pela tradição, mas muito para sua própria vergonha, embaraço e constrangimento, impossibilitados de dizer as coisas de outra maneira, mais eficaz e ricamente expressiva. Não é sem razão, pois, que alguns poetas italianos ou espanhóis de exceção a tenham rejeitado, em obras longas e breves, como de há muito também as nossas tragédias, coisa trivial que é e musicalmente sensaborona para ouvidos judiciosos; as quais consistem apenas em ritmo apropriado, adequada quantidade silábica e um sentido que é diversamente transportado de um verso para outro, não por meio de tinidos de terminações semelhantes, erro evitado por antigos bem experimentados tanto na poesia como na boa oratória. Este negligenciar da rima tampouco deve ser entendido como defeito, embora o pareça eventualmente junto de leitores menores, mas antes como exemplo, o primeiro em inglês, da liberdade devolvida ao poema heroico da penosa escravidão moderna dos versejos.

Book I

The Argument

This first book proposes, first in brief, the whole subject, man's disobedience, and the loss thereupon of Paradise wherein he was placed: then touches the prime cause of his fall, the serpent, or rather Satan in the serpent; who revolting from God, and drawing to his side many legions of angels, was by the command of God driven out of heaven with all his crew into the great deep. Which action passed over, the poem hastes into the midst of things, presenting Satan with his angels now fallen into hell, described here, not in the centre (for heaven and earth may be supposed as yet not made, certainly not yet accursed) but in a place of utter darkness, fitliest called chaos: here Satan with his angels lying on the burning lake, thunderstruck and astonished, after a certain space recovers, as from confusion, calls up him who next in order and dignity lay by him; they confer of their miserable fall. Satan awakens all his legions, who lay till then in the same manner confounded; they rise, their numbers, array of battle, their chief leaders named, according to the idols known afterwards in Canaan and the countries adjoining. To these Satan directs his speech, comforts them with hope yet of regaining heaven, but tells them lastly of a new world and new kind of creature to be created, according to an ancient prophecy or report in heaven; for that angels were long before this visible creation, was the opinion of many ancient Fathers. To find out the truth of this prophecy, and what to determine thereon he refers to a full council. What his associates thence attempt. Pandæmonium the palace of Satan rises, suddenly built out of the deep: the infernal peers there sit in council.

Livro I

Argumento

Este livro propõe, primeiro em resumo, o assunto geral, a desobediência do homem, e a respectiva perda do Paraíso onde fora posto. Depois aborda a primeira causa da sua queda, a Serpente, ou antes Satanás na Serpente; o qual, rebelando-se contra Deus, e acompanhado por muitas legiões de anjos, foi por ordem de Deus expulso do Céu e lançado ao grande fosso. Ultrapassada esta ação, ocupa-se o poema com o meio das coisas, apresentando Satanás e os seus anjos agora caídos no inferno, descrito aqui não no centro (pois céu e terra ainda se dão como não criados, certamente não amaldiçoados) mas num lugar de trevas profundas, daí chamado Caos. Aqui Satanás, com os seus anjos boiando no lago de fogo, atordoados e atingidos por raios, recupera após certo tempo, como que de perplexidade, chama o seu imediato em hierarquia e dignidade e que também por perto jaz; conferenciam acerca da malograda queda. Satanás acorda todas as suas legiões, que até ali estavam igualmente aturdidas; levantam-se, seus números, ordem de batalha, os principais chefes chamados, de acordo com os ídolos conhecidos mais tarde em Canaã e nas terras adjacentes. A estes discursa Satanás, conforta-os na esperança de ainda reconquistarem o Céu, mas diz-lhes por último do novo mundo e nova criatura a serem criados, segundo uma antiga profecia ou relatos no Céu; pois que a existência de anjos era bem anterior à criação visível na opinião de muitos Pais da Igreja. Para saber da veracidade desta profecia, e o que deliberar em relação a ela, recorre a um conselho pleno. O que então empreendem os seus companheiros. Subitamente surge Pandemônio, o palácio de Satanás, erguido das funduras: os infernais pares lá se sentam em conselho.

Of man's first disobedience, and the fruit
Of that forbidden tree, whose mortal taste
Brought death into the world, and all our woe,
With loss of Eden, till one greater man
Restore us, and regain the blissful seat,
Sing heavenly Muse, that on the secret top
Of Oreb, or of Sinai, didst inspire
That shepherd, who first taught the chosen seed,
In the beginning how the heavens and earth
Rose out of chaos: or if Sion hill
Delight thee more, and Siloa's brook that flowed
Fast by the oracle of God, I thence
Invoke thy aid to my advent'rous song,
That with no middle flight intends to soar
Above the Aonian mount, while it pursues
Things unattempted yet in prose or rhyme.

Da rebelia adâmica,[1] e o fruto
Da árvore interdita, e mortal prova
Que ao mundo trouxe morte e toda a dor,
Com perda do Éden, 'té que homem maior[2]
Nos restaure, e o lugar feliz nos ganhe,
Canta, celestial Musa,[3] que no cume
Do Orebe, ou do Sinai lá, inspiraste
O pastor[4] que ensinou a casta eleita,[5]
De como no princípio céus e terra
Se ergueram do Caos; ou se o Monte Sião[6]
Mais te encanta, e de Siloé[7] o veio
Que corria p'lo oráculo de Deus,
Teu favor invoco à canção ousada,
Que em não mediano voo quer levar-se
Aos cimos de além Hélicon,[8] buscando
Coisas em prosa ou rima não tentadas.[9]

---

[1] Adão em hebraico significa "homem".

[2] Cristo, na teologia paulina o segundo Adão. Virgílio canta um só homem, ao passo que Milton vai cantar dois: um natural e um sobrenatural, promovendo deste modo um movimento desviante em relação à épica de tradição pagã. Há, no entanto, precedentes em Spenser e Tasso para o uso de dois heróis.

[3] Urânia, mais tarde identificada. Por via de Urânia a *Invocatio* é destinada à segunda pessoa da trindade, o *Logos*.

[4] Moisés.

[5] Filhos de Israel.

[6] Santuário, lugar de oráculos.

[7] Nascente a oeste do Monte Sião. Certamente Milton teve em conta os poderes curativos e purificantes do lago de Siloé, aludindo à passagem em que Jesus cura o cego (*Jo*. 9, 7), em óbvia analogia com o seu próprio estado.

[8] Monte sagrado das musas. Milton procura a sua fonte de inspiração nos cumes mais elevados, sugerindo assim uma rarefação do seu argumento com relação à restante épica e respectivos temas bem mais modestos.

[9] Tópico tradicional de abertura. O poeta busca a originalidade do seu discurso. No caso, Milton aproveita para glosar a fórmula ufana de Ariosto.

And chiefly thou O Spirit, that dost prefer
Before all temples the upright heart and pure,
Instruct me, for thou knowst; thou from the first
Wast present, and with mighty wings outspread
Dovelike satst brooding on the vast abyss
And mad'st it pregnant: what in me is dark
Illumine, what is low raise and support;
That to the height of this great argument
I may assert the eternal providence,
And justify the ways of God to men.
  Say first, for heaven hides nothing from thy view
Nor the deep tract of hell, say first what cause
Moved our grand parents in that happy state,
Favoured of heaven so highly, to fall off
From their creator, and transgress his will
For one restraint, lords of the world besides?
Who first seduced them to that foul revolt?
The infernal serpent; he it was, whose guile
Stirred up with envy and revenge, deceived
The mother of mankind, what time his pride
Had cast him out from heaven, with all his host
Of rebel angels, by whose aid aspiring
To set himself in glory above his peers,
He trusted to have equalled the most high,
If he opposed; and with ambitious aim
Against the throne and monarchy of God
Raised impious war in heaven and battle proud
With vain attempt. Him the almighty power
Hurled headlong flaming from the ethereal sky

E máxime tu, ó Espírito, que escolhes
Nos templos[10] o coração reto e puro,
Instrui-me, pois conheces; no princípio
Presente eras, de hartas asas livres
Qual pomba no abismo vasto ideavas,
Emprenhando-o:[11] o que é treva em mim
Aclara, o que é torpe ergue e suporta,
P'ra que ao nível de tão grande argumento
Defender possa a eterna providência
E aos homens seus caminhos explicar.
  Conta, que nada o Céu te esconde à vista,
Nem o baixo trato do Inferno, conta
O que levou os nossos pais do gozo,
Do bom favor dos altos, a cair
E a violar o querer do criador
Na restrição, senhores que eram no mais;
Quem os levou primeiro à transgressão?
A Serpente[12] infernal; pondo na astúcia
Vingança e inveja, enganou
A mãe da humanidade, quando o orgulho
Do Céu o expulsou, com sua hoste
De anjos rebeldes, co'eles aspirando
A assento sobranceiro sobre pares,
Julgando igualar o mais Magnânimo
Se o enfrentasse; e co'alvo ambicioso
No trono e na divina monarquia
Batalha ufana e ímpia guerra alçou
Com tentativa vã. A ele o altíssimo
Lançou flamejante do etéreo céu[13]

---

[10] Ideia paulina do corpo como templo (cf. *I Co.* 6, 19).

[11] Influência das doutrinas herméticas advogando o hermafroditismo de Deus.

[12] Satã, daí a atribuição pronominal masculina a seguir, isto é, "o", "ele".

[13] Misturando alusão bíblica (*Lc.* 10, 18) com homérica (*Il.* I, 591).

Him the almighty power
Hurled headlong flaming from the ethereal sky

A ele o altíssimo
Lançou flamejante do etéreo céu

(I, 44-5)

With hideous ruin and combustion down
To bottomless perdition, there to dwell
In adamantine chains and penal fire,
Who durst defy the omnipotent to arms.
Nine times the space that measures day and night
To mortal men, he with his horrid crew
Lay vanquished, rolling in the fiery gulf
Confounded though immortal: but his doom
Reserved him to more wrath; for now the thought
Both of lost happiness and lasting pain
Torments him; round he throws his baleful eyes
That witnessed huge affliction and dismay
Mixed with obdúrate pride and steadfast hate:
At once as far as angels' ken he views
The dismal situation waste and wild,
A dungeon horrible, on all sides round
As one great furnace flamed, yet from those flames
No light, but rather darkness visible
Served only to discover sights of woe,
Regions of sorrow, doleful shades, where peace
And rest can never dwell, hope never comes
That comes to all; but torture without end
Still urges, and a fiery deluge, fed
With ever-burning sulphur unconsumed:
Such place eternal justice had prepared
For those rebellious, here their prison ordained
In utter darkness, and their portion set
As far removed from God and light of heaven

Com hedionda ruína e combustão
À perdição sem fundo, e a penar
Nas chamas em grilhões adamantinos
Por desafiar o onipotente a armas.
Nove vezes o espaço dia e noite[14]
Dos mortais, ele e sua acerba chusma
Jazeram voltos no lago de fogo
Confusos e imortais; porém a pena
Reservou-lhe ira maior: pois a ideia
De gozo perdido e dor perdurante
O mói; revolve os olhos perniciosos
Que farta aflição viram e terror
Num misto de ódio e orgulho inexoráveis:
'Té onde vai dos anjos a visão
Vê o mórbido estado seco e bravo,
Um cárcere horrível, curvo de cantos
Como inflamado forno, porém chamas
Sem luz, senão visível cerração
Revelando paisagens de lamento,
Regiões de dor, sombrias, onde paz
E descanso não restam, nem esperança
Que a todos no fim resta; mas tortura
Sem fim, e ígneo dilúvio, atiçado
Com sempre ardente enxofre inconsumido:
Tal lugar a justiça eterna deu
Aos rebeldes, e aí prisão votou
Em trevas exteriores, e o quinhão
Longe de Deus e luz celeste quanto

[14] O *Exordium* que fornece a direção de cena da abertura. Abre com o tempo de nove dias durante os quais os anjos rebeldes permaneceram derrotados, imediatamente a seguir a igual período de nove dias de queda física no abismo. Também Hesíodo refere um período de nove dias para a queda dos Titãs. Este paralelo mitológico importa a Milton, pois as referências bíblicas, sendo neste ponto escassas, vão ganhar mais do que caráter alegórico.

As from the centre thrice to the utmost pole.
Oh how unlike the place from whence they fell!
There the companions of his fall, o'erwhelmed
With floods and whirlwinds of tempestuous fire,
He soon discerns, and weltering by his side
One next himself in power, and next in crime,
Long after known in Palestine, and named
Beëlzebub. To whom the arch-enemy,
And thence in heaven called Satan, with bold words
Breaking the horrid silence thus began.
  If thou beest he; but oh how fallen! how changed
From him, who in the happy realms of light
Clothed with transcendent brightness didst outshine
Myriads though bright: if he whom mutual league,
United thoughts and counsels, equal hope
And hazard in the glorious enterprise,
Joined with me once, now misery hath joined
In equal ruin: into what pit thou seest
From what height fallen, so much the stronger proved

Do centro três vezes aquém do polo.[15]
Oh, tão distante de onde eles caíram!
Aí os seus sequazes, oprimidos
Com torrentes e fogo em turbilhão
Logo discerne, e junto a si revolto
Seu segundo no crime e no poder,
Na Palestina mais tarde chamado
De Belzebu.[16] A quem o arqui-inimigo,
Daí no Céu Satã,[17] com verbo audaz
Rompendo o atroz silêncio começou.
Ele és, mas quão caído![18] quão diferente
Daquele, que nos reinos de luz álacres
Vestindo excelso brilho encandeaste[19]
Miríades brilhantes. Se esse aliança,
Pensamento e conselho, igual esperança
E iguais riscos na empresa gloriosa,
A mim uniu outrora, ao vil se uniu
Agora em ruína igual: o poço mede
Alta a queda, tão forte provou ser

---

[15] Enquanto Homero posiciona o Hades abaixo da terra em proporcionalidade direta com a distância desta ao Céu acima, e Virgílio o Tártaro duas vezes abaixo daquela, Milton estabelece uma relação geométrica através da qual chama a atenção para a proporção numérica de Céu/terra, terra/inferno. A terra divide o intervalo entre Céu e inferno. "Três vezes" é apenas modo intensivo.

[16] "Senhor das moscas". Em *Mt.* 12, 24 é "príncipe dos demônios". São Jerônimo vê nas moscas um símbolo de pertinácia. Assim Belzebu nunca se cansa de infestar a raça humana de todas as maneiras possíveis.

[17] Depois da rebelião, o primeiro nome, Lúcifer, cairia também em desuso. Em hebraico Satanás significa "inimigo".

[18] Ecoa Eneias ante a aparição de Heitor durante a queda de Troia (*En.* XI, 274). Cf. igualmente a este propósito *Is.* 14, 12. O discurso de 41 versos com início no presente, constituindo o primeiro discurso no livro, equilibra o último, também de Satanás, e também com 41 versos (I, 622-62).

[19] A quebra da concordância gramatical reflete a hesitação de Satã em face da aparência irreconhecível de Belzebu. Em *PL* estas cólicas gramaticais são sempre reflexo de agitação no falante.

He with his thunder: and till then who knew
The force of those dire arms? Yet not for those
Nor what the potent victor in his rage
Can else inflict, do I repent or change,
Though changed in outward lustre, that fixed mind
And high disdain, from sense of injured merit,
That with the mightiest raised me to contend,
And to the fierce contention brought along
Innumerable force of spirits armed
That durst dislike his reign, and me preferring,
His utmost power with adverse power opposed
In dubious battle on the plains of heaven,
And shook his throne. What though the field be lost?
All is not lost; the unconquerable will,
And study of revenge, immortal hate,
And courage never to submit or yield:
And what is else not to be overcome?
That glory never shall his wrath or might
Extort from me. To bow and sue for grace
With suppliant knee, and deify his power
Who from the terror of this arm so late
Doubted his empire, that were low indeed,
That were an ignominy and shame beneath
This downfall; since by fate the strength of gods
And this empyreal substance cannot fail,
Since through experience of this great event
In arms not worse, in foresight much advanced,
We may with more successful hope resolve
To wage by force or guile eternal war

Ele e o seu trovão. Quem diria então
A força desses braços? Nem por esses,
Nem p'lo que o vencedor na sua ira
Possa ainda infligir, repeso ou mudo,
Mudado embora o lustre, a fixa mente
E desdém, do valor tido em mau preço
Que me sublevou contra o onipotente
E à bravia contenda trouxe força
Incontável de espíritos armados,
Que ousaram afrontá-lo, e a mim escolhendo,
À força força adversa apresentaram
Em dúbio choque, o trono lhe abalando[20]
Nos plainos do Céu. Que tem que a campanha
Se perca? Acaso a indômita vontade,
O estudo de vingança, o ódio infindo
E a insubmissa coragem se perderam?
E que mais será não ser subjugado?[21]
Tal glória jamais ira ou poderio
Extorquirão de mim. Implorar graça
Com joelho suplicante, deificar
Poder a quem por medo deste braço
Temeu p'lo seu império, vil seria,
Ignomínia e vergonha ante esta queda;
Pois que a força dos deuses por destino
E esta empírea substância jamais cessam,
Pois que pela experiência deste evento
Em não piores braços, em mira avançada,
Podemos empreender confiantes mais
Pela força e perfídia eterna guerra

---

[20] Falso, como se verá em VI, 834-5. É, na verdade, o carro do Filho que abala as fundações do Céu. De qualquer maneira, não seria plausível haver discurso diabólico sem mentiras.

[21] Vontade, vingança, ódio e coragem são, para Satã, sinal inequívoco de que os anjos rebeldes não foram subjugados.

Irreconcilable to our grand foe,
Who now triúmphs, and in the excess of joy
Sole reigning holds the tyranny of heaven.
So spake the apostate angel, though in pain,
Vaunting aloud, but racked with deep despair:
And him thus answered soon his bold compeer.
O prince, O chief of many thronèd powers,
That led the embattled seraphim to war
Under thy conduct, and in dreadful deeds
Fearless, endangered heaven's perpetual king;
And put to proof his high supremacy,
Whether upheld by strength, or chance, or fate,
Too well I see and rue the dire event,
That with sad overthrow and foul defeat
Hath lost us heaven, and all this mighty host
In horrible destruction laid thus low,
As far as gods and heavenly essences
Can perish: for the mind and spirit remains
Invincible, and vigour soon returns,
Though all our glory extinct, and happy state
Here swallowed up in endless misery.
But what if he our conqueror (whom I now
Of force believe almighty, since no less
Than such could have o'erpowered such force as ours)
Have left us this our spirit and strength entire
Strongly to suffer and support our pains,
That we may so suffice his vengeful ire,
Or do him mightier service as his thralls
By right of war, whate'er his business be
Here in the heart of hell to work in fire,
Or do his errands in the gloomy deep;
What can it then avail though yet we feel
Strength undiminished, or eternal being

Implacável ao nosso adversário
Que agora ganha e em gozo excessivo
Detém sozinho o Céu em tirania.
Assim falou, co'alarde, o anjo apóstata,
Porém moído com fundo desespero.
E logo o seu igual lhe replicou.
Ó príncipe de entronados poderes,[22]
Que levou bastilhados Serafins
À guerra, e que em façanhas tão medonhas,
Galhardo, o Rei perpétuo ameaçou,
E à prova pôs a alta prevalência,
Quer sustida por força, acaso ou sorte;
Bem vejo eu e lamento o duro fato
Que com triste derrube e vil derrota
Nos fez perder o Céu, e toda a hoste
Em horrível excídio assim prostrou,
No limite mortal de essências célicas
E divinas: pois espírito e mente
Invictos são, e o viço pronto volta,
Apesar de extinta a glória, e o gozo
Em lástima perpétua aqui engolido.
E se o conquistador (que eu por força
Onipotente julgo, pois não menos
Que toda a força a nossa excederia)
Intactos nos deixou poder e alento
P'ra podermos co'as penas e o sofrer,
Bastando isto à ira vingativa?
Ou escravos nos prefere e lhe prestemos
Por lei de guerra, prontos e ao dispor,
Laborando no fogo infernal,
Fazendo o frete neste fosso escuro.
De que nos aproveita que sintamos
Vigor igual, ou eternas essências

---

[22] Evocando tronos e potestades, ordens angélicas.

To undergo eternal punishment?
Whereto with speedy words the arch-fiend replied.
   Fall'n cherub, to be weak is miserable
Doing or suffering: but of this be sure,
To do aught good never will be our task,
But ever to do ill our sole delight,
As being the contrary to his high will
Whom we resist. If then his providence
Out of our evil seek to bring forth good,
Our labour must be to pervert that end,
And out of good still to find means of evil;
Which oft-times may succeed, so as perhaps
Shall grieve him, if I fail not, and disturb
His inmost counsels from their destined aim.
But see the angry victor hath recalled
His ministers of vengeance and pursuit
Back to the gates of heaven: the sulphurous hail
Shot after us in storm, o'erblown hath laid
The fiery surge, that from the precipice
Of heaven received us falling, and the thunder,
Winged with red lightning and impetuous rage,

Se sujeitas a eterna punição?
Ao que o arcanjo mau veloz tornou.
  Querubim[23] caído, ser fraco é infeliz
Ação ou privação.[24] Mas certo sê,
O bem jamais será nossa tarefa,
Mas o mal nosso único prazer,
Como o oposto da altíssima vontade
Que combatemos. Se então a presciência
Propuser outro bem do nosso mal,
Deve ser mister nosso pervertê-lo,
E do bem achar meios para o mal,[25]
O que sucede amiúde, e assim talvez
O moleste, salvo erro, e desoriente
Seus íntimos conselhos do alvo quisto.
Mas vê que o vencedor conjurou rábido
Os ministros da vingança e propósito
Aos portões do Céu; a chuva sulfúrea,[26]
Contra nós desferida, dissipou
A vaga de fogo, que do abismo
Nos recebeu a queda, e o alado
Trovão de rubro raio e fúria acesa

---

[23] Pertencente à segunda ordem de anjos, excelentes em conhecimento.

[24] Princípio de niilismo demoníaco. Para Horácio é a ambição que leva os homens à ação ou ao sofrimento, padecendo desejosos pelo caminho da virtude (cf. *Odes* III, 24-43).

[25] Versos 162-5: antecipa XII, 470-8, o pasmo de Adão ao verificar o revés através do qual Deus promove a Queda a uma ocasião para o bem, ou, em termos teológicos, a *felix culpa*. Empson vai aliás defender que os objetivos de Deus são os de Satã, já que o seu desígnio mais íntimo seria o de propiciar na Queda uma oportunidade afortunada para o homem, sem a qual não haveria lugar à encarnação e ressurreição do Filho.

[26] Versos 169-71: em VI, 880, o Messias será Único vencedor na expulsão dos rebeldes, e os seus anjos apenas observadores (cf. VI, 800 ss.). Se a discrepância é intencional, espelha a relutância de Satã em admitir a vitória de Cristo a sós. Os anjos rebeldes estão neste momento a acordar de um coma, pelo que a recordação é naturalmente imprecisa quanto ao período que vai da guerra até à libertação das correntes.

Perhaps hath spent his shafts, and ceases now
To bellow through the vast and boundless deep.
Let us not slip the occasion, whether scorn,
Or satiate fury yield it from our foe.
Seest thou yon dreary plain, forlorn and wild,
The seat of desolation, void of light,
Save what the glimmering of these livid flames
Casts pale and dreadful? Thither let us tend
From off the tossing of these fiery waves,
There rest, if any rest can harbour there,
And reassembling our afflicted powers,
Consult how we may henceforth most offend
Our enemy, our own loss how repair,
How overcome this dire calamity,
What reinforcement we may gain from hope,
If not what resolution from despair.
  Thus Satan talking to his nearest mate
With head uplift above the wave, and eyes
That sparkling blazed, his other parts besides
Prone on the flood, extended long and large
Lay floating many a rood, in bulk as huge
As whom the fables name of monstrous size,
Titanian, or Earth-born, that warred on Jove,
Briarios or Typhon, whom the den
By ancient Tarsus held, or that sea-beast

Quiçá perdeu os dardos, e cessou
De bramir pelo vasto e incerto abismo.
Não percamos o ensejo, se escárnio
Ou raiva farta renda do inimigo.
Vês além o bravio e ermo plaino,
O assento do abandono, nu de luz,
Salvo o que a frouxidão da chama lívida
Faz pálido e medonho? Afastemo-nos
Destas ondas de fogo encapeladas,
Repousemos ali, se houver repouso,
E reunindo as dispersas potestades
Apuremos um meio de atacar
O inimigo, compor a nossa perda,
Vencer esta feroz calamidade,
Que reforço da esperança adicionar,
Se não, que decisão do desespero.
  Falava assim Satã com seu segundo,
Soerguendo da onda a fronte e olhos
Que chispantes ardiam, e outras partes
De borco na corrente, ao longo e ao largo
De muitas milhas, em tamanho porte
Como o que chamam fábulas de monstro,
Titânico ou gigante, dos que armaram
Contra Júpiter, Briareu[27] ou Tifeu,[28]
O da caverna em Tarso,[29] ou da besta

[27] A serpente com pernas era um Titã.

[28] Um Gigante. Ambos filhos de Terra, opuseram-se a Júpiter. Foram eventualmente confinados abaixo do Etna. No verso 226 da sua *Nativity Ode*, Milton faz confluir o Tifeu serpentino com o da mitologia egípcia, representante do princípio cósmico do mal divisível. Na *Areopagitica* interpreta este Tifeu egípcio como um tipo dos que desmembram a verdade.

[29] Capital bíblica da Cilícia, e tanto Píndaro como Ésquilo descrevem o habitat de Tifeu como antro ciliciano.

Leviathan, which God of all his works
Created hugest that swim the ocean stream:
Him haply slumbering on the Norway foam
The pilot of some small night-foundered skiff,
Deeming some island, oft, as seamen tell,
With fixèd anchor in his scaly rind
Moors by his side under the lee, while night
Invests the sea, and wishèd morn delays:
So stretched out huge in length the arch-fiend lay
Chained on the burning lake, nor ever thence
Had risen or heaved his head, but that the will
And high permission of all-ruling heaven
Left him at large to his own dark designs,
That with reiterated crimes he might
Heap on himself damnation, while he sought
Evil to others, and enraged might see
How all his malice served but to bring forth
Infinite goodness, grace and mercy shown
On man by him seduced, but on himself
Treble confusion, wrath and vengeance poured.
Forthwith upright he rears from off the pool
His mighty stature; on each hand the flames
Driv'n backward slope their pointing spires, and, rolled
In billows, leave i' th' midst a horrid vale.
Then with expanded wings he steers his flight
Aloft, incumbent on the dusky air
That felt unusual weight, till on dry land

Dos mares Leviatã,[30] que Deus de todos
Os que cursam oceanos fez maior:
Ele no sono da espuma da Noruega
O piloto de um esquife entrevado[31]
Julga às vezes ilha, contam marujos,
E com âncora fixa nas escamas
Atraca a sotavento, quando a noite
Cerca o mar, e a manhã sonhada atrasa:
Alongado o imenso arcanjo mau
Nos grilhões do lago folhão, não mais
Erguera a cerviz, mas isso a vontade
E alto favor do Céu que tudo rege
Deixou à solta aos seus negros desígnios,
Que p'los recalcitrantes crimes viesse
Sobre si maldição, ao intentar
Mal p'ra outros, e visse enraivecido
Como o seu mal apenas promovera
Um bem infindo, graça e mercê vistas
No homem que tentou, contudo nele
Aguda confusão, ira e vingança.[32]
Com prontidão a prumo iça do lago
A rija compleição; nas mãos as chamas
Retesas inclinaram as agulhas
E cuspindo-as em anéis vales mirram.
Depois de asas abertas guia o voo
Nos altos, apoiado no ar fusco
Que acusou peso raro, até que pousa

---

[30] O monstro de *Jó* 41, identificado em *Is.* 27, 1 como a serpente tortuosa. É por vezes também identificado como uma baleia.

[31] Não só coberto por trevas mas por elas imobilizado.

[32] Versos 211-20: cf. II, 856. É Deus quem permite mobilidade a Satã para fora do abismo e, nessa medida, promove a tentação do Homem e o pecado do iníquo, apesar de inocente em todo este processo. Santo Agostinho formula-o: *voluntatum malarum iustissimus ordinator*.

Forthwith upright he rears from off the pool
His mighty stature

Com prontidão a prumo iça do lago
A rija compleição

(I, 221-2)

He lights, if it were land that ever burned
With solid, as the lake with liquid fire;
And such appeared in hue, as when the force
Of subterranean wind transports a hill
Torn from Pelorus, or the shattered side
Of thundering Ætna, whose combustible
And fuelled entrails thence conceiving fire,
Sublimed with mineral fury, aid the winds,
And leave a singèd bottom all involved
With stench and smoke: such resting found the sole
Of unblessed feet. Him followed his next mate,
Both glorying to have scaped the Stygian flood
As gods, and by their own recovered strength,
Not by the sufferance of supernal power.
  Is this the region, this the soil, the clime,
Said then the lost archangel, this the seat
That we must change for heaven, this mournful gloom
For that celestial light? Be it so, since he
Who now is sovereign can dispose and bid
What shall be right: furthest from him is best
Whom reason hath equalled, force hath made supreme
Above his equals. Farewell happy fields
Where joy for ever dwells: hail horrors, hail
Infernal world, and thou profoundest hell
Receive thy new possessor: one who brings
A mind not to be changed by place or time.
The mind is its own place, and in itself

Em seco chão, um chão que ardesse em fogo
Sólido, como o lago no que é líquido,
Vendo-se no matiz: como o poder
Do subterrâneo vento ao levar montes
Rasgados a Peloro,[33] ou o bordo
Do Etna troante, cujo combustível
E entranhas carburentes dando fogo,
Com fúria mineral sublimado,[34] asa
Ventos e o fundo deixa chamuscado
Envolto em podridão: tal pouso achou
A planta dos pés vis. Seguiu-o o outro,
Ambos cantando a fuga do Estige[35]
Quais deuses, renovando a força própria,
Não por nução de força supernal.[36]
  É esta a região, o solo, o clima,
Disse o arcanjo perdido, o assento
A trocar pelo Céu, as trevas tristes
Pela celeste luz? Seja, já que ele
Que agora é soberano usa e manda
O que entende; à parte está melhor
Quem lhe igualou razão, força fez súpera
Acima dos seus pares. Adeus campos
Que o gozo sempre habita, ave horrores,
Mundo infernal, e tu profundo Inferno
Recebe o novo dono, o que traz
Mente por tempo ou espaço não trocável.
A mente é em si mesma o seu lugar,

---

[33] Cabo Faro, o promontório nordestino da Sicília nas imediações do Etna.

[34] Convertido diretamente do sólido ao gasoso pelo calor vulcânico, de tal forma que permite a reconversão em sólido após o arrefecimento.

[35] O lago do verso 52.

[36] Versos 240-1: ilusão, como se constata nos versos 210-20.

Can make a heaven of hell, a hell of heaven.
What matter where, if I be still the same,
And what I should be, all but less than he
Whom thunder hath made greater? Here at least
We shall be free; the almighty hath not built
Here for his envy, will not drive us hence:
Here we may reign secure, and in my choice
To reign is worth ambition though in hell:
Better to reign in hell, than serve in heaven.
But wherefore let we then our faithful friends,
The associates and copartners of our loss,
Lie thus astonished on the oblivious pool,
And call them not to share with us their part
In this unhappy mansion, or once more
With rallied arms to try what may be yet
Regained in heaven, or what more lost in hell?
  So Satan spake, and him Beëlzebub
Thus answered. Leader of those armies bright,
Which but the omnipotent none could have foiled,
If once they hear that voice, their liveliest pledge
Of hope in fears and dangers, heard so oft
In worst extremes, and on the perilous edge
Of battle when it raged, in all assaults
Their surest signal, they will soon resume
New courage and revive, though now they lie

Faz do inferno Céu, faz do Céu inferno.[37]
Que importa onde se eu o mesmo for,
Ou o que seja, logo que não seja
Inferior ao que deu fama ao trovão?
Aqui seremos livres; o magnânimo
Não alçou cá a inveja, nem daqui
Nos levará. A salvo reinaremos,
Que é digna ambição mesmo se no inferno:
Melhor reinar no inferno que no Céu
Servir. Mas por que deixarmos amigos,[38]
Os sócios e parceiros da falência,
No lago do letargo aturdidos,[39]
E não os chamar a dividir parte
Nesta infeliz mansão; ou uma vez
Sãos os braços malsãos, tentar ainda
O Céu reaver, ou mais perder no inferno?
Assim falou Satã, e Belzebu
Tornou. Líder de tropas áureas, fora
O Onipotente quem te tombaria?
Se um dia a voz te ouviram, o penhor
Da esperança nos receios e nos riscos,
Nos extremos do perigo amiúde ouvida,
E no gume da liça quando urrava,
Nas cargas seu garante, hão-de somar
Novo alento à coragem, muito embora

---

[37] Que Céu e inferno sejam estados de espírito já o defendia o hermético medieval Amaury de Bene.

[38] Versos 263-4: proverbial. Cf. *Sl.* 84, 10 e *Od.* XI, 489-91. Suetônio diria a propósito de Júlio César: "Abalado por estes ataques e convencido — como lhe ouviram, ao que parece, repetir muitas vezes — 'que seria mais difícil fazê-lo descer do primeiro para o segundo lugar do Estado, que depois do segundo para o último' [...]" (Suetônio, *As vidas dos doze Césares*, vol. I, XXIX, Lisboa, Sílabo, 2005).

[39] Ao contrário do rio Letes, o do esquecimento, este lago infernal não lava dor nem memória. Em II, 606-14 os diabos são torturados por essa impossibilidade de beber do Letes.

Grovelling and prostrate on yon lake of fire,
As we erewhile, astounded and amazed,
No wonder, fallen such a pernicious height.
He scarce had ceased when the superior fiend
Was moving toward the shore; his ponderous shield
Ethereal temper, massy, large and round,
Behind him cast; the broad circumference
Hung on his shoulders like the moon, whose orb
Through optic glass the Tuscan artist views
At evening from the top of Fesole,
Or in Valdarno, to descry new lands,
Rivers or mountains in her spotty globe.
His spear, to equal which the tallest pine
Hewn on Norwegian hills, to be the mast
Of some great admiral, were but a wand,
He walked with to support uneasy steps
Over the burning marl, not like those steps
On heaven's azure, and the torrid clime
Smote on him sore besides, vaulted with fire;
Natheless he so endured, till on the beach
Of that inflamèd sea, he stood and called
His legions, angel forms, who lay entranced
Thick as autumnal leaves that strew the brooks
In Vallombrosa, where the Etrurian shades
High overarched embower; or scattered sedge

Se prosternem servis no lago ardente,
Como outrora nós, turvos e esmagados;
Não admira, caídos de tal auge!
  Mal cessara e já o alto Demônio
Dava à costa; seu escudo ponderoso
De etérea têmpera, curvo e maciço,
Fundido nele, a ampla circunferência
Nos ombros como a lua, cuja órbita
P'lo vidro óptico o artista toscano
Vê à noite dos cimos lá de Fiésole,
Ou em Valdarno, ao toscar novas terras,
Rios, serras no seu globo manchado.[40]
A lança, semelhante a um alto pinho
Talhado em montes noruegueses,[41] mastro
De um navio almirante, um caduceu
A que ele apoiava passos incertos
P'la ardente marga, não como esses passos
No azul do Céu, e o clima abrasador,
Apertando-o na cúpula de fogo.
Contudo persistia, e na praia
Desse fervente mar chamou seus anjos,
Legiões em transe, bastos como folhas
De Outono que percorrem cursos de água
Em Vallombrosa, onde etruscas sombras
Toucam pérgulas; ou junças à tona,[42]

---

[40] Versos 284-91: Homero compara o escudo de Aquiles à Lua (*Il.* XIX, 373-4), mas pelo brilho, não pelo tamanho. Na *Areopagitica* Milton menciona ter visitado Galileu, o "artista toscano", que inaugurou o estudo da Lua através de um telescópio com potência suficiente para revelar as formas da sua superfície. Ao tempo Galileu fora sentenciado pela Inquisição a prisão domiciliar, perto de Florença, no vale do Arno (Valdarno), dando para as montanhas de Fiesole. Mais deste fascínio pelas descobertas de Galileu tratam os livros III, 588-90 e V, 261-4.

[41] Os mastros dos navios eram normalmente feitos a partir de abeto norueguês.

[42] Versos 301-4: cf. *Is.* 34, 4. Folhas caídas era imagem comum para mortos sem

Afloat, when the fierce winds Orion armed
Hath vexed the Red Sea coast, whose waves o'erthrew
Busiris and his Memphian chivalry,
While with perfidious hatred they pursued
The sojourners of Goshen, who beheld
From the safe shore their floating carcasses
And broken chariot wheels, so thick bestrewn
Abject and lost lay these, covering the flood,
Under amazement of their hideous change.
He called so loud, that all the hollow deep
Of hell resounded. Princes, potentates,
Warriors, the flower of heaven, once yours, now lost,
If such astonishment as this can seize
Eternal spirits: or have ye chosen this place
After the toil of battle to repose
Your wearied virtue, for the ease you find
To slumber here, as in the vales of heaven?
Or in this abject posture have ye sworn
To adore the conqueror? who now beholds
Cherub and seraph rolling in the flood
With scattered arms and ensigns, till anon
His swift pursuers from heaven gates discern
The advantage, and descending tread us down
Thus drooping, or with linkèd thunderbolts

Quando com cruéis ventos armado Órion[43]
Brandiu o Mar Vermelho,[44] a cujas ondas
Cedeu Busíris[45] e a carga menfita,
Ao perseguirem pérfidos em ódio
Os hóspedes de Gessen,[46] que observavam
De terra firme os corpos flutuantes
E as ruínas das quadrigas. Copiosos
Cobriam a maré, e rebaixados
Sob o assombro de tão dura mudança.
Chamou num grito e o fundo infernal
Ressoou. Potentados, principados,
Tropas, o escol do Céu, outrora vosso,
Hoje perdido, se tal espanto usurpa
Espíritos eternos; ou tomastes
Após a dura lida pouso aqui
Para a gasta virtude, pela calma
Que achais neste torpor, como nos vales
Do Céu? Ou jurastes na pose abjeta
Louvar o vencedor? que agora observa
Querubins e serafins no fluxo envoltos,
Na dispersão de braços e estandartes,
Até que do Céu seus ágeis algozes
Discirnam a vantagem, e lançando-se
Nos calquem já em queda, ou com raios

---

conta, como o mostram Homero, *Il.* VI, 146 ss., Virgílio, *En.* VI, 309-10, e Dante, *Inf.* III, 112-5.

[43] Órion marcava supostamente as estações das tempestades. Era símbolo do poder de Deus em aplicar sentença através de tempestades e inundações (cf. *Jó* 9, 9 e *Am.* 5, 8).

[44] O nome hebraico do Mar Vermelho é "Mar de Junças".

[45] Tirano habitualmente identificado com o faraó de *Êx.* 1. Milton associa-o também ao faraó de *Êx.* 14. Esta junção de dois faraós visa a uma concentração dramática, observável no livro XII, 165-96.

[46] Os israelitas.

Transfix us to the bottom of this gulf.
Awake, arise, or be for ever fall'n.
  They heard, and were abashed, and up they sprung
Upon the wing, as when men wont to watch
On duty, sleeping found by whom they dread,
Rouse and bestir themselves ere well awake.
Nor did they not perceive the evil plight
In which they were, or the fierce pains not feel;
Yet to their general's voice they soon obeyed
Innumerable. As when the potent rod
Of Amram's son in Egypt's evil day
Waved round the coast, up called a pitchy cloud
Of locusts, warping on the eastern wind,
That o'er the realm of impious Pharaoh hung
Like night, and darkened all the land of Nile:
So numberless were those bad angels seen
Hovering on wing under the cope of hell
'Twixt upper, nether, and surrounding fires;
Till, as a signal giv'n, the uplifted spear
Of their great sultan waving to direct
Their course, in even balance down they light
On the firm brimstone, and fill all the plain;
A multitude, like which the populous north
Poured never from her frozen loins, to pass
Rhene or the Danaw, when her barbarous sons
Came like a deluge on the south, and spread

Nos transfixem ao fundo deste golfo.
Levantai-vos do pasmo ou caí nele.
   Ouviram, e pejosos se lançaram
Num voo, como atalaias no seu turno
Surpreendidos no sono por quem temem
Quando se erguem e agitam estremunhados.
Não que cientes não fossem do maligno
Estado, ou que as fundas dores não acusassem;
Contudo ao general logo atenderam
Infindos. Como o dia ao Egito aziago
Em que Moisés meneou firme bordão
Na encosta, convocando a pícea nuvem
De locustas, inchando o vento leste,[47]
Que sobre o reino do ímpio Faraó
Pendeu e anoiteceu do Nilo as terras:
Tão inúmeros eram os maus anjos
Pairando num voo sob o teto do orco,
De alto a baixo cercados pelas flamas;
'Té que, como sinal, a lança alçada
Do seu grande Sultão a dirigir-lhes
O curso, em equilíbrio hábil pousam
Em firme enxofre e enchem todo o plaino:
Uma turba que o Norte populoso
Jamais dos lombos frios[48] derramou
Sobre o Reno ou o Danúbio, quando a bárbara
Prole se abateu no Sul como um dilúvio

---

[47] Moisés usou o seu bordão para chamar uma praga de gafanhotos sobre o Egito (cf. *Êx*. 10, 12-5, e XII, 185-8). Há alguma tradição no que respeita à associação de diabos a gafanhotos. Ver a este propósito *Ap*. 9, 3.

[48] Esta expressão parece inadequada num contexto de fecundidade, mas a imagem não poderia deixar de conciliar o Norte, lugar natural dos rebeldes, com os seus climas frios.

They heard, and were abashed, and up they sprung

Ouviram, e pejosos se lançaram

(I, 331)

So numberless were those bad angels seen
Hovering on wing under the cope of hell

Tão inúmeros eram os maus anjos
Pairando num voo sob o teto do orco

(I, 344-5)

Beneath Gibralter to the Lybian sands.
Forthwith from every squadron and each band
The heads and leaders thither haste where stood
Their great commander; godlike shapes and forms
Excelling human, princely dignities,
And powers that erst in heaven sat on thrones;
Though of their names in heavenly records now
Be no memorial, blotted out and razed
By their rebellion, from the books of life.
Nor had they yet among the sons of Eve
Got them new names, till wandering o'er the earth,
Through God's high sufferance for the trial of man,
By falsities and lies the greatest part
Of mankind they corrupted to forsake
God their creator, and the invisible
Glory of him, that made them, to transform
Oft to the image of a brute, adorned
With gay religions full of pomp and gold,
And devils to adore for deities:
Then were they known to men by various names,
And various idols through the heathen world.
Say, Muse, their names then known, who first, who last,
Roused from the slumber on that fiery couch,
At their great emperor's call, as next in worth
Came singly where he stood on the bare strand,
While the promiscuous crowd stood yet aloof.
The chief were those who from the pit of hell
Roaming to seek their prey on earth, durst fix
Their seats long after next the seat of God,
Their altars by his altar, gods adored
Among the nations round, and durst abide
Jehovah thundering out of Sion, throned

Desde Gibraltar às areias líbias.[49]
De todas as legiões e bandos logo
Os principais e chefes correm rumo
Ao comandante, quais deuses de formas
Excedendo a humana, régia classe,
Potências que no Céu detinham tronos,
'Inda que dos seus tombos lhes omitam
Os nomes, apagados e delidos
Dos livros da vida à traição devido.
Nem ainda entre os filhos de Eva tinham
Novos nomes, até que, em terra errantes,
Por outorga de Deus no ordálio humano,
Com mentiras e embustes grande parte
Dos homens seduziram a abjurar
O seu Deus criador, e dele a glória
Que invisível amiúde transformavam
Em imagem brutal, ornamentada
Com ritos pavões, cheios de ouro e pompa,
E diabos a adorar quais divindades:
Entre os gentios eram então célebres
Nos vários nomes e ídolos pagãos.
Diz, Musa, os nomes, que antes e depois
Se ergueram do torpor do ígneo leito
À voz do imperador, que hierarquia
À vez se lhe juntou na praia nua
Quando ao longe 'inda a turba se enleava.
À cabeça seguiam os que do orco
Com o fito na presa térrea ousaram
Fixar templo, p'los evos, junto ao templo
De Deus, as suas aras junto à sua,
Sacros deuses em todas as nações,
Troando sob as asas de Jeová

---

[49] Versos 351-5: completa a série de três símiles cosmicamente ordenados em que Milton compara os anjos caídos a plantas, insetos e exércitos humanos.

Between the cherubim; yea, often placed
Within his sanctuary itself their shrines,
Abominations; and with cursèd things
His holy rites, and solemn feasts profaned,
And with their darkness durst affront his light.
First Moloch, horrid king besmeared with blood
Of human sacrifice, and parents' tears,
Though for the noise of drums and timbrels loud
Their children's cries unheard, that passed through fire
To his grim idol. Him the Ammonite
Worshipped in Rabba and her watery plain,
In Argob and in Basan, to the stream
Of utmost Arnon. Nor content with such
Audacious neighbourhood, the wisest heart
Of Solomon he led by fraud to build
His temple right against the temple of God
On that opprobrious hill, and made his grove
The pleasant valley of Hinnom, Tophet thence

Em Sião, entronado entre querubins;
No santuário puseram seus altares,
E abominações, e com maldições
Puros rituais, festins graves mancharam
E o seu breu a luz ousou afrontar.[50]
À frente o horrendo rei Moloque,[51] untado
Com sangue humano e lágrimas de pais,
Mudo que está p'los rufos dos tambores
Dos filhos o clamor, que ao fogo entraram
Rumo ao ídolo torvo. O Amonita
Em Rabá[52] o adorou e nos seus mares,
Em Argobe e em Basã, até ao curso
Do Arnom distante. E não contente com
Tão audaz vizinhança, achou venal
O sábio coração de Salomão,
E ergueu-lhe o templo junto ao divinal[53]
Nesse monte infamante,[54] e fez seu bosque
O grato vale de Hinom, de então Tofete,[55]

---

[50] Introduz o primeiro grupo de anjos, os que depois se tornam deuses de nações em contato com os israelitas. Milton vai referir-se às apostasias dos reis de Judá (cf. *II Rs*. 21, 2-7).

[51] Principia com Moloque o travestismo dos doze discípulos de Cristo. Moloque é rei porque é esse o sentido literal do seu nome. Os restantes são: Quemós, Baalim, Astarote, Astorete/Astarte, Tamuz, Dagon, Rimon, Osíris, Ísis, Hórus e Belial.

[52] Cidade real dos amonitas, capturada por Davi, após o seu arrependimento (cf. *II Sm*. 26-9). Ver *Dt*. 3, 1-13 para a descrição da conquista de Basã e Argobe até ao rio Arnom.

[53] As mulheres de Salomão levaram-no à idolatria (*I Rs*. 11, 5-7) e a edificar templos (*II Rs*. 23, 13-4), mais tarde derribados por Josias (verso 418).

[54] Monte das Oliveiras, chamado "o da corrupção" devido à idolatria de Salomão. Em Milton, Salomão é um tipo de Cristo e Adão.

[55] Cf. *II Rs*. 23, 10. Tofete é tido como o vale dos filhos de Hinom, através de uma eventual derivação de "Tof", tambor, aludindo desse modo às batidas rituais de Moloque, usadas pelos sacerdotes para abafar o choro dos infantes sacrificados.

And black Gehenna called, the type of hell.
Next Chemos, the obscene dread of Moab's sons,
From Aroer to Nebo, and the wild
Of southmost Abarim; in Hesebon
And Heronaim, Seon's realm, beyond
The flowery dale of Sibma clad with vines,
And Eleale to the Asphaltic Pool.
Peor his other name, when he enticed
Israel in Sittim on their march from Nile
To do him wanton rites, which cost them woe.
Yet thence his lustful orgies he enlarged
Even to that hill of scandal, by the grove
Of Moloch homicide, lust hard by hate;
Till good Josiah drove them thence to hell.
With these came they, who from the bordering flood
Of old Euphrates to the brook that parts
Egypt from Syrian ground, had general names

Dito Geena, símbolo do inferno.[56]
Depois Quemós, o horror dos moabitas[57]
Desde Aroer[58] até Nebo,[59] e o deserto
De Abarim no extremo sul; em Hesbon[60]
E Horonaim, dos reinos de Siom,
P'ra lá do flóreo vale de Sibma a vinhas
Vestido, e Eleale ao lago asfáltico.[61]
Peor dele o outro nome, ao atrair
Em Sitim[62] Israel vindo do Nilo
A ritos sensuais pagos a pragas.[63]
E daí alastrou orgias lúbricas
Ao monte dos escândalos, p'lo bosque
Do homicida Moloque, num cio de ódio,
'Té que ao inferno os levasse Josias.
E com estes aqueles que do fluxo
Do Eufrates ao arroio que separa
O Egito de chão sírio são chamados[64]

---

[56] Vale de Hinom. Em *Mt.* 10, 28 é nome de inferno.

[57] A abominação de Moab (*I Rs.* 11, 7). Ver *Nm.* 32 para a maioria destes lugares da herança moabita atribuídos por Moisés às tribos de Rúben e Gade.

[58] Cidade no extremo norte do território.

[59] Cidade ao sul, perto das montanhas de Abarim.

[60] *Nm.* 21, 25-30 trata da conquista israelita de Hesbon, cidade moabita tomada pelo amorita rei Siom. Hesbon, Horonaim, a vinha de Sibma e Eleale figuram todos na profecia de *Is.* 15, 5 e 16, 8 ss.

[61] Mar Morto. Assim chamado devido à sua espuma betuminosa. É a fronteira moabita a sudoeste.

[62] *Nm.* 25, 1-3 e *Os.* 9, 10.

[63] Uma praga que matou 24 mil (cf. *Nm.* 25, 9).

[64] Área do limite a nordeste da Síria até a sudoeste de Canaã, o rio Besor.

Of Baalim and Ashtaroth, those male,
These feminine. For spirits when they please
Can either sex assume, or both; so soft
And uncompounded is their essence pure,
Not tied or manacled with joint or limb,
Nor founded on the brittle strength of bones,
Like cumbrous flesh; but in what shape they choose
Dilated or condensed, bright or obscure,
Can execute their airy purposes,
And works of love or enmity fulfil.
For those the race of Israel oft forsook
Their living strength, and unfrequented left
His righteous altar, bowing lowly down
To bestial gods; for which their heads as low
Bowed down in battle, sunk before the spear
Of despicable foes. With these in troop
Came Astoreth, whom the Phoenicians called
Astarte, queen of heaven, with crescent horns;
To whose bright image nightly by the moon
Sidonian virgins paid their vows and songs,
In Sion also not unsung, where stood
Her temple on the offensive mountain, built
By that uxorious king, whose heart though large,
Beguiled by fair idolatresses, fell

Baalins[65] e Astarotes,[66] machos uns,
Fêmeos outros. Pois podem os espíritos[67]
Qualquer sexo assumir, e os dois de vez,
Tão simples e leve é a pura essência,
Sem algemas de membros, nós ou juntas,
Nem fundada na frágil força de ossos,
Como a incômoda carne; sejam forma
Condensada ou lassa, clara ou escura,
Os seus sidéreos fins levam a cabo,
E trabalhos de amor ou desavença.
Por estes Israel abandonou
A sua força viva,[68] e sem viv'alma
Lhe deixou o altar reto, mais prostrando-se
A deuses bestiais; e na batalha
Tão baixa era a cerviz que ante a lança
Inimiga afundou. Com esta tropa
Veio Astorete, a Astarte dos fenícios,[69]
Rainha dos céus, dos cornos em crescente,
A cuja imagem virgens sidonianas
Pagavam ao luar votos e cantos.
Nem em Sião não eram celebrados,
No seu templo no monte das ofensas
Firmado p'lo rei mole, cuja razão,
Seduzida por esplêndidas idólatras,

---

[65] Plural de Baal, sendo nome genérico da maioria dos ídolos. Os deuses solares dos fenícios e dos cananitas eram coletivamente chamados de Baalins e cada lugar de culto teria a particularidade de um sobrenome, por exemplo, Baal-Peor.

[66] Astarote era uma variante para deusa da lua.

[67] Versos 422-3: na poesia renascentista a instabilidade da forma é quase sempre maligna.

[68] Jeová (cf. *I Sm.* 15, 29).

[69] Astorete ou Astarte, Vênus e deusa lunar sidoniana. Representava-a um corpo de mulher com cabeça de touro (cf. *Jr.* 44, 17-9).

To idols foul. Thammuz came next behind,
Whose annual wound in Lebanon allured
The Syrian damsels to lament his fate
In amorous ditties all a summer's day,
While smooth Adonis from his native rock
Ran purple to the sea, supposed with blood
Of Thammuz yearly wounded: the love-tale
Infected Sion's daughters with like heat,
Whose wanton passions in the sacred porch
Ezekiel saw, when by the vision led
His eye surveyed the dark idolatries
Of alienated Judah. Next came one
Who mourned in earnest, when the captive ark
Maimed his brute image, head and hands lopped off
In his own temple, on the groundsel edge,
Where he fell flat, and shamed his worshippers:
Dagon his name, Sea Monster, upward man
And downward fish: yet had his temple high
Reared in Azotus, dreaded through the coast
Of Palestine, in Gath and Ascalon,
And Accaron and Gaza's frontier bounds.
Him followed Rimmon, whose delightful seat
Was fair Damascus, on the fertile banks
Of Abbana and Pharphar, lucid streams.
He also against the house of God was bold:
A leper once he lost and gained a king,

Aos ídolos cedeu. E atrás Tamuz[70]
Cuja ferida anual arpoou ao Líbano
As moças sírias a prantear-lhe o fado
Em gráceis trovas p'los dias do Verão,
Enquanto o suave Adônis desde o berço
Rochoso ia rubro ao mar, do sangue
Do ferido Tamuz crido: o romance
Eivou em Sião cio igual nas filhas,
Cujas paixões dissoltas no átrio sacro
Ezequiel viu, ali quando enlevado
Em visões sondou negra idolatria
Ao vendido Judá. Depois veio outro
Que honesto chorou, quando a arca cativa
Lhe mutilou a imagem, mãos, cabeça
Podados no seu templo, no limiar
Onde tombou, vexando adoradores:
Dagon, besta do mar, em cima homem,[71]
Peixe no mais, mas de alto e térreo templo
Firme em Azoto, temido p'la costa
Da Palestina, em Gate e em Ascalon,
E nas raias de Gaza e em Ecron.[72]
Seguiu-o Rimon,[73] cujo ameno assento
Era na bel Damasco, às margens férteis
De Abana e Farfar, dos cursos claros.
Também ele contra a casa de Deus foi.
Um leproso perdeu, um rei ganhou:

---

[70] É apropriadamente chamado, visto ser amante de Astarte (cf. *Ez.* 8, 14). É uma divindade da Mesopotâmia, também adorada na Suméria como Dumuzi, e associada no Ocidente a Adônis.

[71] *I Sm.* 5, 4. Milton prefere a etimologia de Dagon, a partir do hebraico *dag* ("peixe"), representando-o dessa forma como meio peixe.

[72] As cinco principais cidades filisteias.

[73] Deus do trovão na Babilônia, comparado a Zeus e a Júpiter no Ocidente (cf. *II Sm.* 4, 2). Ver *II Rs.* 5, especialmente verso 12, sobre a cura de Naamã.

Ahaz his sottish conqueror, whom he drew
God's altar to disparage and displace
For one of Syrian mode, whereon to burn
His odious offerings, and adore the gods
Whom he had vanquished. After these appeared
A crew who under names of old renown,
Osiris, Isis, Orus and their train
With monstrous shapes and sorceries abused
Fanatic Egypt and her priests, to seek
Their wandering gods disguised in brutish forms
Rather than human. Nor did Israel scape
The infection when their borrowed gold composed
The calf in Oreb: and the rebel king
Doubled that sin in Bethel and in Dan,
Likening his maker to the grazèd ox,
Jehovah, who in one night when he passed
From Egypt marching, equalled with one stroke
Both her first born and all her bleating gods.
Belial came last, than whom a spirit more lewd

Acaz,[74] conquistador tolo, a quem deu
O altar de Deus à injúria e a trocar
Por um ao jeito sírio, onde queimasse
Suas ofertas odiosas, e adorasse
Deuses que conquistara. E após estes
Uma chusma que, célebre de nomes,
Osíris, Ísis, Hórus, e o seu séquito,[75]
Logrou com brutais feições e feitiços
O Egito férvido e seus sacerdotes
Buscando-lhes os deuses ambulantes
De formas bestiais. Nem Israel fugiu
À infecção, quando o ouro emprestaram
Ao bezerro em Horeb;[76] e o rei rebelde[77]
Dobrou o pecado em Dã e em Betel
Ao ver no criador um boi que pasce;
Jeová, que uma noite quando passava
Marchando do Egito nivelou de um golpe
O primogênito e deuses que balem.[78]
Belial por fim;[79] espírito mais lúbrico

---

[74] Depois de ter conseguido a derrota de Damasco pelos assírios, interessou-se pelo culto de Rimon e no templo de Deus pôs um altar ao jeito sírio (cf. *II Rs.* 16, 9-17).

[75] A tríade egípcia. Osíris talvez proceda etimologicamente de Busíris (ver acima). Busíris era também uma cidade fenícia onde existia um célebre templo de Osíris. Osíris lutou contra Set e perdeu, sendo despedaçado por este. Hórus, o filho, vingou o pai e perdeu um olho em combate. Ísis recolheu os pedaços do esposo, espalhados por todo o mundo, e em seguida, com a ajuda de Anúbis, mumificou-o, colocando-lhe o pênis ereto sobre o corpo. Há representações da múmia de Osíris ejaculando o cosmos.

[76] *Sl.* 106, 19. A mais familiar das apostasias de Israel, a adoração do bezerro de ouro feito por Aarão quando Moisés subiu ao Monte Horeb a fim de receber as Tábuas da Lei (cf. *Êx.* 32).

[77] Jeroboão, que liderou a revolta das dez tribos de Israel contra Roboão, sucessor de Salomão. Dobrou o pecado de Aarão ao fazer dois bezerros de ouro, um em Betel, outro em Dã (cf. *I Rs.* 12, 28-9 e *Sl.* 106, 20).

[78] Na Páscoa, Jeová matou todos os primogênitos do Egito (cf. *Êx.* 12, 29-30).

[79] Hebraico para "indignidade". É dos diabos o último porque não tinha um culto local e era "frouxo e tíbio" (cf. II, 117).

Fell not from heaven, or more gross to love
Vice for itself: to him no temple stood
Or altar smoked; yet who more oft than he
In temples and at altars, when the priest
Turns atheist, as did Ely's sons, who filled
With lust and violence the house of God.
In courts and palaces he also reigns
And in luxurious cities, where the noise
Of riot ascends above their loftiest towers,
And injury and outrage: and when night
Darkens the streets, then wander forth the sons
Of Belial, flown with insolence and wine.
Witness the streets of Sodom, and that night
In Gibeah, when the hospitable door
Exposed a matron to avoid worse rape.
These were the prime in order and in might;
The rest were long to tell, though far renowned,
The Ionian gods, of Javan's issue held
Gods, yet confessed later than Heaven and Earth
Their boasted parents; Titan Heaven's first born
With his enormous brood, and birthright seized
By younger Saturn, he from mightier Jove
His own and Rhea's son like measure found;
So Jove usurping reigned: these first in Creet
And Ida known, thence on the snowy top

Não caiu do Céu, ou mais rude amou
Vício por vício. Nem altar lhe fuma
Nem templo lhe resiste; quem mais que ele
Em templos e altares, quando ministros
São ateus, como os filhos de Eli, deu
A casa de Deus à carne e ao agravo?[80]
Em cortes e palácios também reina
E em cidades lascivas, onde brados
De motim sobem mais que as lautas torres,
E a vilta e o ultraje; e quando a noite
Cobre as ruas, então erram os filhos
De Belial, vinolentos e insolentes.
Vede as ruas de Sodoma, e a noite
De Gibeá, quando a porta hospitaleira
Trocou uma matrona por pior estupro.[81]
Estes os principais em valor e ordem,
Os demais tardaria enunciar:
Deuses jônios, do tronco de Javã[82]
Mas nomeados depois de Terra e Céu,
Seus pais jactantes; Titã, primogênito
Da grã estirpe, encalçado na progênie
Por Saturno; mais forte a este Júpiter,
Seu filho com Reia, igual lhe pagou
Usurpando-lhe o reino. Estes, ínclitos
Em Creta e Ida, do cume nevoso

---

[80] *I Sm.* 2, 12-24.

[81] *Gn.* 19 e, talvez mais claramente, *Jz.* 19, onde se encontram referências a um levita hospedado em Gibeá, que, de modo a ser poupado de violação homossexual, se fez substituir à entrada de casa por uma concubina, ela própria violada até à morte.

[82] Há escassa autoridade nas escrituras para estes deuses. Os gregos (jônios) eram tidos por alguns como do tronco de Jafé, filho de Noé, sobre o fundamento de *Gn.* 10, 1 ss. e também *Is.* 66, 19. Hesíodo e outros autores fazem de Céu (Urano) e Terra (Gaia) pais de Saturno e dos Titãs. Só Lactâncio conta da luta do Titã mais velho contra o seu irmão Saturno, que o depôs, sendo em seguida deposto por seu filho Júpiter.

Of cold Olympus ruled the middle air
Their highest heaven; or on the Delphian cliff,
Or in Dodona, and through all the bounds
Of Doric land; or who with Saturn old
Fled over Adria to the Hesperian fields,
And o'er the Celtic roamed the utmost isles.
All these and more came flocking; but with looks
Downcast and damp, yet such wherein appeared
Obscure some glimpse of joy, to have found their chief
Not in despair, to have found themselves not lost
In loss itself; which on his countenance cast
Like doubtful hue: but he his wonted pride
Soon recollecting, with high words, that bore
Semblance of worth not substance, gently raised
Their fainted courage, and dispelled their fears.
Then straight commands that at the warlike sound
Of trumpets loud and clarions be upreared
His mighty standard; that proud honour claimed
Azazel as his right, a cherub tall:
Who forthwith from the glittering staff unfurled
The imperial ensign, which full high advanced
Shone like a meteor streaming to the wind
With gems and golden lustre rich imblazed,
Seraphic arms and trophies: all the while
Sonorous metal blowing martial sounds:

Do Olimpo algente regeram o ar médio,[83]
Seus maiores céus; ou no penhasco délfico,[84]
Ou em Dodona e por todos os termos
Da terra dória; ou quem com Saturno[85]
Sobrevoou a Ádria até campos da Hespéria
E dos célticos às remotas ilhas.
Estes e mais em bandos vieram, de ar
Cabisbaixo e cris, mas onde há obscuro
Vislumbre de gozo, p'lo chefe acharem
Não flébil, por se acharem não perdidos
Na pura perda; o que no seu semblante
Lança suspeita cor. Ele, o usual brio
Recobrando, com ditos cheios de honra
Na forma não na essência, elevou-lhes
O arrojo débil, medos dissipando-lhes.
Depois dá ordens certas, que ao soar
Da trombeta e clarim seja exaltado
Seu estandarte excelso, que a mercê pede
À direita Azazel,[86] alto querubim;
Que logo da haste radial desfraldou
A insígnia imperial; que, bem mais alta,
Qual meteoro brilhou vibrando ao vento,
Com finas galas, gemas e áureo lustro,
Troféus e armas seráficas, enquanto
Sonoros Metais davam sons marciais:

---

[83] O vaporoso e frio *media regio*, segunda de três camadas pelas quais os acadêmicos medievais dividiam a atmosfera.

[84] Delfos é o lugar do oráculo pítico de Apolo. O oráculo de Zeus em Dodona era tido como o mais antigo da Grécia, a terra dória.

[85] A seguir à derrota imposta por Júpiter, Saturno fugiu sobrevoando a Ádria (Adriático), campos da Hespéria (Itália), célticos (França), até às remotas ilhas (britânicas).

[86] Um dos principais anjos caídos, alvo da ira vingativa de Deus no apocalipse apócrifo do *Livro de Enoque*.

At which the universal host upsent
A shout that tore hell's concave, and beyond
Frighted the reign of Chaos and old Night.
All in a moment through the gloom were seen
Ten thousand banners rise into the air
With orient colours waving: with them rose
A forest huge of spears: and thronging helms
Appeared, and serried shields in thick array
Of depth immeasurable: anon they move
In perfect phalanx to the Dorian mood
Of flutes and soft recorders; such as raised
To height of noblest temper heroes old
Arming to battle, and instead of rage
Deliberate valour breathed, firm and unmoved
With dread of death to flight or foul retreat,
Nor wanting power to mitigate and swage,
With solemn touches, troubled thoughts, and chase
Anguish and doubt and fear and sorrow and pain
From mortal or immortal minds. Thus they
Breathing united force with fixèd thought
Moved on in silence to soft pipes that charmed
Their painful steps o'er the burnt soil; and now
Advanced in view they stand, a horrid front
Of dreadful length and dazzling arms, in guise

Aos quais o dono do orbe desferiu
Um grito que rasgou do Inferno a abóbada,
E apavorou o Caos e a antiga Noite.
E num lance surgiram de entre as trevas
Dez mil bandeiras soltas ao ar alto,
Ondeando em cores de oriente,[87] e uma floresta
De lanças se avistou, e um tropel de elmos
Raiou, e escudos em cerrada ordem
De imensa profundez; cedo se forma
Harmônica falange[88] aos modos dórios[89]
De flautas e flautas doces,[90] os que alçam
Ao auge de nobre índole heróis prístinos
Armando-os à batalha, e em vez de ira
Valor insuflam, firme e inamovível
No alarme da morte e à fuga covarde,
E não p'lo afã de gládio a aplacar
Com toque grave turvos pensamentos,
E a afastar ânsia, dúvida, dor, medo
De mortais e imortais mentes. Assim,
Inspirando una força com fixo alvo,
Iam mudos sob sopros que adoçavam
Agros passos no solo em brasa; quedam-se
Avançados à vista, crespa frente
De medonha extensão e armas, à guisa

---

[87] Brilhante, resplandecente como a pérola.

[88] Formação estreita de batalha de gregos e macedônios, tipicamente em quadrado, consistindo em infantaria pesada e espessa ordem de lanças. As falanges gregas eram habitualmente de oito fileiras de profundidade. As de Satã são de "imensa profundez" (verso 549). As formações em quadrado ou cubo representavam virtude e justiça. Ver abaixo a formação enganosa e oca, "em falso cubo", dos anjos caídos (VI, 552-5).

[89] Sons que incutiam tranquilidade e encorajavam firmeza heroica, neste caso contrários aos sons indolentes dos modos lídios e jônios (cf. *Rep*. II, 398-9).

[90] Opostamente aos romanos, que usavam trombetas, os espartanos iam para a batalha ao som de flautas.

Of warriors old with ordered spear and shield,
Awaiting what command their mighty chief
Had to impose: he through the armèd files
Darts his experienced eye, and soon traverse
The whole battalion views; their order due,
Their visages and stature as of gods,
Their number last he sums. And now his heart
Distends with pride, and hardening in his strength
Glories: for never since created man,
Met such embodied force, as named with these
Could merit more than that small infantry
Warred on by cranes: though all the Giant brood
Of Phlegra with the heroic race were joined
That fought at Thebes and Ilium, on each side
Mixed with auxiliar gods; and what resounds
In fable or romance of Uther's son
Begirt with British and Armoric knights;
And all who since, baptized or infidel
Jousted in Aspramont or Montalban,
Damasco, or Marocco, or Trebisond,
Or whom Biserta sent from Afric shore
When Charlemain with all his peerage fell

Dos guerreiros com escudo e lança em linha,
À espera do comando que o alto chefe
Tenha a dar: ele p'las fileiras armadas
Dardeja olhar treinado e percorre
O inteiro batalhão, e ordem devida,
Seus rostos e estatura divinais;
Calcula-lhes o número por fim. Enche-se-lhe
De orgulho o coração, curtindo a força
Com glórias: pois jamais, desde o homem nado,
Viu comparável hoste assim chamada
Mais digna que essa miúda infantaria[91]
Guerreando grous: ainda que os gigantes
De Flegra à raça heroica se juntassem,
A que em Tebas e Ílion lutou, mista[92]
Com deuses auxiliares; e dos ecos
Do conto ou romance o filho de Uter[93]
Cingido a paladins bretões e armóricos;
E todos os que então, cristãos e infiéis
Justaram em Montalvão,[94] Aspromonte,[95]
Damasco, Trebizonda,[96] ou Marrocos,
Ou quem Bizerta enviou da costa afra
Quando Carlos Magno e seus pares caíram

---

[91] Pigmeus, em óbvia paronomásia. A comparação seguinte, com exércitos dignos de tratamento épico, os de Roma, Bretanha e França, serve apenas para amplificar os de Satã. A guerra entre os deuses e os Gigantes teve início em Flegra, na Macedônia.

[92] Ciclos épicos centrados na luta dos irmãos de Tebas e no cerco de Troia.

[93] O rei Artur. Alguns dos seus cavaleiros eram bretões (armóricos). Antes de *PL*, Milton projetou uma épica arturiana.

[94] A "montanha branca" de Rinaldo, mencionado na obra de Ariosto *Orlando furioso*, que descreve a batalha entre fiéis e infiéis em Damasco.

[95] Castelo perto de Nice.

[96] Cidade bizantina conhecida por seus torneios. Em *Orlando enamorado* Boiardo fala da reunião dos sarracenos em Bizerta, a fim de invadirem a Espanha.

By Fontarabbia. Thus far these beyond
Compare of mortal prowess, yet observed
Their dread commander: he above the rest
In shape and gesture proudly eminent
Stood like a tower; his form had yet not lost
All her original brightness, nor appeared
Less than archangel ruined, and the excess
Of glory obscured: as when the sun new ris'n
Looks through the horizontal misty air
Shorn of his beams, or from behind the moon
In dim eclipse disastrous twilight sheds
On half the nations, and with fear of change
Perplexes monarchs. Darkened so, yet shone
Above them all the archangel: but his face
Deep scars of thunder had intrenched, and care
Sat on his faded cheek, but under brows
Of dauntless courage, and considerate pride
Waiting revenge: cruel his eye, but cast
Signs of remorse and passion to behold
The fellows of his crime, the followers rather
(Far other once beheld in bliss) condemned
For ever now to have their lot in pain,
Millions of spirits for his fault amerced
Of heaven, and from eternal splendours flung
For his revolt, yet faithful how they stood,
Their glory withered. As when heaven's fire
Hath scathed the forest oaks, or mountain pines,

Por Fontarábia.[97] Estes 'inda que ímpares
Face ao valor humano, observavam
Seu fero comandante. Sobre os outros
Se perfilou nos gestos eminente
Como uma torre; sua forma mantinha
Todo o brilho de origem, não mostrando
Menos que um Arcanjo em queda, brumoso
No excesso de esplendor: qual sol que nasce
E espreita pelo ar pardo do horizonte
Curto de raios, ou detrás da lua
Eclipsado verte astroso crepúsculo
Em meio mundo, e por medo de abalos
Monarcas pasma. Sim, toldado o arcanjo,[98]
Porém lustrando a todos: no seu rosto
Os trovões fundas marcas lhe sulcaram
E o peso habitou as faces pálidas;
Mas sob cílios de audácia e brio cauto
Espreita a vingança: olho cruel, lança
Sinais de remorso e paixão ao ver
Os cúmplices do crime, ou sequazes
(No gozo outros pareciam) condenados
P'ra sempre agora em dor a ter quinhão,
Milhões de espíritos pagando a culpa
Dele co'o Céu, e de eterna luz caídos
Na revolta, porém fiéis na assistência,
Na glória mirra: se o fogo dos céus
Fere robles do bosque, ou pinhos da serra,

---

[97] Uma das versões lendárias de Carlos Magno dá-nos conta de que a sua retaguarda, liderada por Rolando, um dos doze paladinos, foi massacrada em Roncesvalles, a pouca distância de Fontarábia (Fuenterrabía). Fowler insinua uma possível alusão de Milton ao insurgimento realista de 1659, sabendo-se que Carlos I foi a Fontarábia em busca de auxílio francês e espanhol.

[98] Linhas politicamente subversivas, já que os eclipses eram tidos por sinais de mau agouro, especialmente para monarcas, tradicionalmente associados ao Sol. Assim as leu o censor de Carlos II.

With singèd top their stately growth though bare
Stands on the blasted heath. He now prepared
To speak; whereat their doubled ranks they bend
From wing to wing, and half enclose him round
With all his peers: attention held them mute.
Thrice he assayed, and thrice in spite of scorn,
Tears such as angels weep, burst forth: at last
Words interwove with sighs found out their way.
  O myriads of immortal spirits, O powers
Matchless, but with the almighty, and that strife
Was not inglorious, though the event was dire,
As this place testifies, and this dire change
Hateful to utter: but what power of mind
Foreseeing or presaging, from the depth
Of knowledge past or present, could have feared,
How such united force of gods, how such
As stood like these, could ever know repulse?
For who can yet believe, though after loss,
That all these puissant legions, whose exíle
Hath emptied heaven, shall fail to re-ascend
Self-raised, and repossess their native seat?
For me be witness all the host of heaven,
If counsels different, or danger shunned
By me, have lost our hopes. But he who reigns
Monarch in heaven, till then as one secure
Sat on his throne, upheld by old repute,
Consent or custom, and his regal state
Put forth at full, but still his strength concealed,
Which tempted our attempt, and wrought our fall.
Henceforth his might we know, and know our own

De calva fosca ainda a inflada altura
Inça o danado brejo. Já pronto ele
A falar. Arqueiam-se os renques duplos
De asa a asa, e em meia lua o cercam
Com seus pares: a atenção emudeceu-os.
Três vezes quis, e três vezes ao escárnio
Lágrimas que anjos choram irromperam.[99]
Entre suspiros acha enfim palavras.
    Ó espíritos sem-fim, ó potestades
Sem par, à parte o ímpar, vossa luta
Não foi inglória, pese embora o fim
Que este lugar reflete, e a inominável
Mudança: pois que alcance de uma mente
Prevendo ou agourando, das funduras
De saber velho ou novo, temeria,
Quem diria que tal força de deuses,
Tão firme e una, provasse tal repulsa?
Quem pode também crer, mesmo na perda,
Que estas legiões possantes, cujo exílio
Evacuou o Céu, não reascenderão[100]
Por si a reapossar o assento pátrio?
Testemunha me seja a hoste célica,
Se avisos discordes ou perigo obstados
Por mim nos abateram. O monarca,
Que no Céu reina, tinha então seguro
O trono, no bordão da velha fama,
Licença ou regra, e o seu estado régio
Mostrava, mas a força não, escondia-a,
Que o intento nos tentou e a queda ornou.
No porvir será de ambos noto o braço,

[99] Talvez em vista das famosas lágrimas do orgulhoso rei persa Xerxes, que ao passar revista ao seu exército anteviu nostalgicamente o dia em que todo ele teria morrido. Esta passagem assenta também na sólida iconografia de anjos com lágrimas.

[100] Exagero.

So as not either to provoke, or dread
New war, provoked; our better part remains
To work in close design, by fraud or guile
What force effected not: that he no less
At length from us may find, who overcomes
By force, hath overcome but half his foe.
Space may produce new worlds; whereof so rife
There went a fame in heaven that he ere long
Intended to create, and therein plant
A generation, whom his choice regard
Should favour equal to the sons of heaven:
Thither, if but to pry, shall be perhaps
Our first eruption, thither or elsewhere:
For this infernal pit shall never hold
Celestial spirits in bondage, nor the abyss
Long under darkness cover. But these thoughts
Full counsel must mature: peace is despaired,
For who can think submission? War then, war
Open or understood must be resolved.
    He spake: and to confirm his words, out flew
Millions of flaming swords, drawn from the thighs
Of mighty cherubim; the sudden blaze
Far round illumined hell; highly they raged
Against the highest, and fierce with graspèd arms
Clashed on their sounding shields the din of war,
Hurling defiance toward the vault of heaven.
    There stood a hill not far whose grisly top
Belched fire and rolling smoke; the rest entire
Shone with a glossy scurf, undoubted sign
That in his womb was hid metallic ore,
The work of sulphur. Thither winged with speed
A numerous brígade hastened. As when bands
Of pioneers with spade and pickaxe armed

A fim de nem acender, nem temer
Nova guerra, se acesa; resta o trunfo
De urdir furtivo ardil, fazer p'la insídia
O que a força não fez. Que saiba ao menos
À distância, que aquele que à força vence
Só meio rival vence, só, não mais.
Mundos novos pode o Espaço compor;
E no Céu era antigo o rumor que ele
Há muito ali plantar queria e criar
Uma casta, eleita no favor
Para em favor igual ser aos do Céu.
Nem que só p'ra espreitar, seja então lá
A primeira erupção, lá ou alhures,
Que este pego infernal jamais de espíritos
Divos fará passivos, nem o abismo
Sob trevas demoradas. Mas tais fitos
Deve o siso medrar: a paz está farta,
Quem pode em submissão pensar? Pois guerra
Seja, aberta ou tácita, mas seja.
　Falou, e a confirmar-lhe o verbo voaram
Milhões de espadas de fogo sacadas
Das coxas de querubins; a chama súbita
Em torno o Inferno ateou; e alto bramaram
Ao altíssimo, crus com braços ávidos
Chocaram estridentes sons de guerra
Batendo adargas ao fórnice do Céu.
　Era um monte ali cujo ápice horrível
Rolos de fumo e fogo vomitava;
Brilhava em tudo o mais com crosta tersa,
Sinal que ia no ventre metal virgem,
Obra do enxofre.[101] Lá acorreu alada
Brigada infinda. Como quando bandos
De sapadores de alviões e pás armados

[101] Pela sua natureza ativa tido como o pai dos metais.

Forerun the royal camp, to trench a field,
Or cast a rampart. Mammon led them on,
Mammon, the least erected spirit that fell
From heaven, for even in heaven his looks and thoughts
Were always downward bent, admiring more
The riches of heaven's pavement, trodden gold,
Than aught divine or holy else enjoyed
In vision beatific: by him first
Men also, and by his suggestion taught,
Ransacked the centre, and with impious hands
Rifled the bowels of their mother earth
For treasures better hid. Soon had his crew
Opened into the hill a spacious wound
And digged out ribs of gold. Let none admire
That riches grow in hell; that soil may best
Deserve the precious bane. And here let those
Who boast in mortal things, and wondering tell
Of Babel, and the works of Memphian kings,
Learn how their greatest monuments of fame,
And strength and art are easily outdone
By spirits reprobate, and in an hour
What in an age they with incessant toil
And hands innumerable scarce perform.
Nigh on the plain in many cells prepared,
That underneath had veins of liquid fire
Sluiced from the lake, a second multitude
With wondrous art founded the massy ore,
Severing each kind, and scummed the bullion dross:

Precedem o arraial, a abrir trincheiras
E erguer taludes. Mammon conduzia-os,[102]
Mammon, menos ereto não caiu
Espírito do Céu, seu semblante e afã
No Céu sempre ao chão rentes, mais prezando
O luxo da áurea laje já pisada
Do que o divino e santo gozo em uso
Nas beatas visões. Por ele também
Os homens, e p'la sua influência,
Esquadrinharam o centro, e com mãos ímpias
Rajaram as entranhas da mãe terra
Por tesouros mais fundos. Logo os seus
Abriram feia ferida na encosta
E extirparam filões de ouro. Ninguém
Pasme ao ver pompa no Érebo; vai-lhe bem
No solo o doce veneno. E aqueles
Conchos com coisas vãs que tontos contam
De Babel,[103] e das obras de Menfitas,
Vejam como os mais dignos monumentos,
Arte e força, são fáceis de exceder
Numa hora por réprobos espíritos,
O que eles no labor de uma vida
E com mãos numerosas mal fizeram.
Lá no plaino já pronto em muitas células,
Sobre veios de fogo dissolvido
Do lago apurado, outra caterva
Co'arte maga fundiu ouro maciço,
Fendendo porções, e extraiu a escória.

---

[102] Em *Mt.* 6, 24 Mammon é, por via do aramaico, nome que significa "riqueza", mais tarde usado como nome do "príncipe deste mundo" (*Jo.* 12, 31). Ambas as tradições medieval e renascentista o associam a Plutão, o deus do mundo subterrâneo, e por via de Pluto, deus das riquezas. Mammon é o reverso do ideal de Sêneca, o do contemplativo astral que despreza as coisas materiais.

[103] A torre edificada pelo ambicioso Nimrod, o "poderoso caçador" de XII, 24-62. As obras de reis menfitas (egípcios) são as pirâmides, memoriais de vaidade.

A third as soon had formed within the ground
A various mould, and from the boiling cells
By strange conveyance filled each hollow nook,
As in an organ from one blast of wind
To many a row of pipes the sound-board breathes.
Anon out of the earth a fabric huge
Rose like an exhalation, with the sound
Of dulcet symphonies and voices sweet,
Built like a temple, where pilasters round
Were set, and Doric pillars overlaid
With golden architrave; nor did there want
Cornice or frieze, with bossy sculptures graven,
The roof was fretted gold. Not Babylon,
Nor great Alcairo, such magnificence
Equalled in all their glories, to enshrine
Belus or Serapis their gods, or seat
Their kings, when Egypt with Assyria strove
In wealth and luxury. The ascending pile
Stood fixed her stately height, and straight the doors
Opening their brazen folds discover wide
Within, her ample spaces, o'er the smooth

Outra logo formou no íntimo solo
Vários moldes, e das ferventes células
Estranha transfusão encheu ocos bojos
Como um órgão que só de um golpe de ar
Insufla a caixa tubos alinhados.
Da terra prestes sai vasto edifício
Como uma exalação, com o som doce
Das vozes e dulcífluas sinfonias,[104]
Como um templo, cercado por pilastras[105]
E dóricos pilares coroados[106]
Por dourada arquitrave; nem faltava
Friso ou cornija, talhes em relevo
E no teto padrões. Nem no apogeu
Da glória Babilônia[107] e Mênfis[108] deram
Tal sumpto aos reis no trono ou aos deuses
Serápis[109] e Bel[110] lá nos relicários
Quando a Assíria e Egito disputavam
Luxo e luxúria. Fixa-lhe a grandeza
O alto pé, e de par em par as portas
Abrem batentes brônzeos e descobrem
Dentro dele amplidão sobre o polido

---

[104] Cf. XI, 560 ss., onde as artes da música e dos metais são de novo associadas, primeiro por Jubal, o inventor da primeira, depois por Tubal-Caim, inventor da segunda, ambos descendentes de Caim. Pandemônio (cunhagem de Milton, verso 756) levanta-se ao som da música, como Tebas ao som da lira de Anfião, já que na Renascença se considerava as proporções musicais regentes das formas arquitetônicas.

[105] Pilares de quatro faces fixos às paredes por uma delas.

[106] Tal como a música, os pilares são dóricos, as menos ornadas e as mais dignificadas das colunas gregas.

[107] Lugar bíblico tradicionalmente ligado à iniquidade, simbolizando o anticristo e o inferno.

[108] Cairo moderno, a mais esplêndida cidade do Egito pagão.

[109] Deidade egípcia, compósito de Osíris e Ápis.

[110] Versão babilônica de Baal.

And level pavement: from the archèd roof
Pendent by subtle magic many a row
Of starry lamps and blazing cressets fed
With naphtha and asphaltus yielded light
As from a sky. The hasty multitude
Admiring entered, and the work some praise
And some the architect: his hand was known
In heaven by many a towered structure high,
Where sceptred angels held their residence,
And sat as princes, whom the súpreme king
Exalted to such power, and gave to rule,
Each in his hierarchy, the orders bright.
Nor was his name unheard or unadored
In ancient Greece; and in Ausonian land
Men called him Mulciber; and how he fell
From heaven, they fabled, thrown by angry Jove
Sheer o'er the crystal battlements: from morn
To noon he fell, from noon to dewy eve,
A summer's day; and with the setting sun
Dropped from the zenith like a falling star,
On Lemnos the Ægæan isle: thus they relate,
Erring; for he with this rebellious rout
Fell long before; nor aught availed him now
To have built in heaven high towers; nor did he scape
By all his engines, but was headlong sent
With his industrious crew to build in hell.
Meanwhile the wingèd heralds by command

E alhanado chão. Do teto em abóbada
Pendentes por sutil arte fileiras
De estelíferas lanternas e brandões
Excitados co'a dúctil luz da nafta
E piche lembram o Céu. A turba apressa-se
E entra a admirar, louvando uns a obra
Outros o arquiteto: mão reputada
No Céu por torreões magnos, onde anjos
Com cetro residiam, em assentos
Quais príncipes, a quem o rei supremo
Erguera a tal poder, e dera mando,
Conforme a hierarquia, de ordens lúcidas.
Nem era novo o nome ou sem estima
Na antiga Grécia; nem na terra ausonia[111]
Onde era Mulciber;[112] como caíra
Do Céu, narravam, lançado por Júpiter
A pique sobre ameias de cristal:
Da alva ao Sul, do Sul à véspera úmida,[113]
De um dia de Verão; e com o sol-pôr
Vindo qual estrela cadente do zénite
A Lemnos, ilha egeia. Assim contam
Mal, porque antes, muito antes, com a horda
Caiu. De nada então lhe aproveitou
Erguer no Céu colossos; nem escapou
Com engenhos, mas foi mandado a prumo
Com o seu pessoal a erguer no Inferno.
Nisto, os arautos de asas, por comando

---

[111] Antigo nome grego para a Itália (cf. *Lus*. V, 87, 5), de quem Áuson, filho de Ulisses e Circe (Calipso), é o epônimo.

[112] Vulcano, ou o Hefesto dos gregos, o dos ofícios, tal como o da metalurgia, resultado da Queda porque requer o uso do fogo. Ver a descrição homérica da queda de Hefesto (*Il*. I, 591-5) e notar o fim chistoso desta sofisticada descrição na deflação dos versos 746-7: "Assim contam/ Mal".

[113] Meio-dia. Assim como em II, 309, IV, 627 e X, 93.

Of sovereign power, with awful ceremony
And trumpet's sound throughout the host proclaim
A solemn council forthwith to be held
At Pandæmonium, the high capital
Of Satan and his peers: their summons called
From every band and squarèd regiment
By place or choice the worthiest; they anon
With hundreds and with thousands trooping came
Attended: all accés was thronged, the gates
And porches wide, but chief the spacious hall
(Though like a covered field, where champions bold
Wont ride in armed, and at the soldan's chair
Defied the best of paynim chivalry
To mortal combat or career with lance)
Thick swarmed, both on the ground and in the air,
Brushed with the hiss of rustling wings. As bees
In spring time, when the sun with Taurus rides,
Pour forth their populous youth about the hive
In clusters; they among fresh dews and flowers
Fly to and fro, or on the smoothèd plank,
The suburb of their straw-built citadel,
New rubbed with balm, expatiate and confer
Their state affairs. So thick the airy crowd
Swarmed and were straitened; till the signal given,
Behold a wonder! they but now who seemed
In bigness to surpass Earth's giant sons
Now less than smallest dwarfs, in narrow room

Soberano, com negra cerimônia
E trombetas por toda a hoste avisam
Do grão-concílio a ser levado a cabo
Em Pandemônio, grande capital
De Satã e seus pares: intimavam
De todas as facções e esquadrões
Os mais dignos por escolha ou posto. Cedo,
Por centos ou milhares escoltados,
Chegaram e apinharam vias, pátios,
Portões por todo, o átrio maiormente
(Como um campo coberto, onde bravos
Campeões justar usavam, a reptar
Ante o soldão seus mauros cavaleiros
Ao transe mortal e a prélios de lanceiros)[114]
Enxameava, no chão bem como no ar,
Roçados com os silvos de asas zoantes.
Como abelhas vernais, quando o sol monta[115]
Touro,[116] vazam copiosa prole das silhas;
Entre a molhada flor e a orvalhada
Voam p'ra aqui e p'ra ali, ou no tabuão,
Subúrbio do fortim feito de palha,
Nédio de unção, discutem digressivos
Questões de estado. Assim se avolumava
E estreitava o enxame; até que ao sinal,
Vede e pasmai! aqueles que na altura
Passam da Terra seus gigantes filhos,
Menos que anões agora, entre anões, múltiplos

---

[114] As duas variedades do encontro de cavalaria, o torneio *a l'outrance* e a justa, exibição menos perigosa.

[115] Cf. *Il.* XI, 87-90 e *En.* I, 430-6. Tanto os acaianos como os cartagineses são comparados a abelhas. O ideal social de organização da colmeia é tópico frequentado.

[116] De acordo com o calendário juliano, o sol estaria ao tempo no segundo signo do Zodíaco em meados de abril. Talvez uma prolepse para a cronografia pós-lapsariana de X, 673, em que o sol vai de Carneiro (Áries) a Touro.

Their summons called
From every band and squarèd regiment
By place or choice the worthiest

Intimavam
De todas as facções e esquadrões
Os mais dignos por escolha ou posto

(I, 757-9)

Throng numberless, like that pygmean race
Beyond the Indian mount, or faerie elves,
Whose midnight revels, by a forest side
Or fountain some belated peasant sees,
Or dreams he sees, while overhead the moon
Sits arbitress, and nearer to the earth
Wheels her pale course, they on their mirth and dance
Intent, with jocund music charm his ear;
At once with joy and fear his heart rebounds.
Thus incorporeal spirits to smallest forms
Reduced their shapes immense, and were at large,
Though without number still amidst the hall
Of that infernal court. But far within
And in their own dimensions like themselves
The great seraphic lords and cherubim
In close recess and secret conclave sat
A thousand demigods on golden seats,
Frequent and full. After short silence then
And summons read, the great consult began.

The end of the first book

No aperto da divisão, quais pigmeus[117]
Além do monte indiano, ou duendes,
Dos saraus ao luar, que por florestas
Ou fontes, o campônio tardo vê
Ou sonha ver, enquanto em cima a lua
Ajuiza, e mais próximo da terra
Conduz a lividez: eles com ânimo
De mofa e dança, sons joviais lhe sopram;
À uma folga e treme-lhe o coração.
Incorpóreos espíritos ao mínimo
Reduziram assim os grandes vultos,
E sem conta à larga se espraiavam
Nessa corte infernal. Bem mais ao fundo
E nas dimensões muito iguais a si
Os nobres serafins e os querubins
Em conclave secreto se assentavam,
Mil demiurgos em sólios aurifúlgidos,
À pinha. Findo então curto silêncio
E lida a citação, abre o conselho.

Fim do primeiro livro

[117] Plínio localizou a terra dos Pigmeus nas montanhas além da nascente do rio Ganges.

Book II

The Argument

The consultation begun, Satan debates whether another battle be to be hazarded for the recovery of heaven: some advise it, others dissuade: a third proposal is preferred, mentioned before by Satan, to search the truth of that prophecy or tradition in heaven concerning another world, and another kind of creature equal or not much inferior to themselves, about this time to be created: their doubt who should be sent on this difficult search: Satan their chief undertakes alone the voyage, is honoured and applauded. The council thus ended, the rest betake them several ways and to several employments, as their inclinations lead them, to entertain the time till Satan return. He passes on his journey to hell gates, finds them shut, and who sat there to guard them, by whom at length they are opened, and discover to him the great gulf between hell and heaven, with what difficulty he passes through, directed by Chaos, the power of that place, to the sight of this new world which he sought.

Livro II

Argumento

Iniciada a consulta, Satanás debate se é de arriscar outra batalha para a recuperação do Céu. Alguns aconselham-na, outros não. Uma terceira proposta é preferida, antes mencionada por Satanás: saber da veracidade da profecia ou tradição no Céu relacionada com outro mundo, e outro tipo de criatura semelhante a eles mesmos ou não muito inferior, a ser criada nesta altura. Refletem sobre quem deverá ser enviado nesta difícil missão: Satanás, o líder, empreende sozinho a viagem, é honrado e aplaudido. Com o concílio no fim, os restantes tomam o seu caminho e prosseguem com os seus afazeres, de acordo com as suas inclinações, por forma a entreter o tempo da ausência de Satanás. Este passa na sua jornada pelos portões do inferno, encontra-os fechados, e quem se senta lá em vigia abre-os de par em par, descobrindo perante ele o grande abismo entre o Céu e o inferno; a dificuldade da travessia dele ali, dirigida pelo Caos, o poder do lugar, até à vista do novo mundo por ele desejado.

High on a throne of royal state, which far
Outshone the wealth of Ormus and of Ind,
Or where the gorgeous East with richest hand
Showers on her kings barbaric pearl and gold,
Satan exalted sat, by merit raised
To that bad eminence; and from despair
Thus high uplifted beyond hope, aspires
Beyond thus high, insatiate to pursue
Vain war with heaven, and by success untaught
His proud imaginations thus displayed.
  Powers and dominions, deities of heaven,
For since no deep within her gulf can hold
Immortal vigour, though oppressed and fallen,
I give not heaven for lost. From this descent
Celestial virtues rising, will appear
More glorious and more dread than from no fall,
And trust themselves to fear no second fate:
Me though just right, and the fixed laws of heaven
Did first create your leader, next, free choice,
With what besides, in counsel or in fight,
Hath been achieved of merit, yet this loss
Thus far at least recovered, hath much more
Established in a safe unenvied throne
Yielded with full consent. The happier state
In heaven, which follows dignity, might draw
Envy from each inferior; but who here
Will envy whom the highest place exposes
Foremost to stand against the thunderer's aim
Your bulwark, and condemns to greatest share

Num insigne e real trono, de longe
Ofuscando a riqueza de Ormuz[1] e Índia,
Ou lá onde o bel Este com mão fértil
Sobre bárbaros reis verte ouro e pérolas,
Se sentava Satã, alçado em glória
E valor à eminência má; de afronta
Solevado ao mais alto aquém da esperança
Aspira a mais além, voraz no fito
De armas vãs contra o Céu, e certo de êxito
Mostra do seu preitês enredo excertos.
   Potências, possessões,[2] deuses do Céu,
Já que fosso nenhum retém no abismo
Vigor eterno, mesmo opresso e inerte
Não abro mão do Céu. Desta descida
Virtudes celestiais hão-de subir
Em glória e horror de queda sem memória,[3]
Certas de não temer nova desdita.
Vosso líder p'las fixas leis do Céu
Sou desde logo em jus, e em livre arbítrio
Depois, com o que mais, em guerra ou sínodo,
Do mérito se achou; contudo a perda,
Apesar de remida, muito mais
Deixou num trono a salvo da cobiça
Com outorga total. O alegre estado
No Céu, que segue as honras, talvez saque
Da grei a inveja; quem porém inveja
Aquele que alto posto firma em frente
E à mira mais se expõe do atirador,[4]
Vosso baluarte, e colhe parte pródiga

[1] Cidade insular no Golfo Pérsico, famosa pelo seu mercado de joalheria.

[2] Duas das ordens mencionadas por São Paulo em *Cl.* 1, 16.

[3] Numa paródia à *felix culpa*, Satã descreve o que acontece ao homem através da graça de Deus.

[4] *Thunderer* no original impede uma literalidade agradável (roufenhamente con-

High on a throne of royal state, which far
Outshone the wealth of Ormus and of Ind

Num insigne e real trono, de longe
Ofuscando a riqueza de Ormuz e Índia

(II, 1-2)

Of endless pain? Where there is then no good
For which to strive, no strife can grow up there
From faction; for none sure will claim in hell
Precedence, none, whose portion is so small
Of present pain, that with ambitious mind
Will covet more. With this advantage then
To union, and firm faith, and firm accord,
More than can be in heaven, we now return
To claim our just inheritance of old,
Surer to prosper than prosperity
Could have assured us; and by what best way,
Whether of open war or covert guile,
We now debate: who can advise, may speak.
  He ceased, and next him Moloch, sceptred king
Stood up, the strongest and the fiercest spirit
That fought in heaven; now fiercer by despair:
His trust was with the eternal to be deemed
Equal in strength, and rather than be less
Cared not to be at all; with that care lost
Went all his fear: of God, or hell, or worse
He recked not, and these words thereafter spake.
  My sentence is for open war: of wiles,
More unexpert, I boast not: them let those
Contrive who need, or when they need, not now.
For while they sit contriving, shall the rest,
Millions that stand in arms, and longing wait
The signal to ascend, sit lingering here
Heaven's fugitives, and for their dwelling place
Accept this dark opprobrious den of shame,
The prison of his tyranny who reigns
By our delay? No, let us rather choose
Armed with hell flames and fury all at once

De perpétua dor? Onde não há ganho
Na luta, não há luta que aí cresça
De facção; pois ninguém pede no inferno
Precedência, ninguém, com parte escassa
Nesta dor, que com cúpido capricho
Mais cobice. Pois bem, com tal vantagem
À união, à fé firme, ao firme acordo,
Mais do que no Céu há, eis-nos de volta
A cobrar nossa justa e velha herança,
Certos de prosperar mais que o mais próspero
No que nos garantisse; e qual o modo,
Guerra aberta ou perfídia encoberta,
Ora se apura; fale quem avise.
  Cessou, e ao lado Moloque, rei de cetro,
Se erguera, o mais tenaz e forte espírito
Que no Céu lutou, férvido de raiva:
Julgava com o eterno ser julgado
Par em força, e mais queria sendo menos
Tido não ser de todo; ser posposto
Sugou-lhe o medo: Deus, inferno, ou pior
Não se lhe dava, p'lo que disse assim.
  Proponho guerra aberta. De artimanhas
Mais leigo, não me gabo. Deixem quem
De urdir careça a própria vez, mais tarde.
Que enquanto urdem sentados, deverão outros,
Milhões que se erguem de armas e ardentes
P'lo sinal de ascensão, sentar-se aqui
Fugitivos do Céu, e por morada
Aceitar o breu de antro oprobrioso,
Prisão de suá tirania que reina
Por nosso atraso? Não, antes optemos
Forrados co'infernais flamas e fúrias

---

vertível em "tronante"), mas espelha melhor a tentativa de Satã de reduzir Deus a atributos do Olimpo, nomeadamente o de relampejar, típico de Júpiter.

O'er heaven's high towers to force resistless way,
Turning our tortures into horrid arms
Against the torturer; when to meet the noise
Of his almighty engine he shall hear
Infernal thunder, and for lightning see
Black fire and horror shot with equal rage
Among his angels; and his throne itself
Mixed with Tartarean sulphur, and strange fire,
His own invented torments. But perhaps
The way seems difficult and steep to scale
With upright wing against a higher foe.
Let such bethink them, if the sleepy drench
Of that forgetful lake benumb not still,
That in our proper motion we ascend
Up to our native seat: descent and fall
To us is adverse. Who but felt of late
When the fierce foe hung on our broken rear
Insulting, and pursued us through the deep,
With what compulsion and laborious flight
We sunk thus low? The ascent is easy then;
The event is feared; should we again provoke
Our stronger, some worse way his wrath may find
To our destruction: if there be in hell
Fear to be worse destroyed: what can be worse
Than to dwell here, driven out from bliss, condemned
In this abhorrèd deep to utter woe;
Where pain of unextinguishable fire
Must exercise us without hope of end
The vassals of his anger, when the scourge
Inexorably, and the torturing hour
Call us to penance? More destroyed than thus
We should be quite abolished and expire.
What fear we then? what doubt we to incense

Sobre os torreões do Céu por forçar via
Sem estorvo, e de torturas braços másculos
Armar contra o algoz, quando ao encontro
Do rugir do alto engenho possa ouvir
Trovão infernal, vendo por relâmpago
Fogo negro e horror em ira igual
Entre os anjos, e o próprio trono misto
De tártaro enxofre e fogo estranho,[5]
Tormentos de invenção sua. Talvez
Pareça a via íngreme a escalar
Se a asa tesa rival maior já mira.
Julguem aqueles assim, se o gole de sono
Do lago do letargo já não age,
Que a nosso próprio passo ascenderemos
Ao assento natal: descida, queda
São-nos impróprios. Quem não sentiu
Quando o hostil se colgou à ré dos renques
A exultar, perseguindo-nos p'lo fosso,
Com que compulsão, voo atribulado
Nos atolamos? Fácil ascensão,
Temível desfecho; outra vez ateássemos
O mais forte, e a pior trilho iria a ira
Por nosso fim; se é que haja neste inferno
Temor de pior fim: há lá coisa pior
Que aqui morar, migrados da fortuna,
Condenados à dor do torpe fundo,
Onde a pena do fogo inextinguível
Nos molesta sem prazos para epílogos,
Vassalos do mau gênio, quando o açoite
Inexorável, e hora torturante
Nos pedem expiação? Mais débeis que isto
Só na extinção decerto e expirando.
Que tememos? Por que tardar a ira

[5] Cf. *Lv.* 10, 1-2.

His utmost ire? which to the height enraged,
Will either quite consume us, and reduce
To nothing this essential, happier far
Than miserable to have eternal being:
Or if our substance be indeed divine,
And cannot cease to be, we are at worst
On this side nothing; and by proof we feel
Our power sufficient to disturb his heaven,
And with perpetual inroads to alarm,
Though inaccessible, his fatal throne:
Which if not victory is yet revenge.
He ended frowning, and his look denounced
Desperate revenge, and battle dangerous
To less than gods. On the other side up rose
Belial, in act more graceful and humane;
A fairer person lost not heaven; he seemed
For dignity composed and high exploít:
But all was false and hollow; though his tongue
Dropped manna, and could make the worse appear
The better reason, to perplex and dash
Maturest counsels: for his thoughts were low;
To vice industrious, but to nobler deeds
Timorous and slothful: yet he pleased the ear,
And with persuasive accent thus began.
I should be much for open war, O peers,
As not behind in hate; if what was urged
Main reason to persuade immediate war,
Did not dissuade me most, and seem to cast
Ominous conjecture on the whole success:
When he who most excels in fact of arms,
In what he counsels and in what excels

Ao máximo rancor? Que no seu pico
Também bem nos consome, e nos reduz
A nada a essência, que é bem mais feliz
Que infeliz em se ser eterno ser.
Ou se a substância em nós divinal é,
E não cesse de o ser, somos piormente
Nada aqui,[6] e com provas que nos julgam[7]
Capazes de abalar-lhe o Céu à força,
E alarmar com perpétuas incursões,
Mesmo inacesso, seu trono fatal:
Que não sendo vitória é vingança.
Sedou o sobrecenho, denunciando
Represália feroz e árdua batalha
P'ra espúrios deuses. De outra ala alçou-se
Belial, em ato mais grácil e humano.
Não perdeu ser mais probo o Céu. Parecia
Talhado p'ra honradez e altas façanhas:
Tudo oco e falso; muito embora a língua
Destilasse maná, e de vil lógica
Eduzisse a melhor razão, vexando
Conselhos sábios: eram só baixezas;
Cioso no vício, mas em ações nobres
Frouxo e tíbio: contudo soava bem,
E com dicção suasória começou.
Meu parecer é de guerra aberta, ó pares,
Que levo igual rancor, se o que motiva
E mais persuade à urgência da contenda
Não me dissuade nem mostra lançar
Conjectura ominosa à ventura:
Quando o que mais excede em feitos de armas,
Na reflexão e em toda a excelência

[6] Isto é, na pior das hipóteses não somos nada.

[7] Dúvidas humanas em anjos imortais.

Mistrustful, grounds his courage on despair
And utter dissolution, as the scope
Of all his aim, after some dire revenge.
First, what revenge? The towers of heaven are filled
With armèd watch, that render all accéss
Impregnable; oft on the bordering deep
Encamp their legions, or with óbscure wing
Scout far and wide into the realm of night,
Scorning surprise. Or could we break our way
By force, and at our heels all hell should rise
With blackest insurrection, to confound
Heaven's purest light, yet our great enemy,
All incorruptible would on his throne
Sit unpolluted, and the ethereal mould
Incapable of stain would soon expel
Her mischief, and purge off the baser fire
Victorious. Thus repulsed, our final hope
Is flat despair: we must exasperate
The almighty victor to spend all his rage,
And that must end us, that must be our cure,
To be no more; sad cure; for who would lose,
Though full of pain, this intellectual being,
Those thoughts that wander through eternity,
To perish rather, swallowed up and lost
In the wide womb of uncreated night,
Devoid of sense and motion? and who knows,
Let this be good, whether our angry foe
Can give it, or will ever? How he can
Is doubtful; that he never will is sure.
Will he, so wise, let loose at once his ire,
Belike through impotence, or unaware,
To give his enemies their wish, and end

Suspeitoso, der peito ao desespero
E à total extinção, qual margem franca
P'ra pontaria, após cruel vingança.
Vingança, qual? Há torres no Céu cheias[8]
Com armas de vigília, que os acessos
Impregnam; e nas raias abissais
Acampam as legiões, ou co'asa obscura
Batem de déu em déu o reino à noite
E a surpresa surpreendem. Mesmo abrindo
Duto à força, co'inferno nos calcâneos
Em negra insurreição, a confundir
A pura luz do Céu, 'inda o inimigo
Sentaria no trono incorruptível
E impoluto, e o molde impalpável
Incapaz de manchar, repeliria
O dano, dando ao fogo vil a purga
Vitoriosa. E aí nosso consolo
É o desconsolo. Há que exasperar
O onipotente e a cólera saciar-lhe
'Té que nos dê fim, 'té que nos dê cura,
Ser não mais; cura ruim; quem quer perder
Mesmo todo ele dor, tal ser racional,
Pensamentos vagueando a eternidade,
Para a morte, tragado e sem norte
No amplo ventre da noite por criar,
Num vácuo de sentido e ação? E é certo,
Se isto for bom, que o rábido inimigo
No-la dá, ou dará? Como pode ele
Duvido, que jamais quererá aposto.
Irá ele, sábio que é, dar larga à ira
Quiçá por impotência, ou absorto,
Concedendo o favor aos inimigos,

[8] Belial responde a Moloque ponto por ponto. Este modelo retórico já o usara Tasso, nomeadamente nas disputas de Aletes e Argantes em *Jerusalém libertada*.

Them in his anger, whom his anger saves
To punish endless? Wherefore cease we then?
Say they who counsel war, we are decreed,
Reserved and destined to eternal woe;
Whatever doing, what can we suffer more,
What can we suffer worse? Is this then worst,
Thus sitting, thus consulting, thus in arms?
What when we fled amain, pursued and struck
With heaven's afflicting thunder, and besought
The deep to shelter us? This hell then seemed
A refuge from those wounds: or when we lay
Chained on the burning lake? That sure was worse.
What if the breath that kindled those grim fires
Awaked should blow them into sevenfold rage
And plunge us in the flames? or from above
Should intermitted vengeance arm again
His red right hand to plague us? what if all
Her stores were opened, and this firmament
Of hell should spout her cataracts of fire,
Impendent horrors, threatening hideous fall
One day upon our heads; while we perhaps
Designing or exhorting glorious war,
Caught in a fiery tempest shall be hurled
Each on his rock transfixed, the sport and prey
Of racking whirlwinds, or for ever sunk
Under yon boiling ocean, wrapped in chains;
There to converse with everlasting groans,
Unréspited, unpitied, unreprieved,
Ages of hopeless end; this would be worse.

Um fim em fúria, fúria que os salva
De castigo sem fim? Cessar, p'ra quê?
Diz quem advoga a guerra[9] que um decreto
Nos reservou passagem à dor perene;
Que mais há a sofrer, por mais que se faça,
Que pior há-de haver? É isto o pior,
Sentados, em consulta, indignados?
E quando em fuga à caça, à pressa, arpoados
Co'o pungente trovão do Céu, pedimos
Abrigo ao algar? Dava o inferno então
Refúgio às chagas. Ou quando jazíamos
A ferros na água em brasa? Bem pior era.
E se o sopro que o feio fogo ateou
Desperto o açulasse à sétupla ira
E a nós nos mergulhasse em lume? Ou do alto
Fosse o despique suspenso armar de novo
Sua destra rubente p'ra mais pragas?[10]
E se os reténs abrisse e o firmamento
Do inferno ejaculasse fogo em trombas,
Horrores que sondam, juras de massacre
Um dia sobre nós; enquanto nós
Entre apelos ou planos de real guerra,
Lesos em ígnea bátega seríamos
Empalados num golpe em espínea escarpa,
Presas e piões no vórtice de ciclones,[11]
Ou sob a ebulição do oceano em grelhas;
Lá com vagido eterno por idioma,
Sem termo, sem piedade, sem mercê,
Eras de fim sem fim; sim, era pior.

---

[9] Moloque.

[10] A *rubente dextera* de Horácio.

[11] Versos 180-2: cf. *En.* I, 44 ss. e VI, 740 ss.

War therefore, open or concealed, alike
My voice dissuades; for what can force or guile
With him, or who deceive his mind, whose eye
Views all things at one view? He from heaven's height
All these our motions vain, sees and derides;
Not more almighty to resist our might
Than wise to frústrate all our plots and wiles.
Shall we then live thus vile, the race of heaven
Thus trampled, thus expelled to suffer here
Chains and these torments? Better these than worse
By my advice; since fate inevitable
Subdues us, and omnipotent decree,
The victor's will. To suffer, as to do,
Our strength is equal, nor the law unjust
That so ordains: this was at first resolved,
If we were wise, against so great a foe
Contending, and so doubtful what might fall.
I laugh, when those who at the spear are bold
And vent'rous, if that fail them, shrink and fear
What yet they know must follow, to endure
Exile, or ignominy, or bonds, or pain,
The sentence of their conqueror: this is now
Our doom; which if we can sustain and bear,
Our súpreme foe in time may much remit
His anger, and perhaps thus far removed
Not mind us not offending, satisfied
With what is punished; whence these raging fires
Will slacken, if his breath stir not their flames.
Our purer essence then will overcome
Their noxious vapour, or inured not feel,

Seja ou não declarada, a peleja[12]
Dissuade-me a voz. Que astúcia ou força há
Que lhe chegue, quem tolda a mente, o olho
Que a uma tudo vê? No cume do Céu
Todas estas moções vãs vê e zomba;
Não mais onipotente a opor poder[13]
Que sábio a frustrar toda a nossa trama.
Sé é de viver tal vida, aviltada
Que anda a raça do Céu, lançada à dor
De penas e grilhões? Pois há pior,
Digo eu, já que a sorte inevitável
Nos oprime, e o decreto do altíssimo,
Querer de vencedor. P'ra ação ou canga
Temos treino, nem é a lei injusta[14]
Que o ordena: seria até pacífica,
Fôssemos sábios, contra tal rival
Gladiando, a dúvida no lucro.
Rio, quando quem é duro de lança
E audaz, se ela lhe falha, minga e teme
A certa consequência, suportar
Exílio, ignomínia, laço, dor,
Sentença de quem vence: isto é pois
Nosso desar: que tido e aturado,
Vá em tempo sanar ao Inimigo
A sanha, e talvez assim haurida
Releve o açoite em falta, satisfeita
Co'o que puniu; donde há-de o fogo fero
Abrandar, se ele não der sopro às chamas.
A nossa pura essência há-de vencer
Seu tóxico vapor, ou adaptada,

---

[12] Oposto à conclusão de Satã (cf. I, 661-2).

[13] Isto é, é tão sábio quanto onipotente.

[14] Uma espécie de lei natural, prévia a Deus.

Or changed at length, and to the place conformed
In temper and in nature, will receive
Familiar the fierce heat, and void of pain;
This horror will grow mild, this darkness light,
Besides what hope the never-ending flight
Of future days may bring, what chance, what change
Worth waiting, since our present lot appears
For happy though but ill, for ill not worst,
If we procure not to ourselves more woe.
  Thus Belial with words clothed in reason's garb
Counselled ignoble ease, and peaceful sloth,
Not peace: and after him thus Mammon spake.
  Either to disenthrone the king of heaven
We war, if war be best, or to regain
Our own right lost: him to unthrone we then
May hope, when everlasting fate shall yield
To fickle chance, and Chaos judge the strife:
The former vain to hope argues as vain
The latter: for what place can be for us
Within heaven's bound, unless heaven's lord supreme
We overpower? Suppose he should relent
And publish grace to all, on promise made
Of new subjection; with what eyes could we
Stand in his presence humble, and receive
Strict laws imposed, to celebrate his throne
With warbled hymns, and to his Godhead sing
Forced alleluias; while he lordly sits
Our envied sovereign, and his altar breathes
Ambrosial odours and ambrosial flowers,
Our servile offerings? This must be our task

Conversa a prazo, ou símil ao lugar
Em humor e natura, receber
Como sua a atroz febre, indolor;
Será ameno o horror, diáfana a treva,
Fora a esperança que a nunca finda leva[15]
De porvir trará, que azo, que mudança
Que valhe a espera, já que hoje parece
Se não bem p'ra bem, p'ra mal não estar mal,
Desde que não pleiteemos novas penas.
   Com verbo assim em prensa de razão
Ditou Belial ignóbil vagar, plácido
Ócio, não paz. E logo Mammon disse.
   Quer seja p'ra depor o rei do Céu
Sendo a força o ideal, quer p'ra reaver
Um direito de lei, p'ra destroná-lo
Só esperando um lapso da presciência[16]
Num ataque casual, sendo o Caos árbitro:
Vã crença no primeiro atesta vão
O segundo. Que pouso haverá p'ra nós
No umbigo do Céu, se o dono supremo
Não vencermos? Suponham que ele afrouxa
E publica geral graça, sob jura
De nova sujeição; e nós, que cara
Seria a nossa lá, baixando olhos,
Catando à força estritas leis, louvando-o
No trono entre um chilreio de hinos, coros
De aleluias forçados, invejando-o
Ao sentar-se senhor supremo, de ara
Golfando odor de ambrósia,[17] das ambrósias
Nossa oferta servil. Esta a tarefa

---

[15] Versos 220-1: acompanhamento rimado para a fantasia folgaz de Belial.

[16] Se a Providência, que é o destino ou a sorte para os diabos, se submetesse ao acaso, o resultado seria arbitrário, daí ser ajuizado pelo Caos.

[17] Fragrância divina e alimento ou bebida de deuses.

In heaven, this our delight; how wearisome
Eternity so spent in worship paid
To whom we hate. Let us not then pursue
By force impossible, by leave obtained
Unacceptable, though in heaven, our state
Of splendid vassalage, but rather seek
Our own good from ourselves, and from our own
Live to ourselves, though in this vast recess,
Free, and to none accountable, preferring
Hard liberty before the easy yoke
Of servile pomp. Our greatness will appear
Then most conspicuous, when great things of small,
Useful of hurtful, prosperous of adverse
We can create, and in what place so e'er
Thrive under evil, and work ease out of pain
Through labour and endurance. This deep world
Of darkness do we dread? How oft amidst
Thick clouds and dark doth heaven's all-ruling sire
Choose to reside, his glory unobscured,
And with the majesty of darkness round
Covers his throne; from whence deep thunders roar
Mustering their rage, and heaven resembles hell?
As he our darkness, cannot we his light
Imitate when we please? This desert soil
Wants not her hidden lustre, gems and gold;
Nor want we skill or art, from whence to raise
Magnificence; and what can heaven show more?
Our torments also may in length of time
Become our elements, these piercing fires
As soft as now severe, our temper changed
Into their temper; which must needs remove
The sensible of pain. All things invite
To peaceful counsels, and the settled state

No Céu, nosso deleite; que enfadonho
Eterno gasto em pagas de louvor
A quem se odeia. Não busquemos pois,
Por força obstante, por licença obtida,
O inaceitável grau, no Céu embora,
De vassalagem esplêndida, mas antes
O nosso bem em nós, e de nós próprios
Vivamos p'ra nós, mesmo em vasto ermo,
Livres, sem conta a dar a quem, amando
A árdua soltura mais que o suave jugo
De pompa vil. Será a nossa grandeza
Mais grave então, se o grande do pequeno,
O útil do dano, o próspero do adverso,
Pudermos conceber, medrando algures
Em má raiz, tratando o sofrimento
Com constância e labor. O fundo mundo
Do breu dá-nos pavor? E quantas vezes
Não se aloja no breu de espessas nuvens
O soberano do Céu, de halo sem sombra,
E com a majestade da cegueira
Cobre o sólio, onde urram trovões baixos[18]
Em revista às pulsões, num Céu tartáreo?
Poderemos sua luz, como ele as trevas,
Copiar quando nos dá? Neste deserto
Não falta oculto lustro, gema, ouro,
Nem a nós arte e dons p'ra sustentarmos
Imponência; e pode o Céu dar mais?
Nossas dores também podem a prazo
Tornar-se elementais, e a brasa aguda
Branda como ora acerba, nosso humor
Afiado ao seu humor, assim curtindo
O sensível da dor. Tudo convida
A conselhos de paz, à ordem fixa

[18] Versos 264-7: cf. *Sl.* 18, 11-3 e *II Co.* 5, 13; 6, 1.

Of order, how in safety best we may
Compose our present evils, with regard
Of what we are and where, dismissing quite
All thoughts of war: ye have what I advise.
He scarce had finished, when such murmur filled
The assembly, as when hollow rocks retain
The sound of blustering winds, which all night long
Had roused the sea, now with hoarse cadence lull
Seafaring men o'erwatched, whose bark by chance
Or pinnace anchors in a craggy bay
After the tempest: such applause was heard
As Mammon ended, and his sentence pleased,
Advising peace: for such another field
They dreaded worse than hell: so much the fear
Of thunder and the sword of Michael
Wrought still within them; and no less desire
To found this nether empire, which might rise
By policy, and long procéss of time,
In emulation opposite to heaven.
Which when Beëlzebub perceived, than whom,
Satan except, none higher sat, with grave
Aspéct he rose, and in his rising seemed
A pillar of state; deep on his front engraven
Deliberation sat and public care;
And princely counsel in his face yet shone,
Majestic though in ruin: sage he stood
With Atlantean shoulders fit to bear
The weight of mightiest monarchies; his look
Drew audience and attention still as night
Or summer's noontide air, while thus he spake.

Das coisas, à maneira mais secreta
De afinar estes males, com respeito
Ao que somos e fomos, rejeitando
Toda a veia marcial: eis o que penso.
  Mal calara, e tal múrmure encheu
A assembleia, quais búzios que retêm
Uivos aos ventos loucos, que p'la noite
Cresparam ondas, e ora ninam roucos
Lobos-do-mar exaustos, cujo casco
Ou pinaça em escarpada angra ancora
Finda a procela: tal ovação foi
P'ra Mammon e seu verbo temperado
P'la paz, pois outro campo de batalha
Temiam mais que o inferno: tal o medo
Do raio e da espada de Miguel[19]
Cravado ainda neles; e igual sede
Na fundação do império, a ampliar
Com política, a termo indefinido,
Emulador opósito do Céu.
Quando então Belzebu viu nenhum outro,
Fora Satã, de assento maior, grave
Cresceu, com porte qual pilar de estado.
Funda na fronte tinha entalhada
A deliberação e o interesse público;
E luzia o conselho nobre ainda,
Mesmo em ruína, real: sagaz firmou-se
Com atlânticos ombros pronto a arcar[20]
Com coroas hercúleas; seu aspecto
Deu sossego aos ouvintes, como a noite
Ou o ar do Sul no verão, p'lo que falou.

---

[19] A espada de Miguel é a temível espada de duas mãos que abatia esquadrões de uma vez só (cf. VI, 250 ss. e 320 ss.).

[20] Alusão ao castigo imposto por Júpiter a Atlas, um dos Titãs, forçado a carregar os céus nos seus ombros.

Thrones and imperial powers, offspring of heaven,
Ethereal virtues; or these titles now
Must we renounce, and changing style be called
Princes of hell? For so the popular vote
Inclines, here to continue, and build up here
A growing empire; doubtless; while we dream,
And know not that the king of heaven hath doomed
This place our dungeon, not our safe retreat
Beyond his potent arm, to live exempt
From heaven's high jurisdiction, in new league
Banded against his throne, but to remain
In strictest bondage, though thus far removed,
Under the inevitable curb, reserved
His captive multitude: for he, be sure,
In height or depth, still first and last will reign
Sole king, and of his kingdom lose no part
By our revolt, but over hell extend
His empire, and with iron sceptre rule
Us here, as with his golden those in heaven.
What sit we then projecting peace and war?
War hath determined us, and foiled with loss
Irreparable; terms of peace yet none
Vouchsafed or sought; for what peace will be given
To us enslaved, but custody severe,
And stripes, and arbitrary punishment
Inflicted? And what peace can we return,
But to our power hostility and hate,
Untamed reluctance, and revenge though slow,
Yet ever plotting how the conqueror least
May reap his conquest, and may least rejoice

Tronos e potestades, prole do Céu,
Virtudes etereais; ou serão títulos
A abdicar, por rubrica que nos chame
Príncipes do orco? Nisto se revê
O eleitorado, dar novo mandato
Ao império crescente — pois! sonhemos,
Ignorando que o rei do Céu prepôs
Este espaço masmorra, não p'ra abrigo
Do seu braço pugnaz, p'ra vida livre
De alta jurisdição, em nova liga
Ajustada ao seu trono, mas p'ra algemas
Sem folga, apesar de tão distante,[21]
Sob o freio forçado, destinou
Suas gentes cativas: pois bem sabe
Na altura ou profundeza, que alfa e ômega
Só reinará, sem parte a dar do reino
Ao nosso motim, antes alargando-o
Ao inferno, forçando-nos com ceptro
Férreo, como com áureo no que é Céu.[22]
Por que traçamos nós guerra e paz?
A guerra limitou-nos com desaire
Insanável; dos termos da paz nada
Se viu ou garantiu; que paz se espera
P'ra escravos, a não ser rija custódia,
E chicote, e castigo arbitrário
Imposto? E que paz devolveremos
Além de hostilidades e agressões,
Recusa pertinaz, sim, lento ajuste,
Mas sempre urdindo forma de travar
O segador na sega, e o seu júbilo

---

[21] Resposta ao argumento de Belial em II, 211 ss.

[22] Versos 327-8: o cetro de ouro, símbolo de equidade misericordiosa, o de ferro, da justiça rigorosa. A alusão a *Sl.* 2, 9 mostra que o aviso de Abdiel em V, 886-8 está a realizar-se, e Deus destruirá o mal.

In doing what we most in suffering feel?
Nor will occasion want, nor shall we need
With dangerous expedition to invade
Heaven, whose high walls fear no assault or siege,
Or ambush from the deep. What if we find
Some easier enterprise? There is a place
(If ancient and prophetic fame in heaven
Err not) another world, the happy seat
Of some new race called Man, about this time
To be created like to us, though less
In power and excellence, but favoured more
Of him who rules above; so was his will
Pronounced among the gods, and by an oath,
That shook heaven's whole circumference, confirmed.
Thither let us bend all our thoughts, to learn
What creatures there inhabit, of what mould,
Or substance, how endued, and what their power,
And where their weakness, how attempted best,
By force or subtlety: though heaven be shut,
And heaven's high arbitrator sit secure
In his own strength, this place may lie exposed
The utmost border of his kingdom, left
To their defence who hold it: here perhaps
Some advantageous act may be achieved
By sudden onset, either with hell fire
To waste his whole creation, or possess
All as our own, and drive as we were driven,
The puny habitants, or if not drive,
Seduce them to our party, that their God
May prove their foe, and with repenting hand

Em fazer o que danos mais nos faz?
Não há-de faltar vau, nem pedirá
Árdua expedição a entrada no Céu,
Cujo muro não teme assalto ou cerco,
Emboscadas do abismo. E se dermos
Com mais fácil empresa? Há um sítio
(Se no Céu a remota profecia
Não erra), outro mundo, lugar almo
De nova raça, o Homem, que há-de ser
Em breve, a nós símil, posto menos
Em primor e poder, mas mais nas graças
Do que reina lá no alto; esse o mando
Ditado entre deuses, e por jura[23]
Que sacudiu o orbe ao Céu firmado.
Estudemos esse espaço e aprendamos
Que seres lá habitam, qual o molde,
Substância, quão dotados, qual a força,
E onde o ponto fraco, se mais frágeis
São por braço ou ardil. Se o Céu se fecha,
E o déspota se senta lá seguro
Do seu poder, talvez o chão se exponha
Fronteiriço aos confins do reino, posto
Nas mãos de quem o tem: aqui quiçá
Se ache um ato prestante por abrupto
Assalto, quer por fogo infernal
Que a criação lhe assole, ou à bruta
Tomando, quem guiado foi guiando
Aos íncolas as crias, se guiáveis,
Se não à nossa parte seduzindo-as,
'Té que adverso o seu Deus com mão contrita

[23] Versos 346-52: o "rumor" de I, 651 ss. A criação do homem mereceu um juramento público, não o tempo dela (cf. *At.* 1, 7). A autoridade bíblica para o estatuto relativo de homem e anjo encontra-se em *Sl.* 8, 5.

Abolish his own works. This would surpass
Common revenge, and interrupt his joy
In our confusion, and our joy upraise
In his disturbance; when his darling sons
Hurled headlong to partake with us, shall curse
Their frail originals, and faded bliss,
Faded so soon. Advise if this be worth
Attempting, or to sit in darkness here
Hatching vain empires. Thus Beëlzebub
Pleaded his devilish counsel, first devised
By Satan, and in part proposed: for whence
But from the author of all ill could spring
So deep a malice, to confound the race
Of mankind in one root, and earth with hell
To mingle and involve, done all to spite
The great creator? But their spite still serves
His glory to augment. The bold design
Pleased highly those infernal states, and joy
Sparkled in all their eyes; with full assent
They vote: whereat his speech he thus renews.
   Well have ye judged, well ended long debate,
Synod of gods, and like to what ye are,
Great things resolved; which from the lowest deep
Will once more lift us up, in spite of fate,
Nearer our ancient seat; perhaps in view
Of those bright confines, whence with neighbouring arms
And opportune excursion we may chance
Re-enter heaven; or else in some mild zone
Dwell not unvisited of heaven's fair light
Secure, and at the brightening orient beam
Purge off this gloom; the soft delicious air,

Abula a obra. Isto pujaria[24]
A vingança comum, cessar-lhe o gozo
Na nossa confusão e erguer o nosso
Na confusão dele; quando os seus queridos
Conosco partilhando a queda a pique
Maldisser o padrão débil, a dita
Cerceada cerce. Cuidem se é digno
De tentar, ou sentemo-nos em trevas
Chocando ocos impérios. Belzebu
Litigou seu mau juízo, desde logo
Ideado por Satã, proposto em parte:
De onde a não ser do mestre do mal brota
Tão fundo mal, a raça a confundir
Dos homens p'la raiz, moldando a terra,[25]
Cruzando-a com inferno, só p'ra atear
O grande criador? Mas o fel deles
Só lhe engrandece a glória. A audácia
Calou fundo aos medonhos estadistas,
Com faíscas de gozo no olhar. Votam
Acordes. Ao que a fala assim renova.
 Bem julgastes, e o pleito bem findastes,
Sínodo divinal, e como deuses
Grandes coisas achastes, que dos fundos
Mais nos hão-de içar, pese embora a sina,
P'ra mais perto do lar, talvez com vista
Para os claros confins, de onde com braços
Vizinhos e excursão ágil nos calhe
Reentrar no Céu; se não, em branda zona
Morar, não sem visita da luz célica
Seguros, e ao iriante oriente em feixe
Ir purgando o negrume; suave ar doce,

---

[24] Versos 369-70: cf. *Gn.* 6, 7.

[25] Adão, raiz da árvore genealógica do Homem.

To heal the scar of these corrosive fires
Shall breathe her balm. But first whom shall we send
In search of this new world, whom shall we find
Sufficient? Who shall tempt with wandering feet
The dark unbottomed infinite abyss
And through the palpable obscure find out
His uncouth way, or spread his airy flight
Upborne with indefatigable wings
Over the vast abrupt, ere he arrive
The happy isle; what strength, what art can then
Suffice, or what evasion bear him safe
Through the strict sentries and stations thick
Of angels watching round? Here he had need
All circumspection, and we now no less
Choice in our suffrage; for on whom we send,
The weight of all and our last hope relies.
This said, he sat; and expectation held
His look suspense, awaiting who appeared
To second, or oppose, or undertake
The perilous attempt: but all sat mute,
Pondering the danger with deep thoughts; and each
In other's countenance read his own dismay
Astonished: none among the choice and prime
Of those heaven-warring champions could be found
So hardy as to proffer or accept
Alone the dreadful voyage; till at last
Satan, whom now transcendent glory raised
Above his fellows, with monarchal pride
Conscious of highest worth, unmoved thus spake.
O progeny of heaven, empyreal thrones,
With reason hath deep silence and demur

Que a aplacar abrasões dos fogos cáusticos
Há-de soprar seus óleos. Quem irá
Em busca do novel mundo, quem cremos
Capaz? Quem tentará com pés de viagem
O escuro abismo intérmino sem chão,
Entre o obscuro palpável, a topar
Com incerto carril, ou a armar voo
Guindado aos céus com asa sem fadiga
Por sobre o abrupto amplo, antes de dar
Com a ilha feliz?[26] Que força, que arte
Bastará, que evasão o salvará
De atalaias e postos apertados
De anjos em patrulha? Carece ele
De toda a precaução, e nós de igual
Senso na votação, pois quem irá
Leva o peso que sobra da esperança.
  Tendo dito, sentou; e a expectativa
Suspendeu-lhe o olhar, crendo que alguém viesse
Secundar, contestar, ou aceitar
O risco da ação: eram porém mudos,
Pesando-o gravibundos; cada um
Lendo em outro semblante o seu desânimo
Pávido: nenhum entre a flor e a nata
Dos campeões adversários do Céu era
Tão forte p'ra aceitar ou oferecer-se[27]
Só à negra viagem. 'Té que enfim,
Satã, que a transcendente glória pôs
Acima dos seus, régio na soberba,
Cônscio de alto valor, frio falou.
  Ó progênie do Céu, tronos empíreos,
Com razão o silêncio grave e a dúvida

[26] Relativo às ilhas afortunadas dos bem-aventurados.

[27] Contrastando com a oferta mansa de Cristo em III, 227 ss.

Seized us, though undismayed: long is the way
And hard, that out of hell leads up to light;
Our prison strong, this huge convex of fire,
Outrageous to devour, immures us round
Ninefold, and gates of burning adamant
Barred over us prohibit all egress.
These passed, if any pass, the void profound
Of unessential night receives him next
Wide gaping, and with utter loss of being
Threatens him, plunged in that abortive gulf.
If thence he scape into whatever world,
Or unknown region, what remains him less
Than unknown dangers and as hard escape.
But I should ill become this throne, O peers,
And this imperial sovereignty, adorned
With splendour, armed with power, if aught proposed
And judged of public moment, in the shape
Of difficulty or danger could deter
Me from attempting. Wherefore do I assume
These royalties, and not refuse to reign,
Refusing to accept as great a share
Of hazard as of honour, due alike
To him who reigns, and so much to him due
Of hazard more, as he above the rest
High honoured sits? Go therefore mighty powers,
Terror of heaven, though fallen; intend at home,

Nos detêm, sem medo embora: longo
E agro o corgo é que vai do inferno à luz;
Nossa cela, a cúpula de fogo,
Furiosa a devorar, fecha-se em volta
Nove vezes, e portas de aço aceso
Trancando em redor negam o egresso.
Quando abertas, se há quem abra, o fundo
Da noite sem essência logo o toma
Hiantemente, e de vez lhe ameaça o ser
Lá esquecido no golfo abortivo.
Se daí se subtrai para algum mundo,
Ou ignota região, que mais lhe sobra
Além de ignotos perigos e árdua fuga?
Mas mal me ficaria o trono, ó pares,
E a imperial coroa, adornada
De esplendor e poder, se peso público
Atribuído a coisas sob a forma
De aperto ou perigo me privasse
De tentar. Por que assumo eu reais[28]
Prerrogativas, por que não abdico,
Recusando aceitar igual quinhão
De honra e risco, devidos irmãmente
A quem reina, e a quem mais é devido
Risco, pois que mais alto que os demais
Se senta em honra? Ide então Poderes,
Terror do Céu, 'inda que embaixo;[29] ideai

---

[28] Versos 447-50: Milton originalmente atribui àquilo que é capaz de suscitar peso de interesse público o poder de privar a ação de Satanás, e não ao peso público independentemente das razões aduzidas para tal. Ou mais literalmente: "se qualquer outra coisa proposta e julgada de interesse público sob a forma de dificuldade ou perigo me pudesse privar de tentar". A tradução, ao torcer levemente a prioridade, sendo aqui o peso público o principal obstáculo, segue o que o texto até aqui nos mostra, que Satanás é um publícola e, assim sendo, acataria mais depressa um resultado sufragado do que desistiria de uma ação por receio ou dificuldade.

[29] Isto é, "ainda que desmoralizado".

While here shall be our home, what best may ease
The present misery, and render hell
More tolerable; if there be cure or charm
To respite or deceive, or slack the pain
Of this ill mansion: intermit no watch
Against a wakeful foe, while I abroad
Through all the coasts of dark destruction seek
Deliverance for us all: this enterprise
None shall partake with me. Thus saying rose
The monarch, and prevented all reply,
Prudent, lest from his resolution raised
Others among the chief might offer now
(Certain to be refused) what erst they feared;
And so refused might in opinion stand
His rivals, winning cheap the high repute
Which he through hazard huge must earn. But they
Dreaded not more the adventure than his voice
Forbidding; and at once with him they rose;
Their rising all at once was as the sound
Of thunder heard remote. Towards him they bend
With awful reverence prone; and as a god
Extol him equal to the highest in heaven:
Nor failed they to express how much they praised,
That for the general safety he despised
His own: for neither do the spirits damned
Lose all their virtue; lest bad men should boast
Their specious deeds on earth, which glory excites,
Or close ambition varnished o'er with zeal.

O lar enquanto neste lar, que alívio
Requer esta maleita, e o inferno
Faz tolerável; se há cura ou mágica
Que sossegue ou engane, canse a dor
Desta enferma mansão. Não rendei guarda
Contra um rival sem sono, que eu lá fora
Pelas costas da negra ruína êxodo
P'ra todos buscarei, e esta aventura
Não a divido. Dito assim se ergueu
O monarca, frustrando toda a réplica,
Prudente, ou não fossem do arrojo
Outros dos principais voluntariar-se
(Certos de escusa) ao que antes receavam;
E assim escusos fossem em alvitre
Seus rivais, pechinchando a cara fama
Que ele por alto custo há-de ganhar.
Mas não temiam mais a ação que a voz
Que a nega. Com ele juntos se elevaram;
Elevarem-se juntos era o baque
Do distante trovão. Pronos[30] ante ele
Caíram em formal vênia, e deus
O alçaram como o Altíssimo no Céu:
Nem lhe regatearam fartas loas,
Por desprezar em prol de amparo alheio
O seu: pois que não perdem os maus espíritos
A virtude de vez; não vão maus homens[31]
Cantar capciosa ação, que a glória excita,
Ou a surda[32] ambição lustrada a zelo.[33]

---

[30] Em pronação, prostrados sobre o peito.

[31] *Ef.* 2, 8 ss.

[32] Ou "secreta". Não se descure, porém, a restante significação do adjetivo em português, curiosamente extensível a "não polido".

[33] Isto é, "para que homens maus na terra não se vangloriem de feitos pretensamente virtuosos que ocultam motivos ambiciosos". Embora víssemos diabos fazendo

Thus they their doubtful consultations dark
Ended rejoicing in their matchless chief:
As when from mountain tops the dusky clouds
Ascending, while the north wind sleeps, o'erspread
Heaven's cheerful face, the louring element
Scowls o'er the darkened landscape snow, or shower;
If chance the radiant sun with farewell sweet
Extend his evening beam, the fields revive,
The birds their notes renew, and bleating herds
Attest their joy, that hill and valley rings.
Oh shame to men! Devil with devil damned
Firm concord holds, men only disagree
Of creatures rational, though under hope
Of heavenly grace: and God proclaiming peace,
Yet live in hatred, enmity, and strife
Among themselves, and levy cruel wars,
Wasting the earth, each other to destroy:
As if (which might induce us to accord)
Man had not hellish foes enow besides,
That day and night for his destruction wait.
  The Stygian council thus dissolved; and forth
In order came the grand infernal peers,
Midst came their mighty paramount, and seemed
Alone the antagonist of heaven, nor less
Than hell's dread emperor with pomp supreme,
And God-like imitated state; him round
A globe of fiery seraphim enclosed
With bright emblazonry, and horrent arms.
Then of their session ended they bid cry
With trumpets' regal sound the great result:

Assim eles o negro exame dúbio
Fecharam com prazer no líder ímpar:
Como quando de alpestres cumes nimbos
Em ascensão, se o bóreas dorme, enchem
O ar jovial do céu, torvo o firmamento
Faz trombas no horizonte, neve, ou chuva;
Se acaso o sol radiante adeus melífluo
Do seu lume tardar, campos revivem,
Aves renovam notas, e rebanhos
Balam ledos, que monte e vale ecoam.
Corai homens! São diabos mas com diabos
Firmam acordo, homens só discordam
De seres racionais, mesmo com fé
Na excelsa graça. Deus proclama a paz,
Mas vivem em rancor, zangas e brigas
Uns com outros, e taxam duras guerras
Até à extinção, pilhando a terra.
Como se (bastaria tal p'ra acordo)
Não tivesse o homem já rivais diabólicos
Que noite e dia esperam o seu fim.
Assim se dissolveu o estígio sínodo,
E à frente os infernais pares vieram,
E entre eles o supremo chefe, o único
Adversário do Céu, imperador
Cruel do inferno, cheio de grã pompa
E ar de deus; a cercá-lo tinha um globo[34]
De serafins de fogo que o cingiam
Com flamante armadura e armas crespas.
Aí finda a sessão logo aclamaram
Ao som do clarim régio o decreto

---

o mesmo, esta passagem abona a favor de Satanás, afinal, que tem a virtude de tomar a presente decisão não por vanglória falaz mas em entrega honesta. Repare-se, entretanto, na similitude desta sua iniciativa com a entrega sacrificial do próprio Cristo.

[34] Corpo compacto.

Toward the four winds four speedy cherubim
Put to their mouths the sounding alchemy
By herald's voice explained: the hollow abyss
Heard far and wide, and all the host of hell
With deafening shout returned them loud acclaim.
Thence more at ease their minds and somewhat raised
By false presumptuous hope, the rangèd powers
Disband, and wandering, each his several way
Pursues, as inclination or sad choice
Leads him perplexed, where he may likeliest find
Truce to his restless thoughts, and entertain
The irksome hours, till his great chief return.
Part on the plain, or in the air sublime
Upon the wing, or in swift race contend,
As at the Olympian games or Pythian fields;
Part curb their fiery steeds, or shun the goal
With rapid wheels, or fronted brígades form.
As when to warn proud cities war appears
Waged in the troubled sky, and armies rush
To battle in the clouds, before each van
Prick forth the airy knights, and couch their spears
Till thickest legions close; with feats of arms
From either end of heaven the welkin burns.
Others with vast Typhoean rage more fell
Rend up both rocks and hills, and ride the air
In whirlwind; hell scarce holds the wild uproar.

E aos quatro ventos quatro querubins ágeis
À sonora alquimia deram boca
Que o arauto traduz; o abismo cavo
Por toda a parte ouviu, e as hostes brados
Que atroam lhes pagaram com aplausos.
Com mentes mais em paz e algo despertas
Por presunçosa fé falsa, as tropas
Destroçam, e dispersos, um a um,
Seguem rumos de acaso ou má escolha
Até à perplexão, onde mais achem
Tréguas p'ra inquietações, e entretenham
As duras horas 'té que o chefe volte.
Parte no plaino, ou no ar sublime
Sobre asas, ou na pista veloz luta,
Como nas Olimpíadas ou Píticos;[35]
Parte brida corcéis flâmeos, ou beija
Postes[36] com roda hábil, ou faz coortes.[37]
Como quando p'ra aviso de urbe ufana
A guerra vem aos céus turvos mostrar-se,
E em nuvens legiões batem-se, e nas frentes
Cavaleiros do ar picam o galope,
E baixam lanças 'té que tropas inchem;
Com feitos de armas arde o céu por todo.
Uns quais Tifeus[38] mais feros em furor
Fendem rochas e colinas, e o ar montam
Em tufões; mal retém o inferno o frêmito.

---

[35] Jogos píticos, celebrados entre os antigos gregos de quatro em quatro anos em Delfos, em honra de Apolo Pitônico, supostamente depois de este ter vencido a serpente Píton no Monte Parnaso. Os jogos píticos em Delfos seguiam em importância os olímpicos.

[36] Rasar um poste de marcação, o qual deveria ser contornado pelo auriga. Ver a exemplo a descrição de Homero (*Il*. XXIII, 318 ss.).

[37] Formações de batalha simulada.

[38] Cf. I, 197-9n. Atente-se à proximidade sonora de "tufão".

As when Alcides from Oechalia crowned
With conquest, felt the envenomed robe, and tore
Through pain up by the roots Thessalian pines,
And Lichas from the top of Oeta threw
Into the Euboic sea. Others more mild,
Retreated in a silent valley, sing
With notes angelical to many a harp
Their own heroic deeds and hapless fall
By doom of battle; and complain that fate
Free virtue should enthral to force or chance.
Their song was partial, but the harmony
(What could it less when spirits immortal sing?)
Suspended hell, and took with ravishment
The thronging audience. In discourse more sweet
(For eloquence the soul, song charms the sense)
Others apart sat on a hill retired,
In thoughts more elevate, and reasoned high
Of providence, foreknowledge, will, and fate,
Fixed fate, free will, foreknowledge absolute,
And found no end, in wandering mazes lost.
Of good and evil much they argued then,
Of happiness and final misery,
Passion and apathy, and glory and shame,
Vain wisdom all, and false philosophy:
Yet with a pleasing sorcery could charm
Pain for a while or anguish, and excite
Fallacious hope, or arm the obdurèd breast

Como quando em Ecália, Alcides, rei
Por conquista, provou o pano tóxico
E raízes na dor rasgou aos pinhos
Da Tessália, e do Eta lançou Licas
Ao mar de Eubeia. Outros mansos mais,[39]
Retirados num vale mudo, cantam
Com as angelicais notas da harpa
Suas bravas ações e a queda trágica
Na liça, e lamentam que o destino
Sujeite à força ou sorte a sã virtude.
Seu canto era parcial, mas suspendeu
(Ficariam aquém eternos espíritos?)
A harmonia o inferno, e a plateia
À cunha arrebatou. Em grata prédica
(Facúndia à alma, hinos aos sentidos)
Outros foram sentar-se em ermo monte,
A elevar pensamentos, debatendo[40]
Providência, presciência, querer, destino
Já fixo, livre querer, presciência plena,
E fim não viram, presos nesse dédalo.
Do bem e do mal muito então falaram,
De ventura e angústia derradeira,
Apatia e paixão, ultraje e glória,
Só ciência vã, mendaz filosofia.
Mas com gentil feitiço distraíam
Um pouco a dor, o transe, e aguçavam
Falsa esperança, e o duro peito armavam

---

[39] Versos 542-6: Hércules, regressado vitorioso da Ecália, vestiu um manto que a sua mulher inadvertidamente embebeu em veneno. Com dores atrozes amaldiçoou o seu amigo Licas, que lho havia trazido, precipitando-o do Eta no Mar Eubeu.

[40] Em "retiro espiritual" os diabos refletem preocupações de escolástica medieval e reformista. A dialética é, aliás, uma das consequências da Queda, pois os anjos perderam a razão intuitiva que os diferencia dos homens. Ver V, 488.

With stubborn patience as with triple steel.
Another part in squadrons and gross bands,
On bold adventure to discover wide
That dismal world, if any clime perhaps
Might yield them easier habitation, bend
Four ways their flying march, along the banks
Of four infernal rivers that disgorge
Into the burning lake their baleful streams;
Abhorrèd Styx the flood of deadly hate,
Sad Acheron of sorrow, black and deep;
Cocytus, named of lamentation loud
Heard on the rueful stream; fierce Phlegeton
Whose waves of torrent fire inflame with rage.
Far off from these a slow and silent stream,
Lethë the river of oblivion rolls
Her watery labyrinth, whereof who drinks,
Forthwith his former state and being forgets,
Forgets both joy and grief, pleasure and pain.
Beyond this flood a frozen continent
Lies dark and wild, beat with perpetual storms
Of whirlwind and dire hail, which on firm land
Thaws not, but gathers heap, and ruin seems
Of ancient pile; all else deep snow and ice,
A gulf profound as that Serbonian bog
Betwixt Damiata and Mount Casius old,

Com paciência tenaz qual aço triplo.[41]
Outros em esquadrões e bandos sólidos,
Em aventura audaz a esquadrinhar
O mundo da aflição, se acaso um clima
Lhes cede habitação mais branda, fletem
O voo por quatro vias, pelas margens
De quatro infernais rios que vazam
No mar de fogo seus caudais de morte:
Malquisto Estige de ódio mortal fluxo;
Aqueronte de mágoas, negro e fundo;
Cocito, o do fragor de dor que soa
No curso lacrimoso; fulo Flégeton,
Maré de labaredas irritáveis.[42]
E longe destes lento e mudo flúmen,
O Letes, o do olvido, enovela[43]
Seu labirinto de água, que a memória
De ser mata a quem mata a sede lá
E o gozo e o pesar, prazer e dor.
Além do fluxo um frio continente
Jaz ermo, sem descanso de tormentas,
Em pegões e granizo, que em chão firme
Não se desfaz, mas forma mós, quais ruínas
De antigas construções; é neve e gelo
No resto, fundo golfo como o pântano[44]
Entre Damieta e Cásio,[45] monte velho

---

[41] Versos 564-9: liberdade completa relativamente às paixões, ideal estoico.

[42] Versos 575-81: descreve os quatro rios do inferno, seguindo o esquema de Virgílio, Dante e Spenser, usados como contraponto da nascente dos quatro rios do Paraíso (cf. IV, 223-33 e *Gn.* 2, 10).

[43] Não o lago do esquecimento acima (verso 74).

[44] Serbonis, um lago de areias movediças na costa egípcia. Conta-se da sua potencialidade nefasta, capaz de tragar exércitos inteiros.

[45] Comuns na épica italiana. Damieta, na foz do Nilo, tornara-se em Dante um símbolo do passado oriental da humanidade (cf. *Inf.* XIV, 104).

Where armies whole have sunk: the parching air
Burns frore, and cold performs the effect of fire.
Thither by harpy-footed Furies haled,
At certain revolutions all the damned
Are brought: and feel by turns the bitter change
Of fierce extremes, extremes by change more fierce,
From beds of raging fire to starve in ice
Their soft ethereal warmth, and there to pine
Immovable, infixed, and frozen round,
Periods of time, thence hurried back to fire.
They ferry over this Lethean sound
Both to and fro, their sorrow to augment,
And wish and struggle, as they pass, to reach
The tempting stream, with one small drop to lose
In sweet forgetfulness all pain and woe,
All in one moment, and so near the brink;
But fate withstands, and to oppose the attempt
Medusa with Gorgonian terror guards
The ford, and of itself the water flies
All taste of living wight, as once it fled
The lip of Tantalus. Thus roving on
In confused march forlorn, the adventurous bands
With shuddering horror pale, and eyes aghast
Viewed first their lamentable lot, and found
No rest: through many a dark and dreary vale
They passed, and many a region dolorous,
O'er many a frozen, many a fiery alp,
Rocks, caves, lakes, fens, bogs, dens, and shades of death,

Que exércitos tragou: o ar crestado
Queima algente, e glacial age a fogueira.
Lá por Fúrias de pés de harpia alados,[46]
Em certas rotações os condenados
São presentes; e à vez sentem reveses
De cruéis cabos, cabos por reveses
Cruéis mais, desde a cama onde arde a ira
À laje que em seu gelo paralisa
Seu etéreo ardor, hirtos, em imóveis
Horas frias, e daí de volta ao fogo.
O istmo do Letes cruzam embarcados
Para lá, para cá, a adir lamento,
E aspiram e ao passar tentam chegar
Ao veio tentador, a uma gota
Que embebesse num limbo dor e penas
De um momento, e tão à beira chegam;
Mas o que há-de ser é, e opõe-se ao rasgo
Com gorgóneo terror uma Medusa[47]
Que guarda o vau, e a água de si falha
A todo o gosto vivo, como outrora
Ao tantálico lábio. Assim nômadas,[48]
De marcha errante e vã, os caminhantes
Brancos de horror tremendo entreviram,
Agastados, o lote lamentável,
Sem folga, e através de vales lúgubres
Passaram, por regiões de dor, por gélidas
E férvidas montanhas, penhas, grutas,
Lagos, charcos, pauis, antros e sombras

---

[46] Milton combina as Harpias que Dante inclui no seu "Inferno" a partir de Virgílio, monstros alados com cara de mulher e corpo de ave de rapina, com as três Fúrias ou Erínias, agentes de vingança divina, Tisífone, Megera e Alecto.

[47] Uma das Górgonas, conhecida pelo seu cabelo de serpentes e olhar petrífico.

[48] Cf. *Od.* XI, 582-4. O tormento de Tântalo é resultado de ter dado o alimento dos deuses aos homens.

A universe of death, which God by curse
Created evil, for evil only good,
Where all life dies, death lives, and nature breeds,
Perverse, all monstrous, all prodigious things,
Abominable, inutterable, and worse
Than fables yet have feigned, or fear conceived,
Gorgons and Hydras, and Chimeras dire.
   Meanwhile the adversary of God and man,
Satan with thoughts inflamed of highest design,
Puts on swift wings, and toward the gates of hell
Explores his solitary flight; sometimes
He scours the right hand coast, sometimes the left,
Now shaves with level wing the deep, then soars
Up to the fiery concave towering high.
As when far off at sea a fleet descried
Hangs in the clouds, by equinoctial winds
Close sailing from Bengala, or the isles
Of Ternate and Tidore, whence merchants bring
Their spicy drugs: they on the trading flood
Through the wide Ethiopian to the Cape
Ply stemming nightly toward the pole. So seemed
Far off the flying fiend: at last appear
Hell bounds high reaching to the horrid roof,
And thrice threefold the gates; three folds were brass,
Three iron, three of adamantine rock,

De morte universal, que Deus por praga
Malévola criou, p'ra bem do mal,
Que a vida mata, a morte aviva, prenhe
Natural do que é monstro, de prodígios,[49]
Coisas sem nome, torpes, pior que fábulas
Fingiram ou o medo concebeu,
Cruéis Quimeras, Górgonas e Hidras.[50]
Entretanto o adversário de Deus e homem,
Satã, ateando intuitos de alto traço,
Asas folgadas põe, e até às portas
Do inferno testa o voo solitário;
Perscruta a costa ora à direita,
Ora à esquerda, roçando raso o fosso,
E descola e ascende ao arco ígneo.
Qual frota em alto mar de nuvens pênsil,
De equinociais alísios à bolina
Cerrada de Bengala, ou das ilhas
Ternate e Tidore, de onde mercadores
Trazem sápidas drogas: lá nos mares
Mercantes desde o Índico ao Cabo[51]
À noite fendem ventos rumo ao polo.
Assim ao longe o alado. 'Té que surgem
Os infernais confins e o teto hórrido,
E portas de tresdobro três, três dobras
De bronze, três de ferro, de diamante

---

[49] Versos 624-5: a morte aqui é a própria natureza, ou a mãe natural, já que é instanciada como criadora de um longo obituário.

[50] A Quimera era um monstro compósito (cabra, leão, dragão) de três cabeças, que vomitava fogo; as Górgonas eram mais duas: Euríale e Esteno; a Hidra tinha sete cabeças, que renasciam à medida que eram cortadas caso não fossem decepadas de uma só vez.

[51] Versos 636-41: ao tempo de Milton havia um comércio crescente com Bengala e com Ternate e Tidore, duas ilhas nas Molucas, referidas por Camões (*Lus*. X, 132, 3). Os navios seguiam a rota das especiarias a sudoeste desde a Índia contornando o Cabo da Boa Esperança.

Gorgons and Hydras, and Chimeras dire

Cruéis Quimeras, Górgonas e Hidras

(II, 628)

Impenetrable, impaled with circling fire,
Yet unconsumed. Before the gates there sat
On either side a formidable shape;
The one seemed woman to the waist, and fair,
But ended foul in many a scaly fold
Voluminous and vast, a serpent armed
With mortal sting: about her middle round
A cry of hell hounds never ceasing barked
With wide Cerberean mouths full loud, and rung
A hideous peal: yet, when they list, would creep,
If aught disturbed their noise, into her womb,
And kennel there, yet there still barked and howled
Within unseen. Far less abhorred than these
Vexed Scylla bathing in the sea that parts
Calabria from the hoarse Trinacrian shore:
Nor uglier follow the Night-hag, when called
In secret, riding through the air she comes
Lured with the smell of infant blood, to dance
With Lapland witches, while the labouring moon
Eclipses at their charms. The other shape,
If shape it might be called that shape had none
Distinguishable in member, joint, or limb,
Or substance might be called that shadow seemed,
For each seemed either; black it stood as night,
Fierce as ten Furies, terrible as hell,
And shook a dreadful dart; what seemed his head
The likeness of a kingly crown had on.

Três, sem rombo, em empas espirais
De fogo por gastar. E portentosas
Formas de ambos os lados as velavam:
Uma, mulher até à cinta, grácil,
Porém era no mais grosseira, escâmea,
Convoluta, vultosa, serpe armada
Com cúspide mortal; cingido ao ventre,
Um ninho de infernais mastins ladrando
Com suas cavernais goelas de Cérbero
Tetro repique davam; mas, reptantes,
Se estranhos ecos soassem, regressavam
À casota do ventre a uivar
No seio cego. Bem menos nefanda
Cila que a banhos jaz no mar que cinde
Calábria da Trinácria, da roufenha[52]
Costa; nem feia mais se segue a Estrige[53]
Se conjurada; vem, selando o ar,
Pelo odor de sangue infantil, à dança
Com bruxas da Lapônia,[54] quando a lua
Em contrações se eclipsa aos seus arranjos.
Outra, se forma há no que a não tem,
Distinguível em membro, junta, parte,
Se substância se chama a essa sombra,
Que uma a outra parecia, qual noite era,
Feroz como dez Fúrias, infernal,
Brandindo negro dardo; e à cabeça
Parecia ter de rei uma coroa.

---

[52] Versos 659-61: Circe, com ciúme da ninfa Cila, transformou-lhe os membros de baixo num entrançado de cabeças de cão, como as de Cérbero, o que guarda as portas infernais. Mais tarde, Cila foi de novo transformada num rochedo perigoso entre a Trinácria e a Calábria. No Ovídio medieval e moralizado converteu-se em símbolo de luxúria e pecado.

[53] Hécate, cujos encantos foram usados por Circe para enfeitiçar Cila.

[54] Centro de feitiçaria.

Before the gates there sat
On either side a formidable shape

E portentosas
Formas de ambos os lados as velavam

(II, 648-9)

Satan was now at hand, and from his seat
The monster moving onward came as fast
With horrid strides, hell trembled as he strode.
The undaunted fiend what this might be admired,
Admired, not feared; God and his Son except,
Created thing nought valued he nor shunned;
And with disdainful look thus first began.
Whence and what art thou, execrable shape,
That darest, though grim and terrible, advance
Thy mistreated front athwart my way
To yonder gates? Through them I mean to pass,
That be assured, without leave asked of thee:
Retire, or taste thy folly, and learn by proof,
Hell-born, not to contend with spirits of heaven.
   To whom the goblin full of wrath replied.
Art thou that traitor angel, art thou he,
Who first broke peace in heaven and faith, till then
Unbroken, and in proud rebellious arms
Drew after him the third part of heaven's sons
Conjúred against the highest, for which both thou
And they outcast from God, are here condemned
To waste eternal days in woe and pain?
And reckonst thou thyself with spirits of heaven,
Hell-doomed, and breath'st defiance here and scorn
Where I reign king, and to enrage thee more,
Thy king and lord? Back to thy punishment,
False fugitive, and to thy speed add wings,
Lest with a whip of scorpions I pursue
Thy lingering, or with one stroke of this dart
Strange horror seize thee, and pangs unfelt before.

Perto estava Satã, e do seu posto
Se adiantou o monstro com passadas
Brutais, e de o galgar tremia o orco.
Se há pasmo no audaz rival é pasmo,
Não medo; à exceção de Deus e Filho,
A criatura alguma dava crédito.
E com sobranceria disse assim.
  De onde és, quem és, figura execrável,
Que ousas, embora escura e terrível,
Avançar-me a disforme face frente
Àqueloutros portões? Quero transpô-los,
Certo sê, sem o teu visto; retira-te,
Ou prova o destempero, e comprova,
Diabrete, o que é arguir com celso espírito.
  Ao que o trasgo colérico tornou.
És tu o anjo rebelde, és tu ele,
Quem primeiro quebrou paz no Céu, fé,
Então intacta, e em motim ufano
Juntou a terça parte dos celestes[55]
A maquinar conjuras, p'lo que a todos
Proscritos Deus os fez, aqui forçados
A um gasto sem findar de dor e penas?
E tens-te em tanta conta com teus espíritos,
Endiabrado, que acinte e desdém sopras,
Cá onde reino rei, e só p'ra ti
Teu rei e senhor? Já para o castigo
Falso desertor, e asas dá à pressa,
Não vá com chibatada de escorpiões[56]
Te apressar a tardança, ou com dardo
Te apresentar horror e outras pontadas.

---

[55] *Ap*. 12, 4. Noutro lugar Satã envaidece-se na presunção de ter levado metade dos anjos à rebelião (cf. IX, 141).

[56] Ver *I Rs*. 12, 11.

So spake the grisly terror, and in shape,
So speaking and so threatening, grew tenfold
More dreadful and deform: on the other side
Incensed with indignation Satan stood
Unterrified, and like a comet burned,
That fires the length of Ophiucus huge
In the Arctic sky, and from his horrid hair
Shakes pestilence and war. Each at the head
Levelled his deadly aim; their fatal hands
No second stroke intend, and such a frown
Each cast at the other, as when two black clouds
With heaven's artillery fraught, come rattling on
Over the Caspian, then stand front to front
Hovering a space, till winds the signal blow
To join their dark encounter in mid-air:
So frowned the mighty combatants, that hell
Grew darker at their frown, so matched they stood;
For never but once more was either like
To meet so great a foe: and now great deeds
Had been achieved, whereof all hell had rung,
Had not the snaky sorceress that sat
Fast by hell gate, and kept the fatal key,
Risen, and with hideous outcry rushed between.
O Father, what intends thy hand, she cried,
Against thy only son? What fury, O son,

Falou o terror mórbido, e em vulto,
Com arengas e ameaças, decuplou
Medonho e deforme. Noutro lado
Rábido se quedou Satã sem cólicas,
Assim como um cometa calcinado
Que ateia a vastidão ao Serpentário[57]
No Ártico[58] e das cerdas barbarescas
Sacode peste e guerra. À cabeça
Ambos visavam o alvo, e as mãos frias
Tinham um golpe só, e com um cenho
Permutado, qual nuvem que com nuvem,
Negras, da artilharia dos céus cheias,
Troando sobre o Cáspio,[59] se medisse
Pairando em frente, até que soprem ventos
O assobio ao embate no ar medial:[60]
Tanto franziam testas os maus púgeis
Que o inferno fechou de tão renhidos;
Pois nenhuma vez mais a não ser uma
Veriam tal rival. E grandes atos
Repercutidos no orco se dariam,
Não fosse a serpentil bruxa assente
Junto aos portões, que a chave fatal guarda,
Se erguer, e interpor gritos terríveis.
Ó Pai, a tua mão que quer, clamou,
Contra teu filho único? Que fúria,

[57] Fowler menciona H. H. Turner, que identifica o presente como o magnífico cometa de 1618, com uma cauda de 104º, que surgira na constelação boreal de *Ophiuchus*, ou Serpentário ("o que leva a serpente"), responsabilizado por alguns pela Guerra dos Trinta Anos.

[58] Os cometas eram tradicionalmente associados ao Norte, ponto cardeal de Satanás. Ovídio diz-nos que a serpente que Ofiúco segura está mais perto do polo glacial (*quaeque polo posita est glaciali proxima Serpens*, cf. *Met.* II, 173), embora Ofiúco não seja uma constelação ártica.

[59] Lugar tradicionalmente tempestuoso para os poetas.

[60] Das três regiões do ar a mediana era a responsável pelas tempestades.

Possesses thee to bend that mortal dart
Against thy father's head? and knowst for whom?
For him who sits above and laughs the while
At thee ordained his drudge, to execute
Whate'er his wrath, which he calls justice, bids,
His wrath which one day will destroy ye both.
  She spake, and at her words the hellish pest
Forbore, then these to her Satan returned:
  So strange thy outcry, and thy words so strange
Thou interposest, that my sudden hand
Prevented spares to tell thee yet by deeds
What it intends; till first I know of thee,
What thing thou art, thus double-formed, and why
In this infernal vale first met thou callst
Me father, and that phantasm callst my son?
I know thee not, nor ever saw till now
Sight more detestable than him and thee.
  To whom thus the portress of hell gate replied;
Hast thou forgot me then, and do I seem
Now in thine eye so foul, once deemed so fair
In heaven, when at the assembly, and in sight
Of all the seraphim with thee combined
In bold conspiracy against heaven's king,
All on a sudden miserable pain
Surprised thee, dim thine eyes, and dizzy swum
In darkness, while thy head flames thick and fast
Threw forth, till on the left side opening wide,
Likest to thee in shape and countenance bright,
Then shining heavenly fair, a goddess armed
Out of thy head I sprung: amazement seized
All the host of heaven; back they recoiled afraid
At first, and called me Sin, and for a sign

Ó filho, te possui a estirar arco
Capital contra o pai? Sabe quem lucra;
Quem se senta no Céu e ri dementre
E a ti te fez lacaio, a cumprir
As leis da raiva, que é p'ra si justiça,
Raiva que a ambos há-de destruir.
  Falou, e a peste horrível eximiu-se,
E estas Satanás deu em resposta.
  Tão estranhos gritos, tão estranhas palavras
Interpões, que esta minha mão repente
Detida escusa atos que te mostrem
O que pretende, até saber de ti,
Biforme assim, que coisa és, por que
Neste vale infernal antes recôndito
Chamares-me pai, e ao espectro ali meu filho?
Não sei quem és, nem vira até hoje
Visão mais detestável que ele e tu.
  Ao que a porteira do orco replicou:
Não te lembro ninguém, mostrar-se-á hoje
Tão penosa a teus olhos quem tão bela
Foi outrora no Céu, quando em conclave,
Com serafins contigo acertados
Em conspiração contra o rei do Céu,
Bruscos raptos de dor te surpreenderam,
Que os olhos te apagaram, vagos, vendo
Por trevas zonzas, chamas que a cabeça
Espessas lançava, até que da sinistra
Franqueada, como tu em talhe e rosto
Lucífero, então eu também celeste,
Deusa armada, rompi e um grande assombro
Tolheu do Céu as hostes; dúbias logo
Se afastaram, chamando-me Pecado,[61]

---

[61] No seu "Ensaio sobre as guerras civis de França... e também sobre a poesia épica das nações europeias desde Homero a Milton", de 1727, Voltaire discutia a fic-

Portentous held me; but familiar grown,
I pleased, and with attractive graces won
The most averse, thee chiefly, who full oft
Thyself in me thy perfect image viewing
Becam'st enamoured, and such joy thou tookst
With me in secret, that my womb conceived
A growing burden. Meanwhile war arose,
And fields were fought in heaven; wherein remained
(For what could else) to our almighty foe
Clear victory, to our part loss and rout
Through all the empyrean: down they fell
Driven headlong from the pitch of heaven, down
Into this deep, and in the general fall
I also; at which time this powerful key
Into my hand was given, with charge to keep
These gates for ever shut, which none can pass
Without my opening. Pensive here I sat
Alone, but long I sat not, till my womb
Pregnant by thee, and now excessive grown
Prodigious motion felt and rueful throes.
At last this odious offspring whom thou seest
Thine own begotten, breaking violent way,
Tore through my entrails, that with fear and pain

E por marca agourenta me tomaram;
Mas afeitos depois, prazi, e a graças[62]
Ganhei os mais descrentes; a ti príncipe,
Que em mim imagem feita de ti vias,
Te seduzi, e tal prazer gozaste
Em segredo comigo que o meu ventre
Gerou crescente fardo. Tempos eram
De campanhas no Céu; onde restou
(Que mais podia ser) ao inimigo
Todo o ganho, e perda e debandada
Geral p'ra nós no empíreo: funda queda
De cabeça dos cumes das alturas
Às profundas aqui, e eu com todos
Caí; e foi então que a chave forte
Na minha mão foi posta, a perpetuar
As trancas destas portas, sem trespasse
Consentido por mim. Absorta estava
Só, mas por pouco foi, 'té que o meu ventre
Prenhe de ti, e então exagerado
Sentiu pontapés, vascas assombrosas.
Por fim, a torpe raça que aqui vês,
Casta tua, rompeu caminho à força
Pelas minhas entranhas, que com dores

ção desta gravidez incestuosa, notando a sua dificuldade perante a sexualização de "pecado", masculino para as demais línguas. Aqui será, como no texto de Milton, enquanto nome próprio de personagem, feminino. Digamos que, para efeitos de verossimilhança, Pecado será nome tão feminino quanto, por exemplo, Leto, a mãe de Apolo e Ártemis. Considerei esta opção preferível a recursos mais barrocos que apenas servissem para socorrer a amizade sonora. Um desses recursos seria, por exemplo, chamar-lhe Hamartia. Da mesma forma, Morte passará de nome feminino para nome próprio masculino, assim como Marte é masculino. A estranheza não será demasiada se tivermos em consideração a variada iconografia que a representa masculina, quer na figura do anjo da morte ou na do esqueleto da dança da morte. Quanto à supressão de artigos para os dois, exige-a a mesma concordância da personagem.

[62] Versos 752-61: o nascimento de Pecado lembra o mito antigo que dá conta do nascimento de Atena ("discernimento") da cabeça de Zeus.

Distorted, all my nether shape thus grew
Transformed: but he my inbred enemy
Forth issued, brandishing his fatal dart
Made to destroy: I fled, and cried out Death;
Hell trembled at the hideous name, and sighed
From all her caves, and back resounded Death.
I fled, but he pursued (though more, it seems,
Inflamed with lust than rage) and swifter far,
Me overtook his mother all dismayed,
And in embraces forcible and foul
Engendering with me, of that rape begot
These yelling monsters that with ceaseless cry
Surround me, as thou sawst, hourly conceived
And hourly born, with sorrow infinite
To me, for when they list into the womb
That bred them they return, and howl and gnaw
My bowels, their repast; then bursting forth
Afresh with conscious terrors vex me round,
That rest or intermission none I find.
Before mine eyes in opposition sits
Grim Death my son and foe, who sets them on,
And me his parent would full soon devour
For want of other prey, but that he knows
His end with mine involved; and knows that I
Should prove a bitter morsel, and his bane,
Whenever that shall be; so fate pronounced.
But thou, O Father, I forewarn thee, shun
His deadly arrow; neither vainly hope
To be invulnerable in those bright arms,
Though tempered heavenly, for that mortal dint,
Save he who reigns above, none can resist.
She finished, and the subtle fiend his lore
Soon learned, now milder, and thus answered smooth.

E medo distorcidas novas formas
Me deram aos quadris. Investiu mais
Meu ínsito rival, brandindo o dardo
Do massacre: fugi, e gritei 'Morte';
Tremeu o inferno ao nome, com suspiros
Das grutas, retumbando 'Morte' 'Morte'.
Fugi, mas insistiu (mais quente, julgo,
De cio que de sanha) e ligeiro
Me subjugou a mãe já quebrantada,
E em abafos membrudos e ordinários,
Geminando comigo, pôs no estupro
Estes monstros de choro sem consolo
Que me cercam, gerados hora a hora
E hora a hora nascidos, p'ra lamento
Meu sem fim, pois se querem vão ao ventre
Que os nutriu e bravejam e corroem-me
As entranhas, repasto seu, e fora
De novo com consciência má me ralam,[63]
Que repouso ou descanso não encontro.
Ante meus olhos senta-se oposto
Filho e rival, vil Morte, que os atiça,
E a mim mãe de bom grado tragaria
Por escassez de presa, não soubesse
Que o seu fim segue o meu, e que é forçoso
Que eu prove parte pior, e o seu veneno
Quando tiver que ser; assim foi dito.
Mas tu, ó Pai, previno-te, evita
Sua flecha mortal; nem dês vãmente
Por invioláveis esses brasões de ouro,
Mesmo de etérea têmpera, que a pancada
Letal, salvo o rei lá, ninguém suporta.
Rematou, e o sutil demo deu uso
À lição, cauto mais, e respondeu.

---

[63] Consciência pesada.

Dear Daughter, since thou claimst me for thy sire,
And my fair son here showst me, the dear pledge
Of dalliance had with thee in heaven, and joys
Then sweet, now sad to mention, through dire change
Befallen us unforeseen, unthought of, know
I come no enemy, but to set free
From out this dark and dismal house of pain
Both him and thee, and all the heavenly host
Of spirits that in our just pretences armed
Fell with us from on high: from them I go
This uncouth errand sole, and one for all
Myself expose, with lonely steps to tread
The unfounded deep, and through the void immense
To search with wandering quest a place foretold
Should be, and, by concurring signs, ere now
Created vast and round, a place of bliss
In the purlieus of heaven, and therein placed
A race of upstart creatures, to supply
Perhaps our vacant room, though more removed,
Lest heaven surcharged with potent multitude
Might hap to move new broils: be this or aught
Than this more secret now designed, I haste
To know, and this once known, shall soon return,
And bring ye to the place where thou and Death
Shall dwell at ease, and up and down unseen
Wing silently the buxom air, embalmed
With odours; there ye shall be fed and filled
Immeasurably, all things shall be your prey.
He ceased, for both seemed highly pleased, and Death
Grinned horrible a ghastly smile, to hear
His famine should be filled, and blessed his maw

Filha, se me reclamas como pai,
E se pulcro varão me dás por filho,
Caução de galanteio no Céu, gozos
Doces então, amargos já, p'la sorte
Que se abateu fortuita, imprevista,
Por hostil não me tomes, mas por vosso,
A remir-vos da atroz mansão de dores,
E a toda a celestial hoste de espíritos
Que armados nas mais justas pretensões
São caídos também: por esses vou
Ao singular recado, um por todos
Se entregará, com passos solitários
No fundo infundado,[64] p'la vasteza
A buscar em errância o tal sítio
Previsto, por sinais concordes, cedo
Criado vasto e curvo, lugar próspero
Nos subúrbios do Céu, e a instalada
Raça de novos-ricos, já suprindo
Talvez a nossa vaga, mais à parte
Porém, não vá acaso o Céu lotado
Incitar nos gaiatos novas rixas:[65]
Este ou outro plano mais secreto
Vou saber, e sabendo, virei pronto
A levar-vos lá onde tu e Morte
Devem morar discretos, a sondar
Com silenciosa asa o ar maleável,
Embalsamado; lá sereis nutridos
Com cópia, lá vereis em tudo presa.
Cessou, pois aprazou a ambos muito,
E Morte arreganhou um riso lúrido,
Gozo de quem prevê matar a fome,

---

[64] Sem chão e por criar.

[65] Esta sobrelotação celestial fictícia e o decorrente descontentamento geral dos anjos dever-se-iam à intrusão humana.

Destined to that good hour: no less rejoiced
His mother bad, and thus bespake her sire.
  The key of this infernal pit by due,
And by command of heaven's all-powerful king
I keep, by him forbidden to unlock
These adamantine gates; against all force
Death ready stands to interpose his dart,
Fearless to be o'ermatched by living might.
But what owe I to his commands above
Who hates me, and hath hither thrust me down
Into this gloom of Tartarus profound,
To sit in hateful office here confined,
Inhabitant of heaven, and heavenly-born,
Here in perpetual agony and pain,
With terrors and with clamours compassed round
Of mine own brood, that on my bowels feed:
Thou art my father, thou my author, thou
My being gav'st me; whom should I obey
But thee, whom follow? Thou wilt bring me soon
To that new world of light and bliss, among
The gods who live at ease, where I shall reign
At thy right hand voluptuous, as beseems
Thy daughter and thy darling, without end.
  Thus saying, from her side the fatal key,
Sad instrument of all our woe, she took;
And towards the gate rolling her bestial train,
Forthwith the huge portcullis high updrew,
Which but herself, not all the Stygian powers
Could once have moved; then in the key-hole turns
The intricate wards, and every bolt and bar
Of massy iron or solid rock with ease
Unfastens: on a sudden open fly

E bendisse o feliz papo. Feliz
Era a mãe má também, que ao pai tornou.
A chave do infernal fosso por foro,
E por ordem do rei armipotente
Conservo, impedida de franquear
Os portões diamantinos; contra as hostes
Está já a postos Morte com seu dardo
Sem medo de o dobrar a poder vivo.
Mas que devo eu às suas vontades
Que me odeiam, que aqui me arremessaram
Às penumbras do Tártaro profundo,
Ao ofício odioso confinada,
Habitante do Céu, celestial nata,
Cá em perpétua dor e transe agônico,
Cingida com terrores e clamores
Das minhas próprias crias, que das vísceras
Mamam. Tu és meu pai, meu autor, tu
Deste-me o ser; a quem devo eu ouvir
Senão a ti, a quem seguir? Ao mundo
Novo de gozo e luz me levarás
Entre deuses que vivem em remanso,
A imperar à tua destra lúbrica,
Em noivado filial sem fim e público.[66]
Dito isto, do seu lado a fatal chave,
Instrumento da nossa dor, tomou,
E à entrada rolando a feroz cauda
Prestes içou a ponte levadiça,
A qual ninguém mais, nem a tropa estígia,
Moveria; conduz na fechadura
O sutil palhetão, que logo as trancas
E os ferrolhos maciços e a pedra
Sólida seduz: dão de si num ímpeto

[66] Versos 869-70: parodiando o credo de Niceia. Aqui não Jesus Cristo à destra do Pai, mas Pecado à destra de Satã, com Morte, uma antitrindade.

With impetuous recoil and jarring sound
The infernal doors, and on their hinges grate
Harsh thunder, that the lowest bottom shook
Of Erebus. She opened, but to shut
Excelled her power; the gates wide open stood,
That with extended wings a bannered host
Under spread ensigns marching might pass through
With horse and chariots ranked in loose array;
So wide they stood, and like a furnace mouth
Cast forth redounding smoke and ruddy flame.
Before their eyes in sudden view appear
The secrets of the hoary deep, a dark
Illimitable ocean wíthout bound,
Without dimension, where length, breadth, and height,
And time and place are lost; where eldest Night
And Chaos, ancestors of Nature, hold
Eternal anarchy, amidst the noise
Of endless wars, and by confusion stand.
For Hot, Cold, Moist, and Dry, four champions fierce
Strive here for mastery, and to battle bring
Their embryon atoms; they around the flag
Of each his faction, in their several clans,
Light-armed or heavy, sharp, smooth, swift or slow,
Swarm populous, unnumbered as the sands
Of Barca or Cyrenë's torrid soil,
Levied to side with warring winds, and poise
Their lighter wings. To whom these most adhere,

Com um coice em estrépito rangente
As portas infernais, e as dobradiças
Trovejam, tanto assim que o chão mais fundo
Do Érebo tremeu.[67] Pôde abrir, fechar
Poder seu já não era; portões francos,
P'ra que as tropas de flancos demorados
Marchando sob insígnias desfraldadas
Desfilassem quadrigas e corcéis
Folgados; bem amplos eram, e qual vulcão
Que anéis de fumo faz e rúbeas flamas.
Ante os seus olhos súbitos se mostram
Com suas cãs os íntimos segredos,
O oceano brumoso, sem fronteiras,
Sem medida, onde alto, longe, largo,
Tempo e lugar se perdem, onde a Noite
E o Caos, da Natureza avós, ordenam
Anarquia perene, entre rufos
De combates, sustidos p'la desordem.
Que o Quente, Frio, Úmido e o Seco,
Campeões bravos contendem, e os seus átomos
Em embrião convocam; junto às flâmulas
De cada facção um, nos seus clãs vários,
De armas parcos ou cheios, riços, lenes,
Lentos ou ágeis, inçam como areias[68]
Do solo que arde em Barca ou Cirene,[69]
Filiados em marciais ventos, e libram-lhes
As asas leves. Quem recruta mais,

---

[67] O inferno.

[68] Versos 895-903: Milton descreve a luta de contrários que precederam a origem do cosmos e, nesse sentido, é ovidiano. A reconciliação do caos platônico com a criação *ex nihilo* encontra bases mesmo nos reformadores mais ortodoxos, apoiados em alguns Pais da Igreja (cf. *Conf*. XII, xxix, 40). O caos de Milton é uma confusão não de elementos, mas dos seus componentes.

[69] Antiga cidade da Cirenaica cuja capital era Cirene.

He rules a moment; Chaos umpire sits,
And by decision more embroils the fray
By which he reigns: next him high arbiter
Chance governs all. Into this wild abyss,
The womb of nature and perhaps her grave,
Of neither sea, nor shore, nor air, nor fire,
But all these in their pregnant causes mixed
Confusedly, and which thus must ever fight,
Unless the almighty maker them ordain
His dark materials to create more worlds,
Into this wild abyss the wary fiend
Stood on the brink of hell and looked awhile,
Pondering his voyage; for no narrow frith
He had to cross. Nor was his ear less pealed
With noises loud and ruinous (to compare
Great things with small) than when Bellona storms,
With all her battering engines bent to raze
Some capital city, or less than if this frame
Of heaven were falling, and these elements
In mutiny had from her axle torn
The steadfast earth. At last his sail-broad vans
He spreads for flight, and in the surging smoke
Uplifted spurns the ground, thence many a league
As in a cloudy chair ascending rides
Audacious, but that seat soon failing, meets
A vast vacuity: all unawares
Fluttering his pennons vain plumb down he drops
Ten thousand fathom deep, and to this hour
Down had been falling, had not by ill chance
The strong rebuff of some tumultuous cloud

Reina um momento; Caos, árbitro, senta-se,
E por decisão mais enreda a rixa
P'la qual é rei; ao lado alto juiz
O Acaso rege. Adentro do áspero abismo,
O ventre natural, quem sabe a tumba
De nem terra, nem mar, nem ar, nem fogo,
Mas destes na prenhez dos pais causais
Siameses, e que assim hão-de lutar
Até que o criador ordene enfim
Seus fuscos materiais a dar mais mundos,
Adentro do áspero abismo o cauto demo
Parou nas infernais bordas e olhou,[70]
Pesando a rota: estreita foz não era
A cruzar. Nem o ouvido menos surdo
Com estrépito de ruína (comparando
Mil a um) do que quando sai Belona[71]
Com seu trem de arsenal pronto a arrasar
Alguma capital; nem se esta traça
Do céu cedesse e estes elementos
Em motim do seu eixo arrancassem
A terra fixa. Estende as suas velas
Por fim ao voo, e em fumo encapelado
Ereto o chão repele, e muitas léguas
Como num ascensor núveo cavalga
Audaz; mas logo bambo o assento, vê
O vasto vácuo: súbito, perplexo,
Adejando as vãs penas cai a prumo
Dez mil braças de fundo, e a esta hora
Caindo ia ainda, não se desse
O rebate feroz de tesa nuvem

[70] Versos 910-8: Satã hesita num momento crítico da *felix culpa*. A falta de continuidade desde o verso 910 e a ausência de verbo de movimento no verso 918 mimetiza sintaticamente o seu pensamento.

[71] Deusa da guerra.

Instinct with fire and nitre hurried him
As many miles aloft: that fury stayed,
Quenched in a boggy Syrtis, neither sea,
Nor good dry land: nigh foundered on he fares,
Treading the crude consistence, half on foot,
Half flying; behoves him now both oar and sail.
As when a griffin through the wilderness
With wingèd course o'er hill or moory dale,
Pursues the Arimaspian, who by stealth
Had from his wakeful custody purloined
The guarded gold: so eagerly the fiend
O'er bog or steep, through straight, rough, dense, or rare,
With head, hands, wings, or feet pursues his way,
And swims or sinks, or wades, or creeps, or flies:
At length a universal hubbub wild
Of stunning sounds and voices all confused
Borne through the hollow dark assaults his ear
With loudest vehemence: thither he plies,
Undaunted to meet there whatever power
Or spirit of the nethermost abyss
Might in that noise reside, of whom to ask
Which way the nearest coast of darkness lies
Bordering on light; when straight behold the throne
Of Chaos, and his dark pavilion spread
Wide on the wasteful deep; with him enthroned
Sat sable-vested Night, eldest of things,
The consort of his reign; and by them stood

Ignescente com fogo e nitro dar-lhe[72]
De volta as mesmas milhas: queda a fúria,
Farta em pantanosa Sirte,[73] nem mar,
Nem chão bem seco: quase imerso segue,
Pisando o solo bruto, meio a pé,
Meio a voar; convém-lhe remo e vela.
Como quando através do ermo o grifo[74]
Com curso alado sobre monte ou morro
Persegue o Arimaspi, que à calada
Lhe roubou à custódia insone o ouro
Oculto: tão voraz demo, por brejo
Ou escarpa, raso, duro, denso, ou raro,
Com cabeça, mãos, asas ou pés segue,
Nada, imerge, passa a vau, roja, voa.
Enfim universal bulha frenética
De sons de pasmo e vozes confundidas
Nadas das trevas ocas dão-lhe aos tímpanos
Com sonora veemência: p'ra ali ruma
Confiado a achar lá qual o poder
Ou espírito do abismo mais profundo,
Inquilino do estrépito, quem saiba
Onde é da escuridão a costa próxima
Contígua à luz; lá à frente vem o trono
Do Caos, com seu soturno pavilhão
Ao largo da voragem; co'ele sentada
A Noite de afro véu, anciã das coisas,
Consorte no seu reino; e com eles

---

[72] A trovoada e os relâmpagos eram tidos por efeito da ignição de vapores, assemelhados na sua constituição à pólvora.

[73] Os Sirtes eram dois grandes e perigosos bancos movediços no Norte de África, o maior na costa de Trípoli, e o menor na costa da Tunísia.

[74] Versos 943-7: monstro compósito, metade leão, metade águia. Seria subjugado pelo deus do sol Apolo, assim como Satã será subjugado por Cristo. Heródoto conta dos grifos que guardavam as provisões de ouro dos Arimaspis de um só olho.

With head, hands, wings, or feet pursues his way,
And swims or sinks, or wades, or creeps, or flies

Com cabeça, mãos, asas ou pés segue,
Nada, imerge, passa a vau, roja, voa

(II, 949-50)

Orcus and Ades, and the dreaded name
Of Demogorgon; Rumour next and Chance,
And Tumult and Confusion all embroiled,
And Discord with a thousand various mouths.
  To whom Satan turning boldly, thus. Ye powers
And spirits of this nethermost abyss,
Chaos and ancient Night, I come no spy,
With purpose to explore or to disturb
The secrets of your realm, but by constraint
Wandering this darksome desert, as my way
Lies through your spacious empire up to light,
Alone, and without guide, half lost, I seek
What readiest path leads where your gloomy bounds
Confine with heaven; or if some other place
From your dominion won, the ethereal king
Possesses lately, thither to arrive
I travel this profound: direct my course;
Directed, no mean recompense it brings
To your behoof, if I that region lost,
All usurpation thence expelled, reduce
To her original darkness and your sway
(Which is my present journey) and once more
Erect the standard there of ancient Night;
Yours be the advantage all, mine the revenge.
  Thus Satan; and him thus the anarch old
With faltering speech and visage incomposed
Answered. I know thee, stranger, who thou art,

Orco e Hades,[75] e o nome pavoroso
Demogorgon;[76] Rumor depois e Acaso,
Tumulto e Confusão bem enlaçados,
E a Discórdia com mil diferentes bocas.
A quem Satã com venta ousou. Ó forças
E espíritos de tão cavado abismo,
Caos e Noite anciã, espião não sou,
Com fito de explorar ou perturbar
Segredos deste reino, mas por força
Vagueando o escuro ermo, onde a via
Vá pelo vasto império vosso à luz,
Só, e sem guia, vou, meio perdido,
Atrás da senda até onde os maus termos
Confinem com o Céu; ou se outro sítio
Das vossas mãos pilhado, o rei celeste
Houver de possuir, p'ra lá chegar
Ando esta profundez, curso direto;
Orientado não vem má recompensa
Ao vosso lucro, se eu o chão perdido,
Já de usurpação casto, reduzir
Ao baço original e ao vosso mando
(Que é o presente) e uma vez mais
Erija ali pendão da Noite anciã.
Será vosso o proveito, meu o saldo.
Assim Satã. E o velho anarca assim[77]
Com gaguez no sermão e fronte infrene
Tornou. Sei quem és, ádvena, conheço-te,

[75] Nomes clássicos do deus do inferno.

[76] Talvez de demiurgo. Era o deus original para Boccaccio. Esta misteriosa divindade configurava na mitologia pagã o terrível e o desconhecido, ou "o nome que os fantasmas temem".

[77] Talvez cunhagem de Milton, por analogia antônima com "monarca". Tal como com "Pandemônio", o termo hoje não suscita o efeito de surpresa que o leitor seiscentista experimentava.

That mighty leading angel, who of late
Made head against heaven's king, though overthrown.
I saw and heard, for such a numerous host
Fled not in silence through the frighted deep
With ruin upon ruin, rout on rout,
Confusion worse confounded; and heaven gates
Poured out by millions her victorious bands
Pursuing. I upon my frontiers here
Keep residence; if all I can will serve,
That little which is left so to defend
Encroached on still through our intestine broils
Weakening the sceptre of old Night: first hell
Your dungeon stretching far and wide beneath;
Now lately heaven and earth, another world
Hung o'er my realm, linked in a golden chain
To that side heaven from whence your legions fell:
If that way be your walk, you have not far;
So much the nearer danger; go and speed;
Havoc and spoil and ruin are my gain.
He ceased; and Satan stayed not to reply,
But glad that now his sea should find a shore,
With fresh alacrity and force renewed
Springs upward like a pyramid of fire
Into the wild expanse, and through the shock
Of fighting elements, on all sides round
Environed wins his way; harder beset
And more endangered, than when Argo passed
Through Bosporus betwixt the jostling rocks:

O bravo líder de anjos, que há não muito
Se opôs ao rei do Céu, vencido embora.
Vi e ouvi, pois tão imensa hoste
Fugiu não em mudez p'lo fosso tétrico
Com ruína sobre ruína, perda em perda,
Confusa confusão; do Céu as portas
Vazaram aos milhões bandas triunfantes[78]
À caça. Eu sobre estes meus confins
Habito; se servir tudo o que eu posso,
O pouco que restou a defender,
Mais esbulhado ainda em rixas íntimas
Prostrando o cetro à Noite: aqui o inferno
Vossa prisão que estica e cava ao fundo;
E ali já terra e céu, um outro mundo
Sobre o meu reino, em cadeia de ouro
Preso ao Céu lateral, de onde os teus caíram:
Se ali vai teu roteiro, não estás longe;
Tanto o aperto mais perto; vai e força;
Massacre, roubo, perda são meu ganho.
  Cessou; e não ficou Satã p'ra réplica,
Mas feliz que o seu mar dê com a costa,
Com fresca alacridade e viço novo
Lança-se qual pirâmide de fogo
Ao firmamento hostil, e entre o choque
De elementos guerreiros rodeado
Atalho esculpe ao cerco; em mais talas
E apuro do que Argo quando foi
P'lo Bósforo, p'las rochas pelejantes,[79]

---

[78] Em VI, 867-74 Rafael confirma em parte estes acontecimentos.

[79] Jasão e os Argonautas escaparam a custo das "rochas pelejantes", as Simplégades, ou Rochedos Movediços. Na mitologia grega, Argo foi o primeiro a desbravar oceanos e Satã, o primeiro a aventurar-se pelo caos. A comparação torna-se mais ajustada se pensarmos que os Argonautas foram precedidos por uma pomba, como Satã pelo poder criativo de Deus, que "Qual pomba no abismo vasto ideava(s)" (cf. I, 21).

Or when Ulysses on the larboard shunned
Charybdis, and by the other whirlpool steered.
So he with difficulty and labour hard
Moved on, with difficulty and labour he;
But he once past, soon after when man fell,
Strange alteration! Sin and Death amain
Following his track, such was the will of heaven,
Paved after him a broad and beaten way
Over the dark abyss, whose boiling gulf
Tamely endured a bridge of wondrous length
From hell continued reaching the utmost orb
Of this frail world; by which the spirits perverse
With easy intercourse pass to and fro
To tempt or punish mortals, except whom
God and good angels guard by special grace.
But now at last the sacred influence
Of light appears, and from the walls of heaven
Shoots far into the bosom of dim Night
A glimmering dawn; here nature first begins
Her farthest verge, and Chaos to retire
As from her outmost works a broken foe
With tumult less and with less hostile din,
That Satan with less toil, and now with ease
Wafts on the calmer wave by dubious light
And like a weather-beaten vessel holds
Gladly the port, though shrouds and tackle torn;
Or in the emptier waste, resembling air,
Weighs his spread wings, at leisure to behold
Far off the empyreal heaven, extended wide
In circuit, undetermined square or round,

Ou Ulisses quando deu bombordo à fuga
De Caríbdis, e proa a outro pego.[80]
Ele com imporéns e esforço árduo
Seguiu, com imporéns e esforço ele;
Mas mal passa, seguido à queda do homem,
Estranha alteração! Já Pecado e Morte
Atrás dele, assim mesmo o quis o Céu,
Calçaram um caminho comum e amplo
Sobre o negro mar, cujas águas bravas
Amansaram ao jugo de ancha ponte,
Do inferno dando ao mais remoto orbe
Do frágil globo; andam nela espíritos
Perversos cá e lá com fácil troca
A tentar ou punir mortais, excepto
Quem Deus e anjos bons guardam em favor.
E eis que enfim a sagrada influência
Da luz surge, e dos muros do Céu longe
Desfecha no brunal peito da Noite
Um vislumbre de alvor; aqui começa
A natureza a mais longínqua orla,
E o caos gasto rival seus fortes sáfaros
Em ralhos deixa parco e em tumultos,
Que Satã em afã mais parco e em paz
Voga a mais calma onda por luz dúbia,
E qual nave açoitada p'la procela
Busca com gosto o porto, com rasgões
Nas talhas e no ovém. Ou no ermo do ermo,
Quase ar, sopesa as asas alastradas,
P'ra ver com vagar longe o empíreo Céu,
O amplo arco, quadrado ou circular,[81]

---

[80] Cf. *Od.* XII, onde Ulisses segue o exemplo de Circe ao evitar Caríbdis e optar por Cila no estreito de Messina. Se navegasse contra um vento Sul, encontraria Caríbdis a bombordo.

[81] Tão amplo que é impossível dizer se curvo ou retilíneo.

With opal towers and battlements adorned
Of living sapphire, once his native seat;
And fast by hanging in a golden chain
This pendent world, in bigness as a star
Of smallest magnitude close by the moon.
Thither full fraught with mischievous revenge,
Accursed, and in a cursèd hour he hies.

The end of the second book

De torres opalinas e seteiras
Com safira virgínea, o seu berço;
E em cadeia de ouro ao pé suspenso[82]
Este mundo pendente, como estrela
De baixa magnitude junto à lua.
E p'ra lá abastado de má forra,
Maldito, em maldita hora açoda.

Fim do segundo livro

[82] Ver *Il.* VIII, 18-27. Esta cadeia representa a concórdia universal, ou a harmonia pitagórica com tradição desde Platão. É uma imagem necessária, já que vamos passar para mundos de ordem.

Book III

The Argument

God sitting on his throne sees Satan flying towards this world, then newly created; shows him to the Son who sat at his right hand; foretells the success of Satan in perverting mankind; clears his own justice and wisdom from all imputation, having created man free and able enough to have withstood his tempter; yet declares his purpose of grace towards him, in regard he fell not of his own malice, as did Satan, but by him seduced. The Son of God renders praises to his Father for the manifestation of his gracious purpose towards man; but God again declares, that grace cannot be extended toward man without the satisfaction of divine justice; man hath offended the majesty of God by aspiring to Godhead, and therefore with all his progeny devoted to death must die, unless someone can be found sufficient to answer for his offence, and undergo his punishment. The Son of God freely offers himself a ransom for man: the Father accepts him, ordains his incarnation, pronounces his exaltation above all names in heaven and earth; commands all the angels to adore him; they obey, and hymning to their harps in full choir, celebrate the Father and the Son. Meanwhile Satan alights upon the bare convex of this world's outermost orb; where wandering he first finds a place since called the Limbo of Vanity; what persons and things fly up thither; thence comes to the gate of heaven, described ascending by stairs, and the waters above the firmament that flow about it: his passage thence to the orb of the sun; he finds there Uriel the regent of that orb, but first changes himself into the shape of a meaner angel; and pretending a zealous desire to behold the new creation and man whom God had placed there, inquires of him the place of his habitation, and is directed; alights first on Mount Niphates.

Livro III

Argumento

Deus, sentado no trono, vê Satanás a voar em direção a este mundo, então recém-criado; indica-o ao Filho que se sentava à sua destra; prenuncia o sucesso de Satanás a perverter a humanidade; absolve a sua própria justiça e sabedoria de todas as imputações, tendo criado o homem livre e apto a resistir ao tentador; no entanto declara o seu propósito de graça com respeito a ele, em virtude de não ter caído por maldade própria, como Satanás, mas por ter sido por este seduzido. O Filho de Deus presta louvores ao seu Pai pela manifestação de tal propósito gracioso, mas Deus outra vez declara que a graça não pode ser oferecida ao homem sem a satisfação da justiça divina; o homem ofendeu a majestade de Deus ao aspirar a ser Deus, e por isso deve morrer com toda a sua descendência, a não ser que se ache alguém suficiente para responder pela sua ofensa, sujeitando-se ao seu castigo. O Filho de Deus oferece-se livremente como resgate do homem: o Pai aceita-o, ordena a incarnação, pronuncia a sua exaltação acima de todos os nomes no Céu e na terra; ordena a todos os anjos que o adorem; eles obedecem, e entoando hinos com harpas em coro pleno, celebram Pai e Filho. Entretanto Satanás pousa na convexidade crua do extremo mais longínquo deste mundo, onde, vagueando, encontra pela primeira vez um lugar, desde então chamado o Limbo da Vaidade; que pessoas e coisas esvoaçam ali; daí vem à porta do Céu, descrito no topo das escadas, e as águas acima do firmamento que correm em volta: a sua passagem daí à órbita do Sol; ali encontra Uriel, regente desse orbe, mas antes disfarça-se de anjo mais baixo; e fingindo um desejo ansioso de ver a nova criação e o homem que Deus lá colocou, indaga sobre o lugar que habita, e é dirigido; aterra primeiro no Monte Nifates.

Hail, holy light, offspring of heaven first-born,
Or of the eternal co-eternal beam
May I express thee unblamed? since God is light,
And never but in unapproachèd light
Dwelt from eternity, dwelt then in thee,
Bright effluence of bright essence increate.
Or hearst thou rather pure ethereal stream,
Whose fountain who shall tell? Before the sun,
Before the heavens thou wert, and at the voice
Of God, as with a mantle didst invest
The rising world of waters dark and deep,
Won from the void and formless infinite.
Thee I revisit now with bolder wing,
Escaped the Stygian pool, though long detained
In that obscure sojourn, while in my flight
Through utter and through middle darkness borne
With other notes than to the Orphéan lyre
I sung of Chaos and eternal Night,
Taught by the heavenly Muse to venture down
The dark descent, and up to reascend,
Though hard and rare: thee I revisit safe,
And feel thy sovereign vital lamp; but thou
Revisitst not these eyes, that roll in vain

Salve Luz santa, prole do Céu primeira,[1]
Ou do eternal co-eterno resplendor[2]
Devo expor-te sem falta? Deus que é luz,
E que nunca a não ser luz intangível
Habitou desde os evos, te habitou,
Vivo eflúvio de essência incriada.
Ou preferes etéreo fluxo puro,[3]
Cuja fonte quem sabe? Prévia ao sol,
Prévia aos céus que eram eras tu, e à voz
De Deus como com manto agasalhaste
Medrante o mundo de águas mate e fundas,
Ganhas ao vácuo e ao imenso informe.
Revisito-te agora co'asa ousada,
P'ra trás o lago estígio,[4] preso embora
Na longa estrada escura, quando em voo
Nado por trevas médias e exteriores
Com notas que não tange a lira órfica[5]
Cantei o Caos e a Noite imorredoura
Co'a Musa por tutora de voragens[6]
E arrojados resgates, tantos írritos:
A salvo te revejo, e entrevejo
Da vida o teu farol régio; mas tu
Já não revês meus olhos, que em vão rolam

---

[1] Novo exórdio, marcando o cenário do Céu. Esta Luz pode ser física ou metafórica, neste caso o Filho de Deus.

[2] Hesitação entre teologias ariana e trinitariana. Milton parece sempre muito cuidadoso em anunciar-se a favor de uma destas duas, ou seja, entre a geração em tempo do Filho de Deus, seu Verbo e Luz, e a sua coeternidade com o Pai.

[3] Isto é, "ou preferes ser chamada" [...].

[4] Inferno, o das trevas exteriores. As trevas médias eram as do caos.

[5] Aludindo a Orfeu, que se imaginava haver trazido Eurídice do inferno ao som da sua música, ficando também um símbolo para a vitória da verdade e da luz sobre a ignorância e o barbarismo das trevas. Milton canta com notas diferentes porque não quer enfeitiçar o inferno.

[6] Urânia.

To find thy piercing ray, and find no dawn;
So thick a drop serene hath quenched their orbs,
Or dim suffusion veiled. Yet not the more
Cease I to wander where the Muses haunt
Clear spring, or shady grove, or sunny hill,
Smit with the love of sacred song; but chief
Thee Sion and the flowery brooks beneath
That wash thy hallowed feet, and warbling flow,
Nightly I visit: nor sometimes forget
Those other two equalled with me in fate,
So were I equalled with them in renown,
Blind Thamyris and blind Maeonides,
And Tiresias and Phineus prophets old.
Then feed on thoughts, that voluntary move
Harmonious numbers; as the wakeful bird
Sings darkling, and in shadiest covert hid
Tunes her nocturnal note. Thus with the year
Seasons return, but not to me returns
Day, or the sweet approach of even or morn,
Or sight of vernal bloom, or summer's rose,
Or flocks, or herds, or human face divine;

P'ra toparem teu raio, e alva alguma
Topam, tão densa veio ao globo a gota
Serena,[7] ou o véu da sufusão.[8]
Mas vou ainda aonde assombram Musas
A primavera chã, o bosque obscuro,
Ou vale ao sol, co'amor do canto sacro
Batidos; mas a ti mais Sião[9] e aos veios
Flóreos a teus pés, almos pés que lavam,
Em curso chilreador, de noite venho.
Nem esqueço os outros dois iguais em fado,
Fosse eu igual a eles em renome,
O cego Tâmiris,[10] o cego Meônida,[11]
E Tirésias,[12] Fineu,[13] velhos profetas.
Então em pensamentos mais nutridos
Que espontâneos canoros metros movem;
Canta às cegas assim o vígil pássaro[14]
E em ninho umbroso afina os seus noturnos.
Voltam estações com o ano, não p'ra mim
O dia, ou o adeus cortês da tarde
E o olá da alba, a flor vernal, a rosa
Do verão, bandos, rebanhos, e a divina

---

[7] Serena, ou amaurose, é o termo médico para a forma de cegueira que afligia Milton.

[8] Cataratas (*suffusio nigra*).

[9] Milton prefere a poesia hebraica.

[10] Poeta trácio mencionado em Homero (*Il.* II, 595-600). Num concurso com as Musas perdeu os olhos e a lira. A "insanidade de Tâmiris" é proverbial e significa alguém que tenta alguma coisa para além dos seus talentos ou capacidades.

[11] Apelido de Homero.

[12] O famoso profeta cego tebano.

[13] Rei trácio que perdeu a vista como castigo por se distinguir em profecias, a ponto de publicar os conselhos dos deuses.

[14] O rouxinol. Platão diz que a alma de Tâmiris passou a um rouxinol (*Rep.* 620a).

But cloud instead, and ever-during dark
Surrounds me, from the cheerful ways of men
Cut off, and for the book of knowledge fair
Presented with a universal blank
Of nature's works to me expunged and razed,
And wisdom at one entrance quite shut out.
So much the rather thou celestial light
Shine inward, and the mind through all her powers
Irradiate, there plant eyes, all mist from thence
Purge and disperse, that I may see and tell
Of things invisible to mortal sight.

Now had the almighty Father from above,
From the pure empyrean where he sits
High throned above all height, bent down his eye,
His own works and their works at once to view:
About him all the sanctities of heaven
Stood thick as stars, and from his sight received
Beatitude past utterance; on his right
The radiant image of his glory sat,
His only Son; on earth he first beheld
Our two first parents, yet the only two
Of mankind, in the happy garden placed,
Reaping immortal fruits of joy and love,
Uninterrupted joy, unrivalled love
In blissful solitude; he then surveyed
Hell and the gulf between, and Satan there
Coasting the wall of heaven on this side night
In the dun air sublime, and ready now
To stoop with wearied wings, and willing feet,
On the bare outside of this world, that seemed
Firm land imbosomed without firmament,

Face do homem, só nuvens de vez, trevas
Fechadas sem fim, de usos joviais de homens
Isento, e nas páginas do livro
Da ciência lendo o branco universal
De obras naturais rasas e delidas
Co'uma porta que fecha o saber fora.
Tão mais p'ra dentro tu celeste luz
Brilha, e a mente plena de poderes
Irradia, aí fixa olhos, purga
E daí varre a bruma, que eu fale e olhe
Coisas cegas à vista dos mortais.
  Do alto agora o Pai todo-poderoso,
Do puro empíreo onde entronizado
Se senta sobre os cimos, desceu olhos,
A ver as suas obras e obras de outros:
À volta as santidades do Céu são
Astros de tão compactos, e a visão
Inefável bem-estar lhes dá; à destra
Da sua glória a fúlgida imagem,
O Unigênito; na terra primeiro
Viu nossos pais primeiros, então únicos
Entre os homens, locais do jardim álacre,
Colhendo imortais frutos de amor, gozo,
Gozo sem fim, amor sem oponente
Em solidão ditosa; então viu
O Orco e o golfo ao meio, e Satã
Em cabotagem p'los muros do Céu
Nesta margem da noite, no ar sublime
Brunal, pronto a lançar-se co'asas lassas
E pés prontos no além nu deste mundo,
Qual terra firme envolta sem seu páramo,[15]

---

[15] A atmosfera (cf. VII, 261-7) que está dentro da concha do universo, em cima do qual se encontra Satã. Satã não consegue dizer se o universo é cercado por ar ou por oceano.

Uncertain which, in ocean or in air.
Him God beholding from his prospect high,
Wherein past, present, future he beholds,
Thus to his only Son foreseeing spake.
Only begotten Son, seest thou what rage
Transports our adversary, whom no bounds
Prescribed, no bars of hell, nor all the chains
Heaped on him there, nor yet the main abyss
Wide interrupt can hold; so bent he seems
On desperate revenge, that shall redound
Upon his own rebellious head. And now
Through all restraint broke loose he wings his way
Not far off heaven, in the precincts of light,
Directly towards the new created world,
And man there placed, with purpose to assay
If him by force he can destroy, or worse,
By some false guile pervert; and shall pervert;
For man will hearken to his glozing lies,
And easily transgress the sole command,
Sole pledge of his obedience: so will fall,
He and his faithless progeny: whose fault?
Whose but his own? Ingrate, he had of me
All he could have; I made him just and right,
Sufficient to have stood, though free to fall.
Such I created all the ethereal powers
And spirits, both them who stood and them who failed;
Freely they stood who stood, and fell who fell.
Not free, what proof could they have given sincere
Of true allegiance, constant faith or love?
Where only what they needs must do, appeared,
Not what they would, what praise could they receive?
What pleasure I from such obedience paid,
When will and reason (reason also is choice)
Useless and vain, of freedom both despoiled,

Incerta em quê, se em ar se em oceano.
Vendo-o Deus de tão alta panorâmica,
Onde o que foi, o que é, o que será vê,
Isto ao seu Unigênito previu.
Único Filho meu, vês tu que raiva
Nosso rival transporta, a quem nem raias
Fixas, nem infernais grades, nem ferros
Empilhados nele lá, nem mesmo o abismo
Da vasta brecha prendem; tão atreito
Anda à febril vingança que dará
Co'ela na própria testa contumaz.
E agora entre o lasso aperto voa
P'ra não longe do Céu, na luz dos pátios,
Vai direto ao novel mundo criado,
E ao homem lá, co'o fito de o provar,
Se à força é vencível, ou pior,
Pervertível por logro vil; será,
Pois o homem dar-lhe-á ouças às lisonjas
E transgredirá fácil o comando,
A caução do seu preito; cairá,
Co'a progênie sem fé. Quem tem a culpa?
Quem senão ele? Ingrato, de mim tinha
Tudo o que há a ter. Fi-lo justo e reto,
Capaz de se opor, livre de cair.
Assim criei a etérea hoste e espíritos,
Tanto quem se opôs, como quem caiu;
Livre se opôs se o fez, caiu quem quis.
Não livres, que cabal prova dariam
De lealdade veraz, amor, fé firme,
Onde só o que devem fazer fazem,
Não o que querem? Que louvor há nisso?
Que prazer tiro eu de submissão,
Se querer e razão (razão é escolha),
Vãos e inúteis, do livre arbítrio párias,

Made passive both, had served necessity,
Not me. They therefore as to right belonged,
So were created, nor can justly accuse
Their maker, or their making, or their fate;
As if predestination overruled
Their will, disposed by absolute decree
Or high foreknowledge; they themselves decreed
Their own revolt, not I: if I foreknew,
Foreknowledge had no influence on their fault,
Which had no less proved certain unforeknown.
So without least impulse or shadow of fate,
Or aught by me immutably foreseen,
They trespass, authors to themselves in all
Both what they judge and what they choose; for so
I formed them free, and free they must remain,
Till they enthrall themselves: I else must change
Their nature, and revoke the high decree
Unchangeable, eternal, which ordained
Their freedom, they themselves ordained their fall.
The first sort by their own suggestion fell,
Self-tempted, self-depraved: man falls deceived
By the other first: man therefore shall find grace,
The other none: in mercy and justice both,
Through heaven and earth, so shall my glory excel,
But mercy first and last shall brightest shine.
  Thus while God spake, ambrosial fragrance filled
All heaven, and in the blessèd spirits elect

Fossem escravos os dois do necessário[16]
E não meus? Justamente assim nasceram,
E só injustamente acusariam
Quem os moldou, o molde, ou o destino,[17]
Como se indeferisse o predestino
A sua pretensão, por alto édito
Ou presciência disposta. Decretaram-se
A si o motim, não Eu; se Eu previ
A presciência não tem parte na culpa,
Não menos certa é por imprevista.
Sem acicate algum, sombras de fado,
Ou outro que imutável eu previsse,
Sós trespassam, em tudo autores de si,
Do que julgam e escolhem; para tal
Formei-os livres, livres ficarão,
Até serem de si reféns. Ou mudo-lhes
A natura, ab-rogo o alto édito
Imutável, eterno, que os quis livres,
A eles que escolheram sua queda.
Os primeiros da espécie, sós caíram,
Auto-tentados, auto-depravados;
O homem por outros cai: graça achará,
Os outros não. Em mercê e justiça,
Na terra e Céu, glorioso serei mais,
Mas antes e depois mais em mercê.
  Deus falava, e a ambrósia dava hálito
Ao Céu, e entre os eleitos anjos bentos[18]

---

[16] Deus dissocia-se de qualquer tipo de fatalidade ou necessidade, que é o poder supremo para os diabos.

[17] A predestinação e a presciência em que Milton crê excluem também necessidade ou determinismo. Se Deus tem a presciência de alguma coisa ela acontecerá *inevitavelmente*, porque Deus a viu, mas não *necessariamente*, pois que a presciência não tem influência no objeto previsto.

[18] No sentido de "amados" ou "excelentes", aqueles que não se revoltaram.

Sense of new joy ineffable diffused:
Beyond compare the Son of God was seen
Most glorious, in him all his Father shone
Substantially expressed, and in his face
Divine compassion visibly appeared,
Love without end, and without measure grace,
Which uttering thus he to his Father spake.
O Father, gracious was that word which closed
Thy sovereign sentence, that man should find grace;
For which both heaven and earth shall high extol
Thy praises, with the innumerable sound
Of hymns and sacred songs, wherewith thy throne
Encompassed shall resound thee ever blessed.
For should man finally be lost, should man
Thy creature late so loved, thy youngest son
Fall circumvented thus by fraud, though joined
With his own folly? That be from thee far,
That far be from thee, Father, who art judge
Of all things made, and judgest only right.
Or shall the adversary thus obtain
His end, and frustrate thine, shall he fulfil
His malice, and thy goodness bring to naught,
Or proud return though to his heavier doom,
Yet with revenge accomplished and to hell
Draw after him the whole race of mankind,
By him corrupted? Or wilt thou thyself
Abolish thy creation, and unmake,
For him, what for thy glory thou hast made?
So should thy goodness and thy greatness both
Be questioned and blasphemed without defence.
To whom the great creator thus replied.
O Son, in whom my soul hath chief delight,
Son of my bosom, Son who art alone

Um inefável gozo se alastrou.
Sem par em verbo o Filho de Deus veio
Glorioso mais, nele todo o Pai fulgiu
Substancialmente expresso, e na face
Visível compaixão de Deus mostrou,
Amor sem fim, e graça sem medida,
Que proferindo assim ao Pai falou.
  Ó Pai, gracioso o termo que fechou
A sentença, que o homem terá graça;
Pela qual terra e Céu te exaltarão
Em louvor, com sons e ecos desses sons
De hinos e cantos sacros, com que o trono
Envolto te ecoará, sempre bendito.
Deveria por fim o homem perder-se,
Criatura recente do teu mimo,
Teu benjamim cair destarte em logro
P'lo tolo que é? Aparta de ti isso,
Isso aparta de ti, pai, que és juiz[19]
Da criação, e ajuízas só o justo,
Ou há-de obter agora o adversário
Seu fim, frustrando o teu, há-de cumprir
Seu rancor, e o teu bem levar a nada,
Ou ufano voltar ao fundo exício,
Com vingança cumprida e ao inferno
Arrastar co'ele toda a raça humana
Por ele peitada? Ou irás tu mesmo
Abolir quem criaste, e cassar,
Por ele, o que p'ra glória tua deste?
Iria assim do que és de bom e grande
Descrer-se, blasfemar-se sem defesa.
  Ao que o criador grande respondeu.
Ó Filho, principal mimo da alma,
Filho do peito, Filho que és sozinho

---

[19] *Gn.* 18, 25.

My word, my wisdom, and effectual might,
All hast thou spoken as my thoughts are, all
As my eternal purpose hath decreed:
Man shall not quite be lost, but saved who will,
Yet not of will in him, but grace in me
Freely vouchsafed; once more I will renew
His lapsèd powers, though forfeit and enthralled
By sin to foul exorbitant desires;
Upheld by me, yet once more he shall stand
On even ground against his mortal foe,
By me upheld, that he may know how frail
His fallen condition is, and to me owe
All his deliverance, and to none but me.
Some I have chosen of peculiar grace
Elect above the rest; so is my will:
The rest shall hear me call, and oft be warned
Their sinful state, and to appease betimes
The incensèd Deity, while offered grace
Invites; for I will clear their senses dark,
What may suffice, and soften stony hearts
To pray, repent, and bring obedience due.
To prayer, repentance, and obedience due,
Though but endeavoured with sincere intent,
Mine ear shall not be slow, mine eye not shut.
And I will place within them as a guide
My umpire conscience, whom if they will hear,
Light after light well used they shall attain,
And to the end persisting, safe arrive.
This my long sufferance and my day of grace
They who neglect and scorn, shall never taste;
But hard be hardened, blind be blinded more,
That they may stumble on, and deeper fall;

Meu verbo, sabedoria, poder válido,
Tudo o que é meu pensar falaste, tudo
Como o meu fito eterno decretara:
Não se perderá o homem, salvar-se-á
Quem quer, não por querer nele, mas em mim
Por graça a outorgar; renovar-lhe-ei
Posses caducas, mesmo no penhor
Do pecado, às mãos baixas da ganância;
Por mim sustido, há-de outra vez em pé
De igualdade ficar com o rival,
Sustido por mim, possa ver quão frágil
A sua condição é, e me deva
A sua salvação, e a mais ninguém.
Alguns eu escolhi de graça única
Eleitos entre o resto,[20] assim quero;
Outros serão chamados, e lembrados
Do seu estado pecante, a aplacar cedo
A cólera de Deus, enquanto a oferta
Está de pé; darei luz aos seus sentidos
Cegos, e seda a pétreos corações
P'ra que orem, e contritos obedeçam.
À oração, contrição, e obediência,
Com sincero propósito somente,
No ouvir não serei lento, no olhar frio.
E neles como um guia pousarei
A consciência juíza, a qual se ouvirem,
Luz após luz bem gasta alcançarão,
E a bom porto darão perseverando.
Desta paixão que sofre e a graça a vir
Os que esquecem e troçam não fruirão;
Duros endurecer-se-ão, cegos mais cegos
Ficarão, que tropecem e mais caiam;

[20] Nesta acepção Milton refere-se aos que creem e permanecem na fé.

And none but such from mercy I exclude.
But yet all is not done; man disobeying,
Disloyal breaks his fealty, and sins
Against the high supremacy of heaven,
Affecting Godhead, and so losing all,
To expiate his treason hath nought left,
But to destruction sacred and devote,
He with his whole posterity must die,
Die he or justice must; unless for him
Some other able, and as willing, pay
The rigid satisfaction, death for death.
Say heavenly powers, where shall we find such love,
Which of ye will be mortal to redeem
Man's mortal crime, and just the unjust to save,
Dwells in all heaven charity so dear?
  He asked, but all the heavenly choir stood mute,
And silence was in heaven: on man's behalf
Patron or intercessor none appeared,
Much less that durst upon his own head draw
The deadly forfeiture, and ransom set.
And now without redemption all mankind
Must have been lost, adjudged to death and hell
By doom severe, had not the Son of God,
In whom the fulness dwells of love divine,
His dearest mediation thus renewed.

Nem um fora tais cai fora da graça.[21]
Contudo tudo não está; infringindo,
Desleal quebra a menagem o homem, e erra
Contra a supremacia grã do Céu,
Com o alvo em Deus, e tudo assim perdendo,
Que a expiar tal traição nada lhe resta,
Mas ao estrago dado e consagrado,
Deve morrer co'a sua descendência,
Morre ele ou a justiça; só se dele
Tão capaz como pronto outro pagar
A alta satisfação, morte por morte.
Dizei hostes do Céu, há desse amor,
Qual de vós quer mortal ser p'ra remir
O crime mortal, justo por injusto,[22]
Há no Céu caridade tão querida?
  Tentou, mas do Céu era mudo o coro,
E o silêncio era no Céu: p'lo homem
Patrono ou valedor ninguém surgiu,
Muito menos que ousasse pôr-se a prêmio
Pela multa fatal, como resgate.
E hoje sem redenção a humanidade
De morte e inferno súdita seria
Sem recurso penal, não fosse o Filho
De Deus, em quem transborda amor divino,[23]
A mediação cara reiterar.

---

[21] Versos 173-202: Milton estabelece um esquema de teologia arminiana, por oposição à interpretação calvinista, nomeadamente na doutrina da Predestinação e Eleição. A salvação parece depender do arbítrio humano através da graça, e não de uma escolha prévia e predeterminada de uns quantos eleitos. A leitura calvinista incapacita totalmente o homem no processo de salvação e habilita um plano teologicamente caprichoso por meio de uma eleição sem apelo.

[22] Aqui com dupla acepção. Adjetiva o crime do homem, que o condena à morte, bem como o endossa substantivamente à única entidade que o poderia ter perpetrado, precisamente a humana.

[23] *Cl.* 2, 9.

Father, thy word is past, man shall find grace;
And shall Grace not find means, that finds her way,
The speediest of thy wingèd messengers
To visit all thy creatures, and to all
Comes unprevented, unimplored, unsought,
Happy for man, so coming; he her aid
Can never seek, once dead in sins and lost;
Atonement for himself or offering meet,
Indebted and undone, hath none to bring:
Behold me then, me for him, life for life
I offer, on me let thine anger fall;
Account me man; I for his sake will leave
Thy bosom, and this glory next to thee
Freely put off, and for him lastly die
Well pleased, on me let Death wreak all his rage;
Under his gloomy power I shall not long
Lie vanquished; thou hast given me to possess
Life in myself for ever, by thee I live,
Though now to Death I yield, and am his due
All that of me can die, yet that debt paid,
Thou wilt not leave me in the loathsome grave
His prey, nor suffer my unspotted soul
For ever with corruption there to dwell;
But I shall rise victorious, and subdue
My vanquisher, spoiled of his vaunted spoil;
Death his death's wound shall then receive, and stoop
Inglorious, of his mortal sting disarmed.
I through the ample air in triumph high
Shall lead hell captive maugre hell, and show
The powers of darkness bound. Thou at the sight

Pai, o que dizes é, graça achará;
E se meios a Graça não achar
P'ra achar seu fim, o mais veloz dos núncios,
A dar co'as criaturas, e a todas
Vem imprevisto, sem rogos, sem busca,
Feliz do homem a quem vem, dela a ajuda
Não achará, já morto em pecado;
Expiação p'ra si ou oblação apta,
Devedor e desfeito, não tem nada:
Pesa-me, por ele eu, vida por vida
Ofereço, sobre mim desfere a ira,
Toma-me homem; por ele eu deixarei
Teu colo, e esta glória junto a ti
Declinarei, e dele a grata morte
Morrerei; faz que em mim cevada a morte
Enjoe a fúria; não jazerei mórbido
Por muito tempo; deste-me da vida
A posse para sempre, por ti vivo,
Mesmo que à morte ceda, sendo dívida
Tudo o que em mim morrer possa, mas paga,
Não me deixarás lá na tumba sórdida[24]
Qual presa, nem me sangres a alma pura
Em partilha sem fim com corrupção.
Erguer-me-ei vencedor, e pisarei
Quem vencia, saqueado do seu saque.
Ferida de morte a morte sofrerá,
Tombando inglória, morto o seu ferrão.[25]
P'lo amplo ar em júbilo o inferno
Cativo levarei, o inferno embora,
E vendadas as trevas mostrarei.

[24] *Sl.* 16, 10.

[25] Versos 251-3: cf. *Cl.* 2, 15 e *I Co.* 15, 55-6.

Pleased, out of heaven shalt look down and smile,
While by thee raised I ruin all my foes,
Death last, and with his carcass glut the grave:
Then with the multitude of my redeemed
Shall enter heaven long absent, and return,
Father, to see thy face, wherein no cloud
Of anger shall remain, but peace assured,
And reconcilement; wrath shall be no more
Thenceforth, but in thy presence joy entire.
  His words here ended, but his meek aspéct
Silent yet spake, and breathed immortal love
To mortal men, above which only shone
Filial obedience: as a sacrifice
Glad to be offered, he attends the will
Of his great Father. Admiration seized
All heaven, what this might mean, and whither tend
Wondering; but soon the almighty thus replied:
  O thou in heaven and earth the only peace
Found out for mankind under wrath, O thou
My sole complacence! well thou knowst how dear
To me are all my works, nor man the least
Though last created, that for him I spare
Thee from my bosom and right hand, to save,
By losing thee awhile, the whole race lost.
Thou therefore whom thou only canst redeem,
Their nature also to thy nature join;
And be thyself man among men on earth,
Made flesh, when time shall be, of virgin seed,
By wondrous birth: be thou in Adam's room
The head of all mankind, though Adam's son.
As in him perish all men, so in thee
As from a second root shall be restored,
As many as are restored, without thee none.
His crime makes guilty all his sons, thy merit
Imputed shall absolve them who renounce

Ser-te-á grata a visão, do Céu rirás,
Quando erguido por ti destruir em massa
Rivais, e a morte enfim, e com carcaças
Saciar a cova: lá co'a multidão
Dos remidos irei ao Céu saudoso,
E voltarei p'ra ver, Pai, a tua face,
Sem nuvem já de raiva, mas paz sólida,
E reconciliação; sem ira alguma
Futura, mas prazer presente em ti.
Findou aqui, mas seu aspecto humilde
No silêncio falou, e amor sem morte
Exalou aos mortais, só ofuscado
P'la submissão filial: qual sacrifício
Bom de oferecer, acata ele o querer
Do seu augusto Pai. Tomou o encanto
O Céu, o seu sentido, a intenção
Razoando; mas rompeu pronto o altíssimo.
Ó tu em Céu e terra a paz sem par,
Achada p'ra rancor de homens, ó tu
Minha consolação! Sabes quão gratas
São p'ra mim minhas obras, nem é último
O homem por ser em último, que eu guardo-lhe
A ti no peito e destra, p'ra salvá-lo,
Ao perder-te por tal raça perdida.
Tu pois a quem só tu podes remir,
Deles a natureza à tua une;
E serás homem entre homens na terra,
Feito carne, então lá, de sêmen virgem,
Em parto singular: em vez de Adão
Dos homens a cabeça, de Adão filho.
Tal como homens perecem nele, em ti
Nessa nova raiz que és se restauram,
Os mais que houver p'ra tal, sem ti nenhum.
Seu crime culpa toda a prole, teu mérito
Imputado absolve quem abdica

Their own both righteous and unrighteous deeds,
And live in thee transplanted, and from thee
Receive new life. So man, as is most just,
Shall satisfy for man, be judged and die,
And dying rise, and rising with him raise
His brethren, ransomed with his own dear life.
So heavenly love shall outdo hellish hate,
Giving to death, and dying to redeem,
So dearly to redeem what hellish hate
So easily destroyed, and still destroys
In those who, when they may, accept not grace.
Nor shalt thou by descending to assume
Man's nature, lessen or degrade thine own.
Because thou hast, though throned in highest bliss
Equal to God, and equally enjoying
Godlike fruition, quitted all to save
A world from utter loss, and hast been found
By merit more than birthright Son of God,
Found worthiest to be so by being good,
Far more than great or high; because in thee
Love hath abounded more than glory abounds,
Therefore thy humiliation shall exalt
With thee thy manhood also to this throne;
Here shalt thou sit incarnate, here shalt reign

Das suas obras boas ou iníquas,[26]
E em ti vive enxertado, e de ti[27]
Nova vida obtém. O homem, justo é,[28]
Por homem suprirá, será julgado,
Morrerá, e ao morrer erguer-se-á e hirto
Erguerá os irmãos, a sangue pagos.
Levará a melhor o amor ao ódio
Dando à morte, morrendo p'ra remir,
Tão custoso remir o que gratuito
Foi ao ódio gastar, e ainda gasta
Nos que, em bom tempo, abrem mão da graça.
Nem por desceres à essência de homem
Irás degradar ou baixar a tua.
Porque, apesar de em trono exultares
Igual a Deus,[29] e igual gozo fruíres
Divinal, deste tudo p'ra livrar
Um mundo da desgraça, e por mérito[30]
Mais que por berço foste achado Filho
De Deus, mais digno disso por seres bom,
Muito mais que alto ou grande; porque em ti
Mais abundava amor do que abundante
Glória, donde o labéu exaltará
Contigo o que és de homem ao teu trono,
Cá sentarás em carne, reinarão

---

[26] Envolve a posição com respeito à Justificação. As obras do crente são boas, mas não é por estas que atingirá a salvação, senão pela fé.

[27] As imagens amigas da horticultura são apropriadas à ocupação de Adão e Eva.

[28] Versos 290-4: o argumento segue *Rm.* 5, 17-9.

[29] Aparentemente uma pista trinitariana, embora a coigualdade com o Pai possa, pelo contrário, refutar uma suposta unidade, partindo do princípio de que a igualdade só pode existir entre duas ou mais essências.

[30] Doutrina audaciosa, que Cristo seja Filho de Deus *por mérito*. Recorde-se que Milton nos versos 290-2 evoca precisamente a impossibilidade de o homem aceder à graça com base em méritos ou obras pessoais (cf. *Rm.* 4, 5-8 e *Ef.* 2, 8-9). Já Satanás parece ter sido designado sultão do inferno com base numa eleição meritória (II, 21).

Both God and man, Son both of God and man,
Anointed universal king; all power
I give thee, reign for ever, and assume
Thy merits; under thee as head supreme
Thrones, princedoms, powers, dominions I reduce:
All knees to thee shall bow, of them that bide
In heaven, or earth, or under earth in hell;
When thou attended gloriously from heaven
Shalt in the sky appear, and from thee send
The summoning archangels to proclaim
Thy dread tribunal: forthwith from all winds
The living, and forthwith the cited dead
Of all past ages to the general doom
Shall hasten, such a peal shall rouse their sleep.
Then all thy saints assembled, thou shalt judge
Bad men and angels, they arraigned shall sink
Beneath thy sentence; hell, her numbers full,
Thenceforth shall be for ever shut. Meanwhile
The world shall burn, and from her ashes spring
New heaven and earth, wherein the just shall dwell
And after all their tribulations long
See golden days, fruitful of golden deeds,
With joy and love triúmphing, and fair truth.
Then thou thy regal sceptre shalt lay by,
For regal sceptre then no more shall need,
God shall be all in all. But all ye gods,
Adore him, who to compass all this dies,
Adore the Son, and honour him as me.
   No sooner had the almighty ceased, but all
The multitude of angels with a shout

Deus e homem, de Deus e homem Filho,
De tudo ungido rei; todo o poder
Te dou, reina p'ra sempre, e os teus méritos
Toma; sujeito a ti cabeça máxima
Principados, domínios, forças, tronos:
Dobrar-se-á todo o joelho a ti, quem espera[31]
No Céu, terra, no inferno sob a terra,
Quando do Céu servido em esplendor
Surgires, e da tua parte enviares
Arcanjos convocados a aclamar
Teu grave tribunal: logo dos ventos
Os vivos, logo os mortos convocados[32]
De todo o sempre ao juízo universal
Se apressarão, tal estrondo fere o sono.
Juntos então teus santos, julgarás
Homens maus e anjos, e estes acusados
Cederão à sentença: o inferno
Lotado fechar-se-á de vez. Dementre
O mundo arderá, e brotarão
Das cinzas céu e terra, onde o justo[33]
Morará, e depois das longas penas
Dias de ouro verá, em ações áureas
Férteis, co'amor e gozo triunfantes
E verdade gentil. Teu real cetro
Folgarás, que não mais será o cetro
Útil lá, tudo em tudo Deus será.
Vós deuses, adorai-o, que p'ra tanto
Morre, ao Filho, honrai-o como a mim.
  Mal havia cessado o onipotente,
E as multidões de anjos com um brado

---

[31] *Fp*. 2, 10.

[32] *Ez*. 37, 9 e *Ap*. 7, 1.

[33] *II Pe*. 3, 12 ss.

Loud as from numbers without number, sweet
As from blest voices, uttering joy, heaven rung
With jubilee, and loud hosannas filled
The eternal regions: lowly reverent
Towards either throne they bow, and to the ground
With solemn adoration down they cast
Their crowns inwove with amaranth and gold,
Immortal amaranth, a flower which once
In Paradise, fast by the tree of life
Began to bloom, but soon for man's offence
To heaven removed where first it grew, there grows,
And flowers aloft shading the fount of life,
And where the river of bliss through midst of heaven
Rolls o'er Elisian flowers her amber stream;
With these that never fade the spirits elect
Bind their resplendent locks enwreathed with beams,
Now in loose garlands thick thrown off, the bright
Pavement that like a sea of jasper shone
Empurpled with celestial roses smiled.
Then crowned again their golden harps they took,
Harps ever tuned, that glittering by their side
Like quivers hung, and with preamble sweet
Of charming symphony they introduce
Their sacred song, and waken raptures high;
No voice exempt, no voice but well could join
Melodious part, such concord is in heaven.
  Thee Father first they sung omnipotent,
Immutable, immortal, infinite,
Eternal king; thee author of all being,

Alto como de números sem número,
Doce como de vozes venturosas,
Falando o gozo, o Céu deram ao júbilo[34]
E as regiões perpétuas às hosanas:
Reverentes dobraram-se aos dois tronos,
E ao chão com culto grave remessaram
Coroas a amarante e ouro tramadas,
Amarante imortal,[35] flor que uma vez
No Éden, junto à árvore da vida
Se deu, mas pela ofensa do homem cedo
Transplantada no Céu de onde é nativa
Lá cresce, e em cima dá sombra florindo
À fonte vital, e onde corta o Céu
Em ondas de âmbar sobre as flores elísias
O rio do bem; co'estas que não finam
Atam eleitos tranças coroadas
Com raios, já em láureas soltas n'áurea
Laje em rolos, um mar de jaspe ardendo,
E rósea de celestes rosas rindo.
Outra vez coroados, harpas de ouro,
Harpas sempre afinadas abraçaram,
Luzindo quais aljavas, e com preâmbulo
De gentil sinfonia introduzem
O canto sacro, o alto enlevo acordam.
Não há voz sem voz, sem voz que não tome
Parte eufônica, tão concorde é o Céu.
  Cantaram a ti Pai onipotente,
Imortal, imutável, infinito,
Rei eterno; a ti autor dos seres,

---

[34] Com alegria e brados. Do Jubileu hebraico, um tipo de expiação que ocorria ritualmente a cada cinquenta anos, quando escravos eram postos em liberdade e a propriedade revertia em favor do seu primeiro dono.

[35] Aquela que nunca murcha. Flor púrpura, símbolo de imortalidade para Clemente de Alexandria.

Heaven rung
With jubilee, and loud hosannas filled
The eternal regions

Doce como de vozes venturosas,
Falando o gozo, o Céu deram ao júbilo
E as regiões perpétuas às hosanas

(III, 347-9)

Fountain of light, thyself invisible
Amidst the glorious brightness where thou sitst
Throned inaccessible, but when thou shad'st
The full blaze of thy beams, and through a cloud
Drawn round about thee like a radiant shrine,
Dark with excessive bright thy skirts appear,
Yet dazzle heaven, that brightest seraphim
Approach not, but with both wings veil their eyes.
Thee next they sang of all creation first,
Begotten Son, divine similitude,
In whose conspicuous countenance, without cloud
Made visible, the almighty Father shines,
Whom else no creature can behold; on thee
Impressed the effulgence of his glory abides,
Transfused on thee his ample Spirit rests.
He heaven of heavens and all the powers therein
By thee created, and by thee threw down
The aspiring dominations: thou that day
Thy Father's dreadful thunder didst not spare,
Nor stop thy flaming chariot wheels, that shook
Heaven's everlasting frame, while o'er the necks
Thou drov'st of warring angels disarrayed.
Back from pursuit thy powers with loud acclaim
Thee only extolled, Son of thy Father's might,
To execute fierce vengeance on his foes,
Not so on man; him through their malice fallen,
Father of mercy and grace, thou didst not doom
So strictly, but much more to pity incline:
No sooner did thy dear and only Son
Perceive thee purposed not to doom frail man
So strictly, but much more to pity inclined,
He to appease thy wrath, and end the strife
Of mercy and justice in thy face discerned,
Regardless of the bliss wherein he sat
Second to thee, offered himself to die

Fonte de luz, teu ser que é invisível
No glorioso clarão onde te sentas
Intangível, exceto quando esbates
O fulgor aos teus raios, e em nuvem
Em volta qual altar de luz gizada,
Escura de agudo brilho a fímbria mostras,
Que ainda o serafim mais fulvo fere
E à distância mantém com véus por asas.
E a ti da criação prévio cantaram,
Filho gerado, símil do divino,
Em cujo perfil ínclito, sem nuvem
Visível, o Pai brilha poderoso,
À vista do qual qualquer outro cega;
Em ti se imprimiu o halo do seu nome,
Transfundido em ti está seu vasto espírito.
Céu dos Céus ele e toda a força ali
Por ti criou, por ti aniquilou
Dominações vorazes: nesse dia
Do teu Pai não travaste o trovão fero,
Nem o rodado ignífero, que abanou
Ao Céu a armação firme, ao conduzires
P'lo pescoço rebeldes anjos rotos.
De volta os teus poderes em voz alta
Te louvaram só, Filho do poder
Do Pai, p'ra desforrar-se nos rivais,
Não no homem; pelo mal de outros caído,
Pai de graça e favor, não o julgaste
Com rigor, mas ao dó mais te inclinaste:
Mal teu filho dileto e unigênito
Te percebeu sem alma p'ra julgá-lo
Com rigor, mas ao dó mais inclinado,
P'ra te aplacar, e pôr termo à contenda
De mercê e justiça no teu rosto,
Sem ligar ao bem-estar do seu assento
Junto a ti, se ofereceu p'ra sucumbir

For man's offence. Oh unexampled love,
Love nowhere to be found less than divine!
Hail, Son of God, saviour of men, thy name
Shall be the copious matter of my song
Henceforth, and never shall my harp thy praise
Forget, nor from thy Father's praise disjoin.

Thus they in heaven, above the starry sphere,
Their happy hours in joy and hymning spent.

P'lo que o homem fez. Ó amor sem par,
Amor que não se vê sem ver a Deus!
Salve, Filho de Deus, Salvador de homens,
Teu nome há-de dar tema farto ao canto,
E jamais há-de a harpa teu louvor
Esquecer, nem do louvor do Pai cindir.[36]
Tais assim no Céu, sobre a estelar esfera,[37]
Jubilosos folgavam horas de hinos.

---

[36] Versos 344-415: o canto dos anjos ocupa 72 versos, precisamente sendo 72 o número místico dos discípulos de Cristo; 72 eram também os nomes dos anjos.

[37] Versos 416-21: a esfera das estrelas fixas ou as estrelas e planetas no seu conjunto, como em V, 620. As estrelas estão encerradas no interior do *primum mobile*, ou "primeiro convexo", o "além nu" do verso 74 onde Satã iria aterrar. Tanto o Céu como o caos estão fora dessa concha opaca. Resumidamente, o universo de Milton é esférico e rodeado por um *firme globo opaco* que, como uma concha, o protege do caos. À volta deste universo jaz a Noite infinita com os seus átomos arbitrários colidindo entre si. O Céu está acima do universo e o inferno, abaixo. Antes só o Céu se liga à terra por uma corrente dourada (II, 1051). Ao inferno liga-o posteriormente a ponte que Pecado e Morte edificaram sobre o caos (X, 282-320). O cosmos de Milton é infinito, o universo, finito. Este é normalmente centrado na Terra, se bem que Milton o sugira também centrado no Sol. Apesar de o universo ser vásto (II, 832) isso não significa muito em termos cósmicos, pois a distância entre Céu e inferno é três vezes o raio do nosso universo, o que faz deste um caroço no meio do caos (I, 73-4). O primeiro fenômeno no nosso universo foi a luz. O seguinte foi a divisão das águas em duas esferas concêntricas separadas pelo firmamento abobadado (aliás "abóbada" é a sua etimologia hebraica). A esfera interior das águas conteria aquilo que viria a ser a terra, a exterior tornou-se as águas cristalinas que formavam uma cobertura para a concha exterior do universo. As águas exteriores protegiam-no do caos, as interiores alimentavam a terra. Os continentes emergiram destas águas que cobriam a terra. Dentro do firmamento, o espaço entre a terra e a concha exterior do universo, Deus pôs dez esferas concêntricas e imateriais. Milton desconhecia qual o centro destas, se o Sol, se a Terra. Seja como for, depois de Saturno surgia a esfera das *estrelas fixas*, e entre estas as doze constelações do Zodíaco. Antes da Queda, este "cinto" andava à volta da Terra paralelamente com o equador e consigo iam o Sol e todas as restantes estrelas, cada com a sua própria velocidade e direção. Para além das fixas havia mais duas esferas que consigo moviam todas as outras: a *cristalina* (III, 482) — nomeada no século XIII para dar conta de um fenômeno celestial mais tarde verificado errôneo — e o *primum mobile*, ou *rombo* (VIII, 134; ver também nota abaixo). Os elementos, ar, terra, fogo e água eram imaginados dentro da esfera lunar. O que estava acima dessa esfera era chamado de "quintessência", ou quinto elemento, material de que eram

Meanwhile upon the firm opacous globe
Of this round world, whose first convex divides
The luminous inferior orbs, enclosed
From Chaos and the inroad of darkness old,
Satan alighted walks: a globe far off
It seemed, now seems a boundless continent
Dark, waste, and wild, under the frown of Night
Starless exposed, and ever-threatening storms
Of Chaos blustering round, inclement sky;
Save on that side which from the wall of heaven
Though distant far some small reflection gains
Of glimmering air less vexed with tempest loud:
Here walked the fiend at large in spacious field.
As when a vulture on Imaus bred,
Whose snowy ridge the roving Tartar bounds,
Dislodging from a region scarce of prey
To gorge the flesh of lambs or yeanling kids
On hills where flocks are fed, flies toward the springs
Of Ganges or Hydaspes, Indian streams;
But in his way lights on the barren plains
Of Sericana, where Chineses drive

Entretanto, p'lo firme globo opaco
Deste mundo, que os orbes inferiores
Na primeira convexa casca fecha
Do Caos e da incursão das trevas vedras,
Satã apeado vai: um globo longe
Parecia, mas agora continente
Sem fins, negro, selvagem, sob o esgar
Da Noite nu de estrelas, e a ameaça
De um cerco de trovões num Caos sem tréguas;
Salvo lá nas ameias do Céu de onde
Mesmo lá longe algum reflexo logra
De ar frouxo menos tonto do embate.
À solta andava aqui o mau e à larga.
Como quando um abutre[38] de Imaus,[39]
Cujo auge algente fixa o errante Tártaro,[40]
Evadindo-se de onde há pouca presa
P'ra atulhar-se com tenro anho em montes
Onde rebanhos pascem, voa às fontes
Do Ganges ou Hidaspes,[41] águas índicas;
Porém no curso pousa nos nus plainos
De Sericana,[42] onde à vela e vento

---

feitos os planetas e as estrelas, bem como a atmosfera etérea do mundo superior. A atmosfera sublunar da Terra era limitada por uma esfera de fogo, e entre esta e a superfície da Terra havia três regiões: uma, a mais distante, extremamente quente; outra, central, muito fria (a suposta habitação dos deuses gregos e origem dos estados climáticos); a última, e mais próxima, moderadamente quente do reflexo do sol.

[38] O "abutre" é Satã, porquanto rapace e conhecedor à distância da sua presa. A comparação estende-se também ao modo de locomoção. O "tenro anho" é a humanidade.

[39] Himalaias.

[40] Os mongóis nômades assolaram a Ásia e a Europa sob as ordens de Genghis Khan.

[41] O rio Chelum no Punjab, Caxemira, junto ao qual Alexandre Magno defrontou o rei Poro e limite oriental das suas conquistas.

[42] China.

With sails and wind their cany wagons light:
So on this windy sea of land, the fiend
Walked up and down alone bent on his prey,
Alone, for other creature in this place
Living or lifeless to be found was none,
None yet, but store hereafter from the earth
Up hither like aërial vapours flew
Of all things transitory and vain, when sin
With vanity had filled the works of men:
Both all things vain, and all who in vain things
Built their fond hopes of glory or lasting fame,
Or happiness in this or the other life;
All who have their reward on earth, the fruits
Of painful superstition and blind zeal,
Nought seeking but the praise of men, here find
Fit retribution, empty as their deeds;
All the unaccomplished works of nature's hand,
Abortive, monstrous, or unkindly mixed,
Dissolved on earth, fleet hither, and in vain,
Till final dissolution, wander here,
Not in the neighbouring moon, as some have dreamed;
Those argent fields more likely habitants,
Translated saints, or middle spirits hold
Betwixt the angelical and human kind:
Hither of ill joined sons and daughters born
First from the ancient world those giants came
With many a vain exploit, though then renowned:

Chineses os seus trens de bambu guiam:
Neste ventoso mar de terra andou
Cá e lá o demônio só à presa,
Só, pois aqui nenhum outro vivente,
Nem vivente nem não nenhum havia,
Por ora, mas depois muitos da terra
Como gases p'ra aqui ascenderiam
Do que é fugaz e vão, quando o pecado
Com vaidade atestou as obras de homens:
Todas as coisas vãs, e os que em vãs coisas
Fixaram chocha esperança de vanglória,
Longa fama, ou gozo nesta ou noutra
Vida; os que na terra ganhem coroas,
Fruto de duras crenças, zelo cego,
Só buscando o louvor de homens, cá têm
Justa paga, vazia como os atos;
Tudo o que a natureza deixou manco,
Anormal, abortivo, ou mal gerado,
Dissolvido na terra, p'ra aqui migra,
E em vão, 'té à solvência final, erra,
Não na lua vizinha, como sonham,[43]
Que esse argênteo chão gente mais provável,
Santos translatos,[44] ou espíritos médios
Tem entre a espécie de anjos e a de humanos:
De um coito soez de filho e filha filhos[45]
Vieram de antigos mundos os Gigantes
Com feitos vãos p'ra cá, embora célebres:

---

[43] Como sonham Ariosto, Giordano Bruno, Thomas More, por exemplo.

[44] Santos que Deus raptou da terra, como Enoque e Elias. Apesar de desdenhar a ideia de Ariosto e seus habitantes lunares, Milton deve a sua especulação ao *Orlando furioso*, nomeadamente quando Astolfo ascende à lua no carro de Elias. Os contemporâneos de Milton andavam entusiasmados com a possibilidade de vida extraterrestre.

[45] Ver *Gn.* 6, 4 para a descrição da união entre os Filhos de Deus e as filhas dos homens e respectiva gênese dos Gigantes.

The builders next of Babel on the plain
Of Sennaar, and still with vain design
New Babels, had they wherewithal, would build:
Others came single; he who to be deemed
A god, leaped fondly into Ætna flames,
Empedocles, and he who to enjoy
Plato's Elysium, leaped into the sea,
Cleombrotus, and many more too long,
Embryos and idiots, eremites and friars
White, black and gray, with all their trumpery.
Here pilgrims roam, that strayed so far to seek
In Golgotha him dead, who lives in heaven;
And they who to be sure of paradise
Dying put on the weeds of Dominic,
Or in Franciscan think to pass disguised;
They pass the planets seven, and pass the fixed,
And that crystálline sphere whose balance weighs
The trepidation talked, and that first moved;
And now Saint Peter at heaven's wicket seems

Depois quem fez Babel lá na planície
De Sinear, e com vão desígnio ainda
Babéis, houvesse meios, mais faria;
Outros vieram sós: um que p'ra ser tido
Qual deus, néscio se fez às chamas do Etna,
Empédocles,[46] e o tal que p'ra gozar
O Elísio de Platão, se fez ao mar,
Cleombroto,[47] e muitos mais, de mais,
Idiotas e embriões, eremitas, monges
Brancas, negros e gris,[48] com seus tarecos.[49]
Andam romeiros cá, que em excursão
Ao defunto no Gólgota erraram,[50]
Pois vive e no Céu; e os que p'ra afiançarem
O Paraíso mortos vestem trapos
De Domingos, ou touca Franciscana
Que os disfarce; planetas sete passam,
Mais o fixo, e a esfera cristalina[51]
Cujo balanço pesa a oscilação,[52]
E o primo móbil; São Pedro ao postigo[53]

---

[46] Filósofo pré-socrático que se atirou ao Etna de modo a esconder a sua mortalidade. O seu plano foi frustrado quando o vulcão vomitou uma das suas sandálias.

[47] Um jovem que se afogou a fim de gozar a imortalidade descrita no *Fédon* de Platão.

[48] Os embriões e os idiotas eram consignados pelos teólogos franciscanos a um limbo sobre a terra. Milton satiriza e aproveita para destinar-lhe também os monges.

[49] Carmelitas, Dominicanos e Franciscanos. As ordens mendicantes distinguidas pela cor do seu manto.

[50] O calvário, onde Cristo foi crucificado e enterrado.

[51] Ao mover-se para fora no sistema ptolomaico, o viajante da Terra passaria pelas sete esferas planetárias, as fixas, a nona ou esfera cristalina, e pelo *primum mobile*. A trepidação da oitava foi adição ao sistema ptolomaico para dar conta da precessão de equinócios, debate na ordem do dia ao tempo de Milton.

[52] Alude a Balança (ou Libra), ponto de referência para medir equilíbrio ou trepidação.

[53] Não o portão palaciano do verso 505, mas uma forma levemente pejorativa

And many more too long,
Embryos and idiots, eremites and friars

E muitos mais, de mais,
Idiotas e embriões, eremitas, monges

(III, 473-4)

To wait them with his keys, and now at foot
Of heaven's ascent they lift their feet, when to
A vïolent cross wind from either coast
Blows them transverse ten thousand leagues awry
Into the devious air; then might ye see
Cowls, hoods and habits with their wearers tossed
And fluttered into rags, then relics, beads,
Indulgences, dispenses, pardons, bulls,
The sport of winds: all these upwhirled aloft
Fly o'er the backside of the world far off
Into a limbo large and broad, since called
The Paradise of Fools, to few unknown
Long after, now unpeopled, and untrod;
All this dark globe the fiend found as he passed,
And long he wandered, till at last a gleam
Of dawning light turned thitherward in haste
His travelled steps; far distant he descries,
Ascending by degrees magnificent
Up to the wall of heaven a structure high,
At top whereof, but far more rich appeared
The work as of a kingly palace gate
With frontispiece of diamond and gold
Embellished, thick with sparkling orient gems
The portal shone, inimitable on earth
By model, or by shading pencil drawn.
The stairs were such as whereon Jacob saw
Angels ascending and descending, bands
Of guardians bright, when he from Esau fled
To Padan-Aram in the field of Luz,

Do Céu já co'os chavões como que os sente,
E no sopé da rampa do Céu alçam
Pés, quando eis que brigões ventos cruzados
De bandas rivais dez mil léguas de ar
Vadio de través lhes dão; sim, vede
Capuzes, toucas e hábitos, e em trapos
Os manequins co'a sova, e as relíquias,
Contas, indultos, escusas, perdões, bulas,
Passatempos de ventos: ejetados
E axífugos dos altos, sobrevoam
Do mundo o rabo até ao limbo amplo,
Paraíso dos Tolos, de seu nome,
Até tolos o sabem, sem vivalma
Agora, e intacto. Tal globo de trevas
Viu o mau ao andar, e muito andou,
'Té que um brilho de alvor chamou com pressa
Seus pisados pés; bem longe divisa,
Subindo por degraus magnificentes
'Té aos muros do Céu, alta estrutura,
No topo da qual, bem mais imponente,
A obra qual portão de real palácio
Com frontão a diamante e ouro ornado;
Com camadas de gemas orientais
Fulgia o portal, sem cópia na terra,
Em maquete ou carvão, com esboço a lápis.
Em escadas assim viu Jacó anjos[54]
Subindo e descendo em esquadrões
Fulvos, quando fugia a Esaú
Rumo a Padã-Arã, e à noite em sonhos

---

designando uma porta alternativa para entrada ou saída em substituição de outra, quando fechada. A imagem implica que a superstição romana procura entrada clandestina.

[54] Segue o relato bíblico de Jacó fugindo do seu irmão Esaú depois de lhe ter roubado a bênção de primogenitura (cf. *Gn.* 28, 10-7).

Dreaming by night under the open sky,
And waking cried, *This is the gate of heaven.*
Each stair mysteriously was meant, nor stood
There always, but drawn up to heaven sometimes
Viewless, and underneath a bright sea flowed
Of jasper, or of liquid pearl, whereon
Who after came from earth, sailing arrived,
Wafted by angels, or flew o'er the lake
Rapt in a chariot drawn by fiery steeds.
The stairs were then let down, whether to dare
The fiend by easy ascent, or aggravate
His sad exclusion from the doors of bliss.
Direct against which opened from beneath,
Just o'er the blissful seat of Paradise,
A passage down to the earth, a passage wide,
Wider by far than that of after-times
Over Mount Sion, and, though that were large,
Over the Promised Land to God so dear,
By which, to visit oft those happy tribes,
On high behests his angels to and fro
Passed frequent, and his eye with choice regard
From Paneas the fount of Jordan's flood
To Beërsaba, where the Holy Lan
Borders on Ægypt and the Arabian shore;
So wide the opening seemed, where bounds were set
To darkness, such as bound the ocean wave.
Satan from hence now on the lower stair
That scaled by steps of gold to heaven gate
Looks down with wonder at the sudden view
Of all this world at once. As when a scout
Through dark and desert ways with peril gone

Coberto pelo céu de Luz, desperto
Clamou, *Estas as portas do Céu são.*
Cada degrau pensado como símbolo,
Não fixos, mas retráteis ao Céu sobem
Por vezes, e embaixo um mar de brilhos
De jaspe, ou liquefeita perla, onde
Quem co'a terra p'ra trás, chegou à vela,
Esquiando em anjos, ou sobre o lago voou
Num êxtase de quadriga e corcéis flâmeos.[55]
Estavam lá os degraus, para tentá-lo
P'la fácil ascensão, ou p'ra agravar-lhe
A triste exclusão às portas do bem.
Contra estas embaixo abriu direta
Para o lugar feliz do Paraíso
Uma vasta passagem para a terra,
Mais vasta de longe era que mais tarde
A do Monte Sião, e essa, mais vasta,
Da Terra Prometida até Deus quisto,
A qual, o mais das vezes p'ra visita
Às tribos ledas, anjos co'alto passe
Frequentavam, e o sédulo olhar seu
De Paneas a fonte do Jordão[56]
Até Berseba, onde a Terra Santa
Confina com o Egito e o chão árabe;
Vasta parecia a brecha, com barragem
Contra as trevas, afim das que orlam vagas.
Satã agora daqui do degrau mínimo
Que subia com ouro aos átrios celsos
Mira com baque cavo de vertigem
Todo o mundo de vez, qual batedor
Por ermos e vielas dado ao risco

---

[55] Elias subiu aos céus numa quadriga puxada por cavalos de fogo (*II Rs*. 2, 11).

[56] Nome grego para a cidade de Dã, a cidade mais ao norte de Canaã, ao sul limitada por Berseba.

All night; at last by break of cheerful dawn
Obtains the brow of some high-climbing hill,
Which to his eye discovers unaware
The goodly prospect of some foreign land
First seen, or some renowned metropolis
With glistering spires and pinnacles adorned,
Which now the rising sun gilds with his beams.
Such wonder seized, though after heaven seen,
The spirit malign, but much more envy seized,
At sight of all this world beheld so fair.
Round he surveys, and well might, where he stood
So high above the circling canopy
Of night's extended shade; from eastern point
Of Libra to the fleecy star that bears
Andromeda far off Atlantic seas
Beyond the horizon; then from pole to pole
He views in breadth, and without longer pause
Down right into the world's first region throws
His flight precipitant, and winds with ease
Through the pure marble air his oblique way
Amongst innumerable stars, that shone
Stars distant, but nigh hand seemed other worlds,
Or other worlds they seemed, or happy isles,
Like those Hesperian gardens famed of old,

Da noite, quando enfim rompe a alva lépida
Atinge a testa a algum monte picoso,
Que aos seus olhos ludâmbulos revela
Um prospecto de terra pitoresca
Exótica, ou célebre metrópole
Debruada a coruchéus e agulhas vivas,
Que o sol ao acordar tinge com raios.
Tal assombro tomou, não estranho ao Céu,
O maligno, mas mais tomou a inveja,
À vista do gentil rosto do mundo.
Sonda em redor, e bem pode, que dava
Bem para o baldaquim orbicular[57]
Da ampla sombra da noite; do levântico
De Balança 'té à estrela toda a lã[58]
Que às costas leva Andrômeda pelo Atlântico
Do horizonte além; de polo a polo
Contempla a amplidão, e sem demora
À primeira região do mundo atira
Voo precípite, e orça à vontade
P'lo puro ar marmóreo oblíquo rumo
Entre estrelas sem conta, que apagaram
Estrelas longe, mas prés parecendo outros
Mundos, ou mundos outros tais parecendo,
Ou ilhas ledas,[59] quais jardins da Hespéria,[60]

---

[57] Os dosséis sobre tronos ou camas eram muitas vezes cônicos.

[58] Versos 558-61: Áries, o Carneiro, que leva Andrômeda, constelação adjacente, na mitologia grega uma princesa ameaçada por um dragão. Satã entra em Balança (Libra), pois Áries está a pôr-se atrás da Terra, e a sua posição parece ser o equador celeste (antes da Queda a eclíptica também, cf. X, 668 ss.), já que os polos parecem marcar os pontos mais separados (versos 560-1). Fowler calcula este momento como sendo o da meia-noite de IX, 58. A associação de Satã com Libra depende da sua necessidade de evitar a luz do sol, em oposição àquela.

[59] Aludindo às ilhas dos bem-aventurados.

[60] Os seus jardins eram guardados por um dragão (este dito como nascido da serpente que tentou Eva) que vigiava as maçãs. Hércules matou o dragão e roubou as

Fortunate fields, and groves and flowery vales,
Thrice happy isles, but who dwelt happy there
He stayed not to inquire: above them all
The golden sun in splendour likest heaven
Allured his eye: thither his course he bends
Through the calm firmament; but up or down
By centre, or eccentric, hard to tell,
Or longitude, where the great luminary
Aloof the vulgar constellations thick,
That from his lordly eye keep distance due,
Dispenses light from far; they as they move
Their starry dance in numbers that compute
Days, months, and years, towards his all-cheering lamp
Turn swift their various motions, or are turned
By his magnetic beam, that gently warms
The universe, and to each inward part
With gentle penetration, though unseen,
Shoots invisible virtue even to the deep:
So wondrously was set his station bright.
There lands the fiend, a spot like which perhaps
Astronomer in the sun's lucent orb
Through his glazed optic tube yet never saw.
The place he found beyond expression bright,
Compared with aught on earth, metal or stone;
Not all parts like, but all alike informed
With radiant light, as glowing iron with fire;
If metal, part seemed gold, part silver clear;

Os de fama, chãos prósperos, e bosques,
Flóreos vales, três vezes ledas ilhas.
Mas quem morava lá não quis saber.
Sobre todos o sol de ouro em fulgor
Igual ao Céu tentou-o: p'ra lá vai
P'lo firmamento em paz; se sobe ou desce,
Se por centro, se excêntrico, não sei,[61]
Ou a longitude, onde a grande lâmpada
À parte das gerais constelações
Que do olhar real guardam a distância
Dispensa luz de longe; ao moverem-se
Na estelar dança em ritmos que computam
Anos, meses e dias, voltam-se ágeis
P'rá luz que aplaude os seus muitos meneios,[62]
Ou do seu feixe é o íman que as volteia,
Que gentil o universo aquece, e ao íntimo
Das partes com gentil penetração,
Sem corpo, expele ao fundo influxo oculto:
Tão admirável luz produz seu posto.
Ali pousa o demônio, mancha assim
Talvez no orbe solar nunca o astrônomo
Pelo óptico canudo vítreo vira.
Como o lugar que viu verbo algum brilha,
Nem na terra metal ou pedra, nada;
Com partes desiguais, mas animadas
Na brasa de igual luz, qual ferro em fogo;
Se metal, parte em ouro, parte em prata;

---

maçãs. Pode simplesmente implicar que os extraterrestres foram criados com o seu próprio fruto proibido, e assim não caíram com Adão e Eva.

[61] Órbita cêntrica ou excêntrica. A primeira tem a Terra ou o Sol no seu centro, a segunda não. Mais uma vez Milton não se compromete com nenhum dos sistemas, ptolomaico ou copernicano.

[62] Era popular a teoria de Kepler que defendia o magnetismo solar como responsável pelos movimentos planetários.

If stone, carbuncle most or chrysolite,
Ruby or topaz, to the twelve that shone
In Aaron's breastplate, and a stone besides
Imagined rather oft than elsewhere seen,
That stone, or like to that which here below
Philosophers in vain so long have sought,
In vain, though by their powerful art they bind
Volátile Hermes, and call up unbound
In various shapes old Proteus from the sea,
Drained through a limbeck to his native form.
What wonder then if fields and regions here
Breathe forth elixir pure, and rivers run
Potable gold, when with one virtuous touch
The arch-chemic sun so far from us remote
Produces with terrestrial humour mixed
Here in the dark so many precious things
Of colour glorious and effect so rare?
Here matter new to gaze the devil met
Undazzled, far and wide his eye commands,
For sight no obstacle found here, nor shade,
But all sunshine, as when his beams at noon
Culminate from the equator, as they now

Se pedra, mais carbúnculo[63] ou crisólito,[64]
Topázio ou rubi, às doze em chamas[65]
Do racional de Aarão, e aquela pedra[66]
Imaginada mais do que avistada,
Tal pedra, ou afim dessa que aqui
Filósofos em vão tanto indagaram,
Em vão, mesmo que em artes magas atem
O Hermes volátil,[67] e acordem dos nós
Nas instáveis feições Proteu do mar,[68]
Drenado com alambique à forma pura.
Qual o espanto que aqui regiões e campos
O elixir puro exalem, rios corram
Ouro potável, quando com mão proba
Sol o alquimista-mor de nós tão longe
Produz na hibridez de humores terrestres
Cá nas funduras tantas coisas caras
De pigmentos sem nome e efeitos raros?
Nova matéria aqui p'ra ver ele viu,
Apático; p'ra longe leva os olhos,
Que óbice não vira a vista aqui, nem sombra,
Só sol, como quando às doze os seus raios
Culminam do equador,[69] tal como agora

---

[63] Uma pedra vermelha, incluindo a ideia mítica da pedra que emite luz na escuridão.

[64] Uma pedra verde.

[65] Até e incluindo as doze joias no peito de Aarão.

[66] A filosofal, identificada com o urim do racional de Aarão (cf. *Êx*. 28, 30).

[67] Apto a voar ou a evaporar-se rapidamente. Hermes é mercúrio, usado pelos alquimistas nas suas tentativas de chegar à pedra filosofal. A operação consistia em prender o mercúrio através de um alambique até à sua solidificação.

[68] O deus do mar de transformações súbitas. Um símbolo antigo de matéria.

[69] O equador celeste, onde antes da Queda o sol atingiria o seu ponto mais alto. Depois da Queda, os raios diretos e sem sombra ocorrem só em pontos onde a eclíptica coincide com o equador.

Shot upward still direct, whence no way round
Shadow from body opaque can fall, and the air,
Nowhere so clear, sharpened his visual ray
To objects distant far, whereby he soon
Saw within ken a glorious angel stand,
The same whom John saw also in the sun:
His back was turned, but not his brightness hid;
Of beaming sunny rays, a golden tiar
Circled his head, nor less his locks behind
Illustrious on his shoulders fledge with wings
Lay waving round; on some great charge employed
He seemed, or fixed in cogitation deep.
Glad was the spirit impure; as now in hope
To find who might direct his wandering flight
To Paradise the happy seat of man,
His journey's end and our beginning woe.
But first he casts to change his proper shape,
Which else might work him danger or delay:
And now a stripling cherub he appears,
Not of the prime, yet such as in his face
Youth smiled celestial, and to every limb
Suitable grace diffused, so well he feigned;
Under a coronet his flowing hair
In curls on either cheek played, wings he wore
Of many a coloured plume sprinkled with gold,
His habit fit for speed succinct, and held
Before his decent steps a silver wand.
He drew not nigh unheard, the angel bright,
Ere he drew nigh, his radiant visage turned,
Admonished by his ear, and straight was known
The archangel Uriel, one of the seven

A prumo ainda vão, de onde na volta
Sombra não cai de corpo opaco; e o ar,
Em nenhures assim, aguçou-lhe o óptico
Feixe a objetos longe,[70] p'lo qual logo
Alcançou um glorioso anjo em pé,
O que vislumbrou João também no sol:
De costas, mas de frente para o brilho,
De faíscas de sol, um halo de ouro
Por tiara, e atrás não menos lustrosas
Madeixas aos seus ombros plúmeos de asas
Ondeavam com anéis; nalguma empresa
Parecia, ou fixo em funda reflexão.
Feliz ia o impuro porque crente
De achar quem lhe emendasse o voo perdido
Ao Paraíso, lar doce lar do homem,
O seu fim e do nosso fim princípio.
Mas antes as feições próprias compõe,
Não vão outras detê-lo ou traí-lo:
E agora um querubim efebo surge,
Não no primor, mas rindo-lhe no rosto
Um jovem celestial, e a cada membro
Correndo a graça lá, tão bem fingia;
Sob um diadema soltos do cabelo
Caracóis nas bochechas cabriolavam,
Plumas eram de mil cores com pós de ouro,
Um fato p'ra veloz fito era justo
E argêntea vara ia ante pés gráceis.
Não se acercava surdo o anjo claro;
Antes que se acercasse, a fronte iriante
Voltou-se, admoestada pelo ouvido,
E logo o arcanjo Uriel conheceu,[71] um

---

[70] Julgava-se que o olho emitia um raio até ao objeto da sua percepção.

[71] Em hebreu "Luz (ou "fogo") de Deus". Nome de anjos no apócrifo *II Ed.* 4, 1. O primeiro *Livro de Enoque* elenca os sete anjos que estão diante do trono de Deus.

Who in God's presence, nearest to his throne
Stand ready at command, and are his eyes
That run through all the heavens, or down to the earth
Bear his swift errands over moist and dry,
O'er sea and land: him Satan thus accosts.
  Uriel, for thou of those seven spirits that stand
In sight of God's high throne, gloriously bright,
The first art wont his great authentic will
Interpreter through highest heaven to bring,
Where all his sons thy embassy attend;
And here art likeliest by supreme decree
Like honour to obtain, and as his eye
To visit oft this new creation round;
Unspeakable desire to see, and know
All these his wondrous works, but chiefly man,
His chief delight and favour, him for whom
All these his works so wondrous he ordained,
Hath brought me from the choirs of cherubim
Alone thus wandering. Brightest seraph tell
In which of all these shining orbs hath man
His fixèd seat, or fixèd seat hath none,
But all these shining orbs his choice to dwell;
That I may find him, and with secret gaze,
Or open admiration him behold
On whom the great creator hath bestowed
Worlds, and on whom hath all these graces poured;
That both in him and all things, as is meet,
The universal maker we may praise;
Who justly hath driven out his rebel foes
To deepest hell, and to repair that loss
Created this new happy race of men
To serve him better: wise are all his ways.
  So spake the false dissembler unperceived;
For neither man nor angel can discern
Hypocrisy, the only evil that walks

Dos sete que ante Deus, rentes ao trono
Prontos e às ordens estão, e são seus olhos
Que correm pelos céus ou que ágeis levam
Na terra seu correio ao seco, ao úmido,
Sobre mar ou chão: disse-lhe Satã.

Uriel, dos sete espíritos que aguardam
Junto ao trono de Deus, de excelso brilho,
És o primeiro afeito ao seu querer lídimo
Que p'lo Céu vai intérprete levá-lo,
Lá onde os filhos todos esperam novas;
E aqui certo és por édito supremo
De igual honra obter, e ser-lhe os olhos
Que visitam amiúde o novo mundo;
Inexprimível gosto em conhecer-lhe
As prodigiosas obras, mas mais o homem,
Seu máximo deleite e favor, quem
Lhe mereceu tais obras prodigiosas,
Me trouxe dos corais de querubins
Divagando só. Diz-me serafim alvo
Em qual dos áureos orbes tem o homem
Lugar fixo se fixo lugar tem,
Se não salta de orbe áureo em áureo orbe;
P'ra que o encontre, e de olhos fixos nele,
Discretos ou à vista pasma admire
A quem o criador outorgou mundos,
Sobre quem verteu todas estas graças;
Que nele e em tudo o mais, como é devido,
Louvemos do universo o criador,
Que com justiça deu aos vis rebeldes
Um inferno sem chão, e p'ra reparo
Criou a feliz raça de homens pronta
A servi-lo: em tudo ele é sábio.

Assim falou o astuto sem suspeitas;
Pois nem homem nem anjo discriminam
A hipocrisia, único mal que anda

Invisible, except to God alone,
By his permissive will, through heaven and earth:
And oft though wisdom wake, suspicion sleeps
At wisdom's gate, and to simplicity
Resigns her charge, while goodness thinks no ill
Where no ill seems: which now for once beguiled
Uriel, though regent of the sun, and held
The sharpest sighted spirit of all in heaven;
Who to the fraudulent imposter foul
In his uprightness answer thus returned.
Fair angel, thy desire which tends to know
The works of God, thereby to glorify
The great work-master, leads to no excess
That reaches blame, but rather merits praise
The more it seems excess, that led thee hither
From thy emp´yreal mansion thus alone,
To witness with thine eyes what some perhaps
Contented with report hear only in heaven:
For wonderful indeed are all his works,
Pleasant to know, and worthiest to be all
Had in remembrance always with delight;
But what created mind can comprehend
Their number, or the wisdom infinite
That brought them forth, but hid their causes deep.
I saw when at his word the formless mass,
This world's material mould, came to a heap:
Confusion heard his voice, and wild uproar
Stood ruled, stood vast infinitude confined;
Till at his second bidding darkness fled,
Light shone, and order from disorder sprung:
Swift to their several quarters hasted then
The cumbrous elements, earth, flood, air, fire,
And this ethereal quintessénce of heaven

Invisível, tirando Deus que o vê,
E permissivo o quis, por terra e Céu:
E se o sagaz desperta, o arguto dorme
Na cama do sagaz, e à credulice
Imputa a imputação, e mal não pensa
A bondade onde mal não vê: não viu
Uriel, do sol regente embora, tido
O mais arguto espírito de todos;
O qual ao impostor de língua dobre
Da sua retidão deu-lhe resposta.
Belo anjo, teu desejo de saber
Dos trabalhos de Deus, a fim de loar
O obreiro-mestre só, não leva a extremos
Que à culpa cheguem, mais merece loas
Quanto mais se extremar, que aqui te trouxe
Solitário da tua mansão de éter,
A ver com próprios olhos o que a alguns
Em relatos no Céu ouvir lhes basta:
Pois admiráveis são as suas obras,
Gratas de conhecer, e dignas todas
De conhecer de cor e com paixão,
O que é de conhecer às criaturas:
Seu número, e a infinda sabedoria
Que as ergueu, não as causas mais profundas.
Eu vi quando ao seu dito a massa informe,
Do mundo o molde firme, se amontoou:
A confusão ouviu-lhe a voz, e o estrépito
Se amansou, e houve fim na infinidade;
'Té que ao segundo mando as trevas fogem,
Luz brilha, da desordem brota a ordem:
Ágeis aos vários quartos se apressaram
Os elementos sem lei, pó, fogo, ar, água,
E do céu esta etérea quintessência[72]

[72] O quinto elemento, constitutivo dos corpos celestes.

Flew upward, spirited with various forms,
That rolled orbicular, and turned to stars
Numberless, as thou seest, and how they move;
Each had his place appointed, each his course,
The rest in circuit walls this universe.
Look downward on that globe whose hither side
With light from hence, though but reflected, shines;
That place is earth the seat of man, that light
His day, which else as the other hemisphere
Night would invade, but there the neighbouring moon
(So call that opposite fair star) her aid
Timely interposes, and her monthly round
Still ending, still renewing, through mid heaven,
With borrowed light her countenance triform
Hence fills and empties to enlighten the earth,
And in her pale dominion checks the night.
That spot to which I point is Paradise,
Adam's abode, those lofty shades his bower.
Thy way thou canst not miss, me mine requires.
Thus said, he turned, and Satan bowing low,
As to superior spirits is wont in heaven,
Where honour due and reverence none neglects,
Took leave, and toward the coast of earth beneath,
Down from the ecliptic, sped with hoped success,
Throws his steep flight with many an airy wheel,
Nor stayed, till on Niphates' top he lights.

The end of the third book

Ascendeu, habitada pelas formas
Que em anéis se tornavam, e em estrelas
Sem conta, como vês, e vês a dança;
Cada com seu lugar, cada seu curso,
O resto fecha em círculo o universo.
Embaixo o globo vê cujo perfil
Com luz daqui, reflexa embora, brilha;
É a terra lugar do homem, e a luz
Seu dia; falha a luz e outro hemisfério
A noite invadiria, mas vizinha
A lua (assim a graça é da estrela)
Interpõe-se pontual, à mensal ronda
Que ora quebra ou renova p'lo céu médio;
O semblante triforme a luz de empréstimo[73]
Daqui enche e se esvai p'ra dar à terra,
E do seu feudo pálido olha a noite.
Ali de Adão te aponto o Paraíso,
Seu caramanchel faz torres de sombra.
Não há que errar. Adeus, o dever chama-me.
  Assim foi, e Satã com grave vênia,
Timbre de altos espíritos no Céu,
Onde honra e reverência ninguém poupa,
Partiu, rumo à terrestre costa embaixo
Da eclíptica, co'a pressa de sucesso.
Lança encarpado voo em rodas de ar;
Mal sai e já Nifates sente aos pés.[74]

Fim do terceiro livro

---

[73] Alusão às fases da lua. Os poetas antigos chamavam triforme à deusa da lua devido à sua natureza tripla (Lua no Céu, Diana na terra e Hécate ou Prosérpina no inferno).

[74] Montanha na fronteira armênio-assíria.

Toward the coast of earth beneath,
Down from the ecliptic, sped with hoped success,
Throws his steep flight with many an airy wheel

Rumo à terrestre costa embaixo
Da eclíptica, co'a pressa de sucesso.
Lança encarpado voo em rodas de ar

(III, 739-41)

Book IV

The Argument

Satan now in prospect of Eden, and nigh the place where he must now attempt the bold enterprise which he undertook alone against God and man, falls into many doubts with himself, and many passions, fear, envy, and despair; but at length confirms himself in evil, journeys on to Paradise, whose outward prospect and situation is described, overleaps the bounds, sits in the shape of a cormorant on the tree of life, as the highest in the garden to look about him. The garden described; Satan's first sight of Adam and Eve; his wonder at their excellent form and happy state, but with resolution to work their fall; overhears their discourse, thence gathers that the tree of knowledge was forbidden them to eat of, under penalty of death; and thereon intends to found his temptation, by seducing them to transgress: then leaves them awhile to know farther of their state by some other means. Meanwhile, Uriel descending on a sunbeam warns Gabriel, who had in charge the gate of Paradise, that some evil spirit had escaped the deep, and passed at noon by his sphere in the shape of a good angel down to Paradise, discovered after by his furious gestures in the mount. Gabriel promises to find him ere morning. Night coming on, Adam and Eve, discourse of going to their rest: their bower described; their evening worship. Gabriel drawing forth his bands of nightwatch to walk the round of Paradise, appoints two strong angels to Adam's bower, lest the evil spirit should be there doing some harm to Adam or Eve sleeping; there they find him at the ear of Eve, tempting her in a dream, and bring him, though unwilling, to Gabriel; by whom questioned, he scornfully answers, prepares resistance, but hindered by a sign from heaven, flies out of Paradise.

Livro IV

Argumento

Perspectivando agora Satanás o Éden, e perto de onde deve agora tentar a audaciosa empresa que sozinho empreendeu contra Deus e homem, debate-se com dúvidas, paixões, medos, inveja e desespero. No fim confirma-se no mal, viaja ao Paraíso, cuja situação e paisagem exterior se descreve, transpõe os limites, senta-se, sob a forma de um corvo-marinho, na árvore da vida, a maior no jardim, de onde pode sondar à vontade o que o rodeia. Descrito o jardim. Satanás vê pela primeira vez Adão e Eva; a sua admiração pela excelente forma e estado feliz de ambos, mas resoluto quanto a provocar a sua queda; escuta-lhes o diálogo, e daí depreende que os frutos da árvore do conhecimento lhes foram vedados, sob pena de morte. Decide deste modo tentá-los à transgressão. A seguir deixa-os por instantes e tenta saber mais e por outros meios do seu estado. Entretanto, Uriel, descendo de um raio de sol, avisa Gabriel, a cargo da porta do Paraíso, fazendo-lhe saber que um anjo mau escapara do abismo, e ao meio-dia passara pela sua esfera disfarçado de anjo bom em direção ao Paraíso, desmascarado mais tarde pelos gestos de fúria no monte. Gabriel promete encontrá-lo antes da manhã. Chegando a noite, Adão e Eva falam do repouso desejado. Descrito o caramanchel. O louvor da noite. Gabriel, liderando os seus esquadrões na ronda noturna pelo Paraíso, designa dois anjos valorosos para o caramanchel, não fosse o espírito mau estar lá e atentar contra o sono de Adão e Eva. Lá o encontram soprando ao ouvido de Eva, tentando-a em sonhos, e o trazem, apesar de resistente, a Gabriel. Questionado por este, responde com escárnio, ensaia uma reação, mas, impedido por um sinal do Céu, voando deixa o Paraíso.

Oh for that warning voice, which he who saw
The Apocalypse, heard cry in heaven aloud,
Then when the dragon, put to second rout,
Came furious down to be revenged on men,
Woe to the inhabitants on earth! that now,
While time was, our first parents had been warned
The coming of their secret foe, and scaped
Haply so scaped his mortal snare; for now
Satan, now first inflamed with rage, came down,
The tempter ere the accuser of mankind,
To wreak on innocent frail man his loss
Of that first battle, and his flight to hell:
Yet not rejoicing in his speed, though bold
Far off and fearless, nor with cause to boast,
Begins his dire attempt, which nigh the birth
Now rolling, boils in his tumultuous breast,
And like a devilish engine back recoils
Upon himself; horror and doubt distract
His troubled thoughts, and from the bottom stir
The hell within him, for within him hell
He brings, and round about him, nor from hell
One step no more than from himself can fly
By change of place: now conscience wakes despair
That slumbered, wakes the bitter memory
Of what he was, what is, and what must be
Worse; of worse deeds worse sufferings must ensue.
Sometimes towards Eden which now in his view
Lay pleasant, his grieved look he fixes sad,
Sometimes towards heaven and the full-blazing sun,
Which now sat high in his meridian tower:

Oh, pela voz que clama, de quem viu
O Apocalipse, e ouviu no Céu clamores,
Quando o dragão, segunda vez vencido,[1]
Em represália aos homens se atirou,
Ai dos que a terra habitam! que se a tempo,
Nossos primeiros pais agora alerta
Do furtivo inimigo escapariam,
E acaso ao mortal laço; pois agora
Satã com nova cólera desceu,
Antes de acusador tentador de homens,[2]
A vingar no mais frágil e inocente
A derrota primeira, e o inferno.
Mas sem que à pressa gabe o vir de longe,
Nem co'alarde de ardido e temerário,
Ensaia a agressão, que avizinhado
Do berço já se agita no seu peito
Revolto, e qual canhão ruim respinga
No próprio dono. Turbam-no horror, dúvida,
Nos seus encapelados pensamentos,
E embaixo o inferno nele, que nele o inferno
Ele traz, bule, e em redor, pois que do inferno
Nem um passo a mais dá que não dê dele
Próprio. Desperta já nele a consciência
A aflição em torpor, memória amarga
Do que foi, do que é, do que deve ser
Pior; de piores ações pior sofrer se segue.
Um tempo no Éden[3] fixa seu pungente
Olhar, que agora à vista delicia,
E um tempo lá no céu, no sol repleto
Que ora à meridional torre trepou.

---

[1] São João profetiza uma segunda batalha no Céu em *Ap*. 12, 3-12.

[2] Tradução do grego *diabolos*. Cf. *Ap*. 12, 10.

[3] "Deleite" em hebreu.

Then much revolving, thus in sighs began.
  O thou that with surpassing glory crowned,
Lookst from thy sole dominion like the God
Of this new world; at whose sight all the stars
Hide their diminished heads; to thee I call,
But with no friendly voice, and add thy name
O sun, to tell thee how I hate thy beams
That bring to my remembrance from what state
I fell, how glorious once above thy sphere;
Till pride and worse ambition threw me down
Warring in heaven against heaven's matchless king:
Ah wherefore! He deserved no such return
From me, whom he created what I was
In that bright eminence, and with his good
Upbraided none; nor was his service hard.
What could be less than to afford him praise,
The easiest recompense, and pay him thanks,
How due! Yet all his good proved ill in me,
And wrought but malice; lifted up so high
I sdeigned subjection, and thought one step higher
Would set me highest, and in a moment quit
The debt immense of endless gratitude,
So burdensome, still paying, still to owe;
Forgetful what from him I still received,
And understood not that a grateful mind
By owing owes not, but still pays, at once
Indebted and discharged; what burden then?
Oh had his powerful destiny ordained
Me some inferior angel, I had stood
Then happy; no unbounded hope had raised

E eis que em ponderação funda suspira.
Ó tu que com a glória por coroa,[4]
No teu domínio solo por Deus passas
Do novo mundo, à vista do qual, pálidas,
Escondem estrelas as miúdas frontes. Chamo-te,
Mas não com voz de amigo, e uso o nome,
Ó sol, p'ra te dizer como te odeio[5]
Os raios que me lembram de que alturas
Caí, p'ra ti alturas de vertigens,
'Té que avidez e orgulho me abateram
Em guerra no Céu contra o rei sem par.
Ah por quê! Troco assim não merecia
De mim, a quem à luz da eminência
Deu o ser, e com seu bem a ninguém
Exprobrou. Nem custoso foi servi-lo.
Que outra coisa a fazer que não louvá-lo,
Recompensa normal, e dar-lhe graças,
Quão devidas! Mas todo o bem foi mal
Em mim, e só maldade fez. Tão alto
Erguido desdenhei da submissão,
E achei que um degrau mais me elevaria,
E a dívida quitei da gratidão
Sem fim, tão alto preço sempre pago,
Sempre a dever, esquecido do que dele
Sempre obtive, sem ver que a mente grata
Por dever nada deve, e sempre paga,
Quite e devedora a uma. É ônus?
Oh, fosse ele ordenar-me por destino
Sorte de anjo menor, manter-me-ia
Feliz então, nenhuma esperança livre

---

[4] O primeiro solilóquio de Satã vai até ao verso 113. Os sobrinhos de Milton informaram-nos da idade deste passo até chegar a *PL*: 25 anos. Fora originalmente projetado para um texto dramático intitulado *Adam Unparadized*.

[5] *Jo*. 3, 20.

Ambition. Yet why not? Some other power
As great might have aspired, and me though mean
Drawn to his part; but other powers as great
Fell not, but stand unshaken, from within
Or from without, to all temptations armed.
Hadst thou the same free will and power to stand?
Thou hadst: whom hast thou then or what to accuse,
But heaven's free love dealt equally to all?
Be then his love accursed, since love or hate,
To me alike, it deals eternal woe.
Nay cursed be thou; since against his thy will
Chose freely what it now so justly rues.
Me miserable! Which way shall I fly
Infinite wrath, and infinite despair?
Which way I fly is hell; myself am hell;
And in the lowest deep a lower deep
Still threatening to devour me opens wide,
To which the hell I suffer seems a heaven.
Oh then at last relent: is there no place
Left for repentance, none for pardon left?
None left but by submission; and that word
Disdain forbids me, and my dread of shame
Among the spirits beneath, whom I seduced
With other promises and other vaunts
Than to submit, boasting I could subdue
The omnipotent. Ay me, they little know
How dearly I abide that boast so vain,
Under what torments inwardly I groan;
While they adore me on the throne of hell,
With diadem and sceptre high advanced
The lower still I fall, only supreme
In misery; such joy ambition finds.
But say I could repent and could obtain

Nutriria ambição. E não? Mas outro
Poder assim tão grande tentaria,
E eu menor com tal. Só que outros tão grandes
Não caíram, mas firmes são, por dentro
Ou por fora, à prova de más provas.
Tinhas tu livre querer e mão p'ra tal?
Tinhas: a quem ou quê tens tu p'ra queixas,
Senão do Céu o amor livre e irmãmente
Dado? Pois seja amor maldito, que ódio
Ou amor iguais são, e igual dor dão.
Melhor maldito sejas, já que contra
O querer dele o teu quis livre o que agora
Bem chora. Mísero eu! P'ra onde erguer
Tamanha raiva, tanto desespero?
Aonde vá o inferno vai. Eu sou
O inferno. E no fundo mais mais fundo
De espera que corrói sempre mais se abre,
Que faz do meu inferno quase um Céu.
Oh compaixão por fim: não há lugar
P'ra contrição, nenhum p'ra perdão já?
Não, só p'ra submissão; e essa palavra[6]
O desdém me proíbe, e o desdouro
Entre espíritos lá, que eu seduzi
Com juras outras e outras fanfarrices,
Jactando-me de um jugo onipotente.
Ai de mim, que não sabem quão custoso
É o preço da garganta vã, que dique
No peito o choro barra e a voz tolhe.
Enquanto me adorando vão no inferno,
Com cetro e diadema bem ao alto,
Mais baixo ainda caio, só supremo
Em tristeza; tal goza a ambição.
Mas fosse então possível o remorso

[6] "Submissão".

Me miserable! Which way shall I fly
Infinite wrath, and infinite despair?

Mísero eu! P'ra onde erguer
Tamanha raiva, tanto desespero?

(IV, 73-4)

By act of grace my former state; how soon
Would height recall high thoughts, how soon unsay
What feigned submission swore: ease would recant
Vows made in pain, as violent and void.
For never can true reconcilement grow
Where wounds of deadly hate have pierced so deep:
Which would but lead me to a worse relapse
And heavier fall: so should I purchase dear
Short intermission bought with double smart.
This knows my punisher; therefore as far
From granting he, as I from begging peace:
All hope excluded thus, behold instead
Of us outcast, exiled, his new delight
Mankind created, and for him this world.
So farewell hope, and with hope farewell fear,
Farewell remorse: all good to me is lost;
Evil be thou my good; by thee at least
Divided empire with heaven's king I hold
By thee, and more than half perhaps will raign;
As man ere long, and this new world shall know.
  Thus while he spake, each passion dimmed his face
Thrice changed with pale, ire, envy and despair,
Which marred his borrowed visage, and betrayed
Him counterfeit, if any eye beheld.
For heavenly minds from such distempers foul
Are ever clear. Whereof he soon aware,
Each perturbation smoothed with outward calm,
Artificer of fraud; and was the first
That practised falsehood under saintly show,
Deep malice to conceal, couched with revenge:
Yet not enough had practised to deceive
Uriel once warned; whose eye pursued him down

E por graça acedesse ao estado antigo,
Cedo alto posto altos planos teria,
Negando à submissão as juras falsas;
Paz votos de dor, vãos e coactos, seda.
Pois nunca o reatamento vero medra
Onde o ódio cravou tão fundo o gume:
Tal só me levaria a maior queda
Por relapsa: fosse eu adquirir cara
Suspensão curta a dupla pena paga.
Isto sabe o ofensor; assim tão longe
De as fiar ele como eu de aceitar tréguas.
Assim a esperança morta, vede, em vez
De nós proscritos, seu recente mimo,
Humanos, e de humanos só o mundo.
Adeus esperança pois, e adeus ao medo
Contigo e ao remorso. Foi-se o bem.
Ó mal, sê tu meu bem. Por ti ao menos
Co'o rei do Céu a meias tenho o império,
Por ti, e mais que meio talvez ganhe,
Como logo verá o homem e o mundo.
  Falava, e de ardor cobria a face
Em palor de três, ira, inveja e cólera,
Que o rosto emprestado deformava
E a imitação mostrava, se olho o visse.
Pois mentes celestiais tais destemperos[7]
Maus não têm. De tal logo lembrando
Alisou cada ruga com sossego
Postiço, o pai da fraude; o primeiro
A praticar dobrez sob santo aspecto,
A esconder fundo mal, envolto em ira.
Não o bastante embora p'ra burlar
Uriel já ciente; cujo olhar seguiu-o

[7] Desordens provocadas por desequilíbrios na combinação dos quatro humores.

The way he went, and on the Assyrian mount
Saw him disfigured, more than could befall
Spirit of happy sort: his gestures fierce
He marked and mad demeanour, then alone,
As he supposed, all unobserved, unseen.
So on he fares, and to the border comes
Of Eden, where delicious Paradise,
Now nearer, crowns with her enclosure green,
As with a rural mound the champaign head
Of a steep wilderness, whose hairy sides
With thicket overgrown, grotesque and wild,
Access denied; and overhead up grew
Insuperable height of loftiest shade,
Cedar, and pine, and fir, and branching palm,
A sylvan scene, and as the ranks ascend
Shade above shade, a woody theatre
Of stateliest view. Yet higher than their tops
The verdurous wall of Paradise upsprung:
Which to our general sire gave prospect large
Into his nether empire neighbouring round.
And higher than that wall a circling row
Of goodliest trees loaden with fairest fruit,
Blossoms and fruits at once of golden hue
Appeared, with gay enamelled colours mixed:
On which the sun more glad impressed his beams
Than in fair evening cloud, or humid bow,
When God hath showered the earth; so lovely seemed
That landscape: and of pure now purer air
Meets his approach, and to the heart inspires

No seu trilho, e a máscara no monte[8]
Assírio lhe viu, mais do que a dor deixa
A espíritos felizes: gestos feros
Notou e ações raivosas, então só,
Como previra, no íntimo, sem público.
Assim prossegue, e assim chega às fronteiras
Do Éden, onde o doce Paraíso,
Perto, co'a vedação verde coroa,
Como outeiro rural, calvo planalto
De abrupto ermo, cujas partes púbicas[9]
Com bosque hirsuto, bravas e grotescas,
Negavam passe; e a altos cimos davam
Pináculos de sombras sobranceiras,
Cedro, pinho, abeto, palma frôndea,
Uma cena silvana, sombra a sombra,
Consoante os graus, subindo o teatro de árvores
Solene. Mas mais alto do que as copas
Era do Paraíso o muro de hera
Que ao genésico pai deu panorama
Para o império ínfero convizinho.
E alto mais do que o muro um cordão
De árvores atestadas de bons frutos,
Flores e frutos dourados no matiz,
Assomou, jovialmente variegado,
Nos quais alegre mais o sol raiava
Do que no lusco-fusco, no arco úmido,[10]
Quando a terra Deus lava. Tão graciosa
A vista. E de puro puro ar mais
Ao seu encontro vai, e ao coração

---

[8] Monte Nifates.

[9] A associação com o *mons veneris* poderia escandalizar um crítico ou outro, mas a ideia do jardim feliz como uma imagem do corpo humano é aqui perfeitamente plausível (cf. *Ct.* 4, 1-16).

[10] O arco-íris.

Vernal delight and joy, able to drive
All sadness but despair: now gentle gales
Fanning their odoriferous wings dispense
Native perfúmes, and whisper whence they stole
Those balmy spoils. As when to them who sail
Beyond the Cape of Hope, and now are past
Mozámbic, off at sea north-east winds blow
Sabean odours from the spicy shore
Of Arabie the blest, with such delay
Well pleased they slack their course, and many a league
Cheered with the grateful smell old Ocean smiles.
So entertained those odorous sweets the fiend
Who came their bane, though with them better pleased
Than Asmodeus with the fishy fume,
That drove him, though enamoured, from the spouse
Of Tobit's son, and with a vengeance sent
From Media post to Ægypt, there fast bound.
    Now to the ascent of that steep savage hill
Satan had journeyed on, pensive and slow;
But further way found none, so thick entwined,
As one continued brake, the undergrowth
Of shrubs and tangling bushes had perplexed
All path of man or beast that passed that way:
One gate there only was, and that looked east
On the other side: which when the arch-felon saw
Due entrance he disdained, and in contempt,
At one slight bound high overleaped all bound

Gozo vernal inspira, que a tristeza
Menos a da aflição bane; e a galante
Brisa agora seu leque odoro abana
E dá perfumes puros, e confessa
De onde roubou tais óleos. Como quando
Aos que o Cabo da Boa Esperança passam,
E depois Moçambique, em alto-mar
Sopra de Sabá[11] drogas o Nordeste
Das arábicas costas,[12] tais que abrandam
Seu ledo curso lasso, e por milhas
Inebria o Oceano nesse odor.[13]
Saudaram tais perfumes o demônio
Que seu veneno foi, se bem que neles
Mais grato que Asmodeu co'o fumo a peixe,
Que o levou, com amores, da mulher
De Tobias, expulso por vingança
De Media ao Egito, e aí preso.[14]
   Prosseguia Satã a ascensão íngreme
P'lo monte agreste, lento e pensativo;
Mas trilho mais não viu, tão enlaçada,
Como um fetal contínuo, a balceira
De arbustos e embrenhada brenha enleava
Os pés de homem ou besta que ali dessem.
Uma cancela havia só, e a leste
Do outro lado; da qual como o mau visse
Entrada própria cínico troçou,
E de um salto ligeiro pulou saltos

---

[11] A bíblica.

[12] O atual Iêmen.

[13] O Titã.

[14] Versos 168-71: no livro apócrifo de Tobite, Tobias, seu filho, viajou até Media de modo a casar com Sara, a dos sete maridos mortos no dia de casamento pelo demônio Asmodeu. Tobias, instruído por Rafael, queimou o coração e o fígado de um peixe, levando Asmodeu a fugir até o Egito por causa do fumo a peixe.

Now to the ascent of that steep savage hill
Satan had journeyed on, pensive and slow

Prosseguia Satã a ascensão íngreme
P'lo monte agreste, lento e pensativo

(IV, 172-3)

Of hill or highest wall, and sheer within
Lights on his feet. As when a prowling wolf,
Whom hunger drives to seek new haunt for prey,
Watching where shepherds pen their flocks at eve
In hurdled cotes amid the field secure,
Leaps o'er the fence with ease into the fold:
Or as a thief bent to unhoard the cash
Of some rich burgher, whose substantial doors,
Cross-barred and bolted fast, fear no assault,
In at the window climbs, or o'er the tiles;
So clomb this first grand thief into God's fold:
So since into his church lewd hirelings climb.
Thence up he flew, and on the tree of life,
The middle tree and highest there that grew,
Sat like a cormorant; yet not true life
Thereby regained, but sat devising death
To them who lived; nor on the virtue thought
Of that life-giving plant, but only used
For prospect, what well used had been the pledge
Of immortality. So little knows
Any, but God alone, to value right
The good before him, but perverts best things
To worst abuse, or to their meanest use.
Beneath him with new wonder now he views
To all delight of human sense exposed
In narrow room nature's whole wealth, yea more,
A heaven on earth: for blissful Paradise
Of God the garden was, by him in the east
Of Eden planted; Eden stretched her line
From Auran eastward to the royal towers

De morros e altos muros, e entra a prumo
E em pé cai. Como quando um lobo caça,
Que à fome de covil troca por presas,
Mirando onde o pastor deita os rebanhos
Em valado redil, confiado aos campos,
E pula pela fácil vedação:
Ou qual ladrão que a desentesourar
De um burguês rico, cujo cofre forte
Com barras transversais seguro dorme,
Trepa à janela, e às telhas. Assim
O ladrão ao redil de Deus trepou,
E à igreja mercenários de então trepam.[15]
Voou então, e na árvore da vida,
Mais subida e central nenhuma havia,
Fez-se corvo-marinho;[16] mas a vida
Não recobrou, só morte imaginou
P'ra quem vivia; nem pesou virtudes
À planta vital, só como mirante
A viu, a qual se usada bem caução
De imortalidade é. Quase não há,
A não ser Deus, quem pese o real valor
Do bem que à frente tem, antes do bem
Abusa, ou o dá ao uso pérfido.
Agora vê com novo pasmo embaixo,
P'ra gozo dos sentidos de homem posto
Em quarto estreito, o luxo natural,
Melhor, na terra o Céu, que o Paraíso
De Deus era o jardim, por ele a leste
Do Éden plantado. O Éden alongava-se
De Haurã[17] p'ra leste às torres majestosas

[15] Milton defendia o autossustento dos eclesiásticos.

[16] Associado à glutonaria, símbolo para a rapacidade humana. Cf. *Is.* 34, 11.

[17] Fronteira oriental de Israel.

Of great Seleucia, built by Grecian kings,
Or where the sons of Eden long before
Dwelt in Telassar: in this pleasant soil
His far more pleasant garden God ordained;
Out of the fertile ground he caused to grow
All trees of noblest kind for sight, smell, taste;
And all amid them stood the tree of life,
High eminent, blooming ambrosial fruit
Of vegetable gold; and next to life
Our death the tree of knowledge grew fast by,
Knowledge of good bought dear by knowing ill.
Southward through Eden went a river large,
Nor changed his course, but through the shaggy hill
Passed underneath engulfed, for God had thrown
That mountain as his garden mould high raised
Upon the rapid current, which through veins
Of porous earth with kindly thirst up drawn,
Rose a fresh fountain, and with many a rill
Watered the garden; thence united fell
Down the steep glade, and met the nether flood,
Which from his darksome passage now appears,
And now divided into four main streams,
Runs diverse, wandering many a famous realm
And country whereof here needs no account,
But rather to tell how, if art could tell,
How from that sapphire fount the crispèd brooks,
Rolling on orient pearl and sands of gold,
With mazy error under pendant shades
Ran nectar, visiting each plant, and fed
Flowers worthy of Paradise which not nice art

Da Seleucia,[18] feitas por reis gregos,
Ou onde os filhos do Éden muito antes
Em Telassar moravam;[19] neste amável
Terreno o mais amável dos jardins
Quis Deus; do fértil solo fez crescer
Nobres lenhos p'ra vista, cheiro, gosto,
E entre eles era a árvore da vida
Em eminência, grávida de ambrósia
Com ouro vegetal, e junto à vida
A do conhecimento nossa morte,
Que nos ensina o bem co'o mal tão caro.
P'ra sul p'lo Éden ia um rio largo,[20]
Sem desvios ao curso, mas p'lo monte
Hirsuto subterrâneo se engolfava,
Pois Deus tinha a montanha como húmus
Do seu jardim, crescendo no ágil fluxo,
Que em veias de porosa terra haurida
Com sede natural, rompia do alto
Qual fonte que o jardim regava, de onde
Uno caía abrupto da clareira
A ter com o ínfero fluxo, que à luz surge
Do seu breu, e diviso agora em quatro
Se dispersa, vagueando muitos reinos
E países dos quais se poupa a conta;
Antes se descreve, se é que a arte o sabe,
Como da safirina fonte os veios
Crespos, em cor oriente e areias de ouro,
Com desvio sem lei sob sombras pênseis,
Davam néctar, saudando cada planta,
E desse jardim dignas flores nutriam,

---

[18] Cidade no Tigre edificada por Seleucus Nicator, general de Alexandre.

[19] Ver *II Rs*. 19, 11 e *Is*. 37, 12.

[20] O Tigre, identificado em IX, 71.

In beds and curious knots, but nature boon
Poured forth profuse on hill and dale and plain,
Both where the morning sun first warmly smote
The open field, and where the unpierced shade
Embrowned the noontide bowers: thus was this place,
A happy rural seat of various view;
Groves whose rich trees wept odorous gums and balm,
Others whose fruit burnished with golden rind
Hung amiable, Hesperian fables true,
If true, here only, and of delicious taste:
Betwixt them lawns, or level downs, and flocks
Grazing the tender herb, were interposed,
Or palmy hillock, or the flowery lap
Of some irriguous valley spread her store,
Flowers of all hue, and without thorn the rose:
Another side, umbrageous grots and caves
Of cool recess, o'er which the mantling vine
Lays forth her purple grape, and gently creeps
Luxuriant; meanwhile murmuring waters fall
Down the slope hills, dispersed, or in a lake,
That to the fringèd bank with myrtle crowned,
Her crystal mirror holds, unite their streams.
The birds their choir apply; airs, vernal airs,
Breathing the smell of field and grove, attune
The trembling leaves, while universal Pan
Knit with the Graces and the Hours in dance
Led on the eternal spring. Not that fair field

Que não arte de arranjos ou canteiros,
Mas de natura lauta em monte ou plaino,
Onde o sol da manhã no calvo chão
Cedo ardeu, e onde ao meio-dia a sombra
Sem rombo envolveu caramanchéis:
Tal a cena feliz, rural, sortida;
Bons pomares, uns de árvores chorando
Goma e óleos, sustendo outros frutos
Amáveis de áurea casca; hespérias fábulas,[21]
Se reais, só aqui, com gosto doce:
Entre eles pastos, várzeas, e rebanhos
Roçando a erva tenra, permeavam,
Ou outeiros com palmas, ou de algum
Vale irrigado a flórea aba abria
Flores de todo o matiz, rosas sem espinhos:
E noutro canto, umbrosos antros, grutas
De fresco vão, no qual o véu da vinha
Pousa as purpúreas uvas, e rasteja
Luxuriante; também um rumor de água
Cai de declive, e foge, ou num lago,
Que ao franjado debrum coroado a mirto
O seu cristal espelha,[22] reúne os fluxos.
Aves juntam-se ao coro; árias, ares
Vernais, sentindo o cheiro a campo, bosque,
Afinam folhas trêmulas, enquanto
Pã universal unido às Graças[23] e Horas[24]
Na dança a primavera eterna guiava.[25]

---

[21] Ver III, 568n.

[22] O mirto e o espelho são atributos de Vênus, deusa do amor e dos jardins.

[23] Três deusas nuas, Eufrosina (alegria), Aglaia (esplendor), Tália (boa disposição), filhas de Zeus e de Eurínome. Serviam a Vênus e davam aos lugares que visitavam beleza e encanto.

[24] Três deusas que presidiam às estações.

[25] Não há estações até que a Terra é inclinada no seu eixo após a Queda.

A happy rural seat of various view

Tal a cena feliz, rural, sortida

(IV, 247)

Of Enna, where Prosérpin gathering flowers
Herself a fairer flower by gloomy Dis
Was gathered, which cost Ceres all that pain
To seek her through the world; nor that sweet grove
Of Daphne by Orontes, and the inspired
Castalian spring, might with this Paradise
Of Eden strive; nor that Nyseian isle
Girt with the river Triton, where old Cham,
Whom Gentiles Ammon call and Libyan Jove,
Hid Amalthea and her florid son
Young Bacchus from his stepdame Rhea's eye;
Nor where Abassin kings their issue guard,
Mount Amara, though this by some supposed
True Paradise under the Ethiop line
By Nilus' head, enclosed with shining rock,
A whole day's journey high, but wide remote
From this Assyrian garden, where the fiend
Saw undelighted all delight, all kind
Of living creatures new to sight and strange:
Two of far nobler shape erect and tall,
Godlike erect, with native honour clad
In naked majesty seemed lords of all,

Nem de Ena o belo chão, onde Prosérpina[26]
Colhendo flores flor melhor p'lo negro
Dis foi colhida, que a Ceres custou
Dores de correr mundo; nem o bosque
De Dafne[27] ao pé do Orontes, e a inspirada
Nascente de Castália, o Paraíso
Do Éden igualariam; nem a ilha
Pelo rio Tritão cingida, Nisa,
Onde Cão, a quem líbio Jove ou Ámon
Gentios chamam, escondera Amalteia
E o róseo Baco a Reia, a madrasta.[28]
Nem onde guardam filhos reis etíopes,
O Monte Amara,[29] mesmo que alguns creiam
O Paraíso lá sob a abissínia
Linha, às fontes do Nilo, de áurea rocha
Recluso, um dia inteiro de subida,
Mas longe deste assírio jardim, cá
Onde o mau ressabiou todo o sabor,
Toda a sorte de vida nova e estranha:
Duas das mais distintas formas, altas
E eretas, como Deus, com honra indígena
Vestidas em nudez real de tudo

---

[26] Ovídio conta como Dis (Plutão ou Hades), deus dos mundos baixos, raptou Prosérpina, filha de Ceres, a deusa das colheitas, da planície siciliana de Ena, a terra da primavera eterna (*perpetuum ver*). Ceres procurou-a e durante todo o tempo da sua busca as colheitas ficaram estéreis. Dis concordou em devolver a filha à sua mãe metade do ano. Esta história é considerada análogo pagão do relato bíblico de Eva.

[27] Um bosque junto ao rio Orontes na Síria. Ali havia um oráculo de Apolo e uma nascente chamada de Castália, imitando a fonte das Musas no Parnaso.

[28] Versos 276-9: Diodoro lembra como Ámon, filho de Saturno e rei da Líbia, teve um filho, Baco, com a ninfa Amalteia. Para os proteger da sua mulher Reia, escondeu-os em Nisa, junto ao rio Tritão, na atual Tunísia. Ámon foi identificado pelos romanos como Júpiter (Jove) e por comentadores cristãos como o filho de Noé Cão.

[29] Na moderna Etiópia, tida no tempo de Milton perto do equador, a "abissínia linha", e por vezes identificada com o Éden.

And worthy seemed, for in their looks divine
The image of their glorious maker shone,
Truth, wisdom, sanctitude severe and pure,
Severe, but in true filial freedom placed;
Whence true authority in men; though both
Not equal, as their sex not equal seemed;
For contemplation he and valour formed,
For softness she and sweet attractive grace,
He for God only, she for God in him:
His fair large front and eye sublime declared
Absolute rule; and hyacinthine locks
Round from his parted forelock manly hung
Clustering, but not beneath his shoulders broad:
She as a veil down to the slender waist
Her unadornèd golden tresses wore
Dishevelled, but in wanton ringlets waved
As the vine curls her tendrils, which implied
Subjection, but required with gentle sway,
And by her yielded, by him best received,
Yielded with coy submission, modest pride,
And sweet reluctant amorous delay.
Nor those mysterious parts were then concealed,
Then was not guilty shame, dishonest shame
Of nature's works, honour dishonourable,
Sin-bred, how have ye troubled all mankind
With shows instead, mere shows of seeming pure,
And banished from man's life his happiest life,
Simplicity and spotless innocence.
So passed they naked on, nor shunned the sight
Of God or angel, for they thought no ill:
So hand in hand they passed, the loveliest pair
That ever since in love's embraces met,

Pareciam reis, e dignos, pois nos rostos
Divina a imagem tinham do criador,
Verdade, sabedoria, santidade
Pura e grave, mas posta em liberdade
Filial; no homem daí a autoridade.
Mas um par sem par, tal como os seus sexos
Par e ímpar são: p'ra planos ele e arrojo,
P'ra dulçor ela e graça que cativa;
Ele por Deus só, ela por Deus nele:
Dele o sublime olhar e a ampla fronte
Expunham pleno poder; e anéis de hiacinto[30]
Pendiam do topete repartindo-se
Em cachos viris, não porém p'las espáduas;
Ela qual véu que baixa à cinta esguia
As tranças de ouro usava sem adornos,
Revoltas, mas em ânulos travessos
Frisavam como a vide frisa os elos,
Em sujeição, rogada por bom mando,
Por ela entregue e nele mais aceite,
Entregue em submissão, brio modesto,
E em mora de amor doce e relutante.
Nem as partes secretas então tinham,
Nem o pudor de culpa, pudor torpe
Das obras naturais, honra sem honra,
Aleitada a pecado: porque afliges
Homens com aparências, aparências
De puro, e a feliz vida lhes banes
Da vida, singelez, candor sem mácula.
Assim seguiam nus, sem que evitassem
Deus ou anjos, pois mal nenhum pensavam.
Assim mão na mão iam, par mais belo
Jamais o conheceu o amor: Adão

---

[30] Cf. *Od.* VI, 231, onde se diz do cabelo de Ulisses, "cujos caracóis pareciam jacintos".

Adam the goodliest man of men since born
His sons, the fairest of her daughters Eve.
Under a tuft of shade that on a green
Stood whispering soft, by a fresh fountain side
They sat them down, and after no more toil
Of their sweet gardening labour than sufficed
To recommend cool Zephyr, and made ease
More easy, wholesome thirst and appetite
More grateful, to their supper fruits they fell,
Nectarine fruits which the compliant boughs
Yielded them, sidelong as they sat recline
On the soft downy bank damasked with flowers:
The savoury pulp they chew, and in the rind
Still as they thirsted scoop the brimming stream;
Nor gentle purpose, nor endearing smiles
Wanted, nor youthful dalliance as beseems
Fair couple, linked in happy nuptial league,
Alone as they. About them frisking played
All beasts of the earth, since wild, and of all chase
In wood or wilderness, forest or den;
Sporting the lion ramped, and in his paw
Dandled the kid; bears, tigers, ounces, pards,
Gambolled before them, the unwieldly elephant
To make them mirth used all his might, and wreathed
His lithe proboscis; close the serpent sly
Insinuating, wove with Gordian twine
His braided train, and of his fatal guile
Gave proof unheeded; others on the grass
Couched, and now filled with pasture gazing sat,
Or bedward ruminating: for the sun

O melhor homem de homens já nascidos
Seus filhos, e a mais bela filha Eva.
Sob um tufo de sombra, que num verde
Ciciava suave junto a fresca mina,
Se sentaram, e sem que afãs supérfluos
O jardim lhes pedisse, p'ra que o Zéfiro
Bem-vindo fresca paz trouxesse à paz,
E sede mais sadia, e apetite
Mais grato, àqueles frutos se entregaram,
Nectarinos, que os ramos complacentes
Lhes cederam, caindo-lhes de lado
Nas penas do talude adamascado[31]
Com flores; polpa sápida mascavam,
E a sede nunca a pele transbordante
Vazava; nem cortês fala, nem riso
Meigo faltavam, nem jogos de amor
Como convém ao par uno em nó noivos
E a sós. Perto brincavam às caçadas
Os animais da terra, então bravios,
De toda a caça,[32] de ermo, bosque, antro,
Ou selva; ergueu púgil o leão patas,
E o cabrito embalou nelas; tigre, urso,
Pardo, onça, aos pulos iam, o elefante,
Pesadão, p'ra alegrá-los fez mais força,
E enrolou a ágil tromba; a serpente
Insinuante, teceu com laço górdio[33]
Seu entrançado trem, e a manha nóxia
Provou discreta; outros aninhados
Na erva, após o pasto contemplavam,
Ou ruminando a ceia porque o sol

---

[31] Variegado.

[32] Variados, de todo tipo e lugar. O seu sentido é ominoso, antevendo a existência próxima de carnívoros.

[33] O nó górdio, o qual só Alexandre poderia desfazer a golpe da sua espada.

The savoury pulp they chew, and in the rind
Still as they thirsted scoop the brimming stream

Polpa sápida mascavam,
E a sede nunca a pele transbordante
Vazava

(IV, 335-6)

Declined was hasting now with prone career
To the Ocean Isles, and in the ascending scale
Of heaven the stars that usher evening rose:
When Satan still in gaze, as first he stood,
Scarce thus at length failed speech recovered sad.
  O hell! What do mine eyes with grief behold,
Into our room of bliss thus high advanced
Creatures of other mould, earth-born perhaps,
Not spirits, yet to heavenly spirits bright
Little inferior; whom my thoughts pursue
With wonder, and could love, so lively shines
In them divine resemblance, and such grace
The hand that formed them on their shape hath poured.
Ah gentle pair, ye little think how nigh
Your change approaches, when all these delights
Will vanish and deliver ye to woe,
More woe, the more your taste is now of joy;
Happy, but for so happy ill secured
Long to continue, and this high seat your heaven
Ill fenced for heaven to keep out such a foe
As now is entered; yet no purposed foe
To you whom I could pity thus forlorn
Though I unpitied: league with you I seek,
And mutual amity so strait, so close,
That I with you must dwell, or you with me
Henceforth; my dwelling haply may not please
Like this fair Paradise, your sense, yet such
Accept your maker's work; he gave it me,
Which I as freely give; hell shall unfold,

Minguado se apressava em prono curso
Rumo às ilhas do oceano,[34] e na balança
Crescente[35] do Céu estrelas que anunciam
Noite se erguem. Satã em pasmo ainda,
Mal por fim falho verbo reouve triste.[36]
  Ó infernos! O que veem estes olhos
Em dor, em vez de nós no gozo prósperos
Criaturas de outro barro, nados térreos,
Não espíritos, no entanto pouco menos
Que aqueles, aos quais sigo em pensamento
Com espanto, e pudesse amor, tão viva
Neles luz a divina semelhança,
E tal graça lhes deu a mão que as fez.
Ah, par gentil, mal sabes o quão próximo
Estás de mudar, quando estes teus deleites
Sumirem e te derem à dor, dor
Que mais dói quanto mais goza o teu gosto.
Feliz, mas p'ra feliz assim precário,
A prazo, e este trono, vosso Céu,
Mal vedado p'ra Céu que obsta a inimigos
Tal como o que entrou; não com alvo em vós,
Que por vós choraria eu, embora
Ninguém me chore a mim: aliança busco,
Estima mútua tão estrita, tão chegada,
Que eu habite convosco, ou vós comigo
Em diante; o meu lar talvez não mime
Os sentidos como este Paraíso,
Mas tal como é tomai que é obra dele;
Assim como ele ma deu a dou a vós;

---

[34] Os Açores, identificados no verso 592.

[35] O sol está em Áries (cf. X, 329), daí que as estrelas se ergam em Balança (Libra), o oposto exato do céu.

[36] A dicção mimetiza o pasmo de Satã.

To entertain you two, her widest gates,
And send forth all her kings; there will be room,
Not like these narrow limits, to receive
Your numerous offspring; if no better place,
Thank him who puts me loth to this revenge
On you who wrong me not for him who wronged.
And should I at your harmless innocence
Melt, as I do, yet public reason just,
Honour and empire with revenge enlarged,
By conquering this new world, compels me now
To do what else though damned I should abhor.
  So spake the fiend, and with necessity,
The tyrant's plea, excused his devilish deeds.
Then from his lofty stand on that high tree
Down he alights among the sportful herd
Of those four-footed kinds, himself now one,
Now other, as their shape served best his end
Nearer to view his prey, and unespied
To mark what of their state he more might learn
By word or action marked: about them round
A lion now he stalks with fiery glare,
Then as a tiger, who by chance hath spied
In some purlieu two gentle fawns at play,
Straight couches close, then rising changes oft
His couchant watch, as one who chose his ground
Whence rushing he might surest seize them both
Griped in each paw: when Adam first of men
To first of women Eve thus moving speech,
Turned him all ear to hear new utterance flow.

O inferno há-de abrir, só p'ra diversão,
Amplos portões e os reis expor; lá espaço
Sobrará, sem limites, p'ra acolher
A vossa vasta prole; se é modesto,[37]
Devei-lo a quem me força ao desagravo
Sobre quem não lesou, não a quem lesa.
E se inerme inocência a mim me amansa,
E amansa já, mais justa a razão pública,
Império, honra, à força engrandecidos
P'la tomada do novo mundo, força
Ao que mesmo maldito execraria.
  Falou assim o mau, e o necessário,
Razão de algoz, dourou ações diabólicas.
Então do altivo posto de alta árvore
Desce e pousa entre álacres manadas
De quadrúpedes, e é um destes cá,
E um de outros lá, consoante a forma própria
A servir seu fim, próximo da presa,
Discreto p'ra saber mais do seu estado
Por palavra ou ação: em torno deles
Já à espreita um leão de olhos de fogo,
Depois um tigre, o qual sem querer notou
Num alfoz dois gentis enhos brincando;
Logo se aninha ao pé, e em pé amiúde
Muda a aninhada ronda, como aquele
Que o solo lê de onde ágil mais os tome
Presos p'las patas: quando o Adão dos homens
À Eva das mulheres discursava,
Tornada toda ouvidos à fluência.

[37] Versos 381-5: cf. *Is.* 14, 9. Satã ecoa Isaías mas também Claudiano em *De Raptu Proserpinae*, no passo em que Plutão tenta consolar Prosérpina na atribulação do rapto, prometendo-lhe honras sem conta: *sub tua purpurei venient vestigia reges* (aos teus pés virão reis de túnicas de púrpura) (ii, 300). A analogia encontra a sua razão de ser uns versos acima (IV, 269-71).

Sole partner and sole part of all these joys,
Dearer thyself than all; needs must the power
That made us, and for us this ample world
Be infinitely good, and of his good
As liberal and free as infinite,
That raised us from the dust and placed us here
In all this happiness, who at his hand
Have nothing merited, nor can perform
Aught whereof he hath need, he who requires
From us no other service than to keep
This one, this easy charge, of all the trees
In Paradise that bear delicious fruit
So various, not to taste that only tree
Of knowledge, planted by the tree of life,
So near grows death to life, whate'er death is,
Some dreadful thing no doubt; for well thou knowst
God hath pronounced it death to taste that tree,
The only sign of our obedience left
Among so many signs of power and rule
Conferred upon us, and dominion given
Over all other creatures that possess
Earth, air, and sea. Then let us not think hard
One easy prohibition, who enjoy
Free leave so large to all things else, and choice
Unlimited of manifold delights:
But let us ever praise him, and extol
His bounty, following our delightful task
To prune these growing plants, and tend these flowers,
Which were it toilsome, yet with thee were sweet.
To whom thus Eve replied. O thou for whom
And from whom I was formed flesh of thy flesh,
And without whom am to no end, my guide

Comparte única, parte sem par de honras,
Meu mais que tudo; manda quem nos fez,
E p'ra que o amplo mundo aqui nos seja
Infindamente bom, e do seu bom
Tão liberal e livre quanto infindo,
Que nos ergueu do pó e aqui nos pôs
Em todo o bem-estar, nós que nada temos
Por mérito, nem obras lhe prestamos
De que careça, ele que não pede
De nós serviço algum a não ser este,
Esta fácil tarefa, de entre as árvores
No Paraíso que atam frutos doces
Tão vários, não provar conhecimento
De uma só, junto à árvore da vida;
Tão junto à vida cresce a morte; morte,[38]
O que será, não boa coisa, é certo;
Sabes que disse Deus que é morte a prova,
De obediência o único sinal
Entre tantos sinais de poder e ordem
E domínio que a nós nos outorgaram
Sobre todos os seres que possuem
A terra, o ar, e o mar. Não nos detenha
Uma proibição leve, quem goza
No demais tão total licença e escolha
Ilimitada em múltiplos deleites.
Louvemo-lo p'ra sempre, e exaltemos-lhe
A grandeza, mantendo a função grata
De podar plantas lêvedas, velar flores,
Que mesmo árdua tu a adoçarias.
Ao que Eva respondeu. Ó tu, p'ra quem
E de quem me encarnei da tua carne,
E sem o qual p'ra fim nenhum sou, guia

[38] Adão e Eva ainda não atingiram a noção de aniquilação (cf. IX, 695 e 775). Ver também IX, 826-33 e X, 770-816.

And head, what thou hast said is just and right.
For we to him indeed all praises owe,
And daily thanks, I chiefly who enjoy
So far the happier lot, enjoying thee
Pre-eminent by so much odds, while thou
Like consort to thyself canst nowhere find.
That day I oft remember, when from sleep
I first awaked, and found myself reposed
Under a shade on flowers, much wondering where
And what I was, whence thither brought, and how.
Not distant far from thence a murmuring sound
Of waters issued from a cave and spread
Into a liquid plain, then stood unmoved
Pure as the expanse of heaven; I thither went
With unexperienced thought, and laid me down
On the green bank, to look into the clear
Smooth lake, that to me seemed another sky.
As I bent down to look, just opposite,
A shape within the watery gleam appeared
Bending to look on me, I started back,
It started back, but pleased I soon returned,
Pleased it returned as soon with answering looks
Of sympathy and love; there I had fixed
Mine eyes till now, and pined with vain desire,
Had not a voice thus warned me, What thou seest,
What there thou seest fair creature is thyself,
With thee it came and goes: but follow me,
And I will bring thee where no shadow stays
Thy coming, and thy soft embraces, he
Whose image thou art, him thou shall enjoy
Inseparably thine, to him shalt bear

E cabeça, disseste o justo, o certo.
Pois nós todo o louvor, sim, lhe devemos,
Graças diárias, eu mais que até aqui gozo
Melhor parte, ao gozar-te preeminente
Por todas as razões, enquanto tu
Consorte à altura nunca encontrarás.
Recordo bem o dia, quando ao sono
Por fim tomada dei comigo posta
Sob a sombra de flores, indagando
Quem era, de onde viera, aonde, e como.
Não longe dali sons rumorejantes
De águas vindas de mina e espargidas
Em líquida planície, depois quedas
Puras como o céu vasto; ali fui
Verde de pensamento, e me arrojei
Na verde margem, dando para o claro
Liso lago que um outro céu pareceu.
E quando me inclinei p'ra ver, defronte
Um vulto se inclinou no aquoso feixe
P'ra me ver; recuei pávida, ele pávido
Recuou; mas agradada logo ousei,
Agradado ousou ele correspondendo
Na afeição e no amor; ali fixara
Meus olhos até hoje, e com vã sede,
Não fora a voz dizer-me: o que vês,
O que ali vês ser belo és tu própria,[39]
Contigo veio e vai; mas acompanha-me,
Levar-te-ei lá aonde nenhum vulto
Te espera os abraços ternos, dele
Cuja imagem refletes, fruirás
Inseparável, e à luz lhe darás

[39] Versos 460-8: Eva não incorre aqui no pecado de Narciso. A face bela que vê não a tem como sua e, ao contrário de Narciso, desvia-se do seu reflexo mal aprende a verdade.

Multitudes like thyself, and thence be called
Mother of human race: what could I do,
But follow strait, invisibly thus led?
Till I espied thee, fair indeed and tall,
Under a platan, yet methought less fair,
Less winning soft, less amiably mild,
Than that smooth watery image; back I turned,
Thou following criedst aloud, Return fair Eve,
Whom fly'st thou? Whom thou fly'st, of him thou art,
His flesh, his bone; to give thee being I lent
Out of my side to thee, nearest my heart
Substantial life, to have thee by my side
Henceforth an individual solace dear;
Part of my soul I seek thee, and thee claim
My other half: with that thy gentle hand
Seized mine, I yielded, and from that time see
How beauty is excelled by manly grace
And wisdom, which alone is truly fair.
  So spake our general mother, and with eyes
Of conjugal attraction unreproved,
And meek surrender, half embracing leaned
On our first father, half her swelling breast
Naked met his under the flowing gold
Of her loose tresses hid: he in delight
Both of her beauty and submissive charms
Smiled with superior love, as Jupiter
On Juno smiles, when he impregns the clouds
That shed May flowers; and pressed her matron lip
With kisses pure: aside the devil turned

Multidões como tu, serás chamada
Da raça humana mãe.[40] Que me restava
Senão os invisíveis pés seguir?
Até que te entrevi, esbelto e alto,
Sob um plátano, belo porém menos,
E afável menos, menos lhano e plácido,
Do que o leve retrato de água. Fui-me,
E tu atrás gritaste, volta Eva,
De quem foges? De quem foges, dele és,
Carne e ossos; para dar-te o ser eu dei-te
Do meu lado, colado ao coração,
Vida substancial, p'ra ter-te ao lado,
P'ra sempre inseparável bom consolo;
Parte da alma te busca e te peço
A outra parte. Grácil mão da minha
Se apossou, cedi, desde então eis quanto
A beleza a excede a graça do homem
E a sabedoria, que é vera beleza.
  Falou a nossa mãe, e com olhar
De atração conjugal sem repreensão,
Com mansa submissão, meio abraçada
Tombou no nosso pai, e em parte o túrgido
Peito o seu peito achou, sob o ouro fluido
Das suas tranças soltas clandestino.
Ele da sua beldade e encantos dóceis
Cheio sorriu de amor celso, qual Júpiter
Que a Juno sorri, quando impregna as nuvens[41]
Que efundem flores de Maio; e atou o lábio
Da mulher a alvos beijos. Pôs-se à parte

---

[40] Eva significa "vida". No Gênesis, Adão menciona apenas o nome Eva depois da Queda. Milton rejeita a tradição misógina ao nomeá-la antes do pecado.

[41] Júpiter era deus do éter, ou Céu, e Juno, deusa do ar. A substituição de Juno pelas nuvens é problemática na medida em que lembra Ixíon, que gerou os Centauros numa nuvem que tomou por Juno.

For envy, yet with jealous leer malign
Eyed them askance, and to himself thus plained.
  Sight hateful, sight tormenting! Thus these two
Imparadised in one another's arms
The happier Eden, shall enjoy their fill
Of bliss on bliss, while I to hell am thrust,
Where neither joy nor love, but fierce desire,
Among our other torments not the least,
Still unfulfilled with pain of longing pines;
Yet let me not forget what I have gained
From their own mouths; all is not theirs it seems:
One fatal tree there stands of knowledge called,
Forbidden them to taste: knowledge forbidden?
Suspicious, reasonless. Why should their Lord
Envy them that? Can it be sin to know,
Can it be death? And do they only stand
By ignorance, is that their happy state,
The proof of their obedience and their faith?
Oh fair foundation laid whereon to build
Their ruin! Hence I will excite their minds
With more desire to know, and to reject
Envious commands, invented with design
To keep them low whom knowledge might exalt
Equal with gods; aspiring to be such,
They taste and die: what likelier can ensue?
But first with narrow search I must walk round
This garden, and no corner leave unspied;
A chance but chance may lead where I may meet
Some wandering spirit of heaven, by fountain side,
Or in thick shade retired, from him to draw
What further would be learned. Live while ye may,
Yet happy pair; enjoy, till I return,
Short pleasures, for long woes are to succeed.
  So saying, his proud step he scornful turned,
But with sly circumspection, and began

Cioso o diabo, e um ínvido olhar mau
De viés lhes deu, e assim se lamentou.
Visão de ódio, visão de dor! Vão estes
Num Paraíso de ágenos abraços,
De Éden bem mais feliz, gozar a conta
De bem bom no bem bom, enquanto eu gozo
O inferno, seu amor, só o feroz cio,
Entre tormentos outros não menor,
Sempre frustro na dor de ardentes dores;
Mas não esqueça eu o que ganhei
Das suas bocas; tudo não é deles:
Jaz ali da razão a fatal árvore,
De ilícito saber. Razão ilícita?
Suspeito, sem razão. Por que é que o Dono
Tal lhes inveja? É o saber pecado,
Será morte? Sustidos serão só
Na ignorância, é esse o feliz estado,
A prova de obediência e sua fé?
Ó bela fundação onde erigir-lhes
A ruína! Daqui segue-se aguçar-lhes
As mentes com desejos de saber,
Rejeitando ordens ínvidas, criadas
Co'o fito de pisar quem o saber
Alçaria a igual deus; a tal tentando,
Provam e morrem: que há de mais provável?
Mas antes convém dar minúcia à ronda
Neste jardim, sem canto por sondar.
Com sorte a sorte leva-me a algum espírito
Errante do Céu, junto a fonte, ou ermo
Sob uma densa sombra, p'ra lhe ouvir
O que se aprenda. Vive enquanto podes,
Par 'inda feliz, goza até que eu volte,
Breves gozos, que a dor vem p'ra ficar.
Dito isto, em escárnio voltou o passo,
Mas com circunspecção fria, e entrou

Through wood, through waste, o'er hill, o'er dale his roam.
Meanwhile in utmost longitude, where heaven
With earth and ocean meets, the setting sun
Slowly descended, and with right aspéct
Against the eastern gate of Paradise
Levelled his evening rays: it was a rock
Of alablaster, piled up to the clouds,
Conspicuous far, winding with one ascent
Accessible from earth, one entrance high;
The rest was craggy cliff, that overhung
Still as it rose, impossible to climb.
Betwixt these rocky pillars Gabriel sat
Chief of the angelic guards, awaiting night;
About him exercised heroic games
The unarmed youth of heaven, but nigh at hand
Celestial armoury, shields, helms, and spears
Hung high with diamond flaming, and with gold.
Thither came Uriel, gliding through the even
On a sunbeam, swift as a shooting star
In autumn thwarts the night, when vapours fired
Impress the air, and shows the mariner
From what point of his compass to beware
Impetuous winds: he thus began in haste.
  Gabriel, to thee thy course by lot hath given
Charge and strict watch that to this happy place
No evil thing approach or enter in;
This day at height of noon came to my sphere
A spirit, zealous, as he seemed, to know
More of the almighty's works, and chiefly man
God's latest image: I described his way
Bent all on speed, and marked his airy gait;
But in the mount that lies from Eden north,
Where he first lighted, soon discerned his looks

Por floresta, baldio, monte e vale.
Enquanto isso no longe oeste, que o céu
Junta à terra e ao mar, o sol-pôr lento
Declinou, e com reto ângulo contra
O portão oriental do Paraíso
Nivelou raios frouxos: era rocha
De alabastro, somada até às nuvens,
Bem visível, serpeando com subida
Única desde a terra, a alta entrada;
O resto era escarpado, ameaçando
Mais quanto mais subia, vão escalá-lo.
Entre os pilares roqueiros Gabriel,[42]
Chefe da guarda angélica, aguardava
A noite. Em redor treinava feitos
Sem armas a juventa do Céu, perto
De armeiros celsos, escudos, elmos, lanças,
Pendendo o seu diamante ígneo e o ouro.
Veio no lusco-fusco Uriel, planando
Num jato de sol, ágil qual aerólito
Que cruza a noite a outono, quando gases
Pressionam o ar, e alertam marinheiros
Do ponto no compasso a precaver
De ventos impetuosos. Falou prestes.
Gabriel, deu-te o curso à sorte encargo
E vigia tenaz da feliz zona
A fim de que nenhum mal tente a entrada.
Hoje ao pico do sol chegou-me à esfera
Um espírito, ansioso de saber
Mais das obras do altíssimo, e do homem
Mais, imagem de Deus. Tracei-lhe o curso
Curvo e veloz, e olhei-lhe o passo airoso,
Mas no monte que a norte está do Éden,
Onde pousou, p'lo ar discerni logo

[42] "A força de Deus" em hebraico.

Alien from heaven, with passions foul obscured:
Mine eye pursued him still, but under shade
Lost sight of him; one of the banished crew
I fear, hath ventured from the deep, to raise
New troubles; him thy care must be to find.
To whom the wingèd warrior thus returned:
Uriel, no wonder if thy perfect sight,
Amid the sun's bright circle where thou sitst,
See far and wide: in at this gate none pass
The vigilance here placed, but such as come
Well known from heaven; and since meridian hour
No creature thence: if spirit of other sort,
So minded, have o'erleaped these earthy bounds
On purpose, hard thou knowst it to exclude
Spiritual substance with corporeal bar.
But if within the circuit of these walks
In whatsoever shape he lurk, of whom
Thou tellst, by morrow dawning I shall know.
So promised he, and Uriel to his charge
Returned on that bright beam, whose point now raised
Bore him slope downward to the sun now fallen
Beneath the Azores; whether the prime orb,
Incredible how swift, had thither rolled
Diurnal, or this less volúble earth
By shorter flight to the east, had left him there
Arraying with reflected purple and gold
The clouds that on his western throne attend:
Now came still evening on, and twilight grey
Had in her sober livery all things clad;
Silence accompanied, for beast and bird,
They to their grassy couch, these to their nests
Were slunk, all but the wakeful nightingale;

Um estranho ao Céu, paixões baixas ocultas.
Não o larguei dos olhos, mas sob sombras
Cegou-se a mim: alguém da turba prófuga,
Receio, se arriscou do fosso, a erguer
Novas questões. Teu zelo deve achá-lo.
Ao que o guerreiro alado replicou.
Não admira Uriel que a tua vista,
Dentro do halo do sol áureo que habitas,
Perfeita alcance o longe. Desta porta
Ninguém passa a vigia, salvo quem
Traz credenciais do Céu. Desde a merídia
Porém ninguém. Se de outra espécie espírito
Assim dado transpôs terrestres raias
Com intenção, sabendo tu que obstáculos
Corpóreos não inibem seres etéreos,
E nestas redondezas se ocultou
Em traje que ao recato pede a astúcia,
Mal rompa o dia já o saberei.
Assim o prometeu, e Uriel ao cargo
Voltou no mesmo feixe, cuja ponta
Alta de viés o trouxe ao sol prostrado
Abaixo dos Açores; se é o orbe áureo,[43]
Pasma quão ágil é, que p'ra ali rola
Diurno, e não a terra menos móvel
Em curto curso a leste, que o deixou
Ornando com reflexos de ouro e púrpura
As nuvens que oriental trono lhe velam.
Vem vindo a noite em paz, e o gris crepúsculo
Já na austera libré tudo cobriu;
Veio a mudez também, pois besta e pássaro,
Um ao canapé de erva, o outro ao ninho
Se esquivam, salvo o vígil rouxinol;

[43] Ou o Sol ou o *primum mobile*, ambos velocíssimos no sistema ptolomaico.

So promised he, and Uriel to his charge
Returned

Assim o prometeu, e Uriel ao cargo
Voltou

(IV, 589-90)

She all night long her amorous descant sung;
Silence was pleased: now glowed the firmament
With living sapphires: Hesperus that led
The starry host, rode brightest, till the moon
Rising in clouded majesty, at length
Apparent queen unveiled her peerless light,
And o'er the dark her silver mantle threw.
When Adam thus to Eve: Fair consort, the hour
Of night, and all things now retired to rest
Mind us of like repose, since God hath set
Labour and rest, as day and night to men
Successive, and the timely dew of sleep
Now falling with soft slumbrous weight inclines
Our eyelids; other creatures all day long
Rove idle unemployed, and less need rest;
Man hath his daily work of body or mind
Appointed, which declares his dignity,
And the regard of heaven on all his ways;
While other animals unactive range,
And of their doings God takes no account.
Tomorrow ere fresh morning streak the east
With first approach of light, we must be risen,
And at our pleasant labour, to reform
Yon flowery arbours, yonder alleys green,
Our walks at noon, with branches overgrown,
That mock our scant manuring, and require
More hands than ours to lop their wanton growth:
Those blossoms also, and those dropping gums,
That lie bestrewn unsightly and unsmooth,
Ask riddance, if we mean to tread with ease;
Meanwhile, as nature wills, night bids us rest.

Toda a noite o descante amável soou[44]
Que o silêncio seduz; fulgia o páramo
Vivas safiras: Héspero que guiava[45]
A hoste estelar fúlgido mais ia,
'Té que alta a lua em véu real enfim
Presuntiva rainha a luz sem par
Expôs, e ao breu lançou o manto argênteo.
  E assim p'ra Eva Adão: Bela consorte,
A hora, e o que o sono mais cobriu
Lembra-nos igual pausa, já que Deus
Pôs descanso ao labor, tal como aos homens
Noite do dia advém, e o apto orvalho
Do torpor que ora cai o suave peso
Pôs nas pálpebras. Outros seres o ócio
Os move sem afã, e pouco dormem.
O homem tem seu labor de corpo ou mente
Marcado, que lhe atesta a dignidade,
E do Céu o favor nos seus caminhos,
Enquanto animais outros pigros seguem,
E nas suas ações Deus não repara.
Amanhã antes que a alva listre o este
Com seu ousar de luz, há que acordar,
E ao bom labor voltar, a podar flóreos
Arbustos além, e áleas acolá,
Nosso passeio ao Sul, com ramos cheios,
Que apodam nosso escasso amanho, e outras
Mãos contra o viço vivo mais invocam;
Aquelas flores também, e a goma em gotas,
Que agrestes e molestas se propalam,
Pedem folga, se queremos passar fáceis.
Antes, quer a natura dar-nos sono.

---

[44] Acompanhamento melodioso num tema musical simples.

[45] Vênus, a estrela da tarde.

To whom thus Eve with perfect beauty adorned.
My author and disposer, what thou bidst
Unargued I obey; so God ordains,
God is thy law, thou mine: to know no more
Is woman's happiest knowledge and her praise.
With thee conversing I forget all time,
All seasons and their change, all please alike.
Sweet is the breath of morn, her rising sweet,
With charm of earliest birds; pleasant the sun
When first on this delightful land he spreads
His orient beams, on herb, tree, fruit, and flower,
Glistering with dew; fragrant the fertile earth
After soft showers; and sweet the coming on
Of grateful evening mild, then silent night
With this her solemn bird and this fair moon,
And these the gems of heaven, her starry train:
But neither breath of morn when she ascends
With charm of earliest birds, nor rising sun
On this delightful land, nor herb, fruit, flower,
Glistering with dew, nor fragrance after showers,
Nor grateful evening mild, nor silent night
With this her solemn bird, nor walk by moon,
Or glittering starlight without thee is sweet.
But wherefore all night long shine these, for whom
This glorious sight, when sleep hath shut all eyes?
To whom our general ancestor replied.
Daughter of God and man, accomplished Eve,
Those have their course to finish, round the earth,

Ao que Eva com beleza adornou pura.
Meu autor e juiz, o que decretas
Sem objeção acato; Deus tal manda,
Deus é tua lei, tu minha: sei isso,
E isso só à mulher praz como ciência.
Falo contigo e esqueço todo o tempo,
As horas e as moções, iguais em gozo.
Doce é o ar da manhã, seu erguer doce,
Ao despertar o bel canto do pássaro;
Grato o sol mal espreguiça seus orientes
Braços na erva, árvore, flor, fruto,
Em feixes de rol; cheira a fértil terra
Do doce duche; suave o regressar
Da branda tarde, e então a noite muda
Com o pássaro grave[46] e a bela lua,
E estas gemas do céu, o trem de estrelas:
Mas nem o odor da manhã quando se ergue
Ao despertar o bel canto do pássaro,
Nem o sol neste chão, erva, flor, fruto,
Em feixes de rol, nem o odor de duches,
Nem branda tarde, nem a noite muda
Com o pássaro grave, nem passeios
Ao luar, ou de astro a luz sem ti é doce.[47]
Mas por que brilham noites, p'ra quem brilha
Ovante visão, se olhos fechou o sono?
Ao que o avô de todos replicou.
Filha de Deus e de homem, Eva feita,
Tais devem cumprir rotas, 'té amanhã

---

[46] O rouxinol.

[47] Versos 641-56: esta magnífica passagem de circularidade lírica assemelha-se à retórica da despedida de Heitor de Andrômaca (cf. *Il.* VI, 410 ss.). Heitor enuncia as coisas que lhe são queridas, repetindo-as em seguida com negativas. Milton faz uso de figuras como a epanalepse e o epanodo (por exemplo verso 641, e cultivados por Milton em outros lugares, por exemplo em I, 27-8), motores para esta espécie de condomínio temático e retórico.

By morrow evening, and from land to land
In order, though to nations yet unborn,
Ministering light prepared, they set and rise;
Lest total darkness should by night regain
Her old possession, and extinguish life
In nature and all things, which these soft fires
Not only enlighten, but with kindly heat
Of various influence foment and warm,
Temper or nourish, or in part shed down
Their stellar virtue on all kinds that grow
On earth, made hereby apter to receive
Perfection from the sun's more potent ray.
These then, though unbeheld in deep of night,
Shine not in vain, nor think, though men were none,
That heaven would want spectators, God want praise;
Millions of spiritual creatures walk the earth
Unseen, both when we wake, and when we sleep:
All these with ceaseless praise his works behold
Both day and night: how often from the steep
Of echoing hill or thicket have we heard
Celestial voices to the midnight air,
Sole, or responsive each to other's note
Singing their great creator: oft in bands
While they keep watch, or nightly rounding walk
With heavenly touch of instrumental sounds
In full harmonic number joined, their songs
Divide the night, and lift our thoughts to heaven.
  Thus talking hand in hand alone they passed
On to their blissful bower; it was a place
Chosen by the sovereign planter, when he framed
All things to man's delightful use; the roof
Of thickest covert was inwoven shade

Ao poente, e de solo em solo à vez,
Mesmo que p'ra nações por despontar,
Prestando pronta luz, põem-se e nascem
Para que não as nutra à noite as trevas
Da sua possessão, e a vida apague
Nas coisas naturais, que estes fogachos
Não alumiam só, mas com brandura
De influência vária aquecem e fomentam,
Temperam ou sustentam, ou em parte
A virtude estelar vertem em espécies
Na terra, assim tornada apta à arte
Do mais potente sol e dos seus raios.
Estes então, ocultos no negrume,
Não brilham vãos, nem creias, mesmo de homens
À míngua, que carece o céu de público
Ou Deus de honras; milhões de almas deambulam
Por cá escusas, noctâmbulas ou diurnas,
Com louvor incessante veem-lhe obras
Dia e noite; já tanta vez da escarpa
De monte ecoante ou mata escutámos
Vozes celestiais no ar da meia-noite,
A solo, ou em responso a nota alheia
Cantando o criador; amiúde em bandos
Quer de plantão quer na ronda da noite
Com toque hábil de sons instrumentais
Em harmonia una, uno cânone
Divide a noite e ideias de Céu ala.[48]
  Assim falando mão na mão sós iam
Rumo ao caramanchel feliz, lugar
Eleito p'lo cultor, quando forjou
Tudo p'ra gozo do homem: denso o teto,
De espesso véu de sombra entretecido,

[48] Não só dividem em turnos como também interpretam com divisões musicais.

Laurel and myrtle, and what higher grew
Of firm and fragrant leaf; on either side
Acanthus, and each odorous bushy shrub
Fenced up the verdant wall; each beauteous flower,
Iris all hues, roses, and jessamin
Reared high their flourished heads between, and wrought
Mosaic; underfoot the violet,
Crocus, and hyacinth with rich inlay
Broidered the ground, more coloured than with stone
Of costliest emblem: other creature here
Beast, bird, insect, or worm durst enter none;
Such was their awe of man. In shadier bower
More sacred and sequestered, though but feigned,
Pan or Silvanus never slept, nor nymph,
Nor Faunus haunted. Here in close recess
With flowers, garlands, and sweet-smelling herbs
Espousèd Eve decked first her nuptial bed,
And heavenly choirs the hymenean sung,
What day the genial angel to our sire
Brought her in naked beauty more adorned,
More lovely than Pandora, whom the gods
Endowed with all their gifts, and oh too like
In sad event, when to the unwiser son

Louro, mirto,[49] e o mais que esguio fosse
Da folha firme e odora; em redor
O acanto, que com basto arbusto o muro
Verde vedava; toda a bela flor,
Íris de matiz vário, jasmim, rosa
Alçava pelo meio a flórea fronte
Em mosaico; aos pés a violeta,
O croco, e o jacinto com tauxia[50]
Fina o solo bordavam, com mais cor
Do que a pedra de emblema lauto. Besta,
Pássaro, inseto ou verme, nada ousava
Entrar, tal o temor do homem. Em casa
De sombra mais remota e sacra, fictos
Porém, Silvano ou Pã nunca dormiram,[51]
Nem assombraram Fauno ou ninfa. No íntimo
Recesso com grinaldas, flores e ervas
Aromais, ornou Eva o nupcial tálamo,
E o himeneu[52] cantaram no Céu coros,
No dia em que a trouxe o genial anjo[53]
A Adão em belo nu mais adornada
Do que Pandora mais bela,[54] a quem deuses
Todos os dons lhe deram, e, oh, tão próximo
No fim, quando trazida ao filho estulto

---

[49] Emblemas de Apolo e Vênus.

[50] As mesmas plantas surgem quando Hera seduz Zeus no Monte Ida (cf. *Il.* XIV, 347-9).

[51] Deuses dos bosques, representados como meio deuses, meio bodes. Eram deuses da fertilidade. Silvano era também associado aos jardins.

[52] Hino de núpcias. Hímen era o antigo deus do casamento.

[53] Presidindo ao casamento e à geração.

[54] Grego para "todos os dons". A primeira mulher criada segundo as ordens de Júpiter e mandada a Hermes como presente para Epimeteu ("reflexão tardia") a fim de vingar a ousadia do seu irmão Prometeu ("previsão"), que roubara o fogo aos deuses para dá-lo aos homens. Pandora trouxe-lhe uma caixa cheia de desgraças, que se espalharam quando Epimeteu a abriu.

Of Japhet brought by Hermes, she ensnared
Mankind with her fair looks, to be avenged
On him who had stole Jove's authentic fire.
  Thus at their shady lodge arrived, both stood,
Both turned, and under open sky adored
The God that made both sky, air, earth and heaven
Which they beheld, the moon's resplendent globe
And starry pole: Thou also mad'st the night,
Maker omnipotent, and thou the day,
Which we in our appointed work employed
Have finished happy in our mutual help
And mutual love, the crown of all our bliss
Ordained by thee, and this delicious place
For us too large, where thy abundance wants
Partakers, and uncropped falls to the ground.
But thou hast promised from us two a race
To fill the earth, who shall with us extol
Thy goodness infinite, both when we wake,
And when we seek, as now, thy gift of sleep.
  This said unanimous, and other rites
Observing none, but adoration pure
Which God likes best, into their inmost bower
Handed they went; and eased the putting off
These troublesome disguises which we wear,
Straight side by side were laid, nor turned I ween
Adam from his fair spouse, nor Eve the rites
Mysterious of connubial love refused:
Whatever hypocrites austerely talk
Of purity and place and innocence,
Defaming as impure what God declares
Pure, and commands to some, leaves free to all.
Our maker bids increase, who bids abstain
But our destroyer, foe to God and man?

De Jafé[55] p'la mão de Hermes iludiu
Homens com belos olhos, p'ra vingar-se
Em quem roubou de Jove o fogo autêntico.
   Voltam-se ambos no quarto umbroso já,
Dobram-se, e ante o céu aberto adoram
O Deus que o céu e os céus, o ar e a terra
Que contemplavam fez, o globo à lua
E o céu estelar: A noite é também tua,
Onipotente Deus, e teu o dia,
Que no labor diurno empregamos
E com prazer findamos com mão mútua
E mútuo amor, coroa de alegria
Estabelecida por ti; teu o ditoso
Lugar tão vasto, onde pede a cópia
Partilha, que por colher cai p'lo chão.
Prometeste-nos tu porém de nós
Encher a terra, quem conosco exalte
Teu infinito bem, ao acordar
E ao deitar-nos assim o dom do sono.
   Nisto unânimes, sem outros rituais
A observar, só pura adoração
Que a Deus mais praz, ao mais secreto abrigo
Entraram mão na mão. Soltos do enleio
Das vestes que a pesada moda dita,
Deitaram-se de lado, nem voltado,
Creio, p'ra si Adão, nem p'ra si Eva,
Como p'ra ritos sacros de amor fria:
O que quer que solene fale o hipócrita
De pureza, lugar e inocência,
Difamando o que Deus declarou puro
E a alguns ordena, e livre deixa a todos.
Se o multiplica Deus, quem o subtrai
Senão quem contra nós e Deus atenta?

---

[55] Filho de Noé, identificado com o Titã Japeto, pai de Prometeu e Epimeteu.

Hail wedded love, mysterious law, true source
Of human offspring, sole propriety,
In Paradise of all things common else.
By thee adulterous lust was driven from men
Among the bestial herds to range, by thee
Founded in reason, loyal, just, and pure,
Relations dear, and all the charities
Of father, son, and brother first were known.
Far be it, that I should write thee sin or blame,
Or think thee unbefitting holiest place,
Perpetual fountain of domestic sweets,
Whose bed is undefiled and chaste pronounced,
Present, or past, as saints and patriarchs used.
Here Love his golden shafts employs, here lights
His constant lamp, and waves his purple wings,
Reigns here and revels; not in the bought smile
Of harlots, loveless, joyless, unendeared,
Casual fruition, nor in court amours
Mixed dance, or wanton masque, or midnight ball,
Or serenade, which the starved lover sings
To his proud fair, best quitted with disdain.
These lulled by nightingales embracing slept,
And on their naked limbs the flowery roof
Showered roses, which the morn repaired. Sleep on
Blest pair; and O yet happiest if ye seek
No happier state, and know to know no more.
  Now had night measured with her shadowy cone
Half way up hill this vast sublunar vault,

Salve amor de núpcias, lei profunda,
Fonte real de prole humana, única
Propriedade ali,[56] comum no mais.
Por ti a fome adúltera foi expulsa
Dos homens p'ra alistar-se entre animais,
Por ti racionais, leais, justas e puras,
Relações caras, e outras afeições
De pai, filho e irmão, se conheceram.
Longe de minha pena mancha ou culpa,
Ou achar-te do santo assento impróprio,
Perpétuo manancial de mel doméstico,
Cujo leito sem pecha se acha casto,
Hoje, ou ontem, na lei dos pais e santos.
Áureos dardos aqui o amor emprega,[57]
E inflama a vígil luz, e ondeia púrpuras
Asas, e qual rei reina; não em gozo
Pago de meretriz, em amor, estima
De momento, ou em danças mistas lúbricas
De corte, e em mascaradas,[58] ou em bailes
Às doze, ou em transida serenata
Que faz o amante à dama empertigada
Em jogos de desdém. Ao sono embalam-nos
Rouxinóis, e nos dois nus chovem rosas
Do teto em flor que a alva repõe. Dorme
Par feliz. E, oh, mais feliz se buscas
De feliz não mais, nem mais saber saibas.
  Media agora a noite com seu cone
Brunal[59] meia ascensão no vasto fórnice

---

[56] Antes da Queda, o casamento monogâmico era o único direito de propriedade.

[57] Cupido, cujos dardos áureos acendiam o amor.

[58] Baile de máscaras.

[59] Versos 776-7: a sombra da Terra.

And from their ivory port the cherubim
Forth issuing at the accustomed hour stood armed
To their night watches in warlike parade,
When Gabriel to his next in power thus spake.
  Uzziel, half these draw off, and coast the south
With strictest watch; these other wheel the north,
Our circuit meets full west. As flame they part
Half wheeling to the shield, half to the spear.
From these, two strong and subtle spirits he called
That near him stood, and gave them thus in charge.
  Ithuriel and Zephon, with winged speed
Search through this garden, leave unsearched no nook,
But chiefly where those two fair creatures lodge,
Now laid perhaps asleep secure of harm.
This evening from the sun's decline arrived
Who tells of some infernal spirit seen
Hitherward bent (who could have thought?) escaped
The bars of hell, on errand bad no doubt:
Such where ye find, seize fast, and hither bring.
  So saying, on he led his radiant files,
Dazzling the moon; these to the bower direct
In search of whom they sought: him there they found
Squat like a toad, close at the ear of Eve;
Assaying by his devilish art to reach
The organs of her fancy, and with them forge
Illusions as he list, phantasms and dreams,
Or if, inspiring venom, he might taint
The animal spirits that from pure blood arise

Sublunar, e da porta de marfim[60]
Os querubins pontuais saíam de armas
Ao plantão da noturna ronda márcios,
Quando estas Gabriel disse ao seu próximo.
Uziel,[61] segue a costeira linha ao sul
Com estes em tenaz guarda; com outros
Patrulha a norte, o oeste varreremos.
Co'ardor partem-se à esquerda e à direita.
Destes chamou de pronto dois espíritos,
Fortes e sutis, e isto lhes sagrou.
Ituriel[62] e Zefão,[63] com espora na asa
Procurai p'lo jardim, correi escaninhos,
Mormente onde moram os dois belos,
No seu sono quiçá sem ansiedades.
Esta noite do ocaso do sol chega
Quem diz ter visto um espírito infernal
Nesta direção (quem diria) vindo
Dos ferros com mandado mau sem dúvida.
Onde estiver prendei-o, e trazei-mo.
Tendo dito, guiou as gentes flâmeas,
Cegando a lua. Tais rumo ao eirado
Buscando quem a monte anda: pois ei-lo
De cócoras qual sapo, rente ao tímpano
De Eva, tateando a negra arte os órgãos
Da sua fantasia, p'ra que neles
Forje a seu bel-prazer ilusões, sonhos,
Fantasmas, ou lhe infecte com veneno
Espíritos animais que o sangue puro[64]

---

[60] A fonte dos falsos sonhos em Homero (cf. *Od.* XIX, 562 ss.).

[61] "A minha força é Deus". Um homem em *Êx.* 6, 18. A tradição cabalista designou-o como um dos sete ante o trono de Deus.

[62] Hebraico para "descoberta de Deus". O nome não é bíblico.

[63] "Vigia". Um homem em *Nm.* 26, 15.

[64] Das três espécies de vapores sutis produzidos pelo corpo humano, a maior. O

These to the bower direct
In search of whom they sought

Tais rumo ao eirado
Buscando quem a monte anda

(IV, 798-9)

Like gentle breaths from rivers pure, thence raise
At least distempered, discontented thoughts,
Vain hopes, vain aims, inordinate desires
Blown up with high conceits engendering pride.
Him thus intent Ithuriel with his spear
Touched lightly; for no falsehood can endure
Touch of celestial temper, but returns
Of force to its own likeness: up he starts
Discovered and surprised. As when a spark
Lights on a heap of nitrous powder, laid
Fit for the tun some magazine to store
Against a rumoured war, the smutty grain
With sudden blaze diffused, inflames the air:
So started up in his own shape the fiend.
Back stepped those two fair angels half amazed
So sudden to behold the grisly king;
Yet thus, unmoved with fear, accost him soon.
   Which of those rebel spirits adjudged to hell
Com'st thou, escaped thy prison, and transformed,
Why satst thou like an enemy in wait
Here watching at the head of these that sleep?
   Know ye not then said Satan, filled with scorn,
Know ye not me? Ye knew me once no mate
For you, there sitting where ye durst not soar;
Not to know me argues yourselves unknown,
The lowest of your throng; or if ye know,
Why ask ye, and superfluous begin
Your message, like to end as much in vain?
To whom thus Zephon, answering scorn with scorn.
Think not, revolted spirit, thy shape the same,
Or undiminished brightness, to be known

Solta quais gentis sopros de alvos rios,
E assim da proporção solte as ideias,
Molestas, vãs esperanças, alvos vãos,
Paixões sem breque de altas noções túrgidas
Gerando empáfia. Dá-lhe lança leve
Ituriel, que a falsídia não impugna
Toques de etérea têmpera, antes volta
Por força à semelhança de si: pula
Descoberto e perplexo. Qual faísca
Que em monte cai de pólvora nitrosa,
Pronta para o barril de paiol próvido
Contra rumor de guerra, que estalada
Súbita inflama o ar co'o grão trigueiro:
Assim símil a si de pé se pôs.
Recuaram num assombro os belos anjos
P'lo súbito vislumbre do rei hórrido.
Mas temerários mais logo o abordaram.
  De que rebelde espírito precito
Provéns, de ferros livre, e transformado,
Por que velas aqui qual inimigo
Pespegado à cabeça de quem dorme?
  Não sabeis então, diz Satã, em escárnio,
Não me sabeis? Sabíeis sem par antes
Quem se sentava onde nem ousais
Pairar. Ignorar-me é provar-se ignoto,
O menor do tropel. Ou se sabeis,
Por que indagais, prepondo ocioso exórdio
À mensagem, tendente a vão epílogo?
Ao qual Zefão, do escárnio escarnecendo.
Não penses, rebel espírito, que em forma
Te manténs, ou que a luz não se quebrou,

---

coração e o fígado produziam os "espíritos vitais ou naturais" que ascendiam ao cérebro para se tornarem em animais, disseminando-se em seguida pelos nervos, dando-lhes sentido e movimento.

As when thou stoodst in heaven upright and pure;
That glory then, when thou no more wast good,
Departed from thee, and thou resemblest now
Thy sin and place of doom obscure and foul.
But come, for thou, be sure, shalt give account
To him who sent us, whose charge is to keep
This place inviolable, and these from harm.
So spake the cherub, and his grave rebuke
Severe in youthful beauty, added grace
Invincible: abashed the devil stood,
And felt how awful goodness is, and saw
Virtue in her shape how lovely, saw, and pined
His loss; but chiefly to find here observed
His lustre visibly impaired; yet seemed
Undaunted. If I must contend, said he,
Best with the best, the sender not the sent,
Or all at once; more glory will be won,
Or less be lost. Thy fear, said Zephon bold,
Will save us trial what the least can do
Single against thee wicked, and thence weak.
The fiend replied not, overcome with rage;
But like a proud steed reined, went haughty on,
Champing his iron curb: to strive or fly
He held it vain; awe from above had quelled
His heart, not else dismayed. Now drew they nigh
The western point, where those half-rounding guards
Just met, and closing stood in squadron joined
Awaiting next command. To whom their chief
Gabriel from the front thus called aloud.
O friends, I hear the tread of nimble feet
Hasting this way, and now by glimpse discern
Ithuriel and Zephon through the shade,
And with them comes a third of regal port,
But faded splendour wan; who by his gait
And fierce demeanour seems the prince of hell,

A qual proba no Céu e pura era.
Tal glória, quando tu bom já não eras,
Apartou-se de ti, e agora lembras
Pecado e perdição baixa e sombria.
Mas vem, que, certo sê, hás-de dar contas
A quem nos mandou, cujo múnus pede-lhe
Um lugar sem labéu e estes a salvo.
  Falou o querubim, e a reprimenda
Grave em juvenil garbo somou graça
Final: deteve-se confuso o diabo,
E sentiu quão tremenda a bondade é,
E o rosto da virtude viu, amável,
E o que perdeu chorou; mais por ver lívido
Seu lustro aqui a nu, embora audaz
Parecesse. Se é p'ra luta, disse, melhor
Contra o melhor, contra quem manda, não contra
Quem mandou, ou a uma todos. Glória
Mais ganho, ou menos perco. Teu receio,
Rompeu Zefão, sugere o que o menor
Te faria a sós, fraco que és por réprobo.
  Não replicou o mau, gasto de raiva,
Mas sofreado qual corcel altivo
Seguiu mordendo o freio. Luta ou fuga
Via-as vãs: temor do alto refreava-lhe
O peito, sem mais medos. Acercavam-se
Já do ocidental ponto, onde deram
Co'a metade restante, já esquadrada
E a postos p'ra voz nova. Dirigiu-se
A eles Gabriel da frente audível.
  Amigos, ouço o passo de pés ágeis
Nesta direção, e ora já lobrigo
Ituriel e Zefão rasgando as sombras,
E com eles um outro de ar real,
Mas pálido esplendor; quem pelo porte
E indócil trato o príncipe do inferno

Not likely to part hence without contést;
Stand firm, for in his look defiance lours.
  He scarce had ended, when those two approached
And brief related whom they brought, where found,
How busied, in what form and posture couched.
  To whom with stern regard thus Gabriel spake.
Why hast thou, Satan, broke the bounds prescribed
To thy transgressions, and disturbed the charge
Of others, who approve not to transgress
By thy example, but have power and right
To question thy bold entrance on this place;
Employed it seems to violate sleep, and those
Whose dwelling God hath planted here in bliss?
  To whom thus Satan, with contemptuous brow.
Gabriel, thou hadst in heaven the esteem of wise,
And such I held thee; but this question asked
Puts me in doubt. Lives there who loves his pain?
Who would not, finding way, break loose from hell,
Though thither doomed? Thou wouldst thyself, no doubt,
And boldly venture to whatever place
Farthest from pain, where thou mightst hope to change
Torment with ease, and soonest recompense
Dole with delight, which in this place I sought;
To thee no reason; who knowst only good,
But evil hast not tried: and wilt object
His will who bound us? Let him surer bar
His iron gates, if he intends our stay
In that dark durance: thus much what was asked.
The rest is true, they found me where they say;
But that implies not violence or harm.
  Thus he in scorn. The warlike angel moved,
Disdainfully half smiling thus replied.
Oh loss of one in heaven to judge of wise,
Since Satan fell, whom folly overthrew,
And now returns him from his prison scaped,

Lembra, e p'lo ar não deve ir sem luta.
Firmes, que o cenho seu pesa de acinte.
   Mal falou, quando os dois se aproximaram
E sumariaram quem traziam, de onde,
Seus arranjos e a forma acocorada.
   Ao qual com duro olhar Gabriel disse.
Por que dobraste tu, Satã, os cabos
Das tuas transgressões, e agitaste outros
No seu posto, que o exemplo teu deploram
De infrações, e o direito e poder têm
De questionar aqui o ingresso audaz,
Empregue a fender sonos a quem Deus
Em santidade aqui fixou morada.
   A quem Satã, com cenho sobranceiro.
Por sábio Gabriel no Céu te tinham,
E te tinha eu. Põe-me porém dúvidas
Esta questão. Há vivo que ame a dor?
Quem, vendo o vau, do inferno não sairia,
Condenado ou não? Tu por certo, ousando
A aventura a qualquer destino estranho
À dor, onde trocar pudesses tratos
De aziar por paz, e logo compensasses
Pesar com prazer, que é ao que aqui venho.
Tu não tens razões; quem só o bem sofre,
E nunca o mal. Irias objetar
Ao querer que nos ata? Dê mais ferros
Aos ferros dos portões, se quer que eu fique
Na solitária: isto o que perguntas.
Sim ao resto, acharam-me onde dizem.
Não implica porém dano ou violência.
   Zombou. O anjo guerreiro deambulou,
E ensaiando um sorriso escarneceu.
Oh, do Céu se perdeu um juiz de sábios
Desde que se perdeu Satã, por estulto
Caído, e evadido regressando

Gravely in doubt whether to hold them wise
Or not, who ask what boldness brought him hither
Unlicensed from his bounds in hell prescribed;
So wise he judges it to fly from pain
However, and to scape his punishment.
So judge thou still, presumptuous, till the wrath,
Which thou incurr'st by flying, meet thy flight
Sevenfold, and scourge that wisdom back to hell,
Which taught thee yet no better, that no pain
Can equal anger infinite provoked.
But wherefore thou alone? Wherefore with thee
Came not all hell broke loose? Is pain to them
Less pain, less to be fled, or thou than they
Less hardy to endure? Courageous chief,
The first in flight from pain, hadst thou alleged
To thy deserted host this cause of flight,
Thou surely hadst not come sole fugitive.
  To which the fiend thus answered frowning stern.
Not that I less endure, or shrink from pain,
Insulting angel, well thou knowst I stood
Thy fiercest, when in battle to thy aid
The blasting volleyed thunder made all speed
And seconded thy else not dreaded spear.
But still thy words at random, as before,
Argue thy inexperience what behoves
From hard assays and ill successes past
A faithful leader, not to hazard all
Through ways of danger by himself untried.
I therefore, I alone first undertook
To wing the desolate abyss, and spy
This new-created world, whereof in hell
Fame is not silent, here in hope to find
Better abode, and my afflicted powers
To settle here on earth, or in mid-air;
Though for possession put to try once more

Metódico na dúvida: se é sábio
Ou não quem o interpela p'lo topete
Que aqui sem passe o trouxe além do inferno.
Dos sábios o juiz achou por bem
À dor fugir, e a pena comutar.
Sê juiz, presumido, até que a ira,
Em que ao voar incorres, se una ao voo
Sete vezes, e açoite essa sageza
De volta ao pego, que uma lição falta,
Esta: a dor não iguala a ira eterna.
Mas por que tão só? Por que não se junta
À solta todo o inferno? Dói-lhes menos,
Menos de se fugir, tal dor, ou és
Só mais sensível? Chefe corajoso,
O batismo de voo que à dor foge,
Se aos teus contaras tua causa ao menos
Certamente não vinha só o réprobo.
  Ao que cenhoso o diabo respondeu.
Não que suporte menos ou me encolha
A dor, anjo insolente, que bem sabes
Me opus ao mais feroz, quando socorro
Ágil te trouxe a salva de relâmpagos
Secundando-te a lança não temível.
Mas, como sempre, à balda, teus palpites
São verdes como tu no que de esforços
De guerra e derrotas faz um líder
Fiel, isto é: não pôr todos em risco,
Em caminhos de risco em que é virgem.
Assim eu e só eu empreendi asas
P'lo desolado abismo, p'ra espiar
Este mundo novel, do qual o inferno
A fama não calou, na expectativa
De dar com melhor pouso, e povoá-lo
C'os destroços das forças, cá na terra
Ou no ar médio; embora peça a posse

What thou and thy gay legions dare against;
Whose easier business were to serve their Lord
High up in heaven, with songs to hymn his throne,
And practised distances to cringe, not fight.
  To whom the warrior angel soon replied.
To say and straight unsay, pretending first
Wise to fly pain, professing next the spy,
Argues no leader, but a liar traced,
Satan, and couldst thou faithful add? Oh name,
Oh sacred name of faithfulness profaned!
Faithful to whom? To thy rebellious crew?
Army of fiends, fit body to fit head;
Was this your discipline and faith engaged,
Your military obedience, to dissolve
Allegiance to the acknowledged power supreme?
And thou sly hypocrite, who now wouldst seem
Patron of liberty, who more than thou
Once fawned, and cringed, and servilely adored
Heaven's awful monarch? Wherefore but in hope
To dispossess him, and thyself to reign?
But mark what I aread thee now, avaunt;
Fly thither whence thou fledst: if from this hour
Within these hallowed limits thou appear,
Back to the infernal pit I drag thee chained,
And seal thee so, as henceforth not to scorn
The facile gates of hell too slightly barred.
  So threatened he, but Satan to no threats
Gave heed, but waxing more in rage replied.
  Then when I am thy captive talk of chains,
Proud limitary cherub, but ere then
Far heavier load thyself expect to feel
From my prevailing arm, though heaven's king
Ride on thy wings, and thou with thy compeers,
Used to the yoke, drawst his triumphant wheels
In progress through the road of heaven star-paved.

Um novo teste aos teus mancebos gaios,
Cuja vocação é servir ao Amo
Lá no alto Céu, com cânticos ao trono
E distâncias servis, não as da guerra.
  Ao que o anjo guerreiro replicou.
Dizer e desdizer, fingindo antes
Sábio fugir da dor, depois a espiagem,
Não mostra um líder, antes um burlão,
Satã, e ainda apões leal? Ó nome,
De poluta lealdade sacro nome!
Leal a quem? Aos teus, os sediciosos?
Tropa de trasgos, tal tronco tal copa.
Foi com tal disciplina e lealdade,
A sujeição marcial, que dissolveste
Juras de submissão à lei suprema?
E tu solerte hipócrita, que vens
Patrão de liberdades, quem mais já
Bajulou, adulou, servil louvou
O monarca do Céu? Por que senão
Para o desalojar, e só reinares?
O que te aviso agora grava, fora.
Leva a fuga de volta à proveniência.
Se vez mais transpuseres raias santas,
Ao fosso infernal eu te arrasto em ferros
E te selo lá, só p'ra não troçares
Das dóceis e franzinas grades do orco.
  Ameaçou-o assim, porém Satã
Não o ouviu, mas inchando em fúria disse.
  Quando me encarcerares versa cárceres,
Raiano querubim. Antes porém
Bem mais pesada carga sentir espera
Do meu braço reinante, mesmo que arques
Co'o rei do Céu nas asas, e tu e outros,
Ao jugo afeitos, rodas triunfais puxem
P'la calçada de estrelas que o Céu trilha.

While thus he spake, the angelic squadron bright
Turned fiery red, sharpening in moonèd horns
Their phalanx, and began to hem him round
With ported spears, as thick as when a field
Of Ceres ripe for harvest waving bends
Her bearded grove of ears, which way the wind
Sways them; the careful ploughman doubting stands
Lest on the threshing floor his hopeful sheaves
Prove chaff. On the other side Satan alarmed
Collecting all his might dilated stood,
Like Teneriff or Atlas unremoved:
His stature reached the sky, and on his crest
Sat horror plumed; nor wanted in his grasp
What seemed both spear and shield: now dreadful deeds
Might have ensued, nor only Paradise
In this commotion, but the starry cope
Of heaven perhaps, or all the elements
At least had gone to wreck, disturbed and torn
With violence of this conflict, had not soon
The eternal to prevent such horrid fray
Hung forth in heaven his golden scales, yet seen
Betwixt Astrea and the Scorpion sign,
Wherein all things created first he weighed,
The pendulous round earth with balanced air
In counterpoise, now ponders all events,

Ao dizer isto o angélico esquadrão
Flâmeo ruborizou, e qual crescente
Lua a falange afiou, e foi cercá-lo
Com lanças de través, densos qual campo[65]
De Ceres que maduro ondeia e brande
Ao sabor do vento a barba de espigas;
O ansioso lavrador suspenso espia
Não vão os molhos queridos na debulha
Mostrar-se palha. Do outro lado inquieto
Satã chamando o músculo cresceu:
Um Tenerife, um Atlas inflexível[66]
De altura até aos céus, e no seu cume
Eriçando-se o horror; e não faltava
Ao punho lança e escudo. Atos bravos
Seguir-se-iam, não só o Paraíso
No abalo, mas o páramo estelar
Do céu também, ou tudo o que é elemento
Cederia, convulso e destroçado
Na fúria do conflito, não obviasse
O eterno logo a hórrida refrega
Ao repesar no céu a áurea balança,[67]
'Inda entre Escorpião e Astreia vista,[68]
Que primeiro pesou as suas obras,
A terra pendular com ar harmônico
Em contrapeso, e tudo o que é pondera,

---

[65] Este símile enfraquece os anjos bons. A épica anterior, de Tasso, Ariosto e Homero, abre precedências para esta leitura (cf. por exemplo *Il.* II, 147-50). Ver também *Jr.* 51, 33, *Mt.* 3, 12 e *Sl.* 1, 4.

[66] Montanhas nas ilhas Canárias e no Marrocos. Atlas era também um Titã rebelde.

[67] A constelação. Milton alude a Zeus pesando os destinos dos combatentes da épica pagã (cf. *Il.* VIII, 68-77 e XXII, 208-13).

[68] Deusa da justiça, filha de Zeus e Têmis. Vivia na terra durante a Idade do Ouro, mas a perversão humana conduziu-a aos céus, onde foi transformada na constelação de Virgem, sexto signo zodiacal. O sol entra aí em agosto.

Battles and realms: in these he put two weights
The sequel each of parting and of fight;
The latter quick up flew, and kicked the beam;
Which Gabriel spying, thus bespake the fiend.
  Satan, I know thy strength, and thou knowst mine,
Neither our own but given; what folly then
To boast what arms can do, since thine no more
Than heaven permits, nor mine, though doubled now
To trample thee as mire: for proof look up,
And read thy lot in yon celestial sign
Where thou art weighed, and shown how light, how weak,
If thou resist. The fiend looked up and knew
His mounted scale aloft: nor more; but fled
Murmuring, and with him fled the shades of night.

The end of the fourth book

Reinos e guerras. Nesta pôs dois pesos:
A sequela da luta e da evasão;
Este num esticão sobe e o braço torce.
O que estas mereceu a Gabriel.
Satã, sei teu poder, sabes o meu,
Não nosso, porém dado. Que loucura
Armarmo-nos, pois tu não podes mais
Do que permite o Céu, nem eu, embora
Duplicado p'ra lama te calcar.
Prova o céu, lê além na senha a sorte
Onde és pesado, e quão leve, quão fraco
Se resistires. Viu o céu o diabo
E o peso que subiu: cede, mas foge
Queixoso, e com ele as sombras da noite.

Fim do quarto livro

Nor more; but fled
Murmuring, and with him fled the shades of night

Cede, mas foge
Queixoso, e com ele as sombras da noite

(IV, 1014-5)

Book V

The Argument

Morning approached, Eve relates to Adam her troublesome dream; he likes it not, yet comforts her: they come forth to their day labours: their morning hymn at the door of their bower. God to render man inexcusable sends Raphael to admonish him of his obedience, of his free estate, of his enemy near at hand; who he is, and why his enemy, and whatever else may avail Adam to know. Raphael comes down to Paradise, his appearance described, his coming discerned by Adam afar off sitting at the door of his bower; he goes out to meet him, brings him to his lodge, entertains him with the choicest fruits of Paradise got together by Eve; their discourse at table: Raphael performs his message, minds Adam of his state and of his enemy; relates at Adam's request who that enemy is, and how he came to be so, beginning from his first revolt in heaven, and the occasion thereof; how he drew his legions after him to the parts of the north, and there incited them to rebel with him, persuading all but only Abdiel a seraph, who in argument dissuades and opposes him, then forsakes him.

Livro V

Argumento

Amanhecendo, Eva conta a Adão seu mau sonho; este fica com maus pressentimentos, mas conforta-a. Fazem-se ao seu dia de trabalho: o louvor matinal à entrada do caramanchel. Deus, de modo a deixar o homem sem desculpas, envia Rafael a adverti-lo da obediência, da condição livre, do inimigo perto; a identidade daquele, e por que seu inimigo, e o que mais importe a Adão saber. Rafael desce ao Paraíso, é descrito nas feições, e é avistado à chegada por Adão, que está à distância sentado à entrada do seu caramanchel; vai-lhe ao encontro, trá-lo aos seus aposentos, recebe-o com os melhores frutos do Paraíso que Eva colheu; a conversa à mesa: Rafael divulga a sua mensagem, lembra Adão da sua condição e do seu inimigo, conta-lhe a pedido quem é esse inimigo, e por que modos se tornou tal, principiando na primeira revolta no Céu e seus motivos; como levou as legiões atrás dele rumo às regiões do Norte, e como as levou à revolta com ele, a todos persuadindo, menos Abdiel, um serafim, que se opõe em argumento, tenta dissuadi-lo, e por fim o abandona.

Now Morn her rosy steps in the eastern clime
Advancing, sowed the earth with orient pearl,
When Adam waked, so customed, for his sleep
Was airy light, from pure digestion bred,
And temperate vapours bland, which the only sound
Of leaves and fuming rills, Aurora's fan,
Lightly dispersed, and the shrill matin song
Of birds on every bough; so much the more
His wonder was to find unwakened Eve
With tresses discomposed, and glowing cheek,
As through unquiet rest: he on his side
Leaning half-raised, with looks of cordial love
Hung over her enamoured, and beheld
Beauty, which whether waking or asleep,
Shot forth peculiar graces; then with voice
Mild, as when Zephyrus on Flora breathes,
Her hand soft touching, whispered thus. Awake
My fairest, my espoused, my latest found,
Heaven's last best gift, my ever new delight,
Awake, the morning shines, and the fresh field
Calls us, we lose the prime, to mark how spring
Our tended plants, how blows the citron grove,
What drops the myrrh, and what the balmy reed,
How nature paints her colours, how the bee
Sits on the bloom extracting liquid sweet.
  Such whispering waked her, but with startled eye
On Adam, whom embracing, thus she spake.
  O sole in whom my thoughts find all repose,
My glory, my perfection, glad I see

Agora a manhã róseos pés do oriente
Trazendo, semeava a terra a pérola
Quando Adão despertou, à hora, que era
Leve ar seu sono, branda digestão,
Tempero de vapores, que de Aurora[1]
O mero som do leque dispersava
Ou o regato fúmeo, ou dos pássaros
Nos ramos a ácie harmônica; seu espanto
Foi grande ao ver pesado o sono de Eva,
Com tranças em motim, e faces rubras,
Como num sono inquieto: ele ao lado
Solevado, com ar de amor cordial
Namorado pendeu sobre ela, e viu
Beleza, que quer vígil quer dormente
Dimana próprias graças; com voz branda,
Tal como quando em Flora inspira Zéfiro,[2]
Na mão pousando a mão, sussurra. Acorda
Minha bela, consorte minha, minha
Descoberta, do Céu dom maior, minha
Perene doçura, acorda, a manhã raia,
E os campos chamam já, vai-nos a prima,[3]
As plantas pedem zelo, mana a lima,
A mirra e o balsâmeo colmo choram,
Que cor deu ao pincel hoje a natura
Vem ver, e a abelha que haura doces líquidos.[4]
O zumbido acordou-a, de olho trépido
Em Adão, cujos braços tomou, disse.
Ó tu em quem sossego os pensamentos,
Meu galardão, ideal meu, é bom ver-te,

---

[1] Deusa da manhã. O seu leque é a brisa que dispersa as folhas.

[2] A deusa-flor Flora era a consorte de Zéfiro, vento Oeste.

[3] Primeira hora do dia, correspondendo às seis horas.

[4] *Ct.* 2, 10-2. Adão acorda o seu amor com uma alvorada.

Leaning half-raised, with looks of cordial love
Hung over her enamoured

Solevado, com ar de amor cordial
Namorado pendeu sobre ela

(V, 12-3)

Thy face, and morn returned, for I this night,
Such night till this I never passed, have dreamed,
If dreamed, not as I oft am wont, of thee,
Works of day past, or morrow's next design,
But of offence and trouble, which my mind
Knew never till this irksome night; methought
Close at mine ear one called me forth to walk
With gentle voice, I thought it thine; it said,
Why sleepst thou Eve? Now is the pleasant time,
The cool, the silent, save where silence yields
To the night-warbling bird, that now awake
Tunes sweetest his love-laboured song; now reigns
Full orbed the moon, and with more pleasing light
Shadowy sets off the face of things; in vain,
If none regard; heaven wakes with all his eyes,
Whom to behold but thee, nature's desire,
In whose sight all things joy, with ravishment
Attracted by thy beauty still to gaze.
I rose as at thy call, but found thee not;
To find thee I directed then my walk;
And on, methought, alone I passed through ways
That brought me on a sudden to the tree
Of interdicted knowledge: fair it seemed,
Much fairer to my fancy than by day:
And as I wondering looked, beside it stood
One shaped and winged like one of those from heaven
By us oft seen; his dewy locks distilled
Ambrosia; on that tree he also gazed;
And O fair plant, said he, with fruit surcharged,
Deigns none to ease thy load and taste thy sweet,
Nor god, nor man; is knowledge so despised?
Or envy, or what reserve forbids to taste?
Forbid who will, none shall from me withhold

E à manhã que voltou, pois esta noite,
E tal noite jamais passei, sonhei,
Se sonho é, não contigo, nem com coisas
Costumeiras, passadas ou futuras,
Mas com preocupações, culpas, que à mente
Nunca acostaram antes; senti perto
Do meu ouvido alguém que a ir me instava
Com gentil voz, pensei tua; dizia,
Eva dormes por quê? Agora é hora,
Amena e muda, salvo quando ao pássaro
Do noturno gorjear se rende, que ora
Vígil afina trovas de amor; reina
Cheia a lua também, e com luz grácil
Umbrosa realça a face às coisas; vão,
Se ninguém vê, acorda o céu mil olhos,[5]
E a quem mais ver, paixão da natureza,
P'ra tudo o que há visão de gozo, no êxtase
De olhos que os teus magnéticos demoram.
Ergui-me à tua voz, mas não te vi;
P'ra achar-te dirigi minhas passadas;
E adiante, julgo, só fui por caminhos
Que de súbito à árvore chegaram
Do interdito saber: bela pareceu-me,
Muito mais ao capricho do que ao dia.
E enquanto o olhar vagueava, perto vi
Um vulto alado, tal como os que vemos
No Céu; seus anéis róscidos vertiam
Ambrósia; também a árvore fitava;
E, ó belo pé, falou, com fruto farto,
Não há quem o teu peso alije e prove,
Nem Deus, nem homem; asco de saberem?
Ou asto, e o que a salva tira à prova?
Tira a quem quiser; nada me retira

---

[5] Estrelas.

Longer thy offered good, why else set here?
This said he paused not, but with venturous arm
He plucked, he tasted; me damp horror chilled
At such bold words vouched with a deed so bold:
But he thus overjoyed, O fruit divine,
Sweet of thyself, but much more sweet thus cropped,
Forbidden here, it seems, as only fit
For gods, yet able to make gods of men:
And why not gods of men, since good, the more
Communicated, more abundant grows,
The author not impaired, but honoured more?
Here, happy creature, fair angelic Eve,
Partake thou also; happy though thou art,
Happier thou mayst be, worthier canst not be:
Taste this, and be henceforth among the gods
Thyself a goddess, not to earth confined,
But sometimes in the air, as we, sometimes
Ascend to heaven, by merit thine, and see
What life the gods live there, and such live thou.
So saying, he drew nigh, and to me held,
Even to my mouth of that same fruit held part
Which he had plucked; the pleasant savoury smell
So quickened appetite, that I, methought,
Could not but taste. Forthwith up to the clouds
With him I flew, and underneath beheld
The earth outstretched immense, a prospect wide
And various: wondering at my flight and change
To this high exaltation; suddenly
My guide was gone, and I, methought, sunk down,
And fell asleep; but oh how glad I waked
To find this but a dream! Thus Eve her night
Related, and thus Adam answered sad.

Mais o bem que tens, que outra função tem?
Disse e fez, pois com braço temerário
Colheu, provou; gelei de horror ao ver
P'ra firme verbo aval de firmes atos.
Mais radiante falou, Divino fruto,
Doce de si, mais doce assim colhido,
Aqui interdito, consta, como um fruto
De deuses, mas capaz de tornar homens
Em deuses: por que não, já que o bem, mais
Comunicado, mais cresce abundante,
E se o autor não cai, mas mais se exalta?
Toma, ser feliz, bela Eva angélica,
Toma parte também; feliz que és já,
Mais serás, digno mais não pode ser.
Prova, e sê em diante entre deuses
Tu deusa, não à terra confinada,
Mas no ar às vezes, como nós por vezes
Ao Céu vamos, por mérito teu, e olha
Como vivem os deuses, e assim tu.
Nisto, aproximou-se, aproximou-mo
Mesmo à boca, do mesmo fruto parte
Que colhera; o cheiro saboroso[6]
Aguçou-me o apetite, impensável,
Pensei, não provar. Às nuvens de súbito
Com ele descolei, e olhei embaixo
A imensidão da terra, a ampla vista
E vária: razoei sobre a mudança
Que me exaltou num voo; bruscamente
Fora-se o guia, e eu, pensei, caí
E adormeci. Mas, oh, que bom que acordo
De um sonho apenas! Eva assim a noite
Relatou, e Adão grave respondeu.

---

[6] Do latim *sapere*, tanto "provar" como "conhecer". Tenha-se isto em consideração em futuras ocorrências.

Best image of myself and dearer half,
The trouble of thy thoughts this night in sleep
Affects me equally; nor can I like
This uncouth dream, of evil sprung I fear;
Yet evil whence? In thee can harbour none,
Created pure. But know that in the soul
Are many lesser faculties that serve
Reason as chief; among these fancy next
Her office holds; of all external things,
Which the five watchful senses represent,
She forms imaginations, airy shapes,
Which reason joining or disjoining, frames
All what we affirm or what deny, and call
Our knowledge or opinion; then retires
Into her private cell when nature rests.
Oft in her absence mimic fancy wakes
To imitate her; but misjoining shapes,
Wild work produces oft, and most in dreams,
Ill matching words and deeds long past or late.
Some such resemblances methinks I find
Of our last evening's talk, in this thy dream,
But with addition strange; yet be not sad.
Evil into the mind of god or man
May come and go, so unapproved, and leave
No spot or blame behind: which gives me hope
That what in sleep thou didst abhor to dream,
Waking thou never wilt consent to do.
Be not disheartened then, nor cloud those looks
That wont to be more cheerful and serene
Than when fair morning first smiles on the world,
And let us to our fresh employments rise
Among the groves, the fountains, and the flowers
That open now their choicest bosomed smells

Pura imagem de mim, cara metade,
A tua inquietação durante o sono
Afeta-me em igual. Não me dá gosto
Tão amarga visão, do mal receio.
Mas mal onde? Em ti nenhum se abriga,
Nada pura. Mas sabe que na alma
Se alojam faculdades subservientes
À razão; adjacente a fantasia
Detém seu posto; às coisas forasteiras,
Que os sentidos pervígeis cinco mostram,
Imaginações forma, moldes de éter,
Que a razão desunindo ou unindo, firma
O que se afirma ou nega, e requer
De nós juízo ou palpite; depois volta
À cela quando dorme a natureza.[7]
E se ela dorme acorda a fantasia
A imitá-la; mas torsos sem juntura
O insane ardor produz, e mais em sonhos,
Verbo abortivo, ações velhas ou novas.
Semelhanças algumas vi, parece-me,
Do que falamos ontem, no teu sonho,
Mas com estranha adição; mas não te aflijas.
O mal à mente de homem ou deus vem
E vai, se reprovado, e não deixa
Labéu ou mancha atrás: é o que me anima,
Que os sonhos que aborreces no teu sono
Ao acordar jamais os cumprirás.
Não se te turve a alma pois, nem olhos
Que afeitos estão à paz e ao gozo, mais
Que a manhã quando ao mundo diz bom-dia
E nos leva de fresco à nossa lida
No pomar, nas nascentes, e nas flores
Que acordam já o escol dos seus perfumes,

[7] Compartimento do cérebro.

Reserved from night, and kept for thee in store.
  So cheered he his fair spouse, and she was cheered,
But silently a gentle tear let fall
From either eye, and wiped them with her hair;
Two other precious drops that ready stood,
Each in their crystal sluice, he ere they fell
Kissed as the gracious signs of sweet remorse
And pious awe, that feared to have offended.
  So all was cleared, and to the field they haste.
But first from under shady arborous roof,
Soon as they forth were come to open sight
Of day-spring, and the sun, who scarce up risen
With wheels yet hovering o'er the ocean brim,
Shot parallel to the earth his dewy ray,
Discovering in wide landscape all the east
Of Paradise and Eden's happy plains,
Lowly they bowed adoring, and began
Their orisons, each morning duly paid
In various style, for neither various style
Nor holy rapture wanted they to praise
Their maker, in fit strains pronounced or sung
Unmeditated, such prompt eloquence
Flowed from their lips, in prose or numerous verse,
More tunable than needed lute or harp
To add more sweetness, and they thus began.
  These are thy glorious works, parent of good,
Almighty, thine this universal frame,
Thus wondrous fair; thyself how wondrous then!
Unspeakable, who sitst above these heavens
To us invisible or dimly seen

À noite em armazém, p'ra ti guardados.
  Animou-a assim, e ela se animou,
Mas mudas e gentis lágrimas vieram-lhe
Aos olhos, enxugadas no cabelo;[8]
Mais duas gotas puras se aprestavam
Na eclusa de cristal, as quais secou
Num beijo como dois remorsos gráceis
De temor, que temeu ter ofendido.
  A nuvem foi-se, e ao campo prestes foram.
Mas antes, sob o teto umbroso de árvores,
Mal chegaram a céu aberto e viram
Nascer o dia, o sol, que mal se erguera
Com rodas nos carris do mar ainda,
Lançando paralelo à terra o raio
Fresco, abrindo a ampla vista a leste
Do Paraíso e álacres chãos do Éden,
Se prostraram louvando, principiando
As orações, devidas p'la manhã
Em estilo vário, pois nem estilo vário[9]
Nem arroubo faltavam em louvor
Ao seu senhor, acorde em carme ou canto
Espontâneo, tão expedita eloquência
Dos lábios seus fluía, em prosa ou metro,
Tão mais musicais, que harpa ou lúteo falta
Não fazem p'ra adoçá-los, e assim ia.
  Estas as tuas obras, pai do bem,
Omnipotente, teu do mundo o molde,
Tão incrível; e quanto mais incrível
Tu e inefável, sobre os céus morando
Invisível p'ra nós, ou encoberto

---

[8] Evocando *Lc.* 7, 38, a passagem em que Maria Madalena lava os pés de Jesus com as suas lágrimas e os seca com o cabelo. Ver também X, 910-2.

[9] As orações pré-lapsarianas combinavam espontaneidade ("arroubo") e elaboração formal.

In these thy lowest works, yet these declare
Thy goodness beyond thought, and power divine:
Speak ye who best can tell, ye sons of light,
Angels, for ye behold him, and with songs
And choral symphonies, day without night,
Circle his throne rejoicing, ye in heaven,
On earth join all ye creatures to extol
Him first, him last, him midst, and without end.
Fairest of stars, last in the train of night,
If better thou belong not to the dawn,
Sure pledge of day, that crownst the smiling morn
With thy bright circlet, praise him in thy sphere
While day arises, that sweet hour of prime.
Thou sun, of this great world both eye and soul,
Acknowledge him thy greater, sound his praise
In thy eternal course, both when thou climbst,
And when high noon hast gained, and when thou fallst.
Moon, that now meetst the orient sun, now fly'st
With the fixed stars, fixed in their orb that flies,
And ye five other wandering fires that move
In mystic dance not without song, resound
His praise, who out of darkness called up light.
Air, and ye elements the eldest birth
Of nature's womb, that in quaternion run
Perpetual circle, multiform; and mix
And nourish all things, let your ceaseless change
Vary to our great maker still new praise.

Nos teus feitos mais chãos; mas tais declaram-te
Um bem p'ra além da ideia, mão divina.
Dizei-o vós melhor, filhos da luz,
Anjos, porque o mirais, e com canções,
Sinfonias corais, dia sem noite,
Cingi-lhe o trono alegres, vós no Céu,
Na terra todo o ser venha a louvá-lo
Antes, depois, durante, e sempiterno.
Mais belo astro,[10] no trem da noite o último,
Se já não és pertence da manhã,
Caução do dia, que a alma jovial toucas
Com laurel de luz, louve-o tua esfera
Nascendo o dia, à doce hora da prima.
Tu sol, deste amplo mundo olho e alma,
Toma-o por teu maior, o louvor soa-lhe
No teu curso eviterno, quando escalas,
Quando teu pico alcanças, quando cais.
Lua que agora vês o sol do oriente
E vais com estrelas fixas, fixa no orbe
Que vai, e vós cinco outros fogos nômadas[11]
Que não sem canto místicos dançais,[12]
Ressoai louvor, a quem deu luz à luz.
Ar, e vós elementos, os delfins
Do ventre natural, que em quaternião,[13]
Multiformes, sem fim, cruzam e unem
E tudo nutrem, que essas voltas fixas
Variações de louvor levem a Deus.

---

[10] Vênus ou Lúcifer, a estrela da manhã.

[11] Os planetas. "Outros" é um lapso de Milton, uma vez que Vênus já fora invocada.

[12] A música das esferas, audível para quem não caiu.

[13] Grupo de quatro.

Ye mists and exhalations that now rise
From hill or steaming lake, dusky or grey,
Till the sun paint your fleecy skirts with gold,
In honour to the world's great author rise,
Whether to deck with clouds the uncoloured sky,
Or wet the thirsty earth with falling showers,
Rising or falling still advance his praise.
His praise ye winds, that from four quarters blow,
Breathe soft or loud; and wave your tops, ye pines,
With every plant, in sign of worship wave.
Fountains and ye, that warble, as ye flow,
Melodious murmurs, warbling tune his praise.
Join voices all ye living souls, ye birds,
That singing up to heaven gate ascend,
Bear on your wings and in your notes his praise;
Ye that in waters glide, and ye that walk
The earth, and stately tread, or lowly creep;
Witness if I be silent, morn or even,
To hill, or valley, fountain, or fresh shade
Made vocal by my song, and taught his praise.
Hail universal Lord, be bounteous still
To give us only good; and if the night
Have gathered aught of evil or concealed,
Disperse it, as now light dispels the dark.
  So prayed they innocent, and to their thoughts
Firm peace recovered soon and wonted calm.
On to their morning's rural work they haste
Among sweet dews and flowers; where any row
Of fruit-trees over-woody reached too far
Their pampered boughs, and needed hands to check
Fruitless embraces: or they led the vine
To wed her elm; she spoused about him twines
Her marriageable arms, and with her brings
Her dower the adopted clusters, to adorn

Vós bruma e exalações, que vos ergueis
De monte ou lago fúmeo, escuro ou gris,
'Té que o sol de ouro a lã vos tinja às saias,
Em honra ao grande autor do mundo erguei-vos,
Seja a adornar de nuvens o céu grave,
Seja a matar com chuva a sede à terra,
Ascendendo ou descendo mais louvai-o.
Vós ventos, que soprais dos quatro quartos,
Louvor soprai-lhe piano ou forte. E pinhos
O cume ondeai e o verde o louve, ondeai.
Fontes e vós que trilais ao correrdes,
Murmúrios musicais, trilai louvores.
Uni vozes vós almas vivas, pássaros,
Que elevando o coral subis ao Céu,
Notas alai e alai louvor nas asas;
Vós que patinais n'água, vós que andais
Na terra, que marchais, ou rastejais.
Meu silêncio vigia, alvor ou noite,
Em monte, vale, fonte, fresca sombra
Por mim vocais, e em loas instruídos.
Salve Senhor de tudo, sê magnânimo
E o bem nos dês somente; e se a noite
Chamou ou velou mal algum, dispersa-o,
Como agora dispersa a luz as trevas.
  Oraram assim puros, e ao pensar
Paz firme e calma logo devolveram.
Ao matinal labor rural tornaram
Por entre flores e rol doce, onde árvores
De fruto seus pampíneos braços piegas
Não corrigissem, e outras mãos pedissem
Abraços infrutíferos; ou às núpcias
De vinha e olmo vêm; ela nele
Os núbeis braços cinge, e em dote traz
Seus cachos p'ra adoção, p'ra que ataviem

His barren leaves. Them thus employed beheld
With pity heaven's high king, and to him called
Raphael, the sociable spirit, that deigned
To travel with Tobias, and secured
His marriage with the seven-times-wedded maid.
  Raphael, said he, thou hearst what stir on earth
Satan from hell scaped through the darksome gulf
Hath raised in Paradise, and how disturbed
This night the human pair, how he designs
In them at once to ruin all mankind.
Go therefore, half this day as friend with friend
Converse with Adam, in what bower or shade
Thou findst him from the heat of noon retired,
To respite his day-labour with repast,
Or with repose; and such discourse bring on
As may advise him of his happy state,
Happiness in his power left free to will,
Left to his own free will, his will though free,
Yet mutable; whence warn him to beware
He swerve not too secure: tell him withal
His danger, and from whom, what enemy
Late fallen himself from heaven, is plotting now
The fall of others from like state of bliss;
By violence, no, for that shall be withstood,
But by deceit and lies; this let him know,
Lest wilfully transgressing he pretend
Surprisal, unadmonished, unforewarned.
  So spake the eternal Father, and fulfilled
All justice: nor delayed the wingèd saint
After his charge received; but from among

Suas folhas estéreis. Compassivo[14]
Os viu no labor o alto rei, que a si
Chamou Rafael,[15] espírito sociável
Que viajou com Tobias, garantindo-lhe
As núpcias com a sete vezes noiva.
  Rafael, disse, ouviste dos distúrbios
Que evadido do inferno trouxe à terra
Satã, ao Paraíso, o que em maus sonhos
Propôs ao par humano, como atenta
Através deles contra a humanidade.
Vai pois, e a tarde tira p'ra um amigo,
Adão, onde quer que em sombra ou refúgio
Evite ao meio-dia a brasa ardente,
E dê pausa ao labor com um repasto
Ou repouso; e aflora este assunto,
Que o lembre da feliz condição dele,
E dele a felicidade é seu arbítrio,
Ao livre arbítrio seu deixada, livre
Mas mutável; daí diz-lhe à cautela
Que em si não ponha tanta fé. Mais conta-lhe
Do risco, e de quem se arrisca, qual
O rival que do Céu caído trama
De igual felicidade a queda de outros;
Não por violência, tal se impugnará,
Mas por fraude e mentira; põe-no a par,
P'ra que em transgressão tepez não alegue
Surpresa, imprevisto, pouco aviso.
  Assim o eterno Pai disse, e justiça
Se cumpriu: não adiou o santo alado
O confiado dever; mas de entre mil

[14] Versos 214-9: o olmo desposava tradicionalmente a vinha, emblemas de vigor masculino e graciosidade feminina.

[15] "Saúde de Deus". Surge no livro apócrifo de Tobite. Ajudou seu filho Tobias a ganhar uma mulher e ensinou-o a curar a cegueira do seu pai.

Thousand celestial ardours, where he stood
Veiled with his gorgeous wings, up springing light
Flew through the midst of heaven; the angelic choirs
On each hand parting, to his speed gave way
Through all the emp´yreal road; till at the gate
Of heaven arrived, the gate self-opened wide
On golden hinges turning, as by work
Divine the sovereign architect had framed.
From hence, no cloud, or, to obstruct his sight,
Star interposed, however small he sees,
Not unconform to other shining globes,
Earth and the garden of God, with cedars crowned
Above all hills. As when by night the glass
Of Galileo, less assured, observes
Imagined lands and regions in the moon:
Or pilot from amidst the Cyclades
Delos or Samos first appearing kens
A cloudy spot. Down thither prone in flight
He speeds, and through the vast ethereal sky
Sails between worlds and worlds, with steady wing
Now on the polar winds, then with quick fan
Winnows the buxom air; till within soar
Of towering eagles, to all the fowls he seems
A phoenix, gazed by all, as that sole bird
When to enshrine his relics in the sun's
Bright temple, to Ægyptian Thebes he flies.

Ardores celestiais, onde se alçava
No véu das belas asas, num pular
Leve voou pelo Céu; o coro angélico
Partido a meio, ala abriu à pressa
Pela vereda empírea; 'té que à porta
Do Céu chegou, que autômata corre ampla
Em dobradiças de ouro, obra acorde
Co'a traça de arquiteto divinal.
Daqui nuvens não há, nem a velá-lo
Estrela a meio, embora mal lobrigue,
Em muito igual a outros globos fúlgidos,
A terra e o jardim de Deus, coroado
Com cedros sobre os montes. Como quando
À noite a Galileu o óculo traz,
Menos certos, supostos chãos, regiões
Lunares, ou o piloto que nas Cíclades,[16]
Delos[17] ou Samos,[18] topa mal assoma
Baça mancha. P'ra lá em voo prono
Açoda, e através do éter camposo
Voga mundos e mundos, co'asa certa
Firme em vento polar, ou com leque ágil
Em ar dúctil; até que em altas órbitas
De águias que planam, o dão como fênix
As aves, que a contemplam, como a ave[19]
Que a depor as relíquias no áureo templo
Do sol à egípcia Tebas leva o voo.

---

[16] Arquipélago no Mar Egeu.

[17] O centro. Já que Delos é comparada à Terra, este desvio do centro para a periferia pode implicar um universo copernicano.

[18] A nordeste das Cíclades, fora da costa da Ásia Menor.

[19] Fênix, ave mítica. Só existia uma de cada vez e reproduzia-se a cada quinhentos anos através da imolação, erguendo-se em seguida das próprias cinzas e voando em direção ao Templo do Sol em Heliópolis, no Egito, que Milton identificava com a vizinha Tebas.

At once on the eastern cliff of Paradise
He lights, and to his proper shape returns
A seraph winged; six wings he wore, to shade
His lineaments divine; the pair that clad
Each shoulder broad, came mantling o'er his breast
With regal ornament; the middle pair
Girt like a starry zone his waist, and round
Skirted his loins and thighs with downy gold
And colours dipped in heaven; the third his feet
Shadowed from either heel with feathered mail
Sky-tinctured grain. Like Maia's son he stood,
And shook his plumes, that heavenly fragrance filled
The circuit wide. Straight knew him all the bands
Of angels under watch; and to his state,
And to his message high in honour rise;
For on some message high they guessed him bound.
Their glittering tents he passed, and now is come
Into the blissful field, through groves of myrrh,
And flowering odours, cassia, nard, and balm;
A wilderness of sweets; for nature here
Wantoned as in her prime, and played at will
Her virgin fancies, pouring forth more sweet,
Wild above rule or art; enormous bliss.
Him through the spicy forest onward come
Adam discerned, as in the door he sat
Of his cool bower, while now the mounted sun
Shot down direct his fervid rays to warm
Earth's inmost womb, more warmth than Adam needs;
And Eve within, due at her hour prepared
For dinner savoury fruits, of taste to please
True appetite, and not disrelish thirst

No penhasco oriental do Paraíso
Logo pousa, e à forma própria volta
O alado serafim: seis asas tinha,
A abater as feições de deus; um par
P'los ombros vinha ao peito como um manto
De ornamento real, medial cingia-o
Um outro como um cinto estelar, de orlas
Nos lombos e quadris com sedoso ouro
E tintas celestiais, e os calcanhares
Cobriam-no o outro par com escâmeas penas
A grã azul do céu.[20] Como de Maia
O filho,[21] sacudiu plumas que odores
Do Céu deu à amplidão. Logo as falanges
De anjos vígeis o viram e ao seu posto
E à sua missão nobre se elevaram,
Pois em nobre missão o adivinharam.
Passou as tendas lúcidas, chegando
Ao campo feliz por vergéis de mirra
E odores em flor, cássia, nardo, bálsamo,
Em doce vastidão; que a natureza
Folgava aqui na flor da idade, e a virgens
Caprichos se entregava, derramando-se
Doce além de arte ou norma; enorme gozo.
Da sápida floresta vindo o viu
Adão, sentado à porta do seu fresco
Refúgio, quando agora o sol montado
Embainhou a direito os raios quentes
Na terra, até ao fundo do seu ventre,
Quentes de mais p'ra Adão; e Eva já pronta
Dentro, à hora de frutos redolentes,
Prova que aprova à fome, sem que a sede

[20] Tintura.

[21] Mercúrio, mensageiro dos deuses.

Of nectareous draughts between, from milky stream,
Berry or grape: to whom thus Adam called.
Haste hither Eve, and worth thy sight behold
Eastward among those trees, what glorious shape
Comes this way moving; seems another morn
Risen on mid-noon; some great behest from heaven
To us perhaps he brings, and will vouchsafe
This day to be our guest. But go with speed,
And what thy stores contain, bring forth and pour
Abundance, fit to honour and receive
Our heavenly stranger; well we may afford
Our givers their own gifts, and large bestow
From large bestowed, where nature multiplies
Her fertile growth, and by disburdening grows
More fruitful, which instructs us not to spare.
To whom thus Eve. Adam, earth's hallowed mould,
Of God inspired, small store will serve, where store,
All seasons, ripe for use hangs on the stalk;
Save what by frugal storing firmness gains
To nourish, and superfluous moist consumes:
But I will haste and from each bough and brake,
Each plant and juiciest gourd will pluck such choice
To entertain our angel guest, as he
Beholding shall confess that here on earth
God hath dispensed his bounties as in heaven.
So saying, with dispatchful looks in haste
She turns, on hospitable thoughts intent
What choice to choose for delicacy best,
What order, so contrived as not to mix
Tastes, not well joined, inelegant, but bring
Taste after taste upheld with kindliest change,
Bestirs her then, and from each tender stalk

Desaprove os nectáreos tragos, de uva
Ou baga a maciez. Chamou-a Adão.
  Vem cá ver Eva, olha além p'ra leste
Entre as árvores, vê que vulto nobre
Se dirige p'ra cá; é quase a alva
De novo ao meio-dia; do Céu ordens
Altas talvez nos traga, e se digne
Hoje a ser nosso hóspede. Vai, vai,
E arranja provisões, no que houver põe
Abundância, o que honre e bem receba
O estrangeiro do Céu; bons dons podemos
Doar ao doador, e muito dar
Do muito dado, já que a natureza
Tão fértil tanto dá, mais fértil quanto
Mais se colhe, que aforros ela escusa.
  Disse Eva assim. Adão, molde sagrado,[22]
Ar de Deus, pouco chega onde a cópia
Sazonada qualquer estação a dá;
Salvo o que por frugal armazém ganha
Firmeza p'ra nutrir e humor supérfluo
Gasta: vou e de cada ramo ou feto,
De plantas ou abóboras sumosas
Trago o melhor ao gosto do anjo hóspede,
Que cuidará p'lo aspecto haver na terra
O que há no Céu, no gênero e no número.
  Nisto, com diligente olhar à pressa
Sai, decidida a afáveis pensamentos
De delícias, a achar o escol da escolha,
E por que ordem, a fim de não cruzar
Gostos sem união, gougres, só o que à boca
Sem quebra gosto após gosto em cadências
Lhe leve, eis o que a move, e de hastes tenras

[22] "Vermelho" em hebraico. Talvez querendo significar provindo da terra (cf. *Gn.* 2, 7).

Eastward among those trees, what glorious shape
Comes this way moving

Além p'ra leste
Entre as árvores, vê que vulto nobre
Se dirige p'ra cá

(V, 309-10)

Whatever earth all-bearing mother yields
In India east or west, or middle shore
In Pontus or the Punic coast, or where
Alcinous reigned, fruit of all kinds, in coat,
Rough, or smooth rined, or bearded husk, or shell
She gathers, tribute large, and on the board
Heaps with unsparing hand; for drink the grape
She crushes, inoffensive must, and meaths
From many a berry, and from sweet kernels pressed
She tempers dulcet creams, nor these to hold
Wants her fit vessels pure, then strews the ground
With rose and odours from the shrub unfumed.
Meanwhile our primitive great sire, to meet
His godlike guest, walks forth, without more train
Accompanied than with his own complete
Perfections, in himself was all his state,
More solemn than the tedious pomp that waits
On princes, when their rich retínue long
Of horses led, and grooms besmeared with gold
Dazzles the crowd, and sets them all agape.
Nearer his presence Adam though not awed,
Yet with submiss approach and reverence meek,
As to a superior nature, bowing low,
  Thus said. Native of heaven, for other place
None can than heaven such glorious shape contain;
Since by descending from the thrones above,
Those happy places thou hast deigned awhile
To want, and honour these, vouchsafe with us
Two only, who yet by sovereign gift possess

Tudo o que a terra mãe que tudo dá
No ocidente ou no oriente lá das Índias,
Ou no Ponto central[23] ou lá na púnica
Costa,[24] ou onde Alcínoo reinou,[25] fruto
De toda a sorte, em pele, careca, áspera,
Em casca, colhe e põe na mesa lauta
Posta com lauta mão; p'ra beber uvas
Mói, mosto inofensivo, e hidromel
De muitas bagas faz, e aos grãos premidos
Combina licores doces, que os acolhem
Vasos puros, depois a rosas junca
O chão, e arbusto exala não fumado.
Entretanto o primeiro dos pais ruma
A receber o hóspede divino,
Sem mais cortejo além das suas próprias
Perfeições, o aparato de si mesmo,
Mais solene que a pompa xaroposa
De príncipes, e a longa comitiva
De cavalos e moços de ouro untados
Que assombra a populaça boquiaberta.[26]
Mais perto dele Adão não boquiaberto,
Mas reverente e em húmil submissão,
Vergando-se ante um ser superior, disse.
  Nativo do Céu, pois que outro lugar
Nenhum vi que tais formas nobres tenha,
Já que desces dos tronos dos altares,
E de álacres lugares te dignaste
Por pouco a prescindir, p'ra glória destes,
Garante-nos aos dois, os que o dom régio

---

[23] No Mar Negro.

[24] De Cartago, a costa mais a nordeste no Mediterrâneo.

[25] Rei dos feácios. Os seus jardins são esplêndidos (cf. *Od.* VII, 112 ss.).

[26] Versos 354-7: Milton contrasta a realeza desnudada de Adão com a pompa que acompanhou a entrada de Carlos II em Londres, em 29 de maio de 1660.

This spacious ground, in yonder shady bower
To rest, and what the garden choicest bears
To sit and taste, till this meridian heat
Be over, and the sun more cool decline.
  Whom thus the angelic virtue answered mild.
Adam, I therefore came, nor art thou such
Created, or such place hast here to dwell,
As may not oft invite, though spirits of heaven
To visit thee; lead on then where thy bower
O'ershades; for these mid-hours, till evening rise
I have at will. So to the sylvan lodge
They came, that like Pomona's arbour smiled
With flowerets decked and fragrant smells; but Eve
Undecked, save with herself more lovely fair
Than wood-nymph, or the fairest goddess feigned
Of three that in Mount Ida naked strove,
Stood to entertain her guest from heaven; no veil
She needed, virtue-proof, no thought infirm
Altered her cheek. On whom the angel Hail
Bestowed, the holy salutation used
Long after to blest Mary, second Eve.
  Hail mother of mankind, whose fruitful womb
Shall fill the world more numerous with thy sons
Than with these various fruits the trees of God
Have heaped this table. Raised of grassy turf
Their table was, and mossy seats had round,
And on her ample square from side to side
All autumn piled, though spring and autumn here

Faz donos de ancho chão, a repousares
No caramanchel lá, e do escol do horto
Prova, até que a brasa meridiana
Se esvaia, e o sol mais frescor bafeje.
  Ao que mansa a virtude etérea disse.
Adão, por isso vim, nem tal serias
Ou tal lugar por teu terias se hóspedes
Mesmo que celestiais não recebesses;
Onde o caramanchel te dá a sombra
Indica-me pois; que esta tarde é minha
'Té à tardinha. À morada rústica
Chegaram, leda, como a de Pomona,[27]
Trajando flores e aromas; mas não Eva,
Seu traje sendo o traje de si belo
Mais do que é bela a ninfa da floresta,
Mais do que a deusa nua entre três
No Monte Ida, assim Eva ante o hóspede;
Véus dispensava, à prova de virtude,[28]
E sem tíbio pensar que a face mace.
Saudou-a com aves o anjo, hosana
Que a Maria se deu, segunda Eva.
  Ave ó mãe dos homens, cujo ventre
Com seus frutos dará ao mundo mais
Do que encheram as árvores de Deus
Esta mesa. Com pernas de torrões
A mesa, e cingida por musgosos
Bancos, e no correr do seu quadrado
O outono em pilha, 'inda que co'a prímula

[27] Deusa romana das árvores de frutos (cf. IX, 393-4n).

[28] Armada com virtude, embora a ambiguidade aqui resulte no oposto "armada contra a virtude", uma vez mais colocando a virtude de Eva em questão. Há contudo, a partir desta inferência, uma terceira leitura de concupiscência angélica: "à prova de virtude" pode querer significar "à prova da virtude angélica", a de Rafael, uma vez que Eva estava nua.

Danced hand in hand. A while discourse they hold;
No fear lest dinner cool; when thus began
Our author. Heavenly stranger, please to taste
These bounties which our nourisher, from whom
All perfect good unmeasured out, descends,
To us for food and for delight hath caused
The earth to yield; unsavoury food perhaps
To spiritual natures; only this I know,
That one celestial Father gives to all.
  To whom the angel. Therefore what he gives
(Whose praise be ever sung) to man in part
Spiritual, may of purest spirits be found
No ingrateful food: and food alike those pure
Intelligential substances require
As doth your rational; and both contain
Within them every lower faculty
Of sense, whereby they hear, see, smell, touch, taste,
Tasting concoct, digest, assimilate,
And corporeal to incorporeal turn.
For know, whatever was created, needs
To be sustained and fed; of elements
The grosser feeds the purer, earth the sea,
Earth and the sea feed air, the air those fires
Ethereal, and as lowest first the moon;
Whence in her visage round those spots, unpurged
Vapours not yet into her substance turned.
Nor doth the moon no nourishment exhale
From her moist continent to higher orbs.
The sun that light imparts to all, receives
From all his alimental recompense
In humid exhalations, and at even

Dance o outono. Falavam com vagar,
Que ali a refeição não arrefece;[29]
E o nosso autor propôs. Prova à vontade,
Estranho do Céu, que a lauta mesa deu-a
Aquele que dá todo o bem perfeito
E ingente, que a deleites e alimento
Por nós constrange a terra, quiçá dieta
Choca p'ra espirituais; mas isto sei,
Que a todos supre o Pai celestial.
  Ao que o anjo tornou. Se é o que dá
(Louvado seja) ao homem espiritual
Em parte, pois que a espíritos tão puros
Não seja ingrata: tal ração requerem
Puras e intelectíveis naturezas,
Tal como a racional em vós; contêm
Ambas as faculdades inferiores
Dos sentidos, que escutam, veem, cheiram,
Palpam, provam, provando moem, esmoem,
Assimilam, e muda em incorpóreo[30]
O corpóreo. Quem foi criado pede
Sustento e nutrição; dos elementos
O impuro nutre o puro, o mar a terra,
Terra e mar nutrem o ar, o ar os etéreos
Fogos, e por menor primeiro a lua,
Donde em volta às feições aquelas manchas
De vapor por purgar, não substanciado
Nela ainda. Nem ela nutre em sopros
Do úmido continente os altos orbes.
O sol que a luz a tudo dá, recebe
De sua recompensa nutritiva
Em exalações úmidas, e ceia

[29] O fogo é resultado da Queda (ver X, 1078 ss.).

[30] Três etapas da digestão.

Sups with the ocean: though in heaven the trees
Of life ambrosial fruitage bear, and vines
Yield nectar, though from off the boughs each morn
We brush mellifluous dews, and find the ground
Covered with pearly grain: yet God hath here
Varied his bounty so with new delights,
As may compare with heaven; and to taste
Think not I shall be nice. So down they sat,
And to their viands fell, nor seemingly
The angel, nor in mist, the common gloss
Of theologians, but with keen despatch
Of real hunger, and concoctive heat
To transubstantiate; what redounds, transpires
Through spirits with ease; nor wonder; if by fire
Of sooty coal the empiric alchemist
Can turn, or holds it possible to turn
Metals of drossiest ore to perfect gold
As from the mine. Meanwhile at table Eve
Ministered naked, and their flowing cups
With pleasant liquors crowned: oh innocence
Deserving Paradise! If ever, then,
Then had the sons of God excuse to have been
Enamoured at that sight; but in those hearts
Love unlibidinous reigned, nor jealousy
Was understood, the injured lover's hell.
  Thus when with meats and drinks they had sufficed,
Not burdened nature, sudden mind arose
In Adam, not to let the occasion pass
Given him by this great conference to know
Of things above his world, and of their being
Who dwell in heaven, whose excellence he saw
Transcend his own so far, whose radiant forms'

Com o oceano; embora no Céu árvores
Da vida ambrósia deem, e videiras
Néctar, embora aos galhos matutinos
Escovemos rol melífluo, e se esconda
O chão no maná, 'inda Deus as dádivas
Diversificou cá com mais deleites,
Aos do Céu comparáveis; e a prová-los
Não farei cerimônias. Assentaram-se,
E às viandas passaram, nem de aspecto
O anjo, nem em vapor, glosa comum
De teólogos, mas co'a ávida vontade
Do faminto que quer transubstanciar
A enérgica cocção; e o excedente
Fácil transpiram espíritos; e admira?
Se o alquimista amador do carvão ígneo
Faz, ou se acha capaz de fazer, ouro
A partir de metais brutos, puro ouro
Como o que à mina extrai. Entretanto Eva
Servia nua, e as taças profusas
Coroava com licores: ó inocência[31]
Digna do Paraíso! Se algum dia,
Ali teriam anjos bom pretexto
P'ra uma atração; mas seus corações
Coroavam sem libido o amor, nem ciúme
Se antevia, do amante ferido o inferno.
Assim que do festim ficaram fartos,
Não enfartados, veio ideia súbita
A Adão de não deixar passar o ensejo,
Esta oportunidade de saber
Coisas p'ra além do mundo, e dos seres
Que habitam o Céu, cuja excelência
Transcende a sua, cuja forma a forma

---

[31] Cheio até a borda, ideia clássica bastante frequentada (ver por exemplo *Il.* I, 470).

Divine effulgence, whose high power so far
Exceeded human, and his wary speech
Thus to the empyreal minister he framed.
  Inhabitant with God, now know I well
Thy favour, in this honour done to man,
Under whose lowly roof thou hast vouchsafed
To enter, and these earthly fruits to taste,
Food not of angels, yet accepted so,
As that more willingly thou couldst not seem
At heaven's high feasts to have fed: yet what compare?
  To whom the wingèd hierarch replied.
O Adam, one almighty is, from whom
All things proceed, and up to him return,
If not depraved from good, created all
Such to perfection, one first matter all,
Indued with various forms, various degrees
Of substance, and in things that live, of life;
But more refined, more spirituous, and pure,
As nearer to him placed or nearer tending
Each in their several active spheres assigned,
Till body up to spirit work, in bounds
Proportioned to each kind. So from the root
Springs lighter the green stalk, from thence the leaves
More airy, last the bright consummate flower
Spirits odorous breathes: flowers and their fruit
Man's nourishment, by gradual scale sublimed
To vital spirits aspire, to animal,
To intellectual, give both life and sense,
Fancy and understanding, whence the soul
Reason receives, and reason is her being,

Divina a molda, cuja força excede
A dos homens, e o próvido discurso
Ao ministro celeste estruturou.
  Vizinho de Deus, sei agora bem
O teu favor, nesta honra dada ao homem,
Sob cujo humilde teto te dignaste
Entrar, a degustar frutos da terra,
Alimento não de anjos, mas aceite,
E com mais gosto, igual ao que adivinho
Nos banquetes do Céu: comparo bem?
  Ao que o hierarca alado respondeu.
Adão, onipotente é um, de quem
Tudo procede, e a quem tudo retorna,
Se não já depravado, tudo fez
P'ra ser perfeito, uma só matéria
Tornada várias formas, vários graus
De substância, e em vida o que é vivo;
Mais refinados, puros, espirituais,
Tal consoante a adjacência, ou tendência
De cada um em cada esfera ativa,
'Té ser espírito o corpo, nos limites
Proporcionais a cada um. Da base
Brota mais leve o verde caule, e airosas
As folhas mais, e a flor enfim perfeita
Exala etéreo odor: as flores e os frutos,
Alimento do homem, sublimados[32]
Grau a grau a vitais fluidos aspiram,[33]
A animais, intelectuais, vida e sentidos
Dão, imaginação e compreensão,
Donde obtém razão a alma, razão é,

[32] Elevados, refinados, um termo da alquimia.

[33] Aponta para a *scala naturae*, ou "escada cósmica" (cf. abaixo verso 509).

To whom the wingèd hierarch replied.
O Adam, one almighty is, from whom
All things proceed

Ao que o hierarca alado respondeu.
Adão, onipotente é um, de quem
Tudo procede

(V, 468-70)

Discursive, or intuitive; discourse
Is oftest yours, the latter most is ours,
Differing but in degree, of kind the same.
Wonder not then, what God for you saw good
If I refuse not, but convert, as you,
To proper substance; time may come when men
With angels may participate, and find
No inconvenient diet, nor too light fare:
And from these corporal nutriments perhaps
Your bodies may at last turn all to spirit,
Improved by tract of time, and winged ascend
Ethereal, as we, or may at choice
Here or in heavenly paradises dwell;
If ye be found obedient, and retain
Unalterably firm his love entire
Whose progeny you are. Meanwhile enjoy
Your fill what happiness this happy state
Can comprehend, incapable of more.
To whom the patriarch of mankind replied.
O favourable spirit, propitious guest,
Well hast thou taught the way that might direct
Our knowledge, and the scale of nature set
From centre to circumference, whereon
In contemplation of created things
By steps we may ascend to God. But say,
What meant that caution joined, *If ye be found*
Obedient? Can we want obedience then
To him, or possibly his love desert
Who formed us from the dust, and placed us here
Full to the utmost measure of what bliss
Human desires can seek or apprehend?

Discursiva, intuitiva;[34] a primeira
Mais vossa, a segunda nossa mais,
Em grau só diferindo, não em gênero.
Não te admires, se Deus to deu por bom,
Não o recusar eu, mas substanciá-lo
Como tu, no que me é próprio; um dia
Homens com anjos parte tomarão
Da mesma dieta, nem leve nem farta,
E talvez de corpórea refeição
Vossos corpos se mudem em espírito,
Apurados por lapso temporal,
E asas tomem etéreos, como nós,
E escolham paraíso térreo ou célico:
Se obediente te acharem, e imutável
Conservares bem firme o amor inteiro
Do qual radicas. Goza entretanto
Felicidade tanta quanto o estado
Feliz possa abranger, que a mais não pode.
 Ao qual o patriarca de homens disse.
Ó espírito fautor, propício hóspede,
Bem ensinaste à nossa erudição
Rumo a seguir, e a escala da natura
Que à circunferência vai do centro, de onde
Contemplando o que foi criado a Deus
Possamos por degraus ascender. Mas
Diz-me, que significa *se te acharem*
Obediente? Podemos a obediência
Subtrair-lhe, ou quiçá do amor fugir
Que nos formou do pó, e aqui nos pôs
Da medida maior do bem repletos
Mais do que humanos buscam ou concebem?

---

[34] Aquino distinguiu a intuição angélica (a imediata apreensão da verdade) da razão humana (o processo que vai das premissas às conclusões).

To whom the angel. Son of heaven and earth,
Attend: that thou art happy, owe to God;
That thou continu'st such, owe to thyself,
That is, to thy obedience; therein stand.
This was that caution giv'n thee; be advised.
God made thee perfect, not immutable;
And good he made thee, but to persevere
He left it in thy power, ordained thy will
By nature free, not over-ruled by fate
Inextricable, or strict necessity;
Our voluntary service he requires,
Not our necessitated, such with him
Finds no acceptance, nor can find, for how
Can hearts, not free, be tried whether they serve
Willing or no, who will but what they must
By destiny, and can no other choose?
Myself and all the angelic host that stand
In sight of God enthroned, our happy state
Hold, as you yours, while our obedience holds;
On other surety none; freely we serve,
Because we freely love, as in our will
To love or not; in this we stand or fall:
And some are fallen, to disobedience fallen,
And so from heaven to deepest hell; oh fall
From what high state of bliss into what woe!
To whom our great progenitor. Thy words
Attentive, and with more delighted ear,
Divine instructor, I have heard, than when
Cherubic songs by night from neighbouring hills
Aërial music send: nor knew I not
To be both will and deed created free;
Yet that we never shall forget to love
Our maker, and obey him whose command
Single, is yet so just, my constant thoughts
Assured me and still assure: though what thou tellst

Disse o anjo. De Céu e terra filho,
Escuta: se feliz és, a Deus o deves;
P'ra continuar a sê-lo, a ti só,
Isto é, à obediência; nela firma-te.
Foi este o aviso só; sê avisado.
Perfeito te fez Deus, não imutável;
E bom te fez, porém perseverança
Deixou em teu poder, fez-te a vontade
Livre por natureza, e não regida
Por sorte inextricável, ou por estrita
Necessidade; quer-nos voluntários,
Não forçados, p'ra ele inaceitável
Seria, e como não, vão corações
Não livres ser julgados, sirvam livres
Ou não, sem o direito de escolherem
Senão o que o destino já escolheu?
Eu próprio e toda a hoste de anjos lá
Ante o trono de Deus, feliz nos temos
Também enquanto é firme a obediência;
Certezas não há mais; livres servimos
Porque livres amamos, opção nossa
Amar ou não; aqui se cai ou firma.
E alguns caíram já, desobedientes,
E assim do Céu ao fundo fosso. Oh queda!
De que altura feliz a que dor funda!
Disse o progenitor nosso. Teu verbo
Atento, e de ouvido mais contente,
Ouvi, tutor divino, mais do que ouço
Canções de querubins de montes próximos
Que etéreas árias mandam à noitinha.
Querer e fazer livres ignorava,
Mas firmes pensamentos ontem e hoje
Me lembram que o amor p'lo criador
Esquecer não devo, nem a ordem única
Que mais a mais é justa. Tenho embora,

Hath passed in heaven, some doubt within me move,
But more desire to hear, if thou consent,
The full relation, which must needs be strange,
Worthy of sacred silence to be heard;
And we have yet large day, for scarce the sun
Hath finished half his journey, and scarce begins
His other half in the great zone of heaven.
  Thus Adam made request, and Raphael
After short pause assenting, thus began.
  High matter thou enjoinst me, O prime of men,
Sad task and hard, for how shall I relate
To human sense the invisible exploits
Of warring spirits; how without remorse
The ruin of so many glorious once
And perfect while they stood; how last unfold
The secrets of another world, perhaps
Not lawful to reveal? Yet for thy good
This is dispensed, and what surmounts the reach
Of human sense, I shall delineate so,
By likening spiritual to corporal forms,
As may express them best, though what if earth
Be but the shadow of heav'n, and things therein
Each to other like, more than on earth is thought?
  As yet this world was not, and Chaos wild
Reigned where these heavens now roll, where earth now rests
Upon her centre poised, when on a day
(For time, though in eternity, applied
To motion, measures all things durable
By present, past, and future) on such day

Do que contas passado no Céu, dúvidas,
Mas mais curiosidade, se assentires
Ao relato total, por força estranho,
De silêncio sagrado digno o ouvi-lo;
E temos todo o dia, mal traçou
O sol metade ao curso, mal começa
A segunda metade no amplo céu.
 Assim pediu Adão, e Rafael
Após breves momentos assentiu.
 Alto assunto me impões, ó primor de homens,
Triste é e árdua função, como contar
Ao senso humano feitos invisíveis
De espíritos hostis, como ser frio
Ante a ruína de tantos tão gloriosos
E perfeitos um dia, como abrir
Segredos de outro mundo, inconcessos
Quiçá à narração? Bem, p'lo teu bem
Tal te dou, e o que fuja à compreensão
Do senso humano assim to esboçarei,
Unindo o espiritual ao semelhante
Corpóreo, que o ilustre, como sombras
Que a terra do Céu fosse, e lá as coisas
Mais do que a terra crê, fossem seus símeis.[35]
 Como agora não era a terra, e árido
Rei, o Caos, as moções aos céus regia
E o eixo à terra, quando num tal dia
(O tempo, mesmo eterno, dependente
De movimento, mede o que é durável
No presente, passado, e no futuro),

---

[35] Versos 574-6. Teoria platônica que considera o nosso mundo como uma sombra do divino (cf. *Rep*. X). Milton, no entanto, aproxima-os, sublinhando as suas semelhanças e não tanto as suas diferenças.

As heaven's great year brings forth, the empyreal host
Of angels by imperial summons called,
Innumerable before the almighty's throne
Forthwith from all the ends of heaven appeared
Under their hierarchs in orders bright
Ten thousand thousand ensigns high advanced,
Standards, and gonfalons twixt van and rear
Stream in the air, and for distinction serve
Of hierarchies, of orders, and degrees;
Or in their glittering tissues bear imblazed
Holy memorials, acts of zeal and love
Recorded eminent. Thus when in orbs
Of circuit inexpressible they stood,
Orb within orb, the Father infinite,
By whom in bliss embosomed sat the Son,
Amidst as from a flaming mount, whose top
Brightness had made invisible, thus spake.
    Hear all ye angels, progeny of light,
Thrones, dominations, princedoms, virtues, powers,
Hear my decree, which unrevoked shall stand.
This day I have begot whom I declare
My only Son, and on this holy hill
Him have anointed, whom ye now behold
At my right hand; your head I him appoint;
And by myself have sworn to him shall bow
All knees in heaven, and shall confess him Lord:
Under his great vicegerent reign abide
United as one individual soul
For ever happy: him who disobeys
Me disobeys, breaks union, and that day

Do Céu o ano magno,[36] hostes de anjos
Intimadas por voz imperial,
Imensos ante o trono onipotente,
Dos confins do Céu logo apareceram
Seguindo a hierarquia de ordens áureas;
Dez mil vezes dez mil de insígnias altas,
Estandartes, gonfalões de vante a ré
Serpenteiam no ar, por distintivos
De hierarquias, graus, e ordens; panos
Cintilantes levavam, brasonados
Com memoriais sagrados e atos celsos
De zelo e amor gravados. Quando em orbes
De arcos inexprimíveis se firmaram,
Orbe em orbe, o infinito Pai, ao lado
Do qual o Filho está em beatitude,
Como de sarça ardente, cujo topo
Cegasse todo o brilho, assim falou.
  Ouvi-me anjos, da luz prole, potências,
Virtudes, possessões, tronos, domínios,
O decreto, por meu irrevogável.
Hoje concebi quem meu unigênito
Declaro, e aqui neste sacro monte
O ungi, a quem agora à minha destra
Contemplais; por cabeça vos decreto;
E todo o joelho o Céu há-de dobrar
Ante ele, confessando-o Senhor.
Sob o seu vice-reino,[37] digo-o, quero-vos
Unos como uma alma só, p'ra sempre
Felizes: quem lhe negue a obediência
A mim a nega, rompe união, e um dia

[36] O período que completa um ciclo inteiro nos céus, em que os corpos celestes regressam à sua posição original. A estimativa de Platão não é certa, mas aponta para 36 mil anos (cf. *Timeu*, 39d).

[37] Exercendo a autoridade de Deus.

Cast out from God and blessed vision, falls
Into utter darkness, deep engulfed, his place
Ordained without redemption, without end.
  So spake the omnipotent, and with his words
All seemed well pleased, all seemed, but were not all.
That day, as other solemn days, they spent
In song and dance about the sacred hill,
Mystical dance, which yonder starry sphere
Of planets and of fixed in all her wheels
Resembles nearest, mazes intricate,
Eccentric, intervolved, yet regular
Then most, when most irregular they seem:
And in their motions harmony divine
So smooths her charming tones, that God's own ear
Listens delighted. Evening now approached
(For we have also our evening and our morn,
We ours for change delectable, not need)
Forthwith from dance to sweet repast they turn
Desirous; all in circles as they stood,
Tables are set, and on a sudden piled
With angels' food, and rubied nectar flows:
In pearl, in diamond, and massy gold,
Fruit of delicious vines, the growth of heaven.
On flowers reposed, and with fresh flowerets crowned,
They eat, they drink, and in communion sweet
Quaff immortality and joy, secure
Of surfeit where full measure only bounds
Excess, before the all-bounteous king, who showered
With copious hand, rejoicing in their joy.
Now when ambrosial night with clouds exhaled
From that high mount of God, whence light and shade

Expulso de Deus, da santa visão, cai
Às trevas exteriores, no abismo,
Seu lar sem redenção nem fim p'ra dores.
  Do Onipotente o verbo ar de júbilo
A todos deu, e a alguns não mais do que ar.
Como em dias solenes, foi tal dia
P'ra canto e dança à volta do chão santo,
Dança mística, a qual a estelar esfera
De planetas e fixas nos seus arcos
Parece mais afim, complexo dédalo
Excêntrico,[38] enrolado, mais regrado
Que os demais, quando mais parece anômalo,
E tanto adoça a dança com seus tons
A harmonia divina, que Deus ouve
E ouvindo Deus se apraz. Co'a noite próxima
(Pois nós também manhãs e noites temos,
P'ra agradável diferença, não por falta),
Da dança p'ra feliz ceia se voltam
Ávidos; como então em circunferência
Põem-se mesas, logo recheadas
Com manjar de anjos, corre o néctar rúbeo
Em pérola, diamante, ouro maciço,
De colheita do Céu as uvas doces.
Em flores, com florinhas por coroa,
Comem, bebem, em doce comunhão,
Largos tragos de gozo e eternidade,
A salvo de farturas, onde o excesso
Cerceia excessos, ante o rei do muito,
Que com copiosa mão se alegra neles.
E agora quando a núvea noite ambrósia[39]
Traz do monte sagrado, de onde sombra

---

[38] Uma órbita planetária afastada do centro ou irregular.

[39] *Il.* II, 57.

Spring both, the face of brightest heaven had changed
To grateful twilight (for night comes not there
In darker veil) and roseate dews disposed
All but the unsleeping eyes of God to rest,
Wide over all the plain, and wider far
Than all this globous earth in plain outspread,
(Such are the courts of God) the angelic throng
Dispersed in bands and files their camp extend
By living streams among the trees of life,
Pavilions numberless, and sudden reared,
Celestial tabernacles, where they slept
Fanned with cool winds, save those who in their course
Melodious hymns about the sovereign throne
Alternate all night long: but not so waked
Satan, so call him now, his former name
Is heard no more in heaven; he of the first,
If not the first archangel, great in power,
In favour and pre-eminence, yet fraught
With envy against the Son of God, that day
Honoured by his great Father, and proclaimed
Messiah king anointed, could not bear
Through pride that sight, and thought himself impaired.
Deep malice thence conceiving and disdain,
Soon as midnight brought on the dusky hour
Friendliest to sleep and silence, he resolved
With all his legions to dislodge, and leave
Unworshipped, unobeyed the throne supreme
Contemptuous, and his next subordinate
Awak'ning, thus to him in secret spake.

E luz nascem, e a face ao Céu altera
P'ra crepuscular (véu brunal a noite
Não usa ali) e o róseo orvalho sela
Todos os olhos, menos o olho insone
De Deus, por todo o plaino, e além mais
P'ra além deste chão esférico aplainado
(Tais os átrios de Deus), o enxame de anjos
Em facções e colunas ao pé de árvores
Da vida e vivos veios armam tendas,
Infindos pavilhões, e erguidos súbitos,
Celestiais tabernáculos, que o sono
Lhes recebe num leque de bons ventos,
Menos aos que em redor do trono hinos
Trocam p'la noite fora: não tão vígil
Satã, seu nome agora, que o de outrora[40]
Já não se ouve no Céu, se não primeiro
Entre arcanjos primeiros, não menor
Em favor e eminência; este em cólera,
De Deus odiando o Filho, nesse dia
Honrado pelo Pai, e proclamado
Rei Messias[41] ungido, não conteve
Na altivez tal visão, e achou-se leso.
Concebendo desdém e vil malícia,
Logo que a meia-noite trouxe as sombras
Amigas do descanso, decidiu
Destroçar com as tropas, e deixar
Por louvar, por cumprir, o trono máximo,
Insolente, e ao seu subordinado
Acordando-o, falou-lhe em confidência.

---

[40] A tradição patrística tomou *Is*. 14, 12 como fundamento para o nome original de Satã, "Lúcifer".

[41] O ungido.

Sleepst thou companion dear, what sleep can close
Thy eyelids? And rememberst what decree
Of yesterday, so late hath passed the lips
Of heaven's almighty? Thou to me thy thoughts
Wast wont, I mine to thee was wont to impart;
Both waking we were one; how then can now
Thy sleep dissent? New laws thou seest imposed;
New laws from him who reigns, new minds may raise
In us who serve, new counsels, to debate
What doubtful may ensue, more in this place
To utter is not safe. Assemble thou
Of all those myriads which we lead the chief;
Tell them that by command, ere yet dim night
Her shadowy cloud withdraws, I am to haste,
And all who under me their banners wave,
Homeward with flying march where we possess
The quarters of the north, there to prepare
Fit entertainment to receive our king
The great Messiah, and his new commands,
Who speedily through all the hierarchies
Intends to pass triumphant, and give laws.

So spake the false archangel, and infused
Bad influence into the unwary breast
Of his associate; he together calls,
Or several one by one, the regent powers,
Under him regent, tells, as he was taught,
That the most high commanding, now ere night,
Now ere dim night had disencumbered heaven,
The great hierarchal standard was to move;
Tells the suggested cause, and casts between
Ambiguous words and jealousies, to sound

Dormes caro parceiro, pode pálpebras[42]
Cerrar-te o sono? De ontem o decreto
Já te esquece, que os lábios do altíssimo
Ainda mal deixou? Acostumara-me
A trocar pensamentos meus p'los teus,
Acordes no acordar; por que hás-de agora
No sono dissentir? Novas leis vês;
Novas leis do rei, novos fins na grei
Devem causar, conselhos que discutam
O curso do debate; mas aqui
Falar não é prudente. Das miríades
Que chefiamos reúne os principais;
E de ordens, diz-lhes que antes que retire
A noite o negro véu devo partir,
E comigo os meus súditos que lábaros
Me acenam, de regresso em marcha alada
Aos quarteirões do norte,[43] p'ra arranjarmos
Entretém bem à altura do Messias,
Grande rei, e os seus novos mandamentos,
Que veloz não olhando a hierarquias
Quer passar triunfante, e dele as leis.
  Falou o falso arcanjo, e infundiu
Seu ascendente mau no incauto peito
Do seu adjunto; chama ele a uma,
Ou à vez, uma a uma, as potestades
Por si regidas; conta, como ouviu,
O que o mais alto quis, que antes que a noite,
Antes que a turva noite o Céu deixasse,
Cumpria pôr em marcha a grande insígnia:
Conta a causa suposta, e urde ambíguas
Palavras e melindres, p'ra provar

---

[42] Eco da épica clássica (cf. o sonho que desperta Agamêmnon, *Il.* II, 23).

[43] Lugar tradicionalmente associado a Satã (cf. *Is.* 14, 13).

Or taint integrity; but all obeyed
The wonted signal, and superior voice
Of their great potentate; for great indeed
His name, and high was his degree in heaven;
His countenance, as the morning star that guides
The starry flock, allured them, and with lies
Drew after him the third part of heaven's host:
Meanwhile the eternal eye, whose sight discerns
Abstrusest thoughts, from forth his holy mount
And from within the golden lamps that burn
Nightly before him, saw without their light
Rebellion rising, saw in whom, how spread
Among the sons of morn, what multitudes
Were banded to oppose his high decree;
And smiling to his only Son thus said.
   Son, thou in whom my glory I behold
In full resplendence, heir of all my might,
Nearly it now concerns us to be sure
Of our omnipotence, and with what arms
We mean to hold what anciently we claim
Of deity or empire, such a foe
Is rising, who intends to erect his throne
Equal to ours, throughout the spacious north;
Nor so content, hath in his thought to try
In battle, what our power is, or our right.
Let us advise, and to this hazard draw
With speed what force is left, and all employ
In our defence, lest unawares we lose
This our high place, our sanctuary, our hill.
   To whom the Son with calm aspéct and clear
Lightning divine, ineffable, serene,

Ou manchar inteirezas; acataram
Normalmente o sinal, e a voz suprema
Do grande potentado; em verdade
Grande era o nome e alto o grau no Céu;
Seu semblante, qual estrela de alva guiando
O estelante rebanho, seduziu-os,
E em logro atrás levou a terça parte[44]
Ao Céu: o olho eternal, que bispa abstrusos
Pensamentos, do seu monte sagrado
E de dentro das lâmpadas que luzem
Áureas à noite ante ele, viu sem luz
Erguer-se a rebeldia, de quem vinha,
A quem chegava entre os filhos da alva,
Quantos se uniam contra o alto édito,
E sorrindo falou ao Unigênito.
　Filho, em quem contemplo a minha glória
Em plena luz, herdeiro do meu mando,
Importa-nos agora ver se é certa
A nossa onipotência, com que armas
Planeamos manter velhas pretensões
De império ou divindade, que um rival
Se levanta, e um trono igual ao nosso
Quer erigir, p'lo vasto norte afora;
Não contente, faz planos de testar
À força a nossa força, ou os direitos.
Meditemos, e neste risco usemos
O que restar da força, e toda em prol
Da defesa, não vá custar-nos Céu,
Altar e monte a nossa negligência.
　A quem o Filho manso de semblante,
E raiando divino e inefável,

[44] Marchando à frente, Satã identifica-se com a estrela da tarde, e não com a estrela-d'alva, no trem da noite a última (cf. V, 166). A inversão pode dever-se a um conflito de sentimentos, já que Satã (Lúcifer) leva os seus apenas rumo à noite.

Made answer. Mighty Father, thou thy foes
Justly hast in derision, and secure
Laughst at their vain designs and tumults vain,
Matter to me of glory, whom their hate
Illústrates, when they see all regal power
Giv'n me to quell their pride, and in event
Know whether I be dextrous to subdue
Thy rebels, or be found the worst in heav'n.
  So spake the Son, but Satan with his powers
Far was advanced on wingèd speed, an host
Innumerable as the stars of night,
Or stars of morning, dewdrops, which the sun
Impearls on every leaf and every flower.
Regions they passed, the mighty regencies
Of seraphim and potentates and thrones
In their triple degrees, regions to which
All thy dominion, Adam, is no more
Than what this garden is to all the earth,
And all the sea, from one entire globose
Stretched into longitude; which having passed
At length into the limits of the north
They came, and Satan to his royal seat
High on a hill, far blazing, as a mount
Raised on a mount, with pyramids and towers
From diamond quarries hewn, and rocks of gold,
The palace of great Lucifer (so call
That structure in the dialect of men
Interpreted), which not long after, he
Affecting all equality with God,

Sereno respondeu. Pai poderoso,
Troças bem de rivais, e bem seguro
Ris de seus planos vãos e vãos tumultos,
Que em glória se traduz p'ra mim, cujo ódio
Ilustra, quando a força virem minha
P'ra lhes reprimir proa, e no fim
Saberem se sou destro a subjugar
Rebeldes, se o menor a ser no Céu.
  Disse o Filho, porém com seus exércitos
Satã com pressa alada ia já,
Hoste infinda como estrelas da noite,
Ou estrelas da manhã, gotas de orvalho,
Que em cada folha e flor o sol aljofra.
Regiões p'ra trás deixaram as regências
Fortes de serafins, poderes, tronos
Na tripla gradação,[45] regiões p'ras quais,
Adão, os teus domínios não são mais
Do que é p'ra toda a terra o teu jardim,
E p'ra todo o mar, de um globoide inteiro
Achatando; transpostas já enfim
Dos limites do norte se acercaram,
E Satã do seu trono régio prócero
Em colina, fulgente, como um monte
Num monte, com pirâmides e torres
De diamantes talhados e áureas rochas,
O palácio de Lúcifer (assim
O nome da estrutura no idioma
Dos homens), o qual não muito depois,
Aspirando à divina proporção,

---

[45] Aludindo ao sistema de hierarquias angélicas de Dionísio, o Areopagita, que distinguia nove ordens e as reunia em grupos de três: Serafins, Querubins, Tronos; Domínios, Virtudes, Potestades; Principados, Arcanjos, Anjos. Milton segue a tradição protestante que rejeita esta compartimentação estrita, nomeadamente quando atribui a Miguel e ao próprio Satã, entre os Arcanjos, papel de destaque e eminência.

In imitation of that mount whereon
Messiah was declared in sight of heaven,
The Mountain of the Congregation called;
For thither he assembled all his train,
Pretending so commanded to consult
About the great reception of their king,
Thither to come, and with calumnious art
Of counterfeited truth thus held their ears.
  Thrones, dominations, princedoms, virtues, powers,
If these magnific titles yet remain
Not merely titular, since by decree
Another now hath to himself engrossed
All power, and us eclipsed under the name
Of king anointed, for whom all this haste
Of midnight march, and hurried meeting here,
This only to consult how we may best
With what may be devised of honours new
Receive him coming to receive from us
Knee-tribute yet unpaid, prostration vile,
Too much to one, but double how endured,
To one and to his image now proclaimed?
But what if better counsels might erect
Our minds and teach us to cast off this yoke?
Will ye submit your necks, and choose to bend
The supple knee? Ye will not, if I trust
To know ye right, or if ye know yourselves
Natives and sons of heaven possessed before
By none, and if not equal all, yet free,
Equally free; for orders and degrees
Jar not with liberty, but well consist.
Who can in reason then or right assume
Monarchy over such as live by right
His equals, if in power and splendour less,
In freedom equal? Or can introduce
Law and edíct on us, who without law

Reproduzindo o monte que afirmou
O Messias no Céu presente aos seus,
Se chamaria da Congregação;
Pois para ali chamou todo o seu séquito,
Fingindo nessa ordem a consulta
Sobre a recepção magna a dar ao rei,
Que ali havia de ir, e co'arte infame
De verdade mendaz juntou ouvidos.
Domínios, principados, potestades,
Virtudes, tronos, se é que os magnos títulos
Não são só titulares, já que o édito
Açambarcou p'ra outro todo o mando
E a nós nos eclipsou sob um só nome,
O do ungido, por quem todo o alvoroço
À meia-noite, o encontro pressuroso,
E tal só p'ra saber como melhor,
Do que de honras novéis seja forjado,
Recebê-lo ao chegar p'ra receber-nos
Dever de joelho ainda de pé; vil
Prostração: se dobrá-lo a um é muito,
Dobrá-lo o dobro é erro, porque a um duplo.
E se melhor juízo nos anime
E nos ensine a pôr de parte o jugo?
Submetereis cervizes, dobrareis
O joelho suplicante? Não, se bem
Vos conheço, se bem vos conheceis
A vós, nados do Céu, de ninguém antes,
E se não iguais todos, porém livres,
Livres em igual, que ordens e hierarquias
Não chocam com o livre, mas combinam.
Quem pode justamente defender
Um rei que é por direito sobre os outros
Seus iguais, se em poder e esplendor menos,
Em liberdade iguais? Ou admitir
Édito e lei em quem sem lei não erra,

Err not, much less for this to be our lord,
And look for adoration to the abuse
Of those imperial titles which assert
Our being ordained to govern, not to serve?
  Thus far his bold discourse without control
Had audience, when among the seraphim
Abdiel, than whom none with more zeal adored
The Deity, and divine commands obeyed,
Stood up, and in a flame of zeal severe
The current of his fury thus opposed.
  Oh argument blasphémous, false and proud!
Words which no ear ever to hear in heaven
Expected, least of all from thee, ingrate
In place thyself so high above thy peers.
Canst thou with impious obloquy condemn
The just decree of God, pronounced and sworn,
That to his only Son by right endued
With regal sceptre, every soul in heaven
Shall bend the knee, and in that honour due
Confess him rightful king? Unjust thou sayst
Flatly unjust, to bind with laws the free,
And equal over equals to let reign,
One over all with unsucceeded power.
Shalt thou give law to God, shalt thou dispute
With him the points of liberty, who made
Thee what thou art, and formed the powers of heaven
Such as he pleased, and circumscribed their being?
Yet by experience taught we know how good,
And of our good, and of our dignity
How provident he is, how far from thought
To make us less, bent rather to exalt
Our happy state under one head more near
United. But to grant it thee unjust,

Muito menos fazer deste Senhor,
Que busca prostração ao arrepio
De honras imperiais que nos afirmam
Mandatados p'ra mando, não p'ra jugo?
  Até aqui o indômito discurso
Teve audiência, quando entre os serafins
Abdiel,[46] cujo zelo a Deus é ímpar,
No louvor e no acato de ordens altas,
Se ergueu, e ardendo em zelo mais severo
À corrente da fúria assim se opôs.
  Ó blasfemo argumento, falso e inflado!
Verbo que ouvido algum ouvir no Céu
Esperava, muito menos de ti, ingrato,
Em lugar já acima dos teus pares.
Poderás com calúnias condenar
De Deus o bom decreto, proferido
E jurado, que ao seu Filho dotado
Por lei de real cetro se ajoelhasse
Toda a alma no Céu, e em justa honra
O confessasse rei? Injusto dizes,
E injusto é, atar com leis os livres,
E deixar reinar sobre iguais o igual,
Sobre os demais um rei sem sucessão.
Darás tu leis a Deus, disputarás
Teses de liberdade, a quem te fez
Tal como és, e compôs como lhe aprouve
As potências do Céu e os seus limites?
E sabemos p'la prática quão bom,
E deste nosso bem e dignidade
Quão próvido é, longe de apoucar-nos,
Antes mais inclinado a engrandecer-nos
O estado feliz, sob cerviz mais próximos
Unidos. Mas cedendo ser injusto

[46] Hebraico para "servo de Deus".

That equal over equals monarch reign:
Thyself though great and glorious dost thou count,
Or all angelic nature joined in one,
Equal to him begotten Son? By whom
As by his word the mighty Father made
All things, even thee, and all the spirits of heaven
By him created in their bright degrees,
Crowned them with glory, and to their glory named
Thrones, dominations, princedoms, virtues, powers
Essential powers, nor by his reign obscured,
But more illustrious made, since he the head
One of our number thus reduced becomes,
His laws our laws, all honour to him done
Returns our own. Cease then this impious rage,
And tempt not these; but hasten to appease
The incensèd Father, and the incensèd Son,
While pardon may be found in time besought.
  So spake the fervent angel, but his zeal
None seconded, as out of season judged,
Or singular and rash, whereat rejoiced
The apostate, and more haughty thus replied.
That we were formed then sayst thou? And the work
Of secondary hands, by task transferred
From Father to his Son? Strange point and new!
Doctrine which we would know whence learned: who saw
When this creation was? Rememberst thou
Thy making, while the maker gave thee being?
We know no time when we were not as now;
Know none before us, self-begot, self-raised
By our own quickening power, when fatal course
Had circled his full orb, the birth mature
Of this our native heaven, ethereal sons.
Our puissance is our own, our own right hand

Que igual sobre iguais reine suserano:
Assim te crês, por muito grande e honrado,
Ou subsumindo os anjos todos num,
Igual ao Unigênito, por quem
Mediante o Verbo o Pai fez tudo o que há,
Até a ti, e a espíritos celestes
Criou nos graus de luz, coroou com glória
E p'ra glória nomeou-os, principados,
Domínios, tronos, virtudes, potências
Potências essenciais, não encandeados
P'lo seu reinado, antes mais insignes,
Já que ele o chefe em um de nós se estreita,
E às nossas leis se dá, e a sua honra
Persolve em nossa? Cessa a ira ímpia
E não nos tentes; antes age e aplaca
A ira do Pai, e a ira do Filho,
Enquanto o perdão te acha a tempo súplice.
  Falou o anjo veemente, mas seu zelo
Nenhum secundou, tido por impróprio,
Invulgar ou febril, p'lo que troçou
O apóstata, e altivo mais tornou.
Que somos criação dizes? E obra
De subalternas mãos, adjudicada
Ao Filho p'lo Pai? Estranha tese e nova!
Doutrina decorada se estudada!
Quem viu tal criação? Recordas tu
O molde, quando o oleiro pôs o barro?
Não sei de ser em tempos quem não sou,
Nem de alguém a mim prévio, autogênitos[47]
Do nosso próprio viço, quando o curso
Fatal fechou a esfera, sazonado
Parto do Céu natal, filhos etéreos.
Nosso poder nosso é, a nossa destra

[47] Satã em IV, 43 admitiu ter sido criado por Deus.

Shall teach us highest deeds, by proof to try
Who is our equal: then thou shalt behold
Whether by supplication we intend
Address, and to begirt the almighty throne
Beseeching or besieging. This report,
These tidings carry to the anointed king;
And fly, ere evil intercept thy flight.
  He said, and as the sound of waters deep
Hoarse murmur echoed to his words applause
Through the infínite host, nor less for that
The flaming seraph fearless, though alone
Encompassed round with foes, thus answered bold.
  O alienate from God, O spirit accursed,
Forsaken of all good; I see thy fall
Determined, and thy hapless crew involved
In this perfidious fraud, contagion spread
Both of thy crime and punishment: henceforth
No more be troubled how to quit the yoke
Of God's Messiah; those indulgent laws
Will not be now vouchsafed, other decrees
Against thee are gone forth without recall;
That golden sceptre which thou didst reject
Is now an iron rod to bruise and break
Thy disobedience. Well thou didst advise,
Yet not for thy advice or threats I fly
These wicked tents devoted, lest the wrath
Impendent, raging into sudden flame
Distinguish not: for soon expect to feel
His thunder on thy head, devouring fire.
Then who created thee lamenting learn,
When who can uncreate thee thou shalt know.
  So spake the seraph Abdiel faithful found,
Among the faithless, faithful only he;

Ensinar-nos-á feitos mais heroicos,
Provando quem é quem: verás então
Se avançamos p'ra assédio de orações,
Ou se o trono do altíssimo cingimo-lo
E a sítio nos cingimos. Estas novas,
Este relato ao rei ungido leva.
Voa, antes que o mal te roube o arroubo.
  Disse, e como o retumbo de águas fundas
Murmúrio cavo ecoou aplauso ao verbo
P'las hostes sem fim. Nem por isso menos
Audaz o serafim flâmeo,[48] e embora
Cercado por rivais, assim opôs.
  Ó falho de Deus, ó maldito espírito
Apartado do bem, sinto-te a queda
Prefixa, e a funesta trupe inclusa
Na pérfida traição, contágio solto
Do teu crime e castigo. Doravante
Não mais te ocupe o modo de alijar
O fardo do Messias; as leis cômodas
Não serão outorgadas, outros éditos
Contra ti já se agravam sem apelo.
Aquele cetro de ouro que enjeitaste
É uma vara de ferro agora a ferir-te
E a quebrar-te a infração. Bem me avisaste,
Se bem que não de aviso ou pragas fuja
Destas tendas malditas, não vá a ira
Próxima, ardendo em chamas instantâneas
Confundir-nos; p'ra breve pois espera
Na testa seu trovão, fogo voraz.
Aí quem te criou, conhece em pranto,
Quando quem te destrói te apresentarem.
  Falou o serafim Abdiel, fiel
Entre infiéis, fiel só ele achado;

[48] Serafim: do hebraico "queimar".

Among innumerable false, unmoved,
Unshaken, unseduced, unterrified
His loyalty he kept, his love, his zeal;
Nor number, nor example with him wrought
To swerve from truth, or change his constant mind
Though single. From amidst them forth he passed,
Long way through hostile scorn, which he sustained
Superior, nor of violence feared aught;
And with retorted scorn his back he turned
On those proud towers to swift destruction doomed.

The end of the fifth book

Entre inúmeros falsos, insensível,
Inabalável, íntegro, intrépido
A lealdade manteve, amor e zelo;
Nem conta, nem o mau exemplo unânime
Lhe abalou a verdade, ou a constância,
Embora só. Abriu longa jornada
Por meio de um desdém hostil, que arcou
Superior, sem temer qualquer pospelo;
E com retorto escárnio tornou costas[49]
Às torres vãs fadadas a um fim presto.

Fim do quinto livro

[49] Um jogo com o latim *retortus*, "voltar" (costas), e "réplica mordaz".

Book VI

The Argument

Raphael continues to relate how Michael and Gabriel were sent forth to battle against Satan and his angels. The first fight described: Satan and his powers retire under night: he calls a council, invents devilish engines, which in the second day's fight put Michael and his angels to some disorder; but they at length pulling up mountains overwhelm both the force and machines of Satan: yet the tumult not so ending, God on the third day sends Messiah his Son, for whom he had reserved the glory of that victory: he in the power of his Father coming to the place, and causing all his legions to stand still on either side, with his chariot and thunder driving into the midst of his enemies, pursues them unable to resist towards the wall of heaven; which opening, they leap down with horror and confusion into the place of punishment prepared for them in the deep: Messiah returns with triumph to his Father.

Livro VI

Argumento

Rafael continua o relato e conta como a Miguel e a Gabriel se ordenara tomassem armas contra Satanás e os anjos rebeldes. Descrita a primeira batalha: Satanás e os seus batem em retirada noturna. Convocado o conselho. A invenção de engenhos diabólicos, os quais no segundo dia de batalha confundem Miguel e os seus anjos. Estes, pegando em montanhas, vencem finalmente Satanás e as suas tropas. Mas nem assim conhecendo termo o tumulto, no terceiro dia Deus envia o seu Messias e Filho, para quem havia reservado a glória dessa vitória. Ele, chegado no poder do Pai a tal lugar, parando as suas legiões expectantes, entra com a sua quadriga e o seu trovão no meio dos seus inimigos, perseguindo-os indefesos até aos muros do Céu; abrindo-se estes, eles precipitam-nos com horror e confusão no abismo, lugar preparado para seu castigo. O Messias regressa em triunfo ao Pai.

All night the dreadless angel unpursued
Through heaven's wide champaign held his way, till morn,
Waked by the circling hours, with rosy hand
Unbarred the gates of light. There is a cave
Within the mount of God, fast by his throne,
Where light and darkness in perpetual round
Lodge and dislodge by turns, which makes through heaven
Grateful vicissitude, like day and night;
Light issues forth, and at the other door
Obsequious darkness enters, till her hour
To veil the heaven, though darkness there might well
Seem twilight here; and now went forth the morn
Such as in highest heaven, arrayed in gold
Empyreal, from before her vanished night,
Shot through with orient beams: when all the plain
Covered with thick embattled squadrons bright,
Chariots and flaming arms, and fiery steeds
Reflecting blaze on blaze, first met his view:
War he perceived, war in procinct, and found
Already known what he for news had thought
To have reported: gladly then he mixed
Among those friendly powers who him received
With joy and acclamations loud, that one
That of so many myriads fallen, yet one
Returned not lost: on to the sacred hill
They led him high applauded, and present
Before the seat supreme; from whence a voice
From midst a golden cloud thus mild was heard.
  Servant of God, well done, well hast thou fought
The better fight, who single hast maintained
Against revolted multitudes the cause
Of truth, in word mightier than they in arms;
And for the testimony of truth hast borne
Universal reproach, far worse to bear
Than violence: for this was all thy care

Sem encalço p'la noite dentro abriu
No amplo plaino do Céu o anjo audaz curso,
'Té que a manhã, de pé às horas cíclicas,
Com rósea mão franqueasse à luz portões.
Há no monte de Deus, cingido ao trono,
Um covil onde em turnos luz e trevas
Entram, saem, assíduas, e ao Céu trazem
Grata vicissitude, como a noite
E o dia. Rompe a luz, e abre outra porta
A obsequiosa treva, fazendo horas
P'ra velar o Céu, treva que é crepúsculo
P'ra nós. Eis que a manhã assim surgiu,
Como no alto Céu surgiu, de empíreo
Ouro ornada perante a noite extinta,
Espichada com centelhas, quando o plaino
Inchado de esquadrões em formação,
Quadrigas, armas flâmeas, corcéis ígneos
Cegando luz na luz, logo avistou.
Pressentiu guerra, guerra em preparos,
E achou velhas as novas que pensara
Trazer. Alegremente se fundiu
Entre amistosas forças que o saudaram
Com viva aclamação, àquele que único
E entre tantas miríades cadentes
Não se perdera. Ao sacro monte foi
Com aplausos de vivas mãos presente
Ao assento supremo, de onde a voz
De nuvem áurea mansa assim se ouviu.
  Servo de Deus, bem feito, combateste
O bom combate, contra multidões
Revoltas sustentaste só a causa
Da verdade, mais forte tu no verbo
Do que nas armas tais, e p'la verdade
Tomaste sobre ti desdém unânime,
Das opressões a pior. Teu zelo um foi:

To stand approved in sight of God, though worlds
Judged thee perverse: the easier conquest now
Remains thee, aided by this host of friends,
Back on thy foes more glorious to return
Than scorned thou didst depart, and to subdue
By force, who reason for their law refuse,
Right reason for their law, and for their king
Messiah, who by right of merit reigns.
Go Michael of celestial armies prince,
And thou in military prowess next
Gabriel, lead forth to battle these my sons
Invincible, lead forth my armèd saints
By thousands and by millions ranged for fight;
Equal in number to that godless crew
Rebellious, them with fire and hostile arms
Fearless assault, and to the brow of heaven
Pursuing drive them out from God and bliss,
Into their place of punishment, the gulf
Of Tartarus, which ready opens wide
His fiery chaos to receive their fall.
So spake the sovereign voice, and clouds began
To darken all the hill, and smoke to roll
In dusky wreaths, reluctant flames, the sign
Of wrath awaked: nor with less dread the loud
Ethereal trumpet from on high gan blow:
At which command the powers militant,
That stood for heaven, in mighty quadrate joined
Of union irresistible, moved on
In silence their bright legions, to the sound
Of instrumental harmony that breathed
Heroic ardour to advent'rous deeds

A aprovação de Deus, conquanto mundos
Te achassem perverso. Mais fácil ganho
Resta agora, valido dos teus pares:
Voltar ao inimigo em maior glória
Do que em escárnio o deixaste, subjugando
À força quem razão na lei não vê,
Razão justa p'la lei, e p'lo seu rei
Messias, que por justo valor reina.
Vai Miguel, de celestes tropas príncipe,[1]
E tu em feitos márcios a seguir,
Gabriel, meus invictos filhos guiai
À batalha, meus santos guiai armados,
Os que a postos se alinham aos milhões,
Em número iguais às tropas infiéis
Em motim, atacai a fogo e ferros
Sem temor, e ao pináculo do Céu
Levai-os e empurrai-os da ventura
De Deus, ao coração das dores, águas
Do Tártaro, que prontas abrem já
O caos em fogo aos hóspedes da queda.
   Falou a régia voz, e sobrevieram
Negras nuvens ao monte, e fumo em rolos
Bisonhos, relutantes chamas, mostras
De ira acesa. Não soou menos medonha
A estrondosa trombeta etérea do alto.
Ao seu comando as forças militantes,
Partidárias do Céu, em quadratura
De união sem rotura deram marcha
Às luzentes legiões mudas, ao som
De instrumentos harmônicos que influíam
Ardor heroico em atos corajosos

---

[1] Hebraico para "Quem é como Deus?". Ao fazer dele o príncipe dos anjos, Milton segue a tradição judaica e patrística. A tradição protestante identifica-o com Cristo. Ver *Ap*. 12, 7 ss. para o seu papel na guerra.

Under their godlike leaders, in the cause
Of God and his Messiah. On they move
Indíssolubly firm; nor obvious hill,
Nor strait'ning vale, nor wood, nor stream divides
Their perfect ranks; for high above the ground
Their march was, and the passive air upbore
Their nimble tread; as when the total kind
Of birds in orderly array on wing
Came summoned over Eden to receive
Their names of thee; so over many a tract
Of heaven they marched, and many a province wide
Tenfold the length of this terrene: at last
Far in the horizon to the north appeared
From skirt to skirt a fiery region, stretched
In battailous aspéct, and nearer view
Bristled with upright beams innumerable
Of rigid spears, and helmets thronged, and shields
Various, with boastful argument portrayed,
The banded powers of Satan hasting on
With furious expedition; for they weened
That selfsame day by fight, or by surprise
To win the mount of God, and on his throne
To set the envier of his state, the proud
Aspirer, but their thoughts proved fond and vain
In the midway: though strange to us it seemed
At first, that angel should with angel war,
And in fierce hosting meet, who wont to meet
So oft in festivals of joy and love
Unanimous, as sons of one great sire

Às ordens de anjos quais deuses, na causa
De Deus e seu Messias. Marcha dão
Indivisos, sem monte no caminho,
Nem vale p'ra tropeço, bosque, ou fluxo,
A partir-lhes fileiras, pois tal marcha
Não calcava chão, e ágil sustentava-a
O ar sem arrasto, como quando toda
A espécie de aves veio à chamada,
Mas em formação estreita, p'ra tomar
De ti seus nomes no Éden. Tractos muitos[2]
Assim no Céu passaram, e províncias
Dez vezes a extensão deste terreno.
A norte no horizonte enfim surgiu
De lado a lado bélica de aspecto
Uma região em chamas,[3] e mais próximo
Crespas de eretos feixes incontáveis
Eretas lanças, e elmos densos, vários
Escudos, com vãos motivos retratados,
Das forças de Satã bandeadas rábidas
Na expedição. Supunham nesse dia
Tomar de assalto franco ou de surpresa
A montanha de Deus, e no seu trono
Sentar o invejador do Estado, o ufano
Aspirante. Mas planos vãos e tolos
O percurso mostrou: embora estranho
Fosse que anjo com anjo contendesse
Em recontro feroz, outrora afeitos
A festivais de amor e gozo unânimes,
Enquanto filhos de um grande senhor,

---

[2] Versos 73-6: comparação comum na épica (cf. *Il.* II, 459 ss.), servindo especialmente o interesse de Rafael ao escolher um símile adequado à experiência de Adão, que mais tarde vai dar nomes às aves (cf. VIII, 349-54).

[3] De novo Homero, *Il.* II, 455-8.

Hymning the eternal Father: but the shout
Of battle now began, and rushing sound
Of onset ended soon each milder thought.
High in the midst exalted as a god
The apostate in his sun-bright chariot sat
Idol of majesty divine, enclosed
With flaming cherubim, and golden shields;
Then lighted from his gorgeous throne, for now
'Twixt host and host but narrow space was left,
A dreadful interval, and front to front
Presented stood in terrible array
Of hideous length: before the cloudy van,
On the rough edge of battle ere it joined,
Satan with vast and haughty strides advanced,
Came towering, armed in adamant and gold;
Abdiel that sight endured not, where he stood
Among the mightiest, bent on highest deeds,
And thus his own undaunted heart explores.
   O heaven! That such resemblance of the highest
Should yet remain, where faith and realty
Remain not; wherefore should not strength and might
There fail where virtue fails, or weakest prove
Where boldest; though to sight unconquerable?
His puissance, trusting in the almighty's aid,
I mean to try, whose reason I have tried
Unsound and false; nor is it aught but just,
That he who in debate of truth hath won,
Should win in arms, in both disputes alike
Victor; though brutish that contést and foul,
When reason hath to deal with force, yet so
Most reason is that reason overcome.
   So pondering, and from his armèd peers
Forth stepping opposite, halfway he met
His daring foe, at this prevention more
Incensed, and thus securely him defied.

Cantando o Pai eterno. Mas o brado
De contenda soava, e o som férvido
Da carga abrandou cedo brandos cálculos.
No centro como um deus louvado ia
O apóstata na esplêndida quadriga,
Ídolo de divino rei, cercado
Por flâmeos querubins e escudos de ouro.
Depois abandonou o belo trono,
Que entre hoste e hoste apenas ínvia calha
Restava, uma aberta de horror, e hórridas
Face a face apontavam as falanges
De horrível longor. Ante a turva frente,
Satã, antes que as frentes da batalha
Aderissem, com pompa nas passadas
Crescendo veio, a ouro e a diamante
Armado. Abdiel não se conteve,
Entre os mais fortes prontos p'ra façanhas,
E assim seu coração audaz explora.
    Oh, céus! que tal parecença do mais alto
Resista, onde a fé e a boa-fé
Não. Por que não são falhos de poder
Os falhos de virtude, ou tíbios provam-se
Presunçosos, se bem que à vista indômitos?
Seu poder, com o auxílio do Altíssimo,
Quero julgar, do qual julguei razão
Podre e falsa; e justo não é menos
Que o que ganha debates à verdade
Deva ganhar às armas, dos dois pleitos
Vencedor; vil disputa e bruta é
Quando a razão co'a força mede forças,
Mas mais razoável é ganhar aquela.
    Nestas reflexões, deixa os irmãos de armas
E encontra no caminho o inimigo
Audaz, com tal entrave enraivecido
Mais, e confiante assim o desafia.

Proud, art thou met? Thy hope was to have reached
The height of thy aspiring unopposed,
The throne of God unguarded, and his side
Abandoned at the terror of thy power
Or potent tongue; fool, not to think how vain
Against the omnipotent to rise in arms;
Who out of smallest things could without end
Have raised incessant armies to defeat
Thy folly; or with solitary hand
Reaching beyond all limit, at one blow
Unaided could have finished thee, and whelmed
Thy legions under darkness; but thou seest
All are not of thy train; there be who faith
Prefer, and piety to God, though then
To thee not visible, when I alone
Seemed in thy world erroneous to dissent
From all: my sect thou seest, now learn too late
How few sometimes may know, when thousands err.

Whom the grand foe with scornful eye askance
Thus answered. Ill for thee, but in wished hour
Of my revenge, first sought for thou returnst
From flight, seditious angel, to receive
Thy merited reward, the first assay
Of this right hand provoked, since first that tongue
Inspired with contradiction durst oppose
A third part of the gods, in synod met
Their deities to assert, who while they feel
Vigour divine within them, can allow
Omnipotence to none. But well thou com'st
Before thy fellows, ambitious to win
From me some plume, that thy success may show
Destruction to the rest: this pause between
(Unanswered lest thou boast) to let thee know;
At first I thought that liberty and heaven
To heavenly souls had been all one; but now

Ao teu encontro vieram? Quê, esperavas
No pico da ambição objeções planas,
O trono de Deus sem guarda, seu lado
Desertado, temendo o teu poder
Ou língua rude? Louco, não pensares
Quão vão é tomar armas contra Deus,
Que pode erguer legiões de minudências
E avultá-las sem fim p'ra derribar-te
A loucura; ou só com sua mão,
Que um soco só limites novos bate,
Infligir-te um final, e soterrar-te
Em trevas as legiões. Mas, bem vês, tu
Nem todos tens no séquito; há quem
Prefira a devoção e a lealdade
A Deus, p'ra ti invisível. E assim eu
Pareci mal aos teus olhos, ao furtar-me
A todos. Vês os meus, e agora aprende
Que a verdade é de um só quando erram muitos.

Ao que o rival dicaz com olho oblíquo
Respondeu. Pior p'ra ti, que à hora quista
Da vingança serás primeira presa,
Por caça fugidia, p'ra que obtenhas
O justo galardão, primeiro assalto
Desta direita ferida, já que a língua
Eivada com discórdia ousou opor-se
A um terço dos deuses, em concílio
P'ra acertarem pareceres, pois que enquanto
Divinos se sentirem, a nenhum
Permitirão potência a sós. Vens bem
À frente, na ganância de ganhar
Plumas às minhas custas, que o teu êxito
A morte mostre a outros. E esta pausa
(Por mutismo não zombes tu) p'ra ensino.
Antes julguei que o Céu e a liberdade
P'ra almas do Céu eram um; agora

I see that most through sloth had rather serve,
Ministering spirits, trained up in feast and song;
Such hast thou armed, the minstrelsy of heaven,
Servility with freedom to contend,
As both their deeds compared this day shall prove.
  To whom in brief thus Abdiel stern replied.
Apostate, still thou errst, nor end wilt find
Of erring, from the path of truth remote:
Unjustly thou deprav'st it with the name
Of servitude to serve whom God ordains,
Or nature; God and nature bid the same,
When he who rules is worthiest, and excels
Them whom he governs. This is servitude,
To serve the unwise, or him who hath rebelled
Against his worthier, as thine now serve thee,
Thyself not free, but to thyself enthralled;
Yet lewdly dar'st our ministering upbraid.
Reign thou in hell thy kingdom, let me serve
In heaven God ever blest, and his divine
Behests obey, worthiest to be obeyed,
Yet chains in hell, not realms expect: meanwhile
From me returned, as erst thou saidst, from flight,
This greeting on thy impious crest receive.
  So saying, a noble stroke he lifted high,
Which hung not, but so swift with tempest fell
On the proud crest of Satan, that no sight,
Nor motion of swift thought, less could his shield
Such ruin intercept: ten paces huge
He back recoiled; the tenth on bended knee
His massy spear upstayed; as if on earth
Winds underground or waters forcing way
Sidelong, had pushed a mountain from his seat
Half sunk with all his pines. Amazement seized

Vejo que o ócio deu serviço a muitos
Ministros, amestrados p'ra festins
E cantos; tais armaste, menestréis,
P'ra opor subserviência à liberdade.
Assim se provam hoje as duas tropas.
  Ao qual breve tornou firme Abdiel.
Apóstata relapso, não vês fim
Nos erros, ermo longe da verdade.
Injustamente aviltas com o nome
De servil a quem Deus serviço ordena,
Ou o natural. Deus e a natureza
Pedem o mesmo, quando quem governa
É o mais digno, e excede os governados.
Servidão é servir néscios, rebeldes
Contra o mais digno, como os teus a ti,
Não livre, que és de ti antes recluso;
Contudo o néscio exprobra ministérios.
Reina tu no teu reino infernal, deixa-me
Servir no Céu a Deus, e aos seus divinos
Preceitos, de obediência bem mais dignos.
Conta com grilhões, não reinos, no inferno.
E de mim, como dizes, foragido,
Recebe as saudações na ímpia crista.
  Com estas, atirou um nobre golpe
Que o ar não susteve, antes caiu brusco
Na poupa de Satã, que vista alguma
Ou ágil pensamento susteria,
Muito menos seu escudo o dano: passos
Recuou dez, de joelho bambo o décimo,
Firme a lança susteve-o; como se águas
Ou ventos no subsolo ducto abrindo[4]
De través destronassem penedias,
Imersas com seus pinhos. Pasmo adveio

[4] Causa suposta para os tremores de terra (cf. I, 230-7).

This greeting on thy impious crest receive

Recebe as saudações na ímpia crista

(VI, 188)

The rebel thrones, but greater rage to see
Thus foiled their mightiest, ours joy filled, and shout,
Presage of victory and fierce desire
Of battle: whereat Michael bid sound
The archangel trumpet; through the vast of heaven
It sounded, and the faithful armies rung
Hosanna to the highest: nor stood at gaze
The adverse legions, nor less hideous joined
The horrid shock: now storming fury rose,
And clamour such as heard in heaven till now
Was never, arms on armour clashing brayed
Horrible discord, and the madding wheels
Of brazen chariots raged; dire was the noise
Of conflict; overhead the dismal hiss
Of fiery darts in flaming volleys flew,
And flying vaulted either host with fire.
So under fiery cope together rushed
Both battles main, with ruinous assault
And inextinguishable rage; all heaven
Resounded, and had earth been then, all earth
Had to her centre shook. What wonder? When
Millions of fierce encountering angels fought
On either side, the least of whom could wield
These elements, and arm him with the force
Of all their regions: how much more of power
Army against army numberless to raise
Dreadful combustion warring, and disturb,
Though not destroy, their happy native seat;
Had not the eternal king omnipotent
From his stronghold of heaven high overruled
And limited their might; though numbered such
As each divided legion might have seemed
A numerous host, in strength each armèd hand
A legion; led in fight, yet leader seemed
Each warrior single as in chief, expert

Aos tronos rebéis, e ira mais por verem
Em cheque o seu melhor, e aos nossos gozo,
Brados, sinal de triunfo, forte anelo
De lutar. Ao que o som Miguel pediu
À trombeta de arcanjo; p'lo Céu vasto
Soou, e as leais tropas ressoaram
Hosanas nas alturas. Não ficaram
As legiões adversárias, mas chocaram
Horrivelmente em fúria tempestuosa
E clamor, tais que o Céu jamais ouvira,
De armas com armaduras zurrando hórridas
A discórdia e as rodas delirantes
De êneos coches rugindo; som cruel
O da guerra; por cima o silvo lôbrego
De ígneas flechas em flâmeas salvas voavam,
Abobadando a fogo ambas as hostes.
Sob um céu calcinado se amassou
Das formações o miolo, com assaltos
Fatais e raiva infinda; todo o Céu
Retumbou, e se houvera terra terra
Tremeria p'lo centro. Pasma? Quando
Milhões de anjos ferozes se combatem?
O menor dos quais estes elementos
Brandiria, armando-se co'a força
Das suas regiões: quanto mais legião
Contra legião sem número deflagrando
Tumultos pelejantes e distúrbios
No Céu natal, a salvo só de exício;
Não fosse o onipotente rei eterno
Da sua fortaleza restringir
E estreitar-lhes a força, ainda que inúmeros,
Como se uma legião fosse hoste ingente
Separada, e cada mão armada
Uma legião; chefiados, mas um chefe
Cada guerreiro só por si supremo,

Now storming fury rose,
And clamour such as heard in heaven till now
Was never

Horrivelmente em fúria tempestuosa
E clamor, tais que o Céu jamais ouvira

(VI, 207-9)

When to advance, or stand, or turn the sway
Of battle, open when, and when to close
The ridges of grim war; no thought of flight,
None of retreat, no unbecoming deed
That argued fear; each on himself relied,
As only in his arm the moment lay
Of victory; deeds of eternal fame
Were done, but infinite: for wide was spread
That war and various; sometimes on firm ground
A standing fight, then soaring on main wing
Tormented all the air; all air seemed then
Conflicting fire: long time in even scale
The battle hung; till Satan, who that day
Prodigious power had shown, and met in arms
No equal, ranging through the dire attack
Of fighting seraphim confused, at length
Saw where the sword of Michael smote, and felled
Squadrons at once, with huge two-handed sway
Brandished aloft the horrid edge came down
Wide wasting; such destruction to withstand
He hasted, and opposed the rocky orb
Of tenfold adamant, his ample shield
A vast circumference: at his approach
The great archangel from his warlike toil
Surceased, and glad as hoping here to end
Intestine war in heaven, the arch-foe subdued
Or captive dragged in chains, with hostile frown
And visage all inflamed first thus began.

Author of evil, unknown till thy revolt,
Unnamed in heaven, now plenteous, as thou seest
These acts of hateful strife, hateful to all,
Though heaviest by just measure on thyself
And thy adherents: how hast thou disturbed

Ciente de quando avance, fique, inverta
A pugna, quando abra, quando feche
Os renques cruéis; plano algum de fuga,
De retirada, plano algum impróprio
De medo; cada qual em si confiado
De ter só o momento no seu braço
De vitória. E ações de fama eterna
Se cumpriram, infindas. Chegou longe
E a vário lado a guerra: ora no solo
Em pé, ora em asa plena alçada
Flagelando o ar, ar que então parecia
Fogo briguento. Ia longa a liça
E em pé de igualdade, até que Satã
Que nesse dia força sem par pródiga
Mostrara, acorrendo a uma investida
De querubins em choque deu, enfim,
Co'a espada de Miguel caindo sobre
Esquadrões inteiros, arma a duas mãos
Brandida, cujo gume arrasador
Descia p'ra extermínio. P'ra travá-lo
Correu e opôs seu orbe impenetrável
De dez ligas diamânticas,[5] seu escudo
Amplo de amplo anel. À sua chegada
O exercício marcial o grande arcanjo
Cessou, e como esperasse aqui findar
Guerra civil no Céu, jungindo o mau,
Preso a férreos puxões, com cenho hostil
E semblante inflamado atalhou.

  Autor do mal, p'ra quem não tinha nome
No Céu nome a mais deu-te o motim, veja-se
Por estes atos de ódio, desprezíveis,
Na justa proporção em ti mais duros
E nos teus sócios. Como perturbaste

---

[5] Ou adamante, substância mítica de impenetrável dureza.

Heaven's blessèd peace, and into nature brought
Misery, uncreated till the crime
Of thy rebellion! How hast thou instilled
Thy malice into thousands, once upright
And faithful, now proved false. But think not here
To trouble holy rest; heaven casts thee out
From all her confines. Heaven the seat of bliss
Brooks not the works of violence and war.
Hence then, and evil go with thee along
Thy offspring, to the place of evil, hell,
Thou and thy wicked crew; there mingle broils,
Ere this avenging sword begin thy doom,
Or some more sudden vengeance winged from God
Precipitate thee with augmented pain.
  So spake the prince of angels; to whom thus
The adversary. Nor think thou with wind
Of airy threats to awe whom yet with deeds
Thou canst not. Hast thou turned the least of these
To flight, or if to fall, but that they rise
Unvanquished, easier to transact with me
That thou shouldst hope, imperious, and with threats
To chase me hence? Err not that so shall end
The strife which thou callst evil, but we style
The strife of glory: which we mean to win,
Or turn this heaven itself into the hell
Thou fablest, here however to dwell free,
If not to reign: meanwhile thy utmost force,
And join him named Almighty to thy aid,
I fly not, but have sought thee far and nigh.
  They ended parle, and both addressed for fight
Unspeakable; for who, though with the tongue
Of angels, can relate, or to what things
Liken on earth conspicuous, that may lift

A paz benta do Céu, e à natureza
Trouxeste dor, por ser até ao crime[6]
Da tua sedição? Como instilaste
O teu mal a milhares, antes reto
E fiel, falso afinal. Mas cá não creias
Estorvar a santa paz; que o Céu vomita-te
Dos seus confins. O Céu, lugar feliz,
Não tolera à violência atos bélicos.
P'ra longe pois, e leva o mal contigo,
Tua prole, ao lugar do mal, o inferno,
Tu e o teu bando; lá questões te sobram,
Antes que a espada víndice te esmague,
Ou alada por Deus ira mais lesta
Se abata sobre ti, com dor dobrada.
  Falou de anjos o príncipe. E assim
O adversário. Não penses que com sopro
De ameaças pasmas quem nem com façanhas
Atinges. Ou levaste o menor destes
À fuga, ou à queda, que não se erga
Invicto, p'ra que atalhes já soberbo
Tratados, quê, são esperanças de co'ameaças
Picar-me daqui? Não creias pôr termo
À guerra contra o mal como lhe chamas,
P'ra nós de glória, que é nossa tenção
Vencer, ou dar em troca ao Céu o inferno
Com que sonhaste, e aqui se não reinar,
Habitar livres. Dá-me mais da força,
E junta em teu auxílio o tal Altíssimo,
Não fujo, antes vim por ti à caça.
  Deram tréguas ao verbo, e aprestaram-se
P'ra inarráveis ações; se não na língua
De anjos, quem vai narrar, ou com que símiles
Do mais insigne que há na terra, que erga

[6] Isto é, "desconhecida até que o teu crime a revelasse".

Human imagination to such height
Of godlike power: for likest gods they seemed,
Stood they or moved, in stature, motion, arms
Fit to decide the empire of great heaven.
Now waved their fiery swords, and in the air
Made horrid circles; two broad suns their shields
Blazed opposite, while expectation stood
In horror; from each hand with speed retired
Where erst was thickest fight, the angelic throng,
And left large field, unsafe within the wind
Of such commotion, such as to set forth
Great things by small, if nature's concord broke,
Among the constellations war were sprung,
Two planets rushing from aspéct malign
Of fiercest opposition in mid-sky,
Should combat, and their jarring spheres confound.
Together both with next to almighty arm,
Uplifted imminent one stroke they aimed
That might determine, and not need repeat,
As not of power, at once; nor odds appeared
In might or swift prevention; but the sword
Of Michael from the armoury of God
Was given him tempered so, that neither keen
Nor solid might resist that edge: it met
The sword of Satan with steep force to smite
Descending, and in half cut sheer, nor stayed,
But with swift wheel reverse, deep entering shared
All his right side; then Satan first knew pain,
And writhed him to and fro convolved; so sore
The griding sword with discontinuous wound
Passed through him, but the ethereal substance closed
Not long divisible, and from the gash

A imaginação do homem a tal auge
De divino poder. Pois como deuses
Móveis ou quedos eram, em porte e armas
Aptos a decidir do Céu o império.
Brandiram as espadas ígneas e hórridos
Aros no ar desenharam. Sol com sol
Gladiavam seus broquéis, enquanto o susto
Se sustinha. De cada banda abertas,
Onde antes enxameavam púgeis anjos,
Já no campo se viam, inseguros
No turbilhão, tal que se ao pouco o grande
Comparasse, e a concórdia da natura
No fim constelações levasse à guerra,
Seriam dois planetas de ar astroso
Em oposição brava no céu médio
Que as esferas opostas confundissem.
Levantam ambos tesos braços, flectos
Só por um, e iminente golpe visam
Que um fim desse de vez, sem vez segunda,
Que força não haveria, nem vantagens[7]
De antecipação, ágil ou enérgica.
Mas tão temperado aço do arsenal
De Deus coube a Miguel que agudo ou sólido
Nenhum gume lhe vive. Deu co'a espada
De Satã decumbente p'ra atingi-lo
Na descida e a meio a desfez;
Não escorou mas em rápido reverso
Rasgou-lhe a fundo a destra; conheceu
A dor Satã, torceu-o, contorceu-o,
Tão descontínuo golpe o aço abriu.
Mas logo indivisível a substância
Etérea se fechou, e do rasgão

---

[7] Isto é, já que seria impossível repetir o embate.

Then Satan first knew pain,
And writhed him to and fro

A dor Satã, torceu-o, contorceu-o

(VI, 327-8)

A stream of nectarous humour issuing flowed
Sanguine, such as celestial spirits may bleed,
And all his armour stained erewhile so bright.
Forthwith on all sides to his aid was run
By angels many and strong, who interposed
Defence, while others bore him on their shields
Back to his chariot; where it stood retired
From off the files of war; there they him laid
Gnashing for anguish and despite and shame
To find himself not matchless, and his pride
Humbled by such rebuke, so far beneath
His confidence to equal God in power.
Yet soon he healed; for spirits that live throughout
Vital in every part, not as frail man
In entrails, heart or head, liver or reins,
Cannot but by annihilating die;
Nor in their liquid texture mortal wound
Receive, no more than can the fluid air:
All heart they live, all head, all eye, all ear,
All intellect, all sense, and as they please,
They limb themselves, and colour, shape or size
Assume, as likes them best, condense or rare.
Meanwhile in other parts like deeds deserved
Memorial, where the might of Gabriel fought,
And with fierce ensigns pierced the deep array
Of Moloch furious king, who him defied,
And at his chariot wheels to drag him bound
Threatened, nor from the holy one of heaven

Um fluxo de nectáreo humor correu[8]
Sanguíneo, que é de espíritos celestes
O sangue, e a armadura tão brilhante
Lhe manchou. Em socorro logo vieram
De toda a parte muitos e amplos anjos,
Enquanto em escudo outros o levavam
Em maca p'rá quadriga, onde à parte
Se quedou das falanges. Acamaram-no
Rangendo de aflição, vilta e opróbrio
Por se achar par de pares, e de orgulho
Ferido com tal afronta, muito aquém
De quem se crê igual a Deus em força.
Logo sarou; que espíritos que vivem
Por todo vitais, não como homens frágeis
De entranhas, coração, cabeça, fígado,
Rins, não morrem senão por extinção;
Nem na textura líquida lesão
Sofrem mortal, não mais do que o ar fluido:
Cabeça, coração, olhos, orelhas,
Intelecto, sentidos, um só são,
E a gosto adaptam membros, forma, porte,
Cor, como lhes convém, raros ou densos.
  Ações afins de anais dignas seguiam,
Onde de Gabriel justava a força
E de insígnias crivara a espessa tropa
De Moloque,[9] o rei bravo, que o reptou,
E aos garrotes das rodas do seu carro
O prometera, enquanto do Santíssimo

[8] Os anjos que bebem néctar sangram igualmente um fluido nectáreo. O humor sanguíneo era no Renascimento associado fisiologicamente à coragem. Perdê-lo implicava assim quebra no moral.

[9] O nome não era suposto antes da Queda, daí que nomeá-lo aqui possa implicar o reconhecimento do fracasso da missão de Rafael, ainda que se lhe garanta poder de previsão dos futuros diabos.

Refrained his tongue blasphémous; but anon
Down cloven to the waist, with shattered arms
And uncouth pain fled bellowing. On each wing
Uriel and Raphael his vaunting foe,
Though huge, and in a rock of diamond armed,
Vanquished Adramelec, and Asmadai,
Two potent thrones, that to be less than Gods
Disdained, but meaner thoughts learned in their flight,
Mangled with ghastly wounds through plate and mail.
Nor stood unmindful Abdiel to annoy
The atheist crew, but with redoubled blow
Ariel and Arioc, and the violence
Of Ramiel scorched and blasted overthrew.
I might relate of thousands, and their names
Eternize here on earth; but those elect
Angels contented with their fame in heaven
Seek not the praise of men: the other sort
In might though wondrous and in acts of war,
Nor of renown less eager, yet by doom
Cancelled from heaven and sacred memory,
Nameless in dark oblivion let them dwell.
For strength from truth divided and from just,
Illaudable, naught merits but dispraise
And ignominy, yet to glory aspires

Não desviava a blasfema língua; logo
O abriu em dois até à cinta. De armas
No chão, com estranha dor fugiu mugindo.[10]
Uriel e Rafael, seus rivais fátuos,
Brutais, e embora armados em diamante,
Venceram, Adrameleque[11] e Asmodeu,[12] tronos
Que troçavam da sujeição de Deus,
Mas modestas lições lhes deu a fuga,
Lições e amputações cruéis, em cota
De malha e em couraça. Assim também
Abdiel ante os ímpios, que o redobro
Logrou a Ariel[13] e Arioque,[14] e à violência
De Ramiel[15] derrubando-os calcinados.[16]
Diria de milhares, e os seus nomes
Aqui perpetuaria. Mas os anjos
Eleitos com a glória no Céu pagos
Não buscam louvor de homens. Os demais,
Em punho embora grandes e atos bélicos,
Não porque à fama fujam, mas por pena
Do Céu e da memória sacra expulsos,
Deixai-os habitar sem nome o olvido.
Que arredia do justo e da verdade,
A força, nada a aclama, só desdém,
E ignomínia, contudo à glória aspira,

---

[10] Como os urros de Ares ao ser ferido por Diomedes (cf. *Il.* V, 860). O mugido de Moloque assenta de qualquer maneira bem a um deus-touro.

[11] "Rei do fogo" (cf. *II Rs.* 17, 31).

[12] "Criatura de julgamento". O mau espírito do livro de Tobite.

[13] "Leão de Deus".

[14] "Como leão".

[15] "Trovão de Deus".

[16] São diabos. Novamente Rafael nomeia anjos caídos. Ariel é um epíteto para Jerusalém, mas na tradição cabalista é nome de anjo maléfico. Abraão lutou com Arioc em *Gn.* 14. Foi também capitão babilônico inimigo dos judeus (cf. *Dn.* 2, 14).

Vainglorious, and through infamy seeks fame:
Therefore eternal silence be their doom.
  And now their mightiest quelled, the battle swerved,
With many an inroad gored; deformèd rout
Entered, and foul disorder; all the ground
With shivered armour strewn, and on a heap
Chariot and charioteer lay overturned
And fiery foaming steeds; what stood, recoiled
O'er-wearied, through the faint Satanic host
Defensive scarce, or with pale fear surprised,
Then first with fear surprised and sense of pain
Fled ignominious, to such evil brought
By sin of disobedience, till that hour
Not liable to fear or flight or pain.
Far otherwise the inviolable saints
In cubic phalanx firm advanced entire,
Invulnerable, impenetrably armed:
Such high advantages their innocence
Gave them above their foes, not to have sinned,
Not to have disobeyed; in fight they stood
Unwearied, unobnoxious to be pained
By wound, though from their place by violence moved.
  Now night her course began, and over heaven
Inducing darkness, grateful truce imposed,
And silence on the odious din of war:
Under her cloudy covert both retired,
Victor and vanquished: on the foughten field
Michael and his angels prevalent
Encamping, placed in guard their watches round,
Cherubic waving fires: on the other part
Satan with his rebellious disappeared,
Far in the dark dislodged, and void of rest,

Vã glória, e p'la infâmia busca a fama:
Seja eterno silêncio então seu lote.
   Expungido o maior, coalhado, um lado
Travou as incursões, e deformada
A derrota chegou e o caos. O campo
Juncado a lascas de armas, e aos montões
Aurigas e quadrigas às avessas
E ígneos corcéis espumosos. Quem ficou,
Recuou gasto p'las débeis hostes más
Mal validas, num choque de palor,
Iniciadas então em medo e dor
Em fuga vil, presentes a tal mal
Por pecado ou motim, 'té àquela hora
Não sujeitos à dor, à fuga, ao medo.
Bem diferentes os santos invioláveis
Em cúbica falange,[17] em firme avanço,
Intangíveis, de arnês impenetrável.
Tais vantagens lhes trouxe a integridade
Sobre os seus adversários, a inocência
De infração ou delito. Combatiam
Sem cansaço, sem chagas que à dor toquem,
Se bem que à força longe já do lar.
   Deu ao seu curso início a noite, e ao Céu
Levando trevas tréguas gratas deu,
E mudez no estridor negro da guerra:
Na sua capa turva a ambos tapa,
Vencido e vencedor. No chão sulcado
Miguel em arraial com seus campeões
Cercou-se de atalaias, de fogueiras
Que querubins ateavam. Noutra parte
Satã com seus rebeldes se apagara
No umbigo umbroso, e falto de descanso

[17] Ver I, 550-1n.

Now night her course began

Deu ao seu curso início a noite

(VI, 406)

On the foughten field
Michael and his angels prevalent
Encamping, placed in guard their watches round

No chão sulcado
Miguel em arraial com seus campeões
Cercou-se de atalaias

(VI, 410-2)

His potentates to council called by night;
And in the midst thus undismayed began.
O now in danger tried, now known in arms
Not to be overpowered, companions dear,
Found worthy not of liberty alone,
Too mean pretence, but what we more affect,
Honour, dominion, glory, and renown,
Who have sustained one day in doubtful fight
(And if one day, why not eternal days?)
What heaven's lord had powerfullest to send
Against us from about his throne, and judged
Sufficient to subdue us to his will,
But proves not so: then fallible, it seems,
Of future we may deem him, though till now
Omniscient thought. True is, less firmly armed,
Some disadvantage we endured and pain,
Till now not known, but known as soon contemned,
Since now we find this our empyreal form
Incapable of mortal injury
Imperishable, and though pierced with wound,
Soon closing, and by native vigour healed.
Of evil then so small as easy think
The remedy; perhaps more valid arms,
Weapons more violent, when next we meet,
May serve to better us, and worse our foes,
Or equal what between us made the odds,
In nature none: if other hidden cause
Left them superior, while we can preserve
Unhurt our minds, and understanding sound,
Due search and consultation will disclose.
He sat; and in the assembly next upstood
Nisroc, of principalities the prime;

A concílio chamou as potestades;
E no centro lhes disse assim impávido.
  Ó provados p'lo perigo, sabeis já
Que em armas sois indômitos, meus caros,
Não dignos só sois vós de liberdade,
Baixa ambição, mas mais do que mais queremos,
Honra, domínio, glória e renome,
Que aguentamos um dia dúbia luta
(Se um dia por que não dias eternos?)
Do que o deus do Céu tinha de mais forte
À mão no trono contra nós, e achado
Bastante p'ra nos pôr às suas ordens;
Enganou-se. Falível pois parece
De futuro estimá-lo, onisciente
Seja ainda. Certo é, menos armados,
Dor e perda algumas suportamos,
Como novas, mas velhas desprezamo-las,
Já que esta forma etérea agora achamos,
Incapaz de mortal dano, imortal,
E embora cutilada, logo fecha,
E por um vigor nato debelada.
De um mal tão curto quanto fácil pense-se
O remédio. Talvez armas mais válidas,
Armas mais cruéis, quando nos reunirmos,
Nos sirvam melhor, e aos rivais pior,
Ou a igualar o que entre nós pendeu,
Não natural. Se causa outra oculta
Os distinguiu, enquanto preservarmos
Mentes sem dor, e espírito saudável,
A devida consulta mostrará.
  Sentou-se. E na assembleia estava próximo
Nisroque,[18] o primeiro principado.

---

[18] Deus assírio (cf. *II Rs.* 19, 37). "Fuga" ou "tentação delicada" pode ser a correta etimologia do seu nome.

As one he stood escaped from cruel fight,
Sore toiled, his riven arms to havoc hewn,
And cloudy in aspéct thus answering spake.
Deliverer from new lords, leader to free
Enjoyment of our right as gods; yet hard
For gods, and too unequal work we find
Against unequal arms to fight in pain,
Against unpained, impassive; from which evil
Ruin must needs ensue; for what avails
Valour or strength, though matchless, quelled with pain
Which all subdues, and makes remiss the hands
Of mightiest. Sense of pleasure we may well
Spare out of life perhaps, and not repine,
But live content, which is the calmest life:
But pain is perfect misery, the worst
Of evils, and excessive, overturns
All patience. He who therefore can invent
With what more forcible we may offend
Our yet unwounded enemies, or arm
Ourselves with like defence, to me deserves
No less than for deliverance what we owe.
  Whereto with look composed Satan replied.
Not uninvented that, which thou aright
Believ'st so main to our success, I bring;
Which of us who beholds the bright surfáce
Of this ethereous mould whereon we stand,
This continent of spacious heav'n, adorned
With plant, fruit, flower ambrosial, gems and gold,
Whose eye so superficially surveys
These things, as not to mind from whence they grow
Deep under ground, materials dark and crude,
Of spiritous and fiery spume, till touched
With heaven's ray, and tempered they shoot forth
So beauteous, op'ning to the ambient light.
These in their dark nativity the deep

Como um da contenda a monte e a salvo,
Exausto, ferido, de armas retalhadas,
Carregado de aspecto assim falou.
Redentor por quem somos livres, líder
Que nos dás de direito o sermos deuses;
P'ra deuses estamos mal, que é desigual
De mais com desiguais armas medir
E dores, se impassíveis não se doem;
De onde é força que a ruína venha. Pois
De que vale o valor, mesmo ímpar, coarto
Com dor que a todos vence e faz remissas
Do mais forte as mãos? Poupe-se os deleites
Acaso à vida e sem queixas vivamos
Contentes, que é das vidas a mais calma.
Mas a dor mal a mais é, o pior
Mal dos males, e a mais toda a paciência
Exaspera. Aquele, assim, que invente
De lesivas ideias a que ofenda
Mais os nossos rivais ainda indenes,
Ou pares nos compare em força, crédito
Terá, o mesmo que acha um redentor.
    Ao que Satã refeito replicou.
Não por inventar tenho o que bem crês
De monta p'ra levar ao bom sucesso.
Qual de nós vendo a áurea superfície
Deste etéreo molde onde nos firmamos,
Este amplo continente do Céu, rico
Em planta, fruto, ambrósia, gema e ouro,
Descansa aí o olhar à superfície
Sem que atente à razão p'la qual cresceram
No subsolo matérias baças, cruas,
De espuma refinada e incandescente,
'Té que a um raio do Céu, e bem temperadas
Brotam tão belas, e à luz ambiente abrem?
Desta natividade negra os fundos

Shall yield us, pregnant with infernal flame,
Which into hollow engines long and round
Thick-rammed, at the other bore with touch of fire
Dilated and infuriate shall send forth
From far with thundering noise among our foes
Such implements of mischief as shall dash
To pieces, and o'erwhelm whatever stands
Adverse, that they shall fear we have disarmed
The thunderer of his only dreaded bolt.
Nor long shall be our labour, yet ere dawn,
Effect shall end our wish. Meanwhile revive;
Abandon fear; to strength and counsel joined
Think nothing hard, much less to be despaired.
He ended, and his words their drooping cheer
Enlightened, and their languished hope revived.
The invention all admired, and each, how he
To be the inventor missed, so easy it seemed
Once found, which yet unfound most would have thought
Impossible: yet haply of thy race
In future days, if malice should abound,
Someone intent on mischief, or inspired
With devilish machination might devise
Like instrument to plague the sons of men
For sin, on war and mutual slaughter bent.
Forthwith from council to the work they flew,
None arguing stood, innumerable hands
Were ready, in a moment up they turned
Wide the celestial soil, and saw beneath
The originals of nature in their crude
Conception; sulphurous and nitrous foam
They found, they mingled, and with subtle art,

Nos emprenharão fogos infernais,
Os que em cavos engenhos, longos, curvos,[19]
Bem maçados, darão com bom contato
Na outra cavidade, e inchados, rábidos,
Cuspidos a adversários chegam longe,
Matéria tão hostil que escacará
E esmagará quem quer que fique à frente,
Que hão-de temer havermos desarmado
Ao fuzileiro o único fuzil.
Não é longa a missão, antes da aurora
Cumprida se achará. Mas animai-vos.
Deixai o medo. À força, ao conselho,
Nada se opõe, e angústias não se admitem.
Findou, e o seu discurso os murchos ânimos
Acendeu, e a fé tíbia renovou.
Tal engenho admirava, como ao gênio
A ser passou o que é bem patenteado
Quando se inventa, isso que uns diriam
Impossível de ser. Talvez que em dias
Vindouros, caso o mal grasse entre os teus,
Alguém dado à maldade, ou inspirado
Com maquinações negras, possa achar
Arte igual p'ra afligir homens em guerra,
Afeitos à chacina do pecado.
Do concílio ao labor logo passaram;
Nenhum argumentou; mãos infindáveis
E a postos reviraram um momento
Amplamente o celeste chão, e embaixo
Viram os elementos na crueza
Da concepção; sulfúrea e nitrosa
Espuma viram,[20] cruzaram, e com artes

---

[19] Máquinas de guerra.

[20] Nitrato de potássio é um ingrediente da pólvora. A presente descrição da invenção diabólica da pólvora conta com uma longa precedência épica.

Concocted and adusted they reduced
To blackest grain, and into store conveyed:
Part hidden veins digged up (nor hath this earth
Entrails unlike) of mineral and stone,
Whereof to found their engines and their balls
Of missive ruin; part incentive reed
Provide, pernicious with one touch to fire.
So all ere day-spring, under conscious night
Secret they finished, and in order set,
With silent circumspection unespied.
Now when fair morn orient in heaven appeared
Up rose the victor angels, and to arms
The matin trumpet sung: in arms they stood
Of golden panoply, refulgent host,
Soon banded; others from the dawning hills
Looked round, and scouts each coast light-armèd scour,
Each quarter, to descry the distant foe,
Where lodged, or whither fled, or if for fight,
In motion or in halt: him soon they met
Under spread ensigns moving nigh, in slow
But firm battalion; back with speediest sail
Zophiel, of cherubim the swiftest wing,
Came flying, and in mid-air aloud thus cried.
    Arm, warriors, arm for fight, the foe at hand,
Whom fled we thought, will save us long pursuit
This day, fear not his flight; so thick a cloud
He comes, and settled in his face I see
Sad resolution and secure: let each
His adamantine coat gird well, and each
Fit well his helm, gripe fast his orbèd shield,
Borne even or high, for this day will pour down,

Sutis, por cozedura e adustão[21]
A grão negro a levaram, e ao depósito.
Desenterravam veios uns (que entranhas
Iguais há no Céu), pedras e minérios,
Onde forjar engenhos e projéteis
De ruína míssil. Outros mecha arranjam,
Perniciosa se ao fogo passar rente.
Antes do alvorecer, da noite cúmplices
Cessaram em segredo, com prudência,
Sem espias e conforme o pretendido.
Quando a oriente a bela manhã veio
Ergueram-se os campeões, e às armas soou
O matinal clarim: uma panóplia
De ouro, as hostes brilhantes, logo unidas;
De montes que amanhecem uns vigiavam,
E outros batiam de ágeis armaduras
Cada quartel, p'ra dar com o inimigo,
Alojado ou fugido, ou se ataca,
Se se move ou se espia: logo o viram
Sob insígnias já próximo, em lento
Mas firme batalhão; de asa veloz
Zofiel,[22] dos querubins a asa mais ágil,
Voltava, e no ar médio gritou alto.
  Tomai armas, guerreiros, que nos poupa
Quem tínhamos em fuga longa caça
Hoje, e nada temais; tão densa nuvem
Vem, e assente no rosto vejo sério
E confiante propósito. Cingi
Os gibões de diamante, e ajustai
Os elmos, e trincai o orbe do escudo,
Ao alto ou à frente, que hoje há chuva,

---

[21] Termos alquímicos referentes à ação do calor.

[22] Hebraico para "espião de Deus".

If I conjecture aught, no drizzling shower,
But rattling storm of arrows barbed with fire.
So warned he them aware themselves, and soon
In order, quit of all impediment;
Instant without disturb they took alarm,
And onward move embattled; when behold
Not distant far with heavy pace the foe
Approaching gross and huge; in hollow cube
Training his devilish enginery, impaled
On every side with shadowing squadrons deep,
To hide the fraud. At interview both stood
Awhile, but suddenly at head appeared
Satan: and thus was heard commanding loud.
  Vanguard, to right and left the front unfold;
That all may see who hate us, how we seek
Peace and composure, and with open breast
Stand ready to receive them, if they like
Our overture, and turn not back perverse;
But that I doubt, however witness heaven,
Heaven witness thou anon, while we discharge
Freely our part: ye who appointed stand
Do as you have in charge, and briefly touch
What we propound, and loud that all may hear.
  So scoffing in ambiguous words, he scarce
Had ended; when to right and left the front
Divided, and to either flank retired.
Which to our eyes discovered new and strange,
A triple-mounted row of pillars laid
On wheels (for like to pillars most they seemed
Or hollowed bodies made of oak or fir,
With branches lopped, in wood or mountain felled)
Brass, iron, stony mould, had not their mouths
With hideous orifice gaped on us wide,

Se a previsão não falha, não miudinha,
Mas trovejante em flechas de ígneas barbas.
Alertou-os, já próvidos, e em ordem
Logo e livres de todo o impedimento.[23]
Ao alarme urgentes mas sem pânico
E em formação marcharam, quando viram
Não muito longe o passo do inimigo
A acercar-se compacto, em falso cubo
Arrastando os petrechos maus, cercado
De esquadrões obumbrosos p'ra esconder
O estratagema. Frente a frente um pouco
Ficaram, mas de súbito à cabeça
Satã: e alto comando foi ouvido.
  Vanguarda, abri a frente, dividi-vos.
Veja quem nos odeia como queremos
Paz e acordo, e prontos a acolhê-los
Estamos com peito aberto, se gostarem
Da abertura, e as costas não voltarem
Perversos. Mas não sei, se bem que o Céu
O diga. Sim, diz tu, ó Céu, da parte
Que liquidamos. Vós, que em polvorosa
Estais p'ra começar, força, e aflorai
A proposta, mas alto que é p'ra ouvir.
  Em remoques de ambíguo verbo mal
Findara, quando à esquerda e à direita
A frente partiu e aos flancos se foi.
Aos nossos olhos surge estranho novo:
Uma tripla armação assente em rodas
Com pilares (pilares mais lembravam
Ou de abeto ou carvalho ocos corpos,
Com ramos tronchos de bosque ou montanha)
De bronze, ferro ou pedra, não abrissem
As grandes bocas o hórrido orifício,

[23] A etimologia é a do latim *impedimentum*, concretamente "bagagem militar".

Portending hollow truce; at each behind
A seraph stood, and in his hand a reed
Stood waving tipped with fire; while we suspense,
Collected stood within our thoughts amused,
Not long, for sudden all at once their reeds
Put forth, and to a narrow vent applied
With nicest touch. Immediate in a flame,
But soon obscured with smoke, all heaven appeared,
From those deep-throated engines belched, whose roar
Embowelled with outrageous noise the air,
And all her entrails tore, disgorging foul
Their devilish glut, chained thunderbolts and hail
Of iron globes, which on the victor host
Levelled, with such impetuous fury smote,
That whom they hit, none on their feet might stand,
Though standing else as rocks, but down they fell
By thousands, angel on archangel rolled;
The sooner for their arms, unarmed they might
Have easily as spirits evaded swift
By quick contraction or remove; but now
Foul dissipation followed and forced rout;
Nor served it to relax their serried files.
What should they do? If on they rushed, repulse
Repeated, and indecent overthrow
Doubled, would render them yet more despised,
And to their foes a laughter; for in view
Stood ranked of seraphim another row
In posture to displode their second tire
Of thunder: back defeated to return
They worse abhorred. Satan beheld their plight,
And to his mates thus in derision called.

Agourando ocas tréguas; e atrás destas
Com juncos serafins, e neles fogo
Das pontas bruxuleando. Nós incertos,
Quedos na distração de pensamentos.
Não de mais, que os caniços ao espiráculo
De súbito levaram, mas sutil
E gentilmente. Ardeu depressa o Céu,
Mas p'lo fumo tisnado se mudou,
P'lo vômito de engenhos, goelas cavas,
Cujos roncos estriparam o ar, e as vísceras
Rasgaram, arrotando com baixeza
O enfarte, os raios presos e a saraiva[24]
De orbes férreos, os quais à hoste ovante
Apontados, com ímpeto incidiram,
Tal que nenhuma em pé ficou das vítimas,
Rochedos que eram antes, mas caíram
Em rolos milhões, anjo sobre arcanjo;
E mais p'lo fardo de armas, pois sem armas
Ter-se-iam evadido, como espíritos
Que se afastam ou ágeis se contraem;
Mas agora era a ruína, a debandada,
E inútil afrouxar renques cerrados.
Que fazer? Se avançassem dobrariam
O rechaço, e a sórdida derrota
Seguida mais chacota lhes traria,
E aos rivais gargalhadas; pois à frente
De serafins plantava-se outra fila
A postos p'ra lançar segunda salva
De obuses; e bater em retirada
Mais detestavam. Viu Satã o apuro,
E em irrisão chamou os seus parceiros.

---

[24] Esta imagem fisiológica poderia facilmente reportar às alegorias freudianas de agressão alimentar e anal. Os diabos são, aliás, frequentemente representados pela tradição iconográfica nestes preparos escatológicos.

O friends, why come not on these victors proud?
Erewhile they fierce were coming, and when we,
To entertain them fair with open front
And breast, (what could we more?) propounded terms
Of composition, straight they changed their minds,
Flew off, and into strange vagáries fell,
As they would dance, yet for a dance they seemed
Somewhat extravagant and wild, perhaps
For joy of offered peace: but I suppose
If our proposals once again were heard
We should compel them to a quick result.
To whom thus Belial in like gamesome mood.
Leader, the terms we sent were terms of weight,
Of hard contents, and full of force urged home,
Such as we might perceive amused them all,
And stumbled many, who receives them right,
Had need from head to foot well understand;
Not understood, this gift they have besides,
They show us when our foes walk not upright.
So they among themselves in pleasant vein
Stood scoffing, heightened in their thoughts beyond
All doubt of victory, eternal might
To match with their inventions they presumed
So easy, and of his thunder made a scorn,
And all his host derided, while they stood
Awhile in trouble; but they stood not long,
Rage prompted them at length, and found them arms
Against such hellish mischief fit to oppose.

Amigos, que detém os vencedores?
Bravos vinham há pouco, e quando nós
Em honrado entretém com fronte e peito
Francos (pedir-se-á mais?) pusemos termos
P'ra nos compormos mudam-se as vontades,
E batem asas cheias de caprichos,
Como prontos p'ra dança, mas p'ra dança
Bizarra, algo excêntrica, talvez[25]
P'lo gozo da paz dada. Mas suponho
Que ouvidas as propostas novamente
Os vá levar por força a novos saltos.
Belial, folgaz também, reforçou. Líder,
De peso são os termos remetidos,
De teor, e a casa os levam expeditos,
E à diversão parece-me, e ao tropeço,
Contanto que os receba em condições,
E os suporte, de fio a pavio,
Pois de contrário o porte patenteia
Quando os nossos rivais não andam bem.[26]
Continuavam assim cheios de veia
Rapioqueira, p'ra lá de qualquer dúvida
De vitória altaneiros, pois supunham
Haver chegado à força eterna a máquina
Depressa, e troçaram do seu raio
E das suas legiões, enquanto embargos
Por pouco conhecessem; mas não muito:
Enfim de raiva armados descobriram
Como dar luta a tanta malvadez.

---

[25] "Meríones, por muito ágil bailarino que tu sejas, minha lança/ teria parado de vez o teu bailar, se te tivesse atingido" (*Il.* XVI, 617-8).

[26] Trocadilhos próprios de um espírito "frouxo e tíbio" (cf. II, 117). Milton faz de Belial o mais sensualista e dissoluto dos espíritos, o íncubo da carne (cf. *PR* II, 150-2). O seu jogo de palavras marcial é convertido na tradução em termos de afeição, digamos, mais postal, talvez por ligação inconsciente a um diabo sem culto local (cf. I, 490n).

Forthwith (behold the excellence, the power
Which God hath in his mighty angels placed)
Their arms away they threw, and to the hills
(For earth hath this variety from heav'n
Of pleasure situate in hill and dale)
Light as the lightning glimpse they ran, they flew,
From their foundations loosening to and fro
They plucked the seated hills with all their load,
Rocks, waters, woods, and by the shaggy tops
Up lifting bore them in their hands: amaze,
Be sure, and terror seized the rebel host,
When coming towards them so dread they saw
The bottom of the mountains upward turned,
Till on those cursèd engines' triple-row
They saw them whelmed, and all their confidence
Under the weight of mountains buried deep,
Themselves invaded next, and on their heads
Main promontories flung, which in the air
Came shadowing, and oppressed whole legions armed,
Their armour helped their harm, crushed in and bruised
Into their substance pent, which wrought them pain
Implacable, and many a dolorous groan,
Long struggling underneath, ere they could wind
Out of such prison, though spirits of purest light,
Purest at first, now gross by sinning grown.
The rest in imitation to like arms
Betook them, and the neighbouring hills uptore;
So hills amid the air encountered hills
Hurled to and fro with jaculation dire,
That under ground they fought in dismal shade;
Infernal noise; war seemed a civil game
To this uproar; horrid confusion heaped
Upon confusion rose: and now all heav'n
Had gone to wreck, with ruin overspread,
Had not the almighty Father where he sits

Logo (vede a excelência, o poder
Que Deus pôs nos seus anjos valorosos)
Desembainharam armas, e às montanhas
(Que a terra o Céu copia nesta cópia
De vales e colinas aprazíveis)
Lestos como um relance de relâmpago
Correram, voaram, lassas de alicerces
O fardo das corcundas lhes truncaram,
Rochas, águas, madeiros, e p'los pêlos
Dos cumes as alçaram nas mãos: pânico,
Decerto, e horror tomaram os rebeldes,
Quando em direção viram tão medonhas
As bases de montanhas às avessas,
'Té que p'los maus engenhos de três filas
Se viram soterrados, e à confiança,
Sob o peso da tumba de montanhas,
Neles mesmos depois, e nas cabeças
Promontórios inteiros, que assombraram
O ar, e sobre inteiras legiões de armas,
Armaduras do dano, amolgadas,
Esmagadas e à substância confinando-os,
Que a dor fez implacável e ulos muitos,
Justando à justa nessa prisão de ar
P'ra fora da asfixia, que a luz pura
De espíritos manchada agora a tinham.
Os outros escolhendo as mesmas armas
As montanhas vizinhas arrancaram;
Assim no ar montes montes encontraram
Remessados com fúria cá e lá,
E subterrâneas trevas se batiam.
Som atroz. Comparada a guerra lúdica
E civil é. Crescia a confusão,
E horrendo o caos no caos. E o Céu agora
Aluiria, lavrado pela ruína,
Não fosse o armipotente lá nos altos,

Shrined in his sanctuary of heav'n secure,
Consulting on the sum of things, foreseen
This tumult, and permitted all, advised:
That his great purpose he might so fulfil,
To honour his anointed Son avenged
Upon his enemies, and to declare
All power on him transferred: whence to his Son
The assessor of his throne he thus began.
   Effulgence of my glory, Son beloved,
Son in whose face invisible is beheld
Visibly, what by deity I am,
And in whose hand what by decree I do,
Second omnipotence, two days are past,
Two days, as we compute the days of heaven,
Since Michael and his powers went forth to tame
These disobedient; sore hath been their fight,
As likeliest was, when two such foes met armed;
For to themselves I left them, and thou knowst,
Equal in their creation they were formed,
Save what sin hath impaired, which yet hath wrought
Insensibly, for I suspend their doom;
Whence in perpetual fight they needs must last
Endless, and no solution will be found:
War wearied hath performed what war can do,
And to disordered rage let loose the reins,
With mountains as with weapons armed, which makes
Wild work in heav'n, and dangerous to the main.
Two days are therefore past, the third is thine;
For thee I have ordained it, and thus far
Have suffered, that the glory may be thine
Of ending this great war, since none but thou
Can end it. Into thee such virtue and grace
Immense I have transfused, that all may know
In heaven and hell thy power above compare,
And this perverse commotion governed thus,

No trono do amparado tabernáculo,
Consultando o total final, prever
O motim, deferi-lo, previdente,
A fim de que os seus fins cumprir pudesse,
E honrar com a vingança o seu ungido
Sobre os seus inimigos, e o poder
Jurá-lo transferido: donde ao Filho
Assessor do seu trono assim falou.
Brilho da minha glória, Filho amado,
Filho cuja invisível face mostra
Visível o que eu sou de divindade,
E em cuja mão eu faço por decreto
Segunda onipotência, são dois dias,
Dois dias, assim dias no Céu somam,
Desde que Miguel foi domar co'as forças
Estes rebeldes. Luta azeda vai,
Como era de ver, dado o peso de armas
Adversárias. À sorte sua os deixo,
E tu sabes que iguais foram criados,
Salvo no que pecaram, coisa ínfima
Por ora, pois suspendo-lhes o fim;
P'lo que em eterna luta devem ser
Sem fim, sem solução cabal à vista.
Exausta a guerra fez o que é forçoso,
E soltou rédeas à raiva à deriva,
Com montanhas por armas, o que ao Céu
Traz árduo labor, transe ao universo.
Dois dias idos são, teu é o terceiro,
Para ti o aprestei, e até aqui
Muito sofri, que a glória seja tua,
A de pôr termo à guerra, pois ninguém
Mais poderá. Em ti virtude e graça
Imensas transvasei, para que saibam
Céu e inferno o teu mando sem igual,
E que esta insurreição assim regida

To manifest thee worthiest to be heir
Of all things, to be heir and to be king
By sacred unction, thy deservèd right.
Go then thou mightiest in thy Father's might,
Ascend my chariot, guide the rapid wheels
That shake heaven's basis, bring forth all my war,
My bow and thunder, my almighty arms
Gird on, and sword upon thy puissant thigh;
Pursue these sons of darkness, drive them out
From all heaven's bounds into the utter deep:
There let them learn, as likes them, to despise
God and Messiah his anointed king.
  He said, and on his Son with rays direct
Shone full, he all his Father full expressed
Ineffably into his face received,
And thus the filial Godhead answering spake.
  O Father, O supreme of heavenly thrones,
First, highest, holiest, best, thou always seekst
To glorify thy Son, I always thee,
As is most just; this I my glory account,
My exaltation, and my whole delight,
That thou in me well pleased, declar'st thy will
Fulfilled, which to fulfil is all my bliss.
Sceptre and power, thy giving, I assume,
And gladlier shall resign, when in the end
Thou shalt be all in all, and I in thee
For ever, and in me all whom thou lov'st:
But whom thou hat'st, I hate, and can put on
Thy terrors, as I put thy mildness on,
Image of thee in all things; and shall soon,
Armed with thy might, rid heaven of these rebelled,
To their prepared ill mansion driven down
To chains of darkness, and the undying worm,
That from thy just obedience could revolt,
Whom to obey is happiness entire.

Te dê como o mais digno dos herdeiros
A tudo o que há, herdeiro e rei por sacra
Unção, o teu legítimo direito.
Vai no poder do Pai mais poderoso,
Sobe à minha quadriga, guia as rodas
Que a base ao Céu abalam, leva à guerra
Meu arco e trovão, e o meu arnês
Cinge, e ata à possante coxa a espada;
Persegue os filhos das trevas, e expele-os
Dos confins do Céu 'té ao fundo máximo:
Que ali aprendam como desprezar
A Deus e seu Messias rei ungido.
  Falou, e sobre o Filho fez raiar
Raios cheios, e todo o Pai expresso
Recebeu inefável no semblante,
E assim o filho Deus disse em resposta.
  Ó Pai, dos celestiais tronos supremo,
Excelso, santo, bom, que sempre buscas
A glória do teu Filho, e eu a tua,
Como é justo: por minha a tomo eu,
Minha exaltação, todo o meu deleite;
Que em mim grato, declares a vontade
Cumprida, que em cumprir mais grato sou.
Tua dádiva, cetro e poder, tomo,
Dos quais abdicarei mais feliz, quando
No fim fores tudo em todos, e eu em ti
P'ra sempre, e em mim todos quantos amas.
Mas abomino quantos abominas,
E à imagem de ti posso eu bem sair
Em terror ou brandura. Livrarei,
No teu arnês, em breve, o Céu de réprobos,
À pronta mansão triste escorraçados,
Aos grilhões mate, ao verme que não morre,
Que ousaram insurgir-se à obediência
Justa, a qual cumprir é um bem em si.

Then shall thy saints unmixed, and from the impure
Far separate, circling thy holy mount
Unfeignèd alleluias to thee sing,
Hymns of high praise, and I among them chief.
So said, he o'er his sceptre bowing, rose
From the right hand of glory where he sat,
And the third sacred morn began to shine
Dawning through heav'n: forth rushed with whirlwind sound
The chariot of paternal deity,
Flashing thick flames, wheel within wheel undrawn,
Itself instinct with spirit, but convoyed
By four cherubic shapes, four faces each
Had wondrous, as with stars their bodies all
And wings were set with eyes, with eyes the wheels
Of beryl, and careering fires between;
Over their heads a crystal firmament,
Whereon a sapphire throne, inlaid with pure
Amber, and colours of the showery arch.
He in celestial panoply all armed
Of radiant Urim, work divinely wrought,
Ascended, at his right hand Victory
Sat eagle-winged, beside him hung his bow
And quiver with three-bolted thunder stored,
And from about him fierce effusion rolled
Of smoke and bickering flame, and sparkles dire;
Attended with ten thousand thousand saints,
He onward came, far off his coming shone,
And twenty thousand (I their number heard)
Chariots of God, half on each hand were seen:

Teus santos sem misturas, e de impuros
Apartados, p'lo monte santo à volta
Aleluias não falsos cantarão,
Hinos de alto louvor, e eu o primeiro.
Falou, prostrado sobre o cetro, ergueu-se
Da destra gloriosa do seu trono,
E a terceira manhã sacra acendeu
Despontando p'lo Céu. Zumbindo vórtices
A quadriga do Pai rompeu com chamas
Dardejantes, rodando em roda a roda,
Impelida por espíritos, com escolta
De quatro querubins, com quatro rostos,
Cada raro, seus corpos cravejados
De estrelas, e asas de olhos, co'eles rodas
De berilo, e fogos em redor;
Sobre as cabeças vítreo firmamento,
E um trono de safira ali, tauxiado
Com âmbar puro e cores de arco-íris.[27]
Ele em panóplia celeste artilhado
De urim radiante, obra divinal,
Ascendeu, co'a Vitória à sua destra
Sentada, de asas de águia, e atrás o arco
E a aljava com trovões de três relâmpagos.[28]
E dele uma efusão rolou feroz
De fumo e tremulante chama, e chispas
Terríveis. Com dez mil vezes mil santos
Aproximou-se, já brilhando ao longe,
E com vinte mil (eu ouvi seu número)
Carros de Deus, metade em cada mão:[29]

---

[27] A descrição da quadriga viva do Messias com os seus quatro querubins encontra fundamento em *Ez.* 10, 14.

[28] A águia era a ave de Júpiter e os trovões, as suas armas.

[29] *Sl.* 68, 17.

He on the wings of cherub rode sublime
On the crystálline sky, in sapphire throned.
Illustrious far and wide, but by his own
First seen, them unexpected joy surprised,
When the great ensign of Messiah blazed
Aloft by angels borne, his sign in heaven:
Under whose conduct Michael soon reduced
His army, circumfused on either wing,
Under their head embodied all in one.
Before him power divine his way prepared;
At his command the uprooted hills retired
Each to his place, they heard his voice and went
Obsequious, heav'n his wonted face renewed,
And with fresh flowerets hill and valley smiled.
This saw his hapless foes, but stood obdured,
And to rebellious fight rallied their powers
Insensate, hope conceiving from despair.
In heav'nly spirits could such perverseness dwell?
But to convince the proud what signs avail,
Or wonders move the obdúrate to relent?
They hardened more by what might most reclaim,
Grieving to see his glory, at the sight
Took envy, and aspiring to his height,
Stood re-embattled fierce, by force or fraud
Weening to prosper, and at length prevail
Against God and Messiah, or to fall
In universal ruin last, and now
To final battle drew, disdaining flight,
Or faint retreat; when the great Son of God
To all his host on either hand thus spake.
  Stand still in bright array ye saints, here stand
Ye angels armed, this day from battle rest;
Faithful hath been your warfare, and of God
Accepted, fearless in his righteous cause,
And as ye have received, so have ye done

Sublime cavalgou um querubim
No céu vítreo, em trono de safira.
Por toda a parte ilustre, mas visível
Primeiro aos seus, perplexos de alegria,
Quando foi do Messias visto o lábaro
Que anjos alçavam, seu sinal no Céu.
Ao seu comando deu Miguel depressa
As tropas, alastradas de asa a asa,
Sob a mesma cabeça reunidas.
Seu caminho o poder divino abriu.
Às suas ordens montes da raiz
Se afastaram, à voz que ouviram foram
Prestáveis, e o Céu fez seu rosto próprio,
E o monte e o vale frescas flores sorriram.
Infaustos os rivais viram-no frios,
E à contenda rebelde uniram forças
Insensatas, de esperanças na aflição.
Pode o mal demorar-se em peito etéreo?
Mas a mudar o ufano de que valem
Prodígios, que ações dobram o obdurado?
Endurecido mais quem mais reclama.
Doendo-lhes tal glória, invejaram
A visão, e aspirando-lhe as alturas
Reestreitaram-se, crendo-se mais prósperos
Em fraude e força, a prazo triunfando
Sobre Deus e Messias, ou tombando
Em ruína total. E agora rumam
À batalha final, que a fuga apoucam
E a retirada débil; quando o Filho
À sua hoste em volta assim falou.
  Folgai, ó santos, áureos renques, e anjos,
Folgai o vosso arnês, hoje é p'ra folga.
Leais guerreiros tendes sido, e aceites
Por Deus, na sua causa justa intrépidos,
E tal como o tomastes, tal fizestes

Invincibly; but of this cursèd crew
The punishment to other hand belongs,
Vengeance is his, or whose he sole appoints;
Number to this day's work is not ordained
Nor multitude, stand only and behold
God's indignation on these godless poured
By me; not you but me they have despised,
Yet envied; against me is all their rage,
Because the Father, t' whom in heav'n supreme
Kingdom and power and glory appertains,
Hath honoured me according to his will.
Therefore to me their doom he hath assigned;
That they may have their wish, to try with me
In battle which the stronger proves, they all,
Or I alone against them, since by strength
They measure all, of other excellence
Not emulous, nor care who them excels;
Nor other strife with them do I vouchsafe.
  So spake the Son, and into terror changed
His count'nance too severe to be beheld
And full of wrath bent on his enemies.
At once the four spread out their starry wings
With dreadful shade contiguous, and the orbs
Of his fierce chariot rolled, as with the sound
Of torrent floods, or of a numerous host.
He on his impious foes right onward drove,
Gloomy as night; under his burning wheels
The steadfast empyrean shook throughout,
All but the throne itself of God. Full soon
Among them he arrived; in his right hand
Grasping ten thousand thunders, which he sent
Before him, such as in their souls infixed
Plagues; they astonished all resistance lost,

Invencíveis. Mas deste tropel réprobo
O castigo pertence a outra mão,
Sua a vingança é, ou de quem mande.
Hoje não se ordenou ao labor número
Nem multidão, quedai-vos só e vede
A indignação de Deus sobre estes ímpios
Vir por mim; não a vós, a mim odiaram,
Por ciúme; contra mim vem toda a raiva,
Porquanto o Pai, a quem no Céu supremo
Reino, poder e glória só pertencem,
Me enobreceu segundo o seu desígnio.
Por isso me investiu do seu destino.
Se o querem seja assim: meçamos forças
Em batalha, e ganhe o mais forte, eles
Ou contra eles eu, já que p'la força
Medem tudo o que há, de outras excelências
Nem êmulos, nem ávidos de o ser.
À força então, nem outra prova aceito.
  Disse o Filho, e em máscara terrível
Mudou duro de ver o seu semblante,
E dobrou-o a fúria sobre o alvo.
Depressa os quatro estrelas alastraram,[30]
Contíguas asas lúridas, e as órbitas
Rugiram do seu carro, como o som
De águas em convulsões, ou de hoste inúmera.
Rumou direito ao ímpio inimigo,
Sombriamente; sob os discos ígneos
O firme empíreo todo abanou, todo
Menos de Deus o trono. Logo em cheio
Entre eles atracou. Dez mil trovões
Travava a mão direita, que os lançou
E nas almas quais pragas se fixaram.
Aturdidos perderam todo o alento,

---

[30] Os quatro querubins do verso 753.

All courage; down their idle weapons dropped;
O'er shields and helms, and helmèd heads he rode
Of thrones and mighty seraphim prostráte,
That wished the mountains now might be again
Thrown on them as a shelter from his ire.
Nor less on either side tempestuous fell
His arrows, from the fourfold-visaged four,
Distinct with eyes, and from the living wheels,
Distinct alike with multitude of eyes,
One spirit in them ruled, and every eye
Glared lightning, and shot forth pernicious fire
Among the accursed, that withered all their strength,
And of their wonted vigour left them drained,
Exhausted, spiritless, afflicted, fall'n.
Yet half his strength he put not forth, but checked
His thunder in mid-volley, for he meant
Not to destroy, but root them out of heaven:
The overthrown he raised, and as a herd
Of goats or timorous flock together thronged
Drove them before him thunderstruck, pursued
With terrors and with furies to the bounds
And crystal wall of heav'n, which op'ning wide,
Rolled inward, and a spacious gap disclosed
Into the wasteful deep; the monstrous sight
Strook them with horror backward, but far worse
Urged them behind; headlong themselves they threw
Down from the verge of heav'n, eternal wrath
Burnt after them to the bottomless pit.
  Hell heard the unsufferable noise, hell saw
Heav'n ruining from heav'n and would have fled
Affrighted; but strict fate had cast too deep
Her dark foundations, and too fast had bound.
Nine days they fell; confounded Chaos roared,

E indefesos baixaram armas tíbias.
Calcou almas com elmo e elmos sem alma
E escudos e altos tronos de prostrados
Serafins, que anelavam mais as penhas
De novo nas cabeças despenhadas
P'ra abrigo. Nem foi menos branda a chuva
De setas, dos quatro de quatro rostos,
Marchetados com olhos, e das rodas
Viventes, marchetados com mil olhos
Também; neles com espírito reinava,
E os olhos coruscavam, e lume ágil
Lançavam nos malditos, cuja força
Exauriam e o viço estiolavam,
Flébeis, gastos, inânimes, caídos;
Porém não avançou metade à força,
Mas restringiu o tiro a meia salva,
Pois não queria abatê-los, mas do Céu
Extirpá-los. Levantou-os, e qual fato
De cabras ou rebanho em tropel trémulo
Levou-os fulminados, perseguidos
Com fúrias e terrores 'té às raias[31]
E ao muro de cristal do Céu, que abrindo,
A viseira arrolou, e extensa fenda
Destapou p'ra o abismo; a visonha
Fê-los recuar de medo, mas de trás
Pior os impeliu; precipitaram-se
Orla do Céu abaixo, acompanhados
P'la ira eterna ardendo abismo dentro.
   O inferno ouviu os tons insuportáveis,
O inferno viu do Céu ruir o Céu
E ao susto fugiria; mas fundira-se
Fundo de mais o fado, de mais firme
Se fundara. Caíram nove dias.

---

[31] Ecoando as Fúrias, deusas da vingança.

Nine days they fell

Caíram nove dias

(VI, 871)

And felt tenfold confusion in their fall
Through his wild anarchy, so huge a rout
Encumbered him with ruin: hell at last
Yawning received them whole, and on them closed,
Hell their fit habitation fraught with fire
Unquenchable, the house of woe and pain.
Disburdened heaven rejoiced, and soon repaired
Her mural breach, returning whence it rolled.
Sole victor from the expulsion of his foes
Messiah his triumphal chariot turned:
To meet him all his saints, who silent stood
Eyewitnesses of his almighty acts,
With jubilee advanced; and as they went,
Shaded with branching palm, each order bright,
Sung triumph, and him sung victorious king,
Son, heir, and Lord, to him dominion giv'n,
Worthiest to reign: he celebrated rode
Triumphant through mid-heav'n, into the courts
And temple of his mighty Father throned
On high; who into glory him received,
Where now he sits at the right hand of bliss.
  Thus measuring things in heav'n by things on earth
At thy request, and that thou mayst beware
By what is past, to thee I have revealed
What might have else to human race been hid;
The discord which befell, and war in heaven
Among the angelic powers, and the deep fall
Of those too high aspiring, who rebelled
With Satan, he who envies now thy state,
Who now is plotting how he may seduce
Thee also from obedience, that with him
Bereaved of happiness thou mayst partake

Confuso o Caos rugiu, confusa a queda
Dez vezes mais sentiu p'lo seu caos árido,
Tal lotação lhe trouxe a dispersão.
Fechou o inferno sobre eles por fim
O bocejo, mansão justa e em chamas
Insaciáveis, mansão de dor e choro.
Aliviado sorriu o Céu e o muro
Logo repôs, rolando de regresso.
Triunfante, voltou dos inimigos
O Messias, único vencedor.
Ao seu encontro os santos, que em silêncio
As valentes ações testemunharam,
Avançaram festivos. E enquanto iam,
Por palmas abaulados,[32] cada ordem
Exaltava a vitória, o rei, o Filho,
O herdeiro, e Senhor, dele o domínio,
Mais digno de reinar. Montou o júbilo
Ovante p'lo Céu médio, 'té aos átrios
E ao templo do seu Pai entronizado
Nas alturas, que em glória o acolheu,
Onde se senta à destra da ventura.
  Assim medindo o Céu p'lo que há na terra
A teu pedido, a fim de te ensinar
Por transatas ações, eis que te abri
O que acaso aos humanos se escondera:
A discórdia e a guerra que ao Céu veio
Entre as forças angélicas, e a queda
Da mais alta ambição, os de Satã,
Ele que inveja agora o teu estado,
Que agora urde forma de usurpar
Mais um à obediência, p'ra que possas
Privado de alegria tomar parte

[32] O português permite a feliz confusão entre o abaular de palmas da mão em aplauso e os ramos da palmeira, emblema de triunfo (cf. *Jo*. 12, 13 e *Ap*. 7, 9).

Hell at last
Yawning received them whole

Fechou o inferno sobre eles por fim

(VI, 874-5)

His punishment, eternal misery;
Which would be all his solace and revenge,
As a despite done against the most high,
Thee once to gain companion of his woe.
But list'n not to his temptations, warn
Thy weaker; let it profit thee to have heard
By terrible example the reward
Of disobedience; firm they might have stood,
Yet fell; remember, and fear to transgress.

The end of the sixth book

Na sua punição, na dor eterna.
Seria corolário de vingança,
Qual ultraje maior contra o magnânimo,
Tomar-te por parceiro de lamentos.
Não ouças porém tais reptos, avisa
O mais fraco.[33] Que te aproveite ouvir
Neste exemplo atroz da rebeldia
O cobro. Poderiam resistir.
Caíram. Ouve, teme à transgressão.

Fim do sexto livro

[33] Eva, o "vaso mais frágil" de *I Pe.* 3, 7. Rafael fala de Eva como se esta estivesse ausente, embora presente e ouvinte (cf. VII, 50).

Book VII

The Argument

Raphael at the request of Adam relates how and wherefore this world was first created; that God, after the expelling of Satan and his angels out of heaven, declared his pleasure to create another world and other creatures to dwell therein; sends his son with glory and attendance of angels to perform the work of creation in six days: the angels celebrate with hymns the performance thereof, and his reascension into heaven.

Livro VII

Argumento

Rafael conta a pedido de Adão como e por que razão foi este mundo criado; que Deus, depois de expulsos Satanás e os seus anjos do Céu, declarara gosto em criar outro mundo e outras criaturas para seus habitantes; envia o Filho em glória com seus anjos para fazer em seis dias a obra da criação: os anjos celebram-no com hinos quando reascende ao Céu.

Descend from heav'n Urania, by that name
If rightly thou art called, whose voice divine
Following, above the Olympian hill I soar,
Above the flight of Pegasean wing.
The meaning, not the name I call: for thou
Nor of the Muses nine, nor on the top
Of old Olympus dwellst, but heav'nly born,
Before the hills appeared, or fountain flowed,
Thou with eternal wisdom didst converse,
Wisdom thy sister, and with her didst play
In presence of the almighty Father, pleased
With thy celestial song. Up led by thee
Into the heav'n of heav'ns I have presumed,
An earthly guest, and drawn empyreal air,
Thy tempering; with like safety guided down
Return me to my native element:
Lest from this flying steed unreined (as once
Bellerophon, though from a lower clime),
Dismounted, on the Aleian field I fall
Erroneous, there to wander and forlorn.
Half yet remains unsung, but narrower bound
Within the visible diurnal sphere;
Standing on earth, not rapt above the pole,
More safe I sing with mortal voice, unchanged

Desce do Céu Urânia, se este nome[1]
Te serve e aceitas, cuja voz divina
Seguindo, do Olimpo os cimos passo,[2]
Sobre a pegásea asa alcandorado.[3]
O sentido eu chamo, não o nome:
Pois nem das Musas nove eras, nem no ápice
Do Olimpo ancião moravas, mas no Céu
Nada, antes que houvesse monte ou fonte
Fluísse, com eterna Sabedoria
Te deste, Sabedoria tua irmã,
E com ela dançaste ante o altíssimo,
Com teu canto celeste satisfeito.
Por ti levado ao Céu dos Céus qual hóspede
Terrestre ousei, e empíreo ar sorvi,
Têmpera tua; em mãos assim seguras
De volta ao elemento natal guia-me:
Não vá deste corcel de asas sem rédeas,
(Como Belerofonte antes,[4] em clima
Mais baixo embora) em pé, no chão de Aleia
Cair e ali errar desamparado.
Metade há por cantar ainda; estreita-se
Contudo à diurna esfera nítida.[5]
Na terra, aquém de arroubos supra polos,
Mortal mais firmo o canto, que não áfono

---

[1] A terceira invocação de Milton, sendo as primeiras em I, 1-49 e III, 1-55. Uma das nove Musas, concretamente a da astronomia para os romanos mais tardios, sendo adotada posteriormente como Musa para a poesia cristã. O nome significa "celestial".

[2] Lar dos deuses clássicos e lugar preferido das Musas.

[3] Pégaso era um símbolo para a poesia inspirada. Criou a fonte das Musas, Hipocrene ("fonte do cavalo"), ao bater violentamente no chão com o seu casco.

[4] Versos 18-9: o cavaleiro de Pégaso. Tentou chegar ao Céu montado neste, mas foi punido por Zeus pelo atrevimento, vítima de um inseto que aferroara Pégaso. Como consequência da sua queda em Aleia, Belerofonte viveu para sempre cego e só.

[5] O universo visível de rotação diurna, ou diária, à volta da Terra.

To hoarse or mute, though fallen on evil days,
On evil days though fallen, and evil tongues;
In darkness, and with dangers compassed round,
And solitude; yet not alone, while thou
Visitst my slumbers nightly, or when morn
Purples the east: still govern thou my song,
Urania, and fit audience find, though few.
But drive far off the barbarous dissonance
Of Bacchus and his revellers, the race
Of that wild rout that tore the Thracian bard
In Rhodopè, where woods and rocks had ears
To rapture, till the savage clamour drowned
Both harp and voice; nor could the Muse defend
Her son. So fail not thou, who thee implores:
For thou art heav'nly, she an empty dream.
   Say goddess, what ensued when Raphael,
The affable archangel, had forewarned
Adam by dire example to beware
Apostasy, by what befell in heaven
To those apostates, lest the like befall
In Paradise to Adam or his race,
Charged not to touch the interdicted tree,
If they transgress, and slight that sole command,

Nem rouco, mesmo em dias maus caído,
Em dias maus caído, e línguas más;[6]
Na penumbra,[7] e envolto em embaraços
E solidão. Porém não só, enquanto
Me visitares o sono,[8] ou quando a alva
Corar o este: meu canto ainda Urânia
Rege, e ouvidos dá-lhe aptos, mesmo escassos.
Porém afasta a bruta dissonância
De Baco[9] e seus devassos, essa casta
De bulhentos que o trácio bardo em Ródope[10]
Retalharam, lá onde ouviram mata
E rebo o arroubo, até que o clamor voz
E harpa afogou; falhou ao filho a Musa[11]
Inerme. Não me falhes pois tu, rogo-te:
Porque és do Céu tu, e um sonho vão ela.
  Diz deusa, que mais, quando Rafael,
O arcanjo afável, trouxe a Adão avisos
Com exemplos cruéis de apostasia,
P'ra que tivesse em conta o que aos apóstatas
Sobreveio no Céu, não fosse o mesmo
Dar-se no Paraíso com Adão,
Se transgredisse, imposta que lhe foi
A distância da árvore interdita,

---

[6] Versos 24-6: Milton fora adepto do regicídio e exerceu publicamente a sua opinião em vários panfletos. A restauração de 1660 poupou-o à forca.

[7] Milton ficou totalmente cego em 1652.

[8] *Sl.* 17, 3. De acordo com a sua biografia, Milton compunha à noite ou nas primeiras horas da manhã.

[9] Provavelmente um piscar de olho aos realistas "bulhentos".

[10] Uma cordilheira na Trácia. Este passo alude a Orfeu, quando ofendeu as bacantes ao desprezar todas as mulheres após a morte de Eurídice, e após o seu fracasso em resgatá-la ao Hades. Voltou-se então para rapazes e é tido como a origem da pederastia na Grécia. Como vingança foi retalhado pelas Mênades.

[11] Calíope, musa da poesia épica.

So easily obeyed amid the choice
Of all tastes else to please their appetite,
Though wandering. He with his consorted Eve
The story heard attentive, and was filled
With admiration, and deep muse to hear
Of things so high and strange, things to their thought
So unimaginable as hate in heaven,
And war so near the peace of God in bliss
With such confusion: but the evil soon
Driv'n back redounded as a flood on those
From whom it sprung, impossible to mix
With blessedness. Whence Adam soon repealed
The doubts that in his heart arose: and now
Led on, yet sinless, with desire to know
What nearer might concern him, how this world
Of heaven and earth conspicuous first began,
When, and whereof created, for what cause,
What within Eden or without was done
Before his memory, as one whose drouth
Yet scarce allayed still eyes the current stream,
Whose liquid murmur heard new thirst excites,
Proceeded thus to ask his heavenly guest.
    Great things, and full of wonder in our ears,
Far differing from this world, thou hast revealed
Divine interpreter, by favour sent
Down from the empyrean to forewarn
Us timely of what might else have been our loss,
Unknown, which human knowledge could not reach:
For which to the infinitely good we owe
Immortal thanks, and his admonishment
Receive with solemn purpose to observe
Immutably his sovereign will, the end
Of what we are. But since thou hast vouchsafed

Comando de observância sem transtornos,
Entre a escolha de gostos ao seu gosto,
Embora meandrando. Ouviu com Eva[12]
Atento a narração, e surpreendeu-se,
E reflexão profunda suscitaram-lhe
Coisas tão estranhas e altas, tão incríveis
Quanto haver no Céu ódio, e tão próxima
Da venturosa paz de Deus a guerra
E tal perturbação; mas logo o mal
Redundou em refluxo que rebenta
Onde nasceu, inapto p'ra misturas
Com santos. Donde Adão depôs as dúvidas
Que o seu coração pôs, e ora atraído,
Mas sem mancha, com sede de saber
O que mais lhe importava a si, como houve
Mundo de céu e terra manifesta,
Quando, nados do quê, por que razão,
O que se gerou dentro ou fora do Éden
Prévio à sua memória, como aquele
Cuja sede mal extinta ainda fita
O arroio, cuja queixa de água à sede
Mais sede traz, assim Adão ao hóspede.
    Grandes coisas, que ouvidos maravilham,
Distintas deste mundo, revelaste
Intérprete do Céu, vindo em favor
Do empíreo a advertir-nos oportuno
Do que seria a perda se ignorada,
Que o homem alcançar não saberia,
P'lo que ao infindo bem devemos graças
Duradouras, e a sua admoestação
Recebemos co'intento de observar
Firmemente a vontade soberana
De que somos o fim. Mas já que amável

[12] Eva mais tarde fala como não tendo ouvido a conversa (cf. IX, 275-8).

Gently for our instruction to impart
Things above earthly thought, which yet concerned
Our knowing, as to highest wisdom seemed,
Deign to descend now lower, and relate
What may no less perhaps avail us known,
How first began this heaven which we behold
Distant so high, with moving fires adorned
Innumerable, and this which yields or fills
All space, the ambient air wide interfused
Embracing round this florid earth, what cause
Moved the creator in his holy rest
Through all eternity so late to build
In chaos, and the work begun, how soon
Absolved, if unforbid thou mayst unfold
What we, not to explore the secrets ask
Of his eternal empire, but the more
To magnify his works, the more we know.
And the great light of day yet wants to run
Much of his race though steep, suspense in heaven
Held by thy voice, thy potent voice he hears,
And longer will delay to hear thee tell
His generation, and the rising birth
Of nature from the unapparent deep:
Or if the star of evening and the moon
Haste to thy audience, night with her will bring
Silence, and sleep listening to thee will watch,
Or we can bid his absence, till thy song
End, and dismiss thee ere the morning shine.
Thus Adam his illustrious guest besought:

Te dignaste p'ra ensino a dar parte
De coisas não terrenas, que contudo
Nos concernem e apraz à ciência do alto,
Digna-te a descer mais, e a relatar
O que nos aproveite mais saber:
Como se fez o céu que contemplamos
Lá no alto, com moventes labaredas
Sem conta, e este que enche ou concede
O espaço, o ar ambiente repassado[13]
Abraçando este flóreo chão, que causa
Levou o criador no seu descanso
Eterno a querer em tempos lançar mãos
Ao caos, e começando, qual o termo,
Se ilícito não for p'ra nós sabê-lo,
Que não p'ra confidências perguntamos
Do seu eterno império, senão mais
P'ra exaltar-lhe obras, quanto mais soubermos.
E à grande luz do dia muito falta
Do que é íngreme curso já, suspensa
No céu p'la tua voz, voz potente ouve,
E mais suspenderá p'ra ouvir-te a conta
Da sua geração, e o nascimento
Da natura crescendo do invisível;
Ou se a estrela da tarde e a lua correm
À audiência, trará consigo a noite
Mudez, e o sono ouvindo velará
Insone, ou se apartará, até que o canto
Termine, e te dispense antes da aurora.[14]
   Assim Adão rogou ao ilustre hóspede.

---

[13] O ar cede a corpos sólidos ou enche o espaço que estes deixam vago. Espaço pode também referir-se a "espaço exterior", ao qual o ar atmosférico cede lugar.

[14] Versos 98-108: apelos para a continuação da narrativa são frequentes, ver por exemplo *Od.* XI, 373-6.

And thus the godlike angel answered mild.
This also thy request with caution asked
Obtain: though to recount almighty works
What words or tongue of seraph can suffice,
Or heart of man suffice to comprehend?
Yet what thou canst attain, which best may serve
To glorify the maker, and infer
Thee also happier, shall not be withheld
Thy hearing, such commission from above
I have received, to answer thy desire
Of knowledge within bounds; beyond abstain
To ask, nor let thine own inventions hope
Things not revealed, which the invisible king,
Only omniscient, hath suppressed in night,
To none communicable in earth or heaven:
Enough is left besides to search and know.
But knowledge is as food, and needs no less
Her temperance over appetite, to know
In measure what the mind may well contain,
Oppresses else with surfeit, and soon turns
Wisdom to folly, as nourishment to wind.
Know then, that after Lucifer from heaven
(So call him, brighter once amidst the host
Of angels, than that star the stars among)
Fell with his flaming legions through the deep
Into his place, and the great Son returned
Victorious with his saints, the omnipotent
Eternal Father from his throne beheld
Their multitude, and to his Son thus spake.
At least our envious foe hath failed, who thought
All like himself rebellious, by whose aid
This inaccessible high strength, the seat
Of deity supreme, us dispossessed,
He trusted to have seized, and into fraud
Drew many, whom their place knows here no more;

E assim o anjo divino respondeu.
Também isto à prudente prece entrego.
Se bem que a tais relatos, qual o verbo,
Qual a língua seráfica, qual fala,
Qual o coração de homem que lhe chegue?
O que possas saber, que melhor sirva
À glória do criador, e a ti te faça
Mais feliz, não será aos teus ouvidos
Sonegado, tal foi a comissão
Que do alto recebi, dar-te aos desejos
De conhecer resposta circunscrita.
De mais abstém-te, priva as invenções
Do que é confidencial, que o invisível
Uno, Onisciente rei, selou em noite,
E a ninguém revelou em Céu ou terra:
P'ra saber e sondar há quanto baste.
O saber é um prato, pede apenas
Ao apetite igual moderação,
Saber da mente qual a justa dieta,
Que imoderada pesa, e faz estultícia
Do saber, como um vento de viandas.
Sabe que após haver caído Lúcifer
(Seu nome, de mais luz entre hostes de anjos
Outrora, mais que a estrela entre estrelas)
Do Céu com seus flamantes legionários
No fundo lar, e o grande Filho ovante
Co'os santos regressado, o onipotente
E eterno Pai do trono contemplando
A multidão, ao Filho assim falou.
Falhou enfim o odioso mau, que achava
Os outros tão rebeldes, com os quais
Esta intangível força, e alto trono
De Deus, desalojando-nos, julgava
Poder tomar, e à fraude levou muitos,
Aqueles que este assento já não lembra;

Yet far the greater part have kept, I see,
Their station, heaven yet populous retains
Number sufficient to possess her realms
Though wide, and this high temple to frequent
With ministeries due and solemn rites:
But lest his heart exalt him in the harm
Already done, to have dispeopled heaven,
My damage fondly deemed, I can repair
That detriment, if such it be to lose
Self-lost, and in a moment will create
Another world, out of one man a race
Of men innumerable, there to dwell,
Not here, till by degrees of merit raised
They open to themselves at length the way
Up hither, under long obedience tried,
And earth be changed to heaven, and heaven to earth,
One kingdom, joy and union wíthout end.
Meanwhile inhabit lax, ye powers of heaven,
And thou my Word, begotten Son, by thee
This I perform, speak thou, and be it done:
My overshadowing spirit and might with thee
I send along, ride forth, and bid the deep
Within appointed bounds be heaven and earth,
Boundless the deep, because I am who fill
Infinitude, nor vacuous the space.
Though I uncircumscribed myself retire,
And put not forth my goodness, which is free

Mas manteve de longe a maior parte
Seu posto, populoso o Céu retém
Que chegue p'ra ocupar seus vastos reinos
E p'ra visitar este santo templo
Ministrando seus sacros rituais.
Mas p'ra que não se exalte o coração
No mal feito, de o Céu ter despovoado
E isso tolamente achar meu dano,
Reparo-o, se é que é dano algum a perda
De quem se perde a si, e um mundo novo
Farei e já, de um homem uma raça
Infinda, que há-de ali morar, e não
Aqui, até que os graus subam do mérito
E p'ra si por fim abram um caminho
De ordálios de obediência, até cá cima,
Quando for Céu a terra, e terra o Céu,
Um reino, gozo e eterna união.
Entretanto alargai-vos potestades,
E tu meu Verbo, Filho meu, por ti
O faço, dize tu e assim se faça.
Meu espírito envolvente e poder mando
Contigo, vai à frente, e ordena ao fosso
Que seja céu e terra, e circunscreve-os,
Porque é sem fim o fosso, e eu quem enche
A infinitude, e o espaço não é vácuo.[15]
Se bem que incircunscrito me retire,[16]
E o meu bem não difunda, o qual é livre

[15] O Deus de Milton parece criar a partir do caos, não *ex nihilo*. Apesar de infinito, e por isso não podendo deixar de habitar também o caos, Deus resolve ali suspender a sua bondade, usando-a apenas na criação.

[16] No *Purg*. XI, 2, Dante exalta Deus como *non circunscritto*. De fato, Nicolau de Cusa descrevera Deus como um círculo cujo centro está em todo lado e a sua circunferência em lado nenhum.

To act or not, necessity and chance
Approach not me, and what I will is fate.
   So spake the almighty, and to what he spake
His Word, the filial Godhead, gave effect.
Immediate are the acts of God, more swift
Than time or motion, but to human ears
Cannot without procéss of speech be told,
So told as earthly notion can receive.
Great triumph and rejoicing was in heaven
When such was heard declared the almighty's will;
Glory they sung to the most high, good will
To future men, and in their dwellings peace:
Glory to him whose just avenging ire
Had driven out the ungodly from his sight
And the habitations of the just; to him
Glory and praise, whose wisdom had ordained
Good out of evil to create, instead
Of spirits malign a better race to bring
Into their vacant room, and thence diffuse
His good to worlds and ages infinite.
So sang the hierarchies: meanwhile the Son
On his great expedition now appeared,
Girt with omnipotence, with radiance crowned
Of majesty divine, sapience and love
Immense, and all his Father in him shone.
About his chariot numberless were poured
Cherub and seraph, potentates and thrones,
And virtues, wingèd spirits, and chariots winged,

De agir ou não, imune ao necessário
E ao fortuito sou,[17] e o que quero é lei.
  Assim falou o altíssimo, e o Verbo
Seu, filho Deus, cumpriu-o. Imediatos
São os atos de Deus, mais do que tempo[18]
E movimento ágeis são, mas homens
Não sem elocução podem ouvi-los,
Ouvindo-os na medida do terreno.
Grande triunfo foi no Céu e júbilo
Ao ouvir-se a vontade do altíssimo;
Glórias deram ao rei, boa vontade
Aos vindouros, e paz às suas casas:
Glória ao rei cuja ira vingativa
Expulsou os iníquos dos seus olhos
E das habitações dos justos; glória
E louvor ao rei, cuja sabedoria
Forçou do mal o bem, e em vez de espíritos
Malignos quis tomar com melhor raça
A sua vaga, aberta, difundindo
Seu bem por mundos e eras infinitos.
Assim as hierarquias. Entretanto
Expedito surgia o Filho agora,
Cingido com poder, com luz por tiara
De majestade, amor e sabedoria
Sem fim, e nele todo o Pai brilhou.
À volta do seu carro querubins
E serafins sem fim, tronos, poderes,
E virtudes, e espíritos, e carros

---

[17] Versos 172-3: a "Necessidade" era associada à noção aristotélica de criação, limitativa da onipotência de Deus no entender de Milton. O fortuito, ou causal, era, precisamente, a causa das coisas para os filósofos Demócrito e Empédocles. Milton limita o acaso aos átomos não criados do caos.

[18] Versos 175-6: Santo Agostinho defendia uma criação imediata. Satã escarnece de Deus, presumivelmente por este precisar de seis dias criativos (cf. IX, 136-9).

From the armoury of God, where stand of old
Myriads between two brazen mountains lodged
Against a solemn day, harnessed at hand,
Celestial equipage; and now come forth
Spontaneous, for within them spirit lived,
Attendant on their Lord: heaven opened wide
Her ever-during gates, harmonious sound
On golden hinges moving, to let forth
The king of glory in his powerful Word
And Spirit coming to create new worlds.
On heavenly ground they stood, and from the shore
They viewed the vast immeasurable abyss
Outrageous as a sea, dark, wasteful, wild,
Up from the bottom turned by furious winds
And surging waves, as mountains to assault
Heaven's height, and with the centre mix the pole.
  Silence, ye troubled waves, and thou deep, peace,
Said then the omnific Word, your discord end:
  Nor stayed, but on the wings of cherubim
Uplifted, in paternal glory rode
Far into chaos, and the world unborn;
For chaos heard his voice: him all his train
Followed in bright procession to behold
Creation, and the wonders of his might.
Then stayed the fervid wheels, and in his hand
He took the golden compasses, prepared
In God's eternal store, to circumscribe
This universe, and all created things:
One foot he centred, and the other turned
Round through the vast profundity obscure,
And said, Thus far extend, thus far thy bounds,

Alados, do arsenal de Deus, que há muito
Muitos entre dois montes brônzeos guarda
P'ra aparato, à mão ajaezados,
Aparato celeste; e espontâneos
Avançam, pois que espíritos viventes
Neles havia, às ordens do Senhor.
Abriu o Céu as portas duradouras
De par em par, de harmônicas bisagras
De ouro acorde, ao rei chegado em Espírito
E Verbo p'ra criar seus novos mundos.
Pisavam chão de Céu, e desde a costa
Viram o vasto abismo sem medida
Bravo como um mar, negro, de destroços,
Sublevado por ventos impetuosos
E ondas sobre ondas quais fragas de assalto
Ao Céu, que polo com centro confundem.
  Silêncio, ó ondas, paz a vós, abismos,
Disse o Verbo, findai vossa discórdia.
  Não ficou, mas nas asas querubínicas
Levantado montou em glória pátria
Ao caos fundo, e ao mundo por nascer;
Que o caos a voz lhe ouviu. Todo o seu séquito
Seguiu-o em cortejo a contemplar
A criação e as obras portentosas.
Detiveram-se então as rodas férvidas
E na mão o compasso tomou áureo,[19]
Forjado nos eternos armazéns
P'ra conter o universo, e tudo o que há:
Um pé centrou, e o outro volteou
P'la vastidão obscura e profunda,
E disse, Até aqui cheguem teus fins,[20]

---

[19] *Pv.* 8, 27. Ver também Dante, *Par.* XIX, 40.

[20] *Jó* 38, 11.

This be thy just circumference, O world.
Thus God the heaven created, thus the earth,
Matter unformed and void: darkness profound
Covered the abyss: but on the watery calm
His brooding wings the spirit of God outspread,
And vital virtue infused, and vital warmth
Throughout the fluid mass, but downward purged
The black tartareous cold infernal dregs
Adverse to life: then founded, then conglobed
Like things to like, the rest to several place
Disparted, and between spun out the air,
And earth self-balanced on her centre hung.
  Let there be light, said God, and forthwith light
Ethereal, first of things, quintessence pure
Sprung from the deep, and from her native east
To journey through the airy gloom began,
Sphered in a radiant cloud, for yet the sun
Was not; she in a cloudy tabernacle
Sojourned the while. God saw the light was good;
And light from darkness by the hemisphere
Divided: light the day, and darkness night
He named. Thus was the first day even and morn:
Nor passed uncelebrated, nor unsung
By the celestial choirs, when orient light
Exhaling first from darkness they beheld;
Birthday of heaven and earth; with joy and shout
The hollow universal orb they filled,
And touched their golden harps, and hymning praised

Aqui te circunscrevo, justo, ó mundo.
Assim Deus o céu fez, assim a terra,
Molde informe e vazio. Trevas fundas[21]
Cobriram abismos: mas na paz líquida
As asas incubando abriu o Espírito,[22]
E virtude infundiu vital, e ardor
P'la massa fluida, mas embaixo a gélida
Lia infernal purgou do breu tartáreo
Deletéria: fundou, e conglobou[23]
Igual a igual, o resto dispartiu,
E protraiu p'lo meio o ar, e a terra
Parou no próprio centro em si librada.
  Que haja luz, disse Deus, e logo a luz
Etérea, coisa prima, quintessência[24]
Pura, rompeu do abismo, e do oriente
Natal p'las trevas de ar fez sua rota,
Envolta em nuvem áurea, pois não era
Ainda o sol. Em turvo tabernáculo
Pousou um pouco. Deus viu que era boa.
E das trevas a luz p'lo hemisfério
Dividiu: à luz dia, noite às trevas
Chamou. Foi do primeiro dia a tarde
E a manhã: não passou sem canto ou festa
De coros celestiais, quando a luz viram
Oriente evaporando-se das trevas,[25]
Orto de terra e céu. Com gozo e brados
Encheram o oco orbe universal,
E harpas áureas tocaram, e cantaram

[21] Cf. *Gn.* 1, 2.

[22] Ver I, 22n.

[23] Formando esferas ou globos.

[24] O éter era considerado o quinto elemento, enchendo todo o espaço além da esfera lunar, tido como composição de estrelas e planetas.

[25] Matiz e brilho. Tal como atrás em I, 546, II, 399, IV, 238 e 643.

God and his works, creator him they sung,
Both when first evening was, and when first morn.
  Again, God said, Let there be firmament
Amid the waters, and let it divide
The waters from the waters: and God made
The firmament, expanse of liquid, pure,
Transparent, elemental air, diffused
In circuit to the uttermost convex
Of this great round: partition firm and sure,
The waters underneath from those above
Dividing: for as earth, so he the world
Built on circumfluous waters calm, in wide
Crystálline ocean, and the loud misrule
Of Chaos far removed, lest fierce extremes
Contiguous might distemper the whole frame:
And Heaven he named the firmament: so even
And morning chorus sung the second day.
  The earth was formed, but in the womb as yet
Of waters, embryon immature involved,
Appeared not: over all the face of earth
Main ocean flowed, not idle, but with warm
Prolific humour softening all her globe,
Fermented the great mother to conceive,
Satiate with genial moisture, when God said
Be gathered now ye waters under heaven
Into one place, and let dry land appear.
Immediately the mountains huge appear
Emergent, and their broad bare backs upheave

Deus como criador e as suas obras,
Na tarde e na manhã inaugurais.
  Disse ainda Deus: Que haja firmamento
Entre as águas, divida ele as águas
Das águas. E Deus fez o firmamento,[26]
A líquida expansão, pura, translúcida,
De ar elementar, disseminado
Em círculo 'té ao máximo convexo
Deste grande orbe: fixa partição,
Apartando águas ínferas de águas súperas:
Pois como a terra, ele assim o mundo
Fez em circunfluentes águas calmas,
No oceano cristalino,[27] e p'ra longe
O Caos baniu, não vão bravos extremos
Contíguos perturbar toda a estrutura.
E céu ao firmamento chamou: tarde
E manhã o segundo dia entoaram.
  Formou-se então a terra, mas no ventre
De águas qual embrião informe envolto.[28]
Sobre a face da terra dimanava
Um diligente oceano, com prolífico
E ardente humor o globo calandrando-lhe,
Fermentando na mãe a concepção
Com lentura genial, quando Deus disse:
Vós águas reuni-vos sob o céu
Num lugar, e mostrai-me terra seca.
De pronto emergem lautas as montanhas,
E os seus costados nus sublevam largos

---

[26] Versos 261-3: cf. *Gn.* 1, 6. O firmamento é para Milton o espaço entre a terra e a concha exterior do universo. As águas abaixo do firmamento são os mares, as águas acima formam um oceano.

[27] Não a esfera cristalina de III, 482, mas o mar de jaspe de III, 518-9, que flui aos pés da escada que conduz ao Céu.

[28] A terra está mergulhada numa espécie de líquido amniótico.

Into the clouds, their tops ascend the sky:
So high as heaved the tumid hills, so low
Down sunk a hollow bottom broad and deep,
Capacious bed of waters: thither they
Hasted with glad precipitance, uprolled
As drops on dust conglobing from the dry;
Part rise in crystal wall, or ridge direct,
For haste; such flight the great command impressed
On the swift floods: as armies at the call
Of trumpet (for of armies thou hast heard)
Troop to their standard, so the watery throng;
Wave rolling after wave, where way they found,
If steep, with torrent rapture, if through plain,
Soft ebbing; nor withstood them rock or hill,
But they, or underground, or circuit wide
With serpent error wandering, found their way,
And on the washy ooze deep channels wore;
Easy, ere God had bid the ground be dry,
All but within those banks, where rivers now
Stream, and perpetual draw their humid train.
The dry land, earth, and the great receptacle
Of congregated waters he called Seas:
And saw that it was good, and said, Let the earth
Put forth the verdant grass, herb yielding seed,
And fruit tree yielding fruit after her kind;
Whose seed is in herself upon the earth.
He scarce had said, when the bare earth, till then
Desert and bare, unsightly, unadorned,
Brought forth the tender grass whose verdure clad
Her universal face with pleasant green,
Then herbs of every leaf, that sudden flowered
Opening their various colours, and made gay
Her bosom smelling sweet: and these scarce blown,

'Té às nuvens, seus topos vão aos céus:
E tão alto como os túmidos cimos,
Tão baixo descem cavos fundos e amplos,
Assim a cama de águas se avoluma:
P'ra lá correram ledas, enrolando-se,
Como gotas na poeira conglobando-se;
Em muros de cristal se hasteia parte,
E parte estende-se e ágeis sulcam ondas;
Tal pressa a ordem do alto impôs: quais tropas
Que ao som do clarim (fácil tropo[29] as tropas)
Se agrupam por insígnias, assim de águas
A multidão, sobre ondas ondas, onde
Houvesse curso, se íngreme impetuosas,
Se chão vazantes; escarpa ou rocha nada
As tinha, subterrâneas, ou em giros
Errando serpentinas, seu caminho
Achavam, e no limo fáceis dutos
Cavavam; antes mesmo de querer Deus
Seco o chão, o que à margem está dos rios
Que correm com seu séquito perpétuo.
À porção seca terra, e ao volume
Das águas congregadas chamou mares:
E viu que era bom, e disse: Que a terra
Produza relva e erva com semente,
E de fruto árvores segundo a espécie,
Cuja semente em si é sobre a terra.
Mal falou, quando a terra nua, nua
E erma até ali, feia, sem adornos,
Trouxe erva tenra, cujo verde ornou
A face universal amavelmente,
E plantas de mil folhas, que floriram
Abrindo as várias cores, e alegraram
Seu colo com fragrâncias. Também espessos

---

[29] Rafael escolhe novamente um símile familiar a Adão.

Wave rolling after wave, where way they found,
If steep, with torrent rapture

A multidão, sobre ondas ondas, onde
Houvesse curso, se íngreme impetuosas

(VII, 298-9)

Forth flourished thick the clustering vine, forth crept
The swelling gourd, up stood the corny reed
Embattled in her field: and the humble shrub,
And bush with frizzled hair implicit: last
Rose as in dance the stately trees, and spread
Their branches hung with copious fruit; or gemmed
Their blossoms: with high woods the hills were crowned,
With tufts the valleys and each fountain side,
With borders long the rivers. That earth now
Seemed like to heaven, a seat where gods might dwell,
Or wander with delight, and love to haunt
Her sacred shades: though God had yet not rained
Upon the earth, and man to till the ground
None was, but from the earth a dewy mist
Went up and watered all the ground, and each
Plant of the field, which ere it was in the earth
God made, and every herb, before it grew
On the green stem; God saw that it was good:
So even and morn recorded the third day.
Again the almighty spake: Let there be lights
High in the expanse of heaven to divide
The day from night; and let them be for signs,
For seasons, and for days, and circling years,
And let them be for lights as I ordain
Their office in the firmament of heaven
To give light on the earth; and it was so.
And God made two great lights, great for their use
To man, the greater to have rule by day,
The less by night altern: and made the stars,
And set them in the firmament of heaven
To illuminate the earth, and rule the day
In their vicissitude, and rule the night,
And light from darkness to divide. God saw,

Cachos a vinha abriu, e o ventre abóboras
Rojaram, e triguenhas lanças eram
No campo de batalha; e o arbusto
Húmil, e o matagal de crespo pelo.
Por fim em dança as árvores pomposas
Se ergueram, e os seus ramos com copioso
Fruto; e os seus botões. Montes toucavam-se
Com altos bosques, vales e nascentes
Com tufos, e com margens longos rios.
Que era qual Céu a terra, lar de deuses,
E apta p'ra seus passeios, onde as sombras
Assombrassem. Embora Deus sobre ela
Não chovesse, e nenhum homem havia
Que a lavrasse,[30] mas dela a bruma rórida
Subia p'ra regar o chão, e as plantas
Do campo, que Deus fez antes que à terra
As desse, e cada erva, antes que em pé
A firmasse. Deus viu que era bom. Tarde
E manhã, o terceiro dia foi.
  Disse também Deus: Haja luminares
Na vastidão do céu a separar
Dia da noite, e sejam por sinais,
P'ra estações, e p'ra dias, e anos cíclicos,
E que sirvam de luzes, eu o ordeno,
Que a luz do firmamento do céu tragam
P'ra dar luz sobre a terra. E assim foi.
E fez Deus duas luzes, de grande uso
P'ra o homem, a maior p'ra reger dia,
A menor p'ra noturno turno. Fez
Estrelas, pô-las no céu, no firmamento,
P'ra dar à terra luz, regendo o dia
Na sua sucessão, regendo a noite,
A dividir da treva a luz. Deus viu,

---

[30] *Gn.* 2, 5. Esta ação não implica arado, instrumento pós-lapsário.

Surveying his great work, that it was good:
For of celestial bodies first the sun
A mighty sphere he framed, unlightsome first,
Though of ethereal mould: then formed the moon
Globose, and every magnitude of stars,
And sowed with stars the heaven thick as a field:
Of light by far the greater part he took,
Transplanted from her cloudy shrine, and placed
In the sun's orb, made porous to receive
And drink the liquid light, firm to retain
Her gathered beams, great palace now of light.
Hither as to their fountain other stars
Repairing, in their golden urns draw light,
And hence the morning planet gilds his horns;
By tincture or reflection they augment
Their small peculiar, though from human sight
So far remote, with diminution seen.
First in his east the glorious lamp was seen,
Regent of day, and all the horizon round
Invested with bright rays, jocund to run
His longitude through heaven's high road: the grey
Dawn, and the Pleiades before him danced
Shedding sweet influence: less bright the moon,
But opposite in levelled west was set
His mirror, with full face borrowing her light
From him, for other light she needed none
In that aspéct, and still that distance keeps

Ao sondar a grande obra, que era boa:
Pois de corpos celestes logo o sol,
Grande esfera, armou, antes sem luz, de éter
Contudo o molde: fez depois a lua
Globosa, e de estrelas as miríades,
E com estrelas semeou o céu espesso
Como um campo: de luz tomou a parte
Maior, do seu nublado altar vertida,
E a pôs no orbe solar, feito poroso
P'ra absorver a luz líquida, e firme
P'ra lhe reter os raios, de luz grande
Palácio. Ali astros vão qual fonte[31]
Atestar, nas aurígeras urnas tomam-na
E assim doura o planeta da manhã
Os cornos;[32] por reflexo ou tingimento
Aumentam o corpúsculo,[33] da vista
Humana longe embora e diminutos.
Por fim se viu do oriente a luz gloriosa,
Do dia regente, e todo o horizonte
Com raios investiu, e correu leda
Seu circuito na pista do céu: a alva
Alvadia e as Plêiades[34] ante ela
Dançaram com seu doce influxo: pálida
Mais a lua, mas face a face a oeste
Posta por espelho seu, dele emprestando
A cheia luz, que de outra luz prescinde
Se cheia, e a distância ainda cumpre

---

[31] Rafael inaugura a possibilidade de o Sol ser um de muitos astros. Continua a ideia em VIII, 148-58.

[32] De acordo com as observações de Galileu, Vênus tinha fases como a Lua.

[33] Ou a sua pequena, mas própria, luz. Kepler subscreve Milton dando às estrelas e planetas tanto luz própria como solar.

[34] As sete filhas de Atlas, transformadas na constelação das sete estrelas em Touro. Cf. *Jó* 38, 31.

Till night, then in the east her turn she shines,
Revolved on heaven's great axle, and her reign
With thousand lesser lights dividual holds,
With thousand thousand stars, that then appeared
Spangling the hemisphere: then first adorned
With their bright luminaries that set and rose,
Glad evening and glad morn crowned the fourth day.
  And God said, Let the waters generate
Reptile with spawn abundant, living soul:
And let fowl fly above the earth, with wings
Displayed on the open firmament of heaven.
And God created the great whales, and each
Soul living, each that crept, which plenteously
The waters generated by their kinds,
And every bird of wing after his kind;
And saw that it was good, and blessed them, saying,
Be fruitful, multiply, and in the seas
And lakes and running streams the waters fill;
And let the fowl be multiplied on the earth.
Forthwith the sounds and seas, each creek and bay
With fry innumerable swarm, and shoals
Of fish that with their fins and shining scales
Glide under the green wave, in schools that oft
Bank the mid-sea: part single or with mate
Graze the seaweed their pasture, and through groves
Of coral stray, or sporting with quick glance
Show to the sun their waved coats dropped with gold,
Or in their pearly shells at ease, attend
Moist nutriment, or under rocks their food
In jointed armour watch: on smooth the seal,
And bended dolphins play: part huge of bulk
Wallowing unwieldy, enormous in their gait

'Té à noite, e então brilha no seu turno,
Lá no levante em torno do grande eixo
Do céu, e com mil luzes reina a meias,
Com mil vezes mil estrelas, que enfeitaram
O hemisfério. Então p'la vez primeira
Com astros que se punham e nasciam
Tarde e manhã coroavam quarto o dia.
  E disse Deus: Que as águas gerem répteis
E abundantes desovem almas vivas,
E que ave sobrevoe a terra, de asas
Soltas no firmamento amplo do céu.
E fez Deus as baleias, e cada alma
Viva, cada rasteira, que abundantes
As águas segundo a espécie geravam,
E fez segundo a espécie aves de asas;
E viu que era bom, e os bendisse assim:
Férteis, multiplicai-vos, e nos mares
E em lagos e correntes enchei águas;
Na terra multiplique-se a ave. Logo
Estreitos e mares, angras e baías
Inçam com peixe miúdo, e cardumes
Que co'as barbatanas e escamas áureas
Deslizam sob a verde onda, e em bancos
A meio mar amiúde avultam: sós
Ou com par pascem algas, e por matas
De coral erram, ou co'ágil vislumbre
Brincam de dar ao sol cotas undosas[35]
Com pós de ouro, ou nas conchas perlíferas
O úvido pasto aguardam, ou sob seixos
Vigiam-no blindados; na acalmia
Focas e golfinhos folgam; pesados
E rebolando portes corpulentos

[35] Como ondas, mas aludindo também a um tipo particular de listras em heráldica.

And God said, Let the waters generate
Reptile with spawn abundant, living soul:
And let fowl fly above the earth

E disse Deus: Que as águas gerem répteis
E abundantes desovem almas vivas,
E que ave sobrevoe a terra

(VII, 387-9)

Tempest the ocean: there leviathan
Hugest of living creatures, on the deep
Stretched like a promontory sleeps or swims,
And seems a moving land, and at his gills
Draws in, and at his trunk spouts out a sea.
Meanwhile the tepid caves, and fens and shores
Their brood as numerous hatch, from the egg that soon
Bursting with kindly rupture forth disclosed
Their callow young, but feathered soon and fledge
They summed their pens, and soaring the air sublime
With clang despised the ground, under a cloud
In prospect; there the eagle and the stork
On cliffs and cedar tops their eyries build:
Part loosely wing the region, part more wise
In common, ranged in figure wedge their way,
Intelligent of seasons, and set forth
Their airy caravan high over seas
Flying, and over lands with mutual wing
Easing their flight; so steers the prudent crane
Her annual voyage, borne on winds; the air
Floats, as they pass, fanned with unnumbered plumes:
From branch to branch the smaller birds with song
Solaced the woods, and spread their painted wings
Till even, nor then the solemn nightingale
Ceased warbling, but all night tuned her soft lays:
Others on silver lakes and rivers bathed
Their downy breast; the swan with archèd neck
Between her white wings mantling proudly, rows
Her state with oary feet: yet oft they quit
The dank, and rising on stiff pennons, tower
The mid aërial sky: others on ground
Walked firm; the crested cock whose clarion sounds

Sacodem outros massas de oceano:
Lá o Leviatã, maior ser vivo,
Promontório dos fundos, dorme ou nada,
E qual terra que mexe é, e p'las guelras
Engole, e pela tromba expele um mar.
Entretanto nas grutas, costas, charcos,
Incubam as ninhadas, que eclodindo
Do seu ovo com fenda natural
Dão aos implumes luz, logo emplumados
E a penas revestidos, o ar planando
Sublime, divisando o chão com brado,
Sob nuvens no horizonte. A águia ali
E a cegonha em escarpas e altos cedros
Fazem ninho. A sós batem uns o ar,
Outros mais sábios juntos vão em cunha,
Versados em estações,[36] franqueando vias
À caravana do ar lá em mar alto,
E sobre as terras co'asa mútua amparam
Os voos; assim guia o grou prudente
Nos ventos a jornada anual; o ar frisa
A passagem, joeirado por mil plumas.
Dos ramos mimam bosques com canções
Os passarinhos, e abrem as paletas
'Té ao fecho da luz, que ao rouxinol
Não fechou doce o canto noite dentro.
Outros em águas claras peitos felpos
Banham: com seu pescoço de arco o cisne
Entre o manto orgulhoso de asas brancas
Co'os pés seu sumpto rema; e amiúde o úmido
Deixam e em firmes asas apoiando-se
Guindam-se ao ar dos céus; outros preferem
No chão os pés: o galo que horas tácitas

[36] Não há estações até X, 651-707, quando Deus manda os seus anjos inclinarem a Terra do seu eixo.

And seems a moving land, and at his gills
Draws in, and at his trunk spouts out a sea

E qual terra que mexe é, e p'las guelras
Engole, e pela tromba expele um mar

(VII, 415-6)

Meanwhile the tepid caves, and fens and shores
Their brood as numerous hatch

Entretanto nas grutas, costas, charcos,
Incubam as ninhadas

(VII, 417-8)

The silent hours, and the other whose gay train
Adorns him, coloured with the florid hue
Of rainbows and starry eyes. The waters thus
With fish replenished, and the air with fowl,
Evening and morn solemnised the fifth day.
  The sixth, and of creation last arose
With evening harps and matin, when God said,
Let the earth bring forth soul living in her kind,
Cattle and creeping things, and beast of the earth,
Each in their kind. The earth obeyed, and straight
Opening her fertile womb teemed at a birth
Innumerous living creatures, perfect forms,
Limbed and full grown: out of the ground up rose
As from his lair the wild beast where he wons
In forest wild, in thicket, brake, or den;
Among the trees in pairs they rose, they walked:
The cattle in the fields and meadows green:
Those rare and solitary, these in flocks
Pasturing at once, and in broad herds upsprung.
The grassy clods now calved, now half appeared
The tawny lion, pawing to get free
His hinder parts, then springs as broke from bonds,
And rampant shakes his brinded mane; the ounce,
The leopard, and the tiger, as the mole
Rising, the crumbled earth above them threw
In hillocks; the swift stag from underground
Bore up his branching head: scarce from his mould
Behemoth biggest born of earth upheaved
His vastness: fleeced the flocks and bleating rose,

Acorda com clarim, e outro que alegre[37]
Leque o adorna, com arco-íris e estrelas
Mestiços no matiz. Assim as águas
Atestadas de peixes, e o ar de aves,
Tarde e manhã ao quinto dia deram.
  Da criação o sexto chegou último
Com as harpas da tarde e de matinas,
Quando Deus disse: Dê conforme a espécie
Vida a terra a mais, gado, répteis, bestas,
Conforme a espécie cada qual. A terra
Acatou, e o feraz ventre pariu
Um sem fim de animais, formas perfeitas,
Com membros e acabada compleição:
Assomou do chão qual covil a fera
Lá onde habita, selva, mata, antro;
Às parelhas entre árvores se ergueram,
Andaram; em virente prado o gado;
Sós aqueles e a espaços, em rebanhos
Estes pastando, e em gordas manadas.
Deixados os torrões, agora o torso
Do adusto leão surge, debatendo-se
Em piafés preso às patas de trás; solta-se
E rampante a malhada juba agita;
Erguendo-se o leopardo, o tigre, a onça,[38]
Esboroam quais toupeiras sobre si
O chão; e ágil os galhos da cabeça
O veado descravou; e a custo os lombos
O beemote, dos vivos o maior,[39]
Içou; e a lã de armentos com balidos

---

[37] Pavão.

[38] O lince.

[39] Besta bíblica de enorme porte (cf. *Jó* 40, 15), ao tempo de Milton identificada com o elefante.

As plants: ambiguous between sea and land
The river horse and scaly crocodile.
At once came forth whatever creeps the ground,
Insect or worm; those waved their limber fans
For wings, and smallest lineaments exact
In all the liveries decked of summer's pride
With spots of gold and purple, azure and green:
These as a line their long dimension drew,
Streaking the ground with sinuous trace; not all
Minims of nature; some of serpent kind
Wondrous in length and corpulence involved
Their snaky folds, and added wings. First crept
The parsimonious emmet, provident
Of future, in small room large heart enclosed,
Pattern of just equality perhaps
Hereafter, joined in her popular tribes
Of commonalty: swarming next appeared
The female bee that feeds her husband drone
Deliciously, and builds her waxen cells
With honey stored: the rest are numberless,
And thou their natures knowst, and gav'st them names,
Needless to thee repeated; nor unknown
The serpent subtlest beast of all the field,
Of huge extent sometimes, with brazen eyes
And hairy mane terrific, though to thee
Not noxious, but obedient at thy call.
Now heaven in all her glory shone, and rolled

Rompeu quais plantas; e entre mar e terra
Ambíguos o hipopótamo[40] e o escâmeo
Crocodilo. Atrás os que rastejam,
Inseto ou verme; uns brandiam dúcteis
Leques por asas, e ínfimos os traços
Nas librés exibindo o verão, soberbos
Com manchas de ouro, púrpura, azul, verde;
Outros a longa linha assinalavam,
Listrando o chão com traço sinuoso;
Nem todos eram mínimos: alguns
Entre as serpentes grandes e admiráveis
Envolviam as pregas, e até asas.
Primeiro, frugal, próvida, a formiga,
Um grande coração em quarto estreito,[41]
Destinada quiçá a ser padrão
De paridade, em tribos populares
De bem comum; surgiu depois de enxames
A abelha que alimenta o seu zangão
Melíflua, e constrói céreos alvéolos,
Armazéns de mel. São muitos os outros,
Sabes as naturezas, nomes deste-lhes,
Repeti-los inútil. Nem ignoras
Mais sutil a serpente de entre os seres,
De longo trem às vezes, de olhos brônzeos
E híspida crina tétrica,[42] p'ra ti
Não nociva, mas mansa à chamada.
Brilhava agora o céu em toda a glória,

---

[40] No original "cavalo do rio", traduzindo o grego *hippopotamus*.

[41] Versos 485-6: exemplo de frugalidade e de verdadeira democracia ou Commonwealth, como contraponto à monarquia das abelhas, associada acima ao inferno. Nas *Geórgicas* de Virgílio era a abelha que tinha *ingentis animos augusto in pectore* (IV, 83).

[42] Cf. as serpentes que emergem do mar para devorar Laocoonte e os seus filhos (*En*. II, 203-7).

Her motions, as the great first mover's hand
First wheeled their course; earth in her rich attire
Consummate lovely smiled; air, water, earth,
By fowl, fish, beast, was flown, was swum, was walked
Frequent; and of the sixth day yet remained;
There wanted yet the master-work, the end
Of all yet done; a creature who not prone
And brute as other creatures, but endued
With sanctity of reason, might erect
His stature, and upright with front serene
Govern the rest, self-knowing, and from thence
Magnanimous to correspond with heaven,
But grateful to acknowledge whence his good
Descends, thither with heart and voice and eyes
Directed in devotion, to adore
And worship God supreme, who made him chief
Of all his works: therefore the omnipotent
Eternal Father (for where is not he
Present) thus to his Son audibly spake.
  Let us make now man in our image, man
In our similitude, and let them rule
Over the fish and fowl of sea and air,
Beast of the field, and over all the earth,
And every creeping thing that creeps the ground.
This said, he formed thee, Adam, thee O man
Dust of the ground, and in thy nostrils breathed
The breath of life; in his own image he
Created thee, in the image of God
Express, and thou becam'st a living soul.
Male he created thee, but thy consórt
Female for race; then blessed mankind, and said,
Be fruitful, multiply, and fill the earth,
Subdue it, and throughout dominion hold
Over fish of the sea, and fowl of the air,
And every living thing that moves on the earth.

E orbes volvia, assim que a mão motora
Lhe inaugurou o curso. Ornada, a terra
Perfeita sorriu; terra, água, ar,
Bicho, peixe, ave, andou, nadou, voou
Em tropel; e restou ainda dia
Ao sexto; e faltava a obra prima,
O fim do que se fez: um ser não prono
E bruto como os outros, mas dotado
De virtuosa razão, que erguer pudesse
A estatura, e ereto de ar sereno
Governar os demais, consciente, donde
Magnânimo p'ra acorde com o Céu,
Mas grande p'ra saber de onde o bem mana,
P'ra lá com coração e voz e olhos
Voltados, devotados, p'ra adorar
E louvar Deus supremo, que o fez príncipe
De tudo o que há. Por isso o onipotente
Pai eterno (pois onde não está ele
Presente?) assim audível disse ao Filho.
  Façamos o homem pois à nossa imagem,
À nossa semelhança, p'ra reinar
Sobre ave e peixe, sobre ar e mar, sobre
Bestas do chão e sobre toda a terra,
E sobre todo o réptil que rasteja.
Disse, e te fez, Adão, a ti ó homem,
Pó do pó, e às narinas te soprou
Sopro da vida, à sua imagem ele
Te criou, à imagem e expressão
De Deus, e assim é alma viva. Macho
Te criou, e p'ra raça a consorte
Fêmea. Depois bendisse-os, e ordenou-lhes:
Multiplicai-vos, férteis sede, e enchei
A terra, sujeitai-a, dominando
Sobre peixes do mar, e aves dos céus,
E sobre todo o ser que ande na terra.

Wherever thus created, for no place
Is yet distinct by name, thence, as thou knowst
He brought thee into this delicious grove,
This garden, planted with the trees of God,
Delectable both to behold and taste;
And freely all their pleasant fruit for food
Gave thee, all sorts are here that all the earth yields,
Variety without end; but of the tree
Which tasted works knowledge of good and evil,
Thou mayst not; in the day thou eatst, thou di'st;
Death is the penalty imposed, beware,
And govern well thy appetite, lest Sin
Surprise thee, and her black attendant Death.
Here finished he, and all that he had made
Viewed, and behold all was entirely good;
So even and morn accomplished the sixth day:
Yet not till the creator from his work
Desisting, though unwearied, up returned
Up to the heaven of heavens his high abode,
Thence to behold this new created world
The addition of his empire, how it showed
In prospect from his throne, how good, how fair,
Answering his great idea. Up he rode
Followed with acclamation and the sound
Symphonious of ten thousand harps that tuned
Angelic harmonies: the earth, the air
Resounded (thou rememberst, for thou heardst),
The heavens and all the constellations rung,
The planets in their stations listening stood,
While the bright pomp ascended jubilant.
Open, ye everlasting gates, they sung,
Open, ye heavens, your living doors; let in
The great creator from his work returned

Onde quer que ande, pois lugar nenhum
Ainda se conhece, e assim daí
Vos trouxe aqui, jardim tão agradável,
Plantado com as árvores de Deus,
Aos olhos e ao sabor tão deleitáveis,
E de graça seu fruto por comida
Vos deu, toda a sorte há do que há na terra,
Variedade sem fim; porém da árvore
Que provada comprova bem e mal
Não proves; pois no dia em que o fizeres
Morres. A sanção é morte. Cuidado,
Regra teu apetite, não te assalte
Pecado e seu negro aio Morte.
Aqui cessou, e tudo o que criou
Contemplou, e viu que era muito bom;
Foi a noite e a manhã do sexto dia.
Mas não sem que o autor do seu trabalho
Cessando, não por gasto, regressasse
À alta habitação no Céu dos Céus,
Daí a contemplar o novo mundo
Somado ao seu império, o prospecto
Que do seu trono vê, quão bom, quão belo,
Concorde à grande ideia.[43] Ascendeu
Seguido com aplauso e com sons
Maviosos de dez mil harpas que soavam
Harmonias angélicas: a terra
O ar, ressoaram, (Lembras-te, que ouviste)
Céus e constelações repercutiram,
Planetas no seu posto ouviam quedos,
Enquanto a pompa áurea leda ia.
Abri, eternos, vós portões, cantavam,
Abri, Céus, portas vivas, dai entrada
Ao grande criador do seu trabalho

[43] Forma platônica.

Magnificent, his six days' work, a world;
Open, and henceforth oft; for God will deign
To visit oft the dwellings of just men
Delighted, and with frequent intercourse
Thither will send his wingèd messengers
On errands of supernal grace. So sung
The glorious train ascending: he through heaven,
That opened wide her blazing portals, led
To God's eternal house direct the way,
A broad and ample road, whose dust is gold
And pavement stars, as stars to thee appear,
Seen in the galaxy, that Milky Way
Which nightly as a circling zone thou seest
Powdered with stars. And now on earth the seventh
Evening arose in Eden, for the sun
Was set, and twilight from the east came on,
Forerunning night; when at the holy mount
Of heaven's high-seated top, the imperial throne
Of Godhead, fixed for ever firm and sure,
The filial power arrived, and sat him down
With his great Father (for he also went
Invisible, yet stayed, such privilege
Hath omnipresence) and the work ordained,
Author and end of all things, and from work
Now resting, blessed and hallowed the seventh day,
As resting on that day from all his work,
But not in silence holy kept; the harp
Had work and rested not, the solemn pipe,
And dulcimer, all organs of sweet stop,
All sounds on fret by string or golden wire
Tempered soft tunings, intermixed with voice
Choral or unison: of incense clouds
Fuming from golden censers hid the mount.

Regressado, de um mundo de seis dias;
Abri, e em diante amiúde; pois amiúde
Dignar-se-á Deus a vir com gosto à casa
Dos justos, e com trato recorrente
Ali núncios alados mandará
Em missões de imortal graça. Cantava
Assim em ascensão o ilustre séquito
P'lo Céu, que abriu as portas rutilantes
De par em par, guiando ao lar eterno
De Deus rumo direto, ampla via
De pó de ouro e estrelas a calçada,
Como estrelas que avistas na galáxia,
A Via Láctea que à noite qual cinto
Em pó de estrelas vês. E agora a sétima
Noite subia ao Éden, co'o sol-pôr,
E o crepúsculo veio do oriente,
Prevendo a noite; quando ao sacro monte
Do alto trono do Céu, da divindade
Os cimos imperiais, p'ra sempre firmes,
O poder filial chegou, sentando
Com o Pai (que invisível também ia,
Ficasse embora, tal o privilégio
De onipresença) e obra quis que houvesse,
Autor e fim de tudo, e da obra
Descansando, bendisse o dia sétimo,
Ao descansar de toda a obra nele,
Mas não em mudez sacra; pois que a harpa
Não descansava, nem a cornamusa,[44]
Nem a flauta, nem órgãos seu registo;
Cada som no seu trasto de ouro ou tripa
Tempera doces sons, com voz uníssona
Ou a vozes; e ali de áureos turíbulos
Nuvens de incenso o monte camuflavam.

---

[44] A gaita de foles de *Dn*. 3, 5.

And now on earth the seventh
Evening arose in Eden

E agora a sétima
Noite subia ao Éden

(VII, 581-2)

Creation and the six days' acts they sung,
Great are thy works, Jehovah, infinite
Thy power; what thought can measure thee or tongue
Relate thee; greater now in thy return
Than from the giant angels; thee that day
Thy thunders magnified; but to create
Is greater than created to destroy.
Who can impair thee, mighty king, or bound
Thy empire? Easily the proud attempt
Of spirits apostate and their counsels vain
Thou hast repelled, while impiously they thought
Thee to diminish, and from thee withdraw
The number of thy worshippers. Who seeks
To lessen thee, against his purpose serves
To manifest the more thy might: his evil
Thou usest, and from thence creat'st more good.
Witness this new-made world, another heaven
From heaven gate not far, founded in view
On the clear hyaline, the glassy sea;
Of amplitude almost immense, with stars
Numerous, and every star perhaps a world
Of destined habitation; but thou knowst
Their seasons: among these the seat of men,
Earth with her nether ocean circumfused,
Their pleasant dwelling place. Thrice happy men,
And sons of men, whom God hath thus advanced,
Created in his image, there to dwell
And worship him, and in reward to rule
Over his works, on earth, in sea, or air,
And multiply a race of worshippers

A criação cantaram e os seis dias:
Grandes teus feitos são, Jeová, infindo
Teu poder. Que razão te mede ou língua
Te diz? Maior te traz este regresso
Do que voltando de entre anjos gigantes
Supremo vencedor; mas é maior
Criar do que o criado destruir.
Quem te acanha, potente rei, ou estreita
Teu império? O ensejo vão de espíritos
Apóstatas e os seus conselhos vãos
Repeliste, enquanto eles impiamente
Pensavam detrair-te, e subtrair-te
Os teus adoradores. Quem procura
Enfraquecer-te contra si mais serve
Na manifestação do teu poder:
Usas-lhe o mal p'ra bem maior criares.
Testemunha o novo mundo, outro Céu
Não longe dos portões do Céu, à vista
Fundado no hialino, o mar vítreo;[45]
De amplidão quase imensa, com inúmeras
Estrelas, e cada estrela acaso um mundo
Destinado a habitar; mas sabes bem
Seu tempo: o lugar de homens entre elas,
A terra com o oceano baixo à volta,[46]
Sua habitação. Três vezes feliz
O homem e os filhos de homem, a quem Deus
Promoveu a seu símil, e ali pôs
P'ra adorá-lo, e em troca dominar
Sobre o que fez, na terra, no mar, no ar,
E a raça aumentar de adoradores

---

[45] Cristalino, vítreo, como o mar descrito em *Ap*. 4, 6.

[46] As águas abaixo do firmamento, distintas das do hialino, que ficam acima do firmamento.

Holy and just: thrice happy if they know
Their happiness, and persevere upright.
   So sung they, and the empyrean rung,
With alleluias: thus was Sabbath kept.
And thy request think now fulfilled, that asked
How first this world and face of things began,
And what before thy memory was done
From the beginning, that posterity
Informed by thee might know; if else thou seekst
Aught, not surpassing human measure, say.

The end of the seventh book

Santos e justos: três vezes felizes
Sabendo o quanto o são, perseverantes.[47]
   Cantavam, e o empíreo retumbava
Aleluias. Cumpriu-se assim o Sábado
E o teu pedido, julgo, que o princípio
Das coisas e do mundo quis saber,
E o que à tua memória prévio fora
Nos primórdios das coisas, p'ra que os teus
Soubessem por ti. Se há mais que procures,
Não passando medida humana, diz.

Fim do sétimo livro

[47] A perseverança é termo teológico para a continuação de um estado de graça até à sua substituição por um estado de glória.

Book VIII

The Argument

Adam then inquires concerning celestial motions, is doubtfully answered, and exhorted to search rather things more worthy of knowledge: Adam assents, and still desirous to detain Raphael, relates to him what he remembered since his own creation, his placing in Paradise, his talk with God concerning solitude and fit society, his first meeting and nuptials with Eve, his discourse with the angel thereupon; who after admonitions repeated departs.

Livro VIII

Argumento

Adão inquire sobre os movimentos celestiais, é dubiamente respondido, e exortado à busca de coisas mais dignas de saber. Adão assente, mas desejoso de retardar Rafael, conta o que recorda da sua própria criação, onde fora posto no Paraíso, a conversa com Deus respeitante à solidão e companhia adequada, o primeiro encontro e núpcias com Eva; o debate resultante com o anjo, que após recomendações reforçadas parte.

The angel ended, and in Adam's ear
So charming left his voice, that he awhile
Thought him still speaking, still stood fixed to hear;
Then as new waked thus gratefully replied.
What thanks sufficient, or what recompense
Equal have I to render thee, divine
Historian, who thus largely hast allayed
The thirst I had of knowledge, and vouchsafed
This friendly condescension to relate
Things else by me unsearchable, now heard
With wonder, but delight, and, as is due,
With glory attribúted to the high
Creator; something yet of doubt remains,
Which only thy solution can resolve.
When I behold this goodly frame, this world
Of heaven and earth consisting, and compute
Their magnitudes, this earth a spot, a grain,
An atom, with the firmament compared
And all her numbered stars, that seem to roll
Spaces incomprehensible (for such
Their distance argues and their swift return
Diurnal) merely to officiate light
Round this opacous earth, this punctual spot,
One day and night; in all their vast survey
Useless besides, reasoning I oft admire,
How nature wise and frugal could commit
Such disproportions, with superfluous hand
So many nobler bodies to create,
Greater so manifold to this one use,
For aught appears, and on their orbs impose
Such restless revolution day by day

Findou o anjo, e a voz tão gentilmente
Ao ouvido de Adão deixou, que ainda
Julgando ouvi-la, mais lhe deu ouvidos;
E como despertasse então falou.[1]
Que graças bastarão, que recompensa
Tenho eu p'ra ofertar-te à altura, ó anjo
Cronista, que assim tanto me saciaste
A sede de saber, e aquiesceste
À amigável outorga de narrares
Coisas de outra maneira a mim vedadas,
Que admira ouvir, e encantam, e atribuem,
Devida é, mais glória ao criador.
Contudo tenho ainda alguns senãos
Aos quais solução só tu podes dar.
Quando observo a moldura deste mundo
De terra e céu, e as suas magnitudes
Lhes meço, eis que um ponto, um grão, um átomo
Parece, comparada ao firmamento,
A terra, e às estrelas numerosas[2]
Que aparentam girar espaços profundos
(Tal demonstra a distância e a ágil volta
Diurna) p'ra ministrarem luz somente
Em volta à terra búzia, este ponto
Pontual, dia e noite, no amplo mapa
No mais inúteis. Muito penso e espanta-me
Como a frugal e sábia natureza
Consente em discrepâncias tais, e a mão
Supérflua tantos corpos nobres crie,
E de tantas funções p'ra um uso só,
É o que parece, e imponha aos seus orbes
Rotações tão nervosas dia a dia

---

[1] Os versos 1 a 4 foram acrescentados na edição de 1674, quando o poema de dez livros se tornou em doze, passando assim o livro VII a livros VII e VIII.

[2] *Sl.* 147, 4.

Repeated, while the sedentary earth,
That better might with far less compass move,
Served by more noble than herself, attains
Her end without least motion, and receives,
As tribute such a sumless journey brought
Of incorporeal speed, her warmth and light;
Speed, to describe whose swiftness number fails.
  So spake our sire, and by his countenance seemed
Entering on studious thoughts abstruse, which Eve
Perceiving where she sat retired in sight,
With lowliness majestic from her seat,
And grace that won who saw to wish her stay,
Rose, and went forth among her fruits and flowers,
To visit how they prospered, bud and bloom,
Her nursery; they at her coming sprung
And touched by her fair tendance gladlier grew.
Yet went she not, as not with such discourse
Delighted, or not capable her ear
Of what was high: such pleasure she reserved,
Adam relating, she sole auditress;
Her husband the relater she preferred
Before the angel, and of him to ask
Chose rather; he, she knew would intermix
Grateful digressions, and solve high dispute
With conjugal caresses, from his lip
Not words alone pleased her. Oh when meet now

Repetidas, enquanto a terra apática,
Melhor movida a mais lento compasso,
Servida por nobreza maior, logre
Seu fim sem a menor ação, e obtenha[3]
Por tributo distâncias incontáveis
De intáctil rapidez, calor e luz;
Rapidez, p'ra falar do nada rápido.
  Falou, e no semblante aparentava
Esforçar-se em abstrações abstrusas, e Eva,
Notando-o, de onde à parte se sentara,
Com esplendor manso o seu lugar, e graça
Que a quem a visse impunha que ficasse,
Deixou, e entrou por entre flores e frutos,[4]
P'ra ver como botão e flor cresciam,
Seus mimos; já brotavam mal chegava
E ledos nos seus dedos mais cresciam.
Mas não se foi de enfado p'lo discurso,
Nem porque era de ouvidos limitada
P'ra coisas altas: tal prazer poupava
Ao relato de Adão, ela ouvinte única;
P'ra narrador ao anjo preferia
O seu marido, e só dele as respostas;
Gratas divagações interporia
Por certo, e questões altas desfaria
Com mimos conjugais, não lhe beijavam
Palavras só os lábios. Oh, tal par

---

[3] Adão substitui a maravilha pela dúvida e põe a questão utilitária do suposto desperdício de um universo antropocêntrico quando considerada toda a energia cinética envolvida. Desse modo, Milton, com mestria absoluta, transforma Adão num especulador caído e usa o argumento em seu próprio benefício de maneira a poder indagar comodamente e a título pessoal.

[4] Eva ausenta-se por imperativos da narrativa. É preciso que ela deixe Adão e Rafael a sós, uma vez que vão encetar a discussão acerca do papel marital de Adão. A sua saída de cena marca também um ponto importante: ela sai vitoriosa depois de Adão ter repetido as suas interrogações (cf. IV, 657).

Such pairs, in love and mutual honour joined?
With goddess-like demeanour forth she went;
Not unattended, for on her as queen
A pomp of winning graces waited still,
And from about her shot darts of desire
Into all eyes to wish her still in sight.
And Raphael now to Adam's doubt proposed
Benevolent and facile thus replied.

To ask or search I blame thee not, for heaven
Is as the book of God before thee set,
Wherein to read his wondrous works, and learn
His seasons, hours, or days, or months, or years:
This to attain, whether heaven move or earth,
Imports not, if thou reckon right, the rest
From man or angel the great architect
Did wisely to conceal, and not divulge
His secrets to be scanned by them who ought
Rather admire; or if they list to try
Conjecture, he his fabric of the heavens
Hath left to their disputes, perhaps to move
His laughter at their quaint opinions wide
Hereafter, when they come to model heaven
And calculate the stars, how they will wield
The mighty frame, how build, unbuild, contrive
To save appearances, how gird the sphere
With centric and eccentric scribbled o'er,
Cycle and epicycle, orb in orb:
Already by thy reasoning this I guess,

Onde o ver hoje, em honra e amor uno?
Com postura de deusa foi-se então;
Não sem escolta, que nela qual rainha
Um trem de belas graças a servia,
E dela a quem olhasse dardejavam-no
Desejos que ela a vista não deixasse.
E Rafael às dúvidas de Adão
Benevolente e afável respondeu.
  Não te culpo perguntas ou escrutínios,
Que é qual livro de Deus o céu que crês,
Onde os seus feitos ler e compreender
Estações, horas, ou dias, meses, anos.
P'ra tal saber, se é céu que gira ou terra,
Pouco importa, se justo o crês, o resto
De homem ou anjo o sumo arquiteto
Foi sábio em velar, não divulgando
Segredos p'ra sondá-los quem mais tem
É de admirá-los só. Ou se preferem
Conjecturas, deixou-lhes aos debates
O edifício dos céus, quiçá p'ra rir-se
Das suas opiniões vagas e excêntricas,
Quando o molde do céu considerarem
E estrelas calcularem, e lidarem
Co'a moldura: aqui armam, ali prostram,
Ressalvam a aparência,[5] a esfera cingem
Com rabiscos de cêntrico e excêntrico,
De ciclo e epiciclo, orbe em orbe.
Já p'lo teu raciocínio isto sei,

---

[5] Versos 82-4: ou "preservam as aparências ou fenômenos observados". Tentativa de conciliar a teoria ou as hipóteses com os fatos observados. Milton traduz um termo escolástico de origem grega inaugurado por Simplício no seu comentário ao *De Caelo* de Aristóteles. O sistema ptolomaico deu conta de irregularidades nos movimentos celestiais e pôs a hipótese de deslocações nos centros orbitais (excêntrico). Os epiciclos são círculos menores cujos centros se deslocam nas circunferências dos círculos excêntricos e transportam os planetas.

Who art to lead thy offspring, and suppos'st
That bodies bright and greater should not serve
The less not bright, nor heaven such journeys run,
Earth sitting still, when she alone receives
The benefit: consider first, that great
Or bright infers not excellence: the earth
Though, in comparison of heaven, so small,
Nor glistering, may of solid good contain
More plenty than the sun that barren shines,
Whose virtue on itself works no effect,
But in the fruitful earth; there first received
His beams, unactive else, their vigour find.
Yet not to earth are those bright luminaries
Officious, but to thee earth's habitant.
And for the heaven's wide circuit, let it speak
The maker's high magnificence, who built
So spacious, and his line stretched out so far;
That man may know he dwells not in his own;
An edifice too large for him to fill,
Lodged in a small partition, and the rest
Ordained for uses to his Lord best known.
The swiftness of those circles áttribute,
Though numberless, to his omnipotence,
That to corporeal substances could add
Speed almost spiritual; me thou thinkst not slow,
Who since the morning hour set out from heaven
Where God resides, and ere mid-day arrived
In Eden, distance inexpressible
By numbers that have name. But this I urge,
Admitting motion in the heavens, to show
Invalid that which thee to doubt it moved;
Not that I so affirm, though so it seem
To thee who hast thy dwelling here on earth.

E p'lo teu o dos teus, que crês que corpos
Luzentes e maiores não deviam
Servir sem brilho os outros, nem o céu
Cansar-se, quando a terra todo o lucro
Recebe ociosa. Disto não se segue
Excelência no grande ou no luzente.
A terra, comparada ao céu pequena
Embora, e sem luz, pode um bem sólido
Conter mais do que o sol que estéril brilha,
Cuja virtude em si é inútil, exceto
Na fértil terra. Ali primeiro chegam
Seus raios, de outro modo ociosos, e acham
Seu vigor. Mas tais corpos luminosos
Não p'ra ela, p'ra ti terreno operam.
E quanto ao amplo anel do céu, que fale
Do criador a alta imponência,
Que tão espaçoso o fez, e a linha tanto
Lhe esticou. Saiba o homem que não mora[6]
A sós; que ocupa apenas divisão
Exígua de edifício enorme, o resto
Deus reserva-o p'ra os fins que bem entende.
A presteza dos círculos tributa-o,
Embora infindos, à onipotência,
Que às substâncias corpóreas pôde adir
Pressa quase incorpórea; assim ágil
Eu também, que parti de madrugada
De onde Deus mora, e antes do meio-dia
Cheguei ao Éden, curso intraduzível
Em números com nome. Mas nisto insto,
Admitindo moções nos céus, provar
Inválido o que ali te deixou dúvidas;
Não isso digo, embora tal pareça
A ti que tens morada aqui na terra.

---

[6] *Jó* 38, 5.

God to remove his ways from human sense,
Placed heaven from earth so far, that earthly sight,
If it presume, might err in things too high,
And no advantage gain. What if the sun
Be centre to the world, and other stars
By his attractive virtue and their own
Incited, dance about him various rounds?
Their wandering course now high, now low, then hid,
Progressive, retrograde, or standing still,
In six thou seest, and what if seventh to these
The planet earth, so steadfast though she seem,
Insensibly three different motions move?
Which else to several spheres thou must ascribe,
Moved contrary with thwart obliquities,
Or save the sun his labour, and that swift
Nocturnal and diurnal rhomb supposed,

Deus p'ra afastar seu senso do dos homens,
Pôs da terra tão longe o céu, que ousando
Terrena a vista falha em coisas altas,
E avanço algum alcança. E se o sol[7]
For o centro do mundo, e outros astros
P'la virtude atractiva dele e sua[8]
Incitados, à volta voltas dancem?
Seu peregrinar, alto, baixo, oculto,[9]
Progressivo, retrógrado, ou estático,
Em seis vês,[10] e se o sétimo, a terra,
Tão constante parece, movimentos
Diferentes e insensíveis três a movam?[11]
Ou então arguirás várias esferas,[12]
Movendo-as transversais obliquidades.[13]
Ou pouparás trabalho ao sol, e ao ágil
Rombo suposto diurno e noturno,[14]

---

[7] O Sol está numerologicamente no centro do parágrafo (versos 66-178). Milton apresentará a sua dificuldade em escolher entre um sistema copernicano e um sistema geo-heliocêntrico.

[8] Kepler teorizou sobre este poder de atração do Sol em relação aos planetas.

[9] Ou vaguear, etimologia grega de "planeta".

[10] Mercúrio, Vênus, Marte, Júpiter, Saturno e a Lua. No sistema ptolomaico o sétimo é o Sol, no de Copérnico, a Terra.

[11] A rotação diária e a anual à volta do Sol. A terceira talvez se refira prolepticamente à precessão dos equinócios, resultado da Queda, pois que antes era inexistente (cf. X, 668 ss.).

[12] Isto é, caso não se conceda movimento à Terra, então os fenômenos observados exigem um número de esferas movendo-se em direções contrárias.

[13] As esferas de viés no movimento ptolomaico. Se insinuar a inclinação do equador em relação à eclíptica é proléptico, já que antes da Queda equador e eclíptica coincidiam.

[14] "Roda mágica": a décima esfera do sistema medieval, ou *primum mobile*, que fazia a sua rotação à volta do universo em vinte e quatro horas e levava consigo as esferas com as estrelas e os planetas. O "Rombo" pode querer dizer a figura em losango ou romboide como nos diagramas das elipses, onde a pirâmide de luz intersecta a pirâmide de sombra da Terra.

Invisible else above all stars, the wheel
Of day and night; which needs not thy belief,
If earth industrious of herself fetch day
Travelling east, and with her part averse
From the sun's beam meet night, her other part
Still luminous by his ray. What if that light
Sent from her through the wide transpicuous air,
To the terrestrial moon be as a star
Enlightening her by day, as she by night
This earth? Reciprocal, if land be there,
Fields and inhabitants: her spots thou seest
As clouds, and clouds may rain, and rain produce
Fruits in her softened soil, for some to eat
Allotted there; and other suns perhaps
With their attendant moons thou wilt descry
Communicating male and female light,
Which two great sexes animate the world,
Stored in each orb perhaps with some that live.
For such vast room in nature unpossessed
By living soul, desért and desolate,
Only to shine, yet scarce to cóntribute
Each orb a glimpse of light, conveyed so far
Down to this habitable, which returns
Light back to them, is obvious to dispute.
But whether thus these things, or whether not,
Whether the sun predominant in heaven

Invisível p'ra além de estrelas, roda
De dia e noite; o qual prescinde bem
Do teu credo, se a terra ativa a leste
O dia vá por si ganhar, e se acha
Em parte oposta ao sol a noite, e em parte
Contrária a luz mantém. E se essa luz
Que o ar transpícuo fende e dela vai
À lua terrenal for a de um astro[15]
Alumbrando-lhe o dia, como a noite
Ela a terra? Recíproca, se há solo
Lá, campos e habitantes: vês-lhe as manchas
Quais nuvens, quiçá delas chuva, chuva
Que frutos dá ao solo, para em sorte
Alguns comerem; e outros sóis acaso[16]
Com suas luas servas notarás
Comunicando macho e fêmea luz,[17]
E os sexos grandes dois o mundo animam,
E acaso num e noutro orbe a vida.
Pois que amplo espaço vago na natura
E sem viva alma, ermo e desolado,
Seja p'ra brilho só, enquanto a custo
A cada orbe pague em luz, de longe
Transportada até dar co'este habitáculo,[18]
Que lhes devolve luz, está em aberto.
Mas se assim são as coisas, ou não são,
Se o sol predominante no céu se ergue

---

[15] Tanto "a lua da terra" como "a lua que é como a terra".

[16] Nicolau de Cusa conjecturou que as estrelas fixas eram sóis com sistemas planetários, e que os sóis, planetas e luas eram habitados. Kepler rejeitou a ideia, mas Bruno e Descartes aceitaram-na.

[17] A luz do sol é masculina, como Apolo é masculino, e a da lua é feminina, como Diana.

[18] Tenta uma aproximação ao grego "este habitável", o contrário das terras bárbaras.

Rise on the earth, or earth rise on the sun,
He from the east his flaming road begin,
Or she from west her silent course advance
With inoffensive pace that spinning sleeps
On her soft axle, while she paces even,
And bears thee soft with the smooth air along,
Solicit not thy thoughts with matters hid,
Leave them to God above, him serve and fear;
Of other creatures, as him pleases best,
Wherever placed, let him dispose: joy thou
In what he gives to thee, this Paradise
And thy fair Eve; heaven is for thee too high
To know what passes there; be lowly wise:
Think only what concerns thee and thy being;
Dream not of other worlds, what creatures there
Live, in what state, condition or degree,
Contented that thus far hath been revealed
Not of earth only but of highest heaven.
　To whom thus Adam cleared of doubt, replied.
How fully hast thou satisfied me, pure
Intelligence of heaven, angel serene,
And freed from intricacies, taught to live,
The easiest way, nor with perplexing thoughts
To interrupt the sweet of life, from which
God hath bid dwell far off all anxious cares,
And not molest us, unless we ourselves
Seek them with wandering thoughts, and notions vain.
But apt the mind or fancy is to rove
Unchecked, and of her roving is no end;
Till warned, or by experience taught, she learn,
That not to know at large of things remote
From use, obscure and subtle, but to know
That which before us lies in daily life,
Is the prime wisdom, what is more, is fume,
Or emptiness, or fond impertinence,

Na terra, ou se se ergue esta naquele,
Se ele do leste enceta o curso flâmeo,
Ou do oeste ela trilha silenciosa
Com passo inofensivo que embalado
Dorme no eixo gentil, enquanto estável
Te leva e consigo o ar macio,
Não te canse a razão, ocultas são,
Deixa-as p'ra o Deus do Céu, serve-o e teme-o.
Dos demais seres, como lhe aprouver,
Deus põe e dispõe, onde quer que sejam.
Goza o que te dá este Paraíso
E a bela Eva. Muito alto o céu é
P'ra deixar-se espreitar. Sê sábio e húmil.
Só no que a ti te diz respeito pensa;
Não sonhes outros mundos, quem lá vive,
Seu estado, condição, ou grau, contente
Com o que até aqui se revelou
Não só da terra, do alto Céu também.
  Ao que Adão retrucou elucidado.
Em pleno me saciaste já, ó pura
Intelecção do Céu, anjo sereno,
E de embaraços livre me ensinaste
A mais fácil caminho, sem estorvos
Que à doçura da vida obstem, de onde
Deus afastou angústias p'ra bem longe,
A salvo de moléstias, a não ser
Que as busquem pensamentos e palpites.
Mas apta a mente deve livre andar,
Ou a ficção, sem fim p'ra esse andar;
Até que por aviso ou aula empírica
Aprenda que ignorar minúcia às coisas
Mais remotas, obscuras ou sutis,
Sabendo o que aproveita à vida prática,
É o primeiro saber, o mais é fumo,
Ou vazio, ou vã impertinência,

And renders us in things that most concern
Unpractised, unprepared, and still to seek.
Therefore from this high pitch let us descend
A lower flight, and speak of things at hand
Useful, whence haply mention may arise
Of something not unseasonable to ask
By sufferance, and thy wonted favour deigned.
Thee I have heard relating what was done
Ere my remembrance: now hear me relate
My story, which perhaps thou hast not heard;
And day is yet not spent; till then thou seest
How subtly to detain thee I devise,
Inviting thee to hear while I relate,
Fond, were it not in hope of thy reply:
For while I sit with thee, I seem in heaven,
And sweeter thy discourse is to my ear
Than fruits of palm-tree pleasantest to thirst
And hunger both, from labour, at the hour
Of sweet repast; they satiate, and soon fill,
Though pleasant, but thy words with grace divine
Imbued, bring to their sweetness no satiety.
  To whom thus Raphael answered heavenly meek.
Nor are thy lips ungraceful, sire of men,
Nor tongue ineloquent; for God on thee
Abundantly his gifts hath also poured
Inward and outward both, his image fair:
Speaking or mute all comeliness and grace
Attends thee, and each word, each motion forms.
Nor less think we in heaven of thee on earth
Than of our fellow servant, and inquire
Gladly into the ways of God with man:
For God we see hath honoured thee, and set
On man his equal love: say therefore on;

E deixam-nos sem treino, sem preparo
P'ra coisas relevantes mas truncadas.
Moderemos então a altura ao voo
E aos cumes, e falemos do que é útil
E acessível, que acaso nos levante
Perguntas pertinentes e adequadas,
Dignas do teu favor e permissão.
De ti ouvi narrar o que foi prévio
À memória de mim: ouve-me agora
A história, pois talvez a desconheças,
E dia ainda há; até lá vês
Quão sutil a reter-te me entreteço,
Convidando-te a dar ouvidos, tolo,
Não fosse p'la esperança de resposta.
Sentado ao pé de ti, no Céu me julgo,
E mais doce é o teu verbo ao meu ouvido
Do que são para a sede e fome os frutos
Da palmeira, na hora doce e quieta
De almoço; doces estes cevam e enchem,
Mas as tuas palavras imbuídas
De excelsa graça doces são sem peso.
  Ao que Rafael manso respondeu.
Não tens ingratos lábios, pai dos homens,
Nem infacunda língua; que em ti Deus
Copiosos dons verteu tanto por fora
Como por dentro, bela semelhança;
Falando ou mudo graça ou donaire
Te secundam, formando o verbo e os modos.
Nem te temos por menos lá no Céu,
Conservo nosso que és, e gratamente[19]
Sondamos o que Deus p'ra ti reserva;
Pois sabemos que Deus te honrou, e pôs
No homem amor igual: por isso conta;

---

[19] *Ap*. 22, 9.

For I that day was absent, as befell,
Bound on a voyage úncouth and obscure,
Far on excursion toward the gates of hell;
Squared in full legion (such command we had)
To see that none thence issued forth a spy,
Or enemy, while God was in his work,
Lest he incensed at such eruption bold,
Destruction with creation might have mixed.
Not that they durst without his leave attempt,
But us he sends upon his high behests
For state, as sovereign king, and to inure
Our prompt obedience. Fast we found, fast shut
The dismal gates, and barricadoed strong;
But long ere our approaching heard within
Noise, other than the sound of dance or song;
Torment, and loud lament, and furious rage.
Glad we returned up to the coasts of light
Ere Sabbath evening: so we had in charge.
But thy relation now; for I attend,
Pleased with thy words no less than thou with mine.
So spake the godlike power, and thus our sire.
For man to tell how human life began
Is hard; for who himself beginning knew?
Desire with thee still longer to converse
Induced me. As new waked from soundest sleep
Soft on the flowery herb I found me laid
In balmy sweat, which with his beams the sun
Soon dried, and on the reeking moisture fed.
Straight toward heaven my wondering eyes I turned,
And gazed a while the ample sky, till raised
By quick instinctive motion up I sprung,
As thitherward endeavouring, and upright

À data estive ausente por mister,
Sujeito a uma jornada escura e estranha
De longa excursão às portas do inferno;
Esquadrados em legiões (tais ordens tínhamos)
Cumpria-nos travar ali espiões,
Ou rivais, estando Deus atarefado,
Não fosse infenso desse advento ousado
Juntar à criação destruição.
Não que ousassem tentar sem o seu passe,
Mas mandou-nos às suas altas ordens
Por protocolo, qual rei soberano,
P'ra treinar prontidão. Depressa demos
Com os turvos portões, e os barricamos;
Mas muito antes ouvíramos ruídos,
Que não de canto ou dança, mas de aperto,
E que aperto, e raiva furibunda.
À costa da luz ledos regressamos
Antes de vir crepúsculo ao Sábado.[20]
Mas ao relato agora; tens-me atento.
P'ra mim teu verbo é como o meu p'ra ti.
  Falou assim, e assim o nosso pai.
Difícil é ao homem sua gênese
Contar; pois sabe alguém a própria gênese?
O gosto de alongar-me na conversa
Contigo induz-me. Como quem desperta
De um sono fundo e doce em relva e flores
Me achei, suando um bálsamo, que o sol
Secou, pascendo o úmido vapor.
Voltei logo os meus olhos para o céu,
E o amplo céu fitei, até que içado
Por instintivo e ágil ato ergo-me
Como querendo chegar-lhe, e ereto

---

[20] A tarde que iniciou o sétimo dia. Milton segue o costume hebreu de contagem de dias de pôr do sol a pôr do sol.

Stood on my feet; about me round I saw
Hill, dale, and shady woods, and sunny plains,
And liquid lapse of murmuring streams; by these
Creatures that lived, and moved, and walked, or flew,
Birds on the branches warbling; all things smiled,
With fragrance and with joy my heart o'erflowed.
Myself I then perused, and limb by limb
Surveyed, and sometimes went, and sometimes ran
With supple joints, as lively vigour led:
But who I was, or where, or from what cause,
Knew not; to speak I tried, and forthwith spake,
My tongue obeyed and readily could name
Whate'er I saw. Thou sun, said I, fair light,
And thou enlightened earth, so fresh and gay,
Ye hills and dales, ye rivers, woods, and plains,
And ye that live and move, fair creatures, tell,
Tell, if ye saw, how came I thus, how here?
Not of myself; by some great maker then,
In goodness and in power pre-eminent;
Tell me, how may I know him, how adore,
From whom I have that thus I move and live,
And feel that I am happier than I know.
While thus I called, and strayed I knew not whither,
From where I first drew air, and first beheld
This happy light, when answer none returned,
On a green shady bank profuse of flowers
Pensive I sat me down; there gentle sleep
First found me, and with soft oppression seized
My drowsèd sense, untroubled, though I thought
I then was passing to my former state
Insensible, and forthwith to dissolve:
When suddenly stood at my head a dream,

Me firmo nos pés. Vi em redor montes,
Vales, e umbrosos bosques, e soalheiros
Plainos, e lapsos de água murmurante;[21]
Perto andavam, moviam-se, ou voavam
Seres vivos, e em ramos cantavam pássaros;
Tudo ria, fragrâncias e alegria
O coração me enchiam. Membro a membro
Então me examinei, e andei por vezes
E por vezes corri com dúcteis juntas
E ágil vigor. Mas quem era, ou onde era,
Ou por que ignorava. Quis falar,
Logo falei, a língua obedeceu-me
E dei nome ao que vi. Tu sol, disse eu,
Bela luz, tu tão fresca terra e álacre,
Vós montes, vales, rios, bosques, plainos,
Vós que viveis e andais, belas criaturas,
Contai, se vistes, como aqui cheguei,
E por quê? Não por mim; alguém me fez
Em bondade e poder preeminente.
Contai, como adorá-lo, conhecê-lo,
De quem tenho que assim me mova e viva,
E me saiba feliz mais do que sei.
Enquanto assim chamava, afastando-me
De onde o primeiro ar sorvi, e a luz
Feliz primeiro vi, sem ter resposta,
Nas sombras de florida e verde encosta
Absorto me sentei; sono gentil
Ali me conheceu, me vergou leve
Os sentidos dormentes, sossegado,
Embora me pensasse regressado
Sem nervo ao prévio grau, e à dissolvência:
Quando um sonho de súbito à cabeça

---

[21] Relativo à água, mas ecoando a Queda.

Whose inward apparition gently moved
My fancy to believe I yet had being,
And lived: one came, methought, of shape divine,
And said, Thy mansion wants thee, Adam, rise,
First man, of men innumerable ordained
First father, called by thee I come thy guide
To the garden of bliss, thy seat prepared.
So saying, by the hand he took me raised,
And over fields and waters, as in air
Smooth sliding without step, last led me up
A woody mountain; whose high top was plain,
A circuit wide, enclosed, with goodliest trees
Planted, with walks, and bowers, that what I saw
Of earth before scarce pleasant seemed. Each tree
Loaden with fairest fruit, that hung to the eye
Tempting, stirred in me sudden appetite
To pluck and eat; whereat I waked, and found
Before mine eyes all real, as the dream
Had lively shadowed: here had new begun
My wandering, had not he who was my guide
Up hither, from among the trees appeared,
Presence divine. Rejoicing, but with awe
In adoration at his feet I fell
Submiss: he reared me, and Whom thou soughtst I am,
Said mildly, author of all this thou seest
Above, or round about thee or beneath.
This Paradise I give thee, count it thine
To till and keep, and of the fruit to eat:
Of every tree that in the garden grows
Eat freely with glad heart; fear here no dearth.

Se pôs, e a aparição entrou, levando-me[22]
Na fantasia a crer que ainda era,
E vivia: um veio, cri, divino,
E disse: A tua casa, Adão, te chama,
Ergue-te homem, de infindos homens pai
Designado, chamado por ti venho
P'ra guiar-te ao jardim feliz, lar pronto.
Dizendo isto, p'la mão me elevou,
E sobre campos e águas, como se ar
Cortasse deslizando, por fim dei
Com montanha lenhosa, cujo topo
Era chão, em anel cingido de árvores,
Com caramanchéis, e áleas, tais que a terra
Que antes vira modesta a tornaram.
De árvores prenhes bons frutos pendiam
Tentando-me com súbito apetite
A colhê-los p'ra prova; acordei,
E achei tudo real, como no sonho
Vivera. Teve aqui novo começo
A procura, não fosse este meu guia
Das alturas surgir de entre as árvores
De ar divino. Com júbilo, mas grave,
Em adoração húmil a seus pés
Caí. Ergueu-me, e: Quem buscas Eu sou,[23]
Manso falou, autor de tudo o que é
À tua volta, em cima, ou embaixo.
Dou-te este Paraíso, por teu toma-o
P'ra lavrar e guardar, comer seus frutos;[24]
Das árvores que crescem no jardim
Come com coração feliz; não temas

[22] Versos 292-3: cf. *Il.* II, 20 ss., quando o sonho surge ante a cabeça de Agamêmnon e lhe promete falsamente vitória imediata.

[23] Cf. *Êx.* 3, 14.

[24] Parafraseando *Gn.* 2, 15-7 e 3, 23.

But of the tree whose operation brings
Knowledge of good and ill, which I have set
The pledge of thy obedience and thy faith,
Amid the garden by the tree of life,
Remember what I warn thee, shun to taste,
And shun the bitter consequence: for know,
The day thou eatst thereof, my sole command
Transgressed, inevitably thou shalt die;
From that day mortal, and this happy state
Shalt loose, expelled from hence into a world
Of woe and sorrow. Sternly he pronounced
The rigid interdiction, which resounds
Yet dreadful in mine ear, though in my choice
Not to incur; but soon his clear aspéct
Returned and gracious purpose thus renewed.
Not only these fair bounds, but all the earth
To thee and to thy race I give; as lords
Possess it, and all things that therein live,
Or live in sea, or air, beast, fish, and fowl.
In sign whereof each bird and beast behold
After their kinds; I bring them to receive
From thee their names, and pay thee fealty
With low subjection; understand the same
Of fish within their watery residence,
Not hither summoned, since they cannot change
Their element to draw the thinner air.
As thus he spake, each bird and beast behold
Approaching two and two, these cowering low
With blandishment, each bird stooped on his wing.
I named them, as they passed, and understood
Their nature, with such knowledge God endued
My sudden apprehension: but in these

Carência; mas daquela cujo efeito
É conhecer o bem e o mal, que eu pus
Por garante de fé e de obediência,
No meio do jardim, ao pé da árvore
Da vida, isto grava, evita a prova,
E evita a consequência amarga: sabe
Que o dia em que provares, e ordem única
Violares, certamente morrerás;
Serás de então mortal, e o estado ledo[25]
Perderás, daqui expulso para um mundo
De lamento e dor. Áspero proferiu
A dura interdição, a qual me soa
Sempre atroz, sendo embora arbítrio meu
Não incorrer no mal; mas logo o ar plácido
Recobrou e o discurso renovou.
Não só estes confins, mas toda a terra
A ti e aos teus te dou; como senhores
Tomai-a, e ao que nela viva mais,
Ou no mar, no ar, besta, peixe, e ave.
P'ra tanto eis de cada ave e besta
Segundo a espécie; trago-os p'ra que os chames
P'los nomes, e te prestem homenagem
Com mansa submissão; o mesmo aplica-se
Aos peixes no seu áqueo domicílio,
Não presentes aqui, já que não logram
Respirar no elemento o ar sutil.
Falava assim, e vede bicho e pássaro
Chegando dois a dois, uns agachados
Com blandícia, nas asas aninhados
Os pássaros. Chamei-os e entendi-lhes
A natureza, tal conhecimento
Deu Deus à minha súbita apreensão.

---

[25] Versos 329-31: cf. *Gn.* 2, 17. Este dia é noção atribulada para Adão, como se verá a seguir.

I found not what methought I wanted still;
And to the heavenly vision thus presumed.
  O by what name, for thou above all these,
Above mankind, or aught than mankind higher,
Surpassest far my naming, how may I
Adore thee, author of this universe,
And all this good to man, for whose well-being
So amply, and with hands so liberal
Thou hast provided all things: but with me
I see not who partakes. In solitude
What happiness, who can enjoy alone,
Or all enjoying, what contentment find?
Thus I presumptuous; and the vision bright,
As with a smile more brightened, thus replied.
  What callst thou solitude, is not the earth
With various living creatures, and the air
Replenished, and all these at thy command
To come and play before thee, knowst thou not
Their language and their ways, they also know,
And reason not contemptibly; with these
Find pastime, and bear rule; thy realm is large.
So spake the universal Lord, and seemed
So ordering. I with leave of speech implored,
And humble deprecation thus replied.
  Let not my words offend thee, heavenly power,
My maker, be propitious while I speak.
Hast thou not made me here thy substitute,
And these inferior far beneath me set?
Among unequals what society
Can sort, what harmony or true delight?
Which must be mutual, in proportion due

Mas nestes não achei o que queria;[26]
E à visão celestial assim ousei.
Oh, por que nome, que és sobre estes todos,
Sobre homens, e quem quer que homens supere,
Que os nomes meus superas, como posso
Eu adorar-te, autor deste universo,
E de todo este bem de homens, p'ra quem
Tão lauto, e com mãos tão liberais
Tudo proveste tu: porém comigo
Não vejo quem partilhe. Que bem-estar
Em solidão, quem pode a sós gozar,
Ou gozando ele a sós, que agrado encontra?
Assim eu presumido; e a visão
Como de luz sorrindo mais, repôs.
A tua solidão não vem da terra,
Variada que é em seres vivos, nem do ar
Atestado, nem destes ao teu mando
Que aqui vêm e brincam; ou ignoras-lhes
A língua e as maneiras,[27] e as razões
Em nada desprezíveis; passa tempo
Com estes, dá-lhes leis; teu reino é grande.
Disse assim do universo o Senhor, e era
Qual ordem. E eu, pedindo-lhe a palavra,
Com prece humilde assim lhe respondi.
Não te lese o meu verbo, poder célico,
Criador meu, mas sê-lhe antes propício.
Não me fizeste aqui teu substituto,
E a estes tão submissos mos puseste?
Pois entre desiguais que sociedade
Se harmoniza, que acorde ou puro gozo?
Que mútua deve ser, em proporção

---

[26] *Gn.* 2, 20.

[27] Sons sem articulação. De qualquer maneira Deus testa a razão de Adão, já que este não mereceria Eva se se contentasse com a linguagem dos animais.

Given and received; but in disparity
The one intense, the other still remiss
Cannot well suit with either, but soon prove
Tedious alike: of fellowship I speak
Such as I seek, fit to participate
All rational delight, wherein the brute
Cannot be human consort; they rejoice
Each with their kind, lion with lioness;
So fitly them in pairs thou hast combined;
Much less can bird with beast, or fish with fowl
So well converse, nor with the ox the ape;
Worse then can man with beast, and least of all.
　Whereto the almighty answered, not displeased.
A nice and subtle happiness I see
Thou to thyself proposest, in the choice
Of thy associates, Adam, and wilt taste
No pleasure, though in pleasure, solitary.
What thinkst thou then of me, and this my state,
Seem I to thee sufficiently possessed
Of happiness, or not? Who am alone
From all eternity, for none I know
Second to me or like, equal much less.
How have I then with whom to hold convérse
Save with the creatures which I made, and those
To me inferior, infinite descents
Beneath what other creatures are to thee?
　He ceased, I lowly answered. To attain
The height and depth of thy eternal ways
All human thoughts come short, supreme of things
Thou in thyself art perfect, and in thee
Is no deficience found; not so is man,

Recíproca; mas díspares, um intenso
E outro ainda remisso,[28] não combinam
Perfeitamente a dois, mas cedo em tédio
Se acordam: de entreajuda falo-te eu,
E é o que procuro, própria p'ra partilha
De prazer racional, no qual o bruto
Não deve ser par de homem; regozijam-se
Cada um com o seu, leão com leoa;
Tão bem os combinaste tu em pares;
Muito menos com besta pode o pássaro
Ou com peixe ave unir-se, nem com símio
O boi; e homem com besta ainda menos.
  Ao que não descontente disse o altíssimo.
Refinada e sutil felicidade
Aquela que procuras, na eleição
Dos parceiros, Adão, e nenhum gozo
Provarás, mesmo em gozo, solitário.
O que pensas de mim então, assim,
Pareço-te deter ou não assaz
Felicidade? Eu que solitário
Sou eterno, pois não sei de ninguém
Semelhante a mim, muito menos par.
Com quem entabular conversa então,
A não ser com aqueles que criei,
Meus súditos, de mim bem mais distantes
Do que de ti distantes estes quantos.
  Cessou, respondi dócil. Aquém ficam
De altura e profundez do que é eterno
Os pensamentos do homem, ó supremo;
Em ti próprio perfeito és, e em ti
Não há deficiência; nem no homem,

---

[28] Versos 386-7: metáfora musical para a desarmonia em discussão entre animais (cordas lassas) e homens (cordas tensas).

But in degree, the cause of his desire
By conversation with his like to help,
Or solace his defects. No need that thou
Shouldst propagate, already infinite;
And through all numbers absolute, though one;
But man by number is to manifest
His single imperfection, and beget
Like of his like, his image multiplied,
In unity defective, which requires
Collateral love, and dearest amity.
Thou in thy secrecy although alone,
Best with thyself accompanied, seekst not
Social communication, yet so pleased,
Canst raise thy creature to what height thou wilt
Of union or communion, deified;
I by conversing cannot these erect
From prone, nor in their ways complacence find.
Thus I emboldened spake, and freedom used
Permissive, and acceptance found, which gained
This answer from the gracious voice divine.
  Thus far to try thee, Adam, I was pleased,
And find thee knowing not of beasts alone,
Which thou hast rightly named, but of thyself,
Expressing well the spirit within thee free,
My image, not imparted to the brute,
Whose fellowship therefore unmeet for thee
Good reason was thou freely shouldst dislike,
And be so minded still; I, ere thou spak'st,
Knew it not good for man to be alone,
And no such company as then thou sawst
Intended thee, for trial only brought,

Excepto em grau,[29] razão do seu desejo
De privar com iguais, p'ra consolar-se
E atenuar seus defeitos. Não te interessa
Propagar, se infinito tu já és,
E perfeito nas partes, mesmo uno;[30]
Mas o número no homem manifesta-lhe
A sua imperfeição a sós, e pede-lhe
Igual do seu igual, imagem múltiplice,
Em união imperfeita, que requer
Amor mútuo, e mais cara amizade.
Embora retirado, a sós, por ti
Mais bem acompanhado, não procuras
Convívios sociais, mas se quiseres
Basta-te erguer os seres às alturas
De união ou comunhão, deificados;
Eu p'ra me dar com tais não posso erguê-los
Da pronação, nem acho neles gozo.
Audaz falei, e usei de liberdade
Permitida, e achei aceitação,
Que me ganhou da voz divina a réplica.
  Até aqui, Adão, testar-te quis,
E achei-te sabedor não só de bestas,
As quais nomeaste e bem, mas de ti próprio,
Bem expressando em ti o livre espírito,
A minha imagem, dom que às bestas falta,
Cuja associação, p'ra ti imprópria,
Não sem razões imprópria te afigura,
E assim te tenhas. Antes que falasses
Soube que bom não era para o homem
Estar só, e a companhia que observaste
Não te era destinada, só p'ra prova,

---

[29] Adão é perfeito mas não tem a perfeição absoluta de Deus.

[30] A mônada divina perfeita, reunindo em si todos os números.

To see how thou couldst judge of fit and meet:
What next I bring shall please thee, be assured,
Thy likeness, thy fit help, thy other self,
Thy wish, exactly to thy heart's desire.
  He ended, or I heard no more, for now
My earthly by his heavenly overpowered,
Which it had long stood under, strained to the height
In that celestial colloquy sublime,
As with an object that excels the sense,
Dazzled and spent, sunk down, and sought repair
Of sleep, which instantly fell on me, called
By nature as in aid, and closed mine eyes.
Mine eyes he closed, but open left the cell
Of fancy my internal sight, by which
Abstract as in a trance methought I saw,
Though sleeping, where I lay, and saw the shape
Still glorious before whom awake I stood;
Who stooping opened my left side, and took
From thence a rib, with cordial spirits warm,
And life-blood streaming fresh; wide was the wound,
But suddenly with flesh filled up and healed:
The rib he formed and fashioned with his hands;
Under his forming hands a creature grew,
Manlike, but different sex, so lovely fair,
That what seemed fair in all the world, seemed now
Mean, or in her summed up, in her contained
And in her looks, which from that time infused
Sweetness into my heart, unfelt before,
And into all things from her air inspired
The spirit of love and amorous delight.
She disappeared, and left me dark, I waked

P'ra ver-te ser juiz do que convém.
O que a seguir te trago ser-te-á grato,
Igual a ti, idôneo, teu eu outro,
Conforme ao coração e aos teus desejos.
  Findou, ou não ouvi mais, pois agora
Por celeste o terreno conquistado,
Que exposto fora ao transe do altíssimo,
Ao sublime colóquio celestial,
Qual objeto aos sentidos transcendente,
Tonto, gasto, prostrado, quis a cura
Do sono, que caiu pronto, socorro
Natural, e estes olhos me fechou.
Fechou-me olhos, deixando aberta a cela
Das minhas visões íntimas, p'las quais
Absorto como em transe julguei ver,
Mesmo dormindo, o lado onde dormia,
E o mesmo vulto de antes vi, que inflexo
Me abriu o lado esquerdo,[31] e tomou
De mim uma costela, animada
Com espíritos cordiais e vivos veios;
Feia a ferida, mas logo a carne uniu-a:
Moldou ele a costela com as mãos;
E sob as suas mãos cresceu um ser,
Como homem, não no sexo, mas tão bela,
Tal que o que era no mundo belo era,[32]
Não mais, ou ela o soma, nela todo
E nas suas feições, que me infundiram
Doçura ao coração, nunca sentida,
E do seu ar às coisas inspirou
Sopro de amor e gosto amoroso.
Perdi-a e achei trevas, p'ra encontrá-la

---

[31] A Bíblia não precisa o lado, mas o esquerdo é o do coração. É difícil ignorar as implicações sinistras deste lado não destro.

[32] Isto é, "tal que o que era belo deixou de sê-lo".

To find her, or for ever to deplore
Her loss, and other pleasures all abjure:
When out of hope, behold her, not far off,
Such as I saw her in my dream, adorned
With what all earth or heaven could bestow
To make her amiable: on she came,
Led by her heavenly maker, though unseen,
And guided by his voice, nor uninformed
Of nuptial sanctity and marriage rites:
Grace was in all her steps, heaven in her eye,
In every gesture dignity and love.
I overjoyed could not forbear aloud.

This turn hath made amends; thou hast fulfilled
Thy words, creator bounteous and benign,
Giver of all things fair, but fairest this
Of all thy gifts, nor enviest. I now see
Bone of my bone, flesh of my flesh, myself
Before me; woman is her name, of man
Extracted; for this cause he shall forgo
Father and mother, and to his wife adhere;
And they shall be one flesh, one heart, one soul.

She heard me thus, and though divinely brought,
Yet innocence and virgin modesty,
Her virtue and the conscience of her worth,
That would be wooed, and not unsought be won,
Not obvious, not obtrusive, but retired,
The more desirable, or to say all,
Nature herself, though pure of sinful thought,
Wrought in her so, that seeing me, she turned;
I followed her, she what was honour knew,
And with obsequious majesty approved
My pleaded reason. To the nuptial bower
I led her blushing like the morn: all heaven,
And happy constellations on that hour
Shed their selectest influence; the earth

Acordei, ou p'ra sempre a lamentar
Na perda e os demais gozos odiar;
Quando eis que já sem fé, não longe a vejo,
Tal como a vi em sonho, adornada
Com o que Céu e terra podem dar
P'ra torná-la aprazível. Avançou
P'la mão do autor divino, invisível,
Guiada p'la sua voz, não sem notícia
Das cerimônias sacras nupciais:
Por ela andava a graça, o Céu nos olhos,
Em cada gesto amor e dignidade.
Transbordando não pude calar alto.
  Desta vez compensaste e bem; cumpriste
Promessas, criador bom e magnânimo,
Dador de coisas belas, mas mais belo
Este de entre os teus dons, não o invejas.
Carne da minha carne, ossos de ossos
Meus, meu eu, ante mim; mulher se chama,
De homem vinda; por isso deixará
Pai e mãe, e à mulher se unirá ele
E uma carne serão, coração e alma.
  Ouviu-me, e apesar de vir de Deus,
Vinha da candidez e pejo casto,
Da virtude e consciência do valor,
A cortejar, e a achar não sem trabalho,
Não óbvia, não intrusa, mas discreta,
Mais desejável, ou p'ra dizer tudo,
A natura em si, pura de pecado,
E tanto assim que ao ver-me se afastou.
Segui-a, ela a honra conhecia,
E aprovou com alteza complacente
As minhas razões. Ao caramanchel
A levei num rubor de aurora: o Céu
E as constelações ledas nessas horas
Vertiam as mais finas influências;

Gave sign of gratulation, and each hill;
Joyous the birds; fresh gales and gentle airs
Whispered it to the woods, and from their wings
Flung rose, flung odours from the spicy shrub,
Disporting, till the amorous bird of night
Sung spousal, and bid haste the evening star
On his hilltop, to light the bridal lamp.
Thus I have told thee all my state, and brought
My story to the sum of earthly bliss
Which I enjoy, and must confess to find
In all things else delight indeed, but such
As used or not, works in the mind no change,
Nor vehement desire, these delicacies
I mean of taste, sight, smell, herbs, fruits, and flowers,
Walks, and the melody of birds; but here
Far otherwise, transported I behold,
Transported touch; here passion first I felt,
Commotion strange, in all enjoyments else
Superior and unmoved, here only weak
Against the charm of beauty's powerful glance.
Or nature failed in me, and left some part
Not proof enough such object to sustain,
Or from my side subducting, took perhaps
More than enough; at least on her bestowed
Too much of ornament, in outward show
Elaborate, of inward less exact.
For well I understand in the prime end
Of nature her the inferior, in the mind
And inward faculties, which most excel,
In outward also her resembling less
His image who made both, and less expressing

A terra mostrou júbilo, e os montes;
Jubilosos os pássaros; bons ventos
E airosos sopros aos bosques ciciaram-no,
E das asas pularam rosas, e óleos
De arbustos olorosos, 'té que o pássaro
Notívago cantou núpcias,[33] e a Hésper
Apressou no seu cume, a dar à lâmpada
Nupcial luz. Contei-te do meu estado,
E ao gozo terrenal somei meu caso,
E devo confessar em tudo o mais
Achar real prazer, provado ou não,
O que à mente não traz mudança alguma,
Nem desejo veemente;[34] esta delícia
De sabor, visão, cheiro, ervas, flores,
Frutos, passeios, e as canções de pássaros;
Muito diferente aqui: raptado vejo,
Raptado sinto; estranha comoção,
A paixão conheci, nos demais gozos
Superior e impassível, fraco aqui
Ante o charme do golpe da beleza.
Falhou-me a natureza, e algum lado
Me deixou suscetível a tal corpo;
Ou então subtraindo-me do lado
Levou quiçá a mais; ao menos nela
Ornou em demasia, trabalhando
Na aparência o que dentro desleixava.
Pois bem sei que em natura fica aquém
No que é primordial, na mente e em íntimas
Faculdades, as quais mais sobressaem,
E até no que é formal menos se iguala
À imagem d'Ele, menos traduzindo

---

[33] Novamente o rouxinol.

[34] Tanto "ardente" como do latim *vehe mens*, "privado de mente", por oposição à constância mental do verso anterior.

The character of that dominion given
O'er other creatures; yet when I approach
Her loveliness, so absolute she seems
And in herself complete, so well to know
Her own, that what she wills to do or say,
Seems wisest, virtuousest, discreetest, best;
All higher knowledge in her presence falls
Degraded, wisdom in discourse with her
Looses discount'nanced, and like folly shows;
Authority and reason on her wait,
As one intended first, not after made
Occasionally; and to consúmmate all,
Greatness of mind and nobleness their seat
Build in her loveliest, and create an awe
About her, as a guard angelic placed.
To whom the angel with contracted brow.
  Accuse not nature, she hath done her part;
Do thou but thine, and be not diffident
Of wisdom, she deserts thee not, if thou
Dismiss not her, when most thou needst her nigh,
By attribúting overmuch to things
Less excellent, as thou thyself perceiv'st.
For what admir'st thou, what transports thee so,
An outside? Fair no doubt, and worth well
Thy cherishing, thy honouring, and thy love,
Not thy subjection: weigh with her thyself;
Then value: oft-times nothing profits more
Than self-esteem, grounded on just and right
Well managed; of that skill the more thou knowst,
The more she will acknowledge thee her head,
And to realities yield all her shows;
Made so adorn for thy delight the more,

O tipo de domínio conferido
Sobre outros seres; mas quando me abeiro
Do seu encanto, tão perfeita a acho
E nela tão completa, tão bem sabe
De si, que no que quer ou diz parece
A melhor, mais discreta, proba, sábia;
Toda a ciência maior soçobra ante ela
Porosa, e em debate a sabedoria
Perdida se desfaz, e estulta mostra-se;
Razão e autoridade são seus servos
Como a alguém que é primeiro, não segundo
E ocasional; em suma, a consumá-la,
Nobreza e grandeza de alma assento
Tomaram nela, o mais caro, e o culto
Cinge-a, como um plantão de guarda angélico.
Torna-lhe o anjo franzindo a sobrancelha.
  Não culpes a natura p'lo dever
Cumprido; cumpre o teu, e não suspeites
Da sabedoria, que ela não te deixa
Se a não deixares, quando mais precisas,
Quando dás importância a mais a coisas[35]
Menores, como tu mesmo percebes.
Porque o que admiras tu, o que te enleva,
Um viso? Belo sim, e digno bem
Do teu cuidado, honras, e carinho,
Não de sujeição: pesa-te com ela;
E avalia: não raro nada lucra
Mais que auto-estima, firme em justo e certo
Bem geridos; dessa arte mais sabido,
Mais ela te porá como cabeça,
E aos fatos cederá as aparências,
Formada assim p'ra teu maior prazer,

---

[35] Isto é, "a sabedoria é mais necessária quando mais se der importância a coisas sem importância".

So awful, that with honour thou mayst love
Thy mate, who sees when thou art seen least wise.
But if the sense of touch whereby mankind
Is propagated seem such dear delight
Beyond all other, think the same vouchsafed
To cattle and each beast; which would not be
To them made common and divulged, if aught
Therein enjoyed were worthy to subdue
The soul of man, or passion in him move.
What higher in her society thou findst
Attractive, human, rational, love still;
In loving thou dost well, in passion not,
Wherein true love consists not; love refines
The thoughts, and heart enlarges, hath his seat
In reason, and is judicious, is the scale
By which to heavenly love thou mayst ascend,
Not sunk in carnal pleasure, for which cause
Among the beasts no mate for thee was found.
To whom thus half abashed Adam replied.
Neither her outside formed so fair, nor aught
In procreation common to all kinds
(Though higher of the genial bed by far,
And with mysterious reverence I deem)
So much delights me, as those graceful acts,
Those thousand decencies that daily flow
From all her words and actions, mixed with love
And sweet compliance, which declare unfeigned
Union of mind, or in us both one soul;
Harmony to behold in wedded pair
More grateful than harmonious sound to the ear.
Yet these subject not; I to thee disclose

Com preito, que honra deves pôr no amor
Por ela, que vê quando és menos sábio.
Mas se a sensualidade p'la qual homens
Se propagam parece sobre gozos
O gozo, vê que o mesmo se garante
A gado e a animais; que não seria
Comum e divulgado se algum gozo
Ali mais digno houvesse que jungisse
Alma ao homem, e nele sentimentos.
O que de mais humano, atrativo,
Racional, nela avistes ama ainda;
Em amor fazes bem, em paixões mal,
Que de amor verdadeiro não consistem;
Este apura juízos, e abre a mente,
Na razão se tem, e é curial, é escada
P'la qual ao divinal amor se sobe,
Não se atola em prazer carnal, daí
Não se te achar parceiro entre bestas.
 Respondeu-lhe Adão, meio embaraçado.
Nem dela a bela forma, nem o que é
Procriação, comum a toda a espécie
(Embora ao genial leito mais se ajuste,[36]
P'lo qual guardo um respeito de mistérios)
Tanto me aprazem como as ações gráceis,
O decoro que a centos lhe flui diário
Das palavras e ações com amor mistas
E concórdia gentil, que pura prova
Em nós uma alma só, em uma mente;
Harmonia p'ra ver em par casado
Mais grata do que a que ouve em sons o ouvido.
Mas estes não sujeitam;[37] a ti abro

---

[36] Nupcial, generativo (cf. IV, 712).

[37] Isto é, não me sujeitam a ela.

What inward thence I feel, not therefore foiled,
Who meet with various objects, from the sense
Variously representing; yet still free
Approve the best, and follow what I approve.
To love thou blam'st me not, for love thou sayst
Leads up to heaven, is both the way and guide;
Bear with me then, if lawful what I ask;
Love not the heavenly spirits, and how their love
Express they, by looks only, or do they mix
Irradiance, virtual or immediate touch?
  To whom the angel with a smile that glowed
Celestial rosy red, love's proper hue,
Answered. Let it suffice thee that thou knowst
Us happy, and without love no happiness.
Whatever pure thou in the body enjoyst
(And pure thou wert created) we enjoy
In eminence, and obstacle find none
Of membrane, joint, or limb, exclusive bars:
Easier than air with air, if spirits embrace,
Total they mix, union of pure with pure
Desiring; nor restrained conveyance need
As flesh to mix with flesh, or soul with soul.
But I can now no more; the parting sun
Beyond the earth's green cape and verdant isles
Hesperean sets, my signal to depart.
Be strong, live happy, and love, but first of all
Him whom to love is to obey, and keep
His great command; take heed lest passion sway
Thy judgment to do aught, which else free will
Would not admit; thine and of all thy sons

O que vai em mim. Não sucumbe assim
Quem vê objetos vários, dos sentidos
Representando vários; livre ainda
Aprovo o melhor, sigo o que aprovar.
Por amar não me culpes, que amor dizes
Conduz ao Céu, a via é e o guia.
Concede-me isto, se é justo o que peço:
Se amarem, como amam os espíritos,
Só através de olhares, ou misturam
Fulgor, toque virtual ou imediato?[38]
 Ao que o anjo sorrindo num rubor
Róseo celestial, cor própria de amor,
Respondeu. Bastar-te-á crer-nos felizes
E sem amor não há felicidade.
O que quer que no corpo puro gozes
(E puro foste feito) nós gozamos
Eminentes, e obstáculos não temos
De membro ou membrana, juntas ou grades:
Mais sutil que ar com ar, se se unem espíritos
Totais se unem, ao puro unindo o puro
Desejo, sem forçosa convivência
Como carne com carne, e alma com alma.
Mas agora não mais. O sol poente
Além do verde cabo[39] e verdes ilhas
Hespério[40] põe-se, sinal que é de partida.
Sê forte, sê feliz, e ama, mas antes
A quem obedecer é amar, guarda
Seu mandamento. Cuida que as paixões
Teu juízo não desviem, que o arbítrio
Livre obstaria. A tua e a dos teus

---

[38] Atos amorosos virtuais limitar-se-iam a olhares, os imediatos envolveriam contato físico.

[39] Cabo Verde.

[40] No Ocidente.

The weal or woe in thee is placed; beware.
I in thy persevering shall rejoice,
And all the blest: stand fast; to stand or fall
Free in thine own arbitrament it lies.
Perfect within, no outward aid require;
And all temptation to transgress repel.
  So saying, he arose; whom Adam thus
Followed with benediction. Since to part,
Go heavenly guest, ethereal messenger,
Sent from whose sovereign goodness I adore.
Gentle to me and affable hath been
Thy condescension, and shall be honoured ever
With grateful memory: thou to mankind
Be good and friendly still, and oft return.
  So parted they, the angel up to heaven
From the thick shade, and Adam to his bower.

The end of the eighth book

Boa ou má a sorte em ti está. Cuida-te.
Alegrar-me-ás na tua perseverança,
E aos benditos. Sê firme; sê-lo ou não
A ti o deixo livre e ao teu arbítrio.
Perfeito dentro, não procures fora
Ajuda; não te tente a transgressão.
   Dito isto, pôs-se em pé. A quem Adão
Com bênção completou. Se de partida,
Vai hóspede do Céu, etéreo arauto,
Vindo do bem de quem supremo adoro.
Afável e gentil o teu favor
Tem sido, e será p'ra sempre honrado
Co'a mais grata memória. Sê aos homens
Favorável e amigo, e visita-nos.
   Assim a sombra espessa abandonaram,
O anjo p'ra o Céu, e Adão p'ra o seu refúgio.

Fim do oitavo livro

So parted they, the angel up to heaven
From the thick shade, and Adam to his bower

Assim a sombra espessa abandonaram,
O anjo p'ra o Céu, e Adão p'ra o seu refúgio

(VIII, 652-3)

Book IX

The Argument

Satan having compassed the earth, with meditated guile returns as a mist by night into Paradise, enters into the serpent sleeping. Adam and Eve in the morning go forth to their labours, which Eve proposes to divide in several places, each labouring apart: Adam consents not, alleging the danger, lest that enemy, of whom they were forewarned, should attempt her found alone: Eve loth to be thought not circumspect or firm enough, urges her going apart, the rather desirous to make trial of her strength; Adam at last yields: the serpent finds her alone; his subtle approach, first gazing, then speaking, with much flattery extolling Eve above all other creatures. Eve wondering to hear the serpent speak, asks how he attained to human speech and such understanding not till now; the serpent answers, that by tasting of a certain tree in the garden he attained both to speech and reason, till then void of both: Eve requires him to bring her to that tree, and finds it to be the tree of knowledge forbidden: the serpent now grown bolder, with many wiles and arguments induces her at length to eat; she pleased with the taste deliberates a while whether to impart thereof to Adam or not, at last brings him of the fruit, relates what persuaded her to eat thereof: Adam at first amazed, but perceiving her lost, resolves through vehemence of love to perish with her; and extenuating the trespass eats also of the fruit: the effects thereof in them both; they seek to cover their nakedness; then fall to variance and accusation of one another.

Livro IX

Argumento

Após ter circundado a Terra, Satanás, com astúcia pensada, regressa, qual neblina de noite ao Paraíso, entrando na Serpente durante o seu sono. Adão e Eva dirigem-se pela manhã às suas ocupações, e Eva propõe a divisão de tarefas e a separação dos dois para esse efeito: Adão não consente, alegando o risco, não fosse o inimigo, de quem haviam sido prevenidos, tentá-la ao achá-la só. Eva, despeitada por ser tida de insuficiente circunspecção ou firmeza, insiste na separação, mais desejosa de provar a sua força. Adão consente enfim. A Serpente acha-a só. A sua aproximação sutil, primeiro em admiração, depois em discurso lisonjeiro, no qual exalta Eva acima de todas as outras criaturas. Eva, admirada ao ouvir uma Serpente falar, pergunta-lhe como conseguiu chegar à fala humana e ao entendimento; a Serpente responde-lhe que a prova de um fruto de uma determinada árvore do jardim lhe deu fala e razão, até então ignorante das duas: Eva pede-lhe que a leve até essa árvore, e constata que é a árvore do conhecimento proibida. A Serpente, mais ousada, com argumentação ardilosa convence-a enfim a comer. Ela, agradada com o sabor, e refletindo na vantagem de o partilhar com Adão, decide levar-lho e relatar-lhe o que a persuadiu a provar desse fruto. Adão não sem espanto percebe que Eva caíra, e convence-se em debates de amor a cair com ela. Atenuando assim a transgressão, come também do fruto: os efeitos neles; procuram cobrir a nudez; depois entram em desavenças e acusações mútuas.

No more of talk where God or angel guest
With man, as with his friend, familiar used
To sit indulgent, and with him partake
Rural repast, permitting him the while
Venial discourse unblamed: I now must change
Those notes to tragic; foul distrust, and breach
Disloyal on the part of man, revolt,
And disobedience: on the part of heaven
Now alienated, distance and distaste,
Anger and just rebuke, and judgment given,
That brought into this world a world of woe,
Sin and her shadow Death, and Misery
Death's harbinger: sad task, yet argument
Not less but more heroic than the wrath
Of stern Achilles on his foe pursued
Thrice fugitive about Troy wall; or rage
Of Turnus for Lavinia disespoused,
Or Neptune's ire or Juno's, that so long
Perplexed the Greek and Cytherea's son;
If answerable style I can obtain
Of my celestial patroness, who deigns
Her nightly visitation unimplored,
And díctates to me slumbering, or inspires

Não mais falas em que anjo ou Deus com homem[1]
Prive, como entre amigos, os dois íntimos
E visitas da casa, convidados
De repasto campestre, permitindo-se
A conversas veniais.[2] Cumpre-me a trágico
Passar o tom. De um lado, o humano, quebra
Desleal, vil desconfiança, sedição,
Desobediência; do outro lado o Céu,
Já alienado, distância e desgosto,
Raiva e admoestação e julgamento,
Que ao mundo trouxe um mundo de lamento,
Pecado e seu vulto, Morte, e seu
Arauto, Dor. Dever triste, mas tema
Não menor, e de heroico passa a fúria
De Aquiles perseguindo a caça às voltas,[3]
Três, p'los troianos muros, e a de Turno,
Despojo de Lavínia, e a de Juno
Que o filho de Citere confundiu,
E a de Poseidon, pélago p'ra gregos;[4]
Se em estilo sei à altura responder
P'la minha alta fautora,[5] que se digna
Visitar-me de noite voluntária,
E me dita à dormência, ou me inspira

---

[1] Não só "não mais conversa entre" como "não mais falas sobre conversa".

[2] Perdoáveis. A implicação é que Adão está em falta.

[3] Versos 14-5: a abertura da *Ilíada* (I, 1).

[4] Versos 16-9: Turno declarou guerra aos troianos quando Latino deu sua filha Lavínia a Eneias, apesar de a ter prometido em casamento ao primeiro (cf. *En.* VIII). Ulisses (grego) incorreu na ira de Poseidon (Netuno) quando cegou o seu filho Polifemo (cf. *Od.* IX, 526-35).

[5] "Fautriz" seria forma preferível em português, mas achando autoridade no *Dicionário da Academia das Ciências de Lisboa* para o uso desta não hesito, não apenas porque me alivia o desconforto sonoro da prestigiada transposição do feminino latino, mas porque Milton, no presente passo, se declara como uma espécie de secretário e à sua Musa como *autora* (ver versos 46-7).

Easy my unpremeditated verse:
Since first this subject for heroic song
Pleased me long choosing, and beginning late;
Not sedulous by nature to indite
Wars, hitherto the only argument
Heroic deemed, chief mastery to dissect
With long and tedious havoc fabled knights
In battles feigned; the better fortitude
Of patience and heroic martyrdom
Unsung; or to describe races and games,
Or tilting furniture, emblazoned shields,
Impreses quaint, caparisons and steeds;
Bases and tinsel trappings, gorgeous knights
At joust and tournament; then marshalled feast
Served up in hall with sewers, and seneschals;
The skill of artifice or office mean,
Not that which justly gives heroic name
To person or to poem. Me of these
Nor skilled nor studious, higher argument
Remains, sufficient of itself to raise
That name, unless an age too late, or cold
Climate, or years damp my intended wing
Depressed, and much they may, if all be mine,
Not hers who brings it nightly to my ear.
  The sun was sunk, and after him the star
Of Hesperus, whose office is to bring
Twilight upon the earth, short arbiter

Espontâneos versos impremeditados,
Desde que um tema só p'ra canto heroico
Me aprouve em busca longa e tarda estreia;
Por feitio sem queda p'ra dar conta
De guerras, 'té aqui o único tema
Crido heroico, mestria que disseca[6]
Com matança tediosa cavaleiros
Em pugnas de ficção, deixando a força
Da longanimidade e do martírio
Por cantar; cantam jogos e corridas,
Ou aprestos p'ra justas, cotas de armas,
Estranhos brasões, corcéis, caparazões,
Arreios de ouropel, xairéis, e em lances
Esplêndidos cavaleiros, e banquetes
Em salões segundo honras com mordomos
E senescais; de artífice arte, ou médio
Labor, não o que dá heroico nome
Ao autor ou ao poema. A mim nestes
Nem hábil nem cultor, mais alto assunto
Me espera, que em si só o nome exalta,[7]
A menos que tardia a idade, ou clima,[8]
Ou anos me enregelem,[9] e a asa abatam
No seu fito, meu fosse só, não dela,
O que ela traz à noite ao meu ouvido.
  O sol caía, e Héspero após ele,
Cuja tarefa é trazer crepúsculo
À terra, entre noite e dia árbitro

---

[6] Uma das marcas da épica clássica é a profusão do "gore" e a análise detalhada de ferimentos.

[7] O de épica e extensivamente do seu autor.

[8] Aristóteles observou que os climas frios embotariam a inteligência e Milton discute-o em *RCG* II.

[9] Milton tinha cinquenta e oito anos em 1667, quando foi publicada a primeira edição de *PL*.

Twixt day and night, and now from end to end
Night's hemisphere had veiled the horizon round:
When Satan who late fled before the threats
Of Gabriel out of Eden, now improved
In meditated fraud and malice, bent
On man's destruction, maugre what might hap
Of heavier on himself, fearless returned.
By night he fled, and at midnight returned
From compassing the earth, cautious of day,
Since Uriel regent of the sun descried
His entrance, and forewarned the cherubim
That kept their watch; thence full of anguish driven,
The space of seven continued nights he rode
With darkness, thrice the equinoctial line
He circled, four times crossed the car of Night
From pole to pole, traversing each colure;
On the eighth returned, and on the coast averse
From entrance or cherubic watch, by stealth
Found unsuspected way. There was a place,
Now not, though sin, not time, first wrought the change,
Where Tigris at the foot of Paradise
Into a gulf shot under ground, till part
Rose up a fountain by the tree of life;
In with the river sunk, and with it rose
Satan involved in rising mist, then sought
Where to lie hid; sea he had searched and land
From Eden over Pontus, and the pool

Fugaz, e já da noite o hemisfério
Velava de orla a orla o horizonte;
Quando Satã que há pouco Gabriel
Expulsara a ameaças do Éden, com alento
De repensado mal e dolo, fixo
No fim do homem, e alheio ao que viesse
De pior sobre si, voltou intrépido.
Voou na noite, e à meia-noite veio
De esquadrinhar a terra, da luz cauto,
Desde que Uriel do sol regente o viu
Entrar, e preveniu os querubins
De guarda; de lá expulso em agonia,
Sete aturadas noites cavalgou[10]
Pelas trevas, três vezes o equador
Circundou, cruzou quatro o carro à Noite
De polo a polo, passando os coluros;[11]
Na oitava voltou, e p'las traseiras
Da entrada ou da guarda querubínica
Viu furtivo vau. Era ali, já não,
Que o pecado o mudou, não tanto o tempo,
Um lugar onde ao pé do Paraíso
Num golfo subterrâneo o Tigre entrava,
'Té que em parte brotava junto à árvore
Da vida; com o rio submergia,
E com ele emergiu Satã em bruma,
Buscando depois onde se esconder;
Sondou chão e mar do Éden sobre o Ponto,[12]

---

[10] Mesmo num mundo caído será difícil imaginar como poderia Satã passar sete noites de "boleia" na sombra da terra.

[11] Cada um dos dois grandes círculos imaginários que, passando pelos polos, cortam o equador em quatro partes iguais.

[12] O Mar Negro.

In with the river sunk, and with it rose
Satan

Com o rio submergia,
E com ele emergiu Satã

(IX, 74-5)

Maeotis, up beyond the river Ob;
Downward as far Antarctic; and in length
West from Orontes to the ocean barred
At Darien, thence to the land where flows
Ganges and Indus: thus the orb he roamed
With narrow search; and with inspection deep
Considered every creature, which of all
Most opportune might serve his wiles, and found
The serpent subtlest beast of all the field.
Him after long debate, irresolute
Of thoughts revolved, his final sentence chose
Fit vessel, fittest imp of fraud, in whom
To enter, and his dark suggestions hide
From sharpest sight: for in the wily snake,
Whatever sleights none would suspicious mark,
As from his wit and native subtlety
Proceeding, which in other beasts observed
Doubt might beget of diabolic power
Active within beyond the sense of brute.
Thus he resolved, but first from inward grief
His bursting passion into plaints thus poured:
  O earth, how like to heaven, if not preferred
More justly, seat worthier of gods, as built
With second thoughts, reforming what was old!
For what god after better worse would build?
Terrestrial heaven, danced round by other heavens
That shine, yet bear their bright officious lamps,
Light above light, for thee alone, as seems,
In thee concentring all their precious beams
Of sacred influence: as God in heaven
Is centre, yet extends to all, so thou

E o mar Meótis,[13] p'ra além do rio Obi;[14]
Desceu 'té ao antártico; chegando
Desde o oeste, do Orontes ao oceano
Barrado em Panamá, dali p'ra onde
Correm Ganges e Indo: assim o orbe
Cruzou e examinou, e com minúcia
Considerou os seres, e qual deles
Mais útil fosse aos seus ardis, e achou
Ser a serpente a mais sutil das bestas.
Após longo debate, e em pensamentos
De errante turbilhão, firmou a escolha
Seu vaso conveniente e receptáculo
P'ra fraude, onde esconder sugestões negras
Da mais fina visão: pois na serpente
De ardis nenhuns ninguém suspeitaria,
Como se naturais, de sutil berço
Procedendo, o que em outros levaria
À suspeição de forças diabólicas
Ativas nos sentidos do que é bruto.
Resolveu-se, mas antes de dor íntima
Em queixas se abateu desta maneira:
　Ó terra, tal qual Céu, se não melhor,
De deuses trono mais digno, qual
De ideias melhoradas no que é velho!
Pois que deus do melhor pior faria?
Céu terrestre, p'ra dança de outros céus
Que brilham, mas p'ra ti tochas solícitas,
Luz sobre luz, carregam só, parece,
Concentrando em ti seus preciosos raios
De sacros sopros: como Deus que é centro
No Céu, e a tudo estende, assim tu centro

---

[13] O Mar de Azov.

[14] Na Sibéria ártica.

O earth, how like to heaven, if not preferred
More justly, seat worthier of gods

Ó terra, tal qual Céu, se não melhor,
De deuses trono mais digno

(IX, 99-100)

Centring receiv'st from all those orbs; in thee,
Not in themselves, all their known virtue appears
Productive in herb, plant, and nobler birth
Of creatures animate with gradual life
Of growth, sense, reason, all summed up in man.
With what delight could I have walked thee round,
If I could joy in aught, sweet interchange
Of hill and valley, rivers, woods and plains,
Now land, now sea, and shores with forest crowned,
Rocks, dens, and caves; but I in none of these
Find place or refuge; and the more I see
Pleasures about me, so much more I feel
Torment within me, as from the hateful siege
Of contraries; all good to me becomes
Bane, and in heaven much worse would be my state.
But neither here seek I, no nor in heaven
To dwell, unless by mastering heaven's supreme;
Nor hope to be myself less miserable
By what I seek, but others to make such
As I, though thereby worse to me redound:
For only in destroying I find ease
To my relentless thoughts; and him destroyed,
Or won to what may work his utter loss,
For whom all this was made, all this will soon
Follow, as to him linked in weal or woe;
In woe then, that destruction wide may range:
To me shall be the glory sole among
The infernal powers, in one day to have marred
What he almighty styled, six nights and days
Continued making, and who knows how long
Before had been contriving, though perhaps
Not longer than since I in one night freed
From servitude inglorious wellnigh half

Recebes desses orbes; só em ti,
Não neles, as virtudes se demonstram
Férteis, em erva, planta, e no mais nobre
Dos seres vivos com vida gradual
De medrança, sentido, razão, no homem[15]
Somados. Com que gozo passearia
Em ti, se gozo achasse, em doces câmbios
De montes, vales, rios, bosques, plainos,
Terra ou mar, e com bosques coroadas,
Praias, rochas, cavernas; mas nenhum
Destes me dá refúgio; quanto mais
Vejo em redor prazeres, tanto mais
Sinto em mim aflições, do odioso sítio
De opostos; todo o bem me chega tóxico,
E no Céu pior estado o meu seria.
Mas não procuro aqui, não, nem no Céu,
Morada, a não ser que eu no dono mande;
Nem espero lenitivo p'ra tormentos
No que busco, mas outros que me sigam,
Embora assim me arrisque a dobrar dores:
Pois só em destruir acho sossego
P'ra frias reflexões; e destruindo-o,
Ou votado ao que quer que um fim dê último
Naquele p'ra quem tudo é, o mais
Acrescerá, que os une bem e mal,
No mal, pois bem; que longe chegue o fim:
Minha seria a glória entre forças
Infernais, num só dia demolir
O que ele nomeou, seis noites, seis dias
De labor, e quem sabe quantos dias
De projeto, ou não mais quiçá do que eu
Levei p'ra livrar numa noite só
Da servidão inglória quase um meio

[15] O vegetal, o animal e o racional.

The angelic name, and thinner left the throng
Of his adorers: he to be avenged,
And to repair his numbers thus impaired,
Whether such virtue spent of old now failed
More angels to create, if they at least
Are his created, or to spite us more,
Determined to advance into our room
A creature formed of earth, and him endow,
Exalted from so base original,
With heavenly spoils, our spoils: what he decreed
He effected; man he made, and for him built
Magnificent this world, and earth his seat,
Him lord pronounced, and, oh indignity!
Subjected to his service angel wings,
And flaming ministers to watch and tend
Their earthy charge: of these the vigilance
I dread, and to elude, thus wrapped in mist
Of midnight vapour glide obscure, and pry
In every bush and brake, where hap may find
The serpent sleeping, in whose mazy folds
To hide me, and the dark intent I bring.
Oh foul descent! That I who erst contended
With gods to sit the highest, am now constrained
Into a beast, and mixed with bestial slime,
This essence to incarnate and imbrute,
That to the height of deity aspired;
But what will not ambition and revenge
Descend to? Who aspires must down as low
As high he soared, obnoxious first or last
To basest things. Revenge, at first though sweet,
Bitter ere long back on itself recoils;
Let it; I reck not, so it light well aimed,

Da angélica nação, deixando magro
O magote adorante: p’ra vingar-se,
E p’ra repor a conta tão traída,
Seja porque a virtude gasta de anjos
Se esgotasse, se é que estes são sequer
Criação sua, seja p’ra acicate,
Propôs-se a autorizar o nosso espaço
A um filho do pó nado, e a doar-lhe,
Exaltado de origem tão vulgar,
Do Céu o saque, o nosso saque. Fez
O que decretou, o homem fez, e ergueu-lhe
Este mundo magnífico, e a terra
Por trono, senhor dela fez, e, oh infâmia!
Sujeitou-lhe ao serviço asas de anjos,
E ministros flamantes p’ra vigia
Do mando terrenal: destes a guarda
Temo, e p’ra fugir, assim em névoa
De gás da meia-noite passo obscuro,
E habito o bosque e a moita onde acaso
Dê co’a serpente em sono, em cujas pregas
Dedáleas me esconder e aos negros planos.
Ó vil descida! Eu que antes lutava
P’las alturas de deuses, sou agora
Forçado a bestas, ao muco de bestas,
A encarnar no brutal a minha essência,[16]
A mesma que aspirava aos graus de deuses.
Mas até onde não descem vingança
E ambição? Desça fundo quem aspire
Tanto quanto subiu, exposto cedo
Ou tarde ao vil. Vingança, se antes doce,
Logo amarga de volta a si respinga.
Deixá-la, é-me igual, desde que em cheio

---

[16] O contraponto de Satã à encarnação messiânica.

Since higher I fall short, on him who next
Provokes my envy, this new favourite
Of heaven, this man of clay, son of despite,
Whom us the more to spite his maker raised
From dust: spite then with spite is best repaid.
So saying, through each thicket dank or dry,
Like a black mist low creeping, he held on
His midnight search, where soonest he might find
The serpent: him fast sleeping soon he found
In labyrinth of many a round self-rolled,
His head the midst, well stored with subtle wiles:
Not yet in horrid shade or dismal den,
Not nocent yet, but on the grassy herb
Fearless unfeared he slept: in at his mouth
The devil entered, and his brutal sense,
In heart or head, possessing soon inspired
With act intelligential; but his sleep
Disturbed not, waiting close the approach of morn.
Now whenas sacred light began to dawn
In Eden on the humid flowers, that breathed
Their morning incense, when all things that breathe,
From the earth's great altar send up silent praise
To the creator, and his nostrils fill
With grateful smell, forth came the human pair
And joined their vocal worship to the choir
Of creatures wanting voice, that done, partake
The season, prime for sweetest scents and airs:
Then cómmune how that day they best may ply
Their growing work: for much their work outgrew
The hands' dispatch of two gardening so wide.
And Eve first to her husband thus began.

Caia, já que mais alto aquém me fico,[17]
Sobre quem a seguir invejo, o novo
Dileto do Céu, homem de barro, obra
De ultraje, o qual p'ra nossa afronta só
Do pó se fez: a afronta pois se afronte.
Nisto, por bosques úmidos ou secos,
Qual vulto de vapor réptil, seguiu
À meia-noite, onde em breve visse
A serpente: num sono fundo viu-lhe
Num novelo de si sinuoso ao centro
A cabeça, de astúcias bem provida:
Não em sombra brunal ou antro negro,
Nem ainda nocente, mas nas ervas
Dormia sem temor e inofensiva.
P'la boca entrou-lhe o mau, e os seus instintos,
Fronte e coração, tomando-os encheu
Com intelecto ato; mas seu sono
Não perturbou, à espera da manhã.
Agora quando a sacra luz rompia
O orvalho às flores do Éden, que respiram
Manhãs de incenso, quando todo o hálito
Do grande altar da terra louvor mudo
Eleva ao criador, que enche as narinas
Com cheiro grato, veio o par humano
Juntar o seu louvor vocal ao coro
De seres sem voz. E ouvido já, partilham
A estação, a melhor p'ra odores e árias.
E então planeiam modos de travar
Trabalho acumulado; e muito era
Escapando a duas mãos, tão amplo o horto.
Pensou ao seu marido Eva assim.

---

[17] Isto é, tentar subir às alturas de Deus é, por comparação, medida categórica de inferioridade, ou "quando mais julgo ter subido mais comprovo que fiquei muito aquém".

Him fast sleeping soon he found
In labyrinth of many a round self-rolled

Num sono fundo viu-lhe
Num novelo de si sinuoso ao centro

(IX, 182-3)

Adam, well may we labour still to dress
This garden, still to tend plant, herb and flower,
Our pleasant task enjoined, but till more hands
Aid us, the work under our labour grows,
Luxurious by restraint; what we by day
Lop overgrown, or prune, or prop, or bind,
One night or two with wanton growth derides
Tending to wild. Thou therefore now advise
Or hear what to my mind first thoughts present,
Let us divide our labours, thou where choice
Leads thee, or where most needs, whether to wind
The woodbine round this arbour, or direct
The clasping ivy where to climb, while I
In yonder spring of roses intermixed
With myrtle, find what to redress till noon:
For while so near each other thus all day
Our task we choose, what wonder if so near
Looks intervene and smiles, or object new
Casual discourse draw on, which intermits
Our day's work brought to little, though begun
Early, and the hour of supper comes unearned.
To whom mild answer Adam thus returned.
Sole Eve, associate sole, to me beyond
Compare above all living creatures dear,
Well hast thou motioned, well thy thoughts employed
How we might best fulfil the work which here
God hath assigned us, nor of me shalt pass
Unpraised: for nothing lovelier can be found
In woman, than to study household good,
And good works in her husband to promote.
Yet not so strictly hath our Lord imposed
Labour, as to debar us when we need
Refreshment, whether food, or talk between,
Food of the mind, or this sweet intercourse
Of looks and smiles, for smiles from reason flow,

Adão, por muito afã que aqui ponhamos,
No jardim, nestas plantas, ervas, flores,
Neste grato dever, 'té que outras mãos
Se juntem, sempre mais labor acresce,
No freio mais viçoso. O que num dia
Podamos, escoramos ou atamos,
Ciosa noite excita para apodo
Tornando-o agreste. Tu pois aconselha-me
Ou ouve o que me trazem pensamentos:
Dividamos tarefas, escolhe o posto
P'lo gosto ou p'la urgência, enrolando
A madressilva à volta deste arbusto,
Ou ensinando a hera a trepar,
Enquanto eu no pomar desfaço os nós
De mirto e rosas, 'té ao meio-dia,
Porque enquanto passarmos todo o dia
Em tarefas conjuntas não admira
Que sorrisos e olhares, ou novo objeto,
Nos dê p'ra comentários, usurpando-nos,
Madrugador embora, o suor de um dia,
Quando a hora da ceia vem sem ganho.

Ao que Adão em resposta manso deu.
Eva, consócia minha, ser que eu estimo
Acima dos demais, inigualável,
Bem propuseste, bem aconselhaste
Quanto ao modo melhor de aqui cumprir
O que Deus nos confiou, louvável Eva.
Pois nada há de mais apreciável
Na mulher do que um lar bem governado,
E um marido que às boas ações leva.
Mas não nos impôs tão rígida lida
O Senhor que nos prive de repouso,
Seja p'ra refeição, ou p'ra conversa,
Alimento da mente, ou p'ra troca
De olhares e sorrisos, que decorrem

To brute denied, and are of love the food,
Love not the lowest end of human life.
For not to irksome toil, but to delight
He made us, and delight to reason joined.
These paths and bowers doubt not but our joint hands
Will keep from wilderness with ease, as wide
As we need walk, till younger hands ere long
Assist us: but if much convérse perhaps
Thee satiate, to short absence I could yield.
For solitude sometimes is best society,
And short retirement urges sweet return.
But other doubt possesses me, lest harm
Befall thee severed from me; for thou knowst
What hath been warned us, what malicious foe
Envying our happiness, and of his own
Despairing, seeks to work us woe and shame
By sly assault; and somewhere nigh at hand
Watches, no doubt, with greedy hope to find
His wish and best advantage, us asunder,
Hopeless to circumvent us joined, where each
To other speedy aid might lend at need;
Whether his first design be to withdraw
Our fealty from God, or to disturb
Conjugal love, than which perhaps no bliss
Enjoyed by us excites his envy more;
Or this, or worse, leave not the faithful side
That gave thee being, still shades thee and protects.
The wife, where danger or dishonour lurks,
Safest and seemliest by her husband stays,
Who guards her, or with her the worst endures.
   To whom the virgin majesty of Eve,
As one who loves, and some unkindness meets,
With sweet austere composure thus replied.

Da razão, falha aos brutos, alimento
Do amor, de humanos não o menor fim.
Pois não p'ra dura faina, mas p'ra gozo
Nos fez ele, e à razão o gozo uniu.
As áleas e as latadas as mãos juntas
Apartam do baldio fáceis, e abrem
Espaçosas vias, 'té que mãos mais jovens
Não tarda se unam. Se achas porém farta
A conversa, anuirei a curta ausência.
Que às vezes companhia melhor é
A solidão, e breve faz a falta[18]
E apela ao reencontro. Mas hesito,
Não vás de mim truncada correr riscos;
Pois sabes das cautelas, que o maligno
Inveja o nosso bem, e de si próprio
Desesperando, quer-nos mal, vexar-nos
Por assalto solerte; e perto algures
Nos vê, com esperança ávida de achar
O que quer, como quer, nós separados,
Sem fé de nos lograr juntos, onde um
Pode acorrer ao outro em auxílio,
Quer seja prioritário subtrair
A Deus o nosso preito, ou perturbar
Amor conjugal, seu ciúme quiçá
Maior, de entre os deleites que vivemos.
Isto, ou pior, não deixes leal o lado
Que te deu ser, te cobre e protege.
A mulher, onde espreita risco ou mácula,
Querem-na amparo e bom tom junto ao esposo
Que a guarda, ou com ela o pior sofre.
　Ao que de Eva a honrada majestade,
Como aquele que amando destratado
Se vê, com doce e austera calma disse.

---

[18] Isto é, sendo breve, a solidão é boa, já que torna o reencontro mais querido.

Offspring of heaven and earth, and all earth's lord,
That such an enemy we have, who seeks
Our ruin, both by thee informed I learn,
And from the parting angel overheard
As in a shady nook I stood behind,
Just then returned at shut of evening flowers.
But that thou shouldst my firmness therefore doubt
To God or thee, because we have a foe
May tempt it, I expected not to hear.
His violence thou fearst not, being such,
As we, not capable of death or pain,
Can either not receive, or can repel.
His fraud is then thy fear, which plain infers
Thy equal fear that my firm faith and love
Can by his fraud be shaken or seduced;
Thoughts, which how found they harbour in thy breast,
Adam, misthought of her to thee so dear?
To whom with healing words Adam replied.
Daughter of God and man, immortal Eve,
For such thou art, from sin and blame entire:
Not diffident of thee do I dissuade
Thy absence from my sight, but to avoid
The attempt itself, intended by our foe.
For he who tempts, though in vain, at least asperses
The tempted with dishonour foul, supposed
Not incorruptible of faith, not proof
Against temptation: thou thyself with scorn
And anger wouldst resent the offered wrong,
Though ineffectual found: misdeem not then,
If such affront I labour to avert
From thee alone, which on us both at once

Filho do Céu e terra, senhor dela,
Que tenhamos um tal rival, que intenta
A nossa ruína, sei por ti e ouvi
Vagamente p'lo anjo de saída[19]
Quando no canto umbroso me quedei,
Chegada das noturnas flores com sono.
Mas que a minha firmeza aos olhos teus
Ou aos de Deus se alterque, porque a tente
Um adversário, ouvir não esperava eu.
Não temes a violência dele, que é
Como nós, incapaz de dor ou morte,
E de nenhuma sofre ou se defende.
Teu medo é seu engano pois, que infere
Teu medo igual que a minha fé e amor
Os abale e os seduza sua astúcia;
Que pensamentos, como se albergaram
No teu peito, descrendo de quem amas?
Tornou-lhe Adão com bálsamo na língua.
Filha de Deus com homem, Eva eterna,
Porque o és, do pecado e mancha íntegra,
Não de ti suspeitoso te dissuado
Da ausência, senão p'ra evitar
A tentativa em si e o adversário.
Pois que quem tenta, mesmo em vão, difama
P'lo menos o tentado com desonra,
Achado pervertível, vulnerável
Na tentação. Tu própria com sarcasmo
E despeito verias tal oferta,
Mesmo que sem sucesso. Não me julgues,
Pois, se tento afastar de ti tal vilta,
E de ti só, que a dois e a uma, audaz

[19] Versos 275-6: em VII, 50-1 Milton diz-nos que Eva ouviu atentamente a narração de Rafael. Quererá Milton insinuar uma perda de inocência gradual por parte de Eva, moderando ouvidos a uma advertência que não lhe interessa? Cf. VIII, 630-43.

The enemy, though bold, will hardly dare,
Or daring, first on me the assault shall light.
Nor thou his malice and false guile contemn;
Subtle he needs must be, who could seduce
Angels, nor think superfluous others' aid.
I from the influence of thy looks receive
Access in every virtue, in thy sight
More wise, more watchful, stronger, if need were
Of outward strength; while shame, thou looking on,
Shame to be overcome or overreached
Would utmost vigour raise, and raised unite.
Why shouldst not thou like sense within thee feel
When I am present, and thy trial choose
With me, best witness of thy virtue tried.
  So spake domestic Adam in his care
And matrimonial love, but Eve, who thought
Less attribúted to her faith sincere,
Thus her reply with accent sweet renewed.
  If this be our condition, thus to dwell
In narrow circuit straitened by a foe,
Subtle or violent, we not endued
Single with like defence, wherever met,
How are we happy, still in fear of harm?
But harm precedes not sin: only our foe
Tempting affronts us with his foul esteem
Of our integrity: his foul esteem
Sticks no dishonour on our front, but turns
Foul on himself; then wherefore shunned or feared
By us? Who rather double honour gain
From his surmise proved false, find peace within,
Favour from heaven, our witness from the event.
And what is faith, love, virtue unassayed
Alone, without exterior help sustained?
Let us not then suspect our happy state
Left so imperfect by the maker wise,

Embora, não há-de ousar o inimigo,
Ou ousando, primeiro a mim viria.
Nem lhe desprezes manhas ou malícia;
Sutil se quer quem anjos tentaria
E a ajuda de outros não penses supérflua.
Da influência dos teus olhos recebo
Aumento de virtudes. Quando os olho
Mais sábio, cauto, forte sou, se urgisse
Força de fora. Ao passo que a vergonha
De me veres ser vencido ou enganado
Unir-se-ia ao vigor, o mais extremo.
Por que não sentes tu igual sentir
Ao meu lado, e a prova vês comigo,
Testemunha credível de virtudes?
  Assim Adão doméstico no zelo
E amor conjugal. Mas Eva, que achou
P'ra fé sincera crédito modesto,
Estas com dicção doce renovou.
  Se é este o nosso estado, confinado
A estreito domicílio p'lo inimigo,
Se violento ou sutil, e a sós nos falta
Defesa à altura, onde quer que seja,
Como viver temendo sempre o mal?
Mas não vem sem pecado o mal: tentando-nos,
No mau só nos afronta o baixo preço
Que nos dá p'la inteireza, e baixo apreço
Não nos crava na fronte labéu, antes
A si mesmo se avilta. Evitá-lo
Ou temê-lo então por quê? Honra advém
Dupla da sua falsa suspeição,
Paz, favor do Céu, nossa testemunha
Do desenlace. E o que é fé, amor, virtude
Sem teste a sós, sem mão de externa ajuda?
Não suspeitemos pois de imperfeições
Na feliz criação de autor tão sábio,

As not secure to single or combined.
Frail is our happiness, if this be so,
And Eden were no Eden thus exposed.
  To whom thus Adam fervently replied.
O woman, best are all things as the will
Of God ordained them, his creating hand
Nothing imperfect or deficient left
Of all that he created, much less man,
Or aught that might his happy state secure,
Secure from outward force; within himself
The danger lies, yet lies within his power:
Against his will he can receive no harm.
But God left free the will, for what obeys
Reason, is free, and reason he made right,
But bid her well beware, and still erect,
Lest by some fair appearing good surprised
She dictate false, and misinform the will
To do what God expressly hath forbid.
Not then mistrust, but tender love enjoins,
That I should mind thee oft, and mind thou me.
Firm we subsist, yet possible to swerve,
Since reason not impossibly may meet
Some specious object by the foe suborned,
And fall into deception unaware,
Not keeping strictest watch, as she was warned.
Seek not temptation then, which to avoid
Were better, and most likely if from me
Thou sever not: trial will come unsought.
Wouldst thou approve thy constancy, approve
First thy obedience; the other who can know,
Not seeing thee attempted, who attest?
But if thou think, trial unsought may find
Us both securer than thus warned thou seemst,
Go; for thy stay, not free, absents thee more;
Go in thy native innocence, rely

Que a salvo dois fizesse e só a dois.
Frágil felicidade se assim é,
E Éden Éden tão livre não seria.
  Ao que Adão respondeu ferventemente.
Ó mulher, tão melhores são as coisas
Quanto Deus as quis, sua mão que cria
Nada deixou malfeito ou defectivo
De tudo o que fez, muito menos o homem,
Ou outro que segure o seu bem-estar,
Seguro de outros riscos. Em si mesmo
Jaz o risco, mas jaz no seu arbítrio:
Contra seu querer não pode mal sofrer.
Mas livre deixou Deus o querer, que é livre
O que obedece à razão, e reta a fez,
Mas cautelosa a fez, e sempre ereta,
Não vá o que o bem lembra surpreendê-la
E falseá-la tornando-a pouco fiável
Sobre o que Deus quer ou não proibir.
Não suspeitas, mas terno amor impõe,
De que te admoeste amiúde e tu a mim.
Firmes nós, mas passíveis de desvio,
Já que muito bem pode a razão dar
Com capciosos objetos de maligno
Suborno, e incauta ser lograda,
Desleixando a vigília a que a instaram.
Não busques tentação, melhor seria
Evitá-la, e mais fácil se de mim
Não te apartares: vem sem núncio o teste.
Queres testar-te a constância, testa antes
A obediência. Quem sabe daquela,
Não te vendo testada quem ta atesta?
Mas se achas que sem busca a prova apanha-nos
Mais seguros que tu no teu aviso,
Vai; pois presente à força mais te ausentas.
Vai na tua inocência natal, fia-te

On what thou hast of virtue, summon all,
For God towards thee hath done his part, do thine.
So spake the patriarch of mankind, but Eve
Persisted, yet submiss, though last, replied.
With thy permission then, and thus forewarned
Chiefly by what thy own last reasoning words
Touched only, that our trial, when least sought,
May find us both perhaps far less prepared,
The willinger I go, nor much expect
A foe so proud will first the weaker seek;
So bent, the more shall shame him his repulse.
Thus saying, from her husband's hand her hand
Soft she withdrew, and like a wood nymph light
Oread or dryad, or of Delia's train,
Betook her to the groves, but Delia's self
In gait surpassed and goddess-like deport,
Though not as she with bow and quiver armed,
But with such gardening tools as art yet rude,
Guiltless of fire had formed, or angels brought.
To Pales, or Pomona, thus adorned,
Likest she seemed, Pomona when she fled
Vertumnus, or to Ceres in her prime,
Yet virgin of Proserpina from Jove.
Her long with ardent look his eye pursued
Delighted, but desiring more her stay.
Oft he to her his charge of quick return
Repeated, she to him as oft engaged

No que tens de virtude, junta tudo,
Pois Deus já fez o seu, faz tu o teu.
  Falou o patriarca assim, mas Eva
Teimou, mansa porém, e enfim falou.
  Com o teu sim então, e assim lembrada,
Sobretudo p'lo que últimas palavras
Afloraram, que a prova sem procura
Quiçá nos ache aos dois menos prudentes,
Mais voluntária vou, que p'lo mais fraco
O inimigo orgulhoso não começa;
Fosse assim e roer-se-ia de vergonha.
Com isto, deixa a mão do seu marido
A suave mão, e qual ninfa dos bosques,
Qual oréade[20] ou dríade,[21] ou do séquito
Da ágil Délia,[22] se embosca, mas de Délia
Passando o passo, o porte divinal,
Não como ela porém com carcás e arco,
Mas co'artes de jardim que então sem mácula
De fogo mãos fizeram, ou trouxeram
Anjos. Assim a Pales[23] ou Pomona
Se assemelhava mais, esta acossada
Por Vertumno,[24] e a Ceres no seu esmero,
'Inda virgem de Jove e de Prosérpina.
Seguiu-a namorado e demorado
Olhar, querendo mais que ela ficasse.
Muito lhe instou a rápido regresso,
E o compromisso ela o repetiu,

---

[20] Ninfa das montanhas.

[21] Ninfa das árvores, cujas vidas estavam intimamente ligadas, pois as dríades nasciam, viviam e morriam com elas.

[22] Diana, nascida em Delo.

[23] Deusa das pastagens.

[24] Deus dos jardins que cortejou Pomona. Prosérpina era filha de Ceres e de Júpiter (Jove).

To be returned by noon amid the bower,
And all things in best order to invite
Noontide repast, or afternoon's repose.
O much deceived, much failing, hapless Eve,
Of thy presumed return! Event perverse!
Thou never from that hour in Paradise
Foundst either sweet repast, or sound repose;
Such ambush hid among sweet flowers and shades
Waited with hellish rancour imminent
To intercept thy way, or send thee back
Despoiled of innocence, of faith, of bliss.
For now, and since first break of dawn the fiend,
Mere serpent in appearance, forth was come,
And on his quest, where likeliest he might find
The only two of mankind, but in them
The whole included race, his purposed prey.
In bower and field he sought, where any tuft
Of grove or garden plot more pleasant lay,
Their tendance or plantation for delight,
By fountain or by shady rivulet
He sought them both, but wished his hap might find
Eve separate, he wished, but not with hope
Of what so seldom chanced, when to his wish,
Beyond his hope, Eve separate he spies,
Veiled in a cloud of fragrance, where she stood,
Half spied, so thick the roses bushing round
About her glowed, oft stooping to support
Each flower of slender stalk, whose head though gay
Carnation, purple, azure, or specked with gold,
Hung drooping unsustained, them she upstays
Gently with myrtle band, mindless the while,

De ao caramanchel estar ao meio-dia
De volta, preparando o que convida
A bom almoço, ou sesta vespertina.
Ó tão ilusa e falha, Eva astrosa,
De pretenso voltar! Perverso evento!
Nunca no paraíso dessa hora
Achaste bom repasto ou são repouso,
Tal emboscada entre flores e sombras
Espreitava com rancor infernal pronta
P'ra te interceptar, ou te enviar de volta
Pilhada de inocência, fé, ventura.
Porque agora o mau, desde o romper da alva,
Mera serpente em viso, era chegado,
E à caça, onde mais provável fosse
Dar co'a humanidade de dois, mas neles
Inclusa toda a raça, presa quista.
Bateu caramanchel e agra, onde erva
De plantio ou vergel mais tenra fosse,
Cuidada p'ra deleite e mimoseada;
Por fontes e ribeiros com ramagem
Aos dois buscou, mas querendo a sorte de Eva
Achar à parte; em sorte o quis, sem esperança[25]
Do que tão raro calha; quando à sorte
De esperança à parte, à parte Eva lobriga,
Numa nuvem de odores, onde estava,
Semi-secreta, tão cerradas rosas
Num rubor a escondiam, ajoelhando-se
A flores de fino pé, que embora frontes
Rosa-pálida, púrpura, azul, ouro,
Pompeassem, sem mãos tristes fraquejavam;
Gentil, com mírtea liga as tem, esquecida

[25] Isto é, desejando a sorte de encontrar Eva à parte. O desenho retórico inaugurado por este verso baseia-se na *Repetitio* e na *Traductio* e mimetiza a sinuosidade de Satã. No mundo de Satã as coisas acontecem por sorte.

Herself, though fairest unsupported flower,
From her best prop so far, and storm so nigh.
Nearer he drew, and many a walk traversed
Of stateliest covert, cedar, pine, or palm,
Then voluble and bold, now hid, now seen
Among thick-woven arborets and flowers
Embordered on each bank, the hand of Eve:
Spot more delicious than those gardens feigned
Or of revived Adonis, or renowned
Alcinous, host of old Laertes' son,
Or that, not mystic, where the sapient king
Held dalliance with his fair Egyptian spouse.
Much he the place admired, the person more.
As one who long in populous city pent,
Where houses thick and sewers annoy the air,
Forth issuing on a summer's morn to breathe
Among the pleasant villages and farms
Adjoined, from each thing met conceives delight,
The smell of grain, or tedded grass, or kine,
Or dairy, each rural sight, each rural sound;
If chance with nymphlike step fair virgin pass,
What pleasing seemed, for her now pleases more,
She most, and in her look sums all delight.
Such pleasure took the serpent to behold
This flowery plat, the sweet recess of Eve
Thus early, thus alone; her heavenly form
Angelic, but more soft, and feminine,
Her graceful innocence, her every air

De si, conquanto flor sem mãos mais bela,
Tão longe o amparo, tão perto a procela.
Aproximou-se, e andou por muitas áleas
De altivas sombras, cedro, pinho, ou palma,
Aqui fluente e audaz, ali escondido,
E ali visto entre arbustos densos, flores,
Bordadura das margens, a mão de Eva:[26]
Mais formoso lugar do que hortos fictos
De Adônis renascido,[27] dos de Alcínoo
Anfitrião do filho de Laertes,
Ou do que aquele, real, onde o rei sábio
Namoricou co'a bela esposa egípcia.
Admirou-lhe o lugar, mas mais as gentes.
Como quem vive em urbe populosa,
Onde casas e esgotos o ar infectam,
E sai numa manhã de verão p'ra arejo
No campo, p'las aldeias e por quintas
Pegadas, e deleite vê no cheiro
A trigo, a feno seco, na ordenha,
Nas vacas, em paisagens e sons rústicos;
Mas se formosa moça acaso passa,
Qual ninfa, o que agradava agrada menos,
Que ela passando os gozos passa, ou soma-os.
Encantou-se a serpente assim por ver
Esta porção florida, o escaninho
De Eva tão cedo, a sós: a forma angélica,
Celestial, mas gentil mais, e feminea,
A garbosa inocência, os seus modos

---

[26] Isto é, obra de Eva.

[27] Um caçador por quem se apaixonaram Vênus e Prosérpina. Um dia, ao caçar, foi morto por um javali, e do seu sangue criou Vênus a anêmona. Após a sua morte, Júpiter, a pedido de Vênus, ressuscitou-o, mas apenas lhe concederia vida durante metade do ano, já que na outra metade ficava pertença de Prosérpina, respeitante ao outono e ao inverno. O "Jardim de Adônis" tornou-se proverbial para o caráter transitório da beleza terrena.

Nearer he drew, and many a walk traversed
Of stateliest covert, cedar, pine, or palm

Aproximou-se, e andou por muitas áleas
De altivas sombras, cedro, pinho, ou palma

(IX, 434-5)

Of gesture or least action overawed
His malice, and with rapine sweet bereaved
His fierceness of the fierce intent it brought:
That space the evil one abstracted stood
From his own evil, and for the time remained
Stupidly good, of enmity disarmed,
Of guile, of hate, of envy, of revenge;
But the hot hell that always in him burns,
Though in mid-heaven, soon ended his delight,
And tortures him now more, the more he sees
Of pleasure not for him ordained: then soon
Fierce hate he recollects, and all his thoughts
Of mischief, gratulating, thus excites.
   Thoughts, whither have ye led me, with what sweet
Compulsion thus transported to forget
What hither brought us, hate, not love, nor hope
Of Paradise for hell, hope here to taste
Of pleasure, but all pleasure to destroy,
Save what is in destroying, other joy
To me is lost. Then let me not let pass
Occasion which now smiles, behold alone
The woman, opportune to all attempts,
Her husband, for I view far round, not nigh,
Whose higher intellectual more I shun,
And strength, of courage haughty, and of limb
Heroic built, though of terrestrial mould,
Foe not informidable, exempt from wound,
I not; so much hath hell debased, and pain
Enfeebled me, to what I was in heaven.
She fair, divinely fair, fit love for gods,
Not terrible, though terror be in love
And beauty, not approached by stronger hate,

E jeitos, gestos mínimos, tolheram-lhe
A maldade, e cortês levou o corso
À crueldade os seus cruéis propósitos.
Quedou-se absorto o mau por uns momentos
No próprio mal, e sem inimizades,
Estupidamente bom, ficou, despido
De manhas, ódio, inveja, represália.
Mas o inferno que nele eterno arde,
Mesmo quando no Céu, extinguiu-lhe o gozo,
E agora mais o aflige, quanto mais
Arredado se vê do prazer. Logo
Recobre ódio feroz, e os pensamentos
De ofensa, jubilando, assim desperta.
  Pensamentos, aonde me levastes,
Com que força arroubados que esqueçamos
O que aqui nos traz, não amor, nem esperança
De dar p'lo Paraíso inferno, esperança
De aqui ter prazer, mas sim de o gastar,
Poupando o que há no gasto, outros gostos
Não tenho já. Não deixe então passar
O ensejo que ora ri, eis ali só
A mulher, oportuna e vulnerável,
O marido, que eu veja bem nem vê-lo,
E esse é de evitar, sobra-lhe intelecto
E força, de exaltada mente e heroica
Compleição, pese embora vir de argila,
Rival a ter em conta, imune a ferida,
Eu não, tão corrompido vai de inferno
E mirrado de dor quem do Céu era.
Tão bela, divinal, amor de deuses,
Não me intimida, ainda que a beleza
E amor terríveis sejam, quando um ódio[28]

---

[28] *Ct.* 6, 4.

Hate stronger, under show of love well feigned,
The way which to her ruin now I tend.
  So spake the enemy of mankind, enclosed
In serpent, inmate bad, and toward Eve
Addressed his way, not with indented wave,
Prone on the ground, as since, but on his rear,
Circular base of rising folds, that towered
Fold above fold a surging maze, his head
Crested aloft, and carbuncle his eyes;
With burnished neck of verdant gold, erect
Amidst his circling spires, that on the grass
Floated redundant: pleasing was his shape,
And lovely, never since of serpent kind
Lovelier, not those that in Illyria changed
Hermione and Cadmus, or the god
In Epidaurus; nor to which transformed
Ammonian Jove, or Capitoline was seen,
He with Olympias, this with her who bore
Scipio the height of Rome. With tract oblique
At first, as one who sought access, but feared
To interrupt, sidelong he works his way.
As when a ship by skilful steersman wrought
Nigh river's mouth or foreland, where the wind
Veers oft, as oft so steers, and shifts her sail;
So varied he, and of his tortuous train
Curled many a wanton wreath in sight of Eve,

Mais forte os não visita camuflado
De amor, arma que escolho p'ra arruiná-los.
  Assim falou dos homens o inimigo,
Em serpente hospedado, e rumou
Ao alvo, não em ondas coleantes,
De borco no chão, como desde então,
Mas p'la base anelar de pregas, prega
A prega em espirais subindo, um dédalo
'Té à crista na cabeça e ao carbúnculo
Dos olhos, p'lo verde áureo terso colo,
Ereto em seus anéis, que flutuavam
Na relva redundantes: grata a forma,[29]
E formosa. Jamais de então serpe houve
Mais formosa, nem mesmo as que em Ilíria
Transformaram Hermíone e Cadmo,[30] ou mesmo
O deus em Epidauro;[31] nem aquela
Que usou Capitolino, ou Jove amônio,
Este co'Olímpia, aquele co'a que à luz
Deu Cipião, glória de Roma. Primeiro
Sinuosa, como quem porque é discreto
Avança a medo e enviesa as intenções.
Tal como quando um barco de hábil mestre,
Ao pé de foz ou cabo onde o vento
Não se adivinha, muda leme e vela;
Ágil mudava a cauda tortuosa,
Sensuais festões frisando à vista de Eva,[32]

---

[29] Com o duplo sentido de "como ondas" e "copiosos".

[30] Cadmo, o lendário fundador de Tebas, foi transformado em serpente em Ilíria. Seguiu-se-lhe a sua mulher, Hermíone, quando acariciava seu corpo metamorfoseado.

[31] Esculápio, o deus da cura, apareceu ali transformado em serpente. Plutarco relata que Filipe II da Macedônia encontrou a sua mulher Olímpia na cama com uma serpente. O oráculo de Delfos identificou-a como sendo Júpiter Amônio. Também Júpiter Capitolino assumiu essa forma para gerar Cipião, o Africano.

[32] O acróstico SATANÁS opera da mesma forma sinuosa.

To lure her eye; she busied heard the sound
Of rustling leaves, but minded not, as used
To such disport before her through the field,
From every beast, more duteous at her call,
Than at Circean call the herd disguised.
He bolder now, uncalled before her stood;
But as in gaze admiring: oft he bowed
His turret crest, and sleek enamelled neck,
Fawning, and licked the ground whereon she trod.
His gentle dumb expression turned at length
The eye of Eve to mark his play; he glad
Of her attention gained, with serpent tongue
Organic, or impulse of vocal air,
His fraudulent temptation thus began.
  Wonder not, sovereign mistress, if perhaps
Thou canst, who art sole wonder, much less arm
Thy looks, the heaven of mildness, with disdain,
Displeased that I approach thee thus, and gaze
Insatiate, I thus single, nor have feared
Thy awful brow, more awful thus retired.
Fairest resemblance of thy maker fair,
Thee all things living gaze on, all things thine
By gift, and thy celestial beauty adore
With ravishment beheld, there best beheld
Where universally admired; but here
In this enclosure wild, these beasts among,
Beholders rude, and shallow to discern
Half what in thee is fair, one man except,
Who sees thee? (And what is one?) Who shouldst be seen
A goddess among gods, adored and served
By angels numberless, thy daily train.
  So glozed the tempter, and his proem tuned;
Into the heart of Eve his words made way,

P'ra atraí-la. Ouviu ela a folhagem
Ciciar, mas não fez caso, de habituada
A diversões assim por todo o campo,
De animais mais submissos ao seu mando
Do que ao de Circe[33] o bando transformado.
Mais audaz ele agora se chegou;
Mas em admiração. Baixava às vezes
A crista, e o pescoço liso e vário,
Servil, e o chão lambeu que ela pisara.
Seu ar gentil e mudo conquistara
Por fim a atenção de Eva. Ele, alegre
De ganhá-la, com língua de serpente
Por instrumento, ou ímpetos de ar vocal,
À tentação dolosa deu início.
  Não te admires, rainha, se puderes,
Que és portento sozinha, nem o cenho
Armes, Céu da brandura, com desdém
Por assim me acercar, só eu, de olhar
Insaciável, sem medo de um temível
Sobrecenho, temível mais a sós.
Mais bela semelhança de autor belo,
De tudo o que é objeto de amor és,
E o que é teu é, e em transe olham e adoram
A bela deusa, ali melhor olhada
Onde universalmente se admirar;
Mas aqui na clausura, entre bestas,
Boçais, mirones, frívola assistência
P'ra metade sequer do que és de bela,
Salvo um, quem te vê? (E um o que é?) Se és deusa
Entre deuses, servida e adorada
Por anjos sem fim, tua corte diária.
  Adulou-a assim ele em tom de exórdio.
E rumo ao coração de Eva abriu estrada,

[33] A feiticeira que transformava as suas vítimas em animais (cf. *Od.* X, 212-9).

Though at the voice much marvelling; at length
Not unamazed she thus in answer spake.
What may this mean? Language of man pronounced
By tongue of brute, and human sense expressed?
The first at least of these I thought denied
To beasts, whom God on their creation-day
Created mute to all articulate sound;
The latter I demur, for in their looks
Much reason, and in their actions oft appears.
Thee, serpent, subtlest beast of all the field
I knew, but not with human voice endued;
Redouble then this miracle, and say,
How cam'st thou speakable of mute, and how
To me so friendly grown above the rest
Of brutal kind, that daily are in sight?
Say, for such wonder claims attention due.
  To whom the guileful tempter thus replied.
Empress of this fair world, resplendent Eve,
Easy to me it is to tell thee all
What thou commandst, and right thou shouldst be obeyed:
I was at first as other beasts that graze
The trodden herb, of abject thoughts and low,
As was my food, nor aught but food discerned
Or sex, and apprehended nothing high:
Till on a day roving the field, I chanced
A goodly tree far distant to behold
Loaden with fruit of fairest colours mixed,
Ruddy and gold: I nearer drew to gaze;
When from the boughs a savoury odour blown,
Grateful to appetite, more pleased my sense
Than smell of sweetest fennel, or the teats

Embora a voz bastante lhe admirasse.
Por fim respondeu ela não sem espanto.
Que é isto? Linguagem de homem dita
Em língua bruta, senso humano expresso?
P'lo menos destes uma achei vedada
A bestas, a quem Deus na criação
Fez afonas em sons articulados.
Quanto ao resto vacilo, que há razão
Nos olhos, e em ações amiúde vê-se.
A ti, serpente, astuta entre todos
Conhecia, mas não com voz humana;
Redobra tal milagre, e diz, de muda
Como foi que exprimível te tornaste,
E como tão cordial sobre os demais
Que diariamente vejo e me visitam?
Diz, que o espanto merece a voz que pede.
  Ao que o tentador pérfido tornou.
Do mundo imperatriz, refulgente Eva,
Bem fácil é p'ra mim contar-te tudo
O que ordenas, e é justo que te obedeça.
Como outros que a pisada erva pascem
Um dia fui, de baixo pensar, baixo
Como o pasto, nem nada mais que pasto
Ou sexo discernia, limitado.
'Té que um dia avistei nos meus passeios,
Fugindo à vista, uma bela árvore
Prenhe de frutos belos na cor vária,
Aurirróseos. Cheguei-me mais p'ra ver;
Quando odor saboroso solto aos ramos,
Ao gosto do apetite, mais me encheu
Do que o cheiro de funcho[34] doce ou tetas

[34] Juntamente com leite, diretamente sugado das tetas, era tido como o alimento preferido das serpentes. Segundo Plínio, tinha a propriedade de clarear a vista, e era por comê-lo que as serpentes adquiriam o poder de rejuvenescer periodicamente.

Of ewe or goat dropping with milk at even,
Unsucked of lamb or kid, that tend their play.
To satisfy the sharp desire I had
Of tasting those fair apples, I resolved
Not to defer; hunger and thirst at once,
Powerful persuaders, quickened at the scent
Of that alluring fruit, urged me so keen.
About the mossy trunk I wound me soon,
For high from ground the branches would require
Thy utmost reach or Adam's: round the tree
All other beasts that saw, with like desire
Longing and envying stood, but could not reach.
Amid the tree now got, where plenty hung
Tempting so nigh, to pluck and eat my fill
I spared not, for such pleasure till that hour
At feed or fountain never had I found.
Sated at length, ere long I might perceive
Strange alteration in me, to degree
Of reason in my inward powers, and speech
Wanted not long, though to this shape retained.
Thenceforth to speculations high or deep
I turned my thoughts, and with capacious mind
Considered all things visible in heaven,
Or earth, or middle, all things fair and good;
But all that fair and good in thy divine
Semblance, and in thy beauty's heavenly ray
United I beheld; no fair to thine
Equivalent or second, which compelled
Me thus, though importune perhaps, to come
And gaze, and worship thee of right declared
Sovereign of creatures, universal dame.

De ovelha ou cabra quando à tarde tombam
Com leite por mamar, que anho ou cabrito
Brincando esqueceu. Ávido um desejo
Me tomou: conhecer as maçãs belas.
Não tardei; fome e sede a uma, fortes
Persuasores, despertos p'la fragrância
Do fruto sedutor, assim me instaram.
Logo ao musgoso tronco me abracei,
Que longe do chão ramos pediriam
Teu braço ou o de Adão. À volta da árvore
Toda a besta que a visse, igual desejo
E sede alimentou, porém sem sorte.
Subida já à árvore onde a cópia
Tão próxima seduz, não resisti
A colher e a comer, que um gosto assim
Jamais em pasto ou fonte eu encontrara.
Por fim saciada dentro em pouco noto
Em mim estranhas mudanças, à medida
Dos degraus da razão em mim possível,
E a fala não tardou,[35] retendo a forma.
P'ra especulações altas e profundas
Levei os pensamentos, e com mente
Aberta refleti no que é visível
No céu, terra, ar, em tudo o que é belo
E bom; mas todo o bom e belo em ti,
Divina semelhança, na luz bela
Da tua graça unes; nenhum belo
Há segundo ou igual ao teu, que aqui
Me trouxe, inoportuno pese embora,
P'ra admirar, e louvar quem de direito
É senhora dos seres, do universo.

---

[35] Importante e sutil acréscimo ao Gênesis, que a serpente atingisse pelo fruto linguagem humana.

So talked the spirited sly snake; and Eve
Yet more amazed unwary thus replied.
Serpent, thy overpraising leaves in doubt
The virtue of that fruit, in thee first proved:
But say, where grows the tree, from hence how far?
For many are the trees of God that grow
In Paradise, and various, yet unknown
To us, in such abundance lies our choice,
As leaves a greater store of fruit untouched,
Still hanging incorruptible, till men
Grow up to their provision, and more hands
Help to disburden nature of her birth.
To whom the wily adder, blithe and glad.
Empress, the way is ready, and not long,
Beyond a row of myrtles, on a flat,
Fast by a fountain, one small thicket past
Of blowing myrrh and balm; if thou accept
My conduct, I can bring thee thither soon.
Lead then, said Eve. He leading swiftly rolled
In tangles, and made intricate seem straight,
To mischief swift. Hope elevates, and joy
Brightens his crest, as when a wandering fire
Compact of unctuous vapour, which the night
Condenses, and the cold environs round,
Kindled through agitation to a flame,
Which oft, they say, some evil spirit attends,
Hovering and blazing with delusive light,
Misleads the amazed night-wanderer from his way
To bogs and mires, and oft through pond or pool,
There swallowed up and lost, from succour far.

Assim a astuta cobra possuída.
E Eva admirada mais tornou ingênua.
Serpente, teu enfático louvor
Põe em causa a virtude ao desfrutado.
Mas diz, onde é a árvore, quão longe?
Pois muitas são as árvores de Deus
No Paraíso, e várias, ignoradas
Por nós, tal abundância há à escolha,
Deixando intactos muitos outros frutos,
Ainda incorruptíveis, 'té que os homens
Cheguem às provisões, e mãos suplentes
Aliviem do parto a natureza.
Ao que hábil disse o espírito na víbora.
Imperatriz, é franca a via, e breve,
Além de mírteo renque, numa várzea,
Junto a uma fonte, e além de um bosque breve
De mirra em flor e bálsamo. Se guia
Achares em mim, ali te levo já.
Conduz-me então, disse Eva. Conduziu-a,
E em anéis ágeis fez reto o intrincado,
P'ra breve ardil. De esperança se ergue a crina,
De gozo brilha, como quando um fogo
Fátuo, cheio de oleoso gás, que a noite
Condensa e os gelados aros cercam,
Desperto por fricção até inflamar-se,
O qual se diz em si conter mau espírito
Pairando e excitando a luz falaz,
Desvia o viandante que erra à noite
P'ra brejo ou lamaçal, e às vezes pântanos,
Engolido ali, longe de socorro.[36]

[36] Versos 634-42: Milton ensaia uma explicação científica para o *ignis fatuus*, antes de aludir à explicação sobrenatural que avança com uma composição espiritual para o fenômeno que desvia os caminhantes do seu rumo. A implicação do símile é que Eva se desvia por falta de condução do intelecto, a qual lhe obviaria a estupefação. O

So glistered the dire snake, and into fraud
Led Eve our credulous mother, to the tree
Of prohibition, root of all our woe;
Which when she saw, thus to her guide she spake.
  Serpent, we might have spared our coming hither,
Fruitless to me, though fruit be here to excess,
The credit of whose virtue rest with thee,
Wondrous indeed, if cause of such effects.
But of this tree we may not taste nor touch;
God so commanded, and left that command
Sole daughter of his voice; the rest, we live
Law to our selves, our reason is our law.
  To whom the tempter guilefully replied.
Indeed? Hath God then said that of the fruit
Of all these garden trees ye shall not eat,
Yet lords declared of all in earth or air?
  To whom thus Eve yet sinless. Of the fruit
Of each tree in the garden we may eat,
But of the fruit of this fair tree amidst
The garden, God hath said, Ye shall not eat
Thereof, nor shall ye touch it, lest ye die.
  She scarce had said, though brief, when now more bold
The tempter, but with show of zeal and love
To man, and indignation at his wrong,
New part puts on, and as to passion moved,
Fluctuates disturbed, yet comely, and in act
Raised, as of some great matter to begin.
As when of old some orator renowned
In Athens or free Rome, where eloquence
Flourished, since mute, to some great cause addressed,
Stood in himself collected, while each part,
Motion, each act won audience ere the tongue,

Assim brilhava a víbora, e ao logro
Levou Eva, mãe crédula, à árvore
Da interdição, raiz de toda a dor;
A qual quando a viu, isto ao guia disse.
  Serpente, vir p'ra mim foi infrutífero,
Se bem que o fruto aqui seja o excesso,
Do qual guarda a virtude e os seus créditos,
Admiráveis, se causam tais efeitos.
Porém nem toque ou prova desta árvore,
Deus o ordenou, deixando a ordem única
Filha da sua voz; no resto somos
Lei nós, nossa razão é nossa lei.
  A ela o tentador tornou solerte.
Deveras? Disse Deus p'ra não comerdes
Do fruto destas árvores aqui,
Senhores que são do que há na terra e ar?
  Ao que ainda sem dolo Eva tornou.
Não do fruto das árvores, mas desta
Tão bela que é no centro do jardim;
Do fruto, disse Deus, Não comerás
Nem nela tocarás, p'ra não morreres.
  Mal falara, sucinta, e já mais firme
O tentador, sob véu de amor e zelo
P'lo homem e aversão por atropelos,
Veste novo papel, e apaixonado
Deambula, vai e vem, mas de ar distinto
E erguido, como quem grande tema abre.
Como quando um tribuno outrora célebre
Em Atenas ou Roma, onde o elóquio
Florescia, de então mudo, votado
A grande causa, em si se recolhia,
Enquanto pose e esgar ganhavam público

---

próprio período sintático ("como quando um fogo [...] Desvia o viandante") mimetiza o desvio a que alude desviando o leitor.

Sometimes in height began, as no delay
Of preface brooking through his zeal of right.
So standing, moving, or to height upgrown
The tempter all impassioned thus began.
  O sacred, wise, and wisdom-giving plant,
Mother of science, now I feel thy power
Within me clear, not only to discern
Things in their causes, but to trace the ways
Of highest agents, deemed however wise.
Queen of this universe, do not believe
Those rigid threats of death; ye shall not die:
How should ye? By the fruit? It gives you life
To knowledge. By the threatener? Look on me,
Me who have touched and tasted, yet both live,
And life more perfect have attained than fate
Meant me, by venturing higher than my lot.
Shall that be shut to man, which to the beast
Is open? Or will God incense his ire
For such a petty trespass, and not praise
Rather your dauntless virtue, whom the pain
Of death denounced, whatever thing death be,
Deterred not from achieving what might lead
To happier life, knowledge of good and evil;
Of good, how just? Of evil, if what is evil
Be real, why not known, since easier shunned?
God therefore cannot hurt ye, and be just;
Not just, not God; not feared then, nor obeyed:
Your fear itself of death removes the fear.
Why then was this forbid? Why but to awe,
Why but to keep ye low and ignorant,
His worshippers; he knows that in the day
Ye eat thereof, your eyes that seem so clear,
Yet are but dim, shall perfectly be then

Antes da língua, abrindo sem prefácio
Ou tolerância em clímax, de justiça
Zelosa. Assim movido, recolhido,
E em clímax fervoroso começou.
  Ó sacra, sábia planta que esclareces,
Mãe da ciência, já sinto o teu poder
Com clareza, não só p'ra julgar coisas
Nas suas causas, mas p'ra traçar modos
De mais altos agentes, cridos sábios.
Rainha do universo, crer não queiras
Em ameaços de fim; não morrerás.
De quê, como? P'lo fruto? Dá-te vida
Ao saber. P'lo que ameaça? Pois contempla
Quem tocou e provou, contudo vive,
E vida mais perfeita do que quis
A sorte, por tentar quinhão mais alto.
Vedar-se-á isso ao homem, o que à besta
Se abriu? Ou há-de arder em ira Deus
Por tão miúdo trespasse, e não louvar-te
Antes a audaz virtude, a qual a dor
De uma morte, o que quer que a morte seja,
Não impediu de achar o que levasse
A vida mais feliz, saber de bem
E mal. Se bem, quão justo? Se mal, se é
Que há mal, por que não vê-lo, p'ra evitá-lo?
Não pode ferir-vos justo Deus; não justo,
Não Deus;[37] donde nem medo, nem acato.
Teu medo de morrer remove o medo.
Proibido por quê? Bem, p'ra receios,
P'ra servis e ignorantes vos levar
À adoração; pois sabe que no dia
Que comerdes, os olhos que achas claros,
E tão turvos são, se hão-de abrir perfeitos

[37] Isto é, Deus não pode ser Deus sendo não justo.

Opened and cleared, and ye shall be as gods,
Knowing both good and evil as they know.
That ye should be as gods, since I as man,
Internal man, is but proportion meet,
I of brute human, ye of human gods.
So ye shall die perhaps, by putting off
Human, to put on gods, death to be wished,
Though threatened, which no worse than this can bring.
And what are gods that man may not become
As they, participating godlike food?
The gods are first, and that advantage use
On our belief, that all from them proceeds;
I question it, for this fair earth I see,
Warmed by the sun, producing every kind,
Them nothing: if they all things, who enclosed
Knowledge of good and evil in this tree,
That whoso eats thereof, forthwith attains
Wisdom without their leave? And wherein lies
The offence, that man should thus attain to know?
What can your knowledge hurt him, or this tree
Impart against his will if all be his?
Or is it envy, and can envy dwell
In heavenly breasts? These, these and many more
Causes import your need of this fair fruit.
Goddess humane, reach then, and freely taste.
  He ended, and his words replete with guile
Into her heart too easy entrance won:
Fixed on the fruit she gazed, which to behold
Might tempt alone, and in her ears the sound
Yet rung of his persuasive words, impregned
With reason, to her seeming, and with truth;

E limpos, e quais deuses vós sereis
Sabendo o bem e o mal tão bem quanto eles.
E serdes vós quais deuses, como eu homem
Internamente, é lei de proporções;
De bruto homem eu, vós de humanos deuses.
E acaso morrereis sim, ao despirdes
O humano, p'ra vestirdes o deus, morte
Desejável, se ameaça apenas nisto.
E o que são deuses que homens não se tornem
Como eles, partilhando o seu repasto?
Precedem-nos os deuses, e a vantagem
É a crença, de que tudo deles desce.
Duvido, que esta bela terra vejo
Batida p'lo sol, tudo o que há gerando,
E eles nada; se tudo,[38] quem fechou
O conhecer o bem e o mal nesta árvore,
Que logo leva à ciência sem licença
Quem quer que dela coma? E onde está
A ofensa, de saber assim o homem?
Que mal fará saberes, lega a árvore
Governo a contragosto do autocrata?
Ou é só ciúme, e pode habitar ciúme
Peitos celestes? Estas, estas, e outras
Razões provam-te a falta deste fruto.
Colhe-o, pois, deusa humana, livre prova-o.
  Findou, e o que falou pleno de astúcia
No coração achou entrada fácil.
Fixou olhar no fruto, tentador
Só de o ver, e nos tímpanos o som
Ecoava do seu verbo persuasivo,
De razão prenhe, achava, e verdade;

---

[38] "Geraram" está subentendido.

Meanwhile the hour of noon drew on, and waked
An eager appetite, raised by the smell
So savoury of that fruit, which with desire,
Inclinable now grown to touch or taste,
Solicited her longing eye; yet first
Pausing awhile, thus to herself she mused.
Great are thy virtues, doubtless, best of fruits,
Though kept from man, and worthy to be admired,
Whose taste, too long forborne, at first assay
Gave elocution to the mute, and taught
The tongue not made for speech to speak thy praise:
Thy praise he also who forbids thy use,
Conceals not from us, naming thee the tree
Of knowledge, knowledge both of good and evil;
Forbids us then to taste, but his forbidding
Commends thee more, while it infers the good
By thee communicated, and our want:
For good unknown, sure is not had, or had
And yet unknown, is as not had at all.
In plain then, what forbids he but to know,
Forbids us good, forbids us to be wise?
Such prohibitions bind not. But if death
Bind us with after-bands, what profits then
Our inward freedom? In the day we eat
Of this fair fruit, our doom is, we shall die.
How dies the serpent? He hath eaten and lives,
And knows, and speaks, and reasons, and discerns,
Irrational till then. For us alone
Was death invented? Or to us denied
This intellectual food, for beasts reserved?
For beasts it seems: yet that one beast which first
Hath tasted, envies not, but brings with joy
The good befallen him, author unsuspect,

Dementre despertou-lhe o meio-dia[39]
Voraz a fome, erguida pelo cheiro
Saboroso do fruto, que ao desejo,
Propenso agora ao toque e ao sabor,
Solicitou namoro; mas primeiro
Deteve-se, e p'ra si assim pensou.
  Grandes virtudes tens, melhor dos frutos,
Embora à parte de homens, e admiráveis,
Cuja prova, adiada há muito, deu
Voz à primeira aos mudos, e ensinou
À infacunda língua teu louvor.
Teu louvor nem sequer quem te proíbe
Não o esconde de nós, chamando-te árvore
Da ciência, ciência do bem e do mal;
Proíbe-nos a prova, que interdita
Mais te aconselha, enquanto infere o bem
Transmitido por ti, e a nossa míngua:
Que um bem por saber bem não foi, ou sido,
E por saber, é como se não fora.
Em suma, que proíbe ele a não ser
Saber, proíbe o bem, o sermos sábios?
Tais laços não nos prendem. Mas se a morte
Nos prender a nós póstumos, que lucra
A nossa liberdade? Se comermos
Do fruto, nesse dia morreremos.
Como morre a serpente? Comeu e
Vive, sabe, discerne, pensa, fala,
Irracional que então era. P'ra nós
A morte se inventou? Ou exclusivo
De bestas o manjar intelectivo?
Parece. E no entanto aquela que antes
O provou não o inveja, mas o bem
Feliz reparte, autor insuspeitado,

[39] Eva prometia estar de volta ao meio-dia.

Friendly to man, far from deceit or guile.
What fear I then, rather what know to fear
Under this ignorance of good and evil,
Of God or death, of law or penalty?
Here grows the cure of all, this fruit divine,
Fair to the eye, inviting to the taste,
Of virtue to make wise: what hinders then
To reach, and feed at once both body and mind?

So saying, her rash hand in evil hour
Forth reaching to the fruit, she plucked, she ate:
Earth felt the wound, and nature from her seat
Sighing through all her works gave signs of woe,
That all was lost. Back to the thicket slunk
The guilty serpent, and well might, for Eve
Intent now wholly on her taste, naught else
Regarded, such delight till then, as seemed,
In fruit she never tasted, whether true
Or fancied so, through expectation high
Of knowledge, nor was godhead from her thought.
Greedily she engorged without restraint,
And knew not eating death: satiate at length,
And heightened as with wine, jocund and boon,
Thus to herself she pleasingly began.

O sovereign, virtuous, precious of all trees
In Paradise, of operation blest
To sapience, hitherto obscured, infamed,
And thy fair fruit let hang, as to no end
Created; but henceforth my early care,
Not without song, each morning, and due praise
Shall tend thee, and the fertile burden ease
Of thy full branches offered free to all;

Amistoso, de dolo ou manha longe.
Que temo então, ou antes, que sei eu
De um saber a temer, se desconheço
Bem e mal, Deus ou morte, lei ou pena?
De tudo a cura aqui se dá, o fruto
Divino, belo, à prova convidando,
Com virtudes de sábio. Que me impede
De o colher, e ambos nutrir, mente e corpo?
   Dizendo isto, estendendo a mão precípite
Em hora má, colheu-o e o comeu.
Sentiu o chão a ferida, e a natura
Do trono suspirando gemeu toda,
Que tudo se perdera. Voltou esquiva
Ao bosque a serpe má, e bem podia,
Que entregue Eva ao sabor, de nada mais
Fez caso, tal deleite experimentou
Sem paralelo em fruto, verdadeiro
Ou ficcionado, cheia de promessas
De saber, sem deus fora do horizonte.
Voraz ingurgitou-o sem empates,
Não sabendo comer a morte.[40] Farta
Por fim, e como ébria alegrote,
E jucunda a si própria confessou.
   Ó suprema, virtuosa, mais preciosa
Do Paraíso, agência abençoada
De sapiência,[41] infame e obscura que eras,
E com belos pendentes, frutos feitos
Sem fim! Sim, de futuro meu carinho
A cada manhã, não sem hino ou loas,
Meu mimo serás tu, e o fértil fardo
Tomarei dos teus ramos dadivosos,

---

[40] Ela "não sabia estar a comer a morte", "não conhecia a morte, que devora" e "não experimentou a morte ao comê-la".

[41] Também do latim *sapere*.

Back to the thicket slunk
The guilty serpent

Voltou esquiva
Ao bosque a serpe má

(IX, 784-5)

Till dieted by thee I grow mature
In knowledge, as the gods who all things know;
Though others envy what they cannot give;
For had the gift been theirs, it had not here
Thus grown. Experience, next to thee I owe,
Best guide; not following thee, I had remained
In ignorance, thou op'nst wisdom's way,
And giv'st accéss, though secret she retire.
And I perhaps am secret; heaven is high,
High and remote to see from thence distinct
Each thing on earth; and other care perhaps
May have diverted from continual watch
Our great forbidder, safe with all his spies
About him. But to Adam in what sort
Shall I appear? Shall I to him make known
As yet my change, and give him to partake
Full happiness with me, or rather not,
But keep the odds of knowledge in my power
Without copartner? So to add what wants
In female sex, the more to draw his love,
And render me more equal, and perhaps,
A thing not undesirable, sometime
Superior; for inferior who is free?
This may be well: but what if God have seen,
And death ensue? Then I shall be no more,
And Adam wedded to another Eve,
Shall live with her enjoying, I extinct;
A death to think. Confirmed then I resolve,
Adam shall share with me in bliss or woe:
So dear I love him, that with him all deaths
I could endure, without him live no life.

Até que amadureça eu da dieta
Do saber, como um deus que tudo sabe;
Mesmo que outros invejem o que dar
Não podem; porque sendo seu o dom,
Não se dava aqui. Devo-te experiência
Também, mentor melhor. Não te seguira
E ignorante ficara, sábias vias
Abres p'ra acesso, mesmo que se escondam.
E eu secreta serei. O Céu é alto,
Alto e longe p'ra ver dali distintas
As coisas chãs. Quiçá outros cuidados
Não terão distraído na vigília
O grão-proibidor, na salvaguarda
De espias. Mas a Adão, como surgir,
Como encará-lo? Devo dar já parte
Da mudança, e parte de tão gorda
Felicidade em mim, ou não, mantendo
O avanço do saber na minha posse
Sem consócio? E assim pôr o que falta
No sexo feminino, que o atraia
E mais igual me faça, e porventura,
E não indesejável é, por vezes
Superior; pois quem é livre inferior?
Pode bem ser. Porém, e se Deus viu
E a morte vem? Então mais não serei,
E Adão a outra Eva dado em núpcias
Feliz viverá com ela, que eu morri.
Morrer pensar. Pois nisto me decido
Com Adão gozo ou dor partilharei;
Tanto o amo, que com ele as mortes todas[42]
Viveria, morte que é sem ele a vida.

[42] Eva desconhece o peso teologicamente agourento deste plural. A segunda morte é a maldição, ou danação.

So saying, from the tree her step she turned,
But first low reverence done, as to the power
That dwelt within, whose presence had infused
Into the plant sciential sap, derived
From nectar, drink of gods. Adam the while
Waiting desirous her return, had wove
Of choicest flowers a garland to adorn
Her tresses, and her rural labours crown
As reapers oft are wont their harvest queen.
Great joy he promised to his thoughts, and new
Solace in her return, so long delayed;
Yet oft his heart, divine of something ill,
Misgave him; he the faltering measure felt;
And forth to meet her went, the way she took
That morn when first they parted; by the tree
Of knowledge he must pass, there he her met,
Scarce from the tree returning; in her hand
A bough of fairest fruit that downy smiled,
New gathered, and ambrosial smell diffused.
To him she hasted, in her face excuse
Came prologue, and apology to prompt,
Which with bland words at will she thus addressed.

Hast thou not wondered, Adam, at my stay?
Thee I have missed, and thought it long, deprived
Thy presence, agony of love till now
Not felt, nor shall be twice, for never more
Mean I to try, what rash untried I sought,
The pain of absence from thy sight. But strange
Hath been the cause, and wonderful to hear:
This tree is not as we are told, a tree
Of danger tasted, nor to evil unknown

Dizendo tal, a árvore deixou,
Mas não sem vênia, como a um poder
Nela, cuja presença infundira
Na planta seiva sábia derivada
De néctar, o de deuses. Entretanto,
Ansiando-lhe o regresso, Adão tecera
Um diadema de fina-flor p'ra pôr-lhe
Nas tranças, e coroar-lhe afãs agrários,
Qual ceifeiro que elege das colheitas
A rainha. Jurou aos pensamentos[43]
Gozo e consolação na sua volta,
Tão tarda já. E amiúde adivinhava-lhe
O coração o mal. E ao pulso o ritmo[44]
Mal leu: p'lo que ao caminho que bem cedo
Os separou se fez. Buscou-a; p'la árvore
Da ciência ousou passar, e aí não longe
Voltando a custo a viu; na mão trazia
P'lo ramo belos frutos rindo púberes
De recente colher, vertendo ambrósia.
Correu-lhe Eva ao encontro, com um prólogo
No rosto por desculpa, e um pretexto
Que lhe ditava as deixas assim dóceis.
Não te custou, Adão, a minha falta?
A tua senti tanta, que saudades,
E tanto tempo foi, aperto novo
De amor, p'ra nunca mais, que nunca mais
Quero provar a dor da tua falta,
Que incauta fui provar. Mas o motivo
Foi estranho, e admirável de escutar:
Não é como nos contam esta árvore,
De risco no provar, nem ao ignoto

---

[43] Versos 839-43: ver *Il.* XXII, 437 ss., quando Andrômaca entretece flores para Heitor, ignorando-o morto.

[44] O ritmo frásico abrupto dá conta do nervosismo de Adão.

Opening the way, but of divine effect
To open eyes, and make them gods who taste;
And hath been tasted such: the serpent wise,
Or not restrained as we, or not obeying,
Hath eaten of the fruit, and is become,
Not dead, as we are threatened, but thenceforth
Endued with human voice and human sense,
Reasoning to admiration, and with me
Persuasively hath so prevailed, that I
Have also tasted, and have also found
The effects to correspond, opener mine eyes,
Dim erst, dilated spirits, ampler heart,
And growing up to godhead; which for thee
Chiefly I sought, without thee can despise.
For bliss, as thou hast part, to me is bliss,
Tedious, unshared with thee, and odious soon.
Thou therefore also taste, that equal lot
May join us, equal joy, as equal love;
Lest thou not tasting, different degree
Disjoin us, and I then too late renounce
Deity for thee, when fate will not permit.
  Thus Eve with countenance blithe her story told;
But in her cheek distemper flushing glowed.
On the other side, Adam, soon as he heard
The fatal trespass done by Eve, amazed,
Astonied stood and blank, while horror chill
Ran through his veins, and all his joints relaxed;
From his slack hand the garland wreathed for Eve
Down dropped, and all the faded roses shed:
Speechless he stood and pale, till thus at length
First to himself he inward silence broke.

Mal abre entrada: a agência é divina,
Abre olhos, e faz deuses dos que o provam.
E assim provado foi: sábia a serpente,
Ou não tão reprimida, ou acatando
Menos, comeu do fruto, e tornou-se
Não morta, como ameaçam, mas dotada
Desde então de sentidos e voz de homem,
Raciocínio notável, e comigo
Tão persuasiva foi, que convencida
Também provei, e os seus correspondentes
Efeitos, olhos turvos mais abertos,
Espíritos dilatados, coração
Mais largo, um deus em mim sentindo. Fi-lo
Por ti, o que por ti desprezaria.
Que o gozo só o gozo se o gozares,
Tedioso sem ti é, e logo odioso.
Prova pois tu também, que igual fortuna
Nos una, gozo igual, amor igual.
Não se dê que não proves e diferente
Grau nos desuna, e eu já deusa abdique
De mim quando o destino o não permita.
  Seu conto assim narrou de rosto lépido;
Mas na face um rubor lhe ardeu de incômodo.
E Adão, do outro lado, mal ouviu
Do trespasse fatal de Eva, aturdido,
Branco, paralisou, e um horror gélido
Correu veias, e as juntas lhe afrouxou.
Da lassa mão a tiara que tecera
Caiu, vertendo as rosas fenecidas.[45]
Ficou lívido e mudo, até que enfim
Primeiro p'ra si próprio a voz soltou.

---

[45] Versos 892-3: cf. *Il.* XXII, 448, "estremeceu-lhe o corpo e a lançadeira caiu ao chão".

O fairest of creation, last and best
Of all God's works, creature in whom excelled
Whatever can to sight or thought be formed,
Holy, divine, good, amiable, or sweet!
How art thou lost, how on a sudden lost,
Defaced, deflowered, and now to death devote!
Rather how hast thou yielded to transgress
The strict forbiddance, how to violate
The sacred fruit forbidden! Some cursèd fraud
Of enemy hath beguiled thee, yet unknown,
And me with thee hath ruined, for with thee
Certain my resolution is to die;
How can I live without thee, how forgo
Thy sweet converse and love so dearly joined,
To live again in these wild woods forlorn?
Should God create another Eve, and I
Another rib afford, yet loss of thee
Would never from my heart; no no, I feel
The link of nature draw me: flesh of flesh,
Bone of my bone thou art, and from thy state
Mine never shall be parted, bliss or woe.
So having said, as one from sad dismay
Recomforted, and after thoughts disturbed
Submitting to what seemed remediless,
Thus in calm mood his words to Eve he turned.
Bold deed thou hast presumed, adventurous Eve,
And peril great provoked, who thus hast dared
Had it been only coveting to eye
That sacred fruit, sacred to abstinence,
Much more to taste it under ban to touch.
But past who can recall, or done undo?
Not God omnipotent, nor fate, yet so
Perhaps thou shalt not die, perhaps the fact

Ó mais belo dos seres, melhor e último,
Das obras de Deus obra-prima, em quem
Se excede o que ao pensar e à vista surja,
Santa, divina, boa, amável, doce!
Como te perdes tu, como tão súbito,
Desfeada, desflorada, dada à morte?
Sim, como te rendeste à transgressão
Da estrita interdição, como violaste
O sacro fruto ilícito? Perfídia
Obscura de inimigo te enganou,[46]
E a mim também contigo, pois contigo
A minha decisão leva-me à morte.
Como viver sem ti, como passar
Sem a tua presença, amor, tão queridos,
Voltando à solidão de estranhos bosques?
Fizesse Deus segunda Eva, e eu
Costela nova desse, ainda a perda
De ti meu coração não perderia.
Não, não, da natureza o laço prende-me.
Da minha carne carne és, osso de osso,
P'ra sempre teu serei, na dor, no gozo.
Dito isto, como alguém que do desânimo
Se alenta, e após turvos pensamentos
Com o que não parece ter remédio
Se remedeia, calmo de tom disse.
A ação audaz te atreveste, Eva afoita,
E em risco nos puseste, já ousado
Se ao cobiçoso olhar se resumisse
O sacro fruto, sacro p'ra abstinência,
Muito menos provar o intocável.
Mas quem pode voltar atrás, ou o feito
Desfazer? Nem Deus, nem destino, ainda
Que não morras quiçá. Quiçá o fato

---

[46] Adão não sabe ainda ao certo a forma da perfídia.

Is not so heinous now, foretasted fruit,
Profaned first by the serpent, by him first
Made common and unhallowed ere our taste;
Nor yet on him found deadly, he yet lives,
Lives, as thou saidst, and gains to live as man
Higher degree of life, inducement strong
To us, as likely tasting to attain
Proportional ascent, which cannot be
But to be gods, or angels demigods.
Nor can I think that God, creator wise,
Though threatening, will in earnest so destroy
Us his prime creatures, dignified so high,
Set over all his works, which in our fall,
For us created, needs with us must fail,
Dependent made; so God shall uncreate,
Be frustrate, do, undo, and labour loose,
Not well conceived of God, who though his power
Creation could repeat, yet would be loath
Us to abolish, lest the adversary
Triúmph and say; Fickle their state whom God
Most favours, who can please him long? Me first
He ruined, now mankind; whom will he next?
Matter of scorn, not to be given the foe.
However I with thee have fixed my lot,
Certain to undergo like doom, if death
Consort with thee, death is to me as life;
So forcible within my heart I feel
The bond of nature draw me to my own,
My own in thee, for what thou art is mine;
Our state cannot be severed, we are one,
One flesh; to lose thee were to lose myself.
  So Adam, and thus Eve to him replied.
Oh glorious trial of exceeding love,
Illustrious evidence, example high!
Engaging me to emulate, but short

Não seja tão atroz, já desfrutado,
P'la serpente aviltado previamente,
Antes da nossa prova feito ímpio
E comum; não mortal, que ainda vive,
Como dizes, e qual homem na vida
Sobe a mais alto grau, forte atração
P'ra nós, em símil prova conseguirmos
Proporcional subida, sermos deuses,
Ou anjos semi-deuses, nada menos.
Não creio que Deus, sábio criador,
Embora ameace, vá mesmo abater
O primor do que fez, tão altos seres,
Acima dos demais, que, p'ra nós feitos,
Deveriam cair na nossa queda,
Pois dependentes são. Apagaria,
Frustraria, faria, desfaria
O labor Deus? Não é de Deus. Que embora
Recriar pudesse ele, de mau grado
Nos baniria, não fosse o adversário
Triunfando dizer: Instável estado
O de quem Deus mais quer; não quer por muito;
Primeiro me destrói, depois aos homens;
Quem se segue? Chacota a evitar,
Conquanto a minha sorte vá contigo,
Certo de aguentar fardo igual, se é morte
Minha consorte, a morte é como a vida,
Tão convincente sinto no meu peito
O elo da natureza a reclamar-me
Ao meu, que é em ti porque o que és meu é.
Não se pode cortar tal elo, um somos,
Uma carne; soltar-te era prender-me.
  Assim Adão, e assim Eva em troca.
Ó insigne evidência, alto exemplo,
Grande prova de amor em demasia!
Levando-me a emular, porém aquém

Of thy perfection, how shall I attain,
Adam, from whose dear side I boast me sprung,
And gladly of our union hear thee speak,
One heart, one soul in both; whereof good proof
This day affords, declaring thee resolved,
Rather than death or aught than death more dread
Shall separate us, linked in love so dear,
To undergo with me one guilt, one crime,
If any be, of tasting this fair fruit,
Whose virtue, for of good still good proceeds,
Direct, or by occasion hath presented
This happy trial of thy love, which else
So eminently never had been known.
Were it I thought death menaced would ensue
This my attempt, I would sustain alone
The worst, and not persuade thee, rather die
Deserted, than oblige thee with a fact
Pernicious to thy peace, chiefly assured
Remarkably so late of thy so true,
So faithful love unequalled; but I feel
Far otherwise the event, not death, but life
Augmented, opened eyes, new hopes, new joys,
Taste so divine, that what of sweet before
Hath touched my sense, flat seems to this, and harsh.
On my experience, Adam, freely taste,
And fear of death deliver to the winds.
  So saying, she embraced him, and for joy
Tenderly wept, much won that he his love
Had so ennobled, as of choice to incur
Divine displeasure for her sake, or death.
In recompense (for such compliance bad
Such recompense best merits) from the bough
She gave him of that fair enticing fruit
With liberal hand: he scrupled not to eat
Against his better knowledge, not deceived,

Da tua perfeição; como alcançar,
Adão, de cujo lado sou jactante,
E grata desta união te ouço falar,
De um coração, de uma alma em dois. Comprova-o
O dia de hoje, a tua decisão,
Antes que a morte ou algo mais temível
Nos separe, em amor tão caro unidos,
De arcar comigo a culpa, um delito,
Se algum foi, de provar o belo fruto,
Cuja virtude, e o bem do bem direto
Ou indireto vem, foi demonstrar
Esta prova feliz do teu amor,
De outro modo jamais tão categórica.
Fosse eu pensar que a morte coroaria
Este ensaio, e a sós suportaria
O pior, não to impingindo, antes só
Morreria, a implicar-te neste crime
Arriscando-te a paz, mormente agora
Que te sei tão fiel e verdadeiro
No teu amor sem par. Mas outro sinto
O resultado; morte não, mais vida,
Olhos abertos, esperanças novas, novo
Prazer, travo tão excelso, que do que antes
Doce me tocou áspero me parece,
E insulso. Prova, Adão, do que provei,
E o medo de morrer lança-o aos ventos.
  Dizendo-o, abraçou-o, e alegria
Chorou, embevecida p'la nobreza
Do seu amor, que livre incorreria
Por ela em dissabor divino ou morte.
Em compensação (pois má complacência
Assim se retribui melhor) do ramo
Deu-lhe do belo fruto sedutor
Com mão liberal. E Adão sem quaisquer escrúpulos
Comeu contra a razão, não enganado,

But fondly overcome with female charm.
Earth trembled from her entrails, as again
In pangs, and nature gave a second groan,
Sky loured, and muttering thunder, some sad drops
Wept at completing of the mortal sin
Original; while Adam took no thought,
Eating his fill, nor Eve to iterate
Her former trespass feared, the more to soothe
Him with her loved society, that now
As with new wine intoxicated both
They swim in mirth, and fancy that they feel
Divinity within them breeding wings
Wherewith to scorn the earth: but that false fruit
Far other operation first displayed,
Carnal desire inflaming, he on Eve
Began to cast lascivious eyes, she him
As wantonly repaid; in lust they burn:
Till Adam thus gan Eve to dalliance move.
  Eve, now I see thou art exact of taste,
And elegant, of sapience no small part,
Since to each meaning savour we apply,
And palate call judicious; I the praise
Yield thee, so well this day thou hast purveyed.
Much pleasure we have lost, while we abstained
From this delightful fruit, nor known till now
True relish, tasting; if such pleasure be
In things to us forbidden, it might be wished,
For this one treee had been forbidden ten.
But come, so well refreshed, now let us play,
As meet is, after such delicious fare;

Mas vencido por charme feminino.
P'las entranhas tremeu de novas cólicas[47]
A terra, e a natura ai segundo
Gemeu; franziu o céu e o trovão, lágrimas
Caíram por cumprir-se ali pecado
Original,[48] enquanto Adão leviano
Comia a sua parte, e Eva antigo
Trespasse não temia repetir,
Qual voz que solidária anima a outra.
Até que intoxicados como se ébrios
Já nadam em folia, a divindade
Já creem incubando asas neles
Com as quais desprezar o chão. Mas falso
O fruto outra ação mostrou primeiro:
Desejo carnal, cio; nela Adão
Esguelhou olhos lascivos, pagou-lhe ela
Olhar igual; arderam em luxúria.
'Té que Adão em falinhas se insinuou.
  Eva, no gosto exata te comprovo,
E fina, de sapiência parte farta,
Já que a cada sentido aplicamos
Sabor e ao paladar chamamos árbitro;
Louvada, que hoje bem provido vou.
Muito prazer perdemos na abstinência
Do doce fruto, nem era o bom gosto
Conhecido sabor. Se há tal prazer
Em coisas proibidas, preferível
Proibir dez em vez de uma só árvore.[49]
Mas vem, tão bem refeitos, vem, folguemos,
Como convém, depois de bom repasto.

---

[47] Ver a primeira convulsão da terra nos versos 782-4.

[48] Única ocorrência deste termo teológico em *PL*. O sentido é paulino, concretamente o de *Rm.* 2, 12-21, doutrina que defende o pecado de todos em Adão.

[49] Talvez com os Dez Mandamentos em vista.

For never did thy beauty since the day
I saw thee first and wedded thee, adorned
With all perfections, so inflame my sense
With ardour to enjoy thee, fairer now
Than ever, bounty of this virtuous tree.
So said he, and forbore not glance or toy
Of amorous intent, well understood
Of Eve, whose eye darted contagious fire.
Her hand he seized, and to a shady bank,
Thick overhead with verdant roof embowered
He led her nothing loath; flowers were the couch,
Pansies, and violets, and asphodel,
And hyacinth, earth's freshest softest lap.
There they their fill of love and love's disport
Took largely, of their mutual guilt the seal,
The solace of their sin, till dewy sleep
Oppressed them, wearied with their amorous play.
Soon as the force of that fallacious fruit,
That with exhilarating vapour bland
About their spirits had played, and inmost powers
Made err, was now exhaled, and grosser sleep
Bred of unkindly fumes, with conscious dreams
Encumbered, now had left them, up they rose
As from unrest, and each the other viewing,
Soon found their eyes how opened, and their minds
How darkened; innocence, that as a veil
Had shadowed them from knowing ill, was gone,
Just confidence, and native righteousness,
And honour from about them, naked left

Pois nunca desde o dia em que primeiro
Te vi e desposei, o teu encanto,
Ornado a perfeições, tanto me ardera
A ponto de te querer assim, mais bela
Que nunca, favor da árvore virtuosa.[50]
  Disse, e não proibiu olhar ou jogos
De intenção amorosa, nem em troca
Eva, ao dardejar chispas contagiantes.
Tomou-lhe a mão, e num recosto umbroso
Sob um teto de denso verde em arco
De bom grado a levou; de flores o leito,
Amores-perfeitos, violetas, asfódelos
E jacinto, o mais suave e fresco colo
Na terra.[51] Aí de amor e seus recreios[52]
Se saciaram, sinete a dois na culpa,
Consolo do pecado, 'té que rórido
Sono lhes pesou, de artes de amor gastos.
Quando o viço do fruto falacioso,
Que com gás hilariante com seus espíritos
Sensual brincara, e íntimos poderes
Levara a errar, murchou, e com maus sonhos
Culpados o pejado sono, filho
De abortivos vapores, os deixou,
Ergueram-se agitados, e observando-se
Ambos, viram-se de olhos bem abertos
E mentes turvas; fora-se a inocência,
Que qual véu lhes velava o mal, e a justa
Confiança, e a nativa retidão
E a honra no seu meio. Nus se expunham

---

[50] Versos 1029-33: cf. *Il.* III, 442 e XIV, 314-6.

[51] Versos 1037-42: cf. *Il.* III, 346-51.

[52] Cf. *Pv.* 7, 18.

To guilty shame: he covered, but his robe
Uncovered more. So rose the Danite strong
Hercúlean Samson from the harlot-lap
Of Philistéan Dalilâh, and waked
Shorn of his strength, they destitute and bare
Of all their virtue: silent, and in face
Confounded long they sat, as strucken mute,
Till Adam, though not less than Eve abashed,
At length gave utterance to these words constrained.
  O Eve, in evil hour thou didst give ear
To that false worm, of whomsoever taught
To counterfeit man's voice, true in our fall,
False in our promised rising; since our eyes
Opened we find indeed, and find we know
Both good and evil, good lost, and evil got,
Bad fruit of knowledge, if this be to know,
Whichh leaves us naked thus, of honour void,
Of innocence, of faith, of purity,
Our wonted ornaments now soiled and stained,
And in our faces evident the signs
Of foul concupiscence; whence evil store;
Even shame, the last of evils; of the first
Be sure then. How shall I behold the face
Henceforth of God or angel, erst with joy
And rapture so oft beheld? Those heavenly shapes
Will dazzle now this earthly, with their blaze
Insufferably bright. Oh might I here
In solitude live savage, in some glade
Obscured, where hightest woods impenetrable
To star or sunlight, spread their umbrage broad
And brown as evening: cover me ye pines,

À vergonha culpada: cobriu,[53] mais
Mostrando o manto. Veio assim o hercúleo
Danita Sansão do colo franqueado
Filisteu de Dalila, e da força
Tosquiado se achou. Nus eles e faltos[54]
De virtude: confusos muito tempo
Se quedaram, e mudos de pavor.
'Té que Adão tão perplexo quanto Eva
Enfim deu voz ao verbo amordaçado.
  Ó Eva, em má hora deste ouvidos
Ao falso verme, aluno de quem quer
Que imite voz humana. Veraz é
Na queda, na ascensão falso. Abertos
Os olhos confirmamos, e sabemos
O bem e o mal, perdido o bem, achado
O mal, do saber mau fruto, se é isto
O saber, que nos despe assim, nus de honra,
De inocência, de fé, de integridade,
Nossos hábitos sujos e manchados,
E evidentes nos rostos os sinais
De vil concupiscência, de vil cópia;
Até vergonha, último dos males;
Do primeiro nem falo. Com que cara
Verei as caras de anjo ou Deus que em êxtase
De gozo dantes via? Essas formas
Celestiais as terrenas cegarão
Com luz insuportável. Oh, selvagem
Solidão pudesse eu viver, em esconsa
Clareira, onde os bosques mais crescidos
Que estrela ou luz não rompem abrem ampla
Sombra espessa qual noite. Vós pinheiros,

---

[53] É a vergonha culpada que cobre.

[54] Para a traição de Dalila ver *Jz.* 16.

Ye cedars, with innumerable boughs
Hide me, where I may never see them more.
But let us now, as in bad plight, devise
What best may for the present serve to hide
The parts of each from other, that seem most
To shame obnoxious, and unseemliest seen,
Some tree whose broad smooth leaves together sewed,
And girded on our loins, may cover round
Those middle parts, that this newcomer, shame,
There sit not, and reproach us as unclean.
  So counselled he, and both together went
Into the thickest wood, there soon they chose
The fig-tree, not that kind for fruit renowned,
But such as at this day to Indians known
In Malabar or Decan spreads her arms
Branching so broad and long, that in the ground
The bended twigs take root and daughters grow
About the mother tree, a pillared shade
High overarched, and echoing walks between;
There oft the Indian herdsman shunning heat
Shelters in cool, and tends his pasturing herds
At loopholes cut through thickest shade: those leaves

E vós cedros, cobri-me, com inúmeros
Ramos, onde jamais as veja mais.
Mas agora, em apuros, descubramos
Qual o modo melhor de esconder partes
Um ao outro, aquelas que à vergonha
Se exponham mais, e se achem indecentes,
Talvez folhas polidas, largas, que unas
Se cosam e nos lombos se nos cinjam,
Cobrindo-nos a cinta, p'ra que este hóspede,
Vergonha, não se hospede ali, qual mancha.
  Assim o aconselhou, e ambos aos bosques
Mais densos foram, logo ali escolhendo
A figueira,[55] não essa que o seu fruto
Afamou, mas aquela que hoje indianos
Conhecem em Decão[56] e Malabar[57]
Por abrir braços tão amplos e longos
Que no chão se enraízam galhos curvos
E à volta crescem filhos da mãe árvore,
Umbroso pilar de alto arco, e áleas
Ecoando no seu seio; à canícula
Foge ali o boieiro hindu, e guarda
Por frinchas ganhas ao espesso a manada.[58]

---

[55] O baniano (chamado a partir dos comerciantes hindus, ou *banyans*, cunhagem aparentemente portuguesa) ou *ficus benghalensis*. Na mitologia hindu, o baniano também se chama *kalpavrikska*, "a árvore dos desejos". Representa a vida eterna por causa dos seus ramos muito desenvolvidos. A tipicidade desta figueira de raízes aéreas está, na verdade, na dificuldade em distinguir-se a "mãe árvore" dos "filhos", dado que os seus braços mergulham na terra e emergem dela como troncos ou árvores independentes de grandeza semelhante, repetindo por sua vez o processo com as suas próprias ramificações. Dificilmente se ignora nesta poderosa imagem uma referência simbólica ao pecado de todos em Adão, desaparecendo enquanto raiz no emaranhado desta árvore genealógica de pecado.

[56] Sul da Índia.

[57] Costa sudoeste da Índia.

[58] Versos 1107-10: podendo atingir 200 metros de diâmetro, esta portentosa

They gathered, broad as Amazonian targe,
And with what skill they had, together sewed,
To gird their waist, vain covering if to hide
Their guilt and dreaded shame; oh how unlike
To that first naked glory. Such of late
Columbus found the American so girt
With feathered cincture, naked else and wild
Among the trees on isles and woody shores.
Thus fenced, and as they thought, their shame in part
Covered, but not at rest or ease of mind,
They sat them down to weep, nor only tears
Rained at their eyes, but high winds worse within
Began to rise, high passions, anger, hate,
Mistrust, suspicion, discord, and shook sore
Their inward state of mind, calm region once
And full of peace, now tossed and turbulent:
For understanding ruled not, and the will
Heard not her lore, both in subjection now
To sensual appetite, who from beneath
Usurping over sovereign reason claimed
Superior sway: from thus distempered breast,
Adam, estranged in look and altered style,
Speech intermitted thus to Eve renewed.
  Would thou hadst hearkened to my words, and stayed
With me, as I besought thee, when that strange
Desire of wandering this unhappy morn,
I know not whence possessed thee; we had then
Remained still happy, not as now, despoiled
Of all our good, shamed, naked, miserable.
Let none henceforth seek needless cause to approve

Juntaram folhas, largas como tarjas
Amazônias, e à cinta as agarraram
Conforme o jeito as soube coser, vãos
Aventais p'ra tapar vergonha à culpa.
Oh, tão diferente a prévia glória nua!
Como essa que Colombo viu cingir
O índio com penas, nu no mais e bravo,
Entre as folhagens de ilhas e roqueiras
Costas. Tapados já, crendo à vergonha
Vedar partes, porém sem paz de espírito,
Sentando-se choraram, e essas bátegas[59]
Dos olhos ventos fortes convocaram
Dentro, paixões em bulha, rancor, ódio,
Apreensão, suspeição, discórdia, que ásperos
Os fustigavam, calma região que era,
Cheia de paz, agora turbulenta.
Deposto o entendimento foi, e surda
Não o ouvia a vontade, ambos súditos
De apetites sensuais já, que debaixo
Usurpando o saber da razão queriam
Sobre a razão reinar. Adão, de tanto
Destempero, de ar vago e tom mudado,
Intermitente assim falou a Eva.
  Tivesses tu ouvidos, e ficasses
Solícita aos meus rogos, quando o estranho
Desejo de errar te acordou, aziago,
Por que te possuiu não sei; seríamos
'Inda felizes nós, não como agora,
Pilhados no bem, nus, tristes, demissos.
Que mais ninguém busque azo de provar

árvore acolhia nas suas áleas ocas os *banyans* à procura de sombra. O boieiro chegava a abrir frinchas de dentro dela, de forma a vigiar o seu gado a partir deste abrigo a salvo do calor abrasador.

[59] Cf. *Sl.* 137, 1.

Nor only tears
Rained at their eyes, but high winds worse within
Began to rise

Sentando-se choraram, e essas bátegas
Dos olhos ventos fortes convocaram

(IX, 1121-3)

The faith they owe; when earnestly they seek
Such proof, conclude, they then begin to fail.
  To whom soon moved with touch of blame thus Eve.
What words have passed thy lips, Adam severe,
Imput'st thou that to my default, or will
Of wandering, as thou callst it, which who knows
But might as ill have happened thou being by,
Or to thyself perhaps: hadst thou been there,
Or here the attempt, thou couldst not have discerned
Fraud in the serpent, speaking as he spake;
No ground of enmity between us known,
Why he should mean me ill, or seek to harm.
Was I to have never parted from thy side?
As good have grown there still a lifeless rib.
Being as I am, why didst not thou the head
Command me absolutely not to go,
Going into such danger as thou saidst?
Too facile then thou didst not much gainsay,
Nay, didst permit, approve, and fair dismiss.
Hadst thou been firm and fixed in thy dissent,
Neither had I transgressed, nor thou with me.
  To whom then first incensed Adam replied.
Is this the love, is this the recompense
Of mine to thee, ingrateful Eve, expressed
Immutable when thou wert lost, not I,
Who might have lived and joyed immortal bliss,
Yet willingly chose rather death with thee:
And am I now upbraided, as the cause
Of thy transgressing? Not enough severe,
It seems, in thy restraint: what could I more?

A fé que devem; quando honestos buscam
Tal prova, concluída, já falharam.
  Sentiu Eva a vergonha, ao que objetou.
Que palavras, severo Adão, passaram
Teus lábios, imputadas ao meu erro,[60]
Ou vontade de errar, como lhe chamas,
Pois quem nos diz que um mal igual contigo
Ali não se daria ou só contigo?
Contigo aqui ou lá, ninguém daria
Por dolo na serpente quando a ouvisse.
Sem que entre nós houvesse inimizades,
Não havia razões p'ra me querer mal.
Esperar-se-ia que o teu lado o não deixasse?
Mais valia ter sido um lado morto.
Sendo como sou, já que és a cabeça,[61]
Por que não me ordenaste em absoluto
A ficar, já que iria p'ra tal perigo?
Cortês, impugnações não são teu forte,
Não, deixaste, aprovaste e homologaste.
Fosses firme e expedito no dissídio,
Não violaria eu, nem tu comigo.
  Ao que estreando Adão a ira disse.
É este o amor, é esta a recompensa
P'lo que te dei, ingrata, de imutável,
Quando estavas perdida, tu, não eu,
Que podia viver perpétuo gozo,
E de bom grado quis morrer contigo,
A quem na cara lanças como causa
Da tua transgressão? Não tão severo,
Dizes, a refrear-te. Que mais querias?

---

[60] Versos 1144-5: cf. *Il.* XIV, 83, "Atrida, que palavra passou além da barreira dos teus dentes?".

[61] *I Co.* 11, 3.

I warned thee, I admonished thee, foretold
The danger, and the lurking enemy
That lay in wait; beyond this had been force,
And force upon free will hath here no place.
But confidence then bore thee on, secure
Either to meet no danger, or to find
Matter of glorious trial; and perhaps
I also erred in overmuch admiring
What seemed in thee so perfect, that I thought
No evil durst attempt thee, but I rue
That error now, which is become my crime,
And thou the accuser. Thus it shall befall
Him who to worth in women overtrusting
Lets her will rule; restraint she will not brook,
And left to herself, if evil thence ensue,
She first his weak indulgence will accuse.
  Thus they in mutual accusation spent
The fruitless hours, but neither self-condemning,
And of their vain contést appeared no end.

The end of the ninth book

Avisei-te, exortei-te, preveni-te
Do perigo, do secreto inimigo
Que esperava. Mais, só se fora à força,
E a força aqui não rege livre arbítrio.
Mas a confiança a mais te levou, certa
Ou de não correr riscos, ou de achar
Pretexto p'ra glorioso teste. Foi
Quiçá meu erro, pasmo em demasia
P'lo que em ti vi perfeito, que nenhum
Mal contra ti julgara se atrevesse.
Mas lastimo o meu erro, que é o meu crime,
E tu a acusadora. Assim será
Co'aquele que alta ideia faz e às cegas
Na mulher se confia; cuspirá
Freio, e a si deixada, mal mal tope
Logo lhe há-de acusar a tíbia mão.
  Em acusação mútua assim passavam
Sem culpa própria horas infrutíferas,
E um fim não avistava a pega vã.

Fim do nono livro

Book X

The Argument

Man's transgression known, the guardian angels forsake Paradise, and return up to heaven to approve their vigilance, and are approved, God declaring that the entrance of Satan could not be by them prevented. He sends his Son to judge the transgressors, who descends and gives sentence accordingly; then in pity clothes them both and re-ascends. Sin and Death sitting till then at the gates of hell, by wondrous sympathy feeling the success of Satan in this new world, and the sin by man there committed, resolve to sit no longer confined in hell, but to follow Satan their sire up to the place of man: to make the way easier from hell to this world to and fro, they pave a broad highway or bridge over chaos, according to the track that Satan first made; then preparing for earth, they meet him proud of his success returning to hell; their mutual gratulation. Satan arrives at Pandæmonium, in full assembly relates with boasting his success against man; instead of applause is entertained with a general hiss by all his audience, transformed with himself also suddenly into serpents, according to his doom given in Paradise; then deluded with a show of the forbidden tree springing up before them, they greedily reaching to take of the fruit, chew dust and bitter ashes. The proceedings of Sin and Death; God foretells the final victory of his Son over them, and the renewing of all things; but for the present commands his angels to make several alterations in the heavens and elements. Adam more and more perceiving his fallen condition heavily bewails, rejects the condolement of Eve; she persists and at length appeases him: then to evade the curse likely to fall on their offspring, proposes to Adam violent ways which he approves not, but conceiving better hope, puts her in mind of the late promise made them, that her seed

Livro X

Argumento

Conhecida a transgressão do homem, os anjos de guarda abandonam o Paraíso e regressam ao Céu para prestarem contas da sua vigília; são aprovados, dizendo-lhes Deus que não poderiam evitar a entrada de Satanás. Envia o seu Filho para julgar os transgressores, que desce e os sentencia apropriadamente; depois compassivo veste-os a ambos e reascende para junto do Pai. Pecado e Morte, até então sentados à porta do inferno, intuem o sucesso de Satanás no mundo novo, e o pecado que nele entrou pelo homem, e resolvem não mais permanecer confinados ao inferno mas sair também ao encontro de Satanás, seu pai, até ao lugar do homem. Para facilitar a passagem e a comunicação entre inferno e o mundo novo, pavimentam uma ampla ponte sobre o caos, de acordo com o caminho que Satanás escolhera. Depois, a caminho da terra, encontram-no ufano dos seus sucessos a caminho do inferno; a congratulação mútua. Satanás chega a Pandemônio, e relata orgulhosamente em assembleia os seus conseguimentos contra o homem; em vez de aplauso recebe uma vaia geral dos assistentes, transformados subitamente, como o próprio Satanás, em serpentes, segundo a maldição recebida no Paraíso; depois, iludidos com uma mostra da árvore proibida brotando diante deles, tentam colher avidamente o fruto, e mastigam pó e cinza amarga. Os procedimentos de Pecado e Morte. Deus prognostica a vitória final do seu Filho sobre eles, e a renovação de todas as coisas, mas no presente ordena aos anjos alterações várias nos céus e nos elementos. Adão cada vez mais se apercebe da sua condição desgraçada, lamenta-se e recusa as condolências de Eva. Ela insiste e finalmente pacifica-o. Depois, de maneira a livrar da maldição os seus descendentes, propõe a Adão saídas violentas, as quais

should be revenged on the serpent, and exhorts her with him to seek peace of the offended Deity, by repentance and supplication.

Meanwhile the heinous and despiteful act
Of Satan done in Paradise, and how
He in the serpent had perverted Eve,
Her husband she, to taste the fatal fruit,
Was known in heaven; for what can scape the eye
Of God all-seeing, or deceive his heart
Omniscient, who in all things wise and just,
Hindered not Satan to attempt the mind
Of man, with strength entire, and free will armed,
Complete to have discovered and repulsed
Whatever wiles of foe or seeming friend.
For still they knew, and ought to have still remembered
The high injunction not to taste that fruit,
Whoever tempted; which they not obeying,
Incurred, what could they less, the penalty,
And manifold in sin, deserved to fall.
Up into heaven from Paradise in haste
The angelic guards ascended, mute and sad
For man, for of his state by this they knew,
Much wondering how the subtle fiend had stolen
Entrance unseen. Soon as the unwelcome news
From earth arrived at heaven gate, displeased
All were who heard, dim sadness did not spare

ele não aprova, mas alimentando esperanças lembra-lhe a ela a promessa que lhes fora feita, que a semente dela iria vingar-se da Serpente, e exorta-a a buscar com ele modos de pacificar Deus, através da contrição e da súplica.

De Satã entretanto a abominável
E despeitosa ação no Paraíso,
E como p'la serpente corrompeu
Eva, e esta Adão, à prova fatal
Do fruto soube o Céu; pois o que escapa
A Deus que tudo vê, ou onisciente
Lhe ilude o coração, que em tudo sábio
E justo, não poupou ao homem provas
De Satã, com poder cabal armando-o,
E arbítrio livre, a fim de descobrir
E repelir ardis de amigo falso.
Pois sempre o soube, e a alta injunção sempre
Deveria guardar, não provar o fruto
Em circunstância alguma, a qual esquecida
Nada menos que à pena o exporia,
E à queda merecida, em pecado
Multíplice.[1] Ao Céu ágeis ascenderam
Do Paraíso os anjos, mudos, tristes
P'lo homem, pois sabiam já da queda,
Muito admirando o modo de o maligno
Sutil entrada achar. E mal da terra
Ao Céu eram chegadas as más novas,
Mal-estar houve entre quem o ouviu, que então

[1] Não só em vários tipos de pecado, mas em pecado multiplicado pela descendência suposta.

That time celestial visages, yet mixed
With pity, violated not their bliss.
About the new-arrived, in multitudes
The ethereal people ran, to hear and know
How all befell: they towards the throne supreme
Accountable made haste to make appear
With righteous plea, their utmost vigilance,
And easily approved; when the most high
Eternal Father from his secret cloud,
Amidst in thunder uttered thus his voice.
  Assembled angels, and ye powers returned
From unsuccessful charge, be not dismayed,
Nor troubled at these tidings from the earth,
Which your sincerest care could not prevent,
Foretold so lately what would come to pass,
When first this tempter crossed the gulf from hell.
I told ye then he should prevail and speed
On his bad errand, man should be seduced
And flattered out of all, believing lies
Against his maker; no decree of mine
Concurring to necessitate his fall,
Or touch with lightest moment of impulse
His free will, to her own inclining left
In even scale. But fallen he is, and now
What rests, but that the mortal sentence pass
On his transgression, death denounced that day,
Which he presumes already vain and void,
Because not yet inflicted, as he feared,
By some immediate stroke; but soon shall find
Forbearance no acquittance ere day end.
Justice shall not return as bounty scorned.
But whom send I to judge them? Whom but thee

Tristeza não poupou celestes rostos,
Embora acrescentada à compaixão
Não violasse o bem-estar. Etéreas gentes
Logo se lhes juntaram, p'ra saber
Como tudo se deu. E estes aos pés
Do trono acorreram a dar contas
Com alegações justas da vigília
Apertada e facilmente aprovada;
Quando o mais alto Pai da nuvem veio,
E entre trovões assim soltou a voz.
  Ó anjos em conclave, e vós poderes
Que falhados voltais, não receeis,
Nem da terra as notícias vos abalem,
Que o desvelo mais sério evitar
Não pôde, já predito, quando o abismo
Do inferno o tentador passou primeiro.
Bem vos dizia então que triunfando
Levaria a melhor, que com falinhas
Mansas de tudo o homem privaria,
Crendo em patranhas contra o Criador.
Nenhum decreto meu ao livre arbítrio
De cair o coagiu, nem peso ou ímpeto
Que a levasse a inclinar-se, se a balança
Se pôs fiel. Mas caído é, e agora
Que resta senão dar capital pena
P'la sua transgressão, a morte em tempo
Promulgada, que já supõe vã e oca
Porque ainda a não viu, como temia,
Sobrevir nele em síncope. Mas tarde
Saldar não é quitar, assim o dia[2]
Cedo o dirá. O saldo da justiça
Não é desdém da oferta. Mas quem mando

[2] Versos 52-3: isto é, não é porque vem tarde a cobrança da dívida que esta se torna satisfeita ou prescreve.

Vicegerent Son, to thee I have transferred
All judgment, whether in heaven, or earth, or hell.
Easy it may be seen that I intend
Mercy colleágue with justice, sending thee
Man's friend, his mediator, his designed
Both ransom and redeemer voluntary,
And destined man himself to judge man fallen.
So spake the Father, and unfolding bright
Toward the right hand his glory, on the Son
Blazed forth unclouded deity; he full
Resplendent all his Father manifest
Expressed, and thus divinely answered mild.
Father eternal, thine is to decree,
Mine both in heaven and earth to do thy will
Supreme, that thou in me thy Son beloved
Mayst ever rest well pleased. I go to judge
On earth these thy transgressors, but thou knowst,
Whoever judged, the worst on me must light,
When time shall be, for so I undertook
Before thee; and not repenting, this obtain
Of right, that I may mitigate their doom
On me derived, yet I shall temper so
Justice with mercy, as may illústrate most
Them fully satisfied, and thee appease.
Attendance none shall need, nor train, where none
Are to behold the judgment, but the judged,
Those two; the third best absent is condemned,
Convíct by flight, and rebel to all law
Conviction to the serpent none belongs.
Thus saying, from his radiant seat he rose
Of high collateral glory: him thrones and powers,

Por meu juiz? A ti Filho emissário,
A ti que o julgar dei, no Céu, na terra,
No inferno. Fácil crer será que busco
Aliança de clemência com justiça,
Ao enviar-te, avindor, amigo de homem,
Por resgate e redentor voluntário,
Posto homem a julgar o homem caído.
Assim falou o Pai, abrindo o brilho
Sobre a destra da sua glória, o Filho,
Onde incidiu sem nuvem. Ele, pleno,
Resplandecente, todo o Pai patente
Expressou, e divino, manso, disse.
Pai eterno, teu é o decretar,
Meu no Céu e na terra o cumprir-te
A vontade suprema, p'ra que grato
Sempre no Filho amado te comprazas.
Vou, julgarei na terra os transgressores,
Mas sabes que quem quer que julgue, o pior
Deve em mim recair em tempo próprio,
Pois a tal me obriguei; e sem remorsos.
Devo por justo obter o lenitivo
Da morte inserta em mim, assim tempere
Justiça com clemência, tal que à luz
Da remissão as mostre, e a ti aplaque.
Dispenso comitivas, ou adjuntos,
Onde ninguém se quer no julgamento,
A não ser réus, os dois; a ausência culpa
O terceiro de fuga e rebeldia[3]
À lei; convicção não cabe à serpente.
Com isto, do seu sólio de alta glória
Colateral se ergueu.[4] Tronos, poderes,

[3] Satã.

[4] Paralela, modificando glória.

Princedoms, and dominations ministrant
Accompanied to heaven gate, from whence
Eden and all the coast in prospect lay.
Down he descended straight; the speed of gods
Time counts not, though with swiftest minutes winged.
Now was the sun in western cadence low
From noon, and gentle airs due at their hour
To fan the earth now waked, and usher in
The evening cool when he from wrath more cool
Came the mild judge and intercessor both
To sentence man: the voice of God they heard
Now walking in the garden, by soft winds
Brought to their ears, while day declined, they heard,
And from his presence hid themselves among
The thickest trees, both man and wife, till God
Approaching, thus to Adam called aloud.
  Where art thou Adam, wont with joy to meet
My coming seen far off? I miss thee here,
Not pleased, thus entertained with solitude,
Where obvious duty erewhile appeared unsought:
Or come I less conspicuous, or what change
Absents thee, or what chance detains? Come forth.
He came, and with him Eve, more loath, though first
To offend, discount'nanced both, and discomposed;
Love was not in their looks, either to God
Or to each other, but apparent guilt,
And shame, and perturbation, and despair,
Anger, and obstinacy, and hate, and guile.
Whence Adam faltering long, thus answered brief.

Principados, domínios ministrantes
Seguiram-no até às portas do Céu,
De onde o Éden e os vizinhos se avistavam.
A pique se lançou; não conta o tempo
Divino voo,[5] mesmo alado de ágeis
Minutos. Era agora o sol cadente,
Vindo a oeste do Sul, e já despertos
Sopros que à hora trazem grácil leque
E advertem do relento, quando em ira
Mais frio veio em um intercessor
E bom juiz p'ra acórdão. E eis que ouviram
A voz de Deus passeando no jardim,
Que leve brisa trouxe da tardinha,
E da sua presença se esconderam
Entre árvores copadas mulher e homem,
'Té que Deus se abeirando Adão chamou.
　Onde estás tu Adão, que ao meu encontro
Costumas vir alegre mal me vês?
Sinto-te a falta, frustras-me a visita,
Onde antes teu dever se anteporia.
Chegarei mais discreto, ou te ausenta
Mudança, ou te detém acaso? Mostra-te.
Mostrou-se, e Eva com ele, mais tardando
Quem primeiro pecou, confusos ambos
E descompostos; já amor por Deus
Ou um p'lo outro não mostravam, só
Culpa, vergonha, abalo, desespero,
Revolta, pertinácia, ódio, manha.
Após muito hesitar falou Adão.

---

[5] Ou "por mais rápido que o tempo seja nunca é tão rápido quanto a divindade" ou "apesar de se passar em tempo e por isso ser contável em tempo (minutos, horas), o tempo não consegue contar tal velocidade".

And from his presence hid themselves among
The thickest trees

E da sua presença se esconderam
Entre árvores copadas

(X, 100-1)

I heard thee in the garden, and of thy voice
Afraid, being naked, hid myself. To whom
The gracious judge without revile replied.
My voice thou oft hast heard, and hast not feared,
But still rejoiced, how is it now become
So dreadful to thee? That thou art naked, who
Hath told thee? Hast thou eaten of the tree
Whereof I gave thee charge thou shouldst not eat?
To whom thus Adam sore beset replied.
O heaven! In evil strait this day I stand
Before my judge, either to undergo
Myself the total crime, or to accuse
My other self, the partner of my life;
Whose failing, while her faith to me remains,
I should conceal, and not expose to blame
By my complaint; but strict necessity
Subdues me, and calamitous constraint,
Lest on my head both sin and punishment,
However insupportable, be all
Devolved; though should I hold my peace, yet thou
Wouldst easily detect what I conceal.
This woman whom thou mad'st to be my help,
And gav'st me as thy perfect gift, so good,
So fit, so ácceptable, so divine,
That from her hand I could suspect no ill,
And what she did, whatever in itself,
Her doing seemed to justify the deed;
She gave me of the tree, and I did eat.
To whom the sovereign presence thus replied.
Was she thy God, that her thou didst obey
Before his voice, or was she made thy guide,
Superior, or but equal, that to her

Ouvi-te no jardim, e a tua voz
Temendo, estando nu, fugi. Ao qual
Sem doestos o juiz gracioso disse.
Já muito a voz me ouviste e não temias,
Mas sempre te alegravas, como veio
A ser voz de terror? Que estás nu, quem
To disse? Porventura o fruto da árvore
Da qual te comandara não comesses?
Ao que muito oprimido disse Adão.
Ó Céu! Eis-me em mau estreito neste dia
Perante o meu juiz, quer p'ra sofrer
Eu próprio o crime, quer p'ra incriminar
Meu outro eu, parceiro de existência,
Cuja falta, enquanto nela creia,
Devo omitir, privando-lhe a vergonha
Da acusação. Porém verga-me a estrita
Necessidade, e um peso desastroso
P'ra que crime e castigo não recaiam
Sobre a minha cabeça por inteiro
E apesar do que posso. Se o calasse,
Facilmente verias o que escondo.
A mulher que me deste para auxílio,
Teu dom perfeito e bom, tão bom, tão apto,
Tão aceitável, tão divino, tanto,
Que dela mal algum suspeitaria,
E o que quer que fizesse abonaria
Em prol do feito o modo como o fez;
Ela deu-me da árvore e eu comi.[6]
Ao que o porte supremo respondeu.
Era ela teu Deus, que em vez da sua
Lhe acatasses a voz, ou guia era,
Superior, ou sequer igual, que a ela

[6] Versos 137-43: cf. *Gn.* 3, 12. Ao ressentimento natural do texto bíblico Milton adiciona pesada carga irônica.

Thou didst resign thy manhood, and the place
Wherein God set thee above her made of thee,
And for thee, whose perfection far excelled
Hers in all real dignity: adorned
She was indeed, and lovely to attract
Thy love, not thy subjection, and her gifts
Were such as under government well seemed,
Unseemly to bear rule, which was thy part
And person, hadst thou known thyself aright.
  So having said, he thus to Eve in few:
Say woman, what is this which thou hast done?
  To whom sad Eve with shame nigh overwhelmed,
Confessing soon, yet not before her judge
Bold or loquacious, thus abashed replied.
  The serpent me beguiled and I did eat.
  Which when the Lord God heard, without delay
To judgment he proceeded on the accused
Serpent though brute, unable to transfer
The guilt on him who made him instrument
Of mischief, and polluted from the end
Of his creation; justly then accursed,
As vitiated in nature: more to know
Concerned not man (since he no further knew)
Nor altered his offence; yet God at last
To Satan first in sin his doom applied,
Though in mysterious terms, judged as then best:
And on the serpent thus his curse let fall.
  Because thou hast done this, thou art accursed
Above all cattle, each beast of the field;
Upon thy belly grovelling thou shalt go,
And dust shalt eat all the days of thy life.
Between thee and the woman I will put

Cedesses varonia e o lugar
Onde Deus te pôs sobre ela, de ti
E por ti feita, cuja perfeição
De longe em real brio superava
A dela. Adornada sim, e amável
P'ra chamar-te ao amor, não ao anexo,
E os seus dons eram próprios p'ra servir,
Não p'ra governar, que era o teu papel
E personagem,[7] se bem o souberas.
  Tendo dito, poupou estas p'ra Eva.
Pois diz mulher, que é isto que fizeste?
  Ao que Eva triste e plena de vergonha,
Pronta p'ra confissão, mas ante o juiz
Nem audaz nem loquaz, respondeu tímida.
  A serpente enganou-me e eu comi.
  Ouviu-o o Senhor, e sem demora
Levou a julgamento a indiciada
Serpente, ainda que bruta, incapaz
De a culpa transferir em quem a fez
Instrumento de dano e do propósito
Da criação polutas. Justamente
Maldita porque em vício. Saber mais
Não assistia ao homem (já que mais
Não sabia) e ofensas não mudavam.
Mas Deus por fim a mácula primeira
De Satã lhe puniu, em termos místicos,
Como o julgou: e à serpe isto imprecou.
  Porque assim o fizeste, és maldita
Sobre animais do campo e sobre gado;
Sobre o teu próprio ventre rastearás,
E pó todos os dias comerás.
Porei inimizade entre a mulher

[7] Versos 155-6: um erro de *casting*, ao que parece.

Enmity, and between thine and her seed;
Her seed shall bruise thy head, thou bruise his heel.
So spake this oracle, then verified
When Jesus son of Mary second Eve
Saw Satan fall like lightning down from heaven,
Prince of the air; then rising from his grave
Spoiled principalities and powers, triúmphed
In open show, and with ascension bright
Captivity led captive through the air,
The realm itself of Satan long usurped,
Whom he shall tread at last under our feet;
Even he who now foretold his fatal bruise,
And to the woman thus his sentence turned.
Thy sorrow I will greatly multiply
By thy conception; children thou shalt bring
In sorrow forth, and to thy husband's will
Thine shall submit, he over thee shall rule.
On Adam last thus judgment he pronounced.
Because thou hast hearkened to the voice of thy wife,
And eaten of the tree concerning which
I charged thee, saying: Thou shalt not eat thereof,
Cursed is the ground for thy sake, thou in sorrow
Shalt eat thereof all the days of thy life;
Thorns also and thistles it shall bring thee forth
Unbid, and thou shalt eat the herb of the field,
In the sweat of thy face shalt thou eat bread,
Till thou return unto the ground, for thou
Out of the ground wast taken, know thy birth,
For dust thou art, and shalt to dust return.

E ti, e entre as sementes dela e tua;
Ferir-te-á a cerviz, tu seu calcanhar.
  Falou assim o oráculo, cumprido
Quando Jesus, o filho de Maria,
Segunda Eva, viu Satã, do ar príncipe,[8]
Cair do Céu qual raio; vindo então
Da tumba principados e poderes
Derrotou, seus troféus, e p'las alturas
Cativo o cativeiro conduziu,[9]
O reino que Satã esbulhara há muito,
A quem há-de calcar sob nossos pés;[10]
'Té mesmo quem previu agora a morte,
E à mulher a sentença lhe aplicou.
  Multiplicarei muito as tuas dores
Da concepção; darás filhos ao mundo,
Em dores darás, e ao querer do teu marido
O teu sujeitarás, senhor de ti.
  E a Adão estas por último ditou.
Porque inclinaste ouvidos à mulher
E comeste da árvore da qual
Te ordenei: dela tu não comerás,
Maldito seja o chão, seus frutos dores
Serão todos os dias da tua vida.
Dar-te-á contra a vontade espinhos, cardos,
E do campo as ervas comerás,
Comerás do suor do teu rosto o pão,
Até que ao chão regresses, porque ao chão
Foste tomado, sabe de onde vens,
Pois pó tu és, e ao pó regressarás.[11]

---

[8] Ver *Lc*. 10, 18.

[9] *Sl*. 68, 18.

[10] *Rm*. 16, 20.

[11] Versos 193-208: segue *Gn*. 3, 17-9 quase *verbatim*.

So judged he man, both judge and saviour sent,
And the instant stroke of death denounced that day
Removed far off; then pitying how they stood
Before him naked to the air, that now
Must suffer change, disdained not to begin
Thenceforth the form of servant to assume:
As when he washed his servants' feet, so now
As father of his family he clad
Their nakedness with skins of beasts, or slain,
Or as the snake with youthful coat repaid;
And thought not much to clothe his enemies:
Nor he their outward only with the skins
Of beasts, but inward nakedness, much more
Opprobrious, with his robe of righteousness,
Arraying covered from his Father's sight.
To him with swift ascent he up returned,
Into his blissful bosom reassumed
In glory as of old, to him appeased
All, though all-knowing, what had passed with man
Recounted, mixing intercession sweet.
Meanwhile ere thus was sinned and judged on earth,
Within the gates of hell sat Sin and Death,
In counterview within the gates, that now
Stood open wide, belching outrageous flame
Far into chaos, since the fiend passed through,
Sin opening, who thus now to Death began.
O son, why sit we here each other viewing
Idly, while Satan our great author thrives
In other worlds, and happier seat provides
For us his offspring dear? It cannot be
But that success attends him; if mishap,

Juiz e salvador julgou o homem,
E esse dia advertiu da morte súbita
Remota. Em seguida amiserando-se
Dos dois nus ao ar livre, ar que agora
Deveria mudar, não o envergonhou
Assumir desde então forma de servo;[12]
Como quando lavou os pés dos servos
Agora como pai dos seus vestiu
Sua nudez com pele de besta, morta
Ou, como a cobra, paga a capa nova.
Dos rivais não pensou de mais as vestes.
Não só por fora com pele de besta,
Mas na nudez de dentro, muito mais
Indigna, com seu manto de inteireza[13]
A cobriu, pondo-o entre eles e o Pai.
Ao Pai subiu veloz, e no seu íntimo
Feliz a glória antiga retomou,
E no Pai aplacada toda a ira,
Embora onisciente contou do homem
Com intercessão doce misturada.
Entretanto antes de erro e julgamento
Na terra, estavam frente a frente Morte
E Pecado no inferno, cujas portas
Franqueadas vomitavam chamas ávidas
De além caos, desde a altura em que o diabo
Por Pecado passou, que a Morte diz.
Ó filho, mas por que cruzarmos braços
Enquanto o nosso grande autor prospera
Noutros mundos, e mais alegre posto
Já nos prepara prole querida? Nada
Que não sucesso o espera. Se revés,

---

[12] *Fp*. 2, 7.

[13] Cf. *Is*. 61, 10.

Ere this he had returned, with fury driven
By his avenger, since no place like this
Can fit his punishment, or their revenge.
Methinks I feel new strength within me rise,
Wings growing, and dominion given me large
Beyond this deep; whatever draws me on,
Or sympathy, or some connatural force
Powerful at greatest distance to unite
With secret amity things of like kind
By secretest conveyance. Thou my shade
Inseparable must with me along:
For Death from Sin no power can separate.
But lest the difficulty of passing back
Stay his return perhaps over this gulf
Impassable, impervious, let us try
Adventurous work, yet to thy power and mine
Not unagreeable, to found a path
Over this main from hell to that new world
Where Satan now prevails, a monument
Of merit high to all the infernal host,
Easing their passage hence, for intercourse,
Or transmigration, as their lot shall lead.
Nor can I miss the way, so strongly drawn
By this new-felt attraction and instínct.
  Whom thus the meagre shadow answered soon.
Go whither fate and inclination strong
Leads thee, I shall not lag behind, nor err
The way, thou leading, such a scent I draw
Of carnage, prey innumerable, and taste
The savour of death from all things there that live:
Nor shall I to the work thou enterprisest
Be wanting, but afford thee equal aid.
  So saying, with delight he snuffed the smell
Of mortal change on earth. As when a flock
Of ravenous fowl, though many a league remote,

Já teria voltado, conduzido
P'los víndices da fúria, que este sítio
É seu par p'ra vingança e castigo.
Creio-me com crescente ardor, crescentes
Asas, e autoridade dada pródiga
Deste pélago além. Seja o que for
Que me induz, simpatia ou qualquer força
Conatural enérgica à distância
Para unir com secreto acordo coisas
Gêmeas por mais secreta comunhão.
E tu virás comigo sombra minha,
Pois de Pecado Morte não aparta
Força. Mas p'ra que o custo do regresso
Não lhe detenha a volta neste impérvio
E ínvio golfo, tentemos denodada
Lida, se bem que ao meu e ao teu poder
Não desprezível; sobre o mar que vai
Do inferno ao mundo onde já Satã
Prospera, abramos via, um monumento
De mérito p'ra toda a hoste aqui,
A alhanar-lhes saída, p'ra comércio
Ou transmigração, como a sorte os dite.
Não errarei no curso, bem traçado
Por esta atração nova e este instinto.
  A quem a emaciada sombra disse.
Vai até onde o instinto forte e a sorte
Te levarem, p'ra trás não ficarei,
Nem me perderei se és fanal, tal travo
Inalo de carnagem, presa inúmera,
E do que vive ali só morte eu provo.
E omisso não serei na tua obra,
Mas porei mãos à obra por igual.
  Dizendo, com prazer fungou da terra
O odor da mortal sorte. Como quando
Um bando de aves ávidas p'lo dia

Against the day of battle, to a field,
Where armies lie encamped, come flying, lured
With scent of living carcasses designed
For death, the following day, in bloody fight.
So scented the grim feature, and upturned
His nostril wide into the murky air,
Sagacious of his quarry from so far.
Then both from out hell gates into the waste
Wide anarchy of chaos damp and dark
Flew diverse, and with power (their power was great)
Hovering upon the waters; what they met
Solid or slimy, as in raging sea
Tossed up and down, together crowded drove
From each side shoaling towards the mouth of hell.
As when two polar winds blowing adverse
Upon the Cronian Sea, together drive
Mountains of ice, that stop the imagined way
Beyond Petsora eastward, to the rich
Cathaian coast. The aggregated soil
Death with his mace petrific, cold and dry,
As with a trident smote, and fixed as firm
As Delos floating once; the rest his look
Bound with Gorgonian rigour not to move,
And with asphaltic slime; broad as the gate,
Deep to the roots of hell the gathered beach

Da batalha longínquas milhas faz
E às acampadas tropas se dirige,
No engodo do odor vivo de carcaças
Que no dia seguinte em sanguinário
Gume hão-de morrer. E isto a forma crua
Que cheirou, e narinas ergueu largas
No ar brunal, sentindo presa ao longe.
Então do inferno ambos se dispersam
P'la anarquia deserta e abafada
Do caos, e com poder (grande era o seu)
Pairando sobre as águas. O que viram,[14]
Maciço ou lodacento, qual mar rábido
Sacudido aos puxões, o amealharam
De cada lado 'té à boca do inferno.
Como quando dos polos ventos sopram
Contrários no croniano mar,[15] e gelo
Amontoam, que entopem a passagem
Suposta para oriente do Pechora[16]
'Té ao rico Catai.[17] A massa Morte
Com seu maço petrífico, a seco[18]
E a frio, qual tridente, castigou,
E esteou o que antes qual Delos boiava;[19]
Ao resto o olhar impôs a rigidez
Gorgônea e a do piche.[20] Tão espraiado
Quanto os portões, tão fundo quanto as bases,

[14] Pecado e Morte apresentam a sua versão do Espírito criador que qual pomba no vasto abismo ideava (cf. I, 21). Ver também VII, 235 ss.

[15] O Oceano Ártico. De Cronos, o mais velho e mais frio dos deuses.

[16] Rio na Sibéria.

[17] Norte da China.

[18] Que transforma em pedra.

[19] Quando Leto engravidou de Júpiter, Netuno criou-lhe esta ilha flutuante como porto de abrigo contra a ira de Juno. Ali deu à luz os gêmeos Apolo e Diana.

[20] Medusa era conhecida pelo seu olhar petrífico.

They fastened, and the mole immense wrought on
Over the foaming deep high arched, a bridge
Of length prodigious joining to the wall
Immovable of this now fenceless world
Forfeit to Death; from hence a passage broad,
Smooth, easy, inoffensive down to hell.
So, if great things to small may be compared,
Xerxes, the liberty of Greece to yoke,
From Susa his Memnonian palace high
Came to the sea, and over Hellespont
Bridging his way, Europe with Asia joined,
And scourged with many a stroke the indignant waves.
Now had they brought the work by wondrous art
Pontifical, a ridge of pendent rock
Over the vexed abyss, following the track
Of Satan, to the selfsame place where he
First lighted from his wing, and landed safe
From out of chaos to the outside bare
Of this round world: with pins of adamant
And chains they made all fast, too fast they made
And durable; and now in little space
The confines met of empyréan heaven
And of this world, and on the left hand hell
With long reach interposed; three several ways
In sight, to each of these three places led.
And now their way to earth they had descried,
To Paradise first tending, when behold

Ao inferno firmaram esse molhe
Em arco imenso sobre o pego espúmeo,
Qual ponte infinda ao muro fixo unindo-se
Deste mundo indefeso, pela morte
Arrestado; daqui passagem ampla
Inofensiva, fácil, p'ra o inferno.
Assim, se o muito ao pouco se compara,
Xerxes, p'ra subjugar a Grécia livre,[21]
Do palácio memnônio lá em Susa[22]
Veio ao mar, e por ponte abrindo via
Sobre o Helesponto à Ásia trouxe a Europa,
E a açoites doutrinou o mar colérico.
Por artes admiráveis veio a obra
Pontifical, um escolho de suspensas
Rochas sobre a voragem procelosa,
Na esteira de Satã, rumo ao lugar
Onde do Caos chegado são e salvo
Pousou na superfície nua do orbe
Deste mundo. Com cravos de adamante
E grilhões tudo uniram firme e bem
Firme o uniram. E agora em pouco espaço
Se encontram os confins do Céu empíreo
E os deste mundo, e à esquerda o inferno[23]
Interposto à distância; três as vias[24]
À vista, as quais a sítios três levavam.
P'rá terra agora a via vislumbravam,
Direita ao Paraíso, quando olhai!

---

[21] Xerxes mandou açoitar o mar por este ter destruído a sua ponte naval sobre o Helesponto, estratégia do seu plano para a invasão da Grécia.

[22] Palácio de inverno dos reis persas. Memnônio porque Mêmnon, filho de Aurora, fora o seu primeiro rei. Cf. I, 620n.

[23] O lado "sinistro". Cf. *Mt.* 25, 33.

[24] A escada até ao Céu (III, 510 ss.), a passagem através da esfera exterior opaca do universo até à terra (III, 526 ss.) e a nova ponte.

Satan in likeness of an angel bright
Betwixt the Centaur and the Scorpion steering
His zenith, while the sun in Aries rose:
Disguised he came, but those his children dear
Their parent soon discerned, though in disguise.
He, after Eve seduced, unminded slunk
Into the wood fast by, and changing shape
To observe the sequel, saw his guileful act
By Eve, though all unweeting, seconded
Upon her husband, saw their shame that sought
Vain covertures; but when he saw descend
The Son of God to judge them, terrified
He fled, not hoping to escape, but shun
The present, fearing guilty what his wrath
Might suddenly inflict; that past, returned
By night, and listening where the hapless pair
Sat in their sad discourse, and various plaint,
Thence gathered his own doom, which understood
Not instant, but of future time. With joy
And tidings fraught, to hell he now returned,
And at the brink of chaos, near the foot
Of this new wondrous pontifice, unhoped
Met who to meet him came, his offspring dear.
Great joy was at their meeting, and at sight
Of that stupendous bridge his joy increased.
Long he admiring stood, till Sin, his fair
Enchanting daughter, thus the silence broke.
  O parent, these are thy magnific deeds,
Thy trophies, which thou viewst as not thine own,

Satã na semelhança de anjo fúlgido
Seu zênite guiando entre Centauro
E Escorpião quando o sol se erguia em Áries:[25]
Disfarçado chegava, mas seus filhos,
Não obstante, o pai logo discerniram.
Ele, tentada Eva já, discreto
Num bosque entrou cercão, e em forma outra
P'ra saber da sequela o ato pérfido
De Eva viu secundado p'lo marido,
Sem intenção, e o pejo que buscou
Coberturas vãs; quando porém viu
Descer de Deus o Filho p'ra julgá-los
Aflito fugiu, não que a fuga achasse
Perene, mas furtava ali a culpa
Ao mais quente da ira. Regressou
Depois na noite, e ouvindo o par astroso
Lá onde se sentava em triste queixa
Daí inferiu a própria perdição,
Que percebeu não p'ra já, mas a prazo.
Radiante e com notícias ao inferno
Voltava agora, e à beira do caos,
Aos pés da ponte egrégia, viu surpreso
Vir quem por ele vinha, a prole querida.
Grande alegria foi ao seu encontro,
E à vista da estupenda ponte o gozo
Dobrou. Muito a admirou, 'té que Pecado,
Sua formosa filha, assim rompeu.
    Ó pai, estes são teus feitos magníficos,
Teus troféus, que por teus não os vês tu,

[25] Versos 328-9: entre Sagitário (Centauro) e Escorpião fica a constelação Anguis, a serpente que Ofiúco leva. Não é só um poderoso efeito visual que leva Milton a situar aqui Satã. A cabeça desta serpente está em Libra, por onde Satã entrou no universo (cf. III, 551-61). Notar que esta entrada é correlativa do seu modo de entrar na serpente.

Thou art their author and prime architect:
For I no sooner in my heart divined,
My heart, which by a secret harmony
Still moves with thine, joined in connection sweet,
That thou on earth hadst prospered, which thy looks
Now also evidence, but straight I felt
Though distant from thee worlds between, yet felt
That I must after thee with this thy son;
Such fatal consequence unites us three:
Hell could no longer hold us in her bounds,
Nor this unvoyageable gulf obscure
Detain from following thy illustrious track.
Thou hast achieved our liberty, confined
Within hell gates till now, thou us empowered
To fortify thus far, and overlay
With this portentous bridge the dark abyss.
Thine now is all this world, thy virtue hath won
What thy hands builded not, thy wisdom gained
With odds what war hath lost, and fully avenged
Our foil in heaven; here thou shalt monarch reign,
There didst not; there let him still victor sway,
As battle hath adjudged, from this new world
Retiring, by his own doom alienated,
And henceforth monarchy with thee divide
Of all things, parted by the empyreal bounds,
His quadrature, from thy orbicular world,
Or try thee now more dangerous to his throne.
   Whom thus the prince of darkness answered glad.
Fair daughter, and thou son and grandchild both,
High proof ye now have given to be the race

Tu que és seu autor e único arquiteto.
Pois mal no coração te pressenti,
Meu coração que sempre ao teu se ajusta
Em secreta harmonia, e uno acorde,
Na terra prosperante, e agora vejo-o
Nos teus olhos também, senti de pronto,
Mesmo mundos de ti longe, senti
Dever ir após ti com o teu filho,
Tão fatal consequência une os três.
Não nos seguraria mais o inferno,
Nem este impraticável golfo obscuro
Nos deteria de ínclito seguir-te.
Deste-nos liberdade, confinados
A infernais portas 'té agora, armaste-nos
P'ra nos fortificarmos, e cobrirmos
Com portentosa ponte um negro abismo.
Já todo o mundo é teu, tua virtude
Ganhou o que a mão não fez, teu saber
Lucrou com o que a guerra perdeu, plena
Vingança p'lo que foi no Céu. O rei
Que ali não foste aqui serás. Governe
Ali o vencedor que a guerra achou,
E se vá deste mundo, já alienado
Na sentença, e o reino se reparta
Por dois reis, do que empíreas raias partem,
Seja teu o orbe, e dele a quadratura,[26]
Ou à prova te pondo o trono arrisque.
  E álacre assim o príncipe das trevas.
Bela filha, e tu meu filho e neto[27]
Altas provas me destes da linhagem

[26] A esfera era considerada mais perfeita que o cubo. Cf. *Ap*. 21, 16, onde a Nova Jerusalém é quadrangular.

[27] Morte é filho do incesto de Satã com a sua filha Pecado.

Of Satan (for I glory in the name,
Antagonist of heaven's almighty king)
Amply have merited of me, of all
The infernal empire, that so near heaven's door
Triumphal with triumphal act have met,
Mine with this glorious work, and made one realm
Hell and this world, one realm, one continent
Of easy thoroughfare. Therefore while I
Descend through darkness, on your road with ease
To my associate powers, them to acquaint
With these successes, and with them rejoice,
You two this way, among those numerous orbs
All yours, right down to Paradise descend;
There dwell and reign in bliss, thence on the earth
Dominion exercise and in the air,
Chiefly on man, sole lord of all declared,
Him first make sure your thrall, and lastly kill.
My substitutes I send ye, and create
Plenipotent on earth, of matchless might
Issuing from me: on your joint vigour now
My hold of this new kingdom all depends,
Through Sin to Death exposed by my exploit.
If your joint power prevail, the affairs of hell
No detriment need fear, go and be strong.
  So saying he dismissed them, they with speed
Their course through thickest constellations held
Spreading their bane; the blasted stars looked wan,
And planets, planet-strook, real eclipse
Then suffered. The other way Satan went down
The causey to hell gate; on either side

De Satã[28] (pois no nome me glorio,
Do rei onipotente antagonista),
Dele amplamente sois merecedores,
De impérios infernais, que arco propínquo
Do Céu triunfo é do meu triunfo,
Coroando o meu com este, e um reino unindo
De inferno e mundo, um reino, continente
P'ra fáceis ligações. Assim enquanto
P'las trevas desço o cômodo caminho
De encontro aos meus parceiros poderosos
P'ra pô-los ao corrente destes êxitos
E co'eles festejar, na mão contrária,
Vós, entre orbes sem fim, ao Paraíso
Descei. Tomai morada ali, felizes,
E reis tomai impérios sobre ar, terra,
E homem antes do mais, senhor confesso.
Assegurai-lhe um jugo já, que o moa
P'ra matá-lo depois. Por substitutos
Vos mando e na terra armipotência
Sem par vos dou. Da vossa parceria
Depende a possessão do novo reino,
Que de Pecado a Morte fiz possível.
Se unos vos mantiverdes, detrimento[29]
Não teme o inferno, ide e sede fortes.
  Dispensou-os assim, e eles p'lo enxame
Das constelações, ágeis alastravam
Seu veneno; astrosas desmaiavam
Estrelas, planetas sob planetas maus
Sofriam vero eclipse. Por seu turno
P'la ponte ia Satã rumo aos infernos.

---

[28] Primeira e última vez que Satã menciona o seu nome em *PL*.

[29] Alude à ordem dada aos dois cônsules em Roma, quando o poder supremo lhes foi conferido temporariamente (e portanto não *de iure*) em tempo de crise: *Videant consules ne quid respublica detrimenti capiat* (Fowler).

Disparted chaos overbuilt exclaimed,
And with rebounding surge the bars assailed,
That scorned his indignation: through the gate,
Wide open and unguarded, Satan passed,
And all about found desolate; for those
Appointed to sit there, had left their charge,
Flown to the upper world; the rest were all
Far to the inland retired, about the walls
Of Pandæmonium, city and proud seat
Of Lucifer, so by allusion called,
Of that bright star to Satan paragoned.
There kept their watch the legions, while the grand
In council sat, solicitous what chance
Might intercept their emperor sent, so he
Departing gave command, and they observed.
As when the Tartar from his Russian foe
By Astracan over the snowy plains
Retires, or Bactrian sophy from the horns
Of Turkish crescent, leaves all waste beyond
The realm of Aladule, in his retreat
To Tauris or Casbeen. So these the late
Heaven-banished host, left desert utmost hell

Dos lados o diviso caos lotado
Fremia, e em açoites de ondas feria
A barra que troçava da revolta.
Passou Satã p'la porta, ampla e franca,
E vê desolação só; pois aqueles
Que ali confiara à guarda, abandonaram-na,
Partindo ao mundo súpero; os demais
Estavam dentro de muros, retirados
Em Pandemônio, urbe e assento ufano
De Lúcifer, chamado por metáfora
Da áurea estrela a Satã paragonada.[30]
Vigiavam as legiões ali, enquanto
Se sentavam os grandes em concílio,
Cuidando nas razões que o tardariam:
Tal ordem lhes deixara, tal cumpriram.
Como quando ante o russo hostil o tártaro
Pelas planícies níveas de Astracã[31]
Recua, ou ante os cornos do crescente
Turco[32] o báctrio sufi,[33] quando deserta
Do chão além do reino de Aladul,[34]
P'ra Tauris[35] ou Kazvin.[36] Assim desertas[37]
Deixaram os que o Céu baniu as raias

---

[30] Comparada. Cf. *Is.* 14, 12.

[31] Reino tártaro e capital junto à foz do Volga. Foi anexado por Ivan, o Terrível, em 1556.

[32] Diz respeito não apenas às suas insígnias, mas também à sua formação em batalha.

[33] O xá persa.

[34] Armênia. Aladul era o nome do último soberano persa antes da conquista pelos turcos.

[35] Ou Tabriz, noroeste da Pérsia.

[36] Norte de Teerã.

[37] Versos 431-6: os tártaros eram afamados por dispararem as suas flechas enquanto simulavam uma retirada.

Many a dark league, reduced in careful watch
Round their metropolis, and now expecting
Each hour their great adventurer from the search
Of foreign worlds: he through the midst unmarked,
In show plebeian angel militant
Of lowest order, passed; and from the door
Of that Plutonian hall, invisible
Ascended his high throne, which under state
Of richest texture spread, at the upper end
Was placed in regal lustre. Down awhile
He sat, and round about him saw unseen:
At last as from a cloud his fulgent head
And shape star-bright appeared, or brighter, clad
With what permissive glory since his fall
Was left him, or false glitter: all amazed
At that so sudden blaze the Stygian throng
Bent their aspéct, and whom they wished beheld,
Their mighty chief returned: loud was the acclaim:
Forth rushed in haste the great consulting peers,
Raised from their dark divan, and with like joy
Congratulant approached him, who with hand
Silence, and with these words attention won.
Thrones, dominations, princedoms, virtues, powers,
For in possession such, not only of right,
I call ye and declare ye now, returned
Successful beyond hope, to lead ye forth
Triumphant out of this infernal pit
Abominable, accursed, the house of woe,
And dungeon of our tyrant: now possess,

Do inferno muitas léguas, reduzidos
Em estreita guarda acuados p'la metrópole,
E a toda a hora à espera do herói
Em busca de outros mundos. Entre a plebe
Por plebeu passou, anjo miliciano
De baixa hierarquia. E da porta
Desse salão plutônico invisível[38]
Chegou ao alto trono, sob um pálio
Exibindo soberbo urdume, posto
Cimeiro em régio lustre do outro lado.
Sentou-se um pouco vendo sem ser visto.
Por fim como de nuvem a cabeça
E o vulto de astro fúlgido mais fúlgidos
Surgiram, na possível glória ou brilho
Falso que herdou da queda: estupefata
Com tão súbita luz a gente estígia[39]
Curvou o olhar, e viu o desejado,
Seu líder ímpar. Forte foi o aplauso.
Por ele logo os nobres em consulta
Atroz divã trocaram,[40] e efusivos
Chegaram-se a saudá-lo, o qual com mão
Silêncio e atenção ganhou p'ra estas.
    Domínios, tronos, virtudes, poderes,
Principados, em posse dos quais sois,[41]
E não só porque é justo o nome, chamo-vos,
Eu que da esperança além regresso próspero,
P'ra vos levar em glória deste inferno
Malíssimo, maldito, lar de dor,
Masmorra de tirano. Quais senhores

---

[38] De Plutão, rei do mundo dos mortos.

[39] Relativo a Estige, o rio do Hades.

[40] Conselho de Estado turco, sendo Satã o sultão.

[41] Versos 460-2: a posse destes títulos é para Satã *de facto*, não meramente *de iure*.

And now expecting
Each hour their great adventurer from the search
Of foreign worlds

E a toda a hora à espera do herói
Em busca de outros mundos

(X, 439-441)

As lords, a spacious world, to our native heaven
Little inferior, by my adventure hard
With peril great achieved. Long were to tell
What I have done, what suffered, with what pain
Voyaged the unreal, vast, unbounded deep
Of horrible confusion, over which
By Sin and Death a broad way now is paved
To expedite your glorious march; but I
Toiled out my uncouth passage, forced to ride
The untractable abyss, plunged in the womb
Of unoriginal Night and Chaos wild,
That jealous of their secrets fiercely opposed
My journey strange, with clamorous uproar
Protesting fate supreme; thence how I found
The new created world, which fame in heaven
Long had foretold, a fabric wonderful
Of absolute perfection, therein man
Placed in a paradise, by our exíle
Made happy: him by fraud I have seduced
From his creator, and the more to increase
Your wonder, with an apple; he thereat
Offended, worth your laughter, hath given up
Both his beloved man and all his world,
To Sin and Death a prey, and so to us,
Without our hazard, labour, or alarm,
To range in, and to dwell, and over man
To rule, as over all he should have ruled.
True is, me also he hath judged, or rather
Me not, but the brute serpent in whose shape
Man I deceived: that which to me belongs,
Is enmity, which he will put between
Me and mankind; I am to bruise his heel;
His seed, when is not set, shall bruise my head:
A world who would not purchase with a bruise,
Or much more grievous pain? Ye have the account

Possuí um vasto mundo, pouco menos
Que o Céu natal, por árduas aventuras
E grande risco obtido. Longa conta
Daria do que fiz, do que sofri,
Do que custou passar p'lo vasto informe,
P'lo pélago sem fim do caos horrível,
O qual Pecado e Morte calcetaram
Com passagem veloz p'ra marcha insigne.
Mas eu a própria via abri p'lo estranho,
Forçado à sela de áspero abismo, fundo
No ventre ancião da Noite e no caos bravo,
Que ciosos do que escondem se opuseram
Ao estranho ferozmente, apelando
Com clamor ao supremo fado. Donde
Achei o mundo novo, cuja fama
No Céu se adivinhara há muito, excelsa
Estrutura de absoluta perfeição,
Com o homem habitando o paraíso,
Feliz p'lo nosso exílio. Seduzi-o,
E p'ra apimentar mais o vosso pasmo,
Só com uma maçã. O outro, disso
Sentido, ride a bom rir, desistiu
De dois, do amado homem e do mundo,
Pilhagem p'ra Pecado e Morte, e deles
Nossa, sem riscos, penas, ou alarmes,
Basta chegar, tomar casa, e no homem
Mandar, como mandar este não soube.
É verdade que fui julgado, ou antes,
Eu não, mas a serpente em cuja forma
O homem burlei; a parte que me toca,
Inimizade, ele há-de pôr entre homem
E mim. Cabe-me ferir-lhe o calcanhar,
E ele, quando não sei, deve pisar-me
A cabeça. Um mundo quem não compra
Se o paga a pisadela, ou dor mais funda?

Of my performance: what remains, ye gods,
But up and enter now into full bliss.
  So having said, awhile he stood, expecting
Their universal shout and high applause
To fill his ear, when contrary he hears
On all sides, from innumerable tongues
A dismal universal hiss, the sound
Of public scorn; he wondered, but not long
Had leisure, wondering at himself now more;
His visage drawn he felt to sharp and spare,
His arms clung to his ribs, his legs entwining
Each other, till supplanted down he fell
A monstrous serpent on his belly prone,
Reluctant, but in vain, a greater power
Now ruled him, punished in the shape he sinned,
According to his doom: he would have spoke,
But hiss for hiss returned with forkèd tongue
To forkèd tongue, for now were all transformed
Alike, to serpents all as áccessories
To his bold riot: dreadful was the din
Of hissing through the hall, thick swarming now
With complicated monsters, head and tail,
Scorpion and asp, and amphisbaena dire,
Cerastes horned, hydrus, and ellops drear,
And dipsas (not so thick swarmed once the soil
Bedropped with blood of Gorgon, or the isle

Eis, ó deuses, meus feitos. Que vos resta
Senão: de pé!, entrai no pleno gozo.
  Tendo dito, ficou um pouco à espera
De um brado universal e um alto aplauso
Com que enchesse os ouvidos, quando o oposto
De toda a parte vem, de infindas línguas
Um silvo universal sinistro, o som
De público desdém. Cedeu ao ócio
Do espanto, mas não tanto que não visse
Que espanto era de si: bicudo e esquálido
Se tornava, seus braços às costelas
Já colados, e as pernas uma na outra
'Té cair suplantada a serpe atroz
Sobre o ventre com espasmos, mas em vão,
Que o punia poder maior, na forma
Com que pecou, segundo o seu destino.
Quis falar, mas silvou com língua bífida
Em resposta ao silvar de línguas bífidas,
Que eram todos serpentes já, quais cúmplices
De audaz motim. Sinistra era a chiada
De silvos p'lo recinto, enxameando
Com monstros que a cabeça à cauda atavam:
A anfisbena cruel,[42] o escorpião, a áspide,
A cerasta chifruda,[43] a hidro,[44] a dípsada,[45]
O elope[46] (nem tão espesso o chão do sangue
De górgona empapado,[47] ou a ilha

---

[42] Cobra mítica com uma cabeça de cada lado.

[43] Serpente com quatro cornos.

[44] Cobra d'água, inimiga do crocodilo. O seu veneno causa hidropisia.

[45] Cuja mordedura causa sede de morrer.

[46] Cobra d'água, confundida com o peixe-espada.

[47] Quando Perseu decapitou Medusa serpentes nasceram do seu sangue que caiu na Líbia.

Dreadful was the din
Of hissing through the hall, thick swarming now
With complicated monsters, head and tail

Sinistra era a chiada
De silvos p'lo recinto, enxameando
Com monstros que a cabeça à cauda atavam

(X, 521-3)

Ophiusa) but still greatest he the midst,
Now dragon grown, larger than whom the sun
Engendered in the Pythian vale on slime,
Huge Python, and his power no less he seemed
Above the rest still to retain; they all
Him followed issuing forth to the open field,
Where all yet left of that revolted rout
Heaven-fallen, in station stood or just array,
Sublime with expectation when to see
In triumph issuing forth their glorious chief;
They saw, but other sight instead, a crowd
Of ugly serpents; horror on them fell,
And horrid sympathy; for what they saw,
They felt themselves now changing; down their arms,
Down fell both spear and shield, down they as fast,
And the dire hiss renewed, and the dire form
Catched by contagion, like in punishment,
As in their crime. Thus was the applause they meant,
Turned to exploding hiss, triumph to shame
Cast on themselves from their own mouths. There stood
A grove hard by, sprung up with this their change,
His will who reigns above, to aggravate
Their penance, laden with fair fruit, like that
Which grew in Paradise, the bait of Eve
Used by the tempter: on that prospect strange
Their earnest eyes they fixed, imagining
For one forbidden tree a multitude
Now risen, to work them further woe or shame;
Yet parched with scalding thirst and hunger fierce,

Ofiússa)[48] mas ainda ele, imenso,
Como um dragão no porte,[49] amesquinhando
A que gerou o sol no limo pítico,
A imane Píton,[50] e era a sua força
Ainda sobre os seus como que intacta.
Estes rumo à planície o seguiram,
Onde restavam restos de rebeldes
Expulsos do Céu no posto ou em parada,
Na expectativa altiva de entrever
Em marcha triunfante o insigne chefe.
Viram, não o que queriam ver, mas serpes
E medonhas. O horror veio sobre eles
E horrível simpatia; que o que viam
Imitavam-no agora em si. Caíam
Sobre as armas que à esquerda e à direita
Caíam, avivando o silvo vil
E emulando a vil forma por contágio,
Lembrando o crime a pena. Este o aplauso,
Em salva de assobios, e esta a glória
Nas vaias que a vergonha às bocas lança.
P'ra ali não longe um bosque se mudara,
Decisão do supremo, p'ra agravar-lhes
A pena, com bons frutos atestado,
Como os do Paraíso, que p'ra Eva
Foram por chamariz. Na estranha vista
Fixaram olhos sérios, cogitando
De uma árvore ilícita arvoredo
Sem freio, p'ra vergonha e nova dor.
Mas ardendo de sede e fome crua,

[48] Grego para "cheio de serpentes", nome antigo atribuído a várias ilhas, incluindo Rodes.

[49] Cf. *Ap*. 12, 9.

[50] A monstruosa serpente, morta por Apolo, nasceu do limo depositado do dilúvio universal (cf. *Met*. I, 438-40).

Though to delude them sent, could not abstain,
But on they rolled in heaps, and up the trees
Climbing, sat thicker than the snaky locks
That curled Megaera: greedily they plucked
The fruitage fair to sight, like that which grew
Near that bituminous lake where Sodom flamed;
This more delusive, not the touch, but taste
Deceived; they fondly thinking to allay
Their appetite with gust, instead of fruit
Chewed bitter ashes, which the offended taste
With spattering noise rejected: oft they assayed,
Hunger and thirst constraining, drugged as oft,
With hatefulest disrelish writhed their jaws
With soot and cinders filled; so oft they fell
Into the same illusion, not as man
Whom they triúmphed once lapsed. Thus were they plagued
And worn with famine, long and ceaseless hiss,
Till their lost shape, permitted, they resumed,
Yearly enjoined, some say, to undergo
This annual humbling certain numbered days,
To dash their pride, and joy for man seduced.
However some tradition they dispersed
Among the heathen of their purchase got,
And fabled how the serpent, whom they called
Ophion with Eurynome, the wide-
Encroaching Eve perhaps, had first the rule

E apesar de existirem p'ra ilusão,
Não se abstiveram, antes rumo às árvores
Remoinharam trepando em grossas tranças
Mais do que as de Megera. Os bons frutos
Colheram co'avidez, que os que se davam
Junto ao viscoso mar de ígnea Sodoma[51]
Lembravam; estes falsos mais, a prova,
Não o tato, iludiam. Eles, crendo
Lenir no gosto a fome, em vez de fruta
Mascaram cinza amarga, p'lo bom gosto
Espirrada de supetão. Com sede e fome
Tentaram mais, e náuseas sempre mais,
Torcendo-lhes as fauces de mau gosto,
Cheias de tisne e cinza; tantas vezes
Caíram na ilusão, não como o homem
Sobre quem triunfaram mal caíra.
Assim eram p'la fome atormentados,
Por silvos sem fim, 'té que a forma antiga,
Concedida, reouveram, dados, dizem,
A anual humilhação em certos dias,
P'ra abate de altivez p'la queda do homem.
Contudo um conto foi de boca em boca,
Pagã se propagou a anualidade,
E se efabulou como a serpe, Ofíon
De nome, com Eurínome,[52] quiçá
A Eva de amplo saque, inaugurou

---

[51] Mar Morto, junto ao qual está Sodoma. Cf. *Dt.* 32, 32-3. Fowler aponta o relato do historiador judeu Flávio Josefo como fonte para esta passagem sobre frutos feitos de cinza. Segundo Josefo, estes frutos são ainda sinais do fogo que consumiu Sodoma. Aparentemente sazonados, e prontos a colher, provam ser apenas cinza e fumo crescendo nas árvores.

[52] "Serpente" e "de vasto reino", daí "A Eva de amplo saque". Eram o primeiro rei e a primeira rainha do Olimpo, depostos por Saturno (Crono) e Ops (Reia).

Of high Olympus, thence by Saturn driven
And Ops, ere yet Dictæan Jove was born.
Meanwhile in Paradise the hellish pair
Too soon arrived, Sin there in power before,
Once actual, now in body, and to dwell
Habitual habitant; behind her Death
Close following pace for pace, not mounted yet
On his pale horse: to whom Sin thus began.
  Second of Satan sprung, all-conquering Death,
What thinkst thou of our empire now, though earned
With travail difficult, not better far
Than still at hell's dark threshold to have sat watch,
Unnamed, undreaded, and thyself half starved?
  Whom thus the Sin-born monster answered soon.
To me, who with eternal famine pine,
Alike is hell, or Paradise, or heaven,
There best, where most with ravin I may meet;
Which here, though plenteous, all too little seems
To stuff this maw, this vast unhidebound corpse.
  To whom the incestuous mother thus replied.
Thou therefore on these herbs, and fruits, and flowers
Feed first, on each beast next, and fish, and fowl,
No homely morsels, and whatever thing
The scythe of time mows down, devour unspared,
Till I in man residing through the race,
His thoughts, his looks, words, actions all infect,
And season him thy last and sweetest prey.
  This said, they both betook them several ways,
Both to destroy, or unimmortal make
All kinds, and for destruction to mature
Sooner or later; which the almighty seeing,

Do Olimpo o reino, expulsos por Saturno
E Ops, antes que à luz desse o dicteu Júpiter.[53]
Entretanto o mau par ao Paraíso
Chegava já, Pecado outrora atuante
Em potência, em corpo agora, hóspede
P'ra habituar a habitar, e atrás seguindo-a,
Do pálido cavalo apeado ainda,
Morte bem perto. Disse-lhe Pecado.[54]
Segundo de Satã, Morte implacável,
Que pensas tu agora deste império,
Duro de ganhar, sim, mas não compensa,
Em lugar do plantão a umbrais sem luz,
Sem nome, sem temor, e tu sem víveres?
  Torna-lhe o monstro nado de Pecado.
P'ra mim, a quem consome eterna fome,
Tanto dá Céu, inferno, ou Paraíso,
Logo que a presa abunde ali, melhor;
Que aqui, embora fértil, à coalheira
De carcaça de pele lassa não chega.
  Ao que a mãe incestuosa respondeu.
Pasce estas ervas, flores, frutos, primeiro,
E depois passa a besta, ave, peixe,
Porções não desprezíveis, e o que quer
Que à foice ceife o tempo, traga a eito,
'Té que habitando a raça humana ações
Lhe infecte, pensamentos, verbo, olhares,
E ta tempere prato principal.
  Com estas separados prosseguiram,
A fim de um fim levarem às espécies
Imortal, fim que tomba de maduro,
Serôdio ou temporão. Viu-o o altíssimo,

---

[53] De Dicte, a montanha em Creta onde Júpiter foi criado.

[54] Versos 589-90: cf. *Ap.* 6, 8.

This said, they both betook them several ways

Com estas separados prosseguiram

(X, 610)

From his transcendent seat the saints among,
To those bright orders uttered thus his voice.
See with what heat these dogs of hell advance
To waste and havoc yonder world, which I
So fair and good created, and had still
Kept in that state, had not the folly of man
Let in these wasteful furies, who impute
Folly to me, so doth the prince of hell
And his adherents, that with so much ease
I suffer them to enter and possess
A place so heavenly, and conniving seem
To gratify my scornful enemies,
That laugh, as if transported with some fit
Of passion, I to them had quitted all,
At random yielded up to their misrule;
And know not that I called and drew them thither
My hell-hounds, to lick up the draff and filth
Which man's polluting sin with taint hath shed
On what was pure, till crammed and gorged, nigh burst
With sucked and glutted offal, at one sling
Of thy victorious arm, well-pleasing Son,
Both Sin, and Death, and yawning grave at last
Through chaos hurled, obstruct the mouth of hell
For ever, and seal up his ravenous jaws.
Then heaven and earth renewed shall be made pure
To sanctity that shall receive no stain:
Till then the curse pronounced on both precedes.
He ended, and the heavenly audience loud
Sung alleluia, as the sound of seas,
Through multitude that sung: Just are thy ways,
Righteous are thy decrees on all thy works;

E do trono eminente entre santos
Isto proferiu às ordens refulgentes.
Vede os cães infernais, que cio os leva
A assolar e a pilhar aquele mundo
Que fiz tão belo e bom, e assim seria
Ainda, não fosse o homem convidar
Por via da estultícia as fúrias nóxias
Que estultícia me imputam, e por néscio
Sócios e infernal príncipe me tomam,
Pois tomam-me o lugar celeste e eu calo,
E tão manso pareço conivente
Brindar aos inimigos zombeteiros
Que riem, como se eu, arrebatado
Num lance de paixão, abrisse mão
De tudo à toa, dado ao desgoverno;
Não sabem que os chamei, aos cães do inferno,
P'ra que engulam ali restos e esterco
Que do homem o pecado vil com mácula
Lançou no puro, até que empanzinados,
Fartos, quase a estourar, chupando restos,
P'la funda do teu braço ovante, ó Filho,[55]
Pecado e Morte enfim, e a tumba hiante,
Projetados p'lo caos p'ra sempre a boca
Do inferno fechem e ávidas mandíbulas.
Então de novo puros céu e terra
Serão p'ra santidade imaculados.
'Té lá tem precedência a maldição.[56]
Findou, e trovejante o celso público
Aleluias cantou, como a voz de águas
Em multidões: Em toda a tua obra
Teus modos e decretos justos são,

---

[55] Cf. *I Sm.* 25, 29.

[56] A maldição de Deus tem precedência até à vitória de Cristo.

Who can extenuate thee? Next, to the Son,
Destined restorer of mankind, by whom
New heaven and earth shall to the ages rise,
Or down from heaven descend. Such was their song,
While the creator calling forth by name
His mighty angels gave them several charge,
As sorted best with present things. The sun
Had first his precept so to move, so shine,
As might affect the earth with cold and heat
Scarce tolerable, and from the north to call
Decrepit winter, from the south to bring
Solstitial summer's heat. To the blank moon
Her office they prescribed, to the other five
Their planetary motions and aspécts
In sextile, square, and trine, and opposite,
Of noxious efficacy, and when to join
In synod unbenign, and taught the fixed
Their influence malignant when to shower,
Which of them rising with the sun, or falling,
Should prove tempestuous: to the winds they set
Their corners, when with bluster to confound
Sea, air, and shore, the thunder when to roll
With terror through the dark aërial hall.
Some say he bid his angels turn askance
The poles of earth twice ten degrees and more
From the sun's axle; they with labour pushed
Oblique the centric globe: some say the sun

Quem te desonra? E cantou o Filho,
Restaurador a ser de homens, por quem
Céu novo e nova terra se hão-de erguer,
Ou do Céu descer. Isto o que cantavam,
Enquanto o criador chamando os anjos
Valentes p'lo nome ordens lhes confiava
De acordo com o interesse do momento.
Ao sol se mandaria arder, mover,
De modo a achar-se a terra quente e fria
Nas raias do sofrível, e do norte
Chamar o inverno sene, e do sul brasa
De verão solsticial. À lua pálida
Ditaram-lhe as funções, e aos outros cinco
Seus giros planetários e feições,[57]
Sextil, quartil e trígono, e oposto,[58]
De efeito hostil, e quando em nóxio sínodo[59]
Se unirem, e as malignas influências
Às fixas ensinaram,[60] e quais destas
Nascendo com o sol, ou declinando,
Se querem tormentosas. Demarcaram
Cantos aos ventos, quando com rajadas
Baterem ar, mar, beira-mar, e o raio
Quando troar de horror p'lo negro éter.
P'ra uns mandou aos anjos inclinarem
Da terra os polos dez graus vezes dois,
P'ra mais, do eixo solar: de viés forçaram
A custo o globo cêntrico;[61] p'ra outros

---

[57] Posições astrológicas.

[58] Posições de 60º, 90º, 120º e 180º, respectivamente.

[59] Isto é, conjunção astral prejudicial. Atribuía-se a estas quatro posições uma ação nefasta sobre a Terra.

[60] As estrelas fixas.

[61] A Terra.

Was bid turn reins from the equinoctial road
Like distant breadth to Taurus with the seven
Atlantic Sisters, and the Spartan Twins
Up to the tropic Crab; thence down amain
By Leo and the Virgin and the Scales,
As deep as Capricorn, to bring in change
Of seasons to each clime; else had the spring
Perpetual smiled on earth with vernant flowers,
Equal in days and nights, except to those
Beyond the polar circles; to them day
Had unbenighted shone, while the low sun
To recompense his distance, in their sight
Had rounded still the horizon, and not known
Or east or west, which had forbid the snow
From cold Estotiland, and south as far
Beneath Magellan. At that tasted fruit
The sun, as from Thyéstean banquet, turned
His course intended; else how had the world
Inhabited, though sinless, more than now,
Avoided pinching cold and scorching heat?
These changes in the heavens, though slow, produced
Like change on sea and land, sideral blast,

Ao sol se impôs desviar-se do equinócio[62]
Graus iguais, que levasse a Touro as rédeas,
E às Sete Irmãs Atlânticas, e aos Gêmeos
Espartanos 'té ao trópico de Câncer,
E a pique por Leão, Virgem, Balança
Caísse em Capricórnio,[63] p'ra alterar
Estações às várias zonas. Tal não fora
E eterna flor vernal cá sorriria,[64]
De dia à noite igual, exceto além
Dos círculos polares. Lá o dia
Não prenderia a noite, enquanto o sol
Baixo, p'ra compensar o seu desvio,
Sempre à vista andaria no horizonte,
Escondendo este ou oeste, donde a neve
Da fria Estotilândia afastaria,[65]
E a sul de Magalhães.[66] Daquele fruto
O sol, como do bodo tiésteo,[67] os olhos
Com seu curso voltou; de outra maneira
Como, apesar de insonte, evitaria
O mundo populoso o frio gélido
E áscia brasa? Tais trocas nos céus, trocas
Iguais no mar, na terra produziram,

---

[62] O equador.

[63] Na primavera e no verão o sol passa por Touro, Gêmeos e Câncer, onde atinge o solstício de verão. No outono passa por Leão, Virgem, Balança (Libra), até ao solstício de inverno em Capricórnio.

[64] Versos 668-79: Milton assume que antes da Queda o curso do sol (a eclíptica) coincidia com o equador celeste, dando assim lugar à eterna flor vernal, isto é, a primavera eterna (verso 679). Se o universo é heliocêntrico, a Terra foi inclinada no seu eixo (cerca de 23,5°). Se é geocêntrico, o Sol mudou a sua rota (graus iguais).

[65] Nordeste do Atlântico, perto de Labrador, no Canadá.

[66] O estreito abaixo da América do Sul.

[67] Tiestes seduziu a mulher do seu irmão Atreu. Em vingança, Atreu matou-lhe os filhos e serviu-lhe a carne destes num banquete. Sêneca conta como até o sol se desviou horrorizado.

Vapour, and mist, and exhalation hot,
Corrupt and pestilent: now from the north
Of Norumbega, and the Samoed shore
Bursting their brazen dungeon, armed with ice
And snow and hail and stormy gust and flaw,
Boreas, and Cæcias and Argestes loud
And Thrascias rend the woods and seas upturn;
With adverse blast upturns them from the south
Notus and Afer black with thunderous clouds
From Serraliona; thwart of these as fierce
Forth rush the Lévant and the ponent winds
Eurus and Zephir with their lateral noise,
Sirocco, and Libecchio. Thus began
Outrage from lifeless things; but Discord first,
Daughter of Sin, among the irrational
Death introduced through fierce antipathy:
Beast now with beast gan war, and fowl with fowl,
And fish with fish; to graze the herb all leaving,
Devoured each other; nor stood much in awe
Of man, but fled him, or with countenance grim
Glared on him passing: these were from without

Influxo astral,[68] vapor,[69] bruma, gás ígneo,
Pestilentos e infectos.[70] Já do norte
De Norumbega[71] e de orlas samoiedas[72]
Rompendo o brônzeo cárcere,[73] com gelo
Granizo e neve, armados em rajadas,
O Bóreas, o Vertumno, o Argestes,
E o Trascias racham bosques e o mar voltam.
Com rajadas de sul hostis o Ábrego
E o Noto com descargas de relâmpagos
Da Serra Leoa; tão brutais transversos
Destes vêm do poente e do levante
O Zéfiro e o Euro, com seu estrépito,
O Siroco, o Libéquio, veio assim[74]
De coisas sem vida a afronta; mas Éris[75]
Filha de Pecado, entre irracionais,
Já Morte apresentara a antipatias:
Declarou guerra à besta a besta, à ave
A ave, ao peixe o peixe; o pasto odiando
Entre si se tragaram; evitavam
O homem, não por respeito, mas com cólera
Fixavam-no ao passar: tais as notórias

---

[68] Influência maligna dos astros.

[69] Os meteoros eram tidos como corpos de vapor em ignição.

[70] Era tradicional pensar-se a bruma como veículo para pestes.

[71] Vagamente Nova Inglaterra e Sudeste do Canadá.

[72] Siberianas.

[73] A gruta onde Éolo prendeu os ventos.

[74] Versos 699-706: Milton faz um levantamento de ventos conflituosos, simbólicos do estado turbulento das paixões humanas, e repete em ponto pequeno a incursão hostil de Pecado e Morte sobre o abismo: NNE (Bóreas), ENE (Vertumno), NO (Argestes), NNO (Trascias), Sudoeste (Ábrego), S (Noto), O e E, das direções do pôr e do nascer do sol (poente e levante), O (Zéfiro), ESSE (Euro), SE (Siroco), Sudoeste (Libéquio), Laterais (E. e O.).

[75] Discórdia (Discordia) era irmã de Morte.

The growing miseries, which Adam saw
Already in part, though hid in gloomiest shade,
To sorrow abandoned, but worse felt within,
And in a troubled sea of passion tossed,
Thus to disburden sought with sad complaint.
  Oh miserable of happy! Is this the end
Of this new glorious world, and me so late
The glory of that glory, who now become
Accursed of blessed, hide me from the face
Of God, whom to behold was then my height
Of happiness: yet well, if here would end
The misery, I deserved it, and would bear
My own deservings; but this will not serve;
All that I eat or drink, or shall beget,
Is propagated curse. Oh voice once heard
Delightfully, *Increase and multiply*,
Now death to hear! For what can I increase
Or multiply, but curses on my head?
Who of all ages to succeed, but feeling
The evil on him brought by me, will curse
My head, Ill fare our ancestor impure,
For this we may thank Adam; but his thanks
Shall be the execration; so besides
Mine own that bide upon me, all from me
Shall with a fierce reflux on me redound,
On me as on their natural centre light
Heavy, though in their place. Oh fleeting joys
Of Paradise, dear bought with lasting woes!
Did I request thee, Maker, from my clay
To mould me man, did I solicit thee
From darkness to promote me, or here place

Transformações crescentes, que Adão viu
Em parte já, embora em sombra envolto,
Abandonado à dor. Mas dentro a dor
Era revolto um mar de paixões túrbidas,[76]
P'lo que quis alijar o triste peso.
Oh, mísero o feliz! É este o fim
Do ilustre mundo novo, o meu, de mim,
A glória dessa glória, que é agora
De bênção maldição, esconder-me dele,
A quem contemplar era então meu auge
De ventura? Pois bem, se aqui cessasse
A agrura, merecia-a, e arcaria
Co'os meus merecimentos. Mas não chega.
Tudo o que coma, beba, gere, é praga
Propagada. Ó voz outrora ouvida
Com agrado, *Crescei e multiplicai-vos*,
Agora morte ouvi-la! Pois que cresce
E no meu espírito se multiplica
A não ser pragas? Quem nas eras pósteras,
Ao sentir nele o mal por mim trazido,
Não me amaldiçoará: Maldito seja
O impuro pai, a Adão isto o devemos.
Tal dívida será a execração.
Assim além da minha que a mim pesa,
Todas de mim p'ra mim refluirão
Crespas, voltando a mim, seu centro pátrio,
Violentas, naturais conquanto. Ó efêmeros
Gozos do Paraíso, ais eternos
Comprados! Pedi-te eu, Senhor, que ao barro[77]
Por homem me tomasses, roguei-te eu
Das trevas promoção, ou transferência

[76] Cf. *Is.* 57, 20.

[77] Cf. *Is.* 45, 9.

In this delicious garden? As my will
Concurred not to my being, it were but right
And equal to reduce me to my dust,
Desirous to resign, and render back
All I received, unable to perform
Thy terms too hard, by which I was to hold
The good I sought not. To the loss of that,
Sufficient penalty, why hast thou added
The sense of endless woes? Inexplicable
Thy justice seems; yet to say truth, too late,
I thus contest; then should have been refused
Those terms whatever, when they were proposed:
Thou didst accept them; wilt thou enjoy the good,
Then cavil the conditions? And though God
Made thee without thy leave, what if thy son
Prove disobedient, and reproved, retort,
Wherefore didst thou beget me? I sought it not:
Wouldst thou admit for his contempt of thee
That proud excuse? Yet him not thy election,
But natural necessity begot.
God made thee of choice his own, and of his own
To serve him, thy reward was of his grace,
Thy punishment then justly is at his will.
Be it so, for I submit, his doom is fair,
That dust I am, and shall to dust return:
Oh welcome hour whenever! Why delays
His hand to execute what his decree
Fixed on this day? Why do I overlive,
Why am I mocked with death, and lengthened out
To deathless pain? How gladly would I meet
Mortality my sentence, and be earth

P'ra o jardim das delícias? Já que arbítrio
Livre e meu não me quis, seria apenas
Elementar justiça ao pó voltar,
Ávido de abdicar, e devolver
O que obtive, incapaz de observar termos
Tão austeros, p'los quais me cumpriria
O bem que não busquei. E não te chega
A pena de perder, por que lhe juntas
Sentimentos de eterna dor? Obscura
Parece essa justiça. Mas já tarde,
Em bom rigor, contesto. Deveria
Ter-me oposto aos teus termos mal propostos:
Aceitaste-os.[78] O bem fruir irias
E os termos cavilar depois? Sim, Deus
Sem licença te fez. E se ao teu filho
Reprovando conduta má ouvisses
Por que me trouxeste ao mundo, pedi-te?[79]
Admitirias tu à transgressão
Desculpa assim? Nem escolha foi gerá-lo,
Mas a lei natural do necessário.
De livre escolha Deus te quis, e quis-te
P'ra servo, e se a graça foi teu prêmio,
Teu castigo é por isso justo arbítrio.
Pois seja, cedo, justo o julgamento,
E eu pó e ao pó mister é que regresse.
Ó hora sê bem-vinda a qualquer hora!
O que lhe atrasa a mão do que o decreto
P'ra hoje aprazou? Eu me sobrevivo,
Por que me troça a morte, e à dor sem morte
Me prolonga? Quão grato acolheria
De ser mortal a pena, ser só pó

[78] Adão dirige-se a si mesmo. Nos versos 743-55, a Deus.

[79] Versos 760-2: cf. *Is.* 45, 10.

Insensible, how glad would lay me down
As in my mother's lap! There I should rest
And sleep secure; his dreadful voice no more
Would thunder in my ears, no fear of worse
To me and to my offspring would torment me
With cruel expectation. Yet one doubt
Pursues me still, lest all I cannot die,
Lest that pure breath of life, the spirit of man
Which God inspired, cannot together perish
With this corporeal clod; then in the grave,
Or in some other dismal place, who knows
But I shall die a living death? Oh thought
Horrid, if true! Yet why? It was but breath
Of life that sinned; what dies but what had life
And sin? The body properly hath neither.
All of me then shall die: let this appease
The doubt, since human reach no farther knows.
For though the Lord of all be infinite,
Is his wrath also? Be it, man is not so,
But mortal doomed. How can he exercise
Wrath without end on man whom death must end?
Can he make deathless death? That were to make
Strange contradiction, which to God himself
Impossible is held, as argument
Of weakness, not of power. Will he draw out,
For anger's sake, finite to infinite
In punished man, to satisfy his rigour
Satisfied never? That were to extend
His sentence beyond dust and nature's law,
By which all causes else according still
To the reception of their matter act,

Insensível, quão grato jazeria
No colo maternal![80] Na paz de um sono
Seguro dormiria; a voz terrível
Não troaria mais nos meus ouvidos,
Nem ânsias de um mal maior sobre mim
E os meus me afligiriam. Uma dúvida
Porém me segue, que eu todo não morra,[81]
Que este sopro vital, do homem o espírito
Inspirado por Deus, finar não possa
Co'este torrão corpóreo; lá no túmulo,
Ou noutro lugar lúgubre, quem sabe
Não morra morte viva? Oh, pensamento
Horrendo, se fundado! E em quê? Sopro
Vital pecou; que morre a não ser vida
Com pecado? Nenhum o corpo tem.
Todo eu hei-de morrer, baste isto à dúvida,
Posto que humano alcance a mais não chega.
Seguir-se-á infinita ira acaso
De infinito Senhor? Seja, assim o homem
Não é, que um fim lhe cumpre. Como irá
Gastar-se no finito um sem fim de ira?
Poderá criar morte imortal? Estranha
Contradição seria, que a Deus mesmo
Se tem por impossível, como prova
De tibiez, não de força. Levará,
No ímpeto, o finito ao infinito
No homem a punir, p'ra saciar férula
Jamais saciada? Isso era alargar
A pena além do pó, e além da lei
Natural, p'la qual toda a causa age
De acordo com o bojo da matéria,

[80] Que é o colo da morte, uma vez que a mãe de Adão é a terra.

[81] Inteiramente. Heresia mortalista que mitiga a consciência culpada de Adão (verso 831).

Not to the extent of their own sphere. But say
That death be not one stroke, as I supposed,
Bereaving sense, but endless misery
From this day onward, which I feel begun
Both in me, and without me, and so last
To perpetuity? Ay me, that fear
Comes thundering back with dreadful revolution
On my defenceless head; both death and I
Am found eternal, and incorporate both,
Nor I on my part single, in me all
Posterity stands cursed: fair patrimony
That I must leave ye, sons; oh were I able
To waste it all myself, and leave ye none!
So disinherited how would ye bless
Me now your curse! Ah, why should all mankind
For one man's fault thus guiltless be condemned,
If guiltless? But from me what can proceed,
But all corrupt, both mind and will depraved,
Not to do only, but to will the same
With me? How can they then acquitted stand
In sight of God? Him after all disputes
Forced I absolve: all my evasions vain
And reasonings, though through mazes, lead me still

Não co'a extensão da sua própria esfera.[82]
Mas digamos que a morte um golpe só
Não é, como supunha, dos sentidos
O rapto, mas infinda dor futura,
Que nasceu dentro e fora de mim, pronta
P'ra eternidade; ai, sim, medo, que a esta[83]
Cabeça desvalida recorrente
Desfecha seu trovão. A morte e eu
P'ra sempre sou,[84] de dois incorporados,
E um só não sou, em mim toda a progênie
Se amaldiçoa. Belo patrimônio
Vos deixo, filhos meus. Oh, capaz fosse
De o delapidar, nada vos deixando!
Tão deserdados como bendiríeis
A maldição que eu sou! Ah, por que paga
P'lo pecador a justa humanidade,
Se justa for? De mim que pode vir
Se não corrupção, mente e querer corruptos,
Não no fazer somente, mas no querer
Ainda a mim afins? Como hão-de ser
Absolvidos perante Deus? Absolto
Só ele nesta arguência. Se dedáleas,
Levam-me 'inda as razões e as evasões

[82] Versos 804-8: argumento escolástico para de novo pacificar a sua consciência. A ação de um agente é limitada pela capacidade do recipiente. Assim, se a ira de Deus é infinita, esta, enquanto agente, deve conformar-se à capacidade finita do seu paciente, o homem, que por isso não pode sofrer *ad aeternum*. O emprego deste argumento aqui torce, no entanto, a sua acepção aristotélica ou tomista, que o referia ao modo como as coisas eram apreendidas, e não à lei natural de agentes dependentes da capacidade do seu recipiente.

[83] Versos 782-813: Adão considera três possibilidades: que a alma sobreviva ao corpo (versos 782-89), que corpo e alma morram juntos (versos 789-808), que corpo e alma sobrevivam em "infinda dor" (versos 809-16).

[84] Agramatical para a confusão de Adão com a morte.

But to my own conviction: first and last
On me, me only, as the source and spring
Of all corruption, all the blame lights due;
So might the wrath. Fond wish! Couldst thou support
That burden heavier than the earth to bear,
Than all the world much heavier, though divided
With that bad woman? Thus what thou desir'st
And what thou fearst, alike destroys all hope
Of refuge, and concludes thee miserable
Beyond all past example and futúre,
To Satan only like both crime and doom.
O conscience, into what abyss of fears
And horrors hast thou driven me; out of which
I find no way, from deep to deeper plunged!
  Thus Adam to himself lamented loud
Through the still night, not now, as ere man fell,
Wholesome and cool, and mild, but with black air
Accompanied, with damps and dreadful gloom,
Which to his evil conscience represented
All things with double terror: on the ground
Outstretched he lay, on the cold ground, and oft
Cursed his creation, death as oft accused
Of tardy execution, since denounced
The day of his offence. Why comes not death,
Said he, with one thrice ácceptable stroke
To end me? Shall truth fail to keep her word,
Justice divine not hasten to be just?
But death comes not at call, justice divine
Mends not her slowest pace for prayers or cries.
O woods, O fountains, hillocks, dales and bowers,
With other echo late I taught your shades
To answer, and resound far other song.
Whom thus afflicted when sad Eve beheld,

À minha convicção: a mim primeiro[85]
E a mim último, a mim, fonte e nascente
De toda a corrupção. Em mim a culpa.
Fora a ira assim. Tolo querer! Tomares
Um fardo mais pesado do que a terra,
Do que todo o universo mais pesado,
Embora o dividisse a má mulher?
Teus medos e desejos toda a esperança
Assim frustram, e exemplo de infortúnio
Maior serás p'ra quem vier depois,
Só a Satã igual em crime e anátema.
Ó consciência! A que abismo de terrores
E medos me trouxeste, do qual fuga
Não há. Em fundo fundo mais me afundo!
  Assim Adão voz alta se chorava
À muda noite, agora não, como antes
Da queda, branda, doce e sã, mas negra
De negro ar, com névoa tenebrosa,
Que à sua má consciência revelava
Imagens ampliadas de terror.
Ao chão rendia o corpo, ao chão frio,
E amiúde o ter nascido maldizia,
E amiúde a morte tarda, há muito dada
P'ra o dia da ofensa. O que a detém,
Disse ele, de um só golpe triplamente
Bem dado? Faltará a verdade a si,
E a pressa de ser justa ao jus divino?
Não chama a morte a voz, e os ais e as súplicas
Não corrigem pés lentos à justiça.
Ó bosques, fontes, vales, montes, pérgulas,
Solfejo outro dei às vossas sombras
P'ra treino, e responso de outros cantos.
Assim aflito o viu Eva à distância,

---

[85] Tanto convencido pelo pecado como provado culpado.

Desolate where she sat, approaching nigh,
Soft words to his fierce passion she assayed:
But her with stern regard he thus repelled.
  Out of my sight, thou serpent, that name best
Befits thee with him leagued, thyself as false
And hateful; nothing wants, but that thy shape,
Like his, and colour serpentine may show
Thy inward fraud, to warn all creatures from thee
Henceforth; lest that too heavenly form, pretended
To hellish falsehood, snare them. But for thee
I had persisted happy, had not thy pride
And wandering vanity, when least was safe,
Rejected my forewarning, and disdained
Not to be trusted, longing to be seen
Though by the devil himself, him overweening
To overreach, but with the serpent meeting
Fooled and beguiled, by him thou, I by thee,
To trust thee from my side, imagined wise,
Constant, mature, proof against all assaults,
And understood not all was but a show
Rather than solid virtue, all but a rib
Crookèd by nature, bent, as now appears,
More to the part sinístter from me drawn,
Well if thrown out, as supernumerary
To my just number found. Oh why did God,
Creator wise, that peopled highest heaven
With spirits masculine, create at last

Da dor onde se achava, e acercando-se
Tentou p'ra lume vivo brando verbo,
Mas repelida foi por olhos duros.
Fora daqui, serpente,[86] que esse nome
É próprio dessa aliança, tu tão falsa
E odiosa. Nada falta, a não ser forma
E serpentina cor, que afim te exponha
A fraude p'ra futuro, p'ra caução
De viventes, não vá a forma angélica,
Véu de infernal falsídia, surpreendê-los.
Manter-me-ia, ah, por ti feliz, não fossem
Teus ventos e vaidades rejeitarem-me
Conselhos quando o mínimo guardávamos
E apoucar-me os cuidados, anelando
Mostrar-te ao próprio diabo, presumindo
Lográ-lo, até que a lábia da serpente
Mais lorpa te logrou a ti, e tu
A mim, ao crer-te minha, refletida,
Constante, sábia, prova a toda a prova,
Sem ver que em ti a sólida virtude
Era aparência, só uma costela
Torcida por natura, por sinal
Tomada mais ao meu lado sinistro,[87]
E se tomada bem, que ao justo número
É supranumerário.[88] Oh, por que houve[89]
Deus, sábio criador, que o alto Céu
Com espíritos viris povoou, de à terra

---

[86] Comentadores antigos relacionavam o nome de Eva à etimologia semítica "serpente".

[87] Novamente "esquerdo" e "maligno".

[88] Calvino defendia que Eva tinha sido formada a partir de uma costela extra, já que Adão é criado perfeito.

[89] Versos 884-8: mais um passo abertamente misógino.

This novelty on earth, this fair defect
Of nature, and not fill the world at once
With men as angels wíthout feminine,
Or find some other way to generate
Mankind? This mischief had not then befallen,
And more that shall befall, innumerable
Disturbances on earth through female snares,
And strait conjunction with this sex: for either
He never shall find out fit mate, but such
As some misfortune brings him, or mistake,
Or whom he wishes most shall seldom gain
Through her perverseness, but shall see her gained
By a far worse, or if she love, withheld
By parents, or his happiest choice too late
Shall meet, already linked and wedlock-bound
To a fell adversary, his hate or shame:
Which infinite calamity shall cause
To human life, and household peace confound.
He added not, and from her turned, but Eve
Not so repulsed, with tears that ceased not flowing,
And tresses all disordered, at his feet
Fell humble, and embracing them, besought
His peace, and thus proceeded in her plaint.
Forsake me not thus, Adam, witness heaven
What love sincere, and reverence in my heart
I bear thee, and unweeting have offended,
Unhappily deceived; thy suppliant
I beg, and clasp thy knees; bereave me not,
Whereon I live, thy gentle looks, thy aid,
Thy counsel in this uttermost distress,
My only strength and stay: forlorn of thee,
Whither shall I betake me, where subsist?
While yet we live, scarce one short hour perhaps,
Between us two let there be peace, both joining,
As joined in injuries, one enmity

Trazer tal novidade, este defeito
Belo da natureza, e não encheu
De vez o mundo de homens como anjos
Sem fêmeas, e arranjou outra maneira
De gerar homens? Este estrago e outros
Que hão-de vir se obviaria, e um sem fim
De distúrbios na terra através de artes
Mulheris e união estreita co'este sexo:
Porque ou par apto nunca encontrará,
Salvo o que a má sorte e erro lhe trouxerem,
Ou quem mais quer ganhar perdê-la é certo
P'la sua perversão; vê-la-á antes
Ganha por bem pior; ou se ama, prendem-na
Os pais, ou há-de achar tarde de mais
A certa, já enlaçada em matrimônio
Com um cruel rival, seu nojo e ódio,
Seja o que for que cause à vida humana
Infindo mal e abale a paz doméstica.
   Mais não somou, voltando costas, e Eva
Sem aversões, com lágrimas copiosas
E tranças em motim, a seus pés húmil
Se prostrou e, cingindo-os, implorou-lhe
Perdão, e assim seguiu no seu lamento.
   Não me deixes, Adão, pois sabe o Céu
Do meu sincero amor, da reverência
Deste coração, que ofendeu sem querer,
Tristemente enganado. Suplicante
Te peço, e te cinjo os joelhos; vivo
Dos teus meigos olhares, não mos leves,
Teu aviso e ajuda neste aperto,
Única força e esteio. Só, sem ti,
Aonde ir, existir de quê? Enquanto
Vivermos, quiçá uma curta hora,
Que haja paz entre nós, unindo numa,
Se o dano nos juntou, inimizades

Against a foe by doom express assigned us,
That cruel serpent: on me exercise not
Thy hatred for this misery befallen,
On me already lost, me than thyself
More miserable; both have sinned, but thou
Against God only, I against God and thee,
And to the place of judgment will return,
There with my cries importune heaven, that all
The sentence from thy head removed may light
On me, sole cause to thee of all this woe,
Me me only just object of his ire.
  She ended weeping, and her lowly plight,
Immovable till peace obtained from fault
Acknowledged and deplored, in Adam wrought
Commiseration; soon his heart relented
Towards her, his life so late and sole delight,
Now at his feet submissive in distress,
Creature so fair his reconcilement seeking,
His counsel whom she had displeased, his aid;
As one disarmed, his anger all he lost,
And thus with peaceful words upraised her soon.
  Unwary, and too desirous, as before,
So now of what thou knowst not, who desir'st
The punishment all on thyself; alas,
Bear thine own first, ill able to sustain
His full wrath whose thou feelst as yet least part,
And my displeasure bearst so ill. If prayers
Could alter high decrees, I to that place
Would speed before thee, and be louder heard,
That on my head all might be visited,
Thy frailty and infirmer sex forgiven,
To me committed and by me exposed.
But rise, let us no more contend, nor blame

Contra um rival que a pena nos ditou,[90]
A serpente cruel. Em mim não gastes
Teu ódio p'la miséria em que caíste,
Em mim perdida já, mais miserável
Que tu. Ambos pecamos, tu porém
Apenas contra Deus, eu contra Deus
E ti. E hei-de voltar ao julgamento,
E há-de o meu choro o Céu importunar,
P'ra que mudada a pena de ti caia
Em mim, da tua dor a causa única,
Em mim, em mim só, justo objeto de ira.
  Fechou num choro, e esse estado humilde,
Imóvel 'té que paz lograsse um erro
Sentido e deplorado, condoeu
Adão, e o coração cedo cedeu-lhe,
Há pouco seu prazer de curta vida,
Agora aflita a seus pés e rendida,
Tão belo ser buscando o seu perdão,
O aviso que ignorara, a sua ajuda.
Desarmada por fim, rendeu-se a raiva,
E assim com paz no verbo levantou-a.
  Incauta e querençosa, outra vez,
Como antes, do que ignoras, que desejas
P'ra ti todo o castigo. Ai de mim,
Pesa primeiro o teu, que mal susténs
A soma de ira a parte tão modesta,
Ou mesmo o meu ralhete. Se orações
Mudassem altos éditos, muito antes
Ali me levaria a plena voz,
Que sobre mim chamasse só a vara
E o perdão sobre o sexo fraco e frágil,
Confiado a mim e só por mim exposto.
Mas ergue-te e não mais razões travemos,

---

[90] A sentença de Cristo nos versos 179-80.

Each other, blamed enough elsewhere, but strive
In offices of love, how we may light'n
Each other's burden in our share of woe;
Since this day's death denounced, if aught I see,
Will prove no sudden, but a slow-paced evil,
A long day's dying to augment our pain,
And to our seed (oh hapless seed!) derived.
To whom thus Eve, recovering heart, replied.
Adam, by sad experiment I know
How little weight my words with thee can find,
Found so erroneous, thence by just event
Found so unfortunate; nevertheless,
Restored by thee, vile as I am, to place
Of new acceptance, hopeful to regain
Thy love, the sole contentment of my heart,
Living or dying from thee I will not hide
What thoughts in my unquiet breast are risen,
Tending to some relief of our extremes,
Or end, though sharp and sad, yet tolerable,
As in our evils, and of easier choice.
If care of our descent perplex us most,
Which must be born to certain woe, devoured
By death at last, and miserable it is
To be to others cause of misery,
Our own begotten, and of our loins to bring
Into this cursèd world a woeful race,
That after wretched life must be at last
Food for so foul a monster, in thy power
It lies, yet ere conception to prevent
The race unblest, to being yet unbegot.
Childless thou art, childless remain:
So death shall be deceived his glut, and with us two

Nem a culpa, culpados o bastante
Algures, e empenhemo-nos em préstimos
De amor, em alijarmos do outro o fardo
Na dor comum. Já que hoje a morte certa,
Que eu veja, não vem brusca, antes lenta,
Morte de um longo dia p'ra ampliar-nos
A dor, legada à prole (Oh prole infausta!).
  Ao que Eva, com mais ânimo, tornou.
Adão, por triste prova sei quão leves
Estas minhas palavras são p'ra ti,
Quão errôneas, por justa consequência
Quão funestas. Ainda assim, vil sendo,
Restaurada por ti no teu perdão,
Esperançosa de reaver o teu amor,
Do meu coração único contento
Vivo ou morto, de ti não vou esconder
Que pensamentos nutre um peito trêfego,
Tendendo a uma bonança nestes cabos
Ou a um fim, sofrível, e dos males
O menor, dado os males, mesmo tristes
E agudos. Se afeição nos mói p'la prole
Que há-de nascer p'ra certa dor, moída
Enfim na morte, e se é tão deplorável
Ser de outros a autoria da desgraça,
Sendo outros nossos filhos, e dos lombos
Trazê-los a um mundo condenado,
Que após abjeta vida sejam pasto
P'ra monstro tão soez, tens tu nas mãos
A prevenção da raça malograda,
Se nados por nascer e ainda nada.
Filhos não tens, sem filhos tem-te:
Assim se frustrará à morte a glutonia,[91]

[91] Versos 989-90: "Assim" corresponderia ao original "so death", desde as primeiras cinco edições constituinte do verso 990. Alguns editores enxertaram-no no

Be forced to satisfy his rav'nous maw.
But if thou judge it hard and difficult,
Conversing, looking, loving, to abstain
From love's due rites, nuptial embraces sweet,
And with desire to languish wíthout hope,
Before the present object languishing
With like desire, which would be misery
And torment less than none of what we dread,
Then both ourselves and seed at once to free
From what we fear for both, let us make short,
Let us seek death, or he not found, supply
With our own hands his office on ourselves;
Why stand we longer shivering under fears,
That show no end but death, and have the power,
Of many ways to die the shortest choosing,
Destruction with destruction to destroy.
  She ended here, or vehement despair
Broke off the rest; so much of death her thoughts
Had entertained, as dyed her cheeks with pale.
But Adam with such counsel nothing swayed,
To better hopes his more attentive mind
Labouring had raised, and thus to Eve replied.
  Eve, thy contempt of life and pleasure seems
To argue in thee something more sublime
And excellent than what thy mind contemns;
But self-destruction therefore sought, refutes
That excellence thought in thee, and implies,

Forçada a encher com dois somente a pança.
Mas se achas que conversa, olhares, afeto,
Tornam difícil e árdua a abstinência
Do direito amoroso e doces leis
De núpcias, e sem esperança anseias lânguido
Por este objeto que lânguido anseia[92]
Com sede igual sem estanque, que dos males
O menor não será, dos que tememos,
Então p'ra nos livrarmos, nós e os nossos,
Do que a ambos ameaça, atalhemos,
Busquemos morte, ou se a não encontrarmos
Co'as nossas próprias mãos seus fins supramos.
P'ra quê morar em medos, sem propósito
Algum p'ra lá da morte, se há de trilhos
Que a morte segue atalhos mesmo ao pé
Que estragam com seu estrago outro estrago?
  Findou aqui, ou foi a ânsia acesa
A represá-la; tantos pensamentos
De morte acolheu, que um palor nas faces
Avivou. Mas Adão imperturbável
Levara a pensativa mente a esperanças
De melhor, replicando a Eva assim.
  Teu desprezo p'la vida e seus prazeres
Caráter mais sublime em ti denota
E excede o que desdenha a tua mente;
Mas esse auto-extermínio aí implícito
Refuta ao pensamento a excelência

---

verso 989 para regularizar a métrica, defectiva neste, hipermétrica naquele, mas, como Fowler notou, o propósito de Milton pode ser o de mimetizar a deficiência da esterilidade no primeiro e a superabundância da gula no segundo. Pecou a tradução portuguesa por não conseguir assinalar essa distinção em termos de mancha gráfica conveniente.

[92] Eva.

Not thy contempt, but anguish and regret
For loss of life and pleasure overloved.
Or if thou covet death, as utmost end
Of misery, so thinking to evade
The penalty pronounced, doubt not but God
Hath wiselier armed his vengeful ire than so
To be forestalled; much more I fear lest death
So snatched will not exempt us from the pain
We are by doom to pay; rather such acts
Of contumacy will provoke the highest
To make death in us live: then let us seek
Some safer resolution, which methinks
I have in view, calling to mind with heed
Part of our sentence, that thy seed shall bruise
The serpent's head; piteous amends, unless
Be meant, whom I conjecture, our grand foe
Satan, who in the serpent hath contrived
Against us this deceit: to crush his head
Would be revenge indeed; which will be lost
By death brought on ourselves, or childless days
Resolved, as thou proposest; so our foe
Shall scape his punishment ordained, and we
Instead shall double ours upon our heads.
No more be mentioned then of violence
Against ourselves, and wilful barrenness,
That cuts us off from hope, and savours only
Rancour and pride, impatience and despite,
Reluctance against God and his just yoke
Laid on our necks. Remember with what mild
And gracious temper he both heard and judged
Without wrath or reviling; we expected
Immediate dissolution, which we thought
Was meant by death that day, when lo, to thee
Pains only in child-bearing were foretold,
And bringing forth, soon recompensed with joy,

E implica não desdém, mas dor e mágoa
P'la perda de um prazer de mais amado.
Ou se anelas a morte, qual remédio
P'ra males, presumindo desse modo
Evadires-te ao castigo, não duvides
Que a ira vingativa Deus mais sábio
Preventiva a pensou; temo que a morte
Assim aligeirada dor mais certa
Nos traga à punição. Sim, que tais atos
De contumácia ao máximo do acinte
Farão viver a morte em nós. Busquemos
Resoluções mais certas, que eu ter creio
Em vista, recordando com cautela
Parte à sentença: que há-de ferir cabeça
À serpente a semente; triste emenda,
A não ser que se entenda quem suponho,
O adversário, Satã, que na serpente
Forjou tal dolo: pisar-lhe a cabeça
Seria saldo a sério, dissipado
Se sobre nós viesse a morte, ou dias
Sem filhos, como querias; escaparia
Às penas o inimigo assim, e nós
As nossas sobre nós duplicaríamos.
Não mais então se fale de atentados
Contra nós ou de livre maninhez
Que nos subtrai a esperança, e prova apenas
Rancor e orgulho, ultraje e impaciência,
E resistência a Deus e ao justo jugo
Sobre as nossas cervizes. Lembra a calma
E a graça com que ouviu e nos julgou,
Sem fúrias ou injúrias. Esperávamos
Pronta dissolução, a qual pensávamos
Ser morte nesse dia, quando, oh, dores
De parto se previra só p'ra ti,
No fim recompensadas co'alegria,

Fruit of thy womb: on me the curse aslope
Glanced on the ground, with labour I must earn
My bread; what harm? Idleness had been worse;
My labour will sustain me; and lest cold
Or heat should injure us, his timely care
Hath unbesought provided, and his hands
Clothed us unworthy, pitying while he judged;
How much more, if we pray him, will his ear
Be open, and his heart to pity incline,
And teach us further by what means to shun
The inclement seasons, rain, ice, hail and snow,
Which now the sky with various face begins
To show us in this mountain, while the winds
Blow moist and keen, shattering the graceful locks
Of these fair spreading trees; which bids us seek
Some better shroud, some better warmth to cherish
Our limbs benumbed, ere this diurnal star
Leave cold the night, how we his gathered beams
Reflected, may with matter sere foment,
Or by collision of two bodies grind
The air attrite to fire, as late the clouds
Jostling or pushed with winds rude in their shock
Tine the slant lightning, whose thwart flame driv'n down
Kindles the gummy bark of fir or pine,
And sends a comfortable heat from far,
Which might supply the sun: such fire to use,

O fruto do teu ventre.[93] Em mim a praga[94]
Resvalou para o chão, o pão ganhá-lo-ei
Com suor, qual o mal? Pior seria
O ócio; o suor será sustento.
E p'ra que o gelo ou brasa não nos firam
A tempo o zelo achou o que é preciso
E indignos nos vestiu, compadecendo-se
O juiz; quanto mais, se lhe pedirmos,
Ouvidos não dará, a ao dó o peito
Não dobrará, de modo a doutrinar-nos
Contra estações cruéis de chuva, gelo,
Saraiva, nevões, vistas já nas caras
Que o céu faz na montanha, quando afia
Seu gume o vento úmido, espalhando
Às árvores que os ramos espreguiçam
Gentis anéis, instando-nos a abrigo,
Chama, p'ra acalentarmos membros tórpidos,
Antes que o astro diurno ceda à noite,[95]
Ao modo de excitarmos luz refrata[96]
Em matéria crestada, ou com dois corpos
Atear por atrição o ar, quais nuvens
Que ao chocarem co'a agrura de rajadas
Ateiam raios sesgos, cuja chama
Chama-a de abeto ou pinho a casca víscida,
E emite ao longe um bom calor, que as vezes
Do sol pode fazer: tal fogo usá-lo,

---

[93] *Lc.* 1, 42.

[94] Versos 1050-3: cf. *Jo.* 16, 20. Adão acaba por profetizar inconscientemente a segunda vinda de Cristo.

[95] O Sol.

[96] Adão descobre o fogo por necessidade de uma desordem macrocósmica. O projeto de Adão é conduzir a luz do sol a combustíveis secos através de um corpo sólido que funcione como lente.

And what may else be remedy or cure
To evils which our own misdeeds have wrought,
He will instruct us praying, and of grace
Beseeching him, so as we need not fear
To pass commodiously this life, sustained
By him with many comforts, till we end
In dust, our final rest and native home.
What better can we do, than to the place
Repairing where he judged us, prostrate fall
Before him reverent, and there confess
Humbly our faults, and pardon beg, with tears
Watering the ground, and with our sighs the air
Frequenting, sent from hearts contrite, in sign
Of sorrow unfeigned, and humiliation meek.
Undoubtedly he will relent and turn
From his displeasure; in whose look serene,
When angry most he seemed and most severe,
What else but favour, grace, and mercy shone?
  So spake our father penitent, nor Eve
Felt less remorse: they forthwith to the place
Repairing where he judged them prostrate fell
Before him reverent, and both confessed
Humbly their faults, and pardon begged, with tears
Watering the ground, and with their sighs the air
Frequenting, sent from hearts contrite, in sign
Of sorrow unfeigned, and humiliation meek.

The end of the tenth book

E o que mais de remédio ou cura sirva[97]
P'ra males que infrações nossas tramaram,
Saberemos em preces, e p'la graça
Que lhe implorarmos, p'lo que neste trânsito
Da vida nada há a recear,
Confortados por ele até voltarmos
Ao pó, lar natal e último repouso.
Que fazer, pois, senão lá nos prostrarmos,
Lá onde nos julgou, com reverência
E temor, e os delitos confessarmos
Humildes, implorando-lhe o perdão,
Banhando o chão com choro, e respirando
Suspiros de contritos peitos, prova
De humilhação e lástima sinceras.
Decerto abrandará a sua cólera
E o seu pesar; que havia nos seus olhos
Serenos, quando mais pareciam graves,
Senão graça, favor, misericórdia?
  Assim o nosso pai contrito, e assim
Contrita Eva: lá, pois, se prostraram,
Lá onde ele os julgou, com reverência
E temor, e os delitos confessaram
Humildes, implorando-lhe o perdão,
Banhando o chão com choro, e respirando
Suspiros de contritos peitos, prova
De humilhação e lástima sinceras.[98]

Fim do décimo livro

---

[97] As artes são para Milton reparadoras da Queda. Os anjos eram os garantes na ausência da tecnologia do estado pré-lapsariano (cf. IX, 391-3).

[98] Versos 1086-1104: a repetição dos versos 1086-92 em 1098-1104 é uma fórmula homérica (cf. *Il.* IX, 122-57 e 264-99). Milton não repete os versos 1093-6, deixando a sugestão da dúvida no que para Adão era decerto.

Book XI

The Argument

The Son of God presents to his Father the prayers of our first parents now repenting, and intercedes for them: God accepts them, and declares that they must no longer abide in Paradise; sends Michael with a band of cherubim to dispossess them; but first to reveal to Adam future things: Michael's coming down. Adam shows to Eve certain ominous signs; he discerns Michael's approach, goes out to meet him: the angel denounces their departure. Eve's lamentation. Adam pleads, but submits: the angel leads him up to a high hill, sets before him in vision what shall happen till the flood.

Livro XI

Argumento

O Filho de Deus apresenta ao Pai as orações dos nossos primeiros pais agora arrependidos, e por eles intercede: Deus aceita-as, mas declara a impossibilidade de eles continuarem a habitar o Paraíso; envia Miguel e um grupo de querubins com ordens de despejo; mas antes cabe-lhe revelar a Adão coisas futuras. A descida de Miguel. Adão pressente sinais pouco auspiciosos e comunica-os a Eva. Vê Miguel aproximar-se e vai ao seu encontro. O anjo anuncia a partida deles. O lamento de Eva. Adão contesta, mas submete-se. O anjo condu-lo a um monte alto, e em visões mostra-lhe o que acontecerá até ao Dilúvio.

Thus they in lowliest plight repentant stood
Praying, for from the mercy-seat above
Prevenient grace descending had removed
The stony from their hearts, and made new flesh
Regenerate grow instead, that sighs now breathed
Unutterable, which the spirit of prayer
Inspired, and winged for heaven with speedier flight
Than loudest oratory: yet their port
Not of mean suitors, nor important less
Seemed their petition, than when the ancient pair
In fables old, less ancient yet than these,
Deucalion and chaste Pyrrha to restore
The race of mankind drowned, before the shrine
Of Themis stood devout. To heaven their prayers
Flew up, nor missed the way, by envious winds
Blown vagabond or frustrate: in they passed
Dimensionless through heavenly doors; then clad
With incense, where the golden altar fumed,
By their great intercessor, came in sight
Before the Father's throne: them the glad Son
Presenting, thus to intercede began.
  See Father, what first fruits on earth are sprung
From thy implanted grace in man, these sighs
And prayers, which in this golden censer, mixed
With incense, I thy priest before thee bring,
Fruits of more pleasing savour from thy seed

Em tão contrito e humilde estado oravam,
Pois do propiciatório das alturas[1]
Descera preveniente graça à pedra[2]
Dos corações,[3] e carne restaurada
Enraizara ali, que inexprimíveis
Suspiros geme,[4] os quais da prece o espírito
Inspirava, e ao Céu levavam asas
Mais ágeis que oratória a mais sonora:
Mas não era seu porte mendicante,
Nem menos importante a petição,
Perante o par ancião das velhas fábulas,
Menos ancião porém, a casta Pirra
E Deucalião,[5] quando ante o altar de Têmis
Pediram p'la submersa humanidade.
Ao Céu a prece foi, sem ventos ínvidos,
Vadios ou frustrados que a afastassem,
E entrou sem dimensões p'las portas célicas;
Depois de incenso ornada, onde àra áurea
Fumeava, junto ao grande intercessor,
Surgiu diante do Pai. Contente o Filho
Por ela intercedeu, mediando assim.
  Vês Pai, que frutos já na terra nascem
Da graça que implantaste no homem, súplicas
E suspiros, que neste áureo turíbulo
Com incenso eu te trago sacerdote,
De um sabor mais gostoso p'la semente

[1] A cobertura de ouro na Arca da Aliança de *Êx*. 25, 17-22.

[2] Termo teológico para a graça que antecede e possibilita a escolha humana, livre para aceitá-la ou não.

[3] Cf. *Ez*. 11, 19.

[4] Versos 5-6: cf. *Rm*. 8, 26.

[5] O Noé do mito grego. Com Pirra, sua mulher, seguindo o oráculo de Têmis, deusa da justiça, restaurou a humanidade após o Dilúvio, por via de pedras que ia atirando para trás das costas. As pedras tornaram-se homens e mulheres.

Sown with contrition in his heart, than those
Which his own hand manuring all the trees
Of Paradise could have produced, ere fallen
From innocence. Now therefore bend thine ear
To supplication, hear his sighs though mute;
Unskilful with what words to pray, let me
Interpret for him, me his advocate
And propitiation, all his works on me
Good or not good engraft, my merit those
Shall perféct, and for these my death shall pay.
Accept me, and in me from these receive
The smell of peace toward mankind, let him live
Before thee reconciled, at least his days
Numbered, though sad, till death, his doom (which I
To mitigate thus plead, not to reverse)
To better life shall yield him, where with me
All my redeemed may dwell in joy and bliss,
Made one with me as I with thee am one.
  To whom the Father, wíthout cloud, serene.
All thy request for man, accepted Son,
Obtain, all thy request was my decree:
But longer in that Paradise to dwell,
The law I gave to nature him forbids:
Those pure immortal elements that know
No gross, no unharmonious mixture foul,
Eject him tainted now, and purge him off
As a distemper, gross to air as gross,
And mortal food, as may dispose him best
For dissolution wrought by sin, that first
Distempered all things, and of incorrupt
Corrupted. I at first with two fair gifts

Da contrição lançada no seu peito
Do que o cultivo à mão no Paraíso
Ainda que inocente lograria
No seu pomar. Agora pois ouvidos
Dá à prece, e suspiros ouve, embora
Mudos; não sabe orar, possa ser eu
Seu intérprete, eu seu advogado
E propiciação,[6] boas ou más dele
Em mim enxerta as obras,[7] que o meu mérito
As primeiras melhore e a minha morte
As últimas pague. Aceita-me, e em mim
Terás o odor da paz p'ra dar aos homens,
Deixa que ante ti viva avindo, ao menos
Seus dias numerados, triste embora,
'Té que a pena da morte (e só alívio
Peço, não supressão) a melhor vida
O leve, onde ele exulte com remidos,
Sendo um comigo como eu sou contigo.
　A quem o Pai, de nuvens nu, sereno.
P'lo homem, Filho aceite, o que me pedes
Obtém, o que me pedes decretara-o.
Mas prolongar-se o lar no Paraíso
A lei que à natureza dei impede-o:
Os elementos puros e imortais
Que impuro não conhecem, nem destoante
Proporção, repudiam-no, e expungem-no
Poluto, um mau humor, ar p'ra ar impuro,
E nutrição mortal, que mais lhe assente
À perversão talhada p'lo pecado,
Mãe das perturbações que o incorrupto
Corrompeu. No princípio duplamente

[6] Cf. *I Jo.* 2, 1.

[7] *Rm.* 11, 16-24.

Created him endowed, with happiness
And immortality: that fondly lost,
This other served but to eternize woe;
Till I provided death; so death becomes
His final remedy, and after life
Tried in sharp tribulation, and refined
By faith and faithful works, to second life,
Waked in the renovation of the just,
Resigns him up with heaven and earth renewed.
But let us call to synod all the blest
Through heaven's wide bounds; from them I will not hide
My judgments, how with mankind I proceed,
As how with peccant angels late they saw;
And in their state, though firm, stood more confirmed.
  He ended, and the Son gave signal high
To the bright minister that watched, he blew
His trumpet, heard in Oreb since perhaps
When God descended, and perhaps once more
To sound at general doom. The angelic blast
Filled all the regions: from their blissful bowers
Of amaranthine shade, fountain or spring,
By the waters of life, where'er they sat
In fellowships of joy: the sons of light
Hasted, resorting to the summons high,
And took their seats; till from his throne supreme
The almighty thus pronounced his sovereign will.
  O sons, like one of us man is become
To know both good and evil, since his taste
Of that defended fruit; but let him boast
His knowledge of good lost, and evil got,
Happier, had it sufficed him to have known
Good by itself, and evil not at all.

O dotei, quer com bem-aventurança
Quer co'imortalidade: se uma estulto
Perdesse, a outra a dor perpetuaria,
Não fosse dar-lhe a morte; a morte é pois
Seu remédio final, e após provado
E atribulado em vida, refinada
P'la fé e obras de fé, a nova vida,
No renovo de justos despertado,
O traz com novos céus e nova terra.
Mas chamemos a sínodo os benditos
P'la imensidão do Céu; meus julgamentos
Mostrarei, no que toca à humanidade,
Como há não muito o fiz quanto a anjos réprobos;
E o seu estado, já firme, mais firmaram.

Findou, e o Filho deu sinal subido
Ao ministro de luz de sentinela,
E a trombeta soou, no Orebe ouvida[8]
Acaso quando Deus desceu, e acaso
Mais uma vez no dia do juízo.
Lotou o sopro angélico as regiões,
E dos caramanchéis amarantinos,
Junto a nascente ou fonte, águas de vida,
Onde quer que estivessem irmãos ledos.
Lestos foram à grande intimação,
Acorrendo aos lugares; 'té que o altíssimo
Do trono augusto assim se pronunciou.

Ó filhos, tornou-se um de nós o homem,
Sabendo o bem e o mal, desde que o fruto
Proibido provou; dai-lhe a vanglória
Do que já sabe, um bem por mal trocado;
Feliz seria mais, se lhe chegasse
Saber o bem em si, e não o mal.

[8] Monte Horeb, onde soou a trombeta de Deus a assinalar a sua descida no Monte Sinai para dar os Dez Mandamentos a Moisés (cf. *Êx.* 19, 19).

He sorrows now, repents, and prays contrite,
My motions in him, longer than they move,
His heart I know, how variable and vain
Self-left. Lest therefore his now bolder hand
Reach also of the tree of life, and eat,
And live for ever, dream at least to live
For ever, to remove him I decree,
And send him from the garden forth to till
The ground whence he was taken, fitter soil.
  Michael, this my behest have thou in charge,
Take to thee from among the cherubim
Thy choice of flaming warriors, lest the fiend
Or in behalf of man, or to invade
Vacant possession some new trouble raise:
Haste thee, and from the Paradise of God
Without remorse drive out the sinful pair,
From hallowed ground the unholy, and denounce
To them and to their progeny from thence
Perpetual banishment. Yet lest they faint
At the sad sentence rigorously urged,
For I behold them softened and with tears
Bewailing their excess, all terror hide.
If patiently thy bidding they obey,
Dismiss them not disconsolate; reveal
To Adam what shall come in future days,
As I shall thee enlighten, intermix
My cov'nant in the woman's seed renewed;
So send them forth, though sorrowing, yet in peace:
And on the east side of the garden place,
Where entrance up from Eden easiest climbs,
Cherubic watch, and of a sword the flame
Wide waving, all approach far off to fright,
And guard all passage to the tree of life:

Chora agora, arrepende-se e ora aflito,
A impulsos meus, enquanto impulsos sente,
Conheço-o bem, se entregue a si quão vão
E variável. Por isso e p'ra que a árvore
Da vida a mão afoita não alcance
E dela colha a vida eterna, ou antes
Um tal sonho, decreto o seu despejo,
Que embora do jardim seja levado
A lavrar chão de origem, solo apósito.[9]
  Miguel, o meu mandado leva a cabo,
Do escol dos querubins elege flâmeos
Guerreiros, p'ra que o espírito maligno
Não vá em nome do homem, ou p'ra posse
Da vaga aberta, alçar novos distúrbios.
Vai já, do Paraíso de Deus limpa
Sem compaixão o par pecaminoso,
Do lugar santo o ímpio, e anuncia-lhes
A eles mais à sua descendência
Desterro perenal. Mas p'ra que o ânimo
Não percam no rigor da triste pena,
Pois já os vejo mansos e com lágrimas
Chorando o seu delito, o terror esconde-lhes.
Se acatarem longânimes teu mando
Não os mandes sem bálsamo; revela
A Adão o que há-de ser nos dias próximos,
Tal como o saberás de mim, a Aliança
De novo na semente da mulher,
E manda-os dor embora, mas em paz.
E a leste do jardim, lá onde a entrada
Do Éden mais fácil sobe, põe querúbica
Vigília e uma espada flamejante
Brandindo p'ra alarmar ao longe estranhos
E afastá-los da árvore da vida,

[9] Versos 93-8: cf. *Gn.* 3, 22-3.

Lest Paradise a receptácle prove
To spirits foul, and all my trees their prey,
With whose stolen fruit man once more to delude.
He ceased; and the archangelic power prepared
For swift descent, with him the cohort bright
Of watchful cherubim; four faces each
Had, like a double Janus, all their shape
Spangled with eyes more numerous than those
Of Argus, and more wakeful than to drowse,
Charmed with Arcadian pipe, the pastoral reed
Of Hermes, or his opiate rod. Meanwhile
To resalute the world with sacred light
Leucothea waked, and with fresh dews embalmed
The earth, when Adam and first matron Eve
Had ended now their orisons, and found,
Strength added from above, new hope to spring
Out of despair, joy, but with fear yet linked;
Which thus to Eve his welcome words renewed.
Eve, easily may faith admit, that all
The good which we enjoy, from heaven descends;
But that from us aught should ascend to heaven
So prevalent as to concern the mind
Of God high-blest, or to incline his will,
Hard to belief may seem; yet this will prayer,

Não vá o Paraíso ser depósito
De essências más e as árvores seu saque,
Cujo fruto dê azo a novo logro.
  Falou; e preparou-se p'ra ágil voo
A arcangélica força co'a coorte
De querubins de guarda: quadrifronte
Cada um, como um Jano duplo,[10] de olhos
Juncando o corpo, mais do que Argo tem,[11]
E contra o mole sopor da flauta arcádica
Alerta mais, e os sons pastoris de Hermes[12]
Ou seu bordão opiáceo. Entretanto
A ressaudar o mundo com luz sacra
Leucótea despertou,[13] e com rol fresco
Embalsamou a terra, quando Adão
E Eva findando preces nova força
Viram descer sobre eles, nova esperança
Da angústia, gozo, unido ao medo embora;
P'lo que saudou a Eva Adão com estas.
  Leva-nos, Eva, a fé a crer que o bem
Que desfrutamos vem do Céu; mas que haja
Em nós prevalecente alguma coisa
Que ao Céu subindo importe à mente santa
Do altíssimo, ou lhe incline o beneplácito,
De crer difícil é; mas esta prece,

---

[10] O deus romano das entradas, com duas caras, uma virada para a frente, outra para trás. O duplo, ou Jano Quadrifronte, tinha quatro, orientadas de acordo com os quatro pontos cardeais.

[11] Um gigante com cem olhos que Juno destinou a vigiar Io, por quem Júpiter se apaixonara. Argo seria especialmente competente nesta ordem uma vez que os seus olhos funcionariam por turnos, não fosse a flauta de Mercúrio (Hermes) embalá-los até à morte.

[12] Versos 128-32: cf. *Ez.* 1, 18.

[13] Para salvá-la da ira de Juno, Netuno transformou Ino nesta divindade marítima. Era chamada "Mater Matuta" pelas mulheres que a invocavam, nome que a associou à Aurora, deusa da alvorada.

Or one short sigh of human breath, upborne
Even to the seat of God. For since I sought
By prayer the offended Deity to appease,
Kneeled and before him humbled all my heart,
Methought I saw him placable and mild,
Bending his ear; persuasion in me grew
That I was heard with favour; peace returned
Home to my breast, and to my memory
His promise, that thy seed shall bruise our foe;
Which then not minded in dismay, yet now
Assures me that the bitterness of death
Is past, and we shall live. Whence hail to thee,
Eve rightly called, Mother of all Mankind,
Mother of all things living, since by thee
Man is to live, and all things live for man.
  To whom thus Eve with sad demeanour meek.
Ill worthy I such title should belong
To me transgressor, who for thee ordained
A help, became thy snare; to me reproach
Rather belongs, distrust and all dispraise:
But infinite in pardon was my judge,
That I who first brought death on all, am graced
The source of life; next favourable thou,
Who highly thus to entitle me vouchsaf'st,
Far other name deserving. But the field
To labour calls us now with sweat imposed,
Though after sleepless night; for see the morn,
All unconcerned with our unrest, begins
Her rosy progress smiling; let us forth,
I never from thy side henceforth to stray,
Where'er our day's work lies, though now enjoined

Ou um suspiro só de humano fôlego,
Eleva-se ao trono de Deus. Pois desde
Que a paz de Deus busquei em prece humilde,
E perante ele ajoelhei meu coração,
Sinto que se aplacou e serenados
Ouvidos dobrou; tive enfim certezas
De que o favor me ouvira: ao meu peito
Regressava a paz, e à minha memória
A promessa, quem de ti calcará
O inimigo, a qual na dor calada
Agora a morte amarga me assegura
Passada. Viveremos. Donde, ó Eva,[14]
Ave, teu nome é Mãe da Humanidade,[15]
De tudo o que é és Mãe, já que por ti
O homem viverá, e tudo o que há por ele.
Ao que Eva com ar grave disse humilde.
Indigna sou e indigna mais se um título
Assim ao transgressor coubesse, a quem
Se deu p'ra apoio e foi ardil; censura
Melhor me assenta, dúvida, reparo.
Mas infindo perdão foi meu juiz,
Que a tudo apresentando a morte, honrada
Com fonte vital fosse; e tu benévolo
Também, que distinção assim secundas
A quem merece bem diferente nome.
Agora a lida chama o nosso suor,
Depois da noite em claro; vê a aurora,
Quão indiferente à nossa insônia, lépida
Na sua marcha rósea além; partamos,
Não mais me afastarei de ti, p'ra onde
Quer que o labor diário queira, até

[14] Versos 157-8: cf. as palavras de Agag, rei dos amalequitas, em *I Sm*. 15, 32, que também falou cedo demais.

[15] Anagrama de Eva, nome que significa "vida" (cf. *Gn*. 3, 20).

Laborious, till day droop; while here we dwell,
What can be toilsome in these pleasant walks?
Here let us live, though in fallen state, content.
So spake, so wished much-humbled Eve, but fate
Subscribed not; nature first gave signs, impressed
On bird, beast, air, air suddenly eclipsed
After short blush of morn; nigh in her sight
The bird of Jove, stooped from his airy tower,
Two birds of gayest plume before him drove:
Down from a hill the beast that reigns in woods,
First hunter then, pursued a gentle brace,
Goodliest of all the forest, hart and hind;
Direct to the eastern gate was bent their flight.
Adam observed, and with his eye the chase
Pursuing, not unmoved to Eve thus spake.
O Eve, some further change awaits us nigh,
Which heaven by these mute signs in nature shows
Forerunners of his purpose, or to warn
Us haply too secure of our discharge
From penalty, because from death released
Some days; how long, and what till then our life,
Who knows, or more than this, that we are dust,
And thither must return and be no more.
Why else this double object in our sight
Of flight pursued in the air and o'er the ground
One way the self-same hour? Why in the east
Darkness ere day's mid-course, and morning light
More orient in yon western cloud that draws

Que o dia tombe, embora agora a custo;
E que há-de haver de custo nestas áleas?
Vivamos cá, caídos mas contentes.
Assim falou e quis tão húmil Eva,
Mas não o quis o Céu;[16] e a natureza
Estampou-o na ave, besta, ar, ar cedo
Eclipsado após breve cor da aurora;
De Jove a ave à vista cai a pique,[17]
Lançada a duas aves de plumagem
A mais bela, e de um monte o rei da selva,[18]
Novato caçador, um par gentil,
Do bosque o mais gentil, veado e corça,
Acossou rumo às portas orientais.[19]
Viu-o Adão, e com o olhar a caça
Caçou, e não apático rompeu.
Ó Eva, mais mudanças nos esperam,
Que o Céu na natureza mostra tácitos
Sinais dos seus propósitos arautos,
Ou acaso p'ra aviso, tão confiados
Na exempção de pena, porque livres
Da morte um tempo; quanto, e o que a vida
'Té lá trará quem sabe, ou mais, que somos
Pó e ao pó voltaremos p'ra não mais.
Que explicará de duplo par a dupla
Caça pelo ar e chão que o mesmo ponto
De vista à mesma hora expõe? Por que
Antes do dia a meio a treva a leste,
E a luz da manhã mais oriente além[20]

---

[16] Imprecisa tradução de *Fate*.

[17] A águia.

[18] O leão.

[19] Presságio da expulsão de Adão e Eva, dois, como as duas aves e como o par veado e corça.

[20] Brilhante.

O'er the blue firmament a radiant white,
And slow descends, with something heavenly fraught.
He erred not, for by this the heavenly bands
Down from a sky of jasper lighted now
In Paradise, and on a hill made alt,
A glorious apparition, had not doubt
And carnal fear that day dimmed Adam's eye.
Not that more glorious, when the angels met
Jacob in Mahanaim, where he saw
The field pavilioned with his guardians bright;
Nor that which on the flaming mount appeared
In Dothan, covered with a camp of fire,
Against the Syrian king, who to surprise
One man, assassin-like had levied war,
War unproclaimed. The princely hierarch
In their bright stand, there left his powers to seize
Possession of the garden; he alone,
To find where Adam sheltered, took his way,
Not unperceived of Adam, who to Eve,
While the great visitant approached, thus spake.
   Eve, now expect great tidings, which perhaps
Of us will soon determine, or impose
New laws to be observed; for I descry
From yonder blazing cloud that veils the hill
One of the heavenly host, and by his gait
None of the meanest, some great potentate
Or of the thrones above, such majesty
Invests him coming; yet not terrible,

Na occídua nuvem que caia o céu cérulo
E lenta desce e traz o Céu consigo?
   Não errou, pois agora a corte célica
De um céu de jaspe apeou no Paraíso,
E num monte fez Alto!, uma visão
Gloriosa, não toldasse o medo humano
E a dúvida o espírito de Adão.
Nem tão gloriosa foi quando anjos viram
Jacó em Maanaim,[21] onde um campo
Viu armado com guardas reluzentes;
Nem aquele que veio ao monte flâmeo
Em Dotan,[22] num fogoso acampamento,
Contra o rei sírio, o qual p'ra surpreender
Um homem, à maneira de assassinos,
Fez guerra sem anúncio.[23] O hierarca[24]
No posto áureo ali deixou às forças
A posse do jardim; a sós rumou
Ao encontro de Adão e seu refúgio,
Que não tardou a vê-lo, nem tardou
Estas p'ra Eva à vinda do seu hóspede.
   Eva, espera notícias porventura
P'ra nós determinantes, ou leis novas
A observar, pois olha aquela ardente
Nuvem que o monte obumbra, dela avisto
Da hoste excelsa alguém, e p'lo seu porte
Dos menores não será, antes um grande
Potentado dos tronos, tal grandeza
Investe a sua marcha; mas temível

---

[21] Hebraico para "exércitos" ou "acampamentos". Nome dado por Jacó ao lugar onde viu um exército de anjos (cf. *Gn.* 32, 1-2).

[22] Cidade estratégica perto de Samaria.

[23] Versos 216-20: cf. *II Rs.* 6, 17, quando o rei sírio tentou capturar Eliseu e foi surpreendido por um exército angélico com cavalos e quadrigas de fogo.

[24] Miguel (verso 99).

The heavenly bands
Down from a sky of jasper lighted now
In Paradise

A corte célica
De um céu de jaspe apeou no Paraíso

(XI, 208-10)

That I should fear, nor sociably mild,
As Raphael, that I should much confide,
But solemn and sublime, whom not to offend,
With reverence I must meet, and thou retire.
He ended; and the archangel soon drew nigh,
Not in his shape celestial, but as man
Clad to meet man; over his lucid arms
A military vest of purple flowed
Livelier than Meliboean, or the grain
Of Sarra, worn by kings and heroes old
In time of truce; Iris had dipped the woof;
His starry helm unbuckled showed him prime
In manhood where youth ended; by his side
As in a glistering zodiac hung the sword,
Satan's dire dread, and in his hand the spear.
Adam bowed low, he kingly from his state
Inclined not, but his coming thus declared.
  Adam, heaven's high behest no preface needs:
Sufficient that thy prayers are heard, and Death,
Then due by sentence when thou didst transgress,
Defeated of his seizure many days
Given thee of grace, wherein thou mayst repent,
And one bad act with many deeds well done
Mayst cover: well may then thy Lord appeased
Redeem thee quite from Death's rapacious claim;
But longer in this Paradise to dwell
Permits not; to remove thee I am come,
And send thee from the garden forth to till
The ground whence thou wast taken, fitter soil.

Não é, um Rafael tampouco, doce,
Que cordial convide à confidência,
Mas sublime e solene, o qual com vênia
Importa receber, eis meu dever,
O teu é ires-te. Disse e logo o arcanjo
Se acercou, não na forma celestial,
Mas na de homem p'ra homem; sobre os braços
De luz pendia a púrpura da farda
Garrida, mais do que há em Melibeia[25]
Ou do que a grã de Tiro,[26] usada em tréguas
Por reis e heróis antigos; tingiu Íris[27]
A trama; seu estrelado elmo aberto
Mostrava a flor viril da idade adulta;
Do lado o gládio como de um zodíaco[28]
Pendia, p'ra Satã minaz, e a lança
Da mão. Adão fez vênia, e ele, régio,
Nenhuma, e ao que vinha declarou.
  Adão, o que o Céu quer dispensa exórdios:
Às preces a audição te baste, e Morte,
Então ditada quando transgrediste,
Privada do seu saque muitos dias
Dados de graça, a fim de te doeres,
E um mau ato com muitas ações boas
Poderes cobrir. Bem pode então remir-te
Da pretensão rapaz da morte Deus,
Mas mais no Paraíso não te deixa
Morar; eis-me chegado p'ra mudanças,
Para levar-te embora do jardim
A lavrar chão de origem, solo apósito.

---

[25] Cidade famosa na Antiguidade pela sua tintura púrpura.

[26] Também famosa pela sua tintura. A sua púrpura era a cor dos mantos imperiais romanos.

[27] Deusa do arco-íris.

[28] A esfera celestial contendo as constelações.

He added not, for Adam at the news
Heart-strook with chilling gripe of sorrow stood,
That all his senses bound; Eve, who unseen
Yet all had heard, with audible lament
Discovered soon the place of her retire.

Oh unexpected stroke, worse than of death!
Must I thus leave thee Paradise? Thus leave
Thee native soil, these happy walks and shades,
Fit haunt of gods? Where I had hope to spend,
Quiet though sad, the respite of that day
That must be mortal to us both. O flowers,
That never will in other climate grow,
My early visitation, and my last
At ev'n, which I bred up with tender hand
From the first op'ning bud, and gave ye names,
Who now shall rear ye to the sun, or rank
Your tribes, and water from the ambrosial fount?
Thee lastly nuptial bower, by me adorned
With what to sight or smell was sweet; from thee
How shall I part, and whither wander down
Into a lower world, to this obscure
And wild, how shall we breathe in other air
Less pure, accustomed to immortal fruits?

Whom thus the angel interrupted mild.
Lament not Eve, but patiently resign
What justly thou hast lost; nor set thy heart,
Thus overfond, on that which is not thine;
Thy going is not lonely, with thee goes
Thy husband, him to follow thou art bound;
Where he abides, think there thy native soil.

Não disse mais, porquanto Adão chocado
Paralisou de aperto ante as novas,
Tolhido nos sentidos; e Eva, ausente
Mas ouvinte de tudo, com carpido
Depressa revelou o seu retiro.
Oh, golpe inesperado, pior que a morte!
Devo deixar-te Paraíso? Devo
Deixar-te chão natal, aos teus passeios
E sombras, lar de deuses? Onde esperava
Gastar em paz, mas triste, a detardança
Do dia a vir p'ra nós mortal. Ó flores
Que a nenhum outro clima vos dareis,
A quem primeiro dou bons-dias e último
Adeus à tarde, que eu com ternas mãos
Desde botão educo, e nomes dou,[29]
Quem vos soleva ao sol agora, os clãs
Quem vos arranja, quem da fonte ambrósia
Vos rega? Ah, refúgio nupcial,
Ornado p'lo que apraz mais aos sentidos;
Não sei partir de ti, não sei errar
Num mundo subterrâneo, ermo, obscuro,
Comparado com este, de ar tão puro,
Acostumada a frutos imortais.
Interrompeu-a aqui o dócil anjo.
Não te lamentes Eva, mas resigna-te
Ao que perdeste e bem; nem tão ardida
Ponhas teu coração no que é não teu;
Sozinha não irás, contigo vai
Teu marido, segui-lo é teu dever;
Onde ele mora ali faz teu país.

---

[29] Ao confiar a Eva (alma vegetal) a nomeação de plantas, assim como antes atribuíra a Adão (alma animal) a nomeação de animais, Milton revela afinal o seu feminismo, ainda que às custas de uma leitura privada do Gênesis, onde só Adão dá nomes (cf. *Gn*. 2, 19).

Adam by this from the cold sudden damp
Recovering, and his scattered spirits returned,
To Michael thus his humble words addressed.
Celestial, whether among the thrones, or named
Of them the highest, for such of shape may seem
Prince above princes, gently hast thou told
Thy message, which might else in telling wound,
And in performing end us; what besides
Of sorrow and dejection and despair
Our frailty can sustain, thy tidings bring,
Departure from this happy place, our sweet
Recess, and only consolation left
Familiar to our eyes, all places else
Inhospitable appear and desolate,
Nor knowing us nor known: and if by prayer
Incessant I could hope to change the will
Of him who all things can, I would not cease
To weary him with my assiduous cries:
But prayer against his absolute decree
No more avails than breath against the wind,
Blown stifling back on him that breathes it forth:
Therefore to his great bidding I submit.
This most afflicts me, that departing hence,
As from his face I shall be hid, deprived
His blessèd count'nance; here I could frequent,
With worship, place by place where he vouchsafed
Presence divine, and to my sons relate;
On this mount he appeared, under this tree
Stood visible, among these pines his voice
I heard, here with him at this fountain talked:
So many grateful altars I would rear
Of grassy turf, and pile up every stone
Of lustre from the brook, in memory,
Or monument to ages, and thereon
Offer sweet-smelling gums and fruits and flowers:

Adão refeito já do pasmo súbito,
E reunidos espíritos dispersos,
Reflexões prosternou ante Miguel.
Celeste, dentre os tronos, se é que o máximo
Não és entre eles, que essa forma mostra-te
Príncipe sobre príncipes, cortês
Deste à mensagem voz, que doutro modo
Contada fere, e feita mata; tudo
O que p'ra lá de angústia, aflição
E lamento consinta a nossa argila
Tu trazes, a partida de um lar doce,
Doce recesso, e único consolo
Aos olhos familiar, que faz inóspitas
Todas as outras terras e desertas,
Estrangeiro p'ra estrangeiros; e se a súplicas
Sem fim mudar esperasse o querer daquele
Que tudo pode, não me cansaria
De cansá-lo com súplicas assíduas.
Mas contra seu decreto cabal súplicas
Não aproveitam mais que sopro ao vento,
Em bafos regressado a quem soprava;
Assim que me submeta ao que ele ordena.
Mas isto mais me mói: que assim partindo
Afasto do seu rosto o meu, privado
Do seu semblante santo; lés a lés
Aqui me permitia andar por sítios
De frequência divina, e aos meus filhos
Contá-lo: olha, aqui o vi, no monte,
Debaixo de tal árvore, entre os pinhos
Ouvi-lhe a voz, com ele conversei
Em tal fonte. Far-lhe-ia tantas aras
De tenra relva, a seixos de regatos
Um óbelo formaria p'ra memória,
Ou como um monumento p'ra vindouros,
Sagrando aí fragrâncias, flores e frutos.

In yonder nether world where shall I seek
His bright appearances, or footstep trace?
For though I fled him angry, yet recalled
To life prolonged and promised race, I now
Gladly behold though but his utmost skirts
Of glory, and far off his steps adore.
To whom thus Michael with regard benign.
Adam, thou knowst heaven his, and all the earth.
Not this rock only; his omnipresence fills
Land, sea, and air, and every kind that lives,
Fomented by his virtual power and warmed:
All the earth he gave thee to possess and rule,
No despicable gift; surmise not then
His presence to these narrow bounds confined
Of Paradise or Eden: this had been
Perhaps thy capital seat, from whence had spread
All generations, and had hither come
From all the ends of the earth, to celebrate
And reverence thee their great progenitor.
But this pre-eminence thou hast lost, brought down
To dwell on even ground now with thy sons:
Yet doubt not but in valley and in plain
God is as here, and will be found alike
Present, and of his presence many a sign
Still following thee, still compassing thee round
With goodness and paternal love, his face
Express, and of his steps the track divine.
Which that thou mayst believe, and be confirmed,
Ere thou from hence depart, know I am sent
To show thee what shall come in future days
To thee and to thy offspring; good with bad
Expect to hear, supernal grace contending
With sinfulness of men; thereby to learn

Nesse ínfero mundo aonde ir por visões
Preclaras, onde achar suas pegadas?
Que embora fuja ao seu furor, lembrando
Contudo prolongada a vida, a raça
Prometida, lhe avisto a glória ao menos,
Mesmo distante, e os passos longe adoro.
  Ao que lhe responde Miguel benigno.
Adão, sabes que é dele o Céu e a terra.
Não esta pedra só;[30] em tudo habita,
Terra, mar, ar, e em toda a espécie viva,
Fomentados p'la sua agência viva
E seu calor. Da terra deu-te a posse
E o reino, dom de vulto; não o creias
Por isso confinado a estreitas raias
De Paraíso ou Éden: talvez fosse
P'ra ser a capital, de onde espalhasses
Gerações que de todos os confins
Da terra aqui chegaram, p'ra louvarem
E honrarem o seu grande fundador.
Mas esta preeminência dissipaste,
Com elas chão nivelado ocuparás:
Mas não presumas que outro Deus habita
Esses vales e chãos, que o mesmo é
Presente, e da presença sinais múltiplos
Sempre ao teu lado, sempre à tua volta,
Enchendo-te de bem e amor de pai,
De Deus a face expressam e os seus passos.
E p'ra que o creias, e antes de partires,
P'ra que o confirmes, sabe que me enviam
P'ra revelar-te dias que hão-de vir,
Os teus e os dos teus filhos; bom e mau
Conta ouvir, um embate de alta graça
Contra pecado humano; é receita

[30] Cf. *Jo.* 4, 21.

True patience, and to temper joy with fear
And pious sorrow, equally inured
By moderation either state to bear,
Prosperous or adverse: so shalt thou lead
Safest thy life, and best prepared endure
Thy mortal passage when it comes. Ascend
This hill; let Eve (for I have drenched her eyes)
Here sleep below while thou to foresight wak'st,
As once thou sleptst, while she to life was formed.
  To whom thus Adam gratefully replied.
Ascend, I follow thee, safe guide, the path
Thou leadst me, and to the hand of heaven submit,
However chast'ning, to the evil turn
My obvious breast, arming to overcome
By suffering, and earn rest from labour won,
If so I may attain. So both ascend
In the visions of God: it was a hill
Of Paradise the highest, from whose top
The hemisphere of earth in clearest ken
Stretched out to amplest reach of prospect lay.
Not higher that hill nor wider looking round,
Whereon for different cause the tempter set
Our second Adam in the wilderness,
To show him all earth's kingdoms and their glory.
His eye might there command wherever stood
City of old or modern fame, the seat
Of mightiest empire, from the destined walls
Of Cámbalu, seat of Cathaian khan

De longanimidade, num tempero
De gozo, medo e pia dor, e afeitos
A igual moderação, de tolerância
P'ra próspero e adverso. Levarás
Mais certa a vida, à morte passarás,
Quando chegar, com mais preparo. Sobe
Ao monte; Eva dorme (pois seus olhos
Sedei) enquanto acordas tu p'ra sonhos,
Tal como do teu sono ela acordou.
  Ao que Adão estas deu em troca afável.
Sobe e te seguirei, guia seguro,
Por onde quer que vás, p'la mão me entrego,
Apesar de sofrido, volto ao mal
Meu peito exposto, armando-o p'ra vencer
P'las dores e ganhar paz do labor,
Se é que a posso alcançar. E eis que assim ambos
Ascendem às visões de Deus: um pico[31]
Era do Paraíso o maior, de onde
O hemisfério terrestre claramente
Se abria à envergadura do olhar.
Nem mais alta a montanha nem mais limpa
À volta, onde p'ra fim outro levou
Nosso segundo Adão o tentador,
P'ra dar-lhe a ver da terra toda a glória.[32]
De anciã cidade à urbe hodierna ali
Tudo se abria aos seus olhos, assentos
De impérios poderosos, desde os muros
A ser de Cambalu,[33] do cão cataio

---

[31] Versos 376-7: cf. *Ez.* 40, 2.

[32] Versos 381-4: quando Satanás levou Cristo ao cimo da montanha para tentá-lo (cf. *Mt.* 4, 8).

[33] Capital do Catai, de onde o "cão" (título sucessório a partir de Genghis Khan) "cataio" governou toda a China. "A ser" porque ainda não existente.

And Samarchand by Oxus, Temir's throne,
To Paquin of Sinæn kings, and thence
To Agra and Lahor of great mogul
Down to the golden Chersonese, or where
The Persian in Ecbatan sat, or since
In Hispahan, or where the Russian czar
In Mosco, or the sultan in Bizance,
Turchestan born; nor could his eye not ken
The empire of Negus to his utmost port
Ercoco and the less marítime kings
Mombaza, and Quiloa, and Melind,
And Sófala thought Ophir, to the realm
Of Congo, and Angola farthest south;
Or thence from Niger flood to Atlas mount

E Samarcanda do Oxo,[34] do Taimur,[35]
Até Pequim, de reis chineses, e Agra
E Laore,[36] depois, do grão-Mogol
Ao áureo Quersoneso,[37] ou onde o persa
Reinava em Ecbatana,[38] ou desde então
Em Ispaão,[39] ou avante p'ra Moscovo
Do czar russo, ou Bizâncio do sultão[40]
Nado turquestanês;[41] nem deixariam
De ver o Negus,[42] 'té ao mais remoto
Porto de Arquico[43] e menores os reinos
Equóreos Mombaça,[44] Quíloa,[45] Melinde,[46]
Sofala crido Ofir,[47] até aos reinos
Do mais longínquo sul, Congo e Angola;
Ou daí desde o Níger[48] ao Monte Atlas,[49]

---

[34] Junto ao rio Oxo, no atual Uzbequistão.

[35] Grafia mais aproximada do seu original para Tamerlão, o rei tártaro.

[36] Capitais mongóis no norte da Índia e no Punjab.

[37] Agora Malaca na Malásia. Identificada com Ofir, abastecedor do ouro de Salomão.

[38] Capital estival de reis persas.

[39] Capital persa desde cerca de 1600.

[40] Ou Constantinopla, rendida aos turcos em 1453.

[41] Os sultãos remontam ao Turquestão, uma região asiática entre a Mongólia e o Cáspio.

[42] Título do rei da Abissínia.

[43] Porto no Mar Vermelho na atual Etiópia.

[44] No Quênia, mencionada em *Lus*. I, 54, 4.

[45] Tanzânia.

[46] No Quênia, último porto de Vasco da Gama antes de rumar à Índia.

[47] Porto em Moçambique, associada também a Ofir.

[48] Rio no Mali.

[49] Montanhas no Marrocos.

The kingdoms of Almansor, Fez and Sus,
Marocco and Algiers, and Tremisen;
On Europe thence, and where Rome was to sway
The world: in spirit perhaps he also saw
Rich Mexico the seat of Motezume,
And Cusco in Peru, the richer seat
Of Atabalipa, and yet unspoiled
Guiana, whose great city Geryon's sons
Call El Dorado: but to nobler sights
Michael from Adam's eyes the film removed
Which that false fruit that promised clearer sight
Had bred; then purged with euphrasy and rue
The visual nerve, for he had much to see;
And from the well of life three drops instilled.
So deep the power of these ingredients pierced,
Even to the inmost seat of mental sight,
That Adam now enforced to close his eyes,
Sunk down and all his spirits became entranced:

Os reinados de Almançor,[50] Fez[51] e Suz,[52]
Marrocos e Argélia, e Tlemcen;[53]
Daí Europa, e onde Roma havia
De dominar o mundo; o rico México
Em espírito quiçá também viu, sólio
De Montezuma,[54] e Cuzco no Peru,
Do de Atahualpa,[55] áureo mais, e a intacta
Guiana à data,[56] cuja capital
A prole de Gérion[57] chama de El Dorado.
Mas em prol de outro olhar privou Miguel
Da fita Adão que o falso fruto dava[58]
Por ser clara e sem grão; depois purgou
Com eufrásia e arruda o nervo óptico,[59]
Que havia muito a ver, e instilou gotas,
Três, da fonte da vida. E tão fundo
Entraram tais virtudes, no mais íntimo
Das visões, que ao torpor Adão levaram,
E levaram-lhe espíritos ao êxtase.

---

[50] "Vitorioso". Título de governantes muçulmanos. Aqui especificamente o califa de Córdova (939-1002), rei da Andaluzia, que consolidou e alargou o controle muçulmano na Espanha e no Norte de África.

[51] No Marrocos.

[52] Tunísia.

[53] Na Argélia.

[54] O II, último imperador asteca. Cedeu o seu império a Cortés em 1520.

[55] O último soberano inca, assassinado em 1533 por Pizarro, que lhe saqueou a capital, Cuzco.

[56] Cuja capital, Manoa, o El Dorado, se manteve intacta no meio do saque espanhol.

[57] Os espanhóis. Gérion era um monstro de três cabeças que habitava uma ilha junto à costa espanhola. Matá-lo foi uma das tarefas de Hércules.

[58] Assim Atena aclara a vista a Diomedes (cf. *Il.* V, 127).

[59] Plantas oftálmicas e antídotos parciais para o fruto que Satã prometia clarificador.

But him the gentle angel by the hand
Soon raised, and his attention thus recalled.
  Adam, now ope thine eyes, and first behold
The effects which thy original crime hath wrought
In some to spring from thee, who never touched
The excepted tree, nor with the snake conspired,
Nor sinned thy sin, yet from that sin derive
Corruption to bring forth more violent deeds.
  His eyes he opened, and beheld a field,
Part arable and tilth, whereon were sheaves
New-reaped, the other part sheepwalks and folds;
I'th' midst an altar as the landmark stood
Rustic, of grassy sward; thither anon
A sweaty reaper from his tillage brought
First fruits, the green ear, and the yellow sheaf,
Unculled, as came to hand; a shepherd next
More meek came with the firstlings of his flock
Choicest and best; then sacrificing, laid
The inwards and their fat, with incense strewed,
On the cleft wood, and all due rites performed.
His offering soon propitious fire from heaven
Consumed with nimble glance, and grateful steam;
The other's not, for his was not sincere;
Whereat he inly raged, and as they talked,
Smote him into the midriff with a stone
That beat out life; he fell, and deadly pale
Groaned out his soul with gushing blood effused.
Much at that sight was Adam in his heart
Dismayed, and thus in haste to the angel cried.
  O teacher, some great mischief hath befall'n
To that meek man, who well had sacrificed;

Mas logo o segurou p'la mão o anjo
Gentilmente, e a atenção lhe recobrou.
  Adão, teus olhos abre agora, e vê
Os efeitos do crime original
Em alguns dos teus, quem não conspirou
Co'a serpente ou na árvore tocou,
Nem pecou teu pecado,[60] viesse embora
Dele a corrupção que atos trouxe iníquos.
  Seus olhos ele abriu, e viu um campo,
Em parte arável, onde havia feixes
Recém-colhidos, e aidos e pastagens
Na outra; e um altar a meio, rústico,
Como um marco de relva. Ali chegava
Da lavra um segador, com os seus frutos
Primeiros, espigas verdes, feixe fulvo,
Conforme veio à mão; seguiu-o mais
Manso um pastor, chegado co'as primícias,
O escol dos seus rebanhos, e imolando-os,
Estendeu-lhes a gordura e as entranhas
Incensadas na lenha com seus ritos
Próprios. Do céu propício um fogo logo[61]
Desceu sobre a oferta em lance ágil
E em grato odor; no outro não, que puro
Não era; ao que em fúria, e entretendo-o,
Lhe firmou no diafragma uma pedra
Que a vida lhe expulsou; caiu, e lívido
A alma expirou com sangue a jorros.
Ao coração de Adão tal cena trouxe
O horror, e ao anjo pronto se chorou.
  Ó mestre, um infortúnio se abateu
Sobre aquele homem bom, que o bom escolheu;

---

[60] Dicção bíblica (cf. *Êx*. 32, 30 e *Jo*. 5, 16).

[61] Ofertas aceitáveis eram frequentemente consumidas por um fogo dos céus (cf. *Lv*. 9, 24 e *I Rs*. 18, 38).

Is piety thus and pure devotion paid?
  To whom Michael thus, he also moved, replied.
These two are brethren, Adam, and to come
Out of thy loins; the unjust the just hath slain,
For envy that his brother's offering found
From heaven acceptance; but the bloody fact
Will be avenged, and the other's faith approved
Lose no reward, though here thou see him die,
Rolling in dust and gore. To which our sire.
  Alas, both for the deed and for the cause!
But have I now seen death? Is this the way
I must return to native dust? Oh sight
Of terror, foul and ugly to behold,
Horrid to think, how horrible to feel!
  To whom thus Michael. Death thou hast seen
In his first shape on man; but many shapes
Of death, and many are the ways that lead
To his grim cave, all dismal; yet to sense
More terrible at the entrance than within.
Some, as thou sawst, by violent stroke shall die,
By fire, flood, famine, by intemperance more
In meats and drinks, which on the earth shall bring
Diseases dire, of which a monstrous crew
Before thee shall appear; that thou mayst know
What misery the inabstinence of Eve
Shall bring on men. Immediately a place
Before his eyes appeared, sad, noisome, dark,
A lazar-house it seemed, wherein were laid
Numbers of all diseased, all maladies
Of ghastly spasm, or racking torture, qualms
Of heart-sick agony, all feverous kinds,

Assim se paga a pia devoção?
  Miguel, também tocado, replicou-lhe.
Estes dois são irmãos, Adão, progênie
Dos teus lombos; matou o injusto o justo,
Por ciúmes do irmão e do holocausto
Que achou no Céu favor; o fratricídio
Será porém vingado, e a fé do outro
Se pagará, conquanto o vejas ir-se
Numa polpa de sangue e pó. E Adão.[62]
  Ai de mim, ai, que ação e que motivo!
Acabei de ver morte? Vai-se assim
De volta ao pó nativo? Ó visão
De horror, chocante e torpe é teu semblante,
Pensar-te horrível é, atroz sentir-te!
  Disse-lhe assim Miguel. Da morte viste
As primeiras feições; mas muitos rostos
De morte e muitas vias vão ao negro
Covil, todos sombrios; aos sentidos,
Porém, horror maior, reside à porta,
Não dentro. Morrerão uns, como viste,
Em mãos brutais, p'lo fogo outros, cheias,
À fome, e imoderados mais, por gula,
Que a terra há-de infectar com pestilências,
Das quais monstruosa amostra tu verás,
P'ra que saibas o mal que advém aos homens
Da gula de Eva. Logo houve um lugar
Aos seus olhos, medonho, escuro, fétido,
Lembrando um lazareto,[63] onde havia
De enfermos toda a sorte, e enfermidades,
Dores cruéis, convulsões, desmaios, náuseas
E agonias, de febres toda a espécie,

---

[62] Versos 429-60: para a história de Abel e Caim, ver *Gn.* 4.

[63] Um hospital, especialmente um leprosário, a partir do nome de Lázaro (cf. *Lc.* 16, 20).

Convulsions, epilepsies, fierce catarrhs,
Intestine stone and ulcer, colic pangs,
Demoniac frenzy, moping melancholy
And moon-struck madness, pining atrophy,
Marasmus, and wide-wasting pestilence,
Dropsies, and asthmas, and joint-racking rheums.
Dire was the tossing, deep the groans, despair
Tended the sick busiest from couch to couch;
And over them triumphant death his dart
Shook, but delayed to strike, though oft invoked
With vows, as their chief good, and final hope.
Sight so deform what heart of rock could long
Dry-eyed behold? Adam could not, but wept,
Though not of woman born; compassion quelled
His best of man, and gave him up to tears
A space, till firmer thoughts restrained excess,
And scarce recovering words his plaint renewed.
  Oh miserable mankind, to what fall
Degraded, to what wretched state reserved!
Better end here unborn. Why is life giv'n
To be thus wrested from us? Rather why
Obtruded on us thus? Who if we knew
What we receive, would either not accept
Life offered, or soon beg to lay it down,
Glad to be so dismissed in peace. Can thus
The image of God in man created once
So goodly and erect, though faulty since,
To such unsightly sufferings be debased
Under inhuman pains? Why should not man,

Espasmos, gotas-corais, catarro agudo,
Pedra intestina,[64] úlceras, dor de cólicas,
Furor de possessões,[65] melancolias,
Demências, consumpções, contabescências,[66]
E pestilências de ampla assolação,[67]
Hidropisias, e asmas, dores reumáticas
Cruciantes. Eram fundos ais e abalos,
Co'afinco se ocupava o desespero
De cada cama, e sobre elas a morte
Dardo ovante agitava, mas tardando
O golpe, 'inda que em votos, esperança última
E sumo bem, o invoquem. Quem tão duro
Há que vendo tal cena adie as lágrimas?
Não Adão, de mulher não nado embora:
Nele o viril cedeu ao dó, e ao choro
Um pouco o deu, mas cedo soube o excesso
Conter, e recobrou a custo a queixa.
  Ó pobre gênero humano, a que ponto
Chegaste, e em que estado vil caíste!
Melhor que não nasceras. Se é p'ra furto
Por que da vida a graça? Sim, por que
Impingida assim? Nós próprios, soubéssemos
O que nos dá, ou não lhe aceitaríamos
O dom, ou a depô-lo a levaríamos,
Gratos por nos deixar em paz. Admite-se
Que no homem, tão bom que era, e vertical,
Sim, falível depois, se avilte a imagem
De Deus, desfigurada em sofrimentos
Secretos e inumanos? Não há-de ele,

---

[64] Cálculo.

[65] Sobreexcitação maníaca ou pós-epiléptica, frequentemente atribuída à possessão pelos espíritos.

[66] Definhamento lento e progressivo.

[67] Os versos 485-7 foram acrescentados em 1674.

Retaining still divine similitude
In part, from such deformities be free,
And for his maker's image sake exempt?
  Their maker's image, answered Michael, then
Forsook them, when themselves they vilified
To serve ungoverned appetite, and took
His image whom they served, a brutish vice,
Inductive mainly to the sin of Eve.
Therefore so abject is their punishment,
Disfiguring not God's likeness, but their own,
Or if his likeness, by themselves defaced
While they pervert pure nature's healthful rules
To loathsome sickness, worthily, since they
God's image did not reverence in themselves.
  I yield it just, said Adam, and submit.
But is there yet no other way, besides
These painful passages, how we may come
To death, and mix with our connatural dust?
  There is, said Michael, if thou well observe
The rule of not too much, by temperance taught
In what thou eatst and drinkst, seeking from thence
Due nourishment, not gluttonous delight,
Till many years over thy head return:
So mayst thou live, till like ripe fruit thou drop
Into thy mother's lap, or be with ease
Gathered, not harshly plucked, for death mature:
This is old age; but then thou must outlive
Thy youth, thy strength, thy beauty, which will change
To withered weak and grey; thy senses then
Obtuse, all taste of pleasure must forgo,
To what thou hast, and for the air of youth

Retendo ainda em parte a semelhança
Divina, de amorfias tais escusar-se,
E em nome dessa imagem ver-se isento?
  A imagem do criador, tornou Miguel,
Deixou-a quando a si só se aviltou
Em nome de apetites sem governo,
E a imagem que servia transformou-a
Mau vício, conducente à falta de Eva.
Daí que seja abjeto o seu castigo,
Não afeando de Deus a semelhança,
Mas a sua, ou nele deformando-a
Ao perverter as regras sãs da sábia
Natura torpemente, e merece-o,
Que o espelho de Deus nele não honrou.
  Concedo-o, disse Adão, e me submeto.
Não há porém além destas passagens
De dor outros caminhos que nos levem
À morte e a misturar no nosso o pó?
  Sim, há, disse Miguel, se bem guardares
A lei do não de mais, lição regrada
No que comes e bebes, nela achando
Nutrição comedida, e não gula;
Assim os anos pagam-te à cabeça,
E assim viverás, 'té que de maduro
No colo da mãe caias fruto, ou fácil[68]
Te colham sem sacões, p'ra morte próprio:
Velhice é, mas p'ra isso sobrevive
À juventude, à força, à beleza
Que murcharão em cãs; então obtusos,
Dos teus sentidos vai-se o gozo ao gosto
De agora, e no lugar do ar juvenil,

---

[68] Versos 535-6: já Cícero havia comparado a morte pacífica com o cair de um fruto de maduro. O ensino é que Adão pode reverter em parte as consequências físicas da sua queda se usar de moderação.

Hopeful and cheerful, in thy blood will reign
A melancholy damp of cold and dry
To weigh thy spirits down, and last consume
The balm of life. To whom our ancestor.
   Henceforth I fly not death, nor would prolong
Life much, bent rather how I may be quit
Fairest and easiest of this cumbrous charge,
Which I must keep till my appointed day
Of rendering up, and patiently attend
My dissolution. Michael replied.
   Nor love thy life, nor hate; but what thou liv'st
Live well, how long or short permit to heaven:
And now prepare thee for another sight.
   He looked and saw a spacious plain, whereon
Were tents of various hue; by some were herds
Of cattle grazing: others, whence the sound
Of instruments that made melodious chime
Was heard, of harp and organ; and who moved
Their stops and chords was seen: his volant touch
Instinct through all proportions low and high
Fled and pursued transverse the resonant fugue.
In other part stood one who at the forge
Labouring, two massy clods of iron and brass
Had melted (whether found where casual fire
Had wasted woods on mountain or in vale,
Down to the veins of earth, thence gliding hot
To some cave's mouth, or whether washed by stream
From underground) the liquid ore he drained
Into fit moulds prepared; from which he formed
First his own tools; then, what might else be wrought

Alegre e optimista, reinará
Uma melancolia fria e seca
P'ra te vergar o espírito, e o bálsamo
Vital te usar por fim. Falou-lhe Adão.
  Não fugirei à morte então, nem quero
Vida a mais, antes cuido na maneira
Mais fácil de alijar o peso morto
Que devo suportar até ao dia
Da entrega, aguardando com paciência
A minha cessação. Miguel tornou-lhe.
  P'la vida nem amor nem ódio; vive
O que viveres, bem, que ao Céu compete
Se breve ou longa. Agora há mais, prepara-te.
  Olhou e viu um plaino amplo, cheio
De tendas variegadas; junto a algumas
Pastava gado; de outras vinham sons
De instrumentos acordes na harmonia,
De órgão e harpa; e viu-se a mão de quem[69]
Corria tecla e corda: seu toque ágil
Intuindo proporções de baixo e alto
Fugia e perseguia em fuga de ecos.[70]
Noutra parte surgia quem na forja[71]
Fundira dois montões de bronze e ferro
Maciços (quer achados onde em bosque
Fortuito o fogo errou, em vale ou monte,
'Té aos veios da terra, dando em brasa
À boca de uma gruta, quer levados
Por fluxos subterrâneos); o ouro líquido
Drenou em moldes próprios, e utensílios
Primeiro fez p'ra si; depois o mais

---

[69] Jubal, descendente de Caim e pai da música (cf. *Gn.* 4, 21).

[70] Milton era também organista. Esta "fuga" lembra a raça de Jubal como a raça fugitiva de Caim. Ver *Gn.* 4, 12.

[71] Tubal-Caim, irmão de Jubal, pai da metalurgia (cf. *Gn.* 4, 22).

Fusile or graven in metal. After these,
But on the hither side a different sort
From the high neighbouring hills, which was their seat,
Down to the plain descended: by their guise
Just men they seemed, and all their study bent
To worship God aright, and know his works
Not hid, nor those things last which might preserve
Freedom and peace to men: they on the plain
Long had not walked, when from the tents behold
A bevy of fair women, richly gay
In gems and wanton dress; to the harp they sung
Soft amorous ditties, and in dance came on:
The men though grave, eyed them, and let their eyes
Rove without rein, till in the amorous net
Fast caught, they liked, and each his liking chose;
And now of love they treat till the evening star
Love's harbinger appeared; then all in heat
They light the nuptial torch, and bid invoke
Hymen, then first to marriage rites invoked;
With feast and music all the tents resound.
Such happy interview and fair event
Of love and youth not lost, songs, garlands, flowers,
And charming symphonies attached the heart
Of Adam, soon inclined to admit delight,
The bent of nature; which he thus expressed.
   True opener of mine eyes, prime angel blest,
Much better seems this vision, and more hope
Of peaceful days portends, than those two past;

Que em metal p'ra fundir, esculpir, houvesse.
Opostamente a estes de outra casta[72]
Das montanhas vizinhas, seu lugar,
Ao plaino outros vinham: p'la aparência
Pareciam justos, sua aplicação
Louvar a Deus, e as obras conhecer-lhe,[73]
As que à luz deu, e coisas que preservem
A liberdade e a paz dos homens. Pouco
Andado haviam, quando, olhai, das tendas
Mulheres belas, vistosas nos ornatos
E vestidos sensuais; vinham dançando,
E maviosas à harpa amor contavam.
Moviam-se com elas olhos graves
Viris, sem rédea, até que em rede erótica
Caíam como queriam, com quem queriam;
E amor negociavam 'té que a estrela
Da tarde,[74] precursor do amor, surgisse,
E archotes nupciais chamassem, e Hímen[75]
P'la vez primeira a ritos conjugais;
Com festa e canto as tendas ressoavam.
Encontro tão feliz com juventude,
Beleza, amor, canções, grinaldas, flores
E belas sinfonias encantaram
Adão, no coração naturalmente
Levado a confessar prazer assim.[76]
Tu que aclaras meus olhos, de anjos príncipe,
Visão é bem mais grata, e mais esperança
De paz aos dias traz, mais do que as últimas;

---

[72] Descendentes de Set. Vivem opostamente a Caim, que havia migrado para o leste do Éden (cf. *Gn*. 4, 16).

[73] Eram tidos como inventores da física e da astronomia.

[74] Vênus.

[75] Deus do casamento.

[76] Versos 556-97: a terceira visão de Adão baseia-se em *Gn*. 4, 19-22.

Those were of hate and death, or pain much worse,
Here nature seems fulfilled in all her ends.
  To whom thus Michael. Judge not what is best
By pleasure, though to nature seeming meet,
Created, as thou art, to nobler end
Holy and pure, conformity divine.
Those tents thou sawst so pleasant, were the tents
Of wickedness, wherein shall dwell his race
Who slew his brother; studious they appear
Of arts that polish life, inventors rare,
Unmindful of their maker, though his Spirit
Taught them, but they his gifts acknowledged none.
Yet they a beauteous offspring shall beget;
For that fair female troupe thou sawst, that seemed
Of goddesses, so blithe, so smooth, so gay,
Yet empty of all good wherein consists
Woman's domestic honour and chief praise;
Bred only and completed to the taste
Of lustful appetence, to sing, to dance,
To dress, and troll the tongue, and roll the eye.
To these that sober race of men, whose lives
Religious titled them the sons of God,
Shall yield up all their virtue, all their fame
Ignobly, to the trains and to the smiles
Of these fair atheists, and now swim in joy
(Erelong to swim at large), and laugh; for which
The world erelong a world of tears must weep.

De morte e ódio eram, ou pior dor;
Mas aqui seus fins cumpre a natureza.
  Disse Miguel. Não julgues o melhor
P'lo prazer, apesar de a natureza
To fazer crer, criado que és p'ra fins
Mais nobres, santo, puro, como Deus.
As tendas do teu mimo tendas eram
De ímpios,[77] onde a raça habitará
Do fratricida; mostram-se aplicados
Nas artes do progresso, inventores
Exímios, mas esquecidos do seu mestre
E autor, e os seus dons não os reconhecem.
Mas belos filhos hão-de conceber;
Viste as mulheres, mais parecendo um séquito
De deusas, tão joviais, tão doces e álacres,
Tão ocas no que toca ao que honra a dona
De casa e virtuosa a dignifica;
Nutridas e ensinadas só no gosto
Do que é carnal, p'ra dança, canto, roupas,
P'ra requebros de língua e quebros de olhos.
A estas estes homens sábios, tidos
Por filhos de Deus,[78] tal a devoção,
Cederão a virtude, e toda a fama
Indignamente, a avanços e a enlaces
Destas ateias, já num mar de rosas
(Não muito e nadarão ao largo) nadam;
Por isto o mundo um mundo afoga em lágrimas.

[77] *Sl.* 84, 10.

[78] Cf. *Gn.* 6, 2. Este passo particular do texto bíblico originou as leituras heréticas de Filo, Clemente de Alexandria e Tertuliano, ao verem aqui base para um cruzamento de anjos e mulheres. Milton dividiu-se por duas tradições: a que entendia estes "filhos de Deus" como os descendentes de Set, e a que os identificava como sendo os anjos caídos.

To whom thus Adam of short joy bereft.
Oh pity and shame, that they who to live well
Entered so fair, should turn aside to tread
Paths indirect, or in the midway faint!
But still I see the tenor of man's woe
Holds on the same, from woman to begin.
From man's effeminate slackness it begins,
Said the angel, who should better hold his place
By wisdom, and superior gifts received.
But now prepare thee for another scene.
He looked and saw wide territory spread
Before him, towns, and rural works between,
Cities of men with lofty gates and towers,
Concourse in arms, fierce faces threatening war,
Giants of mighty bone, and bold emprise;
Part wield their arms, part curb the foaming steed,
Single or in array of battle ranged
Both horse and foot, nor idly mustering stood;
One way a band select from forage drives
A herd of beeves, fair oxen and fair kine
From a fat meadow ground; or fleecy flock,
Ewes and their bleating lambs over the plain,
Their booty; scarce with life the shepherds fly,
But call in aid, which makes a bloody fray;
With cruel tournament the squadrons join;
Where cattle pastured late, now scattered lies
With carcasses and arms the ensanguined field
Deserted: others to a city strong
Lay siege, encamped; by battery, scale, and mine,
Assaulting; others from the wall defend
With dart and javelin, stones and sulphurous fire;
On each hand slaughter and gigantic deeds.
In other part the sceptred heralds call

Ao que Adão diz, usado o curto gozo.
Oh, dó, opróbrio, que esses que encetaram
Tão bem a vida agora voltem passos
P'ra indiretos caminhos, ou desmaiem
A meio! E já vejo que a dor do homem
Vai dar ao mesmo, nasce da mulher.
Começa no langor enerve do homem,
Disse o anjo, que as funções p'la sabedoria
Deveria manter, superior que lhe é.
Prepara-te porém p'ra novas cenas.
Olhou e viu um amplo território
Abrir-se, vilas, campo e lavoura,
Cidades de homens de áditos e torres
Soberbos, choques de armas, cenhos bélicos,
Gigantes de osso de aço, feitos márcios;[79]
Parte brande armas, parte brida o nervo
De corcéis; cavaleiros ou peões
Em falanges se alinham p'ra revista
De guerra; uns ao saque afeitos caçam
Uma manada, belos bois e vacas
De tenro campo, ou rebanhos lanudos,
Ovelhas e cordeiros com balidos
Do saque; escapam sãos poucos pastores,
Mas gritam, o que atrai mais sangue à briga;
Num torneio cruel esquadrões se encaixam;
E onde antes gado andava, agora jazem
Empapados em sangue armas, carcaças
Esparsas; acampam-se outros sitiando
Um centro; escadas, túneis, baterias
São suas armas; de outros amurados
Setas, lanças, calhaus e enxofre em fogo;
De parte a parte açougue e ações de monta.
Do outro lado arautos reais convocam

[79] Segundo a tradição que via os Gigantes como descendência de anjos.

To council in the city gates: anon
Grey-headed men and grave, with warriors mixed,
Assemble, and harangues are heard, but soon
In factious opposition, till at last
Of middle age one rising, eminent
In wise deport, spake much of right and wrong,
Of justice, of religion, truth and peace,
And judgment from above: him old and young
Exploded, and had seized with violent hands,
Had not a cloud descending snatched him thence
Unseen amid the throng: so violence
Proceeded, and oppression, and sword-law
Through all the plain, and refuge none was found.
Adam was all in tears, and to his guide
Lamenting turned full sad; oh what are these,
Death's ministers, not men, who thus deal death
Inhumanly to men, and multiply
Ten thousandfold the sin of him who slew
His brother; for of whom such massacre
Make they but of their brethren, men of men?
But who was that just man, whom had not heaven
Rescued, had in his righteousness been lost?
  To whom thus Michael. These are the product
Of those ill-mated marriages thou sawst;
Where good with bad were matched, who of themselves
Abhor to join; and by imprudence mixed,
Produce prodigious births of body or mind.
Such were these giants, men of high renown;
For in those days might only shall be admired,

Concílio nos portões do burgo: logo
Com cãs prudentes homens com guerreiros
Se agrupam, e em arengas se debatem,
Discordes nas facções; 'té que por fim
De meia idade alguém ilustre se ergue[80]
No douto porte, e fala de equidade,
Retidão, religião, verdade e paz,
E justiça dos céus: imberbe e sene
Por pouco não trocavam por mãos quentes
Apupos, não fosse uma nuvem espessa[81]
Raptá-lo ao tropel. E eis que assim seguiram
Fereza e opressão, e a lei da espada
Por toda a parte, e abrigo não se achava.[82]
Adão chorava, lágrimas que ao guia
Levava em palavras: Que é isto, homens
Não são, que a morte servem, e inumanos
A morte negoceiam, e inflacionam
O pecado daquele que matou
Seu irmão dez mil vezes;[83] pois não matam
Estes os seus irmãos dos homens filhos?
Mas quem era aquele homem justo, morto
Por ser reto, não fosse o Céu salvá-lo?
  Miguel respondeu. Estes são produto
Daqueles casamentos vis que viste,
Onde se uniram dois que se aborrecem,
O bom e o mau, e em coitos de imprudência
Deram aberrações de mente e corpo.
E eis os gigantes, homens de renome;
Pois então só a força se admirando

[80] Enoque, descrito mais amplamente a partir do verso 700.

[81] Cf. *Gn.* 5, 24, sem menção a alguma nuvem.

[82] Versos 638-73: a quarta visão de Adão, seguindo *Gn.* 6, 4, lembra a descrição homérica do escudo de Aquiles (cf. *Il.* XVIII, 478-616).

[83] Cf. *Jd.* 14 ss.

And valour and heroic virtue called;
To overcome in battle, and subdue
Nations, and bring home spoils with infinite
Manslaughter, shall be held the highest pitch
Of human glory, and for glory done
Of triumph, to be styled great conquerors,
Patrons of mankind, gods, and sons of gods,
Destroyers rightlier called and plagues of men.
Thus fame shall be achieved, renown on earth,
And what most merits fame in silence hid.
But he the seventh from thee, whom thou beheldst
The only righteous in a world perverse,
And therefore hated, therefore so beset
With foes for daring single to be just,
And utter odious truth, that God would come
To judge them with his saints: him the most high
Rapt in a balmy cloud with wingèd steeds
Did, as thou sawst, receive, to walk with God
High in salvation and the climes of bliss,
Exempt from death; to show thee what reward
Awaits the good, the rest what punishment;
Which now direct thine eyes and soon behold.
  He looked, and saw the face of things quite changed;
The brazen throat of war had ceased to roar,
All now was turned to jollity and game,
To luxury and riot, feast and dance,
Marrying or prostituting, as befell,
Rape or adultery, where passing fair

Por valor se terá, virtude heroica;[84]
Arrasar em combate, subjugar
Nações, depois voltar com os despojos
De chacinas sem fim será da glória
Humana o apogeu, e feita a glória
De conquistas, ser tido por magnífico
Conquistador, patrono de homens, deus,
Ou filho de um, alcunhas para algozes.
Assim renome e fama se achará
E ao que os merece mais se negarão.
Mas aquele que ali tu viste, o sétimo[85]
De ti, um justo só num mundo de ímpios,
Donde execrado, donde perseguido
Por inimigos só por só ser justo
E expor duras verdades, Deus chegado[86]
Co'os santos p'ra julgá-los: sequestrou-o
Do Céu balsâmea nuvem com corcéis[87]
Alados, p'ra acolhê-lo Deus, e andar
Com ele em salvação e em climas claros,
Isento de morrer; p'ra veres o prêmio
Que espera o justo, o resto que castigo;
Teus olhos volta agora, assiste a isto.
  Olhou e viu as coisas já mudadas,
Da guerra a gorja ênea seus rugidos
Cessara, tudo pândega, festins,
Luxúria e deboche, regabofe
E danças, maridanças, meretrícios,
Violações e adultérios, onde o belo

[84] Versos 689-90: do étimo latino *vir* (homem). A virtude cristã baseia-se em bondade, a satânica, em poder.

[85] Enoque chegou na sétima geração de Adão.

[86] "A saber" estará antes subentendido.

[87] Ver *II Rs*. 2, 11 e os cavalos de fogo que levaram Elias, amiúde associado a Enoque.

Allured them; thence from cups to civil broils.
At length a reverend sire among them came,
And of their doings great dislike declared,
And testified against their ways; he oft
Frequented their assemblies, whereso met,
Triumphs or festivals, and to them preached
Conversion and repentance, as to souls
In prison under judgments imminent:
But all in vain: which when he saw, he ceased
Contending, and removed his tents far off;
Then from the mountain hewing timber tall,
Began to build a vessel of huge bulk,
Measured by cubit, length, and breadth, and height,
Smeared round with pitch, and in the side a door
Contrived, and of provisions laid in large
For man and beast: when lo a wonder strange!
Of every beast, and bird, and insect small
Came sevens, and pairs, and entered in, as taught
Their order: last the sire, and his three sons
With their four wives; and God made fast the door.
Meanwhile the south wind rose, and with black wings
Wide hovering, all the clouds together drove
From under heaven; the hills to their supply
Vapour, and exhalation dusk and moist,
Sent up amain; and now the thickened sky
Like a dark ceiling stood; down rushed the rain
Impetuous, and continued till the earth
No more was seen; the floating vessel swum
Uplifted; and secure with beakèd prow
Rode tilting o'er the waves, all dwellings else
Flood overwhelmed, and them with all their pomp
Deep under water rolled; sea covered sea,
Sea without shore; and in their palaces
Where luxury late reigned, sea-monsters whelped
And stabled; of mankind, so numerous late,

Passasse ali o passe, e de dois copos
Ao murro um passo só. Por fim dentre eles,
Mostrando-se indignado com tais atos,
Ergueu-se um patriarca, condenando-os;
Assíduo aos seus conselhos, e onde havia
Cortejos e festejos, incutia-lhes
Pesar e conversão, como p'ra almas
Que presas cadafalso aguardam célere.
Mas tudo em vão. E vendo-o vão, cessada
A luta, p'ra bem longe foi das tendas;
E abatendo depois toros das serras,
Deu-se à feitura de ampla nave, e os côvados
Mediu-os em comprido, largo e alto,
E revestiu-a a pez, e lateral
A entrada fez, e muitas provisões
Deixou p'ra besta e homem: quando pasme-se!
De cada besta, e ave, e inseto miúdo
Aos sete e aos pares vinham ordenados;
Por fim o patriarca, e os três filhos
E as quatro esposas; Deus selou a porta.
E então o vento sul inchou pairando
Nas amplas asas mate e aliou as nuvens
Debaixo dos céus; másculos os montes
Vapor, e exalação sombria e úmida,
Solícitos supriram; e o céu espesso
Um teto abobadou; precipitou-se
Copiosa a chuva, até que a terra, imersa,
Não mais se viu; a arca flutuava
Aprumada, e altiva no seu beque
Vogou por sobre as águas sacudida,
Submerso tudo o resto: sob as águas
Toda a pompa afundou; mar sobre mar,
Só mar sem costa a dar; e eram palácios
Onde reinava o luxo, estrebarias
Já p'ra monstros do mar; os homens, tantos

Began to build a vessel of huge bulk

Deu-se à feitura de ampla nave

(XI, 729)

All dwellings else
Flood overwhelmed, and them with all their pomp
Deep under water rolled

Vogou por sobre as águas sacudida,
Submerso tudo o resto: sob as águas
Toda a pompa afundou

(XI, 747-9)

All left, in one small bottom swum embarked.
How didst thou grieve then, Adam, to behold
The end of all thy offspring, end so sad,
Depopulation; thee another flood,
Of tears and sorrow a flood thee also drowned,
And sunk thee as thy sons; till gently reared
By the angel, on thy feet thou stoodst at last,
Though comfortless, as when a father mourns
His children, all in view destroyed at once;
And scarce to the angel utterdst thus thy plaint.
  Oh visions ill foreseen! Better had I
Lived ignorant of future, so had borne
My part of evil only, each day's lot
Enough to bear; those now, that were dispensed
The burden of many ages, on me light
At once, by my foreknowledge gaining birth
Abortive, to torment me ere their being,
With thought that they must be. Let no man seek
Henceforth to be foretold what shall befall
Him or his children, evil he may be sure,
Which neither his foreknowing can prevent,
And he the future evil shall no less
In apprehension than in substance feel
Grievous to bear: but that care now is past,
Man is not whom to warn: those few escaped
Famine and anguish will at last consume
Wandering that watery desert: I had hope
When violence was ceased, and war on earth,
All would have then gone well, peace would have crowned
With length of happy days the race of man;
But I was far deceived; for now I see

Antes, exígua arca os abarca.[88]
Como choraste então, Adão, ao veres
O fim do teu renovo, fim tão triste,
Despovoamento, tu que outro dilúvio
De lágrimas e mágoa te inundou
E ao fundo te levou também, 'té que almo
Anjo te erguesse e em pé te sustentasse,
Embora pesaroso, como um pai
No luto filial, que sobre ruínas
Se vê; a custo assim choraste ao anjo.
  Oh previsões funestas! Melhor fora
Ter vivido ignorante do futuro,
Levando o meu quinhão de mal, que o mal
O seu tem cada dia; porém este,[89]
Fardo p'ra muitas eras, cai-me a uma,
De visão prematura prematuro
Nascendo, p'ra precoces pensamentos
De dor p'lo que há-de ser. Que de futuro
Homem algum p'ra si ou p'ra seus filhos
Intente previsões, que é certo o mal,
P'la sua previsão não prevenido,
Nem menos doloroso na apreensão
Do que em substância quando já doendo.
Serôdio é porém esse cuidado,
Que homem não há p'ra aviso, e o punhado
A salvo morrerá à fome e em mágoas
No deserto aguacento. Tinha esperança,
Quando na terra a guerra e a violência
Cessaram, que a paz plena coroaria
Com dias de bem-estar a raça humana;
Em muito me enganei; pois a paz está

---

[88] Versos 712-53: a visão do Dilúvio segue o relato de *Gn.* 6, 9 a 9, 17.

[89] Versos 765-6: cf. *Mt.* 6, 34.

Peace to corrupt no less than war to waste.
How comes it thus? Unfold, celestial guide,
And whether here the race of man will end.
To whom thus Michael. Those whom last thou sawst
In triumph and luxurious wealth, are they
First seen in acts of prowess eminent
And great exploits, but of true virtue void;
Who having spilt much blood, and done much waste
Subduing nations, and achieved thereby
Fame in the world, high titles, and rich prey,
Shall change their course to pleasure, ease, and sloth,
Surfeit, and lust, till wantonness and pride
Raise out of friendship hostile deeds in peace.
The conquered also, and enslaved by war
Shall with their freedom lost all virtue lose
And fear of God, from whom their piety feigned
In sharp contést of battle found no aid
Against invaders; therefore cooled in zeal
Thenceforth shall practise how to live secure,
Worldly or dissolute, on what their lords
Shall leave them to enjoy; for the earth shall bear
More than enough, that temperance may be tried:
So all shall turn degenerate, all depraved,
Justice and temperance, truth and faith forgot;
One man except, the only son of light
In a dark age, against example good,
Against allurement, custom, and a world
Offended; fearless of reproach and scorn,
Or violence, he of their wicked ways
Shall them admonish, and before them set
The paths of righteousness, how much more safe,
And full of peace, denouncing wrath to come
On their impenitence; and shall return
Of them derided, but of God observed
The one just man alive; by his command

P'ra corrupção assim como p'ra estrago
A guerra. Como vem a ser isto? Insto-te,
Diz-me, ó guia, se aqui humanos findam.
Falou Miguel. Os últimos que viste
Em louros e opulência são os que antes
Intrépidos e em feitos eminentes
Achaste, mas vazios de virtude;
Os que tendo espalhado muito sangue
E arruinado nações, donde afamados
No mundo, com despojos e altos títulos,
Se renderão à calma, ao gozo, ao ócio,
À gula, à carne, até que alarde e crápula
Inimizades cavem de amizades.
Também o conquistado, feito escravo,
Perderá a virtude e o medo a Deus
No cativeiro, Deus que aos pios falsos
Valer não quer no transe da batalha
Contra invasores; donde em zelo frios
Tranquilos buscarão viver mundana
E licenciosamente, tanto quanto
Os anos permitirem, pois a terra
Dará mais do que baste, a fim de aferir
Da temperança, esquecida co'a verdade,
Justiça e fé num mundo depravado;
Salvo um homem, da luz o filho único
Num tempo umbroso, bom contra a corrente,
Contra atrações, costumes, e um mundo
Azedo; sem temer censura, escárnio,
Violência, aos iníquos lembrará
Seus maus caminhos e aos da retidão
Exortará, quão mais seguros, cheios
De paz, pregando a ira que há-de vir
Sobre os impenitentes; e apoucado
Sairá dali, porém p'ra Deus será
O único justo vivo; ao seu mando

Shall build a wondrous ark, as thou beheldst,
To save himself and household from amidst
A world devote to universal wreck.
No sooner he with them of man and beast
Select for life shall in the ark be lodged,
And sheltered round, but all the cataracts
Of heaven set open on the earth shall pour
Rain day and night, all fountains of the deep
Broke up, shall heave the ocean to usurp
Beyond all bounds, till inundation rise
Above the highest hills: then shall this mount
Of Paradise by might of waves be moved
Out of his place, pushed by the hornèd flood,
With all his verdure spoiled, and trees adrift
Down the great river to the opening gulf,
And there take root an island salt and bare,
The haunt of seals and orcs, and seamews' clang.
To teach thee that God áttributes to place
No sanctity, if none be thither brought
By men who there frequent, or therein dwell.
And now what further shall ensue, behold.
He looked, and saw the ark hull on the flood,
Which now abated, for the clouds were fled,
Driven by a keen north wind, that blowing dry
Wrinkled the face of deluge, as decayed;
And the clear sun on his wide watery glass
Gazed hot, and of the fresh wave largely drew,
As after thirst, which made their flowing shrink
From standing lake to tripping ebb, that stole
With soft foot towards the deep, who now had stopped

Fará aquela arca de prodígios,
Para salvar-se a si e aos seus no meio
De um mundo condenado a naufragar.
E mal aquele e aqueles entre eleitos
De homem e besta na arca se resguardem
Mantendo viva a vida ali, o céu
Soltará cataratas sobre a terra
Noite e dia, e as fontes dos abismos,
Fendidas, ao motim levarão mares
P'ra além dos seus confins, 'té que o dilúvio
Aos altos cumes suba: este monte
Do Paraíso à força de ondas másculas
Deslocar-se-á então, p'los cornos d'água[90]
Colhido no seu tenro lombo verde,
Com lenhos ao sabor do grande rio[91]
Que ao golfo vai,[92] e ali se ilhará estéril,
Foz de orcas, focas, gritos de gaivotas.
P'ra veres que aos lugares Deus não fixa
Piedade, se nenhuma ali levarem
Os homens que ali vão ou que ali moram.
E agora vê, que há mais já a seguir.
  Olhou e viu a arca sobre as águas,
Amainadas já, porque em fuga as nuvens,
Varridas por um vento norte afiado,
Que seco a face às águas enrugou
Como se velhas; e alvo o sol o vidro
Mirou e à sede ardendo um trago largo
De fresca onda hauriu, que à baixa-mar
Levou um lago morto e às profundas
Represadas a vaza p'la calada,

---

[90] Os deuses fluviais gregos e romanos eram representados como touros por causa da sua força (cf. *Il.* XXI, 237).

[91] Cf. *Gn.* 15, 18.

[92] Golfo Pérsico.

His sluices, as the heaven his windows shut.
The ark no more now floats, but seems on ground
Fast on the top of some high mountain fixed.
And now the tops of hills as rocks appear;
With clamour thence the rapid currents drive
Towards the retreating sea their furious tide.
Forthwith from out the ark a raven flies,
And after him, the surer messenger,
A dove sent forth once and again to spy
Green tree or ground whereon his foot may light;
The second time returning, in his bill
An olive leaf he brings, pacific sign:
Anon dry ground appears, and from his ark
The ancient sire descends with all his train;
Then with uplifted hands, and eyes devout,
Grateful to heaven, over his head beholds
A dewy cloud, and in the cloud a bow
Conspicuous with three listed colours gay,
Betok'ning peace from God and covenant new.
Whereat the heart of Adam erst so sad
Greatly rejoiced, and thus his joy broke forth.
O thou that future things canst represent
As present, heavenly instructor, I revive
At this last sight, assured that man shall live
With all the creatures, and their seed preserve.
Far less I now lament for one whole world
Of wicked sons destroyed, than I rejoice
For one man found so perfect and so just,
That God vouchsafes to raise another world
From him, and all his anger to forget.
But say, what mean those coloured streaks in heaven,

Fechadas as janelas já do céu.
Não mais sobre águas a arca vai, mas firme
No cume de montanha se afigura.[93]
E agora como rochas surgem cumes;
Ao mar em retirada levam rápidas
Correntes águas rábidas com estrépito.
De pronto um corvo voa arca fora,
E arauto mais seguro substitui-o
Uma e outra vez uma pomba, a dar
Com verde arbusto ou chão onde pousar;
Tornada vez segunda, traz no bico
Um ramo de oliveira, bom sinal:
Não tarda que se firme o chão, e deixe
O patriarca a arca com seu séquito;
Depois com mãos erguidas, e olhos pios,
E grato ao Céu, vê uma nuvem róscida
Sobre a cabeça, nuvem que alça um arco
Distinto com três listras coloridas,[94]
Sinal da paz de Deus e nova aliança.
O coração de Adão antes tão triste
Em muito se alegrou, rompendo em júbilo.
Ó tu que no presente representas
O que é futuro, nesta visão vivo
De novo, pois viverá ainda o homem
E os seres vivos, poupando-se a semente.
Pois menos já me aflige todo um mundo
De iníquos destruído, do que gozo
Me traz homem tão justo e perfeito,
A ponto de merecer de Deus um mundo
Nascente, e mitigada a sua ira.
Mas diz, que significam estas faixas

---

[93] Monte Ararat (cf. *Gn.* 8, 4).

[94] As três cores primárias: vermelho, amarelo e azul.

Distended as the brow of God appeased,
Or serve they as a flowery verge to bind
The fluid skirts of that same watery cloud,
Lest it again dissolve and shower the earth?
  To whom the archangel. Dextrously thou aimst;
So willingly doth God remit his ire,
Though late repenting him of man depraved,
Grieved at his heart, when looking down he saw
The whole earth filled with violence, and all flesh
Corrupting each their way; yet those removed,
Such grace shall one just man find in his sight,
That he relents, not to blot out mankind,
And makes a covenant never to destroy
The earth again by flood, nor let the sea
Surpass his bounds, nor rain to drown the world
With man therein or beast; but when he brings
Over the earth a cloud, will therein set
His triple-coloured bow, whereon to look
And call to mind his covenant: day and night,
Seed-time and harvest, heat and hoary frost
Shall hold their course, till fire purge all things new,
Both heaven and earth, wherein the just shall dwell.

The end of the eleventh book

De cor no céu, a celha Deus folgou,
Ou servem por canteiro p'ra marcar
As orlas fluidas da áquea nuvem, fosse
De novo dissolver-se sobre a terra?
  Tornou o arcanjo. Hábil conjecturas;
De bom grado quer Deus remir a ira,
Embora haja sofrido arrependido[95]
De ter criado o homem quando viu
A terra cheia de ódio, e corrupta
Toda a carne; mas uma vez expulsos,
Um justo só será de graça achado,
E a ira assoladora à humanidade
Perdoará, e em Aliança jurará
Não mais trazer dilúvio sobre a terra,
Nem mares sublevar dos seus limites,
Nem afundar em chuva besta e homem;
Quando à terra trouxer porém a nuvem,
Há-de ali pôr de tripla cor seu arco,
Em memória da Aliança: dia e noite,
A ceifa, a seara, a brasa, as cãs do gelo
Serão, até que o fogo o novo traga,[96]
Novos céus, nova terra, o lar do justo.

Fim do décimo primeiro livro

---

[95] Cf. *Gn.* 6, 6.

[96] *II Pe.* 3, 6-7.

Book XII

The Argument

Thence from the Flood relates, and by degrees explains, who that seed of the woman shall be; his incarnation, death, resurrection, and ascension; the state of the Church till his second coming. Adam greatly satisfied and recomforted by these relations and promises descends the hill with Michael; wakens Eve, who all this while had slept, but with gentle dreams composed to quietness of mind and submission. Michael in either hand leads them out of Paradise, the fiery sword waving behind them, and the cherubim taking their stations to guard the place.

Livro XII

Argumento

O anjo Miguel retoma do Dilúvio e relata o que acontece a partir daí; depois, vem gradualmente explicar quem será a semente da mulher; a encarnação dele, e a morte, ressurreição, e ascensão; o estado da Igreja até à sua segunda vinda. Adão satisfeito e reconfortado com estes relatos e promessas desce com Miguel do monte; acorda Eva, todo este tempo adormecida, mas com bons sonhos que lhe trouxeram tranquilidade interior e submissão. Miguel leva-os pela mão para fora do Paraíso, com a espada flamejante brandindo em círculos atrás deles e os querubins tomando os seus postos de guarda do lugar.

As one who in his journey baits at noon,
Though bent on speed, so here the archangel paused
Betwixt the world destroyed and world restored,
If Adam aught perhaps might interpose;
Then with transition sweet new speech resumes.
  Thus thou hast seen one world begin and end;
And man as from a second stock proceed.
Much thou hast yet to see, but I perceive
Thy mortal sight to fail; objects divine
Must needs impair and weary human sense:
Henceforth what is to come I will relate,
Thou therefore give due audience, and attend.
This second source of men, while yet but few,
And while the dread of judgment past remains
Fresh in their minds, fearing the Deity,
With some regard to what is just and right
Shall lead their lives, and multiply apace,
Labouring the soil, and reaping plenteous crop,
Corn wine and oil; and from the herd or flock,
Oft sacrificing bullock, lamb, or kid,
With large wine-offerings poured, and sacred feast
Shall spend their days in joy unblamed, and dwell
Long time in peace by families and tribes
Under paternal rule; till one shall rise
Of proud ambitious heart, who not content
With fair equality, fraternal state,
Will arrogate dominion undeserved
Over his brethren, and quite dispossess
Concord and law of nature from the earth;
Hunting (and men not beasts shall be his game)

Como aquele que o meio-dia para
Na pressa da jornada, aqui o arcanjo
Entre mundos parou, um ido e um vindo,
Como interviesse Adão com novo ponto;
Doce a transição foi seguindo nestas.[1]
   Assim de um mundo viste o fim e a gênese;
E um homem de outra cepa viste novo.[2]
Ainda há muito a ver, contudo noto
Falhar-te a vista humana; coisas do alto
Mortais sentidos cansam e enfraquecem.
Agora contarei o que há-de vir,
Inclina os teus ouvidos. Estes homens
Renovados, enquanto poucos sejam,
E enquanto do juízo o medo neles
Ainda viva, a Deus e à lei tementes,
E observando o que é justo, hão-de viver
E depressa crescer multiplicando-se,
Lavrando o solo, o trigo, o vinho, o óleo
Colhendo com fartura; e de rebanho
Sacrificando o anho, o cabrito,
De armento o boi castrado, consagrando-os
Festins e libações, em folga os dias
Sem mancha viverão, na paz de tribos
E sob a lei dos pais; até que o orgulho
Um coração sedento erguerá,[3]
Que farto de fraternas igualdades
Se arrogará domínios indevidos
Sobre os irmãos, e a terra pilhará
À lei da natureza e da concórdia,
Andando à caça, (caça de homens mais,

[1] Versos 1-5: estes versos são adição de 1674, quando o livro X se tornou os livros XI e XII.

[2] Noé.

[3] Nimrod.

With war and hostile snare such as refuse
Subjection to his empire tyrannous:
A mighty hunter thence he shall be styled
Before the Lord, as in despite of heaven,
Or from heaven claiming second sovereignty;
And from rebellion shall derive his name,
Though of rebellion others he accuse.
He with a crew, whom like ambition joins
With him or under him to tyrannize,
Marching from Eden towards the west, shall find
The plain, wherein a black bituminous gurge
Boils out from underground, the mouth of hell;
Of brick, and of that stuff they cast to build
A city and tower, whose top may reach to heaven;
And get themselves a name, lest far dispersed
In foreign lands their memory be lost,
Regardless whether good or evil fame.
But God who oft descends to visit men
Unseen, and through their habitations walks
To mark their doings, them beholding soon,
Comes down to see their city, ere the tower
Obstruct heaven towers, and in derision sets
Upon their tongues a various spirit to raze
Quite out their native language, and instead
To sow a jangling noise of words unknown:
Forthwith a hideous gabble rises loud
Among the builders; each to other calls
Not understood, till hoarse, and all in rage,
As mocked they storm; great laughter was in heaven
And looking down, to see the hubbub strange

Não bestas) com embuste hostil e ameaças
Aos que se não sujeitem ao seu jugo:[4]
Poderoso caçador será seu nome
Diante do Senhor, seja porque apouca
O Céu ou porque se acha ao Céu seguir-se;
E o nome tomará da rebeldia,
Se bem que a rebeldia aponte a outros.
Com ele os dele, que uma sede igual
Os liga à opressão, mesmo que súditos
Na sede, vindos rumo a oeste do Éden,
Hão-de achar um chão, onde do subsolo
Ferve a boca do inferno, um negro vórtice
Viscoso; com tijolo lançam mãos
À obra de urbe e torre, cujo topo
Roce o Céu; e p'ra si hão-de achar nomes,[5]
Não vá perder-se em pátria alheia a fama,
Não importa se boa se má fama.
Mas Deus que amiúde ignoto se passeia
Entre os homens, e as casas lhes visita
A ver seus atos, cedo contemplando-os
Desce à sua cidade, antes que a torre
Do Céu as torres tape, e põe por troça
Nas suas línguas espíritos discordes
Que apagam sua língua mãe e em troca
Grulhadas sem sentido disseminam:
De súbito uma bulha cresce hedionda
Entre os obreiros; chamam-se uns aos outros
Trocados, 'té que roucos e coléricos
Troçados se exasperam; muito riu
De menosprezo o Céu p'la algaravia

---

[4] Versos 30-2: cf. *Gn.* 10, 8-10.

[5] Cf. *Gn.* 11, 4.

And hear the din; thus was the building left
Ridiculous, and the work Confusion named.
Whereto thus Adam fatherly displeased.
Oh execrable son so to aspire
Above his brethren, to himself assuming
Authority usurped, from God not given:
He gave us only over beast, fish, fowl
Dominion absolute; that right we hold
By his donation; but man over men
He made not lord; such title to himself
Reserving, human left from human free.
But this usurper his encroachment proud
Stays not on man; to God his tower intends
Siege and defiance: wretched man! What food
Will he convey up thither to sustain
Himself and his rash army, where thin air
Above the clouds will pine his entrails gross,
And famish him of breath, if not of bread?
To whom thus Michael. Justly thou abhorr'st
That son, who on the quiet state of men
Such trouble brought, affecting to subdue
Rational liberty; yet know withal,
Since thy original lapse, true liberty
Is lost, which always with right reason dwells
Twinned, and from her hath no dividual being:
Reason in man obscured, or not obeyed,
Immediately inordinate desires
And upstart passions catch the government
From reason, and to servitude reduce
Man till then free. Therefore since he permits
Within himself unworthy powers to reign

E p'lo banzé; caiu pois no ridículo
A obra[6] e se alcunhou de Confusão.[7]
  Valeu tal a Adão crítica de pai.
Ó execrável filho, que ambicionas
Dominar sobre irmãos, que assim usurpas
Um governo por Deus não confirmado:
Sobre ave, peixe e besta só nos deu
Domínio absoluto; tal direito
Nos outorgou; porém sobre homem homem
Não fez senhor; p'ra si poupando o título,
Deixou de humanos livre o que é humano.
Mas deste usurpador o furto ufano
Não se fica p'lo humano; Deus a torre
Quer cercar e afrontar: pobre coitado!
Que provisões lá acima chegarão
P'ra sustentá-lo a ele e às tropas rábidas,
Onde o ar sutil grosseiro o peito abafa
E o mata à fome de ar, se não de pão?
  Ao qual tornou Miguel. Aborreceste
E bem aquele filho, que à paz de homens
Trouxe ânsias tais, co'o fito de jungir
A razão livre; sabe não obstante
Que perdeste na queda a verdadeira
Liberdade, que vive geminada
Co'a razão certa e dela não se aparta;
Mas toldada a razão, ou não ouvida,
Não tarda até que anseios excessivos
E paixões arrivistas a deponham,
À razão, e escravizem o homem livre.
Destarte, já que entrega a lei interna
Da razão livre a forças desprezíveis,

---

[6] Versos 38-62: cf. *Gn.* 11, 1-9.

[7] Etimologia incorreta de "Babel".

Over free reason, God in judgment just
Subjects him from without to violent lords;
Who oft as undeservedly enthral
His outward freedom: tyranny must be,
Though to the tyrant thereby no excuse.
Yet sometimes nations will decline so low
From virtue, which is reason, that no wrong,
But justice, and some fatal curse annexed
Deprives them of their outward liberty,
Their inward lost: witness the irreverent son
Of him who built the ark, who for the shame
Done to his father, heard this heavy curse,
Servant of servants, on his vicious race.
Thus will this latter, as the former world,
Still tend from bad to worse, till God at last
Wearied with their iniquities, withdraw
His presence from among them, and avert
His holy eyes; resolving from thenceforth
To leave them to their own polluted ways;
And one peculiar nation to select
From all the rest, of whom to be invoked,
A nation from one faithful man to spring:
Him on this side Euphrates yet residing,
Bred up in idol-worship; oh that men
(Canst thou believe?) should be so stupid grown,
While yet the patriarch lived, who scaped the flood,
As to forsake the living God, and fall

Deus no seu julgamento justo a leis
Alheias o sujeita, a amos brutos,
Que tão amiúde quanto injustamente
Lhe regem liberdade externa; cumpre-lhe
A opressão, ainda que atenuantes
Não logre o opressor. E a decadência
Dos povos, da virtude, que é razão,
Tanto os afastará, que é só justiça,
E acaso execração, o que por fora
Os priva do que dentro já perderam;
Do pai da arca vê o filho néscio,
Que ao afrontar seu pai maldição trouxe,
Servo de servos, sobre a raça ímpia.[8]
Tal como o mundo antigo, o mais recente
Também propenderá do mau ao péssimo,
'Té que agastado Deus por fim de vícios
Sua presença afaste e os olhos santos
De entre eles, resolvendo-se a deixá-los
Daí em diante entregues aos seus modos
Iníquos; e um só povo de entre os povos
Escolhe, particular, que a Deus invoque,
Um povo a nascer de um homem justo:[9]
Ele ainda aleitado a idolatrias[10]
Deste lado do Eufrates; oh, tais homens
(Dá p'ra crer?) cairão em tal estultícia,
Que em vida ainda, a salvo do dilúvio,
O patriarca vê-los-á esquecer[11]

---

[8] Versos 101-4: Cão ou Cam, que viu a nudez de seu pai ébrio. Noé amaldiçoou o filho de Cão, Canaã, e toda a sua descendência (cf. *Gn*. 9, 25).

[9] Abraão.

[10] O pai de Abraão serviu a outros deuses (cf. *Js*. 24, 2). A passagem que se segue é baseada em *Gn*. 11, 27 a 25, 10.

[11] Noé, que viveu mais 350 anos a seguir ao Dilúvio (cf. *Gn*. 9, 28).

To worship their own work in wood and stone
For gods! Yet him God the most high vouchsafes
To call by vision from his father's house,
His kindred and false gods, into a land
Which he will show him, and from him will raise
A mighty nation, and upon him shower
His benediction so, that in his seed
All nations shall be blest; he straight obeys,
Not knowing to what land, yet firm believes:
I see him, but thou canst not, with what faith
He leaves his gods, his friends, and native soil
Ur of Chaldæa, passing now the ford
To Haran, after him a cumbrous train
Of herds and flocks, and numerous servitude;
Not wandering poor, but trusting all his wealth
With God, who called him, in a land unknown.
Canaan he now attains, I see his tents
Pitched about Sechem, and the neighbouring plain
Of Moreh; there by promise he receives
Gift to his progeny of all that land;
From Hamath northward to the desert south
(Things by their names I call, though yet unnamed)
From Hermon east to the great western sea,
Mount Hermon, yonder sea, each place behold
In prospect, as I point them; on the shore
Mount Carmel; here the double-founted stream
Jordan, true limit eastward; but his sons

O Deus vivo, louvando pau e pedra[12]
Por deuses! Mas àquele Deus concede
Numa visão chamá-lo do lar pátrio,
Dos seus, dos falsos deuses, a uma terra
Que lhe há-de mostrar, e dele erguerá
Uma nação valente, e nele bênçãos
Derramará, e tantas, que de si
Toda a nação será abençoada;
P'ra onde não sabendo, mas confiando,[13]
Acata já. Tu não, mas eu bem vejo
A fé que o toma a amigos, deuses, pátria,
De Ur da Caldeia,[14] já passando o vau
Para Harã,[15] e atrás dele um longo séquito
De armentos e rebanhos e criados;
Pobre não vai, mas antes a riqueza
Confia a Deus, que em terra estranha o quer.
A Canaã chegou, vejo-lhe as tendas
Montadas em Siquém, e no vizinho
Moré; ali recebe o prometido
Da terra que há-de herdar a sua prole;
De Hamate a norte até ao sul desértico
(P'lo nome os chamo, mesmo por chamar),
De Hermon a leste ao grande mar a oeste,
Ali o Monte Hermon, o mar além,
Aponto-tos, vê lá: e de Carmelo[16]
Tão certo como a costa o monte, e o duplo
Caudal, vê, do Jordão, limite a leste;

[12] Cf. *Jr*. 2, 27.

[13] Cf. *Hb*. 11, 8.

[14] Cidade na margem ocidental do Eufrates.

[15] A oriente do Eufrates.

[16] Tão certa é a posição do Monte Carmelo que se pode jurá-la (cf. *Jr*. 46, 18).

Shall dwell to Senir, that long ridge of hills.
This ponder, that all nations of the earth
Shall in his seed be blessèd; by that seed
Is meant thy great deliverer, who shall bruise
The serpent's head; whereof to thee anon
Plainlier shall be revealed. This patriarch blest,
Whom faithful Abraham due time shall call,
A son, and of his son a grandchild leaves,
Like him in faith, in wisdom, and renown;
The grandchild with twelve sons increased, departs
From Canaan, to a land hereafter called
Egypt, divided by the river Nile;
See where it flows, disgorging at seven mouths
Into the sea: to sojourn in that land
He comes invited by a younger son
In time of dearth, a son whose worthy deeds
Raise him to be the second in that realm
Of Pharaoh: there he dies, and leaves his race
Growing into a nation, and now grown
Suspected to a sequent king, who seeks
To stop their overgrowth, as inmate guests
Too numerous; whence of guests he makes them slaves
Inhospitably, and kills their infant males:
Till by two brethren (those two brethren call
Moses and Aaron) sent from God to claim

Mas a Senir,[17] seus cumes lá, darão[18]
Seus filhos. E isto pesa, pois benditas
Serão nele as nações, e dele entenda-se
O grande salvador, que há-de pisar
A cabeça à serpente; deste já
Verás mais claro. Este patriarca,
Que de Abraão fiel será chamado,
Um filho,[19] e outro deste, o neto,[20] deixa,
Como ele em fé, em nome e em prudência;
O neto com seus doze filhos, deixa
Canaã, rumo à terra dividida
P'lo rio Nilo, Egito, de seu nome:
Seu fluxo vê, em bocas sete ao mar
Se unindo. Para curta estada ali
Em tempos de escassez vai a pedido
Do seu mais novo,[21] um filho cujos feitos
O levam a segundo no reinado
Do Faraó. Morre e uma raça deixa
Crescendo qual nação, nela crescendo
As suspeitas de um novo rei, que tenta
Parar seu crescimento, como hóspedes
A mais; daí que escravos faça de hóspedes,
E aos seus varões infantes tire a vida,[22]
Até que dois irmãos (dois irmãos esses
Moisés e Aarão) da parte de Deus clamam

---

[17] Um cume no Monte Hermon, não uma cordilheira.

[18] Versos 139-46: a Terra Prometida está delimitada ao norte por Hamate, cidade junto ao rio Orontes (*Nm.* 34, 8) e ao sul pelo deserto de Zin (*Nm.* 34, 3). A oeste está o Mediterrâneo, "grande mar a oeste" (*Nm.* 34, 6), e a leste o Jordão (*Nm.* 34, 12), ou o Monte Hermon (*Js.* 13, 5).

[19] Isaac.

[20] Jacó.

[21] José.

[22] Cf. *Êx.* 1, 16-22.

His people from enthralment, they return
With glory and spoil back to their promised land.
But first the lawless tyrant, who denies
To know their God, or message to regard,
Must be compelled by signs and judgments dire;
To blood unshed the rivers must be turned,
Frogs, lice and flies must all his palace fill
With loathed intrusion, and fill all the land;
His cattle must of rot and murrain die,
Botches and blains must all his flesh emboss,
And all his people; thunder mixed with hail,
Hail mixed with fire must rend the Egyptian sky
And wheel on the earth, devouring where it rolls;
What it devours not, herb, or fruit, or grain,
A darksome cloud of locusts swarming down
Must eat, and on the ground leave nothing green:
Darkness must overshadow all his bounds,
Palpable darkness, and blot out three days;
Last with one midnight stroke all the first-born
Of Egypt must lie dead. Thus with ten wounds
This river dragon tamed at length submits
To let his sojourners depart, and oft
Humbles his stubborn heart, but still as ice
More hardened after thaw, till in his rage
Pursuing whom he late dismissed, the sea
Swallows him with his host, but them lets pass
As on dry land between two crystal walls,
Awed by the rod of Moses so to stand
Divided, till his rescued gain their shore:
Such wondrous power God to his saint will lend,

O fim do cativeiro, e os devolvem
Com saque e glória à terra prometida.
Mas antes o tirano sem lei nega
Ter em conta a mensagem e o seu Deus,
E à força de sinais será moldado;
Mudam-se em sangue sem nascente os rios,
Rãs, piolhos, moscas enchem seu palácio,
Intrusos detestáveis, e os chãos cobrem;
De peste morre o gado, de contágios
Na sua carne edemas, chagas gravam-se,
E na dos seus; ferirão os céus do Egito
Trovões, chuvas de pedra, pedra em fogo,
E rolarão p'la terra arrasadores;
O que deixarem, erva, fruto ou grão,
Uma nuvem cerrada de locustas
Limpará, e o que ao chão sobrar de verde;
As trevas dos cairéis transbordarão,
Trevas palpáveis, três dias de trevas;
E ao dar a meia-noite os primogênitos
Do Egito morrerão. Dez vezes ferido[23]
E amansado o dragão do rio já[24]
Consente o adeus aos hóspedes, e dobra
O duro coração, mas como gelo
Mais duro de degelo, pois colérico
E em caça a quem soltou no mar se some
Com todo o seu exército, mar que abre
Dois muros cristalinos[25] e um chão seco
Ao bordão de Moisés, e dividido
Jaz obsequente até que os salvos cheguem
À costa: cingirá Deus com tal força

[23] As dez pragas de *Êx*. 7-12.

[24] Epíteto para o faraó (cf. *Ez*. 29, 3).

[25] Cf. *Êx*. 14, 22.

Though present in his angel, who shall go
Before them in a cloud, and pillar of fire,
By day a cloud, by night a pillar of fire,
To guide them in their journey, and remove
Behind them, while the obdúrate king pursues:
All night he will pursue, but his approach
Darkness defends between till morning watch;
Then through the fiery pillar and the cloud
God looking forth will trouble all his host
And craze their chariot wheels: when by command
Moses once more his potent rod extends
Over the sea; the sea his rod obeys;
On their embattled ranks the waves return,
And overwhelm their war: the race elect
Safe towards Canaan from the shore advance
Through the wild desert, not the readiest way,
Lest entering on the Canaanite alarmed
War terrify them inexpert, and fear
Return them back to Egypt, choosing rather
Inglorious life with servitude; for life
To noble and ignoble is more sweet
Untrained in arms, where rashness leads not on.
This also shall they gain by their delay
In the wide wilderness, there they shall found
Their government, and their great senate choose
Through the twelve tribes, to rule by laws ordained:
God from the mount of Sinai, whose grey top
Shall tremble, he descending, will himself
In thunder lightning and loud trumpet's sound

Seu santo, apesar de adiante ir deles
Em anjo, transportado numa nuvem
De dia, num pilar de fogo à noite,
P'ra guiá-los à frente e defendê-los
Atrás, enquanto o rei tenaz persista:[26]
Persistirá p'la noite fora, noite
Que entrevará avanços 'té à aurora;
Depois de entre o pilar de fogo e a nuvem
Deus confundirá todo o seu exército
E as rodas fenderá às bigas; estende
Moisés mais uma vez o seu bordão
Às águas; seu bordão as águas ouvem;
Dos postos ao combate as ondas voltam,
E quebram-se em legiões; na costa a salvo,
A Canaã a raça eleita ruma
P'lo ermo agreste, rota mais morosa,[27]
Não fossem cananitas aterrá-los
Com armas, aos novatos, e o temor
Fazê-los regressar, prepondo o Egito
E a vida escrava às glórias; pois que a vida
P'ra nobre e ignóbil doce é mais se em armas
Bisonha for, e arrojo leis não dite.
Vantagem outra a espera há-de trazer
No vasto ermo, ali decidirão
A forma de governo, e o seu sinédrio[28]
Sairá das doze tribos, leis segundo
As leis sagradas:[29] Deus na trovoada
De trovões e trombetas, descerá
Ao Sinai, abalando o cume cinza

---

[26] Cf. *Êx*. 14, 23-31.

[27] Mais especificamente, trinta e oito anos de deserto (cf. *Êx*. 13, 17-8).

[28] Os setenta anciãos (cf. *Êx*. 24, 1-9).

[29] *Êx*. 19, 16-20.

Ordain them laws; part such as appertain
To civil justice, part religious rites
Of sacrifice, informing them, by types
And shadows, of that destined seed to bruise
The serpent, by what means he shall achieve
Mankind's deliverance. But the voice of God
To mortal ear is dreadful; they beseech
That Moses might report to them his will,
And terror cease; he grants them their desire,
Instructed that to God is no accéss
Without mediator, whose high office now
Moses in figure bears, to introduce
One greater, of whose day he shall foretell,
And all the prophets in their age the times
Of great Messiah shall sing. Thus laws and rites
Established, such delight hath God in men
Obedient to his will, that he vouchsafes
Among them to set up his tabernacle,
The holy one with mortal men to dwell:
By his prescript a sanctuary is framed
Of cedar, overlaid with gold, therein
An ark, and in the ark his testimony,
The records of his cov'nant, over these
A mercy-seat of gold between the wings
Of two bright cherubim, before him burn
Seven lamps as in a zodiac representing
The heavenly fires; over the tent a cloud
Shall rest by day, a fiery gleam by night,
Save when they journey, and at length they come,

Com suas leis, algumas referindo-se
Ao direito civil, e outras a ritos
De sacrifício sacro, instruindo-os
Por sombras e modelos, da semente
Que há-de ferir a serpente, e por que meios
Há-de remir os homens. Mas de Deus
A voz aturde ouvidos mortais; e instam
A Moisés que o furor lhe aplaque e faça
Mediação; consente em tal Moisés,[30]
Sabendo que ninguém de Deus se acerca
Sem avindor; já sobre si o altíloquo
Ofício põe Moisés, que o leva à vinda
De outro maior e o dia profetiza,
O dia que os profetas cantarão
Ao tempo, o do Messias. Assim firmes
Nas leis e ritos, pleno gozo vem
A Deus, que se permite andar entre eles
E entre eles erigir seu tabernáculo,[31]
Entre mortais morando quem é santo.
E assim como prescrito um santuário
Se esculpe ao cedro, ourado, e uma arca
Ali se põe, e nela o testemunho,
As tábuas da Aliança, e sobre elas
De ouro um propiciatório entre as asas
De querubins áureos, dois, e diante sete
Luzes mostrando como num zodíaco[32]
Os fogos celestiais; era uma nuvem
Sobre a tenda de dia, à noite um raio,[33]
Exceto quando partam, e enfim cheguem,

---

[30] Moisés é uma espécie de Cristo na sua tarefa de mediador.

[31] *Êx.* 25-6.

[32] Segundo Josefo, o candelabro tem "sete Luzes" em imitação dos sete planetas, os "fogos celestiais".

[33] Versos 256-7: cf. *Êx.* 40, 34-8.

They beseech
That Moses might report to them his will,
And terror cease

E instam
A Moisés que o furor lhe aplaque e faça
Mediação

(XII, 236-8)

Conducted by his angel to the land
Promised to Abraham and his seed: the rest
Were long to tell, how many battles fought,
How many kings destroyed, and kingdoms won,
Or how the sun shall in mid-heaven stand still
A day entire, and night's due course adjourn,
Man's voice commanding; sun in Gibeon stand,
And thou moon in the vale of Aialon,
Till Israel overcome; so call the third
From Abraham, son of Isaac, and from him
His whole descent, who thus shall Canaan win.
  Here Adam interposed. O sent from heaven,
Enlightener of my darkness, gracious things
Thou hast revealed, those chiefly which concern
Just Abraham and his seed: now first I find
Mine eyes true opening, and my heart much eased,
Erewhile perplexed with thoughts what would become
Of me and all mankind; but now I see
His day, in whom all nations shall be blest,
Favour unmerited by me, who sought
Forbidden knowledge by forbidden means.
This yet I apprehend not, why to those
Among whom God will deign to dwell on earth
So many and so various laws are given;
So many laws argue so many sins
Among them; how can God with such reside?
  To whom thus Michael. Doubt not but that sin
Will reign among them, as of thee begot;
And therefore was law given them to evince
Their natural pravity, by stirring up

Guiados p'lo seu anjo àquela terra
Prometida a Abraão e ao seu renovo.
O resto longo é, quantas batalhas,
Quantos reis postos, quantos reinos ganhos,
Ou como todo um dia a meio céu
O sol se quedará, adiando o curso
À noite, ouvindo a voz que diz, sol queda-te
Em Gibeão, e tu lua lá no vale
De Aialon, 'té que vença Israel,[34] nome[35]
Do neto de Abraão, filho de Isaac,
E dos que a Canaã hão-de chegar.
  Aqui interpôs Adão. Ó do Céu vindo,
Das minhas trevas luz, graciosas coisas
Me revelaste, máxime as que importam
A Abraão e aos seus. Agora vejo
Com olhos de ver, e acho um coração
Em paz, antes temendo p'lo futuro,
O meu e o dos mortais. Mas o seu dia[36]
Já avisto, em que todas as nações
Serão benditas, graça que não valho,
Que ilícito saber busquei de ilícitas
Maneiras. Mas ignoro isto ainda:
Por que dá Deus àqueles que na terra
Concede vizinhança leis tão várias;
E a tantas correspondem seus pecados;
Como pode então Deus com tais morar?
  Diz-lhe Miguel. Crê nisto, de ti vindo
Não reinará senão pecado entre eles;
Por isso fez-se a lei como evidência
Da sua perversão original,

---

[34] "Aquele que luta com Deus" (cf. *Gn.* 32, 28).

[35] Versos 263-7: cf. *Js.* 10, 12-3.

[36] Adão refere-se ao "dia de Abraão", mas Milton alude a *Jo.* 8, 56.

Sin against law to fight; that when they see
Law can discover sin, but not remove,
Save by those shadowy expiations weak,
The blood of bulls and goats, they may conclude
Some blood more precious must be paid for man,
Just for unjust, that in such righteousness
To them by faith imputed, they may find
Justification towards God, and peace
Of conscience, which the law by ceremonies
Cannot appease, nor man the moral part
Perform, and not performing cannot live.
So law appears imperfect, and but given
With purpose to resign them in full time
Up to a better covenant, disciplined
From shadowy types to truth, from flesh to spirit,
From imposition of strict laws, to free
Acceptance of large grace, from servile fear
To filial, works of law to works of faith.
And therefore shall not Moses, though of God
Highly belov'd, being but the minister
Of law, his people into Canaan lead;
But Joshua whom the gentiles Jesus call,
His name and office bearing, who shall quell
The adversary serpent, and bring back
Through the world's wilderness long wandered man
Safe to eternal paradise of rest.
Meanwhile they in their earthly Canaan placed
Long time shall dwell and prosper, but when sins

Ao incitarem contra a lei pecado;
E quando concluírem que o pecado
Se vê na lei mas nela não se apaga,
Que bode e touro sangue escasso vertem[37]
Na sombra de oblações, verão que sangue
Mais caro pede o homem,[38] o do justo,
A fim de que a justiça imputada
P'la fé diante de Deus os justifique
E lhes traga à consciência paz, que a lei[39]
Por ritos não acalma, nem ao homem
Sub-roga ações morais, e sem tais morre.
A lei surge imperfeita assim, e apenas
Com o fim de os confiar em tempo próprio
A uma Aliança melhor, que vai de tipos
À verdade, e conduz da carne ao espírito,
Da servidão da lei à livre oferta
De uma graça maior, de preito súdito
Ao filial, de obras da lei às da fé.
Eis porque a Canaã, embora amado
Por Deus, Moisés, da lei ministro apenas,
Seu povo não há-de ele conduzir,
Mas Josué, p'ra gentios de seu nome
Jesus, com seus ofícios, que a serpente[40]
Subjugará adversária, e p'lo ermo
Do mundo quem errou trará, o homem,
De volta ao paraíso, são e salvo.
Na Canaã terrena hão-de entretanto
Manter-se e prosperar bons dias, exceto

[37] Versos 291-2: cf. *Hb*. 10, 4.

[38] Versos 293-4: cf. *I Pe*. 1, 18 e 3, 18.

[39] Cf. *Gl*. 2, 16.

[40] Versos 307-11: Moisés não foi autorizado a levar os israelitas a Canaã. Essa incumbência recaiu sobre Josué, prefiguração de Cristo. O nome Jesus é, aliás, o equivalente grego de Josué e significa "Deus, o salvador".

National interrupt their public peace,
Provoking God to raise them enemies:
From whom as oft he saves them penitent
By judges first, then under kings; of whom
The second, both for piety renowned
And puissant deeds, a promise shall receive
Irrevocable, that his regal throne
For ever shall endure; the like shall sing
All prophecy, that of the royal stock
Of David (so I name this king) shall rise
A son, the woman's seed to thee foretold,
Foretold to Abraham, as in whom shall trust
All nations, and to kings foretold, of kings
The last, for of his reign shall be no end.
But first a long succession must ensue,
And his next son for wealth and wisdom famed,
The clouded ark of God till then in tents
Wandering, shall in a glorious temple enshrine.
Such follow him, as shall be registered
Part good, part bad, of bad the longer scroll,
Whose foul idolatries, and other faults
Heaped to the popular sum, will so incense
God, as to leave them, and expose their land,
Their city, his temple, and his holy ark
With all his sacred things, a scorn and prey
To that proud city, whose high walls thou sawst
Left in confusion, Babylon thence called.
There in captivity he lets them dwell
The space of seventy years, then brings them back,
Remembering mercy, and his covenant sworn
To David, stablished as the days of heaven.

Quando os pecados pátrios a paz pública
Quebrarem, levando Deus a aceder
Aos seus rivais; dos quais repeso os livra
Primeiro por juízes, e mais tarde
Por reis; tal que o segundo, no fervor
Famoso e no valor, uma promessa
Garantirá sem volta, que o seu trono
Será p'ra sempre; e o mesmo cantarão
Profecias, que desse tronco régio
De Davi (eis real o nome) um filho
Virá, semente de mulher predita,
E predita a Abraão, no qual reside
A esperança das nações, e a reis predito,
De reis o derradeiro, pois seu reino
Não terá fim. Mas antes cumpre um séquito
De reis, e o sucessor de nome opimo[41]
E sábio, que a nuviosa arca nômada
Das tendas fixará num templo ilustre.
E após este outros, uns bons, outros maus
Se arrolarão, num longo rolo os maus,
Cujas idolatrias, e outras faltas,
Adscritas ao total vulgar, a cólera
Trarão a Deus, forçado a abandoná-los
E a dar cidade, terra, templo e arca
Sagrada com seus sacros bens, p'ra escárnio
E saque de urbe ufana, cujos muros
Altivos viste abstrusos, Babilônia
Daí chamada. Lá de cativeiro
Setenta anos dá-lhes, depois trá-los,[42]
Recordando a mercê, e a Aliança eterna
Com Davi, estabelecida eternamente.

[41] Salomão.

[42] Versos 339-45: para os setenta anos de cativeiro babilônico e a destruição do Templo, ver *II Rs.* 25, *II Cr.* 36 e *Jr.* 39.

Returned from Babylon by leave of kings
Their lords, whom God disposed, the house of God
They first re-edify, and for awhile
In mean estate live moderate, till grown
In wealth and multitude, factious they grow;
But first among the priests dissension springs,
Men who attend the altar, and should most
Endeavour peace: their strife pollution brings
Upon the Temple itself: at last they seize
The sceptre, and regard not David's sons,
Then lose it to a stranger, that the true
Anointed king Messiah might be born
Barred of his right; yet at his birth a star
Unseen before in heaven proclaims him come,
And guides the eastern sages, who inquire
His place, to offer incense, myrrh, and gold;
His place of birth a solemn angel tells
To simple shepherds, keeping watch by night;
They gladly thither haste, and by a choir
Of squadroned angels hear his carol sung.
A virgin is his mother, but his sire
The power of the most high; he shall ascend
The throne hereditary, and bound his reign
With earth's wide bounds, his glory with the heavens.
He ceased, discerning Adam with such joy
Surcharged, as had like grief been dewed in tears,

Da Babilônia livres dos senhores
Seus amos,[43] de quem Deus dispôs, à casa
De Deus primeiro lançam mãos obreiras,
E um pouco o pouco os farta, até que fartos
De luxo e multidões se insubordinam;
Mas nasce em sacerdotes a discórdia,
Ministros do altar, quem mais devia
A paz prezar: profanam com seus pleitos
O próprio templo; deitam mão ao cetro[44]
Por fim, sem que dos filhos de Davi
Fizessem caso, e dão-no a um estranho[45]
A fim de que o Messias, rei ungido,
Nascesse coartado nos direitos;
Mas uma estrela estranha ao céu proclama-o,
E guia os sábios reis do oriente, em busca
Do berço, com incenso, ouro, mirra;
As boas novas grave um anjo leva
A pastores acordados em vigília;
P'ra lá alegres correm, e escoltados
Por coros de anjos entoando o natal.
Sua mãe é uma virgem, mas o pai
A força do mais alto; subirá
Ao trono hereditário, e o seu reino
Marca-o a ampla terra, a glória os Céus.
  Falou, notando um gozo transbordando
De Adão, que como a dor olhos orvalha

---

[43] Os reis persas Ciro, Dario e Artaxerxes (cf. *Ed.* 1-6 e *Ne.* 1-6).

[44] Versos 353-6: alude aos conflitos entre sacerdotes durante o alto sacerdócio do século II a.C. A usurpação do verso 356, que configurou a teocracia judaica num reinado, é de Aristóbolo I, da família sacerdotal dos Asmoneus, que, sucedendo ao seu pai no sacerdócio, tratou de se proclamar rei.

[45] Antipater, o idumeu, governador da Jerusalém romana desde 61 a.C. e procurador da Judeia desde 47 a.C. Jesus nasceu durante o reinado do seu filho Herodes, o Grande.

Without the vent of words, which these he breathed.
  O prophet of glad tidings, finisher
Of utmost hope! Now clear I understand
What oft my steadiest thoughts have searched in vain,
Why our great expectation should be called
The seed of woman: virgin mother, hail,
High in the love of heaven, yet from my loins
Thou shalt proceed, and from thy womb the Son
Of God most high; so God with man unites.
Needs must the serpent now his capital bruise
Expect with mortal pain: say where and when
Their fight, what stroke shall bruise the victor's heel.
  To whom thus Michael. Dream not of their fight,
As of a duel, or the local wounds
Of head or heel: not therefore joins the Son
Manhood to Godhead, with more strength to foil
Thy enemy; nor so is overcome
Satan, whose fall from heaven, a deadlier bruise,
Disabled not to give thee thy death's wound:
Which he, who comes thy saviour, shall recure,
Not by destroying Satan, but his works
In thee and in thy seed: nor can this be,
But by fulfilling that which thou didst want,
Obedience to the law of God, imposed
On penalty of death, and suffering death,
The penalty to thy transgression due,
And due to theirs which out of thine will grow:
So only can high justice rest apaid.
The law of God exact he shall fulfil
Both by obedience and by love, though love
Alone fulfil the law; thy punishment
He shall endure by coming in the flesh

E o verbo estrangula. Assim irrompeu.
Ó profeta das boas novas, fim
Da promessa suprema! Já me é nítido
O que antes reflexões em vão toldavam,
Porque chamar-se à nossa grande esperança
Semente de mulher: ave, Mãe virgem,
Aí no amor do Céu; mas dos meus lombos
Virás, e do teu ventre o Filho altíssimo
De Deus; assim ao homem se une Deus.
Que espere agora a ferida capital[46]
A serpente. Diz-me onde e quando lutam,
Que golpe fere o calcanhar ovante.
Diz-lhe Miguel. Não penses numa luta
Qual duelo, ou em feridas na cabeça
Ou calcanhar: não une o Filho o homem
A Deus p'ra tal, que a força tem de sobra
Contra o rival; nem tal vence Satã,
A quem cair do Céu, de si letal,
Não privou de te dar da morte a ferida:
P'ra tal teu salvador terá antídoto,
Não ao esmagar Satã, mas os seus atos
Em ti e nos teus filhos: e isto obtém-se
Suprindo o que é carência em ti, isto é,
A obediência à lei de Deus, sob pena
De morte, e padecendo essa morte,
A pena respondente aos teus delitos,
E aos que de ti serão: somente assim
Se satisfaz a suprema justiça.
A lei de Deus precisa cumprirá
Na sua obediência e amor, 'inda
Que amor só cumpra a lei; o teu castigo
Suportará na própria carne, escárnio

[46] Na cabeça e fatal.

To a reproachful life and cursèd death,
Proclaiming life to all who shall believe
In his redemption, and that his obedience
Imputed becomes theirs by faith, his merits
To save them, not their own, though legal works.
For this he shall live hated, be blasphemed,
Seized on by force, judged, and to death condemned
A shameful and accursed, nailed to the cross
By his own nation, slain for bringing life;
But to the cross he nails thy enemies,
The law that is against thee, and the sins
Of all mankind, with him there crucified,
Never to hurt them more who rightly trust
In this his satisfaction; so he dies,
But soon revives, Death over him no power
Shall long usurp; ere the third dawning light
Return, the stars of morn shall see him rise
Out of his grave, fresh as the dawning light,
Thy ransom paid, which man from Death redeems,
His death for man, as many as offered life
Neglect not, and the benefit embrace
By faith not void of works: this Godlike act
Annuls thy doom, the death thou shouldst have died,
In sin for ever lost from life; this act
Shall bruise the head of Satan, crush his strength
Defeating Sin and Death, his two main arms,
And fix far deeper in his head their stings
Than temporal death shall bruise the victor's heel,

Vivo do mundo, até morrer maldito,[47]
Pregando vida a quem na redenção
Creia, p'ra que imputada[48] a obediência
P'la fé se torna dele; e que os seus méritos
O salvam, não os dele, embora acordes
Co'a lei. Por isto hão-de odiá-lo, levá-lo
À força com blasfêmias, e julgando-o
À morte o condenarão, vil e abjeta,
Pregado à cruz p'los seus, morrendo o arauto
Da vida. Mas à cruz teus inimigos
Consigo prega, a lei que é contra ti,[49]
E os pecados do mundo, ali pregados
Com ele, e nada mais o fere, àquele
Que na satisfação confia.[50] Morre,
Mas logo torna à vida, morte alguma
Sobre ele se demora. Antes da alva
Terceira surge, e estrelas da manhã[51]
Vê-lo-ão sair da tumba, qual luz fresca
De alvor, pago o resgate, a sua morte
Que à morte o homem paga, todo aquele
Que não descure a dádiva da vida
P'la fé não falha de obras: teu castigo
Divino ato o abole, a morte justa,
Em pecado da vida sempre longe.
Este é o golpe à cabeça de Satã,
Que esmagará Pecado e Morte em armas,
E ali ferro mais fundo cravará,
Mais do que temporal a morte ao ferir

---

[47] Cf. *Gl.* 3, 13.

[48] Termo teológico na doutrina protestante da Justificação pela Fé.

[49] Versos 415-6: cf. *Cl.* 2, 14.

[50] Termo teológico para pagamento da dívida do pecado.

[51] Estrelas literais e anjos.

Or theirs whom he redeems, a death like sleep,
A gentle wafting to immortal life.
Nor after resurrection shall he stay
Longer on earth than certain times to appear
To his disciples, men who in his life
Still followed him; to them shall leave in charge
To teach all nations what of him they learned
And his salvation, them who shall believe
Baptizing in the profluent stream, the sign
Of washing them from guilt of sin to life
Pure, and in mind prepared, if so befall,
For death, like that which the redeemer died.
All nations they shall teach; for from that day
Not only to the sons of Abraham's loins
Salvation shall be preached, but to the sons
Of Abraham's faith wherever through the world;
So in his seed all nations shall be blest.
Then to the heaven of heavens he shall ascend
With victory, triúmphing through the air
Over his foes and thine; there shall surprise
The serpent, prince of air, and drag in chains
Through all his realm, and there confounded leave;
Then enter into glory, and resume
His seat at God's right hand, exalted high
Above all names in heaven; and thence shall come,
When this world's dissolution shall be ripe,
With glory and power to judge both quick and dead,
To judge the unfaithful dead, but to reward
His faithful, and receive them into bliss,
Whether in heaven or earth, for then the earth

O calcanhar ovante, ou seus remidos:
Um sono só, monção p'ra vida eterna.
Depois de ressurgir não ficará
Na terra mais que um tempo p'ra surgir
Aos discípulos, homens que o seguiram
Em vida; e uma grande comissão
Lhes dará, de ensinarem às nações
A sua salvação. E quem crer nele
Batizarão em cursos de água,[52] símbolo
De pecados lavados, p'ra uma vida
Pura, e preparado no seu espírito
P'ra morrer a morte do redentor.
Ensinarão nações; pois desde então
Não apenas aos filhos de Abraão
Será a salvação pregada, e sim
Aos filhos de Abraão na fé p'lo mundo:
Assim serão benditos nele os povos.[53]
E então ao Céu dos Céus ascenderá
Vitorioso p'lo ar sobre inimigos,
Os seus e os teus. Ali do ar o príncipe[54]
Surpreenderá, e a serpe arrastará
Em ferros p'lo seu reino, abandonando-a
Perplexa. Subirá depois à glória,
E à destra do Pai trono tomará,
E um nome sobre todo o nome. E quando
Apodrecer o mundo sazonado,
Em glória voltará p'ra julgar vivos
E mortos, p'ra julgar infiéis de entre estes,
E fiéis recompensá-los, recebendo-os
Na ventura do Céu ou terra, que outra

---

[52] Milton segue a prática protestante do batismo em água fluente.

[53] Cf. *Gn.* 12, 3.

[54] Satanás é o "príncipe das potestades do ar" (cf. *Ef.* 2, 2).

Shall all be paradise, far happier place
Than this of Eden, and far happier days.
   So spake the archangel Michael, then paused,
As at the world's great period; and our sire
Replete with joy and wonder thus replied.
   Oh goodness infinite, goodness immense!
That all this good of evil shall produce,
And evil turn to good; more wonderful
Than that which by creation first brought forth
Light out of darkness! Full of doubt I stand,
Whether I should repent me now of sin
By me done and occasioned, or rejoice
Much more, that much more good thereof shall spring,
To God more glory, more good will to men
From God, and over wrath grace shall abound.
But say, if our deliverer up to heaven
Must reascend, what will betide the few
His faithful, left among the unfaithful herd,
The enemies of truth; who then shall guide
His people, who defend? Will they not deal
Worse with his followers than with him they dealt?
   Be sure they will, said the angel; but from heaven
He to his own a Comforter will send,
The promise of the Father, who shall dwell
His Spirit within them, and the law of faith
Working through love, upon their hearts shall write,
To guide them in all truth, and also arm
With spiritual armour, able to resist
Satan's assaults, and quench his fiery darts,

Será o paraíso então, feliz
Mais que o Éden, em mais felizes dias.
  Assim falou Miguel, depois deteve-se,
Como a um ponto final de grande mundo.
Tornou-lhe o nosso pai alegre e atônito.
  Oh bondade infinita, oh bem imenso!
Que resulte do mal tamanho bem,
E esse mude em bem. Mais admirável[55]
Do que o que à criação primeiro trouxe
A luz às trevas! Cheio estou de dúvidas,
Se me arrependa agora do pecado
Que cometi e trouxe, ou mais me alegre,
Que um bem bem melhor vem daqui, e a Deus
Mais glória, e de Deus boa vontade
Aos homens mais, mais graça sobre a cólera.[56]
Mas diz, se ao redentor lhe cumpre ao Céu
Voltar, o que será dos teus fiéis
Deixados a um rebanho de infiéis,
Da verdade inimigos; quem guiará
Seu povo, quem o livra? Com discípulos
Não serão mais cruéis do que com mestres?
  Decerto, disse o anjo; mas aos seus
Um Consolador há-de enviar do Céu,
Promete-o o Pai, que em Espírito será
No seu meio, e a lei da fé em obras
De amor nos corações lhes gravará,
Guiando-os em verdade, e revestindo-os
Da couraça do espírito,[57] à prova
Das cargas de Satã, e de ígneos dardos,

---

[55] Versos 469-71: a *felix culpa*, ou o paradoxo da Queda afortunada, que Deus usa em prol de um bem maior, incluindo a via de mediação messiânica, sua encarnação e ressurreição.

[56] Cf. *Rm.* 5, 20.

[57] Cf. *Ef.* 6, 11-7.

What man can do against them, not afraid,
Though to the death, against such cruelties
With inward consolations recompensed,
And oft supported so as shall amaze
Their proudest persecutors: for the Spirit
Poured first on his Apostles, whom he sends
To evangelize the nations, then on all
Baptized, shall them with wondrous gifts endue
To speak all tongues, and do all miracles,
As did their Lord before them. Thus they win
Great numbers of each nation to receive
With joy the tidings brought from heaven: at length
Their ministry performed, and race well run,
Their doctrine and their story written left,
They die; but in their room, as they forewarn,
Wolves shall succeed for teachers, grievous wolves,
Who all the sacred mysteries of heaven
To their own vile advantages shall turn
Of lucre and ambition, and the truth
With superstitions and traditions taint,
Left only in those written records pure,
Though not but by the Spirit understood.
Then shall they seek to avail themselves of names,
Places and titles, and with these to join
Secular power, though feigning still to act
By spiritual, to themselves appropriating
The Spirit of God, promised alike and giv'n
To all believers; and from that pretence,

Não temendo o que possam contra si[58]
Os homens, ou a morte, contra as dores
Consolados em si e no seu íntimo
Amparados, a ponto de espantar
O opressor mais ufano: porque o Espírito
Primeiro sobre apóstolos desceu,
Os quais manda às nações com o evangelho,
Depois aos batizados, revestindo-os
De dons raros de línguas e milagres,[59]
Como o seu Senhor antes deles. Ganham
Assim às nações muitos, que recebem
Com gozo as novas vindas do Céu. Findo
Enfim seu ministério, e corrida
A carreira,[60] doutrina e história escritas,
Morrem. No seu lugar, como predito,
Lobos sucederão a mestres, lobos[61]
Vorazes, que do Céu os sacros ritos
Convertem em seu próprio benefício,
De ambição torpe e lucro, e a verdade[62]
Maculam com crendices e costumes,
Apenas nos anais escritos pura,
E pura só se lida pelo Espírito.
E nomes buscarão então, e títulos
E postos, e com estes se unirão
Ao poder secular, fingindo causas
Espirituais, p'ra si mesmos se arrogando
O Espírito de Deus, a todo o crente
Dado igualmente; e dessa pretensão

---

[58] *Sl.* 56, 11.

[59] Cf. *Mc.* 16, 17.

[60] Metáfora paulina (*I Co.* 9, 24).

[61] Cf. *At.* 20, 29.

[62] Versos 510-1: cf. *I Pe.* 5, 2.

Spiritual laws by carnal power shall force
On every conscience; laws which none shall find
Left them enrolled, or what the Spirit within
Shall on the heart engrave. What will they then
But force the spirit of grace itself, and bind
His consort liberty; what, but unbuild
His living temples, built by faith to stand,
Their own faith not another's: for on earth
Who against faith and conscience can be heard
Infallible? Yet many will presume:
Whence heavy persecution shall arise
On all who in the worship persevere
Of spirit and truth; the rest, far greater part,
Will deem in outward rites and specious forms
Religion satisfied; truth shall retire
Bestuck with slanderous darts, and works of faith
Rarely be found: so shall the world go on,
To good malignant, to bad men benign,
Under her own weight groaning, till the day
Appear of respiration to the just,
And vengeance to the wicked, at return
Of him so lately promised to thy aid,
The woman's seed, obscurely then foretold,
Now amplier known thy saviour and thy Lord,
Last in the clouds from heaven to be revealed
In glory of the Father, to dissolve
Satan with his perverted world, then raise
From the conflagrant mass, purged and refined,

Imporão leis carnais quais leis do espírito
Nas consciências; leis que escritas nunca
As vira alguém, em letra ou em Espírito
Nos corações. Que intentos são senão
Os de jungir o espírito da graça,
E a liberdade, o cônjuge; e por terra
Deitar os templos vivos,[63] na fé firmes,
Na sua, não na de outro: pois na terra
Quem há que contra a fé e a consciência
Se acha infalível? Muitos todavia.[64]
Donde perseguições serão lançadas
Ao que perseverar na adoração
Em espírito e verdade; os demais,
De longe mais, vão crer que em aparências
E ritos se compraz a religião.
Arredada a verdade, será ferida
De injúrias, e as ações da fé mais raras:
O mundo assim, p'ra bons mau, p'ra maus bom,
Gemendo sob a própria bossa até[65]
Ao dia do refrigério do justo,
De vingança sobre ímpios, no regresso
Daquele que p'ra auxílio obscuramente
Se anunciara, semente de mulher,
E agora a claro vês, teu salvador
E Senhor, que há-de vir do Céu na glória
Do Pai, p'ra dissolver Satã e o mundo[66]
Perverso, e em seguida erguer da massa
Em chamas novos céus e nova terra,

---

[63] Cf. *I Co.* 3, 16.

[64] Versos 529-30: Milton ataca aqui as pretensões de infalibilidade papal sobre a consciência e as escrituras.

[65] Cf. *Rm.* 8, 22.

[66] Destruir o seu poder, já que a aniquilação de Satã seria um golpe de misericórdia (cf. II, 155-9).

New heavens, new earth, ages of endless date
Founded in righteousness and peace and love,
To bring forth fruits, joy and eternal bliss.
He ended; and thus Adam last replied.
How soon hath thy prediction, seer blest,
Measured this transient world, the race of time,
Till time stand fixed: beyond is all abyss,
Eternity, whose end no eye can reach.
Greatly instructed I shall hence depart,
Greatly in peace of thought, and have my fill
Of knowledge, what this vessel can contain;
Beyond which was my folly to aspire.
Henceforth I learn that to obey is best,
And love with fear the only God, to walk
As in his presence, ever to observe
His providence, and on him sole depend,
Merciful over all his works, with good
Still overcoming evil, and by small
Accomplishing great things, by things deemed weak
Subverting worldly strong, and worldly wise
By simply meek; that suffering for truth's sake
Is fortitude to highest victory,
And to the faithful death the gate of life;
Taught this by his example whom I now
Acknowledge my redeemer ever blest.
To whom thus also the angel last replied:
This having learned, thou hast attained the sum
Of wisdom; hope no higher, though all the stars
Thou knewst by name, and all the ethereal powers,

Purgados, refinados, e eras de eras[67]
Fundadas em justiça, paz e amor
Que gozo e bem-estar eterno colham.
  Falou; e replicou Adão p'ra fecho.
Quão cedo o que previste, ó vate bento,
Mediu o mundo lábil, e a corrida
Do tempo até que o tempo pare. Além
O abismo só, o eterno, cujo fim
Olho algum vê. Irei daqui instruído
Na maior das lições, e em paz de espírito,
De ciência levo a soma deste vaso;[68]
A mais foi estultícia aspirar.
Doravante é melhor obedecer,
E amar temendo a Deus sem par, andar
Mais perto dele e dele depender,
P'ra sempre ater-me à sua providência,
Clemente que é p'ra tudo o que criou,
Com bem vencendo o mal, e p'lo pequeno
Logrando o grande, e o forte p'ra terrenos
Quebrando com o fraco, com o humilde
Do mundo o sábio; que em prol da verdade[69]
Sofrer é um torreão p'ra alta vitória,
E a morte é p'ra fiéis da vida o átrio;
Isto me diz o exemplo de quem hoje
Afirmo redentor sempre bendito.
  Ao que também tornou por fim o anjo.
Sabendo tal, somaste a sabedoria;
Não esperes mais, conquanto das estrelas
Os nomes saibas, e de etéreas forças,[70]

---

[67] Versos 548-9: cf. *II Pe.* 3, 6-13.

[68] A natureza humana, corpo e alma.

[69] Versos 566-9: cf. *I Co.* 1, 27.

[70] Versos 576-7: cf. *Sl.* 147, 4.

All secrets of the deep, all nature's works,
Or works of God in heaven, air, earth, or sea,
And all the riches of this world enjoyedst,
And all the rule, one empire; only add
Deeds to thy knowledge answerable, add faith,
Add virtue, patience, temperance, add love,
By name to come called charity, the soul
Of all the rest: then wilt thou not be loath
To leave this Paradise, but shalt possess
A paradise within thee, happier far.
Let us descend now therefore from this top
Of speculation; for the hour precise
Exacts our parting hence; and see the guards,
By me encamped on yonder hill, expect
Their motion, at whose front a flaming sword,
In signal of remove, waves fiercely round;
We may no longer stay: go, waken Eve;
Her also I with gentle dreams have calmed
Portending good, and all her spirits composed
To meek submission: thou at season fit
Let her with thee partake what thou hast heard,
Chiefly what may concern her faith to know,
The great deliverance by her seed to come
(For by the woman's seed) on all mankind,
That ye may live, which will be many days,
Both in one faith unanimous though sad,
With cause for evils past, yet much more cheered
With meditation on the happy end.

E os véus dos fundos, obras da natura,
Ou as de Deus, no Céu, ar, terra, mar,
E toda a ostentação do mundo gozes,
Rei sol do teu império; toma apenas
Ações correspondentes ao que sabes,
Fé, virtude, paciência, temperança,
Amor que há-de chamar-se Caridade,[71]
A alma dos demais; e então avesso
Não sejas a deixar o Paraíso,
Pois um terás em ti, bem mais feliz.[72]
Desçamos pois agora deste cume
Da especulação,[73] pois precisa a hora
Impõe-nos a partida; vê os guardas
Acampados naquele monte, esperam
Ordem de marcha, diante dos quais flâmea
A espada brande em voltas p'ra partida.
Não nos tardemos mais: acorda Eva.
Também com sonhos bons de bons augúrios
A serenei, e espíritos temperei-lhe
P'ra dócil submissão. No tempo certo
Partilharás com ela o que me ouviste,
Mormente o que saber lhe importa à fé,
A grande remissão que dela nasce
(Semente de mulher) na humanidade.
P'ra que vivais, e muito vivereis,[74]
Unânimes na fé, e embora tristes
Dos males do passado, otimistas,
Com pensamentos num final feliz.

---

[71] Versos 581-4: cf. *II Pe.* 1, 5-7.

[72] O inferno Satã levava-o em si (cf. IV, 20-1).

[73] Tanto o cume físico como o cume filosófico que possibilitam a qualidade da visão.

[74] Adão viveu até aos 930 anos (cf. *Gn.* 5, 5).

He ended, and they both descend the hill;
Descended, Adam to the bower where Eve
Lay sleeping ran before, but found her waked;
And thus with words not sad she him received.
Whence thou returnst, and whither wentst, I know;
For God is also in sleep, and dreams advise,
Which he hath sent propitious, some great good
Presaging, since with sorrow and heart's distress
Wearied I fell asleep: but now lead on;
In me is no delay; with thee to go,
Is to stay here; without thee here to stay,
Is to go hence unwilling; thou to me
Art all things under heaven, all places thou,
Who for my wilful crime art banished hence.
This further consolation yet secure
I carry hence; though all by me is lost,
Such favour I unworthy am vouchsafed,
By me the promised seed shall all restore.
So spake our mother Eve, and Adam heard
Well pleased, but answered not; for now too nigh
The archangel stood, and from the other hill
To their fixed station, all in bright array
The cherubim descended; on the ground
Gliding metéorous, as evening mist
Ris'n from a river o'er the marish glides,
And gathers ground fast at the labourer's heel
Homeward returning. High in front advanced,
The brandished sword of God before them blazed
Fierce as a comet; which with torrid heat,

Findou, e ambos desceram a colina.
Ao caramanchel onde Eva dormia
Correu Adão, e viu-a já desperta,[75]
E palavras não tristes receberam-no.
De onde voltas, e aonde foste eu sei,
Pois Deus no sono é,[76] e instrui em sonhos,
E os meus quis favoráveis, pressagiando
O bem, desde que exausta adormeci
P'lo peso que vergou meu coração.
Conduz-me então. Estou pronta. Ir contigo
É como aqui ficar. Sem ti ficar
É ir-me a contragosto. Tu p'ra mim
És tudo sob o Céu, todo o lugar,[77]
Banido p'lo meu crime voluntário.
E esta consolação contudo salvo:
Que apesar de ser mãe de toda a perda,
E indigna de favor, serei por certo
Mediante a raça a mãe de todo o ganho.
Assim a nossa mãe. E Adão mais grato
Ouviu, mas sem resposta; pois bem perto
O arcanjo se quedara e do outro monte
Em formação fulgente aos postos fixos
Desciam querubins; fosforescentes
Deslizavam no chão, como o vapor
Da noite que de um rio sobre o pântano
Desliza e se prende aos calcanhares
Do trabalhador quando a casa torna.[78]
À frente a espada, atroz como um cometa,
Cegante luz brandia; a qual, com brasa

[75] O argumento diz que Adão acorda Eva.

[76] Ver *Nm.* 12, 6.

[77] Versos 615-8: cf. *Rt.* 1, 16.

[78] Adão é agora um trabalhador.

And vapour as the Libyan air adust,
Began to parch that temperate clime; whereat
In either hand the hastening angel caught
Our lingering parents, and to the eastern gate
Led them direct, and down the cliff as fast
To the subjected plain; then disappeared.
They looking back, all the eastern side beheld
Of Paradise, so late their happy seat,
Waved over by that flaming brand, the gate
With dreadful faces thronged and fiery arms:
Some natural tears they dropped, but wiped them soon;
The world was all before them, where to choose
Their place of rest, and providence their guide:
They hand in hand with wandering steps and slow,
Through Eden took their solitary way.

The end

E vapor como o líbio ar adusto,
Começava a crestar o clima ameno;
P'lo que tomou em cada mão com pressa[79]
O anjo os pais passeiros, e ao portão
Do oriente os dirigiu e escarpa abaixo
Até ao baixo chão. Depois deixou-os.
P'ra trás olhando viram o levante
Do Paraíso, lar feliz de há pouco,
Varrendo-o o gládio ígneo, e apinhada
A porta com terríveis faces e armas.
Verteram naturais algumas lágrimas
Logo enxugadas. Era à frente o mundo,
Onde escolher seu lar, e a providência:
Mão na mão com pés tímidos e errantes
P'lo Éden solitário curso ousaram.[80]

Fim

---

[79] Ver *Gn.* 19, 16, quando o anjo guia a família de Ló.

[80] Versos 648-9: cf. *Sl.* 107, 4.

Some natural tears they dropped, but wiped them soon

Verteram naturais algumas lágrimas
Logo enxugadas

(XII, 645)

Posfácio

Daniel Jonas

Paradise Lost é o Adão de uma árvore genealógica muito peculiar. A sua indisputabilidade canônica resulta de uma posteridade crítica particularmente violenta, marcada por confrontos entre proponentes fervorosos e oponentes ansiosos.

Em 1914, este belicismo achou o seu *full metal jacket* em Ezra Pound, para quem Milton era "*the worst sort of poison*".[1] A frase seguinte revelava o seu nervosismo, ao insistir em *worst*: "*He is a thorough-going decadent in the worst sense of the term*". E a seguir: "*If he had stopped after writing the short poems one might respect him*". Quanto a esta concessão, Harold Bloom saberia bem explicá-la. E, de fato, explicações eram necessárias, pois em 1917, e sem armistícios à vista, Pound queixa-se da sua "*asinine bigotry, his beastly hebraism, the coarseness of his mentality*".[2] Febril o *miglior fabbro*.

T. S. Eliot, mais fleumático, aponta Milton como o principal responsável por aquilo a que chamou dissociação de sensibilidade operada no século XVII. Tal significa que o paraíso de saborear Espinosa e compreender um vinho se perdera, por via da influência da dicção artificial de Milton.[3] Para Eliot, Donne e os metafísicos da geração ante-

---

[1] "Um veneno da pior espécie". Cf. "The Renaissance", em Ezra Pound, *Literary Essays*, Nova York, New Directions, 1968, p. 216.

[2] Em "Notes on Elizabethan Classicists": "Ele é um decadente radical no pior sentido do termo [...] Se tivesse parado nos poemas menores ainda seria respeitável [...] fanatismo asinino, o seu hebraísmo bestial, a grosseria da sua mentalidade" (*Literary Essays*, cit., p. 238).

[3] Refiro-me ao seu artigo de 1921, "The Metaphysical Poets", incluído três anos mais tarde em *Homage to John Dryden: Three Essays on Poetry of the Seventeenth Century* (Londres, Hogarth Press, 1924). Esta dicção artificial consistiria no divórcio

rior poderiam gabar-se de escrever tratados e cheirar flores como quem faz uma e a mesma atividade e as inscreve de igual maneira no seu conhecimento de mundo. O pensamento era como uma experiência sensorial, modificava os sentidos, e deveria ser imediatamente sentido como o perfume de uma rosa. Quer com isto, no fundo, Eliot dizer que Milton nos embotou o olfato.

E realmente foi um argumento determinante ao tempo, uma vez que precipitou o temível Dr. Leavis a assinar, em 1936, o repúdio oficial da guilda dos críticos modernistas a Milton, destronando-o do cânone feliz de dois séculos. O Dr. Leavis era cabal: "*we dislike his verse*". *Nós não gostamos do seu verso* quer aqui dizer *nós não gostamos do* inglês *que Arnold diz que Milton é.*[4] Mas o Dr. Leavis acabou eventualmente por ficar só num modernismo muito seu, já que a palinódia ulterior de Eliot foi convincente e acabou por resgatar Milton a esse revisionismo de duas guerras.

Na segunda metade do século XX, *New Critics* e Humanistas Cristãos puderam então dar as mãos num movimento mais ou menos unânime, preparando desse modo a chegada gloriosa de uma tríade que viria a marcar decisivamente a crítica miltoniana atual. Refiro-me à crítica viril de William Empson, ao romance familiar do supracitado Bloom, e ao neopragmatismo interpretativo de Stanley Fish.

Empson reatualizou a herança crítica dos românticos Shelley e Blake, para quem "Milton era do partido do diabo sem o saber". Aliás, essa era já a queixa do contemporâneo de Milton e poeta laureado Dryden. Para Dryden, e apesar da sua exaltação de Milton como síntese *natural* de Homero e Virgílio, *Paradise Lost* tinha a particularidade constrangedora de fazer de Satã o seu herói. Precisamente, na per-

---

entre linguagem e uso cotidiano, problema que se tornou um incômodo para o grande leitor setecentista de Milton, Dr. Johnson, ao verificar em *Paradise Lost* a união de abstrato e concreto, a fusão de corpo e espírito, sintomas, no fundo, da tentativa de descrever a ação de espíritos. Esta materialidade linguística cedo se tornou uma imputação de materialidade herética. Tal característica denotava, no entanto, um tipo de sublime, qualidade, aliás, comumente atribuída a Milton, desde Addison a Coleridge, ainda que variável no seu entendimento. Para o Dr. Johnson, o sublime em Milton sobrelotava o espaço imaginativo tanto ao leitor como ao crítico, que deveriam "afundar-se em admiração".

[4] Matthew Arnold (1822-1888) desabafara euforicamente: "Milton is English".

versa esteira deste, Satã era para Shelley, enquanto ser moral, "de longe superior a Deus". Empson vai pôr Deus na barra do tribunal, apoiado, de resto, na proposição do próprio poema, que pretende justificar os caminhos de Deus ao Homem, argumentação assente num princípio narrativo insólito: o falso fala falso. Isto é dizer que todo o caso de Satã assenta em perjúrio. Sendo assim, e posto que o réu é a mais fidedigna das testemunhas, a sua defesa afigura-se desnecessária, a menos que o mensageiro se debata com estupefações geradas de dentro do seu cristianismo. Uma das estupefações decorre necessariamente da evidência de que o plano de Deus na criação apenas se realiza e aperfeiçoa na culpa afortunada do Homem, condição necessária para a promoção gloriosa do Filho. Neste ponto, Empson é fulgurante: qualquer que seja o plano de Satã, malvado ou não, é igual ao plano de Deus.

Por seu turno, na sua leitura psicanalítica Bloom estabelece Milton como um pai intimidatório e deriva todo um complexo edipiano de uma leitura errônea pós-lapsária, uma vez que pós-miltoniana, em que Milton surge como um *Querubim Protetor* asfixiante e terrivelmente bloqueador para o poeta efebo, agonicamente coarctado na sua possibilidade criadora.[5] Aliás, uma das leituras de *Paradise Lost* passará por um *Satã enquanto jovem poeta* angustiado pela pressão sufocante de um pai castrador. Nesta construção, a desobediência de Satã resultaria em grande medida da sua predisposição para arguir. Ele seria intelectualmente infeliz com Deus, limitado na sua iniciativa empreendedora, e enquanto criador falido desejaria corrigir a determinação fatal de Deus para anjos e humanos e o seu correspondente e defectivo livre-arbítrio, uma vez que, neste caso, autodeterminação e subsequente rejeição da coabitação com Deus implicam uma severa punição (realmente nenhuma relação amorosa suportaria esta pequena peculiaridade, a de desamores e desquites acabarem invariavelmente punidos). O mal seria, deste modo, um labéu necessário, e quer tão somente dizer

---

[5] Bloom cita Blake, que o diz especialmente bem: "[...] *the Male-Females, the Dragon Forms,/ Religion hid in War, a Dragon red & hidden Harlot./ All these are seen in Milton's Shadow, who is the Covering/ Cherub*" ("[...] os Machos-Fêmeas, as Formas de Dragão,/ Religião oculta em Guerra, um Dragão rubro & velada Meretriz./ Todos estes surgem na Sombra de Milton, que é o Querubim/ Protetor"). Em Harold Bloom, *The Anxiety of Influence*, Nova York/Oxford, Oxford University Press, 2ª ed., 1997, p. 29 (ed. portuguesa: Lisboa, Cotovia, 1991, trad. Miguel Tamen).

que se foi para um passeio peripatético num jardim de delícias estáticas. Frutos deste mal estão bem visíveis no texto, e não são menores, por exemplo, o solilóquio (primo direito da loucura) e o uso de trocadilhos entre os anjos.[6]

Finalmente, Fish, com uma naturalidade estonteante, divide as comunidades entre os incapazes de serem persuadidos porque não passíveis de ensino e os crentes membros da irmandade da "verdade prévia". Em certo sentido, e nos termos de Fish, o poeta já escreveu no seu poema toda a crítica posterior de um modo eminentemente condensado, e não há nada que dele resulte que não estivesse já inscrito nos seus próprios modos de dizer. A crítica não logra assim o novo, apenas possibilita uma leitura do que subjazia superiormente cifrado nas formulações do seu objeto. Este poema é uma escritura, e nessa medida precisa só de si mesmo, rejeitando sem cólicas a ignorância dos seus adversários e admitindo apenas o leitor eleito, aquele que já tinha em si a possibilidade de ser leitor de Milton. Esta espécie de hermenêutica calvinista diz-nos que o conhecimento é, contra-intuitivamente, prévio à sua manifestação e as nossas aplicações teóricas resultam da jurisprudência das nossas práticas interpretativas. Isto é dizer que devemos conhecer alguma coisa antes de a vermos manifestada ou, de outro modo, ignorando o seu sentido *a priori*, não a veremos manifestar-se, uma vez que o seu sentido estará escondido e indisponível ao nosso escrutínio no momento em que o pudéssemos encontrar. Os pressupostos desta crítica são, assim, os mesmos do poema. Nas palavras de Fish, o *verdadeiro* poema apenas pode ser escrito por aquele que é um *verdadeiro poema*, sendo unicamente acessível a um leitor igualmente *verdadeiro*, que não louvará o louvador "*unlesse he have in himselfe the experience and practice of all that which is praiseworthy*".[7] O poema já escolheu, pois, os seus leitores. A partir desse momento, os eleitos serão distribuídos por subdivisões de apuro expiatório, devendo rejeitar aquilo que nele é tentação da forma exterior, desnecessária para a de-

---

[6] Uma das especialidades de Milton é realmente o solilóquio, herdado da tragédia isabelina e normalmente evadido da épica clássica. Satã, por exemplo, tem cinco: IV, 32-113, 358-92, 505-35; IX, 99-178, 472-93.

[7] A frase de Milton ("A menos que em si possua a experiência e a prática de tudo o que é digno de louvor") é citada por Stanley Fish no livro *How Milton Works*, Cambridge, Belknap/Harvard University Press, 2001.

sejável revelação só disponível através da visão interior. A verdade aparecerá, deste modo, súbita, mas levará o tempo necessário de cada um, dado que a cada um assistirá o seu próprio passo na procura da verdade. O esforço dispendido neste ponto tem como desiderato libertar a mente de preocupações com os sensíveis, esforço que depende do quão presa aquela esteja à percepção terrena, sendo o seu corolário a felicidade hermenêutica, totalidade gloriosa que consiste num movimento retroativo verificador de que a experiência da leitura é o sentido do texto, e o poema a forma dessa experiência. Só depois de o poema, na sua dificuldade gramática e retórica, ter didaticamente levado o leitor a repetir a Queda, poderá este atingir, enfim, a verdade, cuja essência é surpreendentemente "*plainnesse and brightness*".[8]

A leitura de *Paradise Lost* é, nesta acepção, exclusivista. Contudo, isso não quer dizer que as dificuldades sejam sinal da nossa má sorte calvinista, admoestando-nos inapelavelmente à resignação dos abatidos. Apenas que o nosso caminho será mais árduo e a nossa regeneração uma jornada espiritual marcada por avanços e retrocessos. Mas a revelação com sorte chegará, conquanto percebamos que o requisito agostiniano de "morrer para o mundo" é, afinal, proporção dos treinados em *orações*.

---

[8] "Simplicidade e esplendor" (Milton, *Of Reformation*).

Cronologia de John Milton

1608 John Milton nasce a 9 de dezembro na casa do pai, em Bread Street, Londres.

1620 É admitido na St. Paul's School.

1625 Em fevereiro é admitido em Cambridge, no Christ's College. Em virtude da sua estranheza, experimenta algumas dificuldades na relação com os colegas. Os seus traços delicados e os seus gostos refinados valem-lhe a alcunha de "The Lady of Christ's". Responde-lhes com o orador Hortênsio, quando, depois de provocado com a alcunha de "Dionísia, a tocadora de lira", replica a Torquato: "Antes ser Dionísia do que um homem sem gosto, cultura ou urbanidade, como tu, Torquato" (Barbara K. Lewalski, *The Life of John Milton*). Em março morre Jaime VI. Carlos I sobe ao trono.

1629 Obtém o título de Bachelor of Arts em Cambridge. Na madrugada de 25 de dezembro compõe *On the Morning of Christ's Nativity*.

1632 Obtém o título de Master of Arts em Cambridge. Retira-se para o campo, em Hammersmith, a fim de se dedicar aos estudos. Publica *On Shakespeare*.

1634 *Comus* é levado à cena.

1635 Muda-se com os pais para Horton.

1637 Morre a mãe.

1638 *Lycidas* integra o volume *Justa Edouardo King Naufrago* em honra do seu amigo Edward King, que morrera afogado. Viaja, passeia pela França e demora-se na Itália de Dante, Tasso e Ariosto. Visita Galileu. Vai à biblioteca do Vaticano e frequenta academias onde lê poemas.

1639 Recebe notícias da morte do seu grande amigo Charles Diodati e da guerra civil na Inglaterra (primeira Guerra dos Bispos). Decide regressar e juntar-se à luta dos concidadãos.

1640 Muda-se para St. Bride's. Dá aulas particulares, sendo tutor dos próprios sobrinhos. Toma as terras dos Powell por hipoteca.

1641 Publica *Of Reformation*, *Of Prelatical Episcopacy*, *Animadversions* e *The Reason of Church Government*.

1642 Publica *Apology against a Pamphlet*. Casa-se com Mary Powell, de 16 anos, que o abandona dois meses depois, regressando a casa dos pais. Rebenta a Guerra Civil. Seu irmão Christopher (nascido em 1615) junta-se à causa realista.

1643 O cunhado Richard Powell é um agente de informações realista. Publica *The Doctrine and Discipline of Divorce*.

1644 Segunda edição de *The Doctrine*. Publica *Of Education*, *The Judgement of Martin Bucer Concerning Divorce* e *Areopagitica*. A batalha de Marston Moor marca a viragem na guerra. Sente deteriorar-se-lhe a vista. É ouvido brevemente pela *House of Lords*.

1645 Considera casar com uma das filhas de um tal Dr. Davis, uma "very handsome and witty gentlewoman", mas entretanto a esposa Mary Powell regressa. Publica *Tetrachordon* e *Colasterion*. Muda-se para uma casa maior em Barbican.

1646 Publica *Poems of Mr. John Milton, both English and Latin, and, A Maske of the Same Author [1645]*. Nasce a sua filha Anne, do casamento com Mary Powell.

1647 Pai e sogro morrem. Apesar de herdar alguns bens, muda-se para uma casa mais pequena onde leva uma vida pacata e privada, prosseguindo os estudos. Toma posse da propriedade dos Powell.

1648 Nasce a sua filha Mary.

1649 A Revolução Puritana é vitoriosa, a República (Commonwealth) é instaurada e Carlos I é julgado e executado. Publica *The Tenure of Kings and Magistrates*. Aí defende o regicídio contra a crítica presbiteriana. É convidado a assumir funções de "Appointed Secretary for the Foreign Tongues". Publica *Observations on the Articles of Peace* e *Eikonoklastes*.

1650 Ordenado pelo Conselho de Estado (Commonwealth Council) a responder à *Defensio Regia* de Salmasius.

1651 Publica *Pro Populo Anglicano Defensio*. Nasce o seu filho John. Por motivos de saúde muda-se para uma casa com jardim em Petty France, Westminster, com vista para o St. James's Park. A visão condiciona-lhe o trabalho.

1652 Totalmente cego por esta altura. Inicia-se na aprendizagem do holandês e prossegue o seu trabalho para o Council. Nasce a sua filha Deborah. Morre a mulher. Morre o filho John. Continuam os ataques à sua *Defensio*. O Council exige-lhe resposta.

1653 Oliver Cromwell dissolve o "Long Parliament" e instala uma ditadura militar. Cromwell empossado Protetor.

1654 Publica *Defensio Secunda*, incluindo o apoio à ditadura de Oliver Cromwell.

1655 Retoma os estudos privados. Publica *Pro Se Defensio*.

1656 Casa-se com Katherine Woodcock.

1657 Nasce a sua filha Katherine.

1658 Começa a trabalhar em *Paradise Lost*. Morre a mulher. Morre a filha Katherine. Registra *The Cabinet Council*. Ponto sensível no Protetorado. Oliver Cromwell morre, sucedido por Richard Cromwell.

1659 O Protetor dissolve o Parlamento. O governo republicano é restaurado. Richard Cromwell abdica. Registra *A Treatise of Civil Power*. Publica *The Likeliest Means to Remove Hirelings out of the Church*. Lambert esmaga a insurreição realista. Milton dita as *Proposals* advogando um senado permanente e sem a regência de uma só pessoa. O "Rump Parliament" é restaurado.

1660 Publica *The Ready and Easy Way to Establish a Free Commonwealth* e *Brief Notes upon a Late Sermon*. Esconde-se na casa de um amigo a fim de escapar a perseguições por ter apoiado o regicídio. Carlos II sobe ao trono. Os amigos intercedem por ele e o seu nome é retirado da lista dos vinte considerados pelos Comuns para a pena de morte. Proclamações contra *Pro Populo Anglicano Defensio* e *Eikonoklastes*. Milton não escapa ao *Act of Indemnity*. Cópias dos seus livros são queimadas. Aluga casa em Holborn, nas imediações de Red Lion Fields, mas logo se muda para Jewin Street, perto de Redcross Street. É detido e encarcerado. À luz da *Indemnity Bill* o Parlamento decide-se em prol da sua libertação. Andrew Marvell questiona o Parlamento sobre a elevada fiança imposta a Milton.

1662 *Act of Uniformity*, requerendo o uso da liturgia da Igreja estabelecida.
1663 A relação com as suas filhas se deteriora. Casa-se com Elizabeth Minshull.
1665 Muda-se para a vila de Chalfont St. Giles (hoje a única casa do poeta conservada e aberta ao público), a fim de evitar a peste. O manuscrito de *Paradise Lost* é enviado.
1666 O grande incêndio de Londres. A sua casa em Bread Street é destruída.
1667 Publica *Paradise Lost: A Poem Written in Ten Books*.
1669 Vende a biblioteca e muda-se para uma casa em Artillery Walk. Publica *Accidence Commenced Grammar*.
1670 Dryden é nomeado "Poet Laureate". Milton publica *History of Britain*.
1671 Publica *Paradise Regained* e *Samson Agonistes*.
1672 Publica *Artis Logicae*.
1673 Publica *Of True Religion* e *Poems... upon Several Occasions*.
1674 Publica *Epistolae Familiares* e *Prolusions*. Vem a público *Paradise Lost: A Poem in Twelve Books*. Dryden registra *The Fall of Angels, and Man in Innocence*, ópera inspirada em *Paradise Lost*. John Milton morre na sua casa de Bunhill a 8 de novembro, "in a fit of the gout, but with so little pain or emotion that the time of his expiring was not perceived by those in the room" (J. Milton French, *The Life Records of John Milton*). É enterrado a 12 de novembro em St. Giles Cripplegate.

Sobre o tradutor

Nascido em 1973 no Porto, Daniel Jonas é hoje reconhecido como um dos nomes mais inovadores da poesia portuguesa contemporânea, sendo ainda autor de diversas traduções, de Shakespeare a Auden, incluindo esta elogiada versão do *Paraíso perdido*, de John Milton, lançada em 2006 (fruto de seu mestrado em Teoria da Literatura pela Universidade de Lisboa). Em 1997 publicou o seu primeiro livro de poemas, *O corpo está com o rei*, ao qual se seguiram *Moça formosa, lençóis de veludo* (2002), *Os fantasmas inquilinos* (2005), *Sonótono* (2007, Prêmio Pen Clube de Poesia), *Nenhures* (2008), *Passageiro frequente* (2013), *Nó* (2014, Grande Prêmio Teixeira de Pascoaes, da Associação Portuguesa de Escritores), *Bisonte* (2016), *Canícula* (2017) e *Oblívio* (2018, Grande Prêmio de Literatura DST). Em 2019 foi publicada no Brasil a antologia *Os fantasmas inquilinos*, organizada por Mariano Marovatto, reunindo poemas de 2005 a 2017. Estreou na dramaturgia com a peça *Nenhures* (2008), seguida por *Reféns* (2009), *Still Frank* (2010) e *Estocolmo* (2011), todas elas criadas para a companhia Teatro Bruto. Em 2013 recebeu o Prêmio Europa, concedido pela Cátedra David Mourão-Ferreira da Universidade de Bari, na Itália, e em 2015 foi eleito um dos finalistas ao prêmio de Poeta Europeu da Liberdade. Vive na cidade do Porto.

Sobre o ilustrador

Pintor, gravador, escultor e desenhista, Gustave Doré nasceu em Estrasburgo, na França, em 1833. Em 1847 muda-se com o pai para Paris e, nesse mesmo ano, ainda adolescente, publica seu primeiro álbum, *Os trabalhos de Hércules*, precursor das histórias em quadrinhos. Jovem prodígio, dedica-se então a ilustrar os clássicos da literatura, como *Gargântua e Pantagruel* de Rabelais (1854), *A Divina Comédia* de Dante (1857), *A tempestade* de Shakespeare (1860), *Contos de Perrault* (1862), *D. Quixote* de Cervantes (1863), *Paraíso perdido* de Milton (1866), *O conto do velho marinheiro* de Coleridge (1870) e *Orlando furioso* de Ariosto (1877), criando, com o auxílio de uma bem treinada equipe de gravadores, imagens que se tornaram emblemáticas dessas obras. Consagrado como um dos maiores ilustradores do século XIX, Gustave Doré morreu em Paris, em 1883.

As ilustrações para o *Paraíso perdido* reproduzidas nesta edição foram desenhadas a bico-de-pena por Doré e depois gravadas em madeira, sendo publicadas pela primeira vez pela editora Cassell, Petter, and Galpin, de Londres, em 1866, em grande formato. Os versos que acompanham as imagens também foram reproduzidos a partir desta edição. A editora inglesa, que havia publicado o *Quixote*, de Cervantes, ilustrado por Doré, em 1864, encomendou especialmente ao artista as cinquenta ilustrações para a obra-prima de Milton. Na presente edição foram utilizados detalhes destas imagens, de forma a ressaltar a refinada trama das xilogravuras.

Este livro foi composto em Sabon,
pela Bracher & Malta, com CTP e
impressão da Edições Loyola em
papel Pólen Natural 70 g/m² da Cia.
Suzano de Papel e Celulose para a
Editora 34, em maio de 2025.